TANIA CARVER

JÄGER

TANIA CARVER

JÄGER

Thriller

Aus dem Englischen von
Sybille Uplegger

List

Die Originalausgabe erschien 2012
unter dem Titel *Choked* bei Sphere/Little,
Brown Group, London

MIX
Papier aus verantwortungsvollen Quellen
FSC® C083411
FSC
www.fsc.org

List ist ein Verlag
der Ullstein Buchverlage GmbH

ISBN 978-3-471-35097-3

Gesetzt aus der Sabon und Neuen Helvetica
Satz: LVD GmbH, Berlin
Druck und Bindearbeiten: CPI books GmbH, Leck
Printed in Germany

PROLOG

OPFERLAMM

1

Er öffnete die Augen. Stand langsam auf. Er hatte Schmerzen. Alles tat weh.

Er sah sich lange und gründlich um. Was er jetzt brauchte, war klar.

Eine Waffe.

Er wusste auch, wo er eine finden konnte. Eine Bockflinte. Eigentlich war sie zum Trap- und Hasenschießen gedacht.

Aber nicht heute.

Der verschlossene Schrank, in dem sie aufbewahrt wurde, war leicht zu öffnen. Er nahm die Flinte heraus und ließ einen Moment lang ihre Schwere auf sich wirken, wie um zu prüfen, ob ihr Gewicht dem gerecht wurde, was die Waffe anzurichten imstande war.

Beziehungsweise, was sie bereits angerichtet hatte.

Er hob den Kopf und ließ den Blick durchs Zimmer schweifen. Das Haus war komplett verwüstet. Die Möbel waren alle mit großer Sorgfalt platziert und regelmäßig gereinigt worden. Er wusste noch genau, was für Ärger er als Kind immer bekommen hatte, wenn er auf den Sofas gespielt hatte. Die Antiquitäten waren tabu. Er durfte sie nicht anrühren, sonst blühte ihm was. Eine seiner frühesten Erinnerungen an das Leben in diesem Haus war, mit welchen Mitteln man ihm die Konsequenzen eines solchen Fehlverhaltens eingebläut hatte. Er hatte in ständiger Furcht gelebt. Jedes Mal, wenn er so unvorsichtig gewesen war, eine Vase oder Porzellanfigur auch nur versehentlich mit den Fingern zu streifen, war er am Abend stets in schrecklicher Angst vor einer grausamen, wenngleich noch unbekannten Strafe zu Bett gegangen.

Doch all das hatte jetzt ein Ende. Was blieb, war ein Gemetzel.

Schränke und Tische waren umgestürzt, die Glastüren der Vitrinen eingeschlagen, Polster aufgerissen. Überreste zertrümmerter Antiquitäten bedeckten die Fußböden jedes Zimmers wie ein Teppich aus scharfen Splittern.

Plötzlich zog etwas seine Aufmerksamkeit auf sich. In einer Ecke stand, völlig unversehrt, eine Vase auf einem Sockel. Das letzte heile Stück im ganzen Haus. Er ging hin, streckte die Hand nach der Vase aus und berührte sie sanft. Liebkoste sie, streichelte sie, als wäre sie ein kostbares Erinnerungsstück aus vergangenen Tagen. Aus seinem alten Leben. Doch er hatte die Bockflinte vergessen, die er noch immer in der Armbeuge hielt. Eine unbedachte Bewegung, und der Lauf der Flinte stieß gegen die Vase. Diese stürzte um und zersprang auf dem Parkett in tausend kleine Scherben. Das Geräusch war so laut, dass ihm die Ohren davon klingelten.

Hastig wich er zurück. Porzellan knirschte unter seinen Schuhen. Abermals stieg die alte Todesangst seiner Kindheit in ihm hoch. Irgendjemand, irgendetwas würde kommen und ihn dafür bestrafen. Auf die eine oder andere Weise würde er büßen müssen.

Er drehte sich um und floh aus dem Zimmer. Er sehnte sich verzweifelt nach Ruhe. Nach Frieden.

Doch in den anderen Räumen erwartete ihn derselbe Anblick. Dasselbe Gemetzel, dieselbe Zerstörung.

Und die Leichen.

Ihnen hatte er sich bislang nicht zu nähern gewagt. Er hatte Angst gehabt, sie anzuschauen. Hatte ihre Existenz ausgeblendet. Weil er sie kannte. Weil er wusste, wer diese Menschen waren. Falsch: wer sie gewesen waren. Der Mann, zu dem er Vater gesagt hatte. Das Mädchen, zu dem er Schwester gesagt hatte. Der Junge, zu dem er Bruder gesagt hatte. Und seine Mutter.

Seine Mutter ...

Jetzt waren sie keine Menschen mehr, nur noch Abfälle in einem stinkenden Schlachthaus. Ihr Blut und ihre Eingeweide waren über Wände, Decken und Fußböden geschmiert. Er konnte ihren Weg von Zimmer zu Zimmer nachverfolgen, ihre panische Flucht vor dem Gewehr. Sie waren um ihr Leben gerannt. Hatten geschrien. Hatten Vasen und Schalen und Teller geschleudert – kostbare Stücke, im Laufe vieler Jahre gesammelt. Hatten gehört, wie sie zerbrachen. Sie hatten Sofas und Chaiselongues umgestürzt, um sich dahinter zu verstecken, obwohl sie doch genau gewusst haben mussten, dass all ihr Tun vergeblich wäre – dass sie das Unvermeidliche nicht würden abwenden können. Der Lauf der Flinte würde sich auf sie richten, feuern und sie in Stücke reißen.

Die Menschen, die er aus Gewohnheit als seine Familie bezeichnet hatte.

Er war plötzlich müde, wie nach einem Adrenalinrausch. Er gähnte. Die Flinte kam ihm vor wie ein dritter, schwerer Arm. Oder ein schlafender Säugling. Er wanderte ziellos im Haus umher. Seine Augen sahen alles und nichts.

Seine Mutter.

Seine Mutter ...

Die Treppe hinauf und wieder hinunter. Durch jedes Zimmer. Wieder und wieder. Nichts änderte sich. Nirgendwo regte sich etwas. Draußen dämmerte es bereits. Über den Hecken sank die Sonne tiefer. Er machte kein Licht, bemerkte die hereinbrechende Dunkelheit nicht einmal. Die Schatten wurden länger. Er hörte nichts als das Knirschen und Knacken unter seinen Schuhen.

Irgendwann war er wieder im Wohnzimmer angelangt. Im *Salon*, wie das Mädchen, zu dem er Schwester hatte sagen müssen, ihn immer verbessert hatte. Hier sah es am schlimmsten aus. Noch schlimmer als in seiner Erinnerung.

Hierher hatten sich die meisten seiner Familienmitglieder geflüchtet, bevor die Flinte sie erwischt hatte wie Hasen auf dem Feld oder Tontauben am Himmel.

Seine Mutter hatte es bis zum Kamin geschafft. Das trübe Licht, das durchs große Seitenfenster hereinfiel, verwandelte ihren Körper in einen unförmigen Sack aus Gedärm und Knochen, Kleidern und Haaren. Seine Müdigkeit nahm immer mehr zu und die Taubheit in seinem Innern auch. Er beugte sich über ihre Leiche, um ihr die Haare aus den blicklosen Augen zu streichen. Als er ihr Gesicht berührte, war es, als fasse er einen feuchten Schwamm an. Er zog die Finger weg und sah auf die Leiche hinab. Im Halbdunkel erschien ihr Blut schwarz.

Er wollte weinen, doch er hatte keine Tränen mehr.

Er trat von ihr zurück, nahm sich einen kleinen Hocker, stellte ihn an die Wand und setzte sich darauf. Dann schaute er sich erneut im Zimmer um. Alles war zerstört. Leben. Zukunft. Auch seine eigene.

Er seufzte. *Eigentlich sollte ich froh sein*, dachte er. *Weil jetzt alles mir gehört. Endlich keine Streitereien mehr, kein heimliches Getuschel hinter meinem Rücken. Niemand mehr, der mir Befehle gibt. Mich erniedrigt. Der mir weh tut und mich zwingt, Dinge zu tun, die ich nicht tun will. Der zu mir sagt: Alle anderen dürfen die teuren Sachen anfassen, aber du nicht. Das Mädchen, das meine Schwester hätte sein sollen.* Alles vorbei. Alles.

Er betrachtete nachdenklich die Flinte. Spürte, wie ein Gefühl in ihm heranwuchs, das er nicht benennen konnte. Schwer atmend saß er da. Seine Haut war heiß und prickelte, als hätte er urplötzlich Fieber bekommen, und das Zimmer flirrte vor seinen Augen wie beim Einsetzen einer Migräne.

Seine Gefühle durchwirbelten ihn wie ein wilder Strudel, immer schneller und schneller. Gleich würden sie ihn verschlingen und in die Tiefe reißen.

Schluss damit.

Schluss.

Er ließ die Flinte aus der Armbeuge gleiten. Er hatte sie so lange gehalten, dass sich sein Ellbogen nur langsam und unter Schmerzen entkrampfte. Wie ein rostiges Tor, das aufgeschlossen wird.

Er nahm die Flinte in die rechte Hand und streckte die Arme aus. Noch immer drehte sich alles in seinem Kopf. Er presste sich das Ende des Laufs unters Kinn, kaltes Metall auf seiner glühenden Haut. Den Kolben nahm er zwischen die Knie. Er presste die Beine fest zusammen. Schlang beide Daumen um den Abzugshahn. Schloss die Augen.

Schluss damit …

»Dürfte ich vielleicht einen Vorschlag machen?«

Er hielt inne. Schlug die Augen auf.

»Wenn du's schon machst, dann mach's wenigstens richtig.«

2

Die fremde Stimme ließ ihn vor Schreck zusammenfahren. Er hatte gedacht, er wäre allein im Haus. Der Einzige. Zumindest der Einzige, der noch lebte.

»So ist es nicht richtig.« Ein Finger deutete auf seine Flinte. »Du hältst sie verkehrt herum.«

Er sah auf seine eigenen Finger herab. Der Abzug zeigte nach außen, von seinem Körper weg. Er hatte gedacht, dass es am leichtesten wäre, den Bügel mit den Daumen durchzuziehen. Er wollte ganz sichergehen, dass er nicht danebenschoss.

»Wie in *Dorf der Verdammten*.«

Er war so verwirrt, dass er nicht antworten konnte.

»*Dorf der Verdammten*«, wiederholte der Neuankömmling voller Ungeduld. »Der Film. Mit diesen unheimlichen blonden Kindern. Ist schon älter. Schwarzweiß.«

Noch immer sagte er nichts.

»Den musst du doch gesehen haben. Erinnerst du dich wirklich nicht mehr?«

Er konnte dem Fremden nicht folgen, es war alles zu viel. Das Haus. Die Menschen, die er als seine Familie betrachtet hatte. Und jetzt dieser Mann, dessen Worte nur als eine Art Störgeräusch in seinem Kopf ankamen. Weißes Rauschen. Sein Gehirn kam einfach nicht mit.

»Ist ja auch egal. Jedenfalls gibt es in dem Film diese eine Szene: Der Pastor hat irgendwas gemacht, was die Kinder verärgert hat, also zwingen sie ihn, sich umzubringen. Mit seinem eigenen Jagdgewehr. Und er macht es so.« Der Fremde zeigte auf seine Hände. »Er hält das Gewehr genau wie du jetzt gerade.«

Erneut richtete er den Blick nach unten. Plötzlich befangen, nahm er die Finger vom Abzug.

»Ich meine, prinzipiell ist es schon in Ordnung so, aber die Methode ist ziemlich unsicher. Es gibt zu viel, was schiefgehen könnte. Dein Daumen könnte abrutschen. Du könntest danebenschießen. Der Schuss könnte dein Gehirn komplett verfehlen und dir einfach nur den Kiefer wegreißen. Dann wärst du noch am Leben, aber grausam entstellt. Willst du das etwa?«

Der Fremde sah ihn aufmerksam an. Musterte ihn.

Er schämte sich und wandte, noch immer schweigend, den

Blick ab. Dann betrachtete er erneut die Flinte. Er könnte sie hochreißen, zielen, abdrücken ... und der Fremde wäre tot. Einfach so. Ein Kinderspiel. Ein kurzes Zucken seines Fingers. Ein lauter Knall. Ein toter Eindringling.

Und ein Held.

Der Fremde sah ihn lächelnd an. Er schaute sofort weg, weil er seinem Blick nicht standhalten konnte. Es war, als wüsste der Fremde genau, was er gerade gedacht hatte.

»Wenn es dir ernst damit ist, dreh die Flinte um und steck sie dir in den Mund. Ganz tief rein, bis du würgen musst. Bis kurz vor dem Ersticken. Wenn du dann abdrückst, wird's garantiert was.« Der Mann demonstrierte das Gesagte gestenreich. »Oder willst du es am Ende gar nicht wirklich?«

Ihm wurde klar, dass der Fremde eine direkte Frage an ihn gerichtet hatte, und er fühlte sich gezwungen, darauf eine Antwort zu geben. Eine möglichst ehrliche.

»Ich ... ich weiß nicht genau ...«

Der Fremde lächelte, als hätte er mit dieser Antwort gerechnet. »Dachte ich mir. Egal.« Ein Seufzer. »*Dorf der Verdammten.* Interessanter Film. Nach einem Roman von John Wyndham. *Kuckuckskinder.* Gelesen?«

Er sagte nichts.

»Nein? Hab dich, ehrlich gesagt, auch nicht für eine Leseratte gehalten. Solltest du dir aber mal vornehmen. Spannend.« Der Fremde lachte. Es klang unangenehm. »Besonders für dich. Ist ja irgendwie dein Thema, stimmt's?«

Auch dazu schwieg er.

Der Fremde ließ den Blick durch das verwüstete Zimmer schweifen. »Was für eine Sauerei. Was für eine ... unglaubliche ... Sauerei.« Dann wandte er sich wieder ihm zu. »Und keine Fragen? Du willst nicht mal von mir wissen, wer ich bin oder was ich hier zu suchen habe? Kein bisschen neugierig?«

Er öffnete den Mund, aber es kamen keine Worte heraus.

Es war, als hätten sein Kopf und sein Herz ihre Arbeit eingestellt. Er wusste überhaupt nicht mehr, was er denken oder fühlen sollte.

Wieder ließ der Fremde sein unangenehmes Lachen hören. »Ich bin dein Jiminy Grille. Wer sonst? Die Stimme deines Gewissens. Dein eingebildeter kleiner Freund. Wie bei Pinocchio. Den kennst du aber, oder? Die Holzpuppe, die unbedingt ein echter kleiner Junge aus Fleisch und Blut sein will. Die sich verzweifelt danach sehnt, dazuzugehören. Na, kommt dir das bekannt vor?«

Er sah sich im Zimmer um. Sah die Leichen, die in der Dunkelheit nur noch als schwarze Schemen erkennbar und von den Umrissen der zerstörten Möbel nicht mehr zu unterscheiden waren.

»Dachte ich mir.«

Der Fremde hockte sich neben ihn auf den Boden.

»Du kannst das Gewehr jetzt weglegen. Du wirst es sowieso nicht benutzen, weder gegen mich noch gegen dich selbst.«

Er tat wie geheißen und legte die Flinte vorsichtig auf den Holzfußboden.

»Gut.« Der Fremde betrachtete sie, machte jedoch keinerlei Anstalten, sie aufzuheben. Schließlich nickte er. »Gut. Also, was fangen wir denn nun mit dir an, hm?«

»Was ... was meinen Sie damit?«

»Na, wir können dich ja nicht einfach hier sitzen lassen, hab ich recht? Oder können wir das?«

»Ich ... ich weiß nicht. Ich ... hab noch nicht drüber nachgedacht.«

»Natürlich hast du das nicht. Dafür müsstest du ja in der Lage sein zu planen. Vorausschauend zu denken. Aber das ist nicht die Aufgabe von Pinocchio, sondern die von Jiminy Grille, stimmt's?«

Er schwieg. Vor seinem geistigen Auge erschien das Bild von Pinocchio und Jiminy aus dem Disney-Film, wie sie gemeinsam singend und tanzend eine Straße entlanggingen. Das Bild wirkte nicht echt, es gaukelte eine Lüge vor, aber die beiden sahen glücklich aus. Tatsächlich wirkte das Bild so unecht, dass es erreichbar schien. Er lächelte.

»Na, bitte. Du weißt, wovon ich rede. Kluges Kerlchen. Also, das hier …«, der Fremde machte eine ausladende Geste in den Raum hinein, »ist ein ziemliches Chaos. Ein Chaos, das beseitigt werden muss. Und mit mir an deiner Seite wird das kein Problem sein. Natürlich nur, wenn du willst.«

Er konnte noch immer keinen klaren Gedanken fassen. Er verstand einfach nicht, was er vor sich sah. Er begriff nicht, wie es sein konnte, dass er zur Haustür hereingekommen war, voller Wut und Scham und Selbstmitleid und in dem festen Entschluss, nun endlich seine Meinung zu sagen, die Sache ein für alle Mal zu klären und die ganze Wahrheit auf den Tisch zu bringen … Wie es in einem Moment noch so gewesen war und dann auf einmal … Erneut geisterte sein Blick durchs Zimmer. Zu … all dem werden konnte.

»Okay«, sagte er und wandte sich dem Fremden zu. »Helfen Sie mir.«

»Ich glaube, das ist der Beginn einer wunderbaren Freundschaft. Na, weißt du, woraus das ist?« Der Fremde lachte.

Und sein Lachen hallte als ein kaltes, schrilles Echo von den blutgeschwärzten Wänden wider.

ERSTER TEIL

KARFREITAG

3

Es hätte die schönste Zeit ihres Lebens werden sollen. Stattdessen war sie nun zur schrecklichsten geworden.

Marina Esposito schlug ganz langsam die Augen auf. Entsetzen durchzuckte sie. Sie konnte nicht glauben, was sie sah. Schwerfällig stützte sie sich auf die Ellbogen und versuchte, die Bilder wegzublinzeln. Es gelang ihr nicht.

Es war, als wäre sie völlig ohne Vorwarnung in eine postapokalyptische Höllenlandschaft hineinkatapultiert worden. Das Cottage, der Garten, der Streifen Suffolk-Küste – alles weg. Statt friedlicher Dorfidylle nur noch Flammen und Trümmer.

Sie versuchte, sich aufzusetzen und ihr Gehirn zu zwingen, mit den Bewegungen ihres Körpers Schritt zu halten, doch sie spürte nichts als Leere im Kopf. Es war alles zu viel. Sie hatte das Gefühl, als wäre sie gerade aufgewacht und hätte ihren Alptraum aus der Nacht in den Tag mitgenommen. Doch dann spürte sie die Hitze im Gesicht, den Staub in den Augen. Der Kies der Einfahrt bohrte sich schmerzhaft in ihre Handflächen, in ihre Arme und Wange. Dies war kein Traum.

Sie blinzelte erneut. Sie musste ihre Gedanken in irgendeine vernünftige Ordnung bringen, sich daran erinnern, was geschehen war und warum sie hier lag.

Das Cottage, in dem sie alle zusammen Urlaub gemacht hatten. Das …

Sie starrte zu der brennenden Ruine, und schlagartig wurde ihr klar, dass sie das Cottage gewesen war.

»Oh Gott ...«

Mühsam kam sie auf die Beine. Sie ignorierte die schmerzhaften Abdrücke vom Kies, die aufgeschrammte Haut, das Schwindelgefühl. Ihr Körper schüttete Adrenalin aus, und sie fühlte, wie sich ihr Herzschlag beschleunigte. Bald schlug ihr Herz so rasend schnell, dass ihr Brustkorb es kaum noch halten konnte. Schwankend stand sie da und starrte auf das brennende Cottage. Schwerfällig, als wären ihre Beine aus Zement, machte sie ein paar Schritte darauf zu. Ihre Füße knirschten auf dem Kies, und sie atmete schwer durch den Mund ein und aus. Ihr Verstand war noch immer verzweifelt bemüht, zu ihrem Körper aufzuschließen.

Eine kurze Auszeit, nur ein paar Tage, bevor sie wieder zur Arbeit mussten. Nach der Hochzeit und den Flitterwochen. Nur sie, Phil und seine Eltern.

Und ihre dreijährige Tochter.

»Nein ... oh nein, lieber Gott, nein ...«

Erneut ein Blick zur qualmenden Ruine hin. Marina ging schneller.

Ostern in Suffolk. Aldeburgh am Meer. Ganz in der Nähe, in Snape, fand das Aldeburgh Festival statt, es gab einen breiten Strand, Pubs und Restaurants. Es hatte ein Dankeschön für Don und Eileen sein sollen, weil sie sich all die Zeit um Josephina gekümmert hatten.

Und jetzt das.

Marina humpelte weiter. Sie versuchte zwischen den brennenden Trümmern Gestalten auszumachen, rief nach ihrer Familie.

»Phil! Phil! Oh Gott ... Eileen! Don!«

Nichts. Das Einzige, was sie hörte, war das Tosen der Flammen, das immer lauter wurde, je näher sie kam.

Ihr Herz war kurz davor, aus ihrem Brustkorb zu springen.

Vor dem Cottage stand ein brennendes Auto, das Marina noch nie gesehen hatte. Ihr Wagen war es jedenfalls nicht, auch nicht der von Don und Eileen. Doch sie verschwendete keinen Gedanken daran, sondern humpelte weiter auf das Cottage zu. Erst jetzt wurde ihr klar, wie weit entfernt sie gelegen hatte.

Ein Teil ihres Verstandes begann Fragen zu stellen: Warum hatte sie sich nicht im Cottage aufgehalten? Warum war sie nicht bei ihrer Familie gewesen? Ein anderer Teil jedoch schob all diese Fragen beiseite. Es gab Wichtigeres. Viel drängendere Fragen, auf die sie unbedingt Antworten finden musste.

Sie hörte eine Stimme hinter sich, die immer lauter wurde. Sie beachtete sie nicht. Dann Schritte, als jemand auf sie zugerannt kam. Auch das ignorierte sie. Sie hatte nur das Cottage vor Augen. Ihre ganze Welt schrumpfte auf diese brennende Ruine zusammen. Sie musste ihre Familie retten.

Sie war fast bei dem fremden Wagen angelangt, als jemand von hinten nach ihr griff.

»Kommen Sie da weg! Sind Sie wahnsinnig?«

Sie schüttelte die Hände ab und stolperte weiter. Erneut wurde sie gepackt.

»Das ist viel zu gefährlich, wollen Sie sich umbringen? Jetzt kommen Sie schon …«

Hände zerrten sie zurück, hinderten sie am Weitergehen, hielten sie von ihrer Familie fern.

Als sie sich zu befreien versuchte, wurde sie nur noch fester gepackt.

»Bitte, bleiben Sie zurück … seien Sie doch vernünftig …«

Verzweiflung und Adrenalin verliehen ihr Kraft. Sie drehte sich um, sah einen Mann etwa in ihrem Alter, der sie voller

Sorge und Angst musterte, während er sie an den Schultern festhielt. Sie entwand sich seinem Griff.

Als sie am Wagen vorbeikam, spürte sie die Hitze des Feuers am ganzen Körper. Es war so hell, dass sie die Augen schließen musste, und so heiß, dass sie das Gefühl hatte, gegen eine Wand zu laufen. Durch zusammengekniffene Augen spähte sie in die Flammen und versuchte etwas zu erkennen. Alles flimmerte in den Hitzeschwaden.

Erneut hörte sie die Stimme des Mannes hinter sich.

»Kommen Sie da weg! Das Auto kann jeden –«

Sie spürte Hände auf ihrem Körper, dann wurde sie grob zu Boden geworfen. Plötzlich eine sengende Hitze, als würde sie in eine kleine Sonne hineinstürzen, und ein lauter Knall, von dem ihr fast das Trommelfell riss.

Dann nichts mehr.

Nur Schwärze.

4

Er hatte seine eigenen Gardinen bekommen. Immerhin etwas. Gardinen und ein Fenster. Aber ohne Aussicht. Das wäre wohl auch zu viel verlangt gewesen.

Trotzdem hielt ihn das nicht davon ab, aus dem Fenster zu starren. Er starrte aus dem Fenster, und dabei dachte er nach. An manchen Tagen tat er nichts anderes, weil es nichts anderes zu tun gab. Bloß starren und denken. Viel war da draußen nicht zu sehen. Manchmal zählte er die Tauben. Versuchte sie anhand der Zeichnung ihres Federkleids auseinanderzuhalten. Er vermenschlichte sie sogar, indem er ihnen Namen gab und unterschiedliche Charaktereigenschaften zuwies. Wenn es so weit war, wusste er, dass er zu lange aus dem Fenster gestarrt hatte. Als Nächstes würde er ihnen in Gedanken kleine

Westen anziehen. Also setzte er sich stattdessen aufs Bett und richtete den Blick nicht mehr nach außen, sondern nach innen.

Er dachte über Dinge nach, die er in Büchern gelesen hatte. Über die Notizen, die er mit Bleistift auf die Seitenränder gekritzelt hatte. Die Bücher standen jetzt unberührt auf seinem Regalbrett. Er nahm sie nicht mehr oft herunter. Er hatte sie schon so häufig aufgeschlagen, dass er die Stellen, die ihm gefielen, auswendig kannte. Die wichtigen Stellen.

Etwas, worüber er sehr oft nachdachte, war die Zeit. Sie beschäftigte ihn ständig, und er hatte jede Menge Bücher mit allen möglichen Theorien darüber gelesen. Dass sie nicht in einer geraden Linie verlief, sondern sich dehnen und krümmen konnte. Dass sie einem manchmal kurz erschien, aber in Wirklichkeit lang war. Dass sie Schleifen machte. Dass sie die Fähigkeit besaß, einen auszutricksen, so dass man dachte, sie sei das eine, obwohl sie in Wahrheit etwas ganz anderes war.

Er wandte das Gelesene auf sein eigenes Leben und seine Situation an: dass die Zeit ihm kurz vorkam, obwohl sie lang war. Nein – an den meisten Tagen war es umgekehrt: Sie kam ihm lang vor, war in Wirklichkeit aber kurz. Nein, nicht an den meisten, an *allen* Tagen. Und in allen Nächten. Die Nächte waren noch schlimmer als die Tage.

Weil er immer und immer wieder denselben Traum hatte. Schon seit Jahren. Seit er hierhergekommen war. Er träumte seinen eigenen Tod. Und es war jedes Mal ein langsamer, qualvoller Tod. Krebs, MS, Aids oder Ähnliches. Irgendeine Krankheit, die sich nicht aufhalten ließ, für die es keine Heilung gab. Sein Körper schrumpfte Stück um Stück zusammen, bis er zu einem Käfig wurde, in dem er gefangen war. Manchmal verschwand alles, und nur noch seine Stimme blieb zurück. Eine jämmerliche piepsende Stimme, die stumme Schreie ausstieß. Unbeachtet. Ungehört.

Nach dem Aufwachen war der Traum immer noch ganz

real. Er hing so fest an ihm, dass er dachte, er sei tatsächlich tot. Er musste sich jedes Mal zu der Einsicht zwingen, dass er noch lebte. Er lag dann im Dunkeln, lauschte auf das Stöhnen und Schreien jenseits seiner Tür und dachte über das Totsein nach. Wenn sein Körper zerfallen wäre und sein Geist sich aufgelöst hätte. Nichtsein. Keine Gedanken, kein Leben, keine Erinnerungen. Einfach nur nichts.

Und dann fühlte er sich einsam. So einsam, wie er nie gedacht hatte, dass sich ein Mensch überhaupt fühlen konnte.

Irgendwann kam der Morgen, und ein neuer Tag brach an, der genauso war wie der vorangegangene und wie der darauffolgende. Jedes Mal beim Aufwachen blieb ein größeres Stück des Traums an ihm haften, so dass seine Lebendigkeit immer weiter schwand. So lange, bis es sie schließlich gar nicht mehr gab. Bis er zu nichts geworden war.

Mittlerweile war er nur noch eine Ansammlung von Erinnerungen. Und Erinnerungen, das wusste er, waren in etwa so zuverlässig wie die Zeit. Wenn man jemandem sagte, ein Tisch sei ein Stuhl, und wenn man es ihm nur lange und deutlich genug sagte, würde er es früher oder später glauben. Dasselbe war mit seinen Erinnerungen passiert. Die Leute hatten ihm erklärt, was er getan hatte. Was der Auslöser dafür gewesen sei. Was die Folgen davon gewesen seien. Und obwohl er ihnen nicht geglaubt und sich gegen ihre Worte gesträubt hatte, obwohl er versucht hatte, dem seine eigenen Erinnerungen entgegenzusetzen, waren ihre Erinnerungen am Ende stärker gewesen und hatten gesiegt. Es hatte Jahre gedauert, aber schließlich hatte er anerkennen müssen, dass das, was die Leute sagten, die Wahrheit war. Dass ihre Erinnerungen seine waren. Dass er wirklich getan hatte, wovon sie behaupteten, er habe es getan.

Nachdem er den Widerstand aufgegeben und zugelassen hatte, dass sie ihre Ereignisse in seinen Kopf pflanzten, war es leichter geworden. Sie waren netter zu ihm und hatten davon geredet, ihn gehen zu lassen. Womöglich war sogar die Zeit schneller vergangen. Aber vielleicht war das auch nur wieder so ein Trick der Zeit, die ihm etwas vorgaukelte, was gar nicht stimmte.

Aber vielleicht auch nicht. Weil der Tag nämlich gekommen war. Heute war der Tag. Nie wieder auf Gardinen starren. Nie wieder in seiner Zelle sitzen, mit seinen auswendig gelernten Büchern, und von einem Tod im Leben träumen.

Er würde rauskommen. Er würde frei sein.

Sie hatten betont, dass dies etwas Gutes sei. Dass er sich doch bestimmt darauf freue. Er hatte ihnen zugestimmt, weil es das war, was sie hören wollten. Wenn sie zufrieden waren, war auch er zufrieden.

Er hörte einen Schlüssel im Schloss knirschen. Stand auf. Blickte geradeaus zur Wand. Die Tür öffnete sich, und zwei von ihnen traten ein. Einer lächelte.

»Heute geht's nach Hause, was?«, fragte der mit dem Lächeln.

Er wollte sagen, *Ich bin zu Hause*, wusste es aber besser. Also nickte er.

Das Lächeln des einen wurde zum Lachen. »Wahrscheinlich hast du keine Ahnung, was du jetzt mit dir anfangen sollst.«

Weil er wusste, dass eine Antwort von ihm erwartet wurde, fing er auch an zu lachen. »Und ob ich eine Ahnung habe.«

Da lachte der, der zuvor gelächelt hatte, erneut.

»Such deine Sachen zusammen und komm«, sagte der andere mit einem Gähnen.

Er kannte ihre Namen und hatte sie sogar ein paarmal benutzt. Aber er würde sie vergessen, kaum dass er draußen war. Weil er sie dann nicht mehr brauchen würde.

Er sah sich ein letztes Mal in seiner Zelle um. In seinem

Zuhause. Sein Blick streifte die Gardinen, die auswendig gelernten Bücher, seine Toilettenartikel. »Ich will nichts mitnehmen«, sagte er.

»Wie du meinst.«

Er folgte ihnen nach draußen.

Die Tür fiel schwer hinter ihm ins Schloss.

Er verließ den Trakt, ging den langen Gang entlang aufs Tor zu und versuchte, nicht an die Vergangenheit zu denken, sondern an die Zukunft. Er hoffte, dass die Zeit ihn von nun an nicht mehr austricksen würde und dass ein Tisch jetzt wieder ein Tisch wäre und kein Stuhl.

Er gab sich Mühe, nicht bei jedem Schritt seinen Tod zu spüren.

5

Marina öffnete die Augen. Sie versuchte, etwas zu erkennen, aber es war zu hell. Geblendet kniff sie sie zusammen, um sie dann erneut, diesmal langsamer, wieder zu öffnen.

Sie sah Vorhänge aus dünnem Stoff mit einem Muster, das ihr nicht bekannt vorkam. Sie schaute sich um. Sie befand sich in einem kleinen Zimmer. Nein, kein Zimmer, eine Art Kabine. Diese hatte eine beigefarbene Wand, an der ein kleines Waschbecken angebracht war. Als sie an sich herabschaute, wurde ihr klar, dass sie auf einer Untersuchungsliege lag. Einige Sekunden lang schwebte ihr Bewusstsein losgelöst von ihrer Erinnerung, doch dann prallten die beiden mit voller Wucht aufeinander. Sie fuhr in die Höhe.

Das Cottage … das Feuer …

»He, immer mit der Ruhe …«

Sie fühlte Hände auf ihren Schultern. Fest, aber nicht grob. Sie drückten sie nicht nieder, hielten sie einfach nur fest.

»Wo bin ich?«

»Ipswich General. In der Notaufnahme.«

Die Stimme klang vertraut. Warm und freundlich. Ein Gedanke schoss ihr durch den Kopf. »Phil, wo ist Phil?«

»Alles wird gut«, sagte die Stimme.

Marina strengte sich an und schaffte es schließlich, der Sprechenden ins Gesicht zu blicken. Dunkle Haut, blondierte Haare, Jeansjacke, T-Shirt. Ihre Freundin und Kollegin Detective Constable Anni Hepburn.

»Anni … was –«

»Leg dich erst mal wieder hin, Marina. Leg dich hin.«

Marina wollte nicht, aber sie vertraute ihrer Freundin. Erneut sah sie Anni ins Gesicht. Deren Miene war angespannt. Keine Spur von ihrer üblichen guten Laune.

»Was ist passiert? Wo ist Phil? Josephina?«

»Beruhig dich erst mal. Entspann dich, okay?« Anni schien nicht so recht zu wissen, was sie sagen sollte.

Marina bemerkte ihre Unsicherheit und versuchte prompt erneut, sich aufzusetzen. Jeder Knochen im Leib tat ihr weh. Sie ließ sich wieder auf die Liege sinken.

»Was ist passiert? Sag doch was …«

Anni seufzte, und ihr Blick ging umher, als suche sie nach jemandem, der ihr zu Hilfe kam. Da es niemanden gab, wandte sie sich wieder Marina zu. »Man hat dich vor einem Cottage in Aldeburgh in Suffolk gefunden. Gestern Abend.«

Marina nickte. In ihrem Kopf drehte sich alles. »Wir wollten das Wochenende dort verbringen.«

Anni sah sie an. »Das Haus hat gebrannt …«

Bei diesen Worten legte sich eine Düsternis über sie, gegen die selbst das grelle Licht der Kabine nicht ankam.

»Gebrannt …« Bruchstücke von Marinas Erinnerung kehrten zurück, grellbunte Puzzleteile vor einem dunklen Hintergrund. »Gebrannt.«

»Du hast versucht, ins Haus zu kommen«, fuhr Anni fort. »Ein Mann, der zufällig vorbeikam, hat dich weggezogen. Wenn er das nicht gemacht hätte …«

Marina schloss die Augen, während die Puzzleteile sich langsam zu einem Bild zusammenfügten. »Die … die anderen?« Ihre Kehle war wie zugeschnürt, und sie konnte kaum atmen. Sie versuchte, die Worte daran zu hindern, sich in ihrem Mund zu formen, wusste aber, dass sie sie früher oder später würde aussprechen müssen. Wusste, dass sie sich den Antworten auf ihre Fragen stellen musste. »Sind sie …?«

Anni seufzte.

Marina musterte sie. »Ich kenne diesen Ausdruck«, sagte sie. Sorge und Angst waren stärker als die Erschöpfung und verliehen ihr eine Stimme. »Phil sieht manchmal auch so aus. Das ist das Gesicht, das ihr immer aufsetzt, wenn ihr jemandem eine schlimme Nachricht überbringt. Wenn ihr den Leuten sagen müsst, dass ihr Sohn oder ihre Tochter ermordet wurde. Ich kenne …« Sie geriet ins Stocken. »Oh Gott.«

»Es … Bist du stark genug dafür, Marina? Ich meine, du hast gerade –«

»Ich weiß es nicht, Anni. Bin ich stark genug? Ist man für so was jemals stark genug?« Auf einmal war ihre Stimme kalt und abweisend. Dann ein Seufzer. »Entschuldige. Mach … sag's mir einfach.«

»Phil ist … am Leben.«

Ihre erste Reaktion war unendliche Erleichterung. *Phil ist am Leben.* Doch sie zügelte sich, wollte sich nicht vorschnell in Sicherheit wiegen. Dieses Zögern in Annis Stimme …

»Am Leben?«, sagte sie.

Anni schluckte. »Ja.«

»Kann ich zu ihm?«

»Im Moment noch nicht. Er ist …«

»Was?«

»Nicht bei Bewusstsein.«

»Oh Gott.«

»Wir … wir warten noch darauf, dass er wieder zu sich kommt.«

Annis Worte trafen sie mit der Wucht einer Abrissbirne. Sie versuchte, all das zu verarbeiten, doch in ihrem Kopf tobte ein Zyklon, die Worte wirbelten wild im Kreis herum.

»Und … und …« Sie brachte den Namen nicht über die Lippen. Josephina. Ihre Tochter.

»Eileen geht es gut«, sagte Anni rasch. »Es hat sie nicht allzu schlimm erwischt. Sie ist relativ glimpflich davongekommen.« Vor den nächsten Worten wurde ihre Stimme leiser, als wolle sie sich selbst nicht dabei zuhören, wie sie sie aussprach. »Don hatte leider nicht so viel Glück.«

Der Zyklon in Marinas Kopf beschleunigte sich. »Was? Don …«

Anni sah Marina in die Augen und hielt ihren Blick fest. »Er … er ist tot, Marina.«

Der Zyklon erreichte seine maximale Stärke. Er erfasste Marinas Gedanken, ihre Gefühle, und riss sie mit sich fort. Ihr war, als würde ihr jeden Moment der Kopf platzen. Es war alles einfach zu viel. Zu viel auf einmal. Trotzdem gab es noch eine Frage, auf die sie unbedingt eine Antwort haben musste. Die eine Frage, die zu stellen sie bis jetzt nicht gewagt hatte.

»Josephina …« Ihre Stimme war klein und zerbrechlich.

Wieder musste Anni seufzen. »Man … hat sie nicht gefunden.«

Marina starrte ihre Kollegin an.

»Ehrlich, sie war … wie vom Erdboden verschluckt.«

6 Die Feuerwehr hatte ihre Arbeiten eingestellt. Vom Cottage waren nur noch die rußgeschwärzten, schwelenden Grundmauern übrig. Ein verkohltes Gerippe, in dem alles Leben verbrannt war. Detective Sergeant Jessica James betrachtete die Ruine, die Augen mit der Hand vor der Sonne abgeschirmt.

Man hatte sie auf der Herfahrt von Ipswich über die Lage informiert. Ein Polizist auf Familienurlaub. Eine Explosion. Feuer. Höchstwahrscheinlich ein Gasleck, aber sicher war man sich nicht.

»Gehen Sie mit aller Sorgfalt vor«, hatte der DCI ihr eingeschärft. »Er ist einer von uns, denken Sie daran. Auch wenn er nicht von hier ist.«

»Die große Bruderschaft, schon verstanden«, hatte sie geantwortet.

»Hauptsache, Sie sind gründlich. Das ist alles.«

Sie würde gründlich sein. Wahrscheinlich war es bloß ein tragischer Unfall.

Andererseits ...

Ein Polizist. Rache? Ein Verbrecher mit einem bitteren Groll gegen den Mann, der ihn hinter Gitter gebracht hatte? Abstrus, hätte sie normalerweise dazu gesagt. Ein Klischee wie aus einem reißerischen TV-Krimi. Im wahren Leben kam so etwas nicht vor. Nicht in ihrer Gegend.

Und doch: Hätte man sie vor einigen Jahren gefragt, ob sie es für möglich hielte, dass ein sadistischer Sexualmörder in Ipswich sein Unwesen trieb und fünf Prostituierte ermordete, wäre ihr Urteil wohl ähnlich ausgefallen: ein schlechter Fernsehkrimi. Keinerlei Bezug zur Realität. So etwas gab es in ihrer Gegend nicht. Und doch war es passiert. Und sie hatte nicht die Absicht, diejenige zu sein, die ins Kreuzfeuer der Kritik geriet, sollte etwas Ähnliches wieder passieren.

Sie fuhr sich mit den Fingern durchs Haar und schüttelte den Kopf, um die Spinnweben aus ihren Gedanken zu vertreiben. Hätte sie gewusst, dass sie heute zum Dienst musste, wäre sie gestern Abend nicht mit ihren Freundinnen in den Pub gegangen. Aus ein paar Drinks waren nämlich schnell ein paar mehr geworden. Und dann noch ein paar mehr. Danach ein Curry, an das sie nur vage Erinnerungen hatte, ein gelallter Telefonanruf zu Hause, um Terry zu sagen, dass es spät werden würde, er müsse nicht aufbleiben und warten ... Und was dann? Ins Tiger Tiger? Hatte sie da mit irgendeinem Typen getanzt? Geflirtet? Bis sie irgendwann ins Bett gekippt war.

Und dann das hier. Ein Anruf von der Dienststelle, das freie Wochenende war gestrichen. Sie musste raus nach Aldeburgh. Auf der Fahrt hatte sie die ganze Zeit abwechselnd Pfefferminzbonbons, Paracetamol und Evian geschluckt.

Sie steuerte auf einen Mann zu, der den Uniformierten Anweisungen erteilte. Er war klein, adrett gekleidet, hatte ein Klemmbrett in der Hand und wirkte auf den ersten Blick wie ein Kandidat bei *The Apprentice*, der wild entschlossen ist, einhundertundzehn Prozent zu geben: eher Typ übereifriger Praktikant als Detective Constable. Doch genau das war Deepak Shah, und es wurmte sie mehr, als sie sich anmerken ließ.

»Was gibt's, Deepak?«

Beim Klang ihrer Stimme drehte er sich um. »Es ist noch zu früh, um Genaues zu sagen, Ma'am, aber wie es scheint, ist das Feuer im Wohnzimmer ausgebrochen. Wir haben ein paar Augenzeugen, die von einer Explosion berichten. Danach hat sich das Feuer bis in den Rest des Hauses ausgebreitet.«

»Überlebende?«

Er nickte. »Nur ein Todesopfer. Der Vater.« Er konsultierte sein Klemmbrett. »Er befand sich im Raum, in dem die

Explosion stattgefunden hat. War auf der Stelle tot. Zwei Verletzte sind noch in kritischem Zustand. Eine weitere Person hielt sich zum fraglichen Zeitpunkt draußen auf. Sie hat versucht, zurück ins Haus zu kommen. Das Auto da hat sie daran gehindert.« Er wies auf ein ausgebranntes Autowrack, das vor dem Cottage stand. »Der Tank ist hochgegangen, und die Explosion hat sie zurückgeschleudert. Die Verletzten wurden ins General Hospital in Ipswich gebracht.«

Jessica James nickte und versuchte sich nicht darüber zu ärgern, dass Deepak so wohlorganisiert war. »War da nicht noch was mit einem Kleinkind?«

Deepak sah sie an. Auf einmal waren seine übliche Beflissenheit und Pedanterie wie weggeblasen. Jetzt war er nüchtern wie ein Profi, genau wie sie es von ihren Mitarbeitern erwartete. Und es lag noch etwas anderes in seinem Blick: eine Mischung aus Mitgefühl und Entschlossenheit. Und das, wurde ihr nun klar, war der Grund, weshalb sie einen Mann wie ihn überhaupt an ihrer Seite ertrug.

Er schüttelte den Kopf. »Nichts«, sagte er. »Keine Spur.«

»Aber es befand sich definitiv ein Kleinkind im Haus?«

»Ein kleines Mädchen«, bestätigte er. »Beim Vermieter wurde bei der Buchung ein Bettchen für ein dreijähriges Kind angefragt. Wir haben auch mehrere Gegenstände sichergestellt – Spielzeug, Kleidungsstücke, allerdings nicht viele. Möglicherweise befindet sich irgendwo da drin auch ein Buggy.« Er wies auf die Ruine. Drei Leute in blauen Overalls wagten sich gerade vorsichtig hinein. »Die Brandermittler und die Spurensicherung schauen sich noch um.«

»Hoffentlich sehen sie sich vor«, sagte sie, »und passen auf, worauf sie treten.«

Deepak sparte sich eine Erwiderung.

Jessicas Aufmerksamkeit wurde von einem Fahrzeug abgelenkt. Es näherte sich dem Flatterband, das quer über den zum

Haus führenden Kiesweg gespannt war. Kurz vor der Absperrung hinderte ein Uniformierter den Wagen am Weiterfahren. Er hielt an, und der Fahrer stieg aus. Er war groß, kräftig gebaut und hatte kurzgeschnittene Haare. Jessica entging nicht, dass er sich in seiner aus Karohemd und Jeans bestehenden Freizeitkluft ganz offensichtlich unwohl fühlte. Er hielt etwas hoch, woraufhin der Uniformierte ihn passieren ließ.

Jessica wartete, bis er bei ihr angekommen war. »Und wer sind Sie?«, wollte sie wissen.

Erneut hielt er seinen Ausweis in die Höhe. »Detective Sergeant Mickey Philips«, stellte er sich vor.

»Detective Sergeant Jessica James.«

Sie gaben sich die Hand.

»Abteilung für Kapitalverbrechen«, sagte er. »Polizei Essex.«

Jessica zog die Brauen hoch. »Kapitalverbrechen? Da wildern Sie aber ein ganzes Stück abseits Ihres Jagdreviers. Oder liegt hier etwa ein Kapitalverbrechen vor?«

Er nickte und stieß einen tiefen Seufzer aus. Danach wirkte er nicht mehr ganz so verkrampft. »Ja. Ich bin inoffiziell hier.« Er wies zum Cottage. Verzog das Gesicht. »Das da drin war mein Boss.«

»Reden wir nicht vorschnell von ›war‹, Detective ... wie hießen Sie noch gleich?«

»Philips«, antwortete er. »Mickey Philips. Jedenfalls geht es um meinen Boss und seine Frau. Sie ist Psychologin, arbeitet auch bei uns im Team.«

»Aha. Mickey. Ist Ihr Boss der Jüngere der beiden? Es gab einen Vater und einen Sohn.«

Mickey nickte.

»Dann können Sie beruhigt sein. Er hat überlebt.«

Mickey nickte erneut, allerdings zögerlich. Die Auskunft schien ihn nicht wirklich aufzumuntern.

Jessica beschloss, dass Thema zu wechseln. »Also, weshalb sind Sie hier?«, fragte sie. Falls er gekommen war, um zu helfen, wäre er ihr in seiner derzeitigen Verfassung eher eine Last.

»Ich dachte einfach nur ...« Er zuckte die Achseln. »Ich habe mich gefragt, ob Sie vielleicht ein bisschen Hilfe brauchen könnten. Ich habe heute frei.«

»Willkommen im Club«, murmelte sie mit dem Anflug eines Lächelns.

»Also, wenn ich irgendwas tun kann ...«

Sie musterte ihn. Er war ein bulliger Typ. Muskulös, mit einer starken körperlichen Präsenz. Von der Statur her eher Rugby-Spieler als Boxer. Aber seine Augen hatten etwas Sanftes. In ihnen lagen Klugheit und Mitgefühl, und das gefiel Jessica. Sehr sogar.

»Na ja ...« Jetzt war sie diejenige, die mit den Schultern zuckte. »Je mehr, desto besser, würde ich mal sagen. Sie können uns einiges über Ihren Boss erzählen. Phil Brennan, richtig?«

Mickey nickte.

Sie lächelte. »Willkommen an Bord.«

Mickey und Deepak Shah wurden einander vorgestellt und reichten sich die Hand, doch dann wurde die Unterhaltung durch einen Kriminaltechniker im blauen Overall unterbrochen, der zu ihnen trat. Jessica wandte sich ihm zu.

»Und? Irgendwas gefunden?«

»Jedenfalls kein Kind«, sagte dieser. »Natürlich werden wir alles noch genauer untersuchen, aber momentan deutet nichts darauf hin, dass sich zum Zeitpunkt der Explosion ein Kind im Haus aufgehalten hat. Es sei denn – Sie wissen schon ...«

»Es sei denn, es befand sich direkt im Zentrum der Explosion, ich weiß«, sagte Jessica und musste schlucken. »Suchen Sie weiter.«

»Machen wir. Es ist noch früh, aber wir glauben, den Explosionsherd identifiziert zu haben.«

»Ein Ofen? Ein Kamin?«, fragte Jessica.

Der Kriminaltechniker schüttelte den Kopf. »Nach dem jetzigen Stand der Ermittlungen weder noch.«

Jessica überlief es kalt. »Sie meinen, das Feuer wurde absichtlich gelegt?«

»Wir sollten für alle Möglichkeiten offen sein«, gab der Kriminaltechniker zurück, bevor er davonging.

Mit einem Mal kamen ihr die reißerischen, klischeebeladenen Geschichten der TV-Krimidramas gar nicht mehr so weit hergeholt vor.

7

Als Annis Worte endlich zu Marina durchdrangen, breitete sich ein Gefühl der Taubheit in ihr aus, das stärker war als die Benommenheit von den Schmerzmitteln.

»Was soll das heißen, man hat sie nicht gefunden?«

»Genau das, was ich gesagt habe: Dass man sie nicht gefunden hat«, wiederholte Anni und rutschte dabei unbehaglich auf ihrem Stuhl hin und her, als säße ihr die Haut nicht richtig am Körper, als kneife oder zwicke sie an einigen Stellen. »Es wurde überall nach ihr gesucht, aber man hat keine Spur gefunden …«

»Überall. Es wurde überall gesucht …«

»Ja, überall. Im Cottage, draußen …« Anni fiel es immer schwerer stillzusitzen. »Man hat einige ihrer Sachen gefunden. Kleider, Spielzeug – was noch davon übrig war. Aber Josephina selbst nicht.«

»Ich muss zurück … Ich muss dahin zurück …« Marina wollte sich aufrichten und die Füße auf den Boden setzen, doch schon bei dem bloßen Versuch sog sie vor Schmerz scharf die Luft ein und ächzte. Jede Bewegung tat weh. Sie fiel hart auf die Liege zurück.

»Marina, du musst ruhig liegen bleiben.«

»Ich muss ... ich muss los ... Meine Kleine, ich muss meine Kleine finden ...«

»Aber es wurde doch schon überall gesucht ...«

Wieder unternahm Marina einen verzweifelten Versuch aufzustehen. Vergeblich. »Dann ... sucht eben noch mal.«

»Wir –«

»Ich komme mit. Ich muss dabei sein. Ihr braucht mich. Josie braucht mich.« Marina ignorierte die Schmerzen und schaffte es tatsächlich, sich aufzusetzen. »Sie muss irgendwo sein. Sie ... Ich weiß nicht, vielleicht konnte sie ins Freie kriechen. Vielleicht ist sie –«

»Es wurde jeder Stein umgedreht, Marina. Glaub mir.« Annis Stimme war ruhig, aber streng.

Marina spürte einen Schmerz, der unendlich viel schlimmer war als all ihre körperlichen Schmerzen zusammen. Angst breitete sich wie flüssiges Blei in ihren Adern aus und vergiftete sie von innen. Zog sie unaufhaltsam in die Tiefe, bis ihre Verbindung zur realen Welt kurz vor dem Zerreißen war. »Vielleicht hat sie ... vielleicht hat jemand sie gefunden. Jemand hat sie gesehen und mitgenommen und kümmert sich jetzt um sie ...« Marina streckte die Hand aus, bekam Annis Ärmel zu fassen und zog heftig am Stoff. Ihre Stimme schnappte beinahe über.

»Wir gehen jeder erdenklichen Spur nach.«

Marina ließ die Hand sinken. Sie spürte Zorn in sich aufwallen. Wie oft hatte sie Phil genau dasselbe sagen hören? »Red nicht so mit mir, Anni. Heb dir das für die Zivilisten auf.«

Anni zuckte bestürzt zurück.

Marina richtete sich entschlossen auf. Der Raum drehte sich, doch sie achtete gar nicht darauf, sondern fixierte Anni mit festem Blick. Sah ihr direkt in die Augen, damit sie auch ja verstand, was sie zu sagen hatte. »Josephina, Josie ... Sie muss da sein. Sie muss einfach. Irgendwo muss sie doch sein.«

»Es wurde nach ihr gesucht. Überall.«

»Dann muss eben noch mal gesucht werden!«

Anni seufzte. »Das haben sie doch getan.«

»Aber irgendjemand muss doch wissen ... Wenn sie da war, wenn sie ... wenn sie mit jemandem mitgegangen ist, jemand sie aufgenommen hat ... wenn ... Irgendjemand muss doch was gesehen haben, irgendjemand ...« Erschöpft ließ Marina sich zurücksinken. »Oh Gott, oh Gott ...« Die Schmerzen ließen langsam nach, der Raum hörte auf, sich zu drehen. »Ich weiß«, sagte sie, und ihre Stimme klang plötzlich schwach. »Ich weiß. Ich bin mir sicher, alle tun ihr Bestes ...«

»Mickey ist bei ihnen«, fuhr Anni fort. »Er ist hingefahren, um dem Team vor Ort zu helfen.«

»Oh nein ...« Ein neuer Gedanke schoss Marina durch den Kopf. »Was, wenn sie ...« Ihre Stimme zitterte, dann brach sie. »Das Cottage – was, wenn sie ...«

»Mickey ist vor Ort«, wiederholte Anni leise und eindringlich. »Wenn sie dort ist, wird er sie finden. Egal, wo.«

Marina nickte. Sie hörte gar nicht mehr auf zu nicken. Dass sie weinte, bemerkte sie erst, als Anni den Arm um sie legte.

»Bitte nicht ...« Das Blei in ihren Adern wurde immer schwerer. Ihr Herz, ihr ganzer Körper war vor Furcht wie gelähmt. »Bitte nicht ...«

So saßen sie da, boten einen traurigen Anblick, während die Zeit um sie herum zu einem Vakuum wurde.

Die Stille wurde jäh unterbrochen, als jemand den Vorhang der Kabine beiseitezog. Marina hob den Kopf. Eine müde aussehende Krankenschwester kam herein.

»Wie fühlen Sie sich?«, fragte sie. Ihr Tonfall war sachlich, ihr Interesse rein beruflicher Natur, und doch lag Mitgefühl in ihren Augen, selbst wenn diese dunkle Ringe hatten.

Marina starrte sie an. Sie hatte keine Ahnung, was sie auf die Frage antworten sollte.

»Mein Mann … wie geht es ihm? Wo ist er? Kann ich ihn sehen?«

»Er wird noch operiert«, teilte die Schwester ihr mit. »Die Ärzte tun alles Menschenmögliche.«

»Oh nein …« Erneut diese bleierne Schwere, das Gewicht im Innern, das sie niederdrückte.

»Gibt es denn schon Neuigkeiten? Können Sie uns irgendwas sagen?« Annis Ton war nüchtern und professionell.

Die Schwester maß sie mit einem bewusst neutralen Blick. »Sie sind zuversichtlich.«

»Was fehlt ihm denn?«

»Es gab eine Explosion«, erklärte die Krankenschwester, während sie Marina untersuchte. »Zum Glück befand er sich nicht in unmittelbarer Nähe des Explosionsherdes, sonst hätte er nicht überlebt. Er wurde von umherfliegenden Trümmern getroffen. Kopfverletzung. Er ist gerade im OP.«

Nach den Worten der Krankenschwester fühlte sich Marina kalt und taub.

»Seiner Mutter geht es gut. Sie ist weniger schwer verletzt als anfänglich gedacht.« Die Schwester zögerte kurz. »Aber das mit seinem Vater tut mir sehr leid. Offenbar konnten die Notärzte nichts mehr für ihn tun.«

Marina sagte nichts. Sie brachte keinen Ton heraus.

»Sie stehen unter Schock«, teilte die Krankenschwester ihr mit. »Wir warten nur, bis ein Bett frei wird, dann verlegen wir Sie auf die Station. Wir würden Sie gerne über Nacht hierbehalten. Außerdem wollen Sie ja bestimmt in der Nähe Ihres Mannes sein.«

Ihr Blick wanderte zwischen Marina und Anni hin und her. »Ich komme wieder, sobald ich kann.«

Sie ging und zog den Vorhang wieder hinter sich zu.

Anni schwieg. Marina starrte geradeaus. Das Muster des Vorhangstoffs tanzte und flimmerte vor ihren Augen.

Annis Handy klingelte. Sie fuhr von ihrem Stuhl hoch. »Das ist vielleicht Mickey«, sagte sie. »Gib mir eine Minute.« Sichtlich erleichtert über die Unterbrechung verließ sie die Kabine.

Marina rührte sich nicht, sondern blickte unbewegt ins Leere. Im Geiste sah sie die Augen ihrer Tochter vor sich. Ihre Augen. Ihr Lächeln. Ihr Haar.

Plötzlich verspürte sie den überwältigenden Drang zu schreien, auf etwas einzuschlagen, mit dem Kopf gegen die Wand zu rennen. Damit all die unaussprechlichen Gefühle, die in ihr wüteten, irgendwie herauskamen. Doch sie kämpfte den Drang nieder. Für den Moment.

Anni kam zurück und setzte sich wieder.

»Gibt es Neuigkeiten? Über Josephina? Was ist los? Was ...«

Anni schüttelte den Kopf. »Noch nichts, tut mir leid ...«

Marina krümmte sich zusammen. »Nein. Nein. Sie muss da sein. Nein. Sie muss einfach.«

»Sie suchen immer noch.« Anni stieß einen Seufzer aus.

»Ich weiß. Aber ...«

Marina schwieg.

»Hör mal, ich fürchte, ich muss dir ein paar Fragen stellen.«

»Nein.« Marina wandte sich ab und schloss die Augen.

»Marina, bitte. Ich weiß, dass es schwer ist. Aber wir sind aus reiner Gefälligkeit hier. Weil du und Phil bei der Polizei seid, drücken die zuständigen Ermittler vor Ort ein Auge zu. Pass auf, du musst uns helfen. Wenn es irgendetwas gibt ...«

»Nein. Nein.« Marina drehte sich wieder zu Anni um. Las in ihrem Gesicht, dass diese nicht nur ihre Arbeit tat, sondern aufrichtig um sie bemüht war. »Lass …« Sie holte zitternd Luft. »Lass mich nur eine Minute allein. Fünf Minuten.«

»Okay.« Anni nickte und stand auf. »Möchtest du irgendwas? Ich hole mir was zu trinken und eine Tafel Schokolade. Bin total ausgehungert.«

Marina hörte sie kaum.

»Also gut.« Anni verschwand.

Marina lag da und starrte erneut auf den Vorhang. Plötzlich erklang eine ihr bekannte Melodie. Der alte Joy-Division-Song »Love Will Tear Us Apart«. Geistesabwesend fragte sie sich, woher die Musik wohl kam.

Bis ihr klarwurde, dass es der Klingelton eines Handys sein musste.

Sie sah sich um. Neben dem Stuhl auf dem Fußboden lag Annis Tasche. Marina schwindelte, und ihre Seite schmerzte wie rasend, als sie sich über die Seite der Liege beugte und aufmerksam lauschte. Nein, von dort kam das Klingeln nicht.

Sie legte sich wieder hin. Das Lied hörte überhaupt nicht mehr auf. Erneut suchte sie die kleine Kabine mit Blicken ab. Auf der anderen Seite der Liege stand ihre eigene Handtasche. Von dort schien der Klingelton zu kommen.

Mit gerunzelter Stirn streckte sie sich nach der Tasche und hob sie vom Boden auf. Sie wühlte darin herum und förderte schließlich ein Handy zutage. Es war ein billiges schwarzes Smartphone, das sie noch nie zuvor in ihrem Leben gesehen hatte. Verwirrt nahm sie das Gespräch an.

»Hallo …?«, fragte sie unsicher.

»Marina Esposito.« Eine unbekannte Stimme. Elektronisch verzerrt. Weder männlich noch weiblich. Aber trotzdem klar und deutlich zu verstehen.

»Ja …« Sie sah sich rasch um, als stünde jemand in der Nähe, der sie hören könnte.

Aus der Leitung drang ein Laut, der kein Wort war. Marina wusste, dass die Person am anderen Ende lächelte. »Ich glaube, ich hab etwas, das Ihnen gehört.«

Ein Beben ging durch Marinas Körper. Sie war außerstande, etwas zu erwidern.

»Etwas, das Ihnen abhandengekommen ist.«

»W … was denn?«

»Etwas mit Namen … Josephina.« Die Person am anderen Ende ließ sich den Namen förmlich auf der Zunge zergehen.

Marina schnappte nach Luft. Dann begann sie zu zittern. »Wo ist sie? Ich muss … ich muss …«

»Seien Sie still und hören Sie zu.« Auf einmal klang die Stimme härter, kälter. »Wenn Sie Ihre Tochter lebend wiedersehen wollen, sagen Sie jetzt kein Wort mehr und hören mir genau zu.«

8

Das Tor schloss sich hinter ihm. Er hatte sich ein Reiben von Metall an Metall vorgestellt, wenn der Schlüssel herumgedreht und ein Riegel nach dem anderen zurückgeschoben wurde. Die alten Angeln würden vor Empörung kreischen: Wieder einer, der in die Freiheit entlassen wurde. Dann würde sich das Tor schließen, in seinen Rahmen zurückrollen, dort, wo es hingehörte, und hinterher wäre es, als hätte es sich nie bewegt. Das Geräusch des Einrastens wäre laut und endgültig und würde ganz langsam verhallen, bis eine ohrenbetäubende Stille zurückblieb.

In Wirklichkeit jedoch war es ganz anders gewesen. Das Tor hatte sich einfach vor ihm aufgetan, wie das einer Garage oder einer Fabrik, und er war ins Freie getreten. Danach war es zurück an seinen Platz geglitten. Das Summen des Elektromotors war verstummt, kaum dass es vollständig geschlossen war.

Und nun stand er da und starrte auf die vor ihm liegende Straße. Autos fuhren vorbei. Sie waren schneller, als er es von früher kannte. Die Silhouetten der Autos hatten sich auch geändert, ebenso die Farben. Metallic. Futuristisch, aber trotzdem wiedererkennbar. Auf den Gehwegen liefen Menschen. Männer, Frauen, alte, junge. Einige von ihnen trugen Anzüge, aber die meisten, vor allem die Frauen und die Jüngeren, hatten Kleider an, die ihm ganz fremd und anders vorkamen. Als kämen sie aus einer Parallelwelt.

Er schaute zwei Frauen hinterher, die Kinderwagen schoben. Keine Jacken, nur dünne T-Shirts und Jeans. Sie waren jung und hübscher als die Frauen seiner Erinnerung. Sie redeten und lachten, als wäre alles auf der Welt ein einziger köstlicher Scherz.

Er sah sie davongehen, beobachtete den Schwung ihrer Hüften in den engen Jeans und spürte, wie sich etwas in ihm regte. Etwas ganz tief unten, das lange unterdrückt gewesen war. Woran er all die Jahre nicht gedacht hatte. Noch etwas, von dem er sich eingeredet hatte, es existiere gar nicht. Doch beim Anblick dieser zwei Frauen, wie sie da vor ihm die Straße entlanggingen, erwachte es wieder zum Leben.

Er konnte den Blick gar nicht von ihnen lassen. Bis ihm auffiel, dass sie etwas Seltsames auf der Haut trugen.

Tätowierungen. Auf ihren nackten Schultern und Armen. Schlagartig erstarb das Gefühl in seinem Innern. Im Gefängnis waren viele Häftlinge tätowiert gewesen. Es war eine Art Zeitvertreib für sie. Die Motive waren oft unbeholfen gezeichnet, viele Wörter falsch geschrieben. Aber die Tattoos dieser Frauen sahen vollkommen anders aus. Es waren kunstvolle Bilder, Schnörkel und verschlungene Schriftzüge. Sie hatten sie sich absichtlich stechen lassen. Wie sehr hatte sich die Welt verändert, dass Frauen sich freiwillig so verunstalten ließen? Ihnen konnte doch kaum so langweilig sein wie den Männern im Gefängnis. Sie waren doch frei, durften das Leben in vollen Zügen genießen.

Die Frauen waren bald verschwunden. Er jedoch blieb stehen, wo er war. Er traute sich nicht recht, dem Gefängnis endgültig den Rücken zu kehren. Wusste nicht, wohin.

Vor seiner Entlassung hatte man ihm eine Adresse gegeben. Ein Resozialisierungszentrum, eine Unterkunft. Dort könne er bleiben, bis er wieder Fuß gefasst habe, war ihm erklärt worden. Der Zettel mit der Adresse steckte in seiner Tasche, zusammen mit den Entlassungspapieren und einem Reisegutschein. Er hatte den Leuten im Gefängnis zugesichert, dass er in dieses Zentrum gehen werde. Das erwarteten sie von ihm.

Doch als er nun so dastand, wusste er auf einmal nicht mehr, was er tun oder wohin er sich wenden sollte.

Die Welt draußen war voll und laut, aber in seinem Kopf und seinem Herzen herrschten Stille und Leere. Die Zeit entglitt ihm. Dehnte sich. Vielleicht stand er nur ein paar Sekunden vor dem Tor, vielleicht aber auch mehrere Jahre. Er hätte es nicht sagen können.

Erneut warf er einen Blick hinter sich. Sechzehn Jahre seines Lebens hatte ihn dieser Ort gekostet. Dieser und andere, ihm ähnliche Orte. Das Fabriktor saß längst wieder in seinem Rahmen, als hätte es sich nie geöffnet. Jemand anders würde seine Zelle bekommen, seine Bücher, seine Kleider und Hygieneartikel. Er aber wäre bald vergessen, so wie die Wellen auf der Wasseroberfläche eines Teiches, kurz nachdem ein Stein hineingefallen war, schon wieder zu nichts zerflossen waren.

Er zitterte trotz der milden Morgenluft. Der Gedanke machte ihn beklommen.

Zu nichts zerflossen.

Während er noch dastand und zu entscheiden versuchte, wo er hingehen sollte, hielt vor ihm ein Wagen am Straßenrand und hupte. Das laute Geräusch ließ ihn zusammenfahren, doch er verließ seinen Platz nicht. Abermals ertönte die Hupe, dann streckte sich eine winkende Hand aus dem Fenster des Autos.

Verwirrt sah er sich um und fragte sich, wen der Fahrer wohl gemeint hatte.

Die Hand winkte noch immer. Eine Aufforderung, herzukommen. Schließlich begriff er, dass sie ihm galt.

Er machte einen Schritt, woraufhin der Fahrer ermutigend nickte und erneut winkte. Während er unschlüssig dastand und überlegte, was er tun sollte, hupte plötzlich ein anderes Auto. Galt das etwa auch ihm? Er warf einen Blick auf dessen Fahrer. Nein. Der Mann war bloß wütend, weil der erste Wagen die Fahrspur blockierte und der Gegenverkehr das Überholen unmöglich machte. Es hatte sich bereits eine kleine Autoschlange hinter dem ersten Wagen gebildet. Dessen Fahrer winkte ihm immer noch, inzwischen deutlich energischer.

Da er nicht wollte, dass es seinetwegen einen Stau gab oder andere sich ärgerten, ging er auf den Wagen zu.

Der Fahrer lehnte sich zur Beifahrertür und öffnete sie von innen.

Er stieg ein.

»Jetzt mach sie schon zu.«

Er gehorchte. Sah den Fahrer an. Der Fahrer lachte.

»Na, kennst du mich noch?«

Er schwieg.

»Alte Freunde wiederzuerkennen fällt nicht immer leicht,

Doktor ...« Wieder ein Lachen. Warum hatte der Mann das in einem schauderhaften chinesischen Akzent gesagt?

»Weißt du, woher das ist? Ja? Nein. Natürlich nicht. Macht nichts.« Der Fahrer musterte ihn von oben bis unten. »Mehr hast du nicht dabei? Das ist alles?«

Er nickte. »Ja.«

»Na, wenn du meinst.«

Er legte den Gang ein, zeigte dem Fahrer hinter sich mit wutblitzenden Augen den erhobenen Mittelfinger und fuhr los.

»Ich kenne Sie ... Sie sind ...« Er hatte Mühe, sich an den Namen zu erinnern. »Jiminy Grille.«

Jiminy Grille grinste. »Schuldig im Sinne der Anklage.«

»Wo fahren wir hin?«

Jiminy lachte. »Wir haben jede Menge Arbeit vor uns. Aber erst mal sollst du dich einrichten. Keine Sorge. Heute ist der erste Tag vom Rest deines Lebens.« Schon wieder lachte er. »Davon hab ich noch jede Menge mehr auf Lager.«

9

Marinas Kopf pochte, und nicht nur vor Schmerzen. Sie war krampfhaft auf das konzentriert, was die Stimme ihr sagte, doch es dauerte, bis die Worte das weiße Rauschen ihres Verstandes durchdrangen.

»Josephina ...«, stieß sie hervor. »Wo ist sie? Geht es ihr gut? Wo –«

»Seien Sie still und hören Sie zu.« Der Tonfall war scharf, gebieterisch.

Marina schwieg. Sie lauschte, doch alles, was sie hören konnte, waren das Rauschen des Blutes in ihren Ohren und der Atem in ihrer Brust. Es war, als hätte sie die Niagarafälle im Kopf, da war nichts als Tosen und Sprudeln.

»Sie müssen was für uns tun. Dann sehen Sie Ihre Tochter wieder.«

Marina konnte nicht sprechen. Sie wusste nicht, woher sie die Kraft nehmen sollte, auch nur ein Wort hervorzubringen.

»Verstanden?«

»J-ja.«

»Gut.«

»Wieso?«

Schweigen.

»Wieso? Wer –«

»Ich hab's Ihnen gerade gesagt. Seien Sie still. Hören Sie zu.«

Sie gehorchte. Versuchte, sich auf die Stimme zu konzentrieren und festzustellen, ob sie ihr vielleicht bekannt vorkam. Es war unmöglich. Sie wusste nicht einmal, ob sie von einem Mann oder einer Frau stammte.

Die Stimme fuhr fort. »Wir wollen, dass Sie zu einem ganz bestimmten Ort fahren, und wenn Sie da sind, müssen Sie eine Aufgabe erledigen. Verstanden?«

»Ja ...«

»Gut. In Ihrer Tasche finden Sie ein Buch mit Straßenkarten.«

Es wurde still in der Leitung. Marina nahm das als Aufforderung, nach den Karten zu suchen. Hastig kramte sie in ihrer Tasche. Da. Ein Straßenatlas von Essex.

»Auf einer der Seiten ist was markiert«, fuhr die Stimme fort. »Schlagen Sie sie auf.«

Der Atlas war nagelneu. Nur an einer Stelle hatte der Buchrücken einen deutlich sichtbaren Knick. Sie nahm den Atlas in die Hand, und er öffnete sich wie von selbst auf einer ganz bestimmten Seite. In einem der Planquadrate hatte jemand etwas eingekreist. Darunter stand ein Name.

»Da fahren Sie hin.«

»Und … und was mache ich, wenn ich da angekommen bin?«

»Fragen Sie nach …« Eine Pause. »Tyrell.«

»Und dann? Ist Josephina auch da? Ist sie –«

»Tun Sie einfach, was Ihnen gesagt wird.« Bis dahin war die Stimme emotionslos gewesen, doch plötzlich hatten die Worte einen widerlichen Unterton angenommen. Als empfände der Sprecher ein krankes Vergnügen dabei, andere zu manipulieren.

»Wo ist meine Tochter? Ich will meine Tochter hören …«

»Machen Sie einfach, was ich Ihnen gesagt hab.«

Marina suchte nach Worten, fand aber keine. Als Kriminalpsychologin war sie darin geschult, mit Leuten wie diesem Anrufer umzugehen. Sie war Expertin und hätte eigentlich wissen müssen, wie man in einer solchen Situation am besten reagierte. Aber bislang hatte sie immer nur beruflich mit solchen Fällen zu tun gehabt, nie persönlich. Und jetzt war sie auf einmal selbst die Betroffene. Auf einmal passierte es ihr. Ihre Gefühle waren in Aufruhr, in ihrem Kopf herrschte Chaos wie auf einer Müllkippe, und all ihr Fachwissen war verdampft wie Wassertropfen auf einer heißen Herdplatte.

Sie musste sich zusammenreißen, durfte nicht die Nerven verlieren. Musste irgendwo in den Tiefen ihres aufgewühlten Verstandes einen Punkt finden, an dem sie ansetzen konnte. Sie musste sich wie ein Profi verhalten.

»Warum tun Sie das?« Sie gab sich Mühe, ihre Gefühle in Schach zu halten und sachlich zu bleiben, auch wenn es ihr schwerfiel. »Warum tun Sie mir das an?«

Am anderen Ende der Leitung trat eine Pause ein. Marina hörte das elektrostatische Summen toter Luft. Im ersten Moment dachte sie, der andere hätte aufgelegt. Sie spürte eine Woge panischer Hilflosigkeit in sich hochsteigen.

»Als Strafe. Für Ihre Schuld.«

Sie kämpfte ihre beginnende Hysterie nieder und konzentrierte sich. Das war ein allererster Ansatzpunkt. Eine kurze Bemerkung, aber sie gab ihr die Möglichkeit einzuhaken.

»Schuld? Welche Schuld denn?«

Nichts. Sie hörte die Person am anderen Ende atmen. Das Atmen hörte sich wütend an. Viel wütender als die Stimme selbst.

»Halten Sie den Mund«, wurde plötzlich gezischt. »Machen Sie, was man Ihnen sagt. Wenn Sie Ihre Tochter lebend wiedersehen wollen.«

»Ist ja gut. Aber –«

»Und sagen Sie niemandem, wo Sie hinfahren und was Sie vorhaben. Niemandem. Ich beobachte Sie. Selbst wenn Sie denken, dass ich es nicht mache. Jetzt gerade in diesem Augenblick beobachte ich Sie.«

Marina fuhr so schnell herum, dass ein Ziehen durch ihre Rippen ging und ihr schwindlig wurde. Sie sah niemanden. Sie schlich zum Eingang der Kabine und schob den Vorhang ein Stück beiseite. Zwei Krankenschwestern gingen gerade vorbei, ansonsten war niemand da. Da erspähte sie ganz hinten im Gang Anni, die mit einem Kaffeebecher in der Hand auf sie zukam.

»Denken Sie dran, kein Wort. Vor allem nicht zu der Polizistin, die zu Ihnen will.«

Marinas Herz setzte einen Schlag aus. Ihre Kehle war wie zugeschnürt.

Sie glaubte spüren zu können, wie die Person am anderen Ende lächelte. »Gut. Jetzt haben wir uns verstanden. Sie haben eine Aufgabe zu erledigen. Gehen Sie los und erledigen Sie sie.«

Die Leitung war tot. Marinas Finger umklammerten das stumme Telefon.

Sie riss sich mit einem Ruck aus ihrer Betäubung, steckte

rasch das Handy ein und hob ihre Tasche auf. Sie klopfte Jacken- und Hosentaschen ab und sah sich suchend um. Autoschlüssel. Sie hatte ihre Autoschlüssel nicht dabei. Sie hatte nicht einmal das Auto. Es musste noch in Aldeburgh stehen.

Annis Tasche. Ohne nachzudenken, bückte sich Marina und begann darin zu suchen. Annis Wagenschlüssel lagen ziemlich weit oben. Hastig fischte sie sie heraus, trat zum Vorhang und riss ihn auf. Vor ihr stand Anni mit dem Kaffee. Vor Schreck machte sie einen Satz rückwärts.

»Geht's dir besser?«, fragte sie. Dann erst bemerkte sie den wilden Blick in Marinas Augen und ihre angespannte Körperhaltung.

Marina wollte sich an ihr vorbeidrängen. »Ich muss weg.«

Aus Angst, sich den Kaffee über die Kleider zu schütten, trat Anni einen Schritt zur Seite. »Moment mal …«

»Ich muss weg.« Marina fühlte sich so benommen, als wäre die Welt ins Trudeln geraten und sie könnte jeden Augenblick herunterfallen.

Anni ließ sie nicht so einfach gehen.

»Ich … ich muss aufs Klo …«

»Dann rufe ich die Schwester, die kann dir –«

»Nein!« An Annis Gesichtsausdruck erkannte Marina, dass sie zu schroff gewesen war. »Nein, das … ich komme schon alleine klar.«

»Sicher? Du siehst nicht gerade –«

»Ich schaffe das schon.«

»Ich kann dir auch helfen –«

»Ich habe gesagt, ich schaffe das schon!« Sie spie Anni die Worte förmlich ins Gesicht.

Anni fuhr zurück, als wäre sie geschlagen worden. »Ist ja schon gut. In Ordnung.«

»Danke. Und jetzt muss ich … jetzt muss ich los.«

Sie drückte sich an Anni vorbei und ging mit schnellen

Schritten davon. Nur mit Mühe konnte sie sich beherrschen, nicht loszurennen.

Bei der Vorstellung, Phil im Stich zu lassen, hatte sie ein Gefühl im Magen, als hätte sie Glasscherben verschluckt.

Doch der Gedanke, ihre Tochter niemals wiederzusehen, war noch tausendmal schlimmer.

10

»Sollten wir dazu nicht lieber woanders hingehen?«

»Wohin denn, zum Beispiel?«

Stuart Milton zuckte die Achseln. »Ich weiß nicht. Aufs Revier vielleicht?«

Jessica James saß auf der Rückbank ihres Wagens. Sie hatte einen ruhigen Platz gesucht, fernab von den Fernsehteams und Reportern, die sich zwischenzeitlich am Ort des Geschehens eingefunden hatten und ihre Teleobjektive über die im Wind flatternde Absperrung hielten.

»Es wird auch hier gehen«, gab sie zurück und musterte den neben ihr sitzenden Mann.

An Stuart Miltons Gesicht und Händen waren Abschürfungen sichtbar, die er sich zugezogen hatte, als er Marina vom brennenden Wagen weggeholt und zu Boden geworfen hatte. Sein Wildledersakko war an einer Seite abgewetzt. Jessica fand, dass er aussah wie ein typischer Vertreter der Gattung gutsituierter bürgerlicher Touristen mittleren Alters, die es so oft nach Aldeburgh zog. *Wetten, er liest den* Guardian?, dachte sie bei sich. *Und bestimmt geht er auch aufs Latitude Festival.*

»Ich will nur noch einige Sachen mit Ihnen durchgehen. Ein paar Einzelheiten abklären, mehr nicht.« Sie hatte ihren Notizblock aufgeschlagen und setzte sich so zurecht, dass er nicht lesen konnte, was sie aufschrieb. Erst dadurch wurde ihr bewusst, wie beengt der Innenraum des Wagens war und wie groß die erzwungene Nähe. Ihr Blick glitt kurz zu der leeren Paracetamol-Packung und den Pfefferminz-Einwickelpapierchen auf dem Beifahrersitz. Stuart Milton hatte sie mit Sicherheit ebenfalls bemerkt.

»Erzählen Sie mir bitte alles noch mal von vorn. Schritt für Schritt.«

Er stieß einen ungehaltenen Seufzer aus. »Muss das wirklich sein? Ich wollte mich doch nur erkundigen, wie es der Frau geht.«

»Ihr geht es gut. Dank Ihres beherzten Eingreifens. Also. Sie gingen gerade den Weg vor dem Cottage entlang ...«

»Ja. Und dann gab es plötzlich einen Knall.« Er verstummte und legte den Kopf in den Nacken.

Sie folgte seinem Blick, als könne sie dadurch sehen, was er gesehen hatte. Als ließe sich so feststellen, ob das, woran er sich erinnerte, den tatsächlichen Ereignissen entsprach. Nicht, dass sie ihm misstraut hätte; es war lediglich eine Angewohnheit von ihr. Eine Berufskrankheit, gewissermaßen. Sie glaubte grundsätzlich keinem Zeugen, bis seine Aussage von unabhängiger Seite bestätigt worden war.

»In welcher Richtung waren Sie unterwegs?«

»Richtung ... Meer.«

»Und woher kamen Sie?«

»Ich war in Snape Maltings spazieren, in der alten Mälzerei. Habe mir ein bisschen die Beine vertreten.«

»Sind Sie von hier?«

»Ich wohne ...« Er hielt inne und sah sie an. Eine leichte Röte stieg ihm ins Gesicht. »Stehe ich etwa unter Verdacht? Was läuft hier eigentlich?«

»Das sind reine Routinefragen, Mr Milton. Ich muss sie stellen, das gehört zu meinem Job. *Sind* Sie von hier?«

»Mehr oder weniger. Ich habe hier ein Wochenendhaus. Den Rest der Zeit lebe ich in London.«

»Sind Sie verheiratet?«

»Wollen Sie sich mit mir verabreden, Detective Sergeant?«

Nun war Jessica diejenige, die errötete. Sie spürte Miltons Blick auf sich. Dunkel, stechend. »Ich wollte lediglich wissen, ob Sie alleine hier sind.« Ihre Kehle war auf einmal ganz trocken. »Mehr nicht.«

»Verstehe.« Er nickte. »Nein, ich bin mit ... Bekannten hier. Arbeitskollegen hauptsächlich. Wegen des Musikfestivals. Aber manchmal wird mir der Trubel zu viel, dann brauche ich ein bisschen Zeit für mich. Deshalb bin ich spazieren gegangen.«

»Aha.« Sie nickte. In diesen wenigen knappen Sätzen sah sie sein ganzes Leben vor sich: Wochenenden in Suffolk, vermutlich Sommerurlaube in Frankreich oder Italien. Abendliche Theaterbesuche. Definitiv nicht die Sorte Mann, mit der sie normalerweise Umgang pflegte. Im Tiger Tiger in Ipswich waren Typen wie er jedenfalls dünn gesät.

»Und als Sie am Cottage vorbeikamen, haben Sie die Explosion gehört?«

»Das ist richtig.«

»Und dann?«

»Also ... ich wurde zu Boden geschleudert. Es gab ... Es war wie ein Windstoß, ein Riesenknall, und dann diese unglaubliche Hitze ...« Erneut verstummte er. Jessie wartete. »Dann ... habe ich mich aufgerappelt und die Augen aufgemacht. Ich dachte, ich wäre tot. Das war mein allererster Gedanke: dass ich tot bin.«

»Aber Sie waren nicht tot.«

»Nein. Ich bin aufgestanden und habe mich vergewissert, dass ich unverletzt bin. Eine Sekunde später kam dann plötzlich diese Frau auf mich zugestürzt.«

»Auf Sie zugestürzt?«

»Also, auf das Cottage. Man konnte schon Flammen aus den Fenstern schlagen sehen. Und schwarzen Qualm. Es sah so aus, als wollte sie ins Haus rennen.«

»Was haben Sie gemacht?«

»Ich ... habe versucht, sie davon abzuhalten.«

»Indem Sie sie zu Boden gedrückt haben?«

»Eigentlich habe ich sie eher gezogen. Sie hat sich gewehrt.« Er deutete ihr Gerangel mit Gesten an. »Sie wollte unbedingt ins Haus, aber das wäre natürlich der reinste Irrsinn gewesen. Also habe ich ... sie festgehalten. So lange, bis sie ... bis sie irgendwann aufgehört hat zu schreien.«

Jessie nickte. Musterte Milton erneut. Er hielt den Kopf gesenkt, sein Blick war leicht verklärt. Wahrscheinlich durchlebte er den Moment in Gedanken gerade noch einmal.

»Haben Sie sonst noch jemanden in der näheren Umgebung gesehen?«

»Wie meinen Sie das?«

»War irgendjemand zum Zeitpunkt der Explosion in der Nähe des Cottage? Außer der Frau?«

Milton runzelte angestrengt die Stirn. Schließlich schüttelte er den Kopf. »Nein. Nicht dass ich wüsste ...«

»Auch kein kleines Mädchen? Etwa drei Jahre alt?«

»Nein. Wird ein kleines Mädchen vermisst?«

»Das wissen wir noch nicht.« Jessica kam zu dem Schluss, dass sie alles von ihm erfahren hatte, was es zu erfahren gab. »Also, dann bedanke ich mich, Mr Milton, ich –«

»Da war noch was.« Stuart Milton nagte an seinem Daumen. Er hatte sich in einen winzigen Fetzen Haut verbissen. Sein Gesicht verzog sich, als kämpfe er gegen die Worte an, die im Begriff waren, ihm über die Lippen zu kommen.

Jessie fixierte ihn auffordernd.

»Sie ...« Er stieß einen Seufzer aus, bevor er den Hautfetzen mit den Schneidezähnen abriss. Dann sah er Jessie ins Gesicht. »Als ich sie gepackt habe, hat sie etwas gesagt.«

»Was denn?«

Er betrachtete angestrengt seinen Daumen. Dort, wo er die Haut abgebissen hatte, quoll ein stecknadelkopfgroßer Tropfen Blut hervor. Er begann heftig an der Wunde zu saugen. »So was wie ...« Er sah auf. »›Ich muss da wieder rein. Was habe ich getan?‹ ...« Er nickte. »Ja. ›Was habe ich getan?‹ So etwas in der Art hat sie gesagt.«

Jessie hatte schon den Mund geöffnet, um ihn zu bitten, seine Beobachtung näher auszuführen, als ein heftiges Klopfen an der Scheibe sie innehalten ließ. Sie hob den Kopf. Draußen stand Mickey Philips und gestikulierte. Es schien dringend zu sein.

»Entschuldigen Sie mich bitte«, sagte sie, stieg aus dem Wagen und warf die Tür hinter sich zu. Miltons Blick folgte ihr.

Sie stand vor Mickey und wartete darauf, dass er anfing zu sprechen. Seine Züge waren angespannt.

»Ich habe gerade einen Anruf bekommen«, sagte er. »Von einer Kollegin aus dem Ipswich General.«

»Was gibt's?« Seine Miene verriet ihr, dass es keine guten Neuigkeiten sein konnten. War sein Boss gestorben? Oder dessen Mutter? Alle beide? Was für ein Tag.

»Es geht um Marina«, sagte er. »Sie ist nicht mehr da.«

»Nicht mehr da? Was meinen Sie damit?«

»Verschwunden. Getürmt.«

Jessie stieß den Atem aus, von dem sie gar nicht gewusst hatte, dass sie ihn angehalten hatte. »Gott sei Dank. Ich dachte schon, sie wäre gestorben.« Dann zog sie die Brauen zusammen. »Wieso, was ist denn passiert?«

»Sie hat meiner Kollegin gesagt, sie müsse zur Toilette, hat sich heimlich nach draußen geschlichen und ist weggefahren. Mit dem Auto besagter Kollegin.«

»Irgendeine Ahnung, wohin sie wollte?«

»Nein.«

Jessie entfernte sich ein paar Schritte vom Auto. Mit vor dem Körper verschränkten Armen blickte sie aufs Meer. Durch den Sonnenschein hatte man fast den Eindruck, es wäre Sommer – ein Tag, der zum Faulenzen und Spaßhaben einlud. An dem man so tun wollte, als gäbe es nichts Böses auf der Welt.

Sie wandte sich wieder Mickey zu.

»Der Zeuge im Wagen behauptet, sie habe versucht, nach der Explosion ins Haus zu gelangen. Außerdem soll sie so was gesagt haben wie: ›Was habe ich getan?‹«

Mickey runzelte die Stirn.

»Wie bitte?«

»Klingt so, als hätte sie sich wegen irgendetwas Vorwürfe gemacht. Was meinen Sie, könnte sie vielleicht auf dem Weg zurück hierher sein? Um auf eigene Faust nach ihrer Tochter zu suchen?«

Er zuckte die Achseln. »Möglich wäre alles. Ich kümmere mich darum.«

»In Ordnung. Und ich sage meinen Leuten, sie sollen weiter nach dem Kind suchen. Die Uniformierten sollen die nähere Umgebung abklappern und rausfinden, ob jemand etwas gesehen hat. Nach der Mutter halten wir jetzt ebenfalls Ausschau. Schicken Sie mir das Kennzeichen des Fahrzeugs, das sie sich genommen hat.«

»Geht klar.«

»Wir bleiben in Kontakt.«

Sie sahen einander an. Länger, als Jessie beabsichtigt hatte. Schließlich brach sie den Blickkontakt ab. Mickey nickte, drehte sich um und ging davon.

Jessie sah ihm nach. Ein anständiger Kerl, so was erkannte sie auf den ersten Blick. Dann wandte sie sich wieder ihrem

Wagen zu, um Stuart Milton zu verkünden, dass die Befragung beendet und er entlassen sei.

Die hintere Tür stand offen. Er war bereits gegangen.

11

Southend-on-Sea hatte nicht nur schon bessere Tage gesehen, sondern hatte sie auch noch winkend auf dem Bahnsteig verabschiedet, im vollen Bewusstsein, dass sie niemals wiederkehren würden.

In der Nachkriegszeit war der Ort ein durchaus respektables Urlaubsziel für Familien aus dem Londoner East End gewesen, für die eine Zugfahrt auf der neugebauten, bis zur Themsemündung reichenden Bahnstrecke eine aufregende Abwechslung darstellte. Der längste Pier der Welt, Vater konnte angeln, Mutter bummeln gehen, es gab Cafés, in denen man die Großeltern unterbringen konnte, und einen Rummel mit Spielautomaten für die Kinder. Weit und breit nichts als geknotete Halstücher und aufgerollte Hosenbeine, Liegestühle und Esel, Sandkörner im Eis und kiesiger Strand.

Mittlerweile verschlug es niemanden mehr zum Urlaubmachen nach Southend. Jetzt kamen nur noch diejenigen, die sonst nicht wussten wohin.

Den Pier gab es immer noch. An seinem äußersten Ende hielten sich, mehr schlecht als recht, eine Handvoll Souvenirgeschäfte. Dahinter sah man Canvey Island und ein Stück weiter die Silhouette der alten Ölraffinerie von Shell Haven. Die Läden waren die gleichen, wie man sie auf jeder beliebigen britischen Flaniermeile finden konnte, nur etwas schäbiger. Die Beleuchtung der Buden und Fahrgeschäfte entlang der Küstenpromenade wirkte grell und bedrückend zugleich. Die elektronischen Soundeffekte und immer gleichen Tonfolgen der Jingles klangen wie eine außer Kontrolle geratene, amphetamin-geschwängerte Stockhausen-Symphonie. In den Spielhallen übten sich Zombies mit bleichen Gesichtern und toten Augen Tag und Nacht im Zielschießen und trieben ihre Highscores als Video-Killer in die Höhe, während in den Schatten ihrer Bildschirme Unholde mit hässlichen Fratzen auf Unachtsame oder allzu Neugierige lauerten.

Anfangs war der Rummel immer weitergewachsen, als träume er in einem Anflug von Größenwahn davon, sich mit Alton Towers, dem größten Vergnügungspark Großbritanniens, messen zu können, nur um dann infolge verschärfter kommunaler Gesundheits- und Sicherheitsvorschriften wieder zu schrumpfen. Inzwischen fürchteten sich die amüsierwilligen Familien von außerhalb mehr vor der ortsansässigen Jugend als vor der Geisterbahn.

Die gemütlichen Cafés von früher gab es schon lange nicht mehr, dafür florierten in unmittelbarer Nähe zum Meer jetzt diverse Imbissbuden, in denen alles serviert wurde, was schnell ging, sich frittieren ließ und dick machte.

Das zaghafte Auftreten der Karfreitags-Sonne hatte mehr Menschen als sonst in die Spielhallen und Bars gelockt. Marina kam an alten, zerkratzten Holzbänken vorbei, die vor heruntergekommenen Pubs standen. Drinnen drehten tätowierte Männer in Unterhemden sich Zigaretten, tranken Lager, zeigten beim Lachen die Zähne und versuchten den Frauen ihrer Freunde an die Wäsche zu gehen. In ihrem Verhalten war eine mühsam unterdrückte Aggression zu spüren, nicht unähnlich der ihrer Kampfhunde, die unter den Tischen lagen und dort sporadisch an ihren Leinen zerrten.

Marina eilte am Wasser entlang. Sie ging so schnell, dass sie außer Atem war, auch wenn sie nach außen hin ruhig wirkte.

Nachdem sie das Krankenhaus verlassen hatte, war sie

zunächst auf die A12, dann auf die A127 eingebogen. Anfangs war sie so schnell gefahren, wie sie nur konnte, allerdings hatte sie sich schon bald besonnen und den Fuß vom Gas genommen. Wenn die Polizei sie wegen überhöhter Geschwindigkeit anhielte, würde das im günstigsten Falle eine längere Verzögerung bedeuten, im schlimmsten jedoch eine erzwungene Rückkehr ins Krankenhaus.

Und dann hätte sie Josephina zum letzten Mal gesehen.

Also war sie knapp unterhalb der zulässigen Höchstgeschwindigkeit geblieben. Ihr Herz war schneller gerast als der Motor des Wagens.

Da sie sich in Southend nicht sonderlich gut auskannte, war sie den Hinweisschildern zum Wasser und zu den Parkplätzen gefolgt. Sie hatte gerade aus dem Wagen springen wollen, als sie im Rückspiegel ihr Bild auffing. Sie sah zum Fürchten aus. Das Gesicht voller Blut und Schrammen, die Haare ein verfilztes Nest. Notdürftig säuberte sie sich das Gesicht und richtete sich die Haare – kein Vergleich zu dem, was sie normalerweise tat, bevor sie aus dem Haus ging, aber mehr war nun einmal nicht möglich.

Außerdem war das ihr altes Selbst gewesen. Ihr altes Leben. Jetzt war sie jemand Neues. Eine gänzlich andere Person.

Sie stieg aus und schlug den Weg parallel zum Pier ein. Sie tat ihr Bestes, die vor den Bars sitzenden Leute zu ignorieren, auch wenn sie sich von ihren Blicken verfolgt fühlte. Verurteilende Blicke waren es. Gemeine, verschwörerische Blicke.

Sie durfte sich keinen Fehler erlauben, während all diese Augen auf sie gerichtet waren. Um Josephinas willen.

Sie bog um eine Ecke in eine Straße ein, die vom Wasser fortführte. Sie hatte sich den Weg auf der Karte angesehen und genau eingeprägt. Ein Weg, der zu einer ganz bestimmten Straße führte. Und zu einem Namen: Coasters.

Sie ging weiter und hatte die Straße bald gefunden. Sie lag

nicht direkt am Wasser, doch die Geräusche und Gerüche vom Pier erreichten sie hier immer noch: Klangfetzen der Spielhallenmusik, das Kreischen der Achterbahn-Fahrenden, der Geruch von billigem, altem Fett. All das wurde mit der Brise zu ihr hingetragen und dann genauso schnell wieder fortgeweht, sobald der Wind sich drehte, ganz wie die Möwen, die auf der Suche nach Essensresten durch die Luft schossen.

Doch Marina hatte keine Augen für ihre Umgebung. Sie ging einfach weiter.

Kurz darauf kam ihr Ziel in Sicht: das Coasters. Es war ein Lokal, das selbst in der Kategorie der Absturzkneipen sehr weit unten rangierte.

Mehrere eingeschossige Gebäude aus Gasbetonsteinen säumten einen ungepflegten Parkplatz voller Schlaglöcher, Glasscherben und Autos, die ihre Besitzer nur aus einem einzigen Grund dort abgestellt hatten: um die Versicherungssumme zu kassieren, wenn das Unvermeidliche eintrat und ihr Gefährt einem Akt von Vandalismus zum Opfer fiel. Ein Großteil der Häuser war mit Brettern vernagelt, die übrigen hatten massive Eisengitter oder Maschendraht vor den verwitterten, schmutzigen Fenstern und metallene Rollläden vor den Türen. Es gab einen Gebrauchtwarenladen, dem Marina auf den ersten Blick ansah, dass dort Hehlerware verkauft wurde, mehrere Bars, einen Schönheitssalon sowie ein Tattoostudio. Den sonnengebleichten Fotografien in dessen Schaufenster nach zu urteilen, verfügte der Tätowierer über die künstlerische Ausdruckskraft eines Sechsjährigen.

Noch wenige Schritte, dann stand sie vor dem Eingang des Coasters. Die Fassade war, nicht gerade fachmännisch, in einem dunklen Violett gestrichen, und jemand hatte halbherzig weiße Farbe über die rostigen Fenstergitter gekleckst. Die Tür stand offen. Im Eingang warb ein Poster in sehr unkonventioneller Rechtschreibung und Grammatik für einen Achtzigerjahre-Abend. Daneben hing eine Notiz an der Wand, die den Gast darüber aufklärte, dass der Pub über zwei Bereiche verfügte und die Küstenbar ausschließlich über den Gebäudeeingang am Wasser zugänglich war. Die Formulierung ließ keinen Zweifel daran, dass es demjenigen, der auf die Idee kam, diesen Hinweis zu missachten, schlecht ergehen würde.

»Lasst, die ihr eintretet, alle Hoffnung fahren«, murmelte Marina leise und versuchte vergeblich, genügend Mut aufzubringen, den entscheidenden Schritt ins Innere der Bar zu wagen.

Sie betrachtete den abgetretenen, schmutzigen Teppichboden im Eingangsbereich. Der unverkennbare Geruch von schalem Alkohol und ungeputzten Räumen wehte ihr aus dem Dunkel entgegen. Sie konnte Stimmen hören. Leise, verschwörerisch. Dazwischen das monotone Säuseln eines Fernsehansagers. Drinnen bewegten sich Gestalten, Schatten inmitten von Schatten. Sie sah nicht, spürte aber, wie sich Köpfe in ihre Richtung wandten.

Dies war der allerletzte Ort auf der Welt, an dem sie in diesem Augenblick sein wollte. Doch dann musste sie an Phil denken, der allein und bewusstlos im Krankenhaus lag ... an die Telefonstimme ...

Und an Josephinas Gesicht.

Sie holte tief Luft.

Und trat ein.

12

»So, da wären wir. Willkommen zu Hause.«

Er blickte geradeaus, wo neben einem heruntergekommenen Haus ein rostiger Wohnwagen auf einem Flecken struppigem, von Unkraut überwuchertem Rasen stand. Ansonsten meilenweit nur Einöde. Nach einem Zuhause sah es nicht gerade aus, fand er.

»Na, was sagst du?«, fragte Jiminy Grille lachend, als erwarte er eine Runde Applaus.

Er runzelte die Stirn. »Ich … Eigentlich sollte ich gar nicht hier sein. Eigentlich muss ich woanders hin.«

»Ja.« Jiminy Grille wirkte verstimmt. Mit dieser Antwort schien er nicht gerechnet zu haben. »Mach dir deswegen keinen Kopf. Das ist alles geregelt.«

»Ich muss mich melden. Wegen der Bewährung, haben sie gesagt. Ich muss irgendwo unterschreiben. Ich darf nicht weg. Ich darf nicht einfach so verschwinden. Ohne vorher Bescheid zu geben.« Dies alles sagte er auf wie eine auswendiggelernte Rede.

»Ich hab's dir doch gerade erklärt. Mach dir keinen Kopf deswegen. Also …« Jiminy Grille drehte sich um und zeigte mit ausladender Geste auf den Wohnwagen. Zweiter Versuch. »Was sagst du zu deinem neuen Heim?«

Er hatte nicht den leisesten Schimmer, wo er sich befand. Die Fahrt hatte lange gedauert, oder zumindest war sie ihm lang vorgekommen, weil er nicht gewusst hatte, wohin sie ging. Er hatte aus dem Fenster geschaut, aber nichts wiedererkannt. Da war eine breite Straße gewesen, jede Menge schnelle, laute Autos. Das hatte ihm nicht behagt. Er hatte sich gefürchtet. Dann war aus der breiten Straße eine schmale Straße geworden, die um eine Ortschaft herum führte. Er hatte das Gefühl gehabt, diese Ortschaft zu kennen, war sich aber nicht ganz sicher gewesen. Es war alles so lange her, und damals war er ein anderer Mensch gewesen. Irgendetwas mit Römern. Eine Allee der Erinnerung. Er hatte keine Ahnung, woran man sich da erinnern sollte. Oder was man vergessen sollte. In seinem Kopf herrschte ein einziges Durcheinander.

Sie hatten die Ortschaft hinter sich gelassen und die Straßen waren noch schmaler geworden. Eng, hatte Jiminy Grille gesagt. Zum Ersticken. Er selbst hatte das nicht so empfunden. Nicht im Vergleich zu dem Ort, von dem er gerade kam.

Die Abstände zwischen den Häusern wurden immer größer, bis schließlich nur noch Bäume und Wiesen zu sehen waren. Hier waren auch längst nicht mehr so viele Autos unterwegs, was ihn eigentlich hätte beruhigen sollen. Stattdessen trat das Gegenteil ein. Das weite Land und der riesige Himmel darüber machten ihm Angst. Er wollte lieber wieder mehr Lärm haben.

Irgendwann bogen sie von der Straße auf einen Weg ein, der mit spitzem Schotter bedeckt und voller Schlaglöcher war. Sie fuhren einen Hang hinab, und er wurde im Auto regelrecht durchgerüttelt. Unten am Hang stand dann das Haus. Oder ein Cottage, verbesserte er sich in Gedanken, da sie ja auf dem Land waren. Früher einmal war es weiß gewesen, aber jetzt schien es nicht mehr so genau zu wissen, welche Farbe es hatte. Die Fensterscheiben waren schmierig, von den Wänden blätterte die Farbe ab. Die Haustür sah aus, als hätte jemand sie eingetreten. Es gab keine Blumen und auch sonst nichts, was einem das Gefühl gegeben hätte, willkommen zu sein. Ein altes silbernes Auto, lang und eckig, parkte in der Einfahrt.

»Da wären wir. Alles aussteigen.«

Er stieg aus. Sah sich um. Die Luft roch anders hier. Nach Salz. Nach Meer. Er schloss die Augen und lauschte. Hörte das Rauschen von Wasser. Sie befanden sich in der Nähe der See. Oder wenigstens eines großen Flusses. Er konnte auch Hunde kläffen hören. Sie klangen wie Wachhunde, die außerhalb des Hauses gehalten wurden und deren Aufgabe darin bestand, alles und jeden zu verbellen. Und dann hörte er noch etwas. Ein schrilles, abgehacktes Geräusch, das der Wind ihm zuwehte.

»Was ist das? Weint da ein Kind?«

Jiminy Grille tat so, als hätte er ihn nicht gehört.

Er versuchte es erneut. »Wo sind wir hier?«

Daraufhin lächelte sein Begleiter, blieb ihm aber erneut eine Antwort schuldig.

Sie gingen ums Haus herum und blieben vor dem Wohnwagen stehen. Dort wurde ihm eröffnet, dass dies jetzt sein neues Zuhause sei.

Er starrte den Wohnwagen an. Die rostzerfressenen Wände, die platten Reifen. Blinde Scheiben mit scheußlichen Gardinen davor, die lauter Löcher hatten, als wären sie angefressen worden. Das sah ihm nicht nach Freiheit aus. Das sah aus wie eine neue Zelle. Als wäre er immer noch eingesperrt, selbst unter diesem riesigen blauen Himmel.

»Ich will hier nicht bleiben«, verkündete er und schluckte die aufsteigende Panik hinunter. »Ich muss hier weg.«

Er drehte sich um und stapfte los. Eine Hand legte sich auf seinen Arm. »Du gehst nirgendwohin.« Dann Gelächter und ein amerikanischer Akzent, wie um den Worten die Schärfe zu nehmen. »Ich brauche dich, Decks. Ich brauche den alten Blade Runner. Ich brauche deine Magie.«

Er hatte keine Ahnung, wovon Jiminy sprach, und versuchte weiterzugehen. »Bitte. Ich will nicht hierbleiben. Ich will gehen.«

Der amerikanische Akzent verschwand, doch die Hand an seinem Arm blieb. »Wohin denn? In irgendein Heim oder eine Herberge? Wo man dir hinterherschnüffelt? Wo du alle zwei Wochen irgendeinen Wisch unterschreiben musst? Ist es das, was du willst?«

Er antwortete nicht.

»In eine Resozialisierungseinrichtung. Zusammen mit den Kinderfickern und Mördern. Echten Mördern, wohlgemerkt, nicht solchen Typen wie du. Mit den Durchgeknallten. Den Bekloppten.«

»Aber … im Gefängnis war es doch auch so.«

»Ja, das stimmt. Aber da gab es eine dicke schwere Eisentür, die sie dir vom Hals gehalten hat. Glaubst du, so was gibt's auch in der Einrichtung?«

Er schwieg.

Jiminy Grille interpretierte dies als eine Form der Zustimmung. »Dachte ich mir. Nein, hier bist du besser aufgehoben. Außerdem hatten wir eine Abmachung.«

»Was?«

»Weißt du nicht mehr? Vor all den Jahren?« Jiminys Lächeln wurde breiter. Seine Zähne waren scharf wie die eines Haifischs. »Ich hab damals gesagt, wenn du alles genau so machst, wie ich es dir sage, dann stehst du am Ende als Gewinner da. Hab ich dir das gesagt oder nicht?«

Schon möglich. Er konnte sich nicht mehr daran erinnern.

»Ich hatte einen Plan, weißt du noch? Na, und es hat eben einfach ein Weilchen gedauert, diesen Plan umzusetzen, das ist alles. Die ganze Sache ist langfristig ausgelegt.«

»Und was … was ist das für ein Plan? Was hab ich davon?«

»Ein neues Leben. Rache. An den Leuten, die dich eingebuchtet haben. Die dir dein Leben gestohlen haben. Jetzt spitzt du die Lauscher, was?«

»Aber … und jetzt?«

»Wirst schon sehen.« Jiminy Grille zeigte auf den Wohnwagen. »Bis dahin mach's dir gemütlich. Leg die Füße hoch.«

Er blinzelte mehrmals hintereinander. Irgendetwas machte ihm zu schaffen.

»Aber … die Bewährung. Ich muss unterschreiben. Ich kriege Geld zum Leben.«

»Du hast bald genug Geld. Du hast bald alles, was du brauchst. Und noch mehr. Millionen.«

»Aber ich … mein Name. Ich … Die werden doch nach mir suchen.«

»Du hast jetzt einen neuen Namen.«

Abrupt hörte er auf zu blinzeln.

»Ja, einen neuen Namen. Du wirst ein ganz neuer Mensch sein. Von Kopf bis Fuß. Kompletter Neuanfang. Wie gefällt dir das?«

Er dachte nach. Dabei erschien ein Lächeln auf seinem Gesicht. Das gefiel ihm gut. Das gefiel ihm sogar sehr gut.

Sein Begleiter lachte. »Siehst du? Sag ich doch.«

»Wer bin ich denn?«

»Tyrell. Malcolm Tyrell.«

»Tyrell ...« Er ließ sich den Namen auf der Zunge zergehen, um zu sehen, ob er zu ihm passte. »Malcolm Tyrell ...«

Wieder ließ Jiminy Grille ein Lachen hören, bevor er auf den Wohnwagen deutete. »Also, Mr Tyrell. Wollen Sie nun Ihr neues Zuhause betreten?«

Die Hunde kläfften immer noch. Das weinende Kind war nicht mehr zu hören.

Ja, das wollte er unbedingt.

13

Alle Augen waren auf Marina gerichtet, als sie die Bar betrat.

Sie ließ den Blick durch den Gastraum schweifen. Es dauerte eine Weile, bis sie sich nach dem Sonnenschein draußen an das Dämmerlicht gewöhnt hatte. Der Pub war schlicht eingerichtet und wies keinerlei Dekoration auf. Man konnte nicht einmal sagen, dass er heruntergewirtschaftet war, denn vermutlich hatte er nie gute Zeiten erlebt. Als die Schatten um sie herum langsam Gestalt annahmen, fiel ihr auf, dass die Kundschaft – eine Handvoll Männer, die sie mit unbewegten Mienen argwöhnisch musterten – perfekt auf die

Umgebung abgestimmt war. Sie sah, wie Gegenstände und Hände unter den Tischen verschwanden. Die Männer hatten sie sofort als Außenseiterin identifiziert. Als jemanden, der nicht zum Vergnügen herkam und an einem Ort wie diesem nicht gern gesehen wurde. Bewährungshelferin. Polizei. Oder einfach nur eine Verrückte mit wirren Haaren, die zufällig von der Straße hereingeschneit war.

Sie kam sich vor wie der einsame Revolverheld in einem Western beim Betreten des Saloons. Hätte es Klaviermusik gegeben, wäre sie schlagartig verstummt.

Sie schluckte ihre Nervosität hinunter und hoffte inständig, dass aus ihr nicht Angst würde. Dann ging sie an die Theke. Legte die Hände auf den Tresen. Er war klebrig, also nahm sie die Hände wieder weg.

Der Barkeeper war ein großer Mann mittleren Alters, der aussah wie ein aus dem Leim gegangener Ex-Boxer. Sein Gesicht war rot und unförmig, auf seinem kahlen Schädel glänzte der Schweiß. Er trug ein ausgeblichenes Hawaiihemd zu billigen Jeans und lehnte mit verschränkten Armen unbeweglich an der Kasse. Er wartete ab, was sie von ihm wollte und wie seine Kundschaft darauf reagieren würde. Seine Augen waren hart und tiefliegend, als hätte jemand zwei spitze Steine in roten Schlamm gedrückt. Er verfolgte jede ihrer Bewegungen.

Ich muss das irgendwie durchziehen, dachte sie bei sich. *Ich muss einfach.* Josephina erschien kurz vor ihrem inneren Auge. *Ich schaffe das.*

Sie sah ihm ins Gesicht.

»Ich bin auf der Suche nach Tyrell.« Ihre Stimme klang selbstsicherer als erwartet. In ihrem Innern allerdings sah es anders aus. Sie zwang sich, den Blick des Mannes festzuhalten.

Schon bei ihrem Eintreten war es still geworden, doch nun

wurde das Schweigen geradezu ohrenbetäubend. Auf einem klobigen, alten, schwarzen Fernsehapparat in der Ecke lief Sky Sports. Im Raum war nur noch die Stimme des Moderators zu hören.

Allerdings schenkte niemand dem Fernseher Beachtung. Alle starrten auf Marina.

Sie unternahm einen zweiten Versuch. »Tyrell? Ist er da?«

Der Blick des Barkeepers glitt zu jemandem oder etwas hinter ihr. Sie drehte sich um. Hatte er einen der Gäste angeschaut? Wenn ja, wen? Alle gaben sich Mühe, nicht in ihre Richtung zu sehen.

Sie wandte sich wieder zur Theke. »Ich suche Tyrell.«

Jetzt endlich bequemte sich der Barkeeper zu einer Antwort. »Gibt's hier nicht.« Seine Stimme passte zu seiner äußeren Erscheinung. Beides war grob und unangenehm.

Verzweiflung stieg in Marina hoch. »Bitte.« Die Stimme blieb ihr fast im Hals stecken. »Tyrell. Ist Tyrell hier? Ich muss – bitte ...«

Der Mann stützte sich auf den Tresen und sah sie an. Sie konnte die Schweißperlen auf seiner Haut sehen und die Hitze spüren, die von ihm ausging. »Und ich hab gesagt, hier gibt's niemanden, der so heißt.«

»Ich glaube Ihnen nicht«, sagte sie. Die Worte waren ihr entschlüpft, ehe sie sich eines Besseren besinnen konnte. Der Barkeeper zog verblüfft die Brauen hoch. »Sie lügen doch!«

Er glotzte sie an, sprachlos vor Staunen. Dann grinste er. »So, tu ich das?«

Plötzlich schämte sich Marina für ihren Ausbruch. »Hören Sie, es tut mir leid. Ich war ... Man hat mich hergeschickt, damit ich jemanden namens Tyrell treffe. Angeblich soll er hier sein. Er ...« Sie seufzte. »Er *muss* hier sein.«

»Hör zu, Schätzchen. Ich kenne jeden hier im Pub, und es gibt keinen, der Tyrell heißt.«

Sie ließ den Blick durch den Raum schweifen und musterte jedes Gesicht auf der Suche nach der Wahrheit, als wäre sie ein menschlicher Lügendetektor. Keiner der Männer verzog auch nur eine Miene. Sie schauten zum Fernseher oder waren mit ihren Drinks beschäftigt. Ein kleiner, schäbig gekleideter Mann mittleren Alters starrte durch eins der winzigen Fenster, das aussah wie das Fenster einer Zelle, in Richtung Canvey Island, als hätte er die Insel noch nie zuvor in seinem Leben gesehen. Die meisten schienen nicht zu wissen, wie sie mit der Situation umgehen sollten. Vielleicht hätten sie der verzweifelten Frau gerne geholfen, doch mit einer Wahnsinnigen, die hier in aller Öffentlichkeit eine peinliche Szene machte, wollten sie lieber nichts zu tun haben.

Marina drehte sich wieder zur Theke. »Bitte, es muss doch …«

Der Barkeeper schüttelte den Kopf. »Tut mir leid, Schätzchen, aber ich kann dir nicht weiterhelfen.«

Noch nie hatte Marina sich so hilflos gefühlt. Was nützte ihr da all das Fachwissen oder ihre jahrelange Erfahrung? Durch ihren Gefühlsausbruch hatte sie jeden Vorteil, den sie zuvor vielleicht gehabt hätte, verspielt. Sie fuhr sich mit der Hand durchs Haar und wünschte, Phil wäre bei ihr. Ihn hätten diese Männer nicht angelogen. Ihm hätten sie nichts verheimlicht. Das hätten sie nicht gewagt. Sie beschloss, es noch ein letztes Mal zu versuchen. Sie hatte nichts zu verlieren.

Sie senkte die Stimme so weit, dass nur noch der Barkeeper sie hören konnte. Erneut fixierte sie ihn. »Hören Sie mir zu. Tyrell ist hier. Er muss hier sein, mir wurde gesagt, dass er hier ist. Ich muss ihn treffen. Es ist sehr wichtig, dass ich mit ihm spreche. Sehr, sehr wichtig. Also sagen Sie mir bitte, welcher von den Gästen es ist, damit ich mit ihm reden kann. Danach werde ich Sie auch nicht weiter behelligen. Bitte.«

»Hör zu, Schätzchen, ich würd's ja sagen, wenn ich's

könnte. Ich kann's aber nicht. Hier gibt's nämlich niemanden, der Tyrell heißt, und ich kenne auch keinen Tyrell.« Er hob die Schultern, als sei die Angelegenheit damit erledigt. »Also. War's das jetzt?«

Marina spürte ohnmächtigen Zorn in sich aufsteigen. Das Bild von Josephina in ihrem Kopf verblasste und damit die Hoffnung, sie jemals zu finden. Ein allerletztes Mal. »Sie lügen. Das kann gar nicht sein. Es ist dringend. Ich muss Tyrell finden. Bitte. Sie müssen mir helfen.«

»Ich muss gar nichts, Schätzchen. Außer die Bar hier führen.« Er wies auf die dürftige Auswahl an Alkoholika. »Gin Tonic?«

Sie schüttelte den Kopf.

»Na, dann gehst du jetzt wohl besser.«

Marina wusste nicht, wohin sie sich wenden, was sie denken oder empfinden sollte. Geschweige denn, was sie als Nächstes tun sollte.

Love Will Tear Us Apart.

Das Handy. Sie holte es aus ihrer Tasche und nahm den Anruf entgegen.

»Gehen Sie nach draußen«, befahl die Stimme.

Marina gehorchte. Das Sonnenlicht und die Wärme trafen sie so unvermittelt, dass sie die Augen zusammenkneifen musste. Sie hatte ganz vergessen, dass draußen heller Tag war.

»Und? War Tyrell da?«, erkundigte sich die Stimme. »Haben Sie mit ihm sprechen können?«

»Nein«, sagte sie. »Der Barkeeper hat behauptet, es gäbe niemanden, der Tyrell heißt.«

Die Stimme lachte. »Womit er recht hat. Es gibt ihn tatsächlich nicht.«

Marina runzelte die Stirn. »Was?«

»Das war ein Test. Um zu sehen, ob Sie Anweisungen folgen können. Tun Sie, was man Ihnen sagt, sprechen Sie mit niemandem darüber, sorgen Sie dafür, dass Ihnen keiner folgt. Sie haben bestanden. Braves Mädchen.«

Erneut brachen unterschiedlichste Gefühle über Marina herein. Wut. Beklemmung. Verzweiflung. Sie alle wirbelten in ihrem Kopf durcheinander und wuchsen sich zu einem reißenden Strudel aus. »Wo ist sie?«

Keine Antwort.

»Wo ist sie?«

»Sie dürfen sie sehen. Sobald Sie gemacht haben, was wir von Ihnen verlangen.«

»Aber wann –«

»Wir melden uns wieder«, schnitt die Stimme ihr das Wort ab.

»Was?« Marina war fassungslos. Sie hatte Angst, dass sie, wenn er jetzt auflegte, jede Hoffnung, ihre Tochter wiederzusehen, endgültig begraben konnte. »Aber das können Sie doch nicht machen. Bitte. Ich habe doch alles getan, was Sie von mir wollten. Bitte ...«

»Bis hierher haben Sie Ihre Sache gut gemacht. Vermasseln Sie es jetzt nicht.«

Die Leitung war tot. Marina blickte die Straße in beide Richtungen hinab. Spähte in Hauseingänge, beobachtete Passanten. Sie sah niemanden, der gerade telefonierte.

Sie war ganz und gar allein.

14

»Du bist ein Risiko eingegangen.«

»Und es hat sich ausgezahlt. Ich habe rausgefunden, was wir wissen wollten.«

Sie schüttelte den Kopf. So hatte sie es nicht gemeint, und das wusste er ganz genau.

Der Mann, der sich kurz zuvor als Stuart Milton vorgestellt hatte, setzte sich neben sie aufs Bett. Sie hatte auf ihn gewartet und sich in seiner Abwesenheit so zurechtgemacht, wie er es mochte: Strümpfe mit Nähten, hohe Absätze, Stacheln, Riemen, Schnallen und transparentes Schwarz. Am Bett hatte sie Fesseln aus Leder und Seilen angebracht. Feste Knoten und massive Verschlüsse. Masken und diverse Spielzeuge lagen bereit. Die Haussklavin war auf ihr Zimmer geschickt worden. Sie hatten feiern wollen, nur sie beide. Doch jetzt musste all das warten.

Sie wusste, dass er sie ansah. Aus dem Augenwinkel. Er musterte sie, ließ den Blick über sie wandern, während er sich unbewusst mit der Zunge den Mundwinkel leckte. Sie spürte, wie es in ihr zu kribbeln begann. Trotz ihrer Probleme. Bestimmt ging es ihm genauso. Er konnte ihr nicht widerstehen. Nie. Dafür sorgte sie.

Sie saß regungslos da, konzentrierte sich ganz auf ihren Atem. Betrachtete sich in dem mit Bedacht platzierten mannshohen Spiegel. Ja, sie beherrschte das Spiel nach wie vor. Ihr Haar war immer noch dunkel, ihr Gesicht frei von Falten. Ihre Haut war weich und leicht gebräunt. Ihre Beine waren schlank, die Titten straff. Sie liebte es, sich selbst im Spiegel anzuschauen. Es bestätigte sie in dem, was sie war.

Diesen Zustand aufrechtzuerhalten kostete – und nicht nur Geld. Aber es war jede Mühe wert. Jede.

Ihre Brustwarzen wurden hart, allein davon, dass sie sich selbst im Spiegel betrachtete.

»Ich habe ihnen einen falschen Namen genannt«, fuhr er fort. Auch er hatte den Blick auf ihr Spiegelbild geheftet.

»Welchen denn?«

Er hielt kurz inne und lächelte. »Stuart Milton.«

»Du Idiot! Was, wenn sie –«

»Das werden sie nicht. Keine Spur führt zu mir zurück. Es gibt keinerlei Verbindung. Sei unbesorgt. Ich habe eine absolut bühnenreife Vorstellung hingelegt.« Er lächelte erneut, und diesmal öffnete er dabei den Mund. Er war voller scharfer Zähne. »Du wärst stolz auf mich gewesen.«

Sie sagte nichts. Betrachtete sich weiterhin im Spiegel. Wenn sie ihm keine Beachtung schenkte, würde ihn das womöglich wütend machen. Hoffentlich.

»Die anderen wurden alle ins Krankenhaus gebracht«, sagte er. Seine Stimme war bereits ein klein wenig lauter geworden. »Sie haben sie nicht, ich weiß es.«

Ihr Blick war nach wie vor auf den Spiegel gerichtet. »Und woher weißt du das?«

»Weil die Polizei es mir gesagt hat. Sie haben sie nicht.«

Sie drehte ihm das Gesicht zu und hielt seinen Blick fest, ohne zu blinzeln. Ihr Mund war rot wie ein frischer Bluterguss. »Tatsächlich?«

»Ja. Tatsächlich.« Seine Wangen begannen zu glühen. »Ich habe sie mir gegriffen. Sie davon abgehalten, noch mal ins Haus zu laufen. Und dann ...« Sie beobachtete ihn. Wusste, dass er an die Explosion dachte. Konnte seine Erinnerung daran beinahe als Bild auf seiner Iris sehen. Die Flammen, die Hitze ... – »haben sie sie weggebracht. Sie haben gesagt, ich hätte ihr das Leben gerettet.«

»Das war nicht der Plan.«

»Nein.« Auch dies sagte er mit erhobener Stimme. »Das ist mir klar. Aber der Plan hat sich eben geändert. Das war nötig, weil ... du weißt schon. *Sie* waren plötzlich da. Ich musste improvisieren.« Er legte eine Hand auf ihren nackten Arm. Seine Finger zogen eine Spur bis zur Armbeuge und hinterließen eine Gänsehaut. »Wir müssen flexibel bleiben. Auf das reagieren, was geschieht. Immer am Ball bleiben. Das ist doch ziemlich aufregend.«

Sie machte keinerlei Anstalten, ihm Einhalt zu gebieten, doch sie ermutigte ihn auch nicht. Das war gar nicht nötig.

»Du hättest dich an den Plan halten sollen.«

Verärgert zog er seine Hand zurück. Er stand auf, entfernte sich ein paar Schritte. Sie sah ihm nach, und der Atem blieb ihr in der Kehle stecken.

»Es ist weg. Alles weg. Ich habe sogar den Wagen verloren.«

»Du hast –«

»Er ist bei der Explosion verbrannt. Keine Panik, man kann ihn nicht zu uns zurückverfolgen. Das ganze Haus ist in die Luft geflogen. Bestimmt sind sie alle tot.«

»Nur *sie* nicht.«

Er nickte. Ein Zugeständnis. »Ja. Nur sie nicht.«

»Und das Kind.«

Er drehte sich zu ihr um. »Ja«, sagte er laut, allerdings diesmal nicht aus Wut, sondern aus Triumph. »Genau. Das Kind. Aber ich weiß, wo es ist.«

»Weißt du nicht.«

»Und ob. Du weißt doch, wen ich beim Haus gesehen habe. Kurz vor der Explosion.« Es war keine Frage, sondern eine Feststellung. »Du weißt auch, was sie dort wollten. Jetzt haben sie das Kind.«

»Wenn sie das Kind haben«, entgegnete sie, wobei sie betont langsam sprach, als erkläre sie einem begriffsstutzigen Zuhörer einen sehr simplen Sachverhalt, »dann wird die Mutter es schon bald zurückbekommen. Und wir wären keinen Schritt weiter.«

»Falsch.« Plötzlich stand er über ihr. Umfasste ihr Kinn. Zwang sie, den Kopf zu heben und ihn anzuschauen. Der Form halber leistete sie ein wenig Widerstand, doch beide wussten, dass sie sich ihm letzten Endes fügen würde. »Falsch. Weil ich nämlich schlau war. Weil ich gewisse Andeutungen gemacht habe.«

»Erzähl.« Sie fuhr sich mit der Zunge über die Lippen.

»Ich habe behauptet, ich hätte gehört, wie sie sagte, es sei alles ihre Schuld.«

In ihren Augen flackerte etwas auf. »Das war gefährlich.«

»Ich weiß. Aber es hat funktioniert. Danach habe ich nämlich noch was von der Polizei aufgeschnappt. Sie hatten sie ursprünglich ins Krankenhaus gebracht, aber jetzt ist sie verschwunden. Sie glauben, sie befindet sich auf der Flucht.«

»Sie will zu ihnen. Um sich ihr Kind wiederzuholen.«

Er lächelte. »Glaubst du, das wird so einfach gehen? Erst muss sie noch was für sie erledigen.«

»Und was machen wir jetzt?«

»Das liegt doch auf der Hand. Wir folgen der Polizei. Sie werden uns direkt zu ihr führen.«

»Und die anderen? Was unternehmen wir gegen sie?«

Erneut ein Lächeln, bei dem er seine blitzenden, rasiermesserscharfen Zähne entblößte. »Wir setzen den Golem auf sie an.«

Ihre Augen weiteten sich, als ihr die Bedeutung seiner Worte bewusst wurde. Er nahm ihr Schweigen als Zustimmung.

»Genau. Was hältst du davon?«

Ihre Atmung beschleunigte sich.

Er fuhr fort. »Wenn wir das Kind nicht aufspüren können und die Polizei uns über die Frau nicht zu ihnen führt, dann wird der Golem sie finden. Entweder, oder. Und dann …« Er drückte ihren Kiefer zusammen, »haben wir sie.«

Sie spürte, wie sich ihr Magen zusammenzog und ihre Körpertemperatur anstieg. Vor allem im Schritt. Als befände sich dort ein Nest voller Zitteraale, die zuckend und schlängelnd einen Weg ins Freie suchten. Sie hielt seinem Blick stand und öffnete ganz leicht den Mund. Der Bluterguss erblühte.

Lächelnd sah er auf sie herab. Spätestens jetzt hatte sich

der *Guardian*-lesende bürgerliche Ästhet endgültig in Luft aufgelöst. Die Maske der Zivilisiertheit war von ihm abgefallen, und an ihre Stelle war etwas Wildes, Rohes getreten. Eine primitive Begierde. Unvermittelt ließ er ihr Gesicht los. Riss sich die Lederjacke vom Leib. Begann an den Knöpfen seines Hemds zu zerren.

Sie ließ sich rückwärts aufs Bett sinken und beobachtete ihn, auf die Ellbogen gestützt. Ganz langsam spreizte sie die Beine. Ihre Brüste hoben und senkten sich mit jedem Atemzug. Sie wollte ihn. Sie wollte alles haben, was er ihr geben konnte.

Bald darauf war er nackt und kam zu ihr aufs Bett. Sie sah sofort, wie hart er war. Sie lächelte, und er legte sich neben sie. Drückte sich an sie. Dann war er auf ihr. Sie spürte die Hitze seines Körpers.

»Liebst du mich?« Ihre Stimme war leise, drängend. »Liebst du mich?«

»Ja ...« Ein einziges Wort, durch zusammengebissene Zähne hervorgepresst.

Ihre Augen weiteten sich, und ihre Stimme wurde noch leiser. »Hasst du mich?«

Seine Antwort war ein unverständlicher Laut. Er packte sie grob.

Sie musste es hören. »Hasst du mich?«

»Ja ...« Ein Knurren.

Sie lächelte. Gut. »Dann zeig's mir. Zeig mir, was du für mich empfindest.«

Er kniete sich rittlings über sie. Dann hob er die rechte Hand, sah ihr tief in die Augen und schlug zu.

Der Schlag traf ihre Wange, und ihr Kopf wurde nach rechts geschleudert. Doch sie erholte sich rasch und suchte erneut seinen Blick. Ihre Züge waren schmerzverzerrt, die Augen voller Lust.

»Noch mal ... Tu mir weh ...«

Er schlug sie erneut. Ihre Wange brannte und begann anzuschwellen.

»Noch mal ...«

Er gehorchte.

Und noch einmal. Wut und Begierde trieben ihn an.

Sie liebte ihn, wie sie noch nie zuvor irgendjemanden oder irgendetwas auf der Welt geliebt hatte.

Er machte immer weiter, mittlerweile mit beiden Händen. Erst bearbeitete er ihr Gesicht, dann ihren Körper.

Sie schloss die Augen. Gab sich ganz dem Schmerz hin.

Der Verzückung.

Ihrer ganz besonderen, einzigartigen Liebe.

15

Marina ging langsam zum Wagen zurück. Eine lebende Tote. Das Herz war ihr so schwer wie seit langem nicht mehr. Vielleicht schwerer als jemals zuvor.

Sie öffnete die Fahrertür und sank auf den Sitz. Lehnte den Kopf gegen die Kopfstütze. Sie hörte ihr Schluchzen, noch bevor sie die Tränen auf den Wangen spürte. Es klang, als säße etwas in ihr fest, das nur in kurzen, abgerissenen Fetzen herauskommen konnte. Wut. Schmerz. Trauer. Ohnmacht.

Josephina. Phil, Don und Eileen. Ihr Leben.

Gefühle wie Schwerthiebe, von denen jeder einzelne eine tiefe Wunde schlug.

Sie ballte die Fäuste und begann laut schreiend aufs Lenkrad einzuschlagen. Sie war wie von Sinnen. Sie fand keine Worte für ihren Zustand, nur unartikulierte Wut. Immer und immer weiter schrie und trommelte sie, bis sie leer war. Bis sie keine Kraft mehr hatte, um noch irgendeinem Gefühl Ausdruck zu verleihen. Bis zur totalen Erschöpfung. Danach verharrte sie keuchend und mit zurückgelegtem Kopf, als wäre sie einen Marathon gelaufen. Leer. Sie war leer und am Boden. Ihr Inneres war wie ausgebrannt.

Doch sie wusste, dass dieser Zustand nicht von Dauer sein würde. Schon bald würden sich neue Gefühle in ihr ansammeln und sich immer weiter anstauen, bis sie irgendwann ein neues Ventil brauchte. Das war vollkommen unausweichlich. Was sie gerade durchmachte, war so fundamental, eine solche Kontinentalverschiebung, dass es auf kurz oder lang zu einem neuerlichen Erdbeben kommen musste.

Sie hoffte nur, dass sie es irgendwie überstehen würde.

Love Will Tear Us Apart.

Hastig griff sie nach ihrer Handtasche, die sie zuvor auf den Beifahrersitz geworfen hatte. Sie begann, Sachen herauszuholen und achtlos beiseitezuwerfen. Endlich fand sie das Handy und hob es ans Ohr.

»Hallo … hallo …« Ihre Stimme war hoch und schrill. Sie schluckte. Sie durfte sich jetzt nicht in ihre Verzweiflung ergeben. »Hallo?«

»Braves Mädchen.« Die Stimme. Es war wieder dieselbe Stimme.

Marina sagte nichts. Wartete ab.

Die Stimme sagte auch nichts.

Schließlich musste Marina das Schweigen brechen. »Wo ist sie? Wo ist Josephina?«

»Alles zu seiner Zeit.«

»Ich will mit ihr reden. Ihre Stimme hören …«

»Noch nicht. Sie müssen noch … Es gibt da noch was, was Sie erledigen müssen.«

Verzweiflung überkam sie. Eine Woge ohnmächtigen Zorns baute sich in ihr auf. Sie war so gewaltig, dass ihre Beine und Füße anfingen zu kribbeln und ihre Zehen sich verkrampften. »Aber ... bitte, lassen Sie mich doch mit meiner Tochter sprechen.« Schweigen. »Bitte ...«

Mehr Schweigen. Dann hörte sie Rascheln. Gedämpfte Stimmen im Hintergrund, Geflüster. Verstehen konnte sie nichts. Schließlich: »Noch nicht. Erst müssen Sie was für uns erledigen.«

Marina war den Tränen nahe. Sie wusste nicht, ob es ihr gelingen würde, sie zurückzuhalten. »Was ... Sagen Sie mir, was ich tun soll, und ich tue es.« Sie war am Ende ihrer Kräfte.

»Geben Sie das hier in Ihr Navi ein.« Es folgten Koordinaten. »Fahren Sie sofort los. Wenn Sie da sind, erhalten Sie weitere Anweisungen.«

Marina versuchte ihre Gedanken zu ordnen. Sich auf das zu besinnen, was sie gelernt hatte. »Warum tun Sie das?«, fragte sie. »Hören Sie, warum reden wir nicht einfach darüber? Wie ... wie heißen Sie?«

Höhnisches Gelächter am anderen Ende. »Kommen Sie mir bloß nicht mit diesem dämlichen Psycho-Gerede. Das können Sie gleich vergessen.«

»Aber –«

»Fahren Sie los.«

Sie war zu schwach, um zu widersprechen.

»Dieselben Regeln. Keine Polizei. Keine Mitwisser. Keine Spuren. Bisher haben Sie Ihre Sache gut gemacht. Leisten Sie sich jetzt keinen Fehler.«

»Und danach ... Kann ich danach meine Tochter sehen?«

»Wenn Sie brav sind und alles machen, was wir Ihnen sagen.«

»Bitte, tun Sie ihr nichts. Tun Sie ihr nichts. Bitte ...«

Die Verbindung wurde beendet.

Noch nie hatte Marina sich so verlassen gefühlt.

Sie legte das Handy auf den Beifahrersitz, auf den Haufen

Kleinkram, den sie aus ihrer Handtasche geholt hatte. Dann legte sie den Gang ein und fuhr vom Parkplatz.

Die ganze Zeit über behielt sie das Handy im Auge, nur für den Fall, dass es noch einmal klingelte. Sie wünschte sich, es würde klingeln.

Es blieb stumm.

16

Wieder ein unpersönlicher Krankenhausflur. Einer von vielen. Eigentlich hätte Mickey Philips sich mittlerweile daran gewöhnt haben müssen, doch das war nicht der Fall. In gewisser Hinsicht war er sogar sehr dankbar dafür.

Im Laufe der Jahre hatte er, zunächst in Uniform und später in Zivil, auf unzähligen Plastikstühlen gesessen, becherweise widerliche braune Heißgetränke in sich hineingeschüttet und sich die Langeweile durch das wiederholte Lesen von Plakaten mit gutgemeinten Verhaltensmaßregeln vertrieben. Maßregeln, die er jedes Mal nach Verlassen des Krankenhauses vor lauter Erleichterung sofort vergessen hatte. Jetzt, da er wieder einmal auf einem Plastikstuhl saß und wieder einmal einen Styroporbecher mit undefinierbarer brauner Flüssigkeit in den Händen hielt, kamen ihm all die ähnlichen Situationen von früher in den Sinn.

Er hatte darauf gewartet, dass Unfallopfer aus der Narkose erwachten, nur um festzustellen, welchen Teil ihres Körpers oder ihres Verstandes sie verloren hatten. Hatte ihnen erklären müssen, dass sie von Glück reden konnten, überhaupt am Leben zu sein, und den Ausdruck in ihren Augen gesehen, der ihm verriet, dass sie ganz anderer Meinung waren.

Er hatte darauf gewartet, dass Frauen, deren Ehemänner ihr trautes Heim in einen Kriegsschauplatz verwandelt und ihre Frauen als Sandsäcke benutzt hatten, aus dem OP kamen. Hatte sich gefragt, ob der jüngste Liebesbeweis ihrer Männer die Frauen stark gemacht und ihnen endlich den Mut gegeben hatte, Anzeige zu erstatten. Einen Schlussstrich zu ziehen. Den Krieg zu beenden und in Frieden neu anzufangen. Oder ob ihr Wille danach endgültig gebrochen war und sie ihrem zukünftigen Mörder noch eine weitere Chance gaben, weil er sie doch aufrichtig liebte.

Er hatte gewartet, während schwerverletzte Kinder operiert wurden, und dabei die Eltern beobachtet, die vor den Trümmern ihrer gesamten Existenz standen, weil alles, woran sie bislang geglaubt hatten, als Lüge entlarvt worden war. Die Garantie auf ihr Leben war hinfällig, und es gab niemanden, den sie dafür zur Rechenschaft hätten ziehen können.

Jedes Mal hatte Mickey dagesessen und gehofft, dass all das Leid nicht auf ihn abfärben würde. Doch diesmal war es anders. Diesmal war er selbst der trauernde Freund, der besorgte Angehörige, dessen Kopf in die Höhe fuhr, wann immer eine Krankenschwester oder ein Arzt vorbeiging, und der aufgeregt fragte, was es Neues gebe, obwohl er genau wusste, dass er erst dann eine Antwort bekommen würde, wenn es eine gab. Dass er sich gedulden musste wie alle anderen.

Dabei ging es um seinen Boss. Kaum zu glauben, dass er sich ausgerechnet um seinen Boss solche Sorgen machte. Andererseits: Wenn man ein bisschen darüber nachdachte, lag es eigentlich auf der Hand.

Phil Brennan war für Mickey mehr als nur ein Vorgesetzter. Für die anderen Kollegen war Mickey immer bloß der stiernackige Versager gewesen, aber Phil hatte etwas Besonderes in ihm entdeckt. Er hatte ihm eine Chance gegeben. Und Mickey hatte ihn – und sich selbst – nicht enttäuscht.

Zumindest hatte er sein Bestes getan. Phil hatte ihn immer ermutigt und ihm vieles beigebracht. Hatte Seiten in ihm zum Vorschein gebracht, von denen Mickey selbst nicht gewusst hatte, dass er sie besaß. Dank Phil hatte er sein Potential als Ermittler erst voll erkannt und ausgeschöpft. Als Mitglied von Phils Team in der Abteilung für Kapitalverbrechen fühlte er sich zum ersten Mal in seiner Karriere – wenn nicht gar in seinem Leben – wirklich geschätzt. Zum ersten Mal hatte er das Gefühl dazuzugehören. Aus all diesen Gründen war Phil für Mickey nicht nur ein Boss. Er war ein Freund und Mentor, dem er näherstand als seiner eigenen Familie.

Die Doppeltüren am Ende des Flurs öffneten sich, und hereinmarschiert kam ein stämmiger, kompakter Mann mit roten Haaren und rotem Gesicht. Er war Anfang vierzig und trug – scheinbar unter Zwang, denn er fühlte sich sichtlich unwohl – einen für Beerdigungen wie Hochzeiten gleichermaßen geeigneten Anzug. Er sah aus wie ein ehemaliger Rugbyspieler, allerdings einer, der noch immer mit Schnelligkeit und Schlagkraft zu überraschen wusste.

DCI Gary Franks. Phils – und damit auch Mickeys – neuer Vorgesetzter.

Bei Mickeys Stuhl angekommen, blieb er stehen.

»Also, wie ist die Lage?« Sein walisischer Dialekt war ebenso markant wie sein rotes Haar. »Wie geht es unserem Mann?«

Mickey stand auf und warf seinen Becher in den Mülleimer, dankbar für die Gelegenheit, nicht weitertrinken zu müssen. »Unverändert. Noch im OP.«

»Aussichten?«

Mickey zuckte die Achseln. »Ganz gut, haben die Ärzte gesagt. Wenn sie … Na ja, Sie wissen schon.« Seine Miene verdüsterte sich. »Jedenfalls besser als bei seinem Vater.«

Franks nickte. »Was für eine Tragödie. Der Vater tot, die

Mutter schwer verletzt ... Gibt es Neuigkeiten über seine kleine Tochter?«

»Nichts.« Mickey hatte Mühe zu sprechen. »Die Spurensicherung ist noch vor Ort. Sie glauben, falls sie sich in der Nähe des Explosionsherds aufgehalten hat, wäre es möglich, dass ...« Er stockte.

»Aber sie wissen es noch nicht mit Sicherheit.«

»Uniformierte gehen gerade von Tür zu Tür. Die Suche nach ihr hat oberste Priorität. Wenn jemand sie gesehen hat, wird man es bald wissen.«

»Und Marina?«

Mickey hatte bereits den Mund geöffnet und wollte berichten, was geschehen war, als DC Anni Hepburn um die Ecke geeilt kam. Sie war außer Atem, und auf ihrer dunklen Haut glänzte ein dünner Schweißfilm. Trotz der bedrückenden Situation konnte Mickey sich nicht verkneifen, ihr einen bewundernden Blick zuzuwerfen. Oder auch mehrere. Sie ertappte ihn dabei, und ihre Mundwinkel zuckten ganz kurz nach oben, bevor sie wieder ernst wurde.

Mickey und Anni umschlichen einander schon seit langem. Dass sie sich zueinander hingezogen fühlten, stand außer Frage, doch keiner von beiden wollte den entscheidenden Schritt machen. Sie hatten zu viel Angst, dass die Sache schiefgehen und dann eine gute Freundschaft – ganz abgesehen von einer erstklassigen Arbeitsbeziehung – in die Brüche gehen könnte. Aber die gegenseitige Anziehung war nicht zu leugnen. Die Luft zwischen ihnen knisterte wie elektrisch aufgeladen.

»Du kommst gerade recht«, sagte Mickey.

»Entschuldige, ich habe mich wirklich beeilt«, japste Anni, während sie versuchte, wieder zu Atem zu kommen.

Franks richtete das Wort an sie. »Marina?«

Anni schaute zu Mickey, als sei sie unsicher, ob sie darauf

antworten solle. Mickey erwiderte ihren Blick. Ihr blieb wohl keine Wahl.

»Sie ist weg«, erklärte sie.

»Was soll das heißen?«, fragte Franks. »Weg wohin?«

»Keine Ahnung«, sagte Anni vorsichtig.

Mit ihren DCIs hatte die Abteilung für Kapitalverbrechen bislang nicht viel Glück gehabt. Aber Franks, geradlinig und direkt bis zur Unhöflichkeit, schien aus anderem Holz geschnitzt zu sein als seine Vorgänger. Er war auf den Posten berufen worden, um für Stabilität zu sorgen und dem Team eine solide Basis zu bieten. Er war noch nicht lange in Colchester, doch alle schätzten und respektierten ihn. Und dieser Respekt beruhte auf Gegenseitigkeit.

Franks maß sie mit einem Blick, der die erste Zuschauerreihe bei einer Kinovorführung des Horrorfilms *Pontypool* in Angst und Schrecken versetzt hätte.

»Sie hat meinen Wagen genommen.«

Franks zog die Brauen zusammen.

»Was genau ist vorgefallen?«

»Sie hat mir gesagt, sie müsse zur Toilette, und dann ist sie verschwunden.«

»Und Sie haben sie einfach so gehen lassen?«

»Was hätte ich denn tun sollen?«

Franks musterte sie scharf. Mickey bemerkte, wie Anni sich unter den Blicken ihres Vorgesetzten wand.

»In was für einer Verfassung war sie?«, wollte Franks als Nächstes wissen.

»Was glauben Sie denn?«

Franks machte sich nicht die Mühe, darauf eine Antwort zu geben.

»Aber sie gehört zum Team«, setzte Anni hinzu. »Sie ist eine von uns. Vielleicht kommt sie ja zurück.«

»Halten Sie das für wahrscheinlich?«, fragte Franks.

»Ich fahre los und suche sie«, verkündete Mickey. »Ich bin nur kurz vorbeigekommen, um zu fragen, ob sie vielleicht irgendwas hiergelassen hat, was ich mitnehmen könnte. Hat sie aber nicht.«

»Und sie hat sich seitdem bei keinem von Ihnen gemeldet?«

Beide schüttelten den Kopf.

»Da war noch was«, meinte Mickey.

Anni und Franks sahen ihn erwartungsvoll an.

»Es gab einen Augenzeugen in Aldeburgh – der Mann, der Marina davon abgehalten hat, ins brennende Haus zu laufen. DS James von der Polizei in Suffolk meinte, er hätte ausgesagt, Marina hätte etwas gerufen, als sie versucht hat, ins Cottage zu gelangen, und zwar: ›Was habe ich getan?‹«

Schweigen. Franks bedachte ihn mit einem langen und durchdringenden Blick.

»›Was habe ich getan?‹ Sind Sie sicher?«

Mickey nickte.

»Das könnte doch alles Mögliche bedeuten«, wandte Anni ein. »Vielleicht hat sie sich Vorwürfe gemacht, weil sie dachte, sie hätte – was weiß ich – den Herd angelassen oder so.«

»Hat sie Ihnen gegenüber etwas Derartiges erwähnt?«

»Nein«, musste Anni eingestehen. »Nichts.«

»›Was habe ich getan?‹ …« Franks grübelte. Dann fixierte er die beiden Polizeibeamten. »Sie arbeiten schon länger mit ihr zusammen als ich. Wie schätzen Sie die Sache ein?«

»Wollen Sie damit etwa sagen, dass Sie sie verdächtigen?«, fragte Anni zurück. »Sie glauben, sie hat absichtlich ihre eigene Familie in die Luft gesprengt?«

Franks hob die Schultern. »Wäre sie zu so was fähig?«

»Nein«, antwortete Anni. »Ausgeschlossen.«

Mickey pflichtete ihr bei.

Franks nickte. »Flucht ist immer ein Schuldeingeständnis.«

»Nicht immer, Sir. Nur meistens«, widersprach Mickey.

»In neunzig Prozent aller Fälle«, versetzte Franks. »In diesem Fall haben wir keinen anderen Anhaltspunkt. Und da sie nicht hier ist, können wir sie auch schlecht danach fragen.«

Während Franks' Blick kurz durch den Flur schweifte, bekam Mickey den Eindruck, dass der DCI ähnlich über das Warten in Krankenhäusern dachte wie er selbst.

»Gut. Trotz allem ist der Fall nach wie vor Angelegenheit der Polizei in Suffolk, und wir sollten ihnen nicht in die Quere kommen. Sie untersuchen, was genau im Cottage passiert ist, und sie fahnden nach der Tochter. Aber ...« Franks deutete auf Mickey. »Ich möchte, dass Sie nach Marina suchen. Auch wenn es uns vielleicht schwerfällt, den Tatsachen ins Auge zu sehen, momentan ist sie unsere einzige Spur, *und* sie ist geflüchtet, insofern hat sie einige Fragen zu beantworten, würde ich sagen.« Dann wandte er sich an Anni. »Bleiben Sie fürs Erste hier. Mal sehen, was Phil Brennan oder seine Mutter zu berichten haben, wenn sie wieder zu Bewusstsein kommen.«

Die drei verfielen in Schweigen. Keiner wagte es, statt des »wenn« ein »falls« zu denken.

»Ich rufe derweil DS ... James an?«

Mickey nickte.

»James, gut. Mal sehen, ob er den Augenzeugen noch einmal vernehmen kann. Vielleicht findet er weitere Einzelheiten heraus.«

»Sie«, sagte Mickey.

»Was?«, fragte Franks.

»Sie«, wiederholte Mickey und räusperte sich. »DS James ist eine Frau.«

Er spürte Annis Blicke auf sich und wagte nicht, sie anzusehen.

»Also gut, von mir aus auch eine Sie.« Franks blickte den Flur hinab, dann wandte er sich ihnen wieder zu. »Irgendwo da unten«, sagte er rau, »ist ein OP. Und in diesem OP versuchen Chirurgen gerade, das Leben eines meiner besten Männer zu retten. Ich bin noch nicht lange bei Ihnen, aber das heißt nicht, dass ich nicht auf Anhieb einen guten Polizisten erkenne. Das sind Sie alle: verdammt gute Polizisten. Und ich kann es mir nicht leisten, auch nur auf einen Einzigen von Ihnen zu verzichten.«

Mickey und Anni schwiegen.

»Also, finden Sie raus, wer das getan hat. Die Explosion war kein Unfall. Wir fahnden nach einem Mörder. Und ich werde dafür sorgen, dass derjenige, der für die Tat verantwortlich ist, ganz egal, wer – und ich meine, *ganz egal, wer* –, gefasst und bestraft wird. Er hat einen Fehler gemacht. Er hat einen von uns ins Visier genommen.« Er legte Mickey und Anni die Hand auf die Schulter. »Einen von uns. Das werden wir ihm nicht durchgehen lassen.« Er straffte den Rücken und ließ die Hände sinken. »Also los, an die Arbeit.«

Mehr musste er nicht sagen.

Sie drehten sich um und gingen.

17

Mit seinem Satteldach, dem nichtssagenden Anstrich und den unzähligen Reihen winziger Fenster, die so aussahen, als ließen sie sich kaum öffnen, glich das Hotel von außen eher einer Haftanstalt. Das Einzige, was fehlte, waren die Backsteinmauern und die mit Stacheldraht gespickten Zäune.

Die Frauenstimme des Navigationssystems teilte Marina in überdeutlicher Aussprache und der ihr eigenen unerschütterlichen Ruhe mit, dass der Bestimmungsort erreicht sei. Marina bog auf den Parkplatz ein, stellte den Motor ab und blieb ratlos im Wagen sitzen.

Unterwegs war die Hoffnung in ihr aufgekeimt, dass sie am Ziel ihrer Fahrt etwas anderes erwartete. Dass alles ein Ende haben würde. Dass sie ihre Tochter wiedersehen und gemeinsam mit ihr nach Hause fahren könnte. Sie wusste, dass diese Hoffnung leichtfertig war, dass diese Möglichkeit gar nicht wirklich existierte. Wer auch immer hinter all dem steckte, er würde sie nicht einfach so davonkommen lassen. Doch sobald sich die Idee erst einmal in ihr festgesetzt hatte, war der rationale Teil ihres Verstandes nicht mehr dagegen angekommen. Die Idee war gewachsen und gewachsen, so lange, bis Marina, den Anweisungen des Navigationssystems folgend, von der A120 abgefahren und auf den Parkplatz des anonymen Hotels eingebogen war. Erst dort war ihr klargeworden, dass es kein Wiedersehen mit ihrer Tochter geben würde. Nicht jetzt.

Und später auch nicht.

Der Gedanke traf sie wie ein Faustschlag. Wie scharfe Messerklingen, die bis auf die Knochen in ihr Fleisch schnitten. Nein. So durfte sie nicht denken. Solche Gedanken durfte sie nicht zulassen. Denn sonst ...

Nein. Lass es.

Und dann war da noch Phil, der ganz allein im Krankenhaus lag. Ob sie ihn schon operiert hatten? Sie sehnte sich danach, ihm nahe zu sein. Ihn zu halten, seine Stimme zu hören. Noch etwas, wozu sie vielleicht nie wieder Gelegenheit bekommen würde.

Sie spielte mit dem Gedanken, im Krankenhaus anzurufen, um sich nach seinem Zustand zu erkundigen. Ihre Finger lagen schon auf den Tasten des Handys, doch dann hielt sie inne. Womöglich könnte der Anruf zurückverfolgt werden. Wenn das so war, würde sie ihre Tochter in Gefahr bringen. Sie konnte nicht ausschließen, dass sie nach wie vor beobachtet wurde. Also gab sie diese Idee schweren Herzens auf.

Sie prüfte das Navigationsgerät, in der Hoffnung – schon

wieder dieses Wort –, dass sie sich bei der Eingabe der Koordinaten vertippt, irgendwo einen falschen Abzweig genommen oder einen anderen Fehler gemacht hatte. Nichts dergleichen. Sie war genau da, wo sie sein sollte.

Das Hotel war klug gewählt. An der Kreuzung der A120 zwischen Essex und Hertfordshire nahe dem Abzweig nach Braintree gelegen, stand es ganz allein auf einem Stück Brachland. Ein Fanal der Farblosigkeit inmitten gähnender Einöde.

Aber es war von der Straße aus leicht im Auge zu behalten. Leicht auszuspionieren.

Sie blickte aus dem Wagenfenster und suchte auf dem Parkplatz nach jemandem, den sie zu ihrem Erzfeind erklären konnte. Nach demjenigen, der die Schuld daran trug, dass sie jetzt hier war. Doch der Parkplatz war nahezu leer. Das Hotel wurde überwiegend von Geschäftsreisenden besucht. Touristen würden sich niemals hierher verirren, schon gar nicht an einem Karfreitag-Abend.

Über ihr gingen flackernd die Natriumlampen an und erzeugten eine trübe Dämmerstimmung. Die Autos waren dunkle, glänzende Flecken in der hereinbrechenden Dunkelheit. Wie Käfer, die sich zur gemeinsamen Nachtruhe zusammengefunden hatten.

Sie seufzte. Dachte an ihren Mann. Ihre Tochter. Ihr war, als hätte jemand ihr Inneres mit Säure herausgebrannt.

Love Will Tear Us Apart.

Rasch griff sie nach dem Handy. »Ja?«

»Haben Sie gut hergefunden? Keine Probleme mit dem Verkehr?«

Innerhalb kürzester Zeit hatte sie die Stimme zu hassen gelernt. Sie verhöhnte sie. Lachte sie aus. Spielte mit ihr. Ihre Hand begann zu zittern, als sie das Telefon fester umklammerte. »Wo ist sie? Wo ist meine Tochter?«

»In Sicherheit. Zumindest für den Moment. Solange Sie

machen, was ich …« Ein kurzes Atemholen. Eine Pause. »… was wir sagen.«

Erneut packte Marina die Wut, ohnmächtig und weißglühend. »Was? Was soll ich denn machen? Jetzt sagen Sie es mir doch endlich, dann mache ich es!«

»Schlafen Sie sich erst mal richtig aus. Sie haben morgen einen großen Tag vor sich.«

»Was?«

Ein Stöhnen, als sei ihr Gesprächspartner die ständigen Erklärungen leid. »Ruhen Sie sich aus. Schlafen Sie. Sie müssen morgen topfit sein.«

»Wie soll ich denn schlafen? Nach allem, was passiert ist, nach dem, was Sie … was Sie mit meiner Tochter …«

Urplötzlich verließen sie ihre Kräfte. Sie war müde. So müde, dass es sie eine ungeheure Anstrengung kostete, auch nur das Handy zu halten.

»Sind Sie fertig? Gut. Gehen Sie ins Hotel und nehmen Sie sich ein Zimmer. Es dürfte genug frei sein, schließlich ist Ostern. Die Leute sind jetzt zu Hause bei ihren Liebsten und fragen sich, warum die Läden so früh zumachen und nur Mist im Fernsehen läuft, bloß weil Jesus das Pech hatte, Bekanntschaft mit zwei Holzlatten und ein paar Nägeln zu schließen. Warten Sie auf den nächsten Anruf.«

Sie sagte nichts.

»Sind Sie noch dran?«

»Ja. Bin ich.«

»Na, also. Das ist die richtige Einstellung. Wenn Sie sich an die Regeln halten, geht alles viel schneller über die Bühne.«

Erneut hatte Marina das Gefühl, als würde sie von Bleigewichten unaufhaltsam in die Tiefe gezogen.

»Essen Sie zu Abend. Schlafen Sie sich aus. Frühstücken Sie. Und eine Dusche, ich empfehle Ihnen dringend eine Dusche. Morgen geht die Arbeit nämlich erst richtig los.«

Marina schloss die Augen. Sie fühlte sich wie in einem Käfig gefangen, war wie gelähmt, konnte sich nicht von der Stelle bewegen.

»Und, Marina ... kommen Sie nicht auf Idee abzuhauen. Oder Ihre Freunde bei der Polizei anzurufen. Oder irgendjemandem im Hotel zu verraten, was los ist. Wir beobachten Sie. In jeder Sekunde.«

Die Leitung war tot.

Marina warf das Handy zurück auf den Beifahrersitz. Nicht im Zorn, sondern aus Verzweiflung. Dann hob sie es wieder auf und steckte es in ihre Handtasche.

Sie stieg aus dem Wagen und machte sich auf den Weg zum Hoteleingang.

Sie stellte sich auf eine schlaflose Nacht ein.

18

Die Sporthalle gehörte einer aussterbenden Art an. Dasselbe galt für die Männer, die darin trainierten.

Der Eingang lag in einer heruntergekommenen Gasse in Bethnal Green im Osten Londons. Die Straßen ringsum waren einer schleichenden Gentrifizierung anheimgefallen, da ein Teil der wohlhabenden Hippie-Bourgeoisie, junge Bohemiens und Angestellte aus der City, sich zu furchtlosen Entdeckern des Großstadtdschungels erklärt und in der näheren Umgebung Häuser aufgekauft hatten. Bislang hatte die Straße, an der das Sportstudio lag, dem Eroberungszug standgehalten, doch bröckelnde Ziegel und steigende Mieten waren untrügliche Anzeichen dafür, dass auch ihre Stunde bald schlagen würde. Nicht mehr lange, und die Sporthalle mit ihren nackten, kondenswasserfeuchten Backsteinwänden und den abgezogenen, von jahrzehntealtem Schweiß durchtränkten Bodendielen würde der Vergangenheit angehören. Vielleicht würde eine Werbeagentur in die Räumlichkeiten einziehen. Eine PR-Firma. Oder ein Coffeeshop.

Der Boxring war gerade in Benutzung. Zwei magere Jugendliche in Turnhemden und Shorts, Köpfe und Fäuste gut gepolstert, tänzelten hochkonzentriert umeinander herum. Ihr Trainer rief ihnen von jenseits der Seile Anweisungen zu. An einer Seite der Halle wurden Gewichte gestemmt und Sandsäcke bearbeitet. Jungen und Männer, deren Hautfarbe von teigigem Weiß bis hin zu sattem Dunkelbraun reichte, trainierten einträchtig nebeneinander. Streitereien gab es keine. Die Art, wie sie hier ihre Aggressionen abreagierten, verband sie.

Dies galt jedoch nicht für den Keller. Bis dorthin drangen die Mitglieder des Boxclubs nie vor, und dazu gab es für sie auch gar keinen Grund. Im Keller herrschte eine andere Form der Aggression. Hier gab es keine Zurückhaltung, keine Regeln. Nur einen schalldichten Raum, den man mieten konnte, um Rechnungen zu begleichen oder Schulden zu bezahlen. Gegen eine gewisse Gebühr.

Das erfuhr Mike Dillman nun auch. Er hatte von Anfang an gewusst, dass Lisa ein Biest war. Deswegen hatte er sie geheiratet. Sie war laut und hatte Feuer. Geriet schnell in Rage und war stets bereit zuzuschlagen. Das liebte er so an ihr, denn genau diese Eigenschaften waren es, die jeden Fick mit ihr zu einem einmaligen Erlebnis machten. Allerdings gab es auch eine Schattenseite: Sie war unfassbar eifersüchtig. Er musste eine andere Frau nur ansehen, schon brannten bei ihr die Sicherungen durch. Und Mike hatte mehr getan, als andere Frauen bloß anzusehen. Oft. Nun saß er auf einem Stuhl in der Mitte des besagten Kellerraums und wünschte sich, er hätte seine Augen und Hände bei sich behalten.

Er fühlte sich wie tot. Die Arme waren ihm hinter dem Rücken gefesselt, die Füße an den Stuhlbeinen festgebunden.

Sein Hemd war offen. Blut lief ihm übers Gesicht, und sein Körper schmerzte, als hätte ihn jemand ans Stromnetz angeschlossen.

Vor ihm stand Lisa und schwitzte. An ihren Fingerknöcheln blinkte schweres, blutiges Metall. Sie war außer Atem, und in ihren Augen lag ein wilder Glanz. Sie sah wunderschön aus, das musste er ihr lassen.

Hinter ihr saß ein Mann im Anzug gelangweilt auf einem Stuhl. Er hatte ein aufgeschlagenes Pornoheft auf den Knien liegen und schaute auf seine Armbanduhr.

»War's das jetzt?«, fragte er. »Bist du fertig?«

Lisa schüttelte den Kopf und warf einen Blick zur Uhr an der Wand. »Noch eine Viertelstunde. Ich hab den vollen Preis bezahlt, jetzt will ich die Zeit auch ausnutzen.«

Der gelangweilte Mann zuckte die Achseln. »Von mir aus.« Und widmete sich wieder seiner Zeitschrift.

Lisa sah auf Mike hinab. Dieser Hass in ihren Augen, diese Wut. Unglaublich. Wenn sie so war wie jetzt, dann war der Sex hinterher jedes Mal atemberaubend. Er begehrte sie noch immer, selbst nach allem, was sie ihm angetan hatte.

»Hast du jetzt deine Lektion gelernt?«, schrie sie ihn an. »Willst du immer noch andere Frauen ficken? Ja, Mike? Muss ich dich noch mal daran erinnern, mit wem du verheiratet bist?«

»Nein«, stieß er mühsam hervor. Er erkannte seine eigene Stimme gar nicht wieder. »Es tut mir leid. Du … du hast deinen Standpunkt deutlich gemacht, und ich tu's nie wieder. Komm, lass … lass uns nach Hause gehen …«

Lisa nickte, holte aus und rammte ihm in einer blitzschnellen Bewegung die Faust unters Kinn. Sein Kopf flog zurück, Blut und Speichel spritzen. Gott, das tat weh. Aber nicht so sehr wie das Mal davor, fiel ihm auf. Sie wurde langsam müde. Ihre Wut verrann genauso wie ihre Zeit.

Sie trat einen Schritt zurück und betrachtete ihn mit schiefgelegtem Kopf.

»Das wär's«, verkündete sie, ohne sich umzudrehen. »Ich bin fertig.«

Mike sah auf. »Es tut mir leid ... Lass uns ... Hilf mir hoch, und wir ... wir vergessen das Ganze, okay?«

Lisa ignorierte ihn.

Der Mann im Anzug erhob sich und warf ihr ein Handtuch zu. »Mach dich sauber. Wir erledigen den Rest.«

Verwirrt sah Mike Dillman zu, wie seine Frau den Raum verließ. Der Mann legte sein Heft auf den Stuhl und musterte den übel zugerichteten Mann. »Wärst wohl besser nicht fremdgegangen«, meinte er. Es klang weder anklagend noch schadenfroh, es war lediglich eine Feststellung. »Tja, das hast du jetzt davon.«

»Ja«, ächzte Mike. »Ich mach's garantiert nicht wieder.« Er versuchte seine Arme zu bewegen. Sie schmerzten. Er musterte den Mann durch geschwollene Lider. »Sie ... Sie lassen mich doch jetzt gehen, oder?«

»Wir müssen nur noch ein bisschen saubermachen«, erwiderte der Mann im Anzug und zog sich in eine dunkle Ecke zurück. Er machte eine Handbewegung, woraufhin sich von der hinteren Wand ein Schatten löste. In Mikes zerschundenem Gesicht spiegelte sich Erstaunen.

Dann Angst.

Der Schatten kam auf ihn zu. Es war ein riesiger Mann mit kurzgeschorenen Haaren in T-Shirt und Jeans. Die Hosenbeine hatte er sich unten in die Stiefel gesteckt. Seine Körpergröße war gewaltig, aber das war nicht der Grund, weshalb Mike ihn so fassungslos anstarrte. Der Grund war seine Haut. Sie hatte die Farbe von Rauch, von Schatten. Sie war grau.

»Wer ... wer ist das?«

»Für uns ist er der Golem«, erklärte der Mann im Anzug in geschäftsmäßigem Ton. »Für dich ist er der letzte Mensch, den du auf dieser Welt sehen wirst.«

Die Worte des Mannes drangen nur langsam zu Mike durch. Er begann zu zittern. Auf einmal waren die Schmerzen wie weggeblasen, sein einziger Gedanke galt der Flucht, dem Weiterleben. Er hörte Schreie. Merkte, dass es seine eigenen waren. Schrie immer weiter.

»Tut mir leid, Kumpel«, sagte der Mann im Anzug. »Nicht meine Entscheidung. Sie hat für das Komplettpaket bezahlt. Erst darf sie sich an dir auslassen, dann entsorgen wir dich. Und Schreien bringt nichts. Der Raum hier ist schalldicht. Nimm's wie ein Mann, okay?«

Der Golem kam näher. Mike schrie.

Der Golem streckte die Hände nach ihm aus. Dann hielt er inne, als ein Klingeln durch den Raum hallte.

Gott sei Dank, dachte Mike, *Gott sei Dank …*

Der Mann im Anzug runzelte die Stirn. Der Golem fasste in seine Hosentasche.

»Ich muss rangehen«, sagte er, zog ein Handy hervor und warf einen Blick aufs Display. Er sprach Englisch mit starkem Akzent.

Er hielt das Telefon ans Ohr und wartete. Mike starrte ihn mit offenem Mund und angehaltenem Atem an.

»Jetzt? … Wo? … Honorar? …« Er nickte. »Gut.« Steckte das Handy wieder ein.

»Ich will dich ja nicht hetzen, Kumpel«, sagte der Mann im Anzug. »Aber um sieben kommt der Nächste.«

»Kein Problem«, antwortete der Golem in seinem seltsamen Englisch. »Dauert nur Sekunden.«

»Nein«, sagte Mike. »Nein, nein, nein …«

Der Golem umschloss seinen Nacken mit einer riesigen Hand. Mike starrte ihm in die Augen und erwartete, darin …

irgendetwas zu sehen. *Irgendetwas*. Sein Leben, wie es an ihm vorüberzog. Doch er sah nichts. Nur leere graue Löcher.

Nein, dachte er, *das ist nicht fair. Ich kann nicht ... nein. So darf mein Leben nicht enden. Das kann nicht sein ... Ich –*

Ein kurzes Knacken, und es war vorbei. Mike Dillman war tot. Der Golem richtete sich auf und wandte sich ab. »Du machst sauber«, sagte er, als er an dem Mann im Anzug vorbeiging. »Er hat sich in die Hose gepisst und geschissen.«

Der Golem tauchte in der Dunkelheit unter. Der Mann im Anzug sah ihm hinterher. Dann ging er in die Mitte des Raums und begann aufzuwischen.

Als er nach dem Besen griff, merkte er, dass seine Hände zitterten.

Heftig zitterten.

19

Jessica James warf einen Blick in ihr Notizbuch. Sah kurz hoch, dann wieder in ihre Aufzeichnungen. *Das kann nicht stimmen*, dachte sie.

Sie betrachtete das Haus und versuchte es mit dem Bild in Einklang zu bringen, das sie sich in ihrer Vorstellung gemacht hatte. Es gelang ihr nicht. Alt, hatte sie gedacht, aber gut in Schuss. Vielleicht Holz oder Schindeln, mit Charme und Charakter. Mit einer eigenwilligen Note, die erahnen ließ, dass der Besitzer über Geld und Geschmack verfügte. Blauweiße Töpferware auf dem Fensterbrett.

Doch das Haus, vor dem sie nun stand, sah völlig anders aus. Es war alt, so viel traf zu, aber in geradezu jämmerlichem Zustand. Von den hölzernen Fensterrahmen, die unmittelbar um die Scheiben herum vergammelt waren, blätterte die Farbe. Die einstmals weiße Fassade war von grünlichen

Schimmelflecken übersät. Der Weg zur Haustür war mit geborstenen Betonplatten gepflastert, aus deren Ritzen Unkraut wucherte.

Nicht die Art von Haus, als dessen Besitzer sie sich Stuart Milton vorgestellt hätte.

Während der Fahrt hatte sie einen Anruf von DCI Franks bekommen. Sie hatte kein Problem damit, war sogar fest davon ausgegangen, dass er sich bei ihr melden würde. Sie an seiner Stelle hätte genau dasselbe getan. Er wolle ihr nicht vorschreiben, wie sie ihre Arbeit zu machen habe, hatte er gleich zu Beginn gesagt, und zwar in einem Tonfall, der deutlich machte, dass er es ehrlich meinte. Er rufe lediglich an, um sich zu erkundigen, wie die Ermittlungen vorangingen und ob er vielleicht helfen könne.

»Woran hätten Sie gedacht?«, fragte sie zurück.

Ein Geräusch drang durch die Leitung, bei dem sie sich vorstellte, wie er die Backen aufblies und dann langsam die Luft ausstieß. Das und der raue walisische Einschlag in seiner Stimme vermittelten ihr das Bild eines Stiers. »Das müssen Sie mir sagen«, antwortete er. »Hintergrundchecks. Vielleicht gibt es Dinge, die Sie mit mir besprechen wollen, oder Sie brauchen Rückendeckung – was auch immer.«

»Ich habe schon –« Sie unterbrach sich, weil sie nicht wusste, ob Mickey Philips seinen Vorgesetzten darüber informiert hatte, dass er bereits mit einem Hilfsangebot zu ihr gekommen war. Sie vermutete stark, dass Franks Bescheid wusste, doch für den unwahrscheinlichen Fall, dass es *nicht* so war, wollte sie nicht diejenige sein, die es ihm sagte. Sie wollte Mickey nicht in Schwierigkeiten bringen. »Ein Team sucht nach dem verschwundenen Mädchen. Wir gehen jedem Hinweis nach. Ich denke, wir haben so weit alles im Griff«, sagte sie. »Aber falls ich was brauche, sind Sie mein erster Ansprechpartner.«

»Das weiß ich zu schätzen.« Franks klang aufrichtig. Er räusperte sich. Trotz seiner leicht bärbeißigen Art gefiel ihr seine Stimme. »Marina, Marina Esposito – sie ist spurlos aus dem Krankenhaus verschwunden. Ist Ihnen das bekannt?«

»Ich habe davon gehört.«

»Sie hat sich einfach davongemacht. Wir müssen sie unbedingt finden, sie ist in keiner guten seelischen Verfassung.«

»Kann ich mir vorstellen. Ich bin gerade unterwegs, um zum zweiten Mal den Augenzeugen zu vernehmen. Er hat da so was gesagt, das mich ins Grübeln gebracht hat. Mal sehen, ob ich ihm noch ein bisschen mehr entlocken kann.«

Irgendetwas an Stuart Miltons Aussage hatte ihr keine Ruhe gelassen. Etwas nagte an ihr, auch wenn sie nicht genau benennen konnte, was es war. Als sie das Gespräch in Gedanken noch einmal durchgegangen war, war ihr nichts Verdächtiges aufgefallen. Alles hatte absolut glaubwürdig geklungen. Er hatte Marina davon abgehalten, in das brennende Haus zurückzulaufen, und seine Schrammen waren der Beweis dafür. Aber irgendetwas stimmte nicht mit ihm. Bulleninstinkt, hatte sie gedacht. Der Umstand, dass er einfach so aus dem Wagen verschwunden war, deutete in dieselbe Richtung. Zumindest bestärkte er sie in ihrem Misstrauen ihm gegenüber.

»Gute Idee, DS James. Halten Sie mich auf dem Laufenden.«

Sie sicherte ihm dies zu und legte auf.

Erst hinterher wurde ihr klar, dass Franks sich gar nicht nach dem genauen Inhalt von Stuart Miltons Zeugenaussage erkundigt hatte. Er war also entweder ein schlechter Ermittler, was sie bezweifelte, oder aber er war bereits informiert worden. Letzteres kam ihr wahrscheinlicher vor. Umso besser, dann musste sie sich wenigstens nicht darum sorgen, Mickeys Besuch am Tatort geheim zu halten.

Jessies Blick ging vom einen Ende der Veranda bis zum anderen. Sie hätte nie gedacht, dass Aldeburgh so etwas wie ein Problemviertel besaß – bis sie hierhergekommen war. Sie ging zur Haustür und klopfte. Es gab eine Klingel, aber sie bezweifelte, dass sie funktionierte.

Jessie wartete. Sie wollte gerade ein zweites Mal klopfen, als sie hörte, wie jemand an die Tür kam. Er bewegte sich langsam, als würde er etwas hinter sich her schleifen.

Die Tür wurde geöffnet. Vor ihr stand ein Mann, der definitiv nicht Stuart Milton war. Er trug Jogginghosen und Pantoffeln, ein zerschlissenes Unterhemd mit uralten Flecken und darüber ein aufgeknöpftes Hemd mit bis zur Unkenntlichkeit verblichenem Muster. Seine Haare waren fettig, und obwohl er nicht dick war, wirkte sein Körper unförmig und schwammig, als hätte er stark an Gewicht verloren und seine Haut wisse noch nicht darüber Bescheid.

»Ja?« Er japste, als hätte er einen Langstreckenlauf hinter sich.

Jessie hielt ihm ihren Dienstausweis hin. »DS James, Polizei Suffolk. Ich möchte zu Stuart Milton. Ist er da?« Sie ahnte die Antwort, noch ehe sie sie gehört hatte.

Der Mann wandte den Blick ab, so dass sie ihm nicht in die Augen schauen konnte. »Wer?«, fragte er rasselnd.

Jessie spähte an dem Mann vorbei in den Flur, dessen spärliche Beleuchtung den desolaten Zustand der Inneneinrichtung nur erahnen ließ. Ein wenig zumindest. Im Zwielicht konnte sie das Gestell eines Rollstuhls und die Umrisse einer Sauerstoffflasche ausmachen. Man musste kein Detective sein, um zu wissen, dass der Mann schlimme Atemwegsprobleme hatte. Dem Klang nach zu urteilen, waren sie womöglich sogar lebensbedrohlich.

Sie ließ nicht locker. »Stuart Milton. Ich habe heute früh mit ihm gesprochen. Er hat mir diese Adresse genannt.«

Die Lider des Mannes senkten sich. Wieder war ihr der

Blick in seine Augen verwehrt. »Hier gibt's … niemanden … der so heißt …« Er begann zu röcheln und hielt sich am Türrahmen fest. Das Röcheln drohte jeden Moment in einen harten Husten umzuschlagen, der zweifellos seinen ganzen Körper durchschütteln würde.

Krebs, dachte Jessie. *Lungenkrebs*.

Er machte Anstalten, die Tür zu schließen, was ihn sichtlich anstrengte.

»Dürfte ich Ihnen nur kurz beschreiben, wie er aussieht? Ich werde Sie dann auch nicht weiter belästigen.«

Als er nichts erwiderte, interpretierte sie dies als Zustimmung und begann Stuart Milton zu beschreiben.

Während sie sprach, veränderte sich der Gesichtsausdruck des Mannes fast unmerklich. Jessie glaubte etwas in seinen Augen zu sehen. Ein Wiedererkennen. Vielleicht sogar den Anflug eines Lächelns. Sie hielt inne. »Sie kennen ihn?«

Der Mann schüttelte den Kopf. »Nein …«

»Sicher?«

»Hab ich nein gesagt oder nicht?« In den Worten schwang Ärger mit. Ein Hustenanfall schien unmittelbar bevorzustehen.

»Dann will ich Sie nicht länger behelligen, Mr …?«

Er sah sie schweigend an.

»Ich habe Ihren Namen vergessen.«

»Hab ihn … gar nicht gesagt.«

»Mr?« Sie wartete.

Offenbar dämmerte ihm, dass er sie erst loswerden würde, wenn er ihr seinen Namen nannte. »Hibbert. Jeff, Jeffrey … Hibbert.«

»Vielen Dank, Mr Hibbert. Dann werde ich mich jetzt verabschieden.«

Sie drehte sich um und ging über den Pfad zurück Richtung Straße. Kaum war hinter ihr die Haustür zugefallen, ging der

Hustenanfall los. Man hörte ihn selbst durch die geschlossene Tür. Es klang, als würde Hibbert seine Eingeweide aushusten.

Sie ging zurück zu ihrem Wagen.

Es wurde Abend, der Himmel verdunkelte sich bereits. Zeit, sich für den Kneipenabend mit ihren Freundinnen fertig zu machen, so wie jeden Freitag. Ostern hin oder her. Doch sie hatte keine rechte Lust.

Stuart Milton, den es nicht gibt. Jeff Hibbert, der behauptet, ihn nicht zu kennen, sehr wahrscheinlich aber lügt.

Langsam wird es interessant, dachte sie.

20

Tyrell fand keine Ruhe.

Er hatte es im Sitzen probiert. Im Stehen. Im Gehen. Erst in die eine Richtung, dann in die andere. Aber nichts funktionierte. Er kam einfach nicht zur Ruhe.

Eigentlich hatte er gedacht, dass der Wohnwagen ihn beruhigen müsste, weil er ihn an seine Zelle erinnerte. Er war eng und roch schlecht, selbst bei geöffneten Fenstern. Als würden die Geister der früheren Bewohner noch darin spuken. Alles war abgenutzt, und nichts gehörte ihm; er benutzte die Sachen lediglich, bis der nächste Bewohner kam.

Aber irgendwann erkannte er, dass die Umgebung des Wohnwagens, statt ihn zu entspannen, genau das Gegenteil bewirkte, nämlich ihn immer nervöser machte.

Seit Jiminy Grille gegangen war, hatte niemand mit ihm gesprochen oder bei ihm hereingeschaut. Grundsätzlich war das schon in Ordnung, denn er war es gewohnt, viel Zeit allein zu verbringen. Schließlich hatte er das jahrelang gemacht. Aber jetzt kam es ihm irgendwie anders vor, und er wollte versuchen herauszufinden, woran das lag.

Schuld war nicht die weite Landschaft draußen, das stand fest. Auch nicht der Ausblick. In seiner Zelle hatte er ebenso aus dem Fenster schauen können. Außerdem war es jetzt dunkel. Die Stille? Vielleicht. Im Gefängnis war es immer laut gewesen. Eigentlich würde man denken, dass Männer, die hinter dicken, schalldichten Eisentüren eingesperrt waren, nicht besonders viel Lärm machen konnten, doch in Wirklichkeit war es in Gefängnissen fast niemals wirklich ruhig. Er konnte die Nächte gar nicht zählen, in denen er wachgelegen und krampfhaft versucht hatte, nicht auf das Schreien und Weinen der anderen zu hören. Auf das Stammeln und Murmeln und Flehen. Und dann waren da noch andere gewesen – die Schwachen, die aber so taten, als wären sie stark, und die den Schreihälsen zuriefen: Sing doch mal ein Lied für uns. Erzähl uns einen Witz. Sag ein Gedicht auf. Erzähl uns deine Lebensgeschichte. Die höhnisch lachten und den anderen wortreich schilderten, was passieren würde, wenn sie gehorchten. Und was, wenn nicht.

In der ersten Zeit hatte er noch versucht, den nächtlichen Stimmen am nächsten Morgen Gesichter zuzuordnen. Dahinterzukommen, wer in der Nacht was gesagt hatte. Doch das hatte er schnell wieder sein lassen. Denn wenn er so etwas bei den anderen machte, machten sie es bestimmt auch bei ihm, und er wollte nicht, dass irgendjemand seine Stimme von tagsüber mit seinem nächtlichen Schluchzen in Verbindung brachte.

Schließlich war es so weit gekommen, dass er das Gefühl gehabt hatte, ohne den Lärm gar nicht mehr schlafen zu können.

Und hier gab es so gut wie keinen Lärm.

Abgesehen von dem Kind.

Er hatte es gleich bei seiner Ankunft gehört und sich nach ihm erkundigt. Wo war das Kind, weshalb weinte es so?

Keine Antwort. Irgendwann hatte das Weinen aufgehört, und er hatte sich nicht weiter darum gekümmert. Hatte sogar daran zu zweifeln begonnen, ob er es wirklich gehört hatte. Vielleicht war es gar nicht real gewesen, sondern nur in seinem Kopf. In seinem Kopf hörte er immer alles Mögliche. Und immer war ihm bis jetzt gesagt worden, dass das alles nur Einbildung sei.

Also hatte er beschlossen, nicht weiter darüber nachzudenken. Er hatte seinen Kopf ganz leer gemacht. Das war nicht weiter schwierig gewesen. Im Gefängnis hatten sie ihm regelmäßig Tabletten gegeben. Sie hatten gegen seine Kopfschmerzen helfen sollen, ihn aber gleichzeitig manches vergessen lassen. Er hatte gewissermaßen einen Kopf voller Nadeln gegen einen Kopf voller Watte eingetauscht. Er hatte ihnen zu erklären versucht, dass es nicht immer nur sein Kopf war, der weh tat, sondern manchmal auch sein Herz. Dummerweise hatte er keine Ahnung gehabt, weshalb es weh tat, und das hatte die Sache nur noch schlimmer gemacht. Vergessen war da in jedem Fall die bessere Lösung gewesen.

Das Gefängnis. Er konnte sich schon gar nicht mehr genau daran erinnern. Wie lange war er jetzt in Freiheit? Einen Tag? Länger? Kürzer? Nein, einen Tag, da war er sich ganz sicher. Er hatte noch nicht im Wohnwagen geschlafen. An das Aufwachen hätte er sich erinnert.

Gefängnis, das war ein winziger Raum, so wie dieser Wohnwagen. Gefängnis war drei Mahlzeiten am Tag. Gefängnis war im Quadrat laufen. Gefängnis war Klassenzimmer und Werkstätten und Bücher. Gefängnis war Rückzug in den eigenen Kopf. Aber Gefängnis war nicht das hier. Im Gefängnis gab es keine Tür, die man einfach so öffnen konnte.

Und genau das war es, was ihm Angst machte.

Wenn er wollte, konnte er jederzeit aufstehen und nach draußen gehen. Er musste niemanden darum bitten. Er musste nicht auf bestimmte Zeiten warten. Er konnte ganz einfach hingehen und die Tür öffnen.

Aber er tat es nicht. Brachte es nicht über sich.

Wagte nicht mal einen Versuch.

Er betrachtete die Tür. Die Klinke. Beides aus Metall. Sehr stabil sahen sie nicht aus. Nur herunterdrücken. Aufschieben. Schon wäre er draußen.

Während er noch auf die Tür starrte, merkte er schon, wie er aufstand, als würde eine unsichtbare Kraft ihn lenken. Wie die Voodoo-Priester mit ihren Zombies im Film.

In zwei Schritten durchquerte er den Wohnwagen. Streckte die Hand aus. Sie schwebte über der Türklinke. Er berührte sie nicht, aber er konnte sie spüren. Erahnen. Energiewellen strömten von ihr in seine Hand aus. Wollten ihn dazu bringen, dass er die Finger um die Klinke schloss, sie herunterdrückte ...

Er nahm die Hand weg und ließ den Arm herunterhängen. Er brachte es nicht fertig. Es war zu lange her. Es war ...

Erneut streckte seine Hand sich nach der Türklinke. Erneut spürte er die Kraft in seinen Fingern. Und erneut ließ er den Arm nach kurzer Zeit wieder sinken.

Seufzend wandte er sich ab und ging zurück zum Bett. Er wollte sich gerade hinsetzen, als er ein Geräusch vernahm.

Das Kind hatte wieder angefangen zu weinen.

Tyrell blieb stehen. Horchte. Es kam von draußen. Aus dem Haus, neben dem der Wohnwagen stand. Er hatte es sich also doch nicht eingebildet. Das Weinen war echt.

Noch einmal wandte er sich zur Tür. Streckte die Hand aus. Ließ sie fallen.

Das Kind weinte weiter.

In seinem Kopf passierte etwas. Irgendwo im Nebel außerhalb der Reichweite seiner Erinnerung setzte sich etwas in Gang. Es hatte mit einem Kind zu tun. Einem kleinen Kind.

Mit nächtlichem Weinen. Es war in seinem Kopf. In seinem Herzen. Tief unten, ganz tief. Er wollte nicht daran denken. Musste irgendwie dafür sorgen, dass es aufhörte. Damit er wieder seine Ruhe hatte.

Das Weinen hielt an.

Er streckte die Hand nach der Türklinke aus. Sein Herz klopfte, seine Knie zitterten.

Er umfasste die Klinke.

Er spürte das Blut in seinem Kopf pochen. Hörte es in seinen Ohren rauschen. Fast hätte es das Kind übertönt. Fast, aber nicht ganz.

Er griff die Klinke fester. Holte tief Luft. Dann noch einmal.

Drückte sie hinunter.

Und trat ins Freie.

21

Marina konnte nicht schlafen. Von allem, was ihr an diesem Tag widerfahren war, kam dies am wenigsten überraschend.

Das Hotel war erst vor kurzem fertiggestellt worden und hatte außer ihr fast keine Gäste. An einem Karfreitag blieben die Geschäftsreisenden aus. Berieselungsmusik begleitete sie durch beige gestrichene Flure. Marina fragte sich, wie es sein konnte, dass man in einem nagelneuen Gebäude das Gefühl hatte, es würde spuken.

Sie saß auf der Bettkante, als rechne sie jeden Moment damit, aufspringen zu müssen. Es gelang ihr nicht, sich auch nur ein klein wenig zu entspannen. Sie zielte mit der Fernbedienung auf den Fernsehapparat und zappte sich auf der Suche nach Neuigkeiten über ihre Tochter oder ihren Mann durch die Kanäle. Eine Comedy-Talkshow, die sie früher amüsant gefunden hatte, ging ihr jetzt nur noch auf den Geist. Weiter. Ein Hollywood-Blockbuster mit spektakulären Stunts, in dem jemand in letzter Sekunde einer tödlichen Explosion entkam. Weiter. Eine moderne, krampfhaft um großstädtisches Flair bemühte Musical-Version der Kreuzigung Christi mit jungen Schauspielschülern. Weiter. Nachrichten. Sie verfolgte die Meldungen mit leicht zusammengekniffenen Augen, als müsse sie sich für einen Schlag wappnen. Nichts.

Sie warf die Fernbedienung hin. Ließ sich rückwärts aufs Bett fallen und starrte an die Decke. Die Verzweiflung drohte sie von innen aufzufressen. Sie dachte an ihre Familie.

Bevor Phil in ihr Leben getreten war, bevor sie Josephina bekommen hatten, war Familie für sie keine Lebensform gewesen, die man anstrebte, sondern eine, der es um jeden Preis zu entkommen galt. Die Nonnen auf ihrer Schule hatten ihnen ständig gepredigt, die Familie sei das Allerwichtigste im Leben. Marina hatte dagesessen und aus Angst vor Schlägen den Mund gehalten, aber im Stillen hatte sie gedacht: *Ach, wirklich? Dann habt ihr meine noch nicht kennengelernt.*

Ihr Vater war ein verlogener, untreuer, alkoholsüchtiger Tyrann gewesen, der seine Frau regelmäßig geschlagen hatte. Marina war gerade sieben gewesen, als er die Familie verlassen hatte, allerdings war er auch danach noch in unregelmäßigen Abständen bei ihnen aufgetaucht, um sie in den Genuss seiner ganz eigenen Art von Schmerz und seelischer Grausamkeit kommen zu lassen. Ihre Mutter war mehr Sandsack als Mensch gewesen, und als Marina ihre beiden Brüder zum letzten Mal gesehen hatte, waren diese kräftig bemüht gewesen, ihrem Vater nachzueifern.

Doch auch wenn die Nonnen in ihrem hartnäckigen Streben, ihr die Augen für die Liebe Jesu Christi zu öffnen, keine vom Gesetz erlaubte Methode der Züchtigung ausgelassen hatten, sei sie nun körperlich oder seelisch, so hatten sie doch etwas ganz Entscheidendes richtig gemacht: Sie hatten Marinas Intelligenz erkannt.

Nach der Sekundarschule in Balsall Heath, Birmingham, hatte ein Stipendium es ihr ermöglicht, nach Cambridge zu gehen und dort Psychologie zu studieren. Damals war die Fächerwahl für sie eine Art Rache an ihrem Vater gewesen: Sie wollte verstehen, warum er so war, wie er war. Marina hatte das italienische Aussehen von ihm geerbt und, wie sie manchmal befürchtete, auch das Temperament. Ohne dass sie sich dessen bewusst gewesen wäre, war das Studium für sie ein Weg gewesen, zu einem neuen Verständnis ihrer selbst zu gelangen. Und auf diese Weise zu verhindern, dass sie eines Tages so würde wie er.

Ihre Mutter war an Krebs gestorben und hatte nicht mehr miterleben dürfen, wie ihre Tochter das Studium abschloss. Marina war immer noch traurig darüber, auch wenn sie tief in ihrem Herzen wusste, dass ihre Mutter stolz auf sie gewesen wäre.

Was man von ihren Brüdern nicht gerade behaupten konnte. Das Letzte, was sie von ihrem älteren Bruder Lanzo gehört hatte, war, dass er wegen mehrerer Tankstellenüberfälle in der Justizvollzugsanstalt Walsall einsaß und wohl so schnell nicht wieder freikommen würde.

Ihr anderer Bruder Alessandro hatte sich erst kürzlich bei ihr gemeldet. Er lebte mittlerweile in Jaywick und hatte vorgeschlagen, sich zu einem gemeinsamen Abendessen zu treffen. Sie hatte ablehnen wollen, doch Phil, der als Einzelkind aufgewachsen war, hatte sie dazu überredet, es wenigstens zu versuchen.

Also hatten sie sich im Warehouse, einer Brasserie in Colchester, verabredet. Alessandro hatte kaum einen Fuß ins

Lokal gesetzt, da wusste Marina bereits, dass das Treffen ein schrecklicher Fehler war. Er hatte eine Frau dabei, die gekleidet war, als müsse sie nach dem Essen noch zur Spätschicht in einen drittklassigen Stripclub, und sobald Alessandro hörte, was Phil beruflich machte, ließ er einen Schwall wüster Beschimpfungen in zwei Sprachen auf ihn los.

Bis zum Dessert kamen sie erst gar nicht.

Alessandro hatte sich ein paar Tage später noch einmal gemeldet und eine Entschuldigung auf den Anrufbeantworter gemurmelt. Er habe zurzeit jede Menge Stress, und was er gesagt habe, tue ihm leid. Sie solle wissen, dass er immer für seine kleine Schwester da sei. Ob sie es nicht noch einmal miteinander versuchen sollten?

Marina hatte ihn nicht zurückgerufen.

Phil und Josephina waren jetzt ihre Familie. Und nie hatte sie sie so sehr gebraucht wie jetzt.

Marina stand vom Bett auf und versuchte, ihre Tränen und Schreie zurückzudrängen. Sie sah die beiden vor sich: Phil, groß, blond und attraktiv; Josephina mit ihren dunklen Locken und kugelrunden Augen – sie kam nach ihrer Mutter. Marina sehnte sich so unbeschreiblich nach den beiden. Danach, sie zu berühren, sie in den Arm zu nehmen und ihnen zu sagen, was sie ihr bedeuteten. Sie spürte, dass sie einem weiteren emotionalen Zusammenbruch entgegensteuerte, und gab sich einen Ruck. Solche Gedanken waren jetzt nicht hilfreich. Sie musste sich mit etwas Positivem beschäftigen, etwas Konstruktives tun.

Ihr Blick fiel auf ihre geöffnete Handtasche. Das fremde Handy lag zuoberst. Ihr war, als würde es sie anstarren. Sie nahm es in die Hand. Betrachtete es. Es wäre so einfach …

Nein. Vielleicht wurde es abgehört. Sie sah sich im Zimmer um. Das Telefon auf dem Nachttisch. Ein Apparat aus beigefarbenem Plastik. Sie sah Phils und Josephinas Gesichter vor sich, und erneut spürte sie, wie sie sich mit jeder Faser ihres Körpers nach ihnen sehnte. Sie musste es riskieren.

Sie nahm den Hörer ab und drückte die Null für die Verbindung nach draußen. Dann wählte sie die Nummer der Auskunft.

»Das Ipswich General Hospital, bitte.«

Sie wurde verbunden. Es tutete. Kurz darauf nahm eine Krankenschwester ab.

»Ja, hallo«, sagte Marina mit leiser, krächzender Stimme. »Sie haben ... Phil Brennan. Bei Ihnen liegt ein Patient namens Phil Brennan. Ich möchte ... ich würde gerne ... Wie geht es ihm?«

Sie wurde nach ihrem Namen gefragt und wie ihr Verhältnis zu dem Patienten sei.

»Ich ... ich bin seine Ehefrau.« Jetzt gab es kein Zurück mehr.

Sie wurde gebeten zu warten. Stille. Der Schlag ihres Herzens war lauter als die Musik in der Warteschleife. Dann war die Krankenschwester wieder da.

»Sein Zustand ist stabil«, teilte sie Marina mit. »Er ist vor einiger Zeit aus der OP gekommen und ruht jetzt.«

»Gott sei Dank ...«

Die Schwester wollte noch etwas hinzufügen, schien dann aber durch jemanden abgelenkt zu werden. »Kann ich ... Dürfte ich Sie bitten, noch kurz dranzubleiben?«

Marina knallte den Hörer auf.

Sie würde niemandem Gelegenheit geben, den Anruf zurückzuverfolgen.

Sie wollte sich wieder aufs Bett setzen, war aber noch ganz zittrig nach dem Gespräch. Sie wiederholte die Worte in ihrem Kopf. *Stabil. Aus der OP gekommen.*

Wieder spürte sie diesen dumpfen Schmerz in ihrem Herzen, diese Sehnsucht. Sie wäre jetzt so gerne bei ihm gewesen.

Sie brauchte ihn. Sie ließ den Blick durch den Raum schweifen. Dann durchquerte sie mit raschen Schritten das Zimmer und spähte aus dem Fenster. Es war dunkel draußen, der Parkplatz durch die Laternen ein Meer aus Licht- und Schattenflecken. Dahinter lag die A120.

Marina betrachtete das Handy auf dem Bett. Es hatte nicht geklingelt. Ihr war gesagt worden, dass sie den nächsten Anruf erst für morgen früh erwarten solle. Erneut sah sie zum Fenster, zur Straße.

Sie können mich nicht die ganze Zeit beobachten, dachte sie. *Nicht rund um die Uhr.* Ihr Herz schlug schneller, und sie fasste einen Entschluss. Sie nahm die Autoschlüssel. Verließ das Zimmer.

Unten war es wie ausgestorben. Niemand am Empfang, kein Gast in der Lobby. Sie eilte zum Eingang und trat ins Freie. Dort blieb sie zunächst stehen und schaute sich um. Nahm jeden Winkel, jede Ecke des Parkplatzes in Augenschein. Auch die Straße suchte sie ab.

Weit und breit keine Menschenseele.

Zügig, aber ohne zu rennen, machte sie sich auf den Weg zu ihrem Wagen. Sie wollte keine Aufmerksamkeit erregen. Sie stieg ein, ließ den Motor an, und fuhr, nachdem sie sich ein letztes Mal umgesehen hatte, vom Parkplatz. In östliche Richtung auf den Zubringer zur A120. Zu Phil. Die ganze Zeit über schaute sie in den Rückspiegel, ob sich ein anderer Wagen an ihre Fersen geheftet hatte.

Es herrschte wenig Verkehr, und sie schien keinen Verfolger zu haben. Niemand fuhr zeitgleich mit ihr auf die A120. Erleichtert atmete sie auf. Erlaubte sich ein kleines Lächeln. Schließlich kicherte sie sogar ausgelassen.

Niemand war ihr gefolgt. Sie wusste es. Hatte es im Gefühl. Sie erreichte den Kreisverkehr und war drauf und dran, links abzubiegen und Gas zu geben.

Love Will Tear Us Apart.

Ihr Herz wurde zu Stein. Sie stellte das Handy auf Freisprechen.

»Na, war da jemand ungezogen?«

Die Stimme. Schon wieder diese gottverdammte widerliche Stimme.

»Ich ... keine Ahnung, was Sie meinen ...«

»Wir haben Ihnen doch gesagt, Sie sollen im Hotel bleiben. Da sind Sie jetzt aber nicht, oder?«

»Ich ... ich ...« Ihre Hände am Lenkrad begannen zu zittern.

»Wenden Sie, fahren Sie zurück zum Hotel und warten Sie da bis morgen früh auf weitere Anweisungen.«

Der Kreisverkehr lag unmittelbar vor ihr. Sie blinkte, fuhr hinein und dann die Straße zurück, auf der sie gekommen war.

»Brav«, lobte die Stimme.

Erneut tauchte das Hotel vor ihr auf. Sie setzte den Blinker und bog auf den Parkplatz ein. Lenkte den Wagen in ihre alte Parklücke.

»Tun Sie einfach nur, was Ihnen gesagt wird, Marina. Dann sind alle glücklich.«

Ein Klicken in der Leitung. Die Verbindung war weg.

Wie betäubt saß Marina da.

Es dauerte lange, bis sie aussteigen konnte. Sie machte sich auf den Weg in ihr Zimmer.

Um die ganze Nacht an die Decke zu starren.

22 Tyrell erschrak, als er in die Nachtluft hinaustrat. Es war ein milder Apriltag gewesen, und die plötzliche Kälte überraschte ihn. Aber was wusste er schon? Es war lange her, dass er eine Nacht im Freien erlebt hatte. Die letzten Jahre über hatte er sie immer nur durchs Zellenfenster gesehen.

Er fröstelte. Zwar hatte sein Oberteil lange Ärmel, trotzdem wünschte er, er hätte sich noch einen Pullover übergezogen. Eine zaghafte Stimme in seinem Kopf riet ihm, das weinende Kind zu vergessen, zurück in den Wohnwagen zu gehen und dort zu bleiben, wo es sicher und warm war. Es fiel ihm schwer, nicht auf die Stimme zu hören. Er sah sich um, holte ein paarmal tief Luft, die kalt in seinen Lungen prickelte, und machte sich auf den Weg.

Er roch das Salz in der Luft. Es erinnerte ihn an das Gefängnis auf der Isle of Sheppey. In der Ferne konnte er Straßenlaternen und die erleuchteten Fenster anderer Häuser ausmachen. Auch im Haus neben dem Wohnwagen brannte Licht. Von dort kam das Weinen des Kindes.

Zitternd stapfte er aufs Haus zu. Es war alt und groß, aber vielleicht kam es Tyrell auch nur so vor, weil er so lange auf engstem Raum gelebt hatte. Plötzlich musste er an einen anderen Ort denken. Ein anderes Haus. Eine andere Zeit. Eine Zeit, als …

Nein. Er schloss die Augen. Kniff sie ganz fest zu. *Nein. Denk nicht dran. Geh nicht dahin zurück*.

Ganz langsam schlug er die Augen wieder auf. Das Haus stand immer noch da, aber das andere Haus, das Haus aus seiner Erinnerung, war verschwunden.

Ein Glück.

Mit unsicheren Schritten ging er weiter. Der Boden war zerfurcht und voller Löcher. Die Hunde gaben keinen Laut von sich. In den Zimmern im Erdgeschoss war es hell. Das

Auto, mit dem Jiminy Grille ihn hergebracht hatte, parkte neben dem alten silbernen Auto in der Einfahrt.

Da. Da war es wieder.

Er blieb stehen, versuchte den Wind auszublenden, der ihm um die Ohren pfiff, und konzentrierte sich ganz auf das Weinen. Es war ein Kind, ganz sicher. Der Stimme nach zu urteilen ein kleines Mädchen. Es weinte ganz herzzerreißend, offensichtlich war es wegen irgendetwas sehr traurig. Er schlich sich näher heran, bis er direkt neben einem Fenster stand. Es gelang ihm, ein paar Wortfetzen aufzuschnappen.

»Mama ... Papa ... Tante ... nein, ich will das nicht ...«

Dann fuhr plötzlich eine andere Stimme dazwischen. Eine zornige Stimme, die dem Kind befahl, es solle gefälligst still sein, was es jedoch nur zu noch lauterem Weinen veranlasste.

Ein Schauer überlief Tyrell, und diesmal nicht nur wegen der Kälte. Wieder geisterte eine Erinnerung durch seinen Kopf. An ein anderes Kind, das traurig und einsam war. Das nach Anerkennung und Liebe suchte und stattdessen Wut und Hass und Schmerzen erleiden musste. Schmerzen, die sich ganz tief in sein Inneres fraßen.

Erneut schloss er die Augen und versuchte die Erinnerung zu zwingen, wieder in das Dunkel zurückzukehren, aus dem sie gekommen war. *Zwing sie, zwing sie ...*

Er schlug die Augen auf. Die Erinnerung war fort. Aber das Kind weinte immer noch. Tyrell musste etwas unternehmen. Das Weinen sollte aufhören. Das Kind sollte wieder fröhlich sein.

Er duckte sich unter das Fenster und spürte eine Empfindung in sich hochsteigen, mit der er zunächst gar nichts anzufangen wusste, weil er sie nicht wiedererkannte. War das vielleicht Mut?

Ganz langsam kam er hoch und spähte durch die Scheibe. Eine Küche. Auf dem Tisch standen ein Laptop, verschiedene elektronische Geräte, eine halbleere Whiskyflasche und zwei Gläser. Vor dem Laptop saß eine Frau mit merkwürdigem Gesicht, und neben ihr auf dem Boden kauerte ein kleines Mädchen. Sie hatte einen Strick ums Handgelenk, mit dem sie am Türgriff festgebunden war. Sie hatte dunkle Haare und verweinte Augen. Ihr Gesicht war nass und gerötet. Die Frau am Tisch schien fest entschlossen, dem Kind keine Beachtung zu schenken. Sie hatte ebenfalls ein rotes Gesicht, allerdings vermutete Tyrell, dass es bei ihr vom Whisky kam.

Irgendwann drehte sich die Frau zu der Kleinen um, die prompt vor ihr davonkroch, soweit der Strick es zuließ. Vor lauter Angst hörte sie schlagartig auf zu weinen. Und wieder lief Tyrell ein Schauer durch den Körper. Was hatte die Frau mit dem Kind gemacht, dass es sich so sehr fürchtete?

»Jetzt halt endlich die Klappe!«, fauchte die Frau. Sie klang eigenartig, als wäre sie nicht richtig gestimmt. »Ich hab's dir schon mal gesagt: Du kannst nach Hause, wenn deine Mutter macht, was wir ihr sagen.« Sie schüttelte den Kopf und wandte den Blick wieder dem Computerbildschirm zu. »Verdammte kleine Kröte. Ich sollte dich den Hunden vorwerfen …«

Entsetzen machte sich in Tyrell breit. Er wich vom Fenster zurück, als wäre er geschlagen worden. Dabei verlor er das Gleichgewicht und stürzte. Die Hunde, durch den Lärm aus dem Schlaf geschreckt, fingen an zu bellen. Hastig rappelte er sich auf und presste sich dicht gegen die Hauswand. Reckte ganz langsam den Kopf um die Ecke. Die Hunde waren in der Nähe der Hintertür in einem Zwinger eingesperrt. Sie kläfften mit speicheltriefenden Lefzen und versuchten die Schnauzen durchs Gitter zu stecken. Rasch zog Tyrell den Kopf wieder zurück.

Dann riskierte er erneut einen Blick durchs Küchenfenster. Die Frau am Tisch beschimpfte die Hunde und brüllte, sie sollten sofort mit dem Krach aufhören. Die Hunde kümmerten sich gar nicht darum, das kleine Mädchen jedoch fing noch lauter an zu weinen. Die Frau stand auf und verließ wütend den Raum.

Tyrell war außer Atem wie nach großer körperlicher Anstrengung. An der Hauswand sah er einen Stapel Feuerholz liegen. Er lief geduckt unter dem Fenster entlang und suchte sich ein Scheit aus. Es war klein genug, so dass es gut in der Hand lag, lang genug, dass man es schwingen konnte, und schwer genug, um damit ernsthaften Schaden anzurichten. Er holte einige Male probehalber aus, um ein Gefühl dafür zu bekommen. Dann kroch er zurück an seinen Platz neben dem Fenster. Er atmete tief. Einmal. Zweimal. Machte sich bereit, falls nötig zur Hintertür zu stürzen.

»Willst du irgendwohin, Malcolm?«

Tyrell erschrak so sehr, dass ihm beinahe das Holzscheit aus der Hand gefallen wäre. Er fuhr herum. Vor ihm stand Jiminy Grille, die freundliche Stimme seines Gewissens.

Jetzt gerade allerdings sah er nicht besonders freundlich aus.

»Ich hab dich gefragt, ob du irgendwohin willst, Malcolm Tyrell?« Er sprach den Namen sehr bestimmt aus, als wolle er ihn mit der Faust in einen Stein hämmern.

Tyrell schluckte. Mit einem Mal war seine Kehle trocken, und ihm schlotterten die Knie. Trotz der frischen Nachtluft kam er sich genauso vor wie im Gefängnis, wenn er sich gegen irgendeinen brutalen Mithäftling hatte verteidigen müssen.

»Ich … ich … Da drinnen weint ein Mädchen. Ein kleines Kind. Es weint.«

»Das geht dich nichts an.«

»Sie … sie weint aber …«

»Ihr geht's gut.«

»Die Frau am Tisch hat gesagt, sie würde sie den Hunden zum Fraß vorwerfen ...«

Jiminy Grille versuchte zu lachen, ließ es dann aber sein. Stattdessen rief er mit schriller Stimme und amerikanischem Akzent: »Geh hinein und lass dich hier nicht blicken, solange du kein kleines Kind dabeihast!« Gleich darauf war der Akzent wieder verschwunden, und Jiminys Augen funkelten, als er in normaler Stimme hinzufügte: »Na los, zurück in den Wohnwagen.«

Tyrells Zittern wurde heftiger, doch jetzt empfand er keine Angst mehr, sondern nur noch Wut. Er fühlte das Holzscheit in seiner Hand. Das hier war anders, als im Knast einem Angreifer gegenüberzustehen. Er hatte eine Waffe.

»Willst du dich mit mir anlegen? Ja?« Der amerikanische Akzent war zurück, diesmal klang er nach alberner Gangster-Parodie. Jiminy Grille breitete feixend die Arme aus. »Na, dann zeig mal, was du draufhast.«

Tyrell wollte mit dem Scheit ausholen.

»Wag es ja nicht, sonst mach ich dich fertig.« Jiminys Stimme, leise und dunkel, verriet Tyrell, dass er seine Drohung ernst meinte. Und dass er Spaß daran haben würde, sie wahrzumachen.

Tyrell sah zwischen dem Fenster und Jiminy Grille hin und her. Betrachtete dann das Scheit in seiner Hand. Sein Arm zitterte. Ein Blick zu Jiminy Grille. Der lächelte. »Aus«, sagte er wie zu einem seiner Hunde.

Tyrell, dem klarwurde, dass ihm keine andere Wahl blieb, ließ das Scheit fallen.

»Gut. Und jetzt geh zurück in deinen Wohnwagen. Du hast morgen einen großen Tag vor dir.«

Tyrell gehorchte, als folge er dem Befehl eines Staffelkommandanten bei der Royal Air Force.

Im Wohnwagen war es ein klein wenig wärmer als draußen. Tyrell setzte sich aufs Bett. Hinter ihm ging die Tür zu, dann hörte er, wie ein Schlüssel im Schloss umgedreht wurde.

Seine erste Nacht in Freiheit, und er war schon wieder eingesperrt.

23

Jeff Hibbert saß im Bett und starrte an die Zimmerdecke. Er konnte nicht schlafen. Er dachte die ganze Zeit über den Besuch der Polizistin nach, doch das war es nicht, was ihn wach hielt.

Nur im Sitzen waren die Schmerzen einigermaßen erträglich. Es war die einzige Position, in der er überhaupt schlafen konnte. Wie der Elefantenmensch, hatte seine Frau gesagt, kurz bevor sie ihn verlassen hatte.

Helen war eine Schlampe. Das hatte er von Anfang an gewusst, deswegen hatte er sie ja geheiratet. Ständig versuchte sie, alle anderen Frauen in ihrem Bekanntenkreis zu übertrumpfen. Sie flirtete mit deren Männern, wickelte sie um den Finger, bumste sogar ein paar von ihnen. All dies mit Jeffs Wissen und Zustimmung. Es hatte ihn scharf gemacht. Manchmal hatte sie ihn sogar zuschauen lassen. Die anderen Frauen hatten das machtlos ertragen müssen. Sie hatten Jeff und Helen gehasst. Oder vielmehr: gefürchtet. Das war der größte Kick von allen gewesen.

Sie hatten eine Ehe geführt, die sie selbst gerne als »frei von Normen und Zwängen« zu bezeichnen pflegten. Als unkonventionell und einzigartig. Es war ihnen vollkommen egal gewesen, ob und bei wem sie damit Anstoß erregten, solange sie ihren Spaß hatten. Irgendwann allerdings war Helen das Ganze leid gewesen. Sie hatte angefangen, ihren Frust an Jeff auszulassen, und das war dann nicht mehr so spaßig gewesen.

Dann die Diagnose: Lungenkrebs, noch dazu zum denkbar ungünstigsten Zeitpunkt. Er hatte kurz zuvor erst seinen Job verloren, und sie hatten ihren bisherigen Lebensstil aufgeben müssen. Er hatte Pläne, wie sie wieder auf die Beine kommen könnten, oh ja – Pläne, durch die sich eine Menge Geld verdienen ließ. Jeff wusste nämlich, wo die Leichen begraben waren. Er wusste sogar, wo die Leichen waren, die eigentlich hätten begraben sein sollen, in Wahrheit aber noch quicklebendig herumliefen. Doch der Lungenkrebs hatte ihm einen Strich durch die Rechnung gemacht, und irgendwann war Helen das Warten satt gewesen. Sie hatte wieder angefangen, fremde Männer abzuschleppen. Jüngere, gesündere Männer, die kein Blut husteten. Die wussten, wie man mit einer Frau umging. Notfalls auch vor den Augen ihres hinfälligen Ehemanns.

Nein, das alles hatte Jeff nicht mehr so lustig gefunden.

»Ich frag mich, was dir mehr weh tun würde«, hatte Helen eines Morgens gesagt, nachdem sie ihren jüngsten Fang hinauskomplimentiert hatte. »Wenn ich gehe oder wenn ich bleibe.«

Also war sie zu ihrer damaligen Affäre gezogen und hatte Jeff zum Sterben sich selbst überlassen.

Und nun saß er auf all diesen schmutzigen Geheimnissen, durch die er sich eine goldene Nase hatte verdienen wollen, und hatte nicht mehr die Kraft, irgendetwas mit ihnen anzufangen. Stattdessen würde jemand anders davon profitieren. Seine Mitverschwörer, seine Ex-Partner. Diese Vorstellung war Jeff verhasst. *Verhasst.* Letzten Endes wäre es nicht der Krebs, sondern dieser Hass, der Jeff umbringen würde. Aber vorerst noch nicht. Vorerst war er das Einzige, was ihn überhaupt am Leben hielt.

Wenigstens hat Helen nichts davon, dachte er. *Ein kleiner Trost.*

Was für eine Verschwendung. Die unzähligen Stunden, die er mit Pläneschmieden zugebracht hatte. Alles für die Katz. Er streckte die Hand aus und ertastete den Rand seines Laptops unter dem Bett. Darauf war alles gespeichert: wobei er mitgeholfen hatte, die Vertuschungsaktionen, die Pläne, die er ausgeheckt hatte, um es ihnen heimzuzahlen und reich zu werden – einfach alles. Alles sicher abgespeichert.

Und vollkommen nutzlos.

Er nahm die Hand weg und fuhr fort, an die Decke zu starren. Beim Atmen pfiff es in seiner Brust, als wären seine Lungen mit Nadeln gespickte Dudelsäcke.

Diese Polizistin.

Stuart Milton. Wie clever. Dachten sie wohl. Aber riskant. Wie leicht hätten sie sich damit verraten können.

Er wusste, warum er ausgerechnet diesen Namen genannt hatte. Und Jeffs Adresse. Es war eine Warnung. *Wir wissen, wo du wohnst.* Die Botschaft hätte nicht deutlicher sein können, als wenn ein Propellerflugzeug sie auf einem Banner hinter sich hergezogen hätte. *Wir können jederzeit kommen und dich holen.*

Ja, ja. Was auch immer. Wenn der Krebs ihnen nicht zuvorkam.

Er versuchte zu schlafen. Seine Lider waren kaum zugefallen, als er von unten ein Geräusch hörte.

Er riss die Augen auf.

Da war das Geräusch erneut. Jemand versuchte, ins Haus einzudringen.

Jeff Hibberts Herz begann wie wild zu schlagen, wodurch die Schmerzen in seiner Brust noch heftiger wurden.

Sie sind gekommen, durchfuhr es ihn. *Aus und vorbei. Sie sind tatsächlich gekommen.*

Erst als er sich unter Schmerzen aufsetzte und versuchte, aus dem Bett zu kommen, schaltete sich sein gesunder Menschenverstand ein. Helen. Bestimmt war es bloß Helen, die irgendeinen Kerl anschleppte, um ihn damit zu demütigen. Miststück. Ein wenig beruhigt, ließ Hibbert sich wieder gegen die Kissen sinken. Er würde sie einfach ignorieren. So tun, als schliefe er. Das würde sie garantiert auf die Palme bringen.

Ein Knall. Dann noch ein Geräusch.

Das war nicht Helen.

Wieder setzte Hibbert sich auf, und diesmal beachtete er die Schmerzen nicht. So schnell er es vermochte, schwang er die Beine über die Bettkante. Sein Herz hatte erneut angefangen zu rasen, und in seiner Angst schüttete sein Körper Adrenalin aus, das die Schmerzen kurzfristig betäubte und ihm die Kraft zum Aufstehen gab. Er angelte sich seinen Bademantel vom Haken an der Tür, bekam ihn jedoch nicht richtig zu fassen, so dass er auf den Boden fiel.

Schritte auf der Treppe. Schwer, aber leise. Nein, das war ganz bestimmt nicht Helen.

Er ging in die Hocke, um den Bademantel aufzuheben, aber seine Finger gehorchten ihm nicht. Sie streiften den Rand des Laptops. Schoben ihn weiter unters Bett. Den würde niemand in die Finger bekommen. Niemand.

Die Schritte verstummten draußen vor der Schlafzimmertür. Hibbert hielt den Atem an. Die Tür wurde geöffnet.

Hibberts Blick wanderte an den riesigen Beinen des Eindringlings empor, über den muskulösen Oberkörper und die dicken Arme bis hin zum geschorenen Kopf. Leere Augen schauten auf ihn herab.

Es war, als stünde er Frankensteins Monster gegenüber.

»Raus hier …« Hibbert hatte weder genug Luft, um laut zu sprechen, noch die Kraft, seinen Worten Nachdruck zu verleihen.

Der Eindringling musterte ihn.

»Ich weiß … wer Sie sind«, keuchte Hibbert. »Ich weiß … was Sie wollen.«

Der Eindringling streckte den Arm aus und zog Hibbert vom Fußboden hoch. Die Schmerzen wurden unerträglich. Hibbert schrie gellend auf und versuchte den Arm des Mannes zu packen, damit dieser ihn losließ. Es war, als ringe er mit einem Betonpfeiler. Der Mann hatte sogar dieselbe Farbe. Grau. Wie Beton. Die Haut eines Toten.

Hibbert wusste, wer dieser Mann war. Und auf dem Fuße dieser Erkenntnis folgte die nächste: *Ich werde sterben.*

Jeden Augenblick.

Er lachte. Sein Lachen hörte sich ebenso zerschlagen an wie der Rest seines Körpers es war. »Sie … Sie können mich nicht töten. Ich … bin bereits ein toter Mann …«

»Ja, aber ein toter Mann, der mir noch was zu sagen hat. Was zu geben.« Die Stimme des Riesen passte zu seiner Haut. Hart. Leblos.

»Ich hab … Ich hab nichts …«

Der Golem schnitt ihm das Wort ab. »Wo ist er?«

Hibbert wollte Zeit schinden, doch seine Augen verrieten ihn, als sie unwillkürlich zum Bett schweiften.

Der Golem bemerkte es. »Hol ihn her.«

Er lockerte seinen Griff, und Hibbert sackte auf dem Bett zusammen. Mit seinem abgemagerten Leib und dem schmutzigen, verschwitzten Schlafanzug sah er aus wie ein Bündel Lumpen. Er starrte zum Golem empor, und seine Augen brannten. Ein letzter Akt des Widerstands.

»Hol ihn dir doch selber.«

Der Golem bückte sich und zog den Laptop unter dem Bett hervor. Dann fixierte er Hibbert. »Passwort?«

Statt einer Antwort ließ Hibbert erneut sein kaputtes Lachen hören.

Gleich darauf nahmen die Schmerzen in seinem Körper unvorstellbare Ausmaße an. Der Golem hatte ihn gepackt und bohrte die Finger unter seine Rippen, um Druck auf seine kranken Lungen auszuüben. Hibbert spürte, wie eine Rippe brach. Dann die zweite. Der Druck der Finger wurde stärker.

Hibbert schrie, wie er noch nie zuvor in seinem Leben geschrien hatte.

»Passwort«, wiederholte die tote Stimme.

»Helen …« stieß er hervor. Die Schmerzen ebbten auf ein halbwegs erträgliches Maß ab.

Hibbert ließ den Kopf hängen. Er hatte sich in die Hose gemacht. Er wusste, dass dies das Ende war. Zorn regte sich in ihm. Auf sich selbst. Auf Helen. Auf dieses ganze verdammte stinkende Scheißleben. Er spürte, wie ihm Tränen übers Gesicht liefen.

»Das … So sollte es nicht … nicht enden … Es sollte … überhaupt nicht enden.« Er schluchzte. »Helen … Helen, es … es tut mir leid …«

Den Laptop unter dem Arm, streckte der Golem die freie Hand aus.

»Das ist nicht … nötig … Ich bin … Ich bin … doch sowieso ein toter Mann …«

Das Knacken war leise, fast zärtlich. Hibbert brach auf dem Bett zusammen. Der Golem sah auf ihn hinab.

»*Jetzt* bist du ein toter Mann.«

Im Haus war alles still und dunkel. Als hätte dort nie jemand gelebt.

24 Mitternacht. Karfreitag wurde zu Ostersamstag. Und DC Anni Hepburn war immer noch im Krankenhaus.

»Sie sollten nach Hause gehen, Anni«, hatte Franks ihr geraten, »und ein bisschen schlafen. Jemand kann Sie ablösen.«

Sie hatte mit einem matten Lächeln geantwortet. »Ich weiß, Boss, aber morgen bin ich ja sowieso wieder hier. Auf diese Weise spare ich mir wenigstens die Fahrt über die A14.«

»Die Straße zur Hölle«, hatte Franks lächelnd erwidert. »Also schön. Aber denken Sie daran, es ist nicht unser Fall. Wenn irgendwas passiert und ich Sie brauche, müssen Sie umgehend zurückkommen. Überlassen Sie die Sache Suffolk.«

Sie hatte genickt, und er war gegangen.

Phil Brennan hatte die Operation überstanden und lag inzwischen in einem privaten Krankenzimmer. Er war nach wie vor ohne Bewusstsein, und Anni hatte ihn nicht sehen dürfen. Dazu bestehe keinerlei Notwendigkeit, erklärte ihr der Arzt. Der Patient würde auf längere Zeit hin nichts zu sagen haben.

»Wie stehen die Chancen, dass er wieder ganz gesund wird?«

Der Arzt zuckte mit den Schultern. »Kommt ganz darauf an, was Sie mit ›gesund‹ meinen. Er hat schwere Verbrennungen erlitten und wird sich möglicherweise einigen Hauttransplantationen unterziehen müssen. Wir hoffen natürlich, dass das nicht nötig werden wird. Seine Kopfverletzung ist nicht so gravierend, wie wir anfangs dachten. Wir haben die Schwellung reduziert und ihn unter strenge Beobachtung gestellt, für den Fall, dass er Anzeichen einer Embolie oder Thrombose zeigt. Insgesamt bin ich optimistisch. Wir haben ihn fürs Erste noch sediert. Morgen sehen wir weiter.«

Sie bedankte sich und wollte zu dem Klappbett zurückkehren, das man für sie im Gang aufgestellt hatte. Weit kam sie allerdings nicht. Am Ende des Ganges hörte sie das Quietschen von Gummireifen. Ein Rollstuhl bog um die Ecke und kam langsam auf sie zu.

Es dauerte eine Weile, doch dann erkannte Anni, wer in dem Rollstuhl saß. Eileen. Eileen Brennan.

Sie sah furchtbar aus. Überall Verbände und Blutergüsse. Ihre Haut war bleich, und sie hatte tiefdunkle Ringe unter den Augen. Sie schob sich tapfer weiter vorwärts, bis sie mit Anni auf einer Höhe war.

»Wo ist er?«, fragte sie und sah sich um. »Sie haben doch gesagt, er liegt hier unten.«

»Eileen? Eileen Brennan?«

Eileen hob den Kopf. Anni sah etwas Wildes in ihrem Blick. Sie fragte sich, wie sich diese Frau überhaupt aufrecht halten konnte. Sie musste einen ungeheuren Kampfgeist besitzen.

»Wer sind Sie?«

»Anni Hepburn. Ich arbeite mit Phil zusammen.«

»Oh.« Sie ließ den Kopf hängen, als die Information zu ihr durchdrang. Dann hob sie ihn wieder. »Liegt er hier irgendwo?«

Anni deutete auf eine geschlossene Tür. »Da drin, aber es darf niemand zu ihm rein.«

»Warum nicht?«

»Sie sagen, er braucht noch Ruhe. Dass es besser ist, wenn er sich ungestört erholen kann.«

»Ungestört.« Eileen nickte, dann sah sie in beide Richtungen den Gang entlang. Sie wirkte orientierungslos, als wäre sie plötzlich aufgewacht und wundere sich jetzt, wie sie hergekommen war. Als hätte sie keine Ahnung, wo sie sich befand.

Anni war den Umgang mit verstörten Menschen gewohnt. Sie zwang sich zu einem Lächeln. »Hat man Ihnen gesagt, Sie sollen hier runterkommen? Hat man Ihnen den Rollstuhl zur Verfügung gestellt?«

Eileen sah sie nur an.

»Wohl eher nicht.« Noch ein Lächeln. »Respekt.«

Eileen gab einen Laut von sich, der als ein Lachen begann, dann aber in ein gepresstes Keuchen umschlug. »Sie haben gesagt, dass ich ihn morgen sehen kann. Dass ich mich ausruhen soll. Aber er ist doch mein Sohn ...« Ihre Stimme drohte zu brechen. Ihre Finger umklammerten zitternd die Armlehnen des Rollstuhls. »Ich muss ihn sehen. Er ist ... alles ...« Ein Beben ging durch ihren Körper, als ihr die Tränen kamen. Sie ließ ihren Kopf sinken, als könne sie es nicht ertragen, so gesehen zu werden.

Anni ging neben ihr in die Hocke. »Kommen Sie, Eileen, ich bringe Sie zurück auf Ihre Station.« Sie wiederholte, was der Arzt ihr kurz zuvor gesagt hatte. Eileen sah hoch, und in ihren feuchten, traurigen Augen glomm ganz schwach verzweifelte Hoffnung auf. »Morgen können Sie bestimmt zu ihm.«

»Wirklich? Sie ... Sie glauben, er ...«

»Sie sind zuversichtlich. Und jetzt kommen Sie, ich bringe Sie zurück.«

Eileen ließ sich von ihr schieben. Unterwegs redeten sie. Anni fühlte die Last von Eileens Verlust und ihrer Trauer.

»Don ist tot ... tot ... und ich bin ... Ich kann Phil nicht auch noch verlieren ...«

»Ich weiß. Aber wir sollten auf das Beste hoffen. Er ist mein Boss. Noch dazu einer der wenigen, die ich leiden konnte.«

Eileen hörte ihr gar nicht zu, sie war ganz in ihrer Trauer versunken.

Anni brachte sie bis zu ihrer Station, wo eine Schwester sie in Empfang nahm, und kehrte dann zu ihrem Klappbett zurück. Hoffte, dass sie ein wenig Schlaf finden und morgen alles besser werden würde.

Obgleich es ihr schwerfiel, daran zu glauben.

ZWEITER TEIL

OSTERSAMSTAG

25

Beim Aufwachen fühlte sich Marina wie gerädert. Die erste Nacht in einem fremden Bett war für sie selbst unter normalen Umständen unangenehm. Sie schreckte fast stündlich und bei jedem ungewohnten Geräusch aus dem Schlaf hoch, wusste dann nicht, wo sie war, und wunderte sich darüber, dass ihr Zimmer so anders aussah. Und die gegenwärtigen Umstände waren alles andere als normal. Sie befand sich in einer Extremsituation.

Sie hatte dagelegen, abwechselnd Wand und Decke angestarrt und Angst gehabt, jemand – oder etwas – könne irgendwo in der Dunkelheit lauern, um über sie herzufallen. Sie hatte den Lichtstreifen unter der verschlossenen Zimmertür beobachtet, um sofort reagieren zu können, sollte jemand versuchen, bei ihr einzudringen. Oder ihr eine Botschaft unter der Tür durchschieben. Und jedes Mal, wenn sie dann doch die Augen schloss, sah sie die Gesichter ihres Mannes und ihrer Tochter vor sich.

Irgendwann war sie zu erschöpft, um noch länger wach zu bleiben, und schlief ein. Doch selbst das brachte ihr keine wirkliche Erholung. Sie dämmerte im Halbschlaf dahin und träumte wirres Zeug. Ihr Unterbewusstsein schien ihr zuzurufen, ja nicht loszulassen, sich ja nicht einlullen zu lassen, und ihr Körper reagierte darauf, indem er sie im Laufe der Nacht immer wieder durch heftiges Zusammenzucken aus dem Schlaf riss.

Das Handy blieb die ganze Zeit über stumm.

Jedes Mal, wenn sie wach wurde, nahm sie es vom Nachttisch. Halb hoffend, halb bangend schaute sie nach, ob sie vielleicht einen Anruf oder eine SMS verpasst hatte. Als wäre sie vom Klingelton nicht sofort aufgewacht.

Manchmal rollte sie sich in Embryonalstellung zusammen und ließ den Tränen freien Lauf. Andere Male schrie sie und trat um sich, während ihr die Wut wie elektrische Spannung durch die Adern schoss und sie wüste Verwünschungen ins Dunkel spie. Oder sie lag einfach nur da und versuchte, nicht an ihre Situation oder ihre Familie zu denken. Gar nichts zu empfinden. Einfach taub zu sein.

So verging die Nacht.

Sie kroch aus dem Bett und schleppte sich ins Bad. Das Licht war grell und unbarmherzig wie in einem Konferenzzentrum. Sie betrachtete ihren Körper und stellte fest, dass ihre äußere Erscheinung ihr inneres Empfinden perfekt widerspiegelte. Eine Seite ihres Körpers war von ihrem Sturz bei der Autoexplosion voller Blutergüsse und Schürfwunden. Sie taten bei jeder Berührung weh. Das Gesicht im Spiegel war das einer zehn Jahre älteren Frau. Es wirkte gehetzt, und unter ihren Augen lagen dunkle Ringe.

Sie spritzte sich Wasser ins Gesicht, um sich wieder ein bisschen lebendiger zu fühlen. Sie beschloss zu duschen, doch bevor sie das tat, ging sie noch einmal ins Schlafzimmer, nahm das Handy und schaute nach verpassten Anrufen. Nichts. Sie stieg unter den heißen Strahl der Brause und fing sofort an, sich Sorgen zu machen, ob Dampf und Spritzwasser dem Handy womöglich schaden könnten.

Sie schloss die Augen. Fühlte das warme Wasser auf der Haut, das sie zu streicheln schien und sie entspannte. Und bekam augenblicklich ein schlechtes Gewissen, weil sie nahe daran gewesen war, es zu genießen.

Kaum war sie aus der Duschkabine gestiegen, überprüfte sie erneut das Handy. Es funktionierte nach wie vor einwandfrei, und es war weder ein Anruf noch eine Textnachricht eingegangen. Dieses angespannte Warten zehrte an ihren Nerven.

Sie ging zurück ins Zimmer und trocknete sich ab. Beim Anblick des Kleiderhaufens am Boden sank ihr Mut noch weiter. Am liebsten hätte sie die Sachen verbrannt. Sie wollte sie nie mehr wiedersehen. Sie waren schmutzig, zerrissen und stanken nach Schweiß. Aber sie hatte nichts anderes bei sich, also musste sie wohl oder übel mit ihnen vorliebnehmen.

Sobald sie sich angezogen und ihre wirren Locken notdürftig gerichtet hatte, setzte sie sich auf die Bettkante und wartete. Da es weiter nichts zu tun gab, schaltete sie den Fernseher ein. Dort liefen gerade die Lokalnachrichten. Viele Meldungen gab es nicht. Ein Autounfall auf der A12. Kürzungen bei den öffentlichen Versorgungsbetrieben in Braintree. Ein auf Bewährung freigelassener Mörder, der nicht in seinem Rehabilitationszentrum erschienen war. Marina war mit ihren Gedanken meilenweit weg und bekam kaum etwas mit.

Dann klingelte das Telefon.

Love Will Tear Us Apart.

Mit klopfendem Herzen griff sie danach.

»Ja …?«

Die Stimme sang: »This is the day-ay your life will surely cha-a-ange …« Dann Gelächter. »Guten Morgen. Gut geschlafen?«

»Wo ist meine Tochter? Geht es ihr gut?«

»Alles zu seiner Zeit. Heute ist der große Tag. Machen Sie, was wir sagen, machen Sie es genau so, wie wir wollen, und Sie bekommen Ihre Tochter zurück. Unversehrt. Wenn das kein Angebot ist.«

»Nein.« Marina würgte Zorn und Angst hinunter. Sie musste versuchen, sich ruhig und beherrscht zu geben. Professionell. »Ich bin bereit, Ihnen zu helfen, und ich werde es auch tun. Aber vorher will ich ihre Stimme hören. Das muss sein. Holen Sie sie ans Telefon. Jetzt sofort.«

»Ist nicht drin.«

Marinas Herz klopfte so heftig, dass sie kaum verstehen konnte, was sie sagte. Ihre Hand zitterte. »Dann kann ich nichts für Sie tun, so leid es mir tut.«

Schweigen am anderen Ende. »Zu dumm, dass Sie die Sache so sehen.«

»So ist es aber.« Marina war kurz davor zu hyperventilieren. All die Worte, die ihr während der Nacht durch den Kopf gegangen waren, drängten nun aus ihr hervor. »So läuft es und nicht anders. Sie haben zwei Möglichkeiten: Entweder Sie lassen mich mit ihr sprechen, damit ich mich davon überzeugen kann, dass sie lebt und es ihr gutgeht, und danach mache ich, was Sie von mir verlangen. Oder …«

»Was?«

»Ich alarmiere die Polizei. Jetzt gleich. Und erzähle ihnen alles.«

Ein scharfes Luftholen. »Ich denke nicht, dass Sie das tun würden.« Die Person am anderen Ende gab sich Mühe, ruhig zu bleiben, aber Marina hörte es ganz deutlich: Sie hatte ihren Widersacher aus der Fassung gebracht.

»Oh doch.« Sie sprach fest und mit absoluter Überzeugung, auch wenn es in ihrem Innern ganz anders aussah. »Und das wissen Sie auch. Sie wissen, dass Ihnen gar nichts anderes übrigbleibt. Also holen Sie sie jetzt ans Telefon. Bitte.« Beim letzten Wort kippte ihre Stimme. Sie hoffte, dass dies unbemerkt geblieben war.

Stille. *Nein … sie haben aufgelegt*, durchfuhr es sie. *Ich werde nie wieder von ihnen hören. Jetzt wird Josephina ganz sicher sterben. Und das ist alles meine Schuld. Ich habe versucht, schlauer zu sein als sie. Das ist alles meine –*

»Mami?«

»Jo? Josie, mein Liebling? Ich bin hier …«

»Mami! Mami! Hier ist …« Plötzlich war sie wieder weg, und es drangen erstickte Geräusche durch die Leitung.

»Josie! Josie, hör mir zu. Ich hole dich da raus, ich …«

Die Stimme meldete sich zurück. Im Hintergrund hörte Marina das gedämpfte Schluchzen ihrer Tochter. »Also. Ich hab Ihnen doch gesagt, dass wir sie haben. Und dass es ihr gutgeht.«

»Was haben Sie mit ihr gemacht? Was zum Teufel haben Sie mit ihr gemacht?«, schrie sie ins Handy, ohne sich darum zu kümmern, ob jemand im Hotel sie hören konnte.

»Nichts!«, brüllte die Stimme zurück. Sie hatte Mühe, sich über dem Geschrei von Marinas Tochter Gehör zu verschaffen. »Gar nichts. Es geht ihr gut, sie ist putzmunter. Und das wird sie auch bleiben, wenn Sie machen, was wir sagen.«

Marina rang um Fassung. »Und wenn ich es getan habe, bekomme ich sie zurück und dann … ist der Spuk vorbei?«

»Dann ist der Spuk vorbei.«

Marina atmete schwer. Adrenalin flutete ihren Körper. »Das möchte ich Ihnen auch geraten haben. Denn wenn Sie lügen oder ihr etwas antun, wenn Sie ihr auch nur ein Haar krümmen, dann werde ich Sie finden und Sie umbringen.« Noch während sie dies sagte, wurde Marina bewusst, dass sie noch nie in ihrem ganzen Leben von etwas so überzeugt gewesen war wie von diesen Worten. Sie spürte den Zorn ihres Vaters in sich.

»Gut. Von mir aus. Wie auch immer.« Ihr Gesprächspartner hatte offensichtlich Mühe, die Oberhand zu behalten. »Wir schicken Ihnen die Koordinaten fürs Navi. Fahren Sie sofort los.«

Die Leitung war tot. Wenige Sekunden später ging eine Kurznachricht ein, und Marina machte sich auf den Weg.

26

Dee Sloane sah Michael Sloane dabei zu, wie dieser Jeff Hibberts Laptop an der Kante seines Schreibtischs ausrichtete.

»So«, sagte er. »Dann wollen wir mal ...«

Er tippte das Passwort ein und lehnte sich zurück. Das Bild auf dem Monitor veränderte sich, als das System ihm Zugriff gewährte. Lächelnd sah er zu ihr auf. Sie erwiderte das Lächeln und zuckte prompt zusammen.

Ihr Gesicht schmerzte noch von seinen Schlägen. Ihr ganzer Körper schmerzte. Aber es waren gute Schmerzen. Aufregende, prickelnde Schmerzen. Sie tastete mit der Zunge durch ihren Mundraum und entdeckte einen lockeren Zahn. Wackelte daran. Genoss die Schmerzen, die dabei wie Nadelstiche durch ihren Kiefer fuhren.

Michael musterte sie noch immer. Zuerst glaubte sie, dass er genau dasselbe dachte wie sie: wie unglaublich es gestern gewesen war. Dass er ihren Willen beinahe gebrochen hätte. Dass sie es gar nicht erwarten konnte, es wieder zu tun. Doch dann sah sie den Ausdruck in seinen Augen. Sie kannte ihn. Wusste, was er zu bedeuten hatte. Er dachte einzig und allein an die vor ihm liegende Aufgabe.

Ihr erster Impuls war zu rebellieren. Ein kleiner Kitzel durchrieselte sie bei dem Gedanken, gegen ihn aufzubegehren. Sie lächelte und schickte ihm ihre ganz eigene Botschaft zurück. Normalerweise mochte er es, wenn sie so etwas machte. Es war Teil ihres Spiels. Doch sie hatte in seiner Miene noch etwas anderes gelesen. Eine Warnung.

Mach jetzt kein Theater, sagten seine Augen. *Das hier ist ernst.*

Tu, was er will, ermahnte sie sich, *sonst musst du es nachher ausbaden.* Und dabei würde eine ganz andere Art von Schmerz ins Spiel kommen. Also senkte sie unterwürfig den Kopf und richtete den Blick auf den Bildschirm des Laptops. »Das hast du gut gemacht«, sagte sie anerkennend.

Die richtige Antwort. Er nickte. Sie lächelte. Spielen konnten sie später immer noch.

»Es ist hier drauf«, sagte er. »Alles, was wir brauchen, ist irgendwo hier drauf. Ich muss es nur ...«

Er versuchte sich an verschiedenen Tastenkombinationen und scrollte durch mehrere Menüs. Sie sah ihm über die Schulter und versuchte sich auf das zu konzentrieren, was er sagte. Gab sich Mühe, Interesse zu heucheln. Was er tat, war wichtig, geradezu eine Frage von Leben und Tod. Trotzdem war der eigentliche Vorgang sterbenslangweilig.

Er hatte sich in Kolonnen aus Wörtern und Zahlen vergraben. Währenddessen ließ sie den Blick schweifen. Ihr Wohnzimmer war zu einer Kommandozentrale umfunktioniert worden. Dee hatte sich schon daran gewöhnt, das Geschäft machte es oft nötig. Und das Geschäft war wichtig. Es war ihr Leben. Sie erhob nie Einwände, wenn die teuren Möbel zur Seite gerückt und stattdessen ein Tisch samt Stühlen in der Mitte des Raums aufgestellt wurde. Trotzdem war sie jedes Mal heilfroh, wenn hinterher die ursprüngliche Ordnung wiederhergestellt war.

Sie hatten die Haussklavin in ihr Zimmer gesperrt, sie sollte nicht mitbekommen, was sie hier taten. Nur sie beide waren anwesend.

Und der Golem.

Er stand in einer Ecke nahe der Tür. Regungslos, stumm. Sein Körper war wie zu Stein erstarrt, sein Gesicht ausdrucksIos, seine Augen lagen im Schatten. Wie ein Automat, der auf den nächsten Befehl wartete. Ihr Blick glitt über ihn hinweg. Ein extrem gutaussehender, wohlproportionierter Automat. Die graue Haut tat dem Gesamteindruck keinen Abbruch. Tatsächlich machte sie ihn nur noch interessanter.

Michael war ganz in den Inhalt des Laptops vertieft. Dee überließ ihn seiner Arbeit und begann langsam im Zimmer umherzuschlendern. Nach außen hin schien sie kein konkretes Ziel zu haben, tatsächlich aber stellte sie es so an, dass sie irgendwann beim Golem anlangte. Sie betrachtete ihn aus der Nähe. Er trug Jeans und T-Shirt, und der Stoff seiner Kleider spannte sich über seinem muskulösen Körper. Sie spürte das wohlbekannte Ziehen zwischen den Beinen. Der Golem sah sie nicht an, nahm in keiner Weise Notiz von ihr. Davon wurde das Ziehen nur umso stärker.

Wenn sie diese Gefühle in sich wahrnahm – und das kam oft vor –, musste sie sich unbedingt Befriedigung verschaffen. Es war eine ganz simple Sache: ein rein körperliches Begehren, eine animalische Lust, die gestillt werden wollte. Ein Grundbedürfnis, so wie der Mensch Nahrung braucht, um seinen Hunger zu stillen. Ihr Verstand schaltete sich aus, ihr Körper übernahm die Führung, und sie hörte nicht eher auf, als bis sie satt war. Normalerweise war Michael derjenige, mit dem sie dieses Bedürfnis befriedigte, aber wenn er nicht zur Stelle war, musste sie eben andere Wege finden. Andere Männer.

Ein grauhäutiger Killer wäre genau der Richtige.

Sie leckte sich die Lippen und streckte die Hand aus. Fuhr die Kontur seines Bizeps mit dem Finger nach. Er drehte sich zu ihr um. Seine Augen blickten genau in ihre. Ihr Herz begann schneller zu klopfen, und sie schenkte ihm ein verführerisches Lächeln. Freute sich auf das, was kommen würde.

Sie streichelte ihn weiter. Erhöhte den Druck ihres Fingers.

Er sah sie an.

»Wie schön du bist …«, flüsterte sie. »Und so stark …«

Ohne den Blickkontakt zu unterbrechen, biss sie sich mit aller Kraft auf die geschwollene Unterlippe. Ein Schmerz durchzuckte sie, und sie genoss ihn. Sie bearbeitete die wunde Stelle mit den Zähnen, bis sie anfing zu bluten. Dann biss sie noch einmal fester zu, bis der Geschmack heißer Pennys ihren Mund füllte. Heißer, feuchter Pennys. Sie fuhr sich mit der Zunge über die Schneidezähne, öffnete dann ihre Lippen und lächelte. Ihre blutbefleckten Zähne glänzten.

Der Golem schaute erst in ihre Augen, dann auf ihre Zähne, bevor er unbeteiligt den Blick abwandte.

Er reagierte völlig emotionslos, was die Zurückweisung nur noch schmerzhafter machte. Sie hätte sich schämen sollen angesichts einer solchen Demütigung. Das tat sie auch. Und das Kribbeln und Ziehen wurde noch stärker.

»Du bist ein Roboter«, sagte sie leise und undeutlich, den Mund voller Blut. »Ein großer menschlicher Roboter.« Sie kicherte. »Du bist so stark. Da bekommt man ja fast Angst.« Ihr Atem beschleunigte sich. »Würdest du mir Angst machen? Wenn ich es will?« Sie trat näher. »Ja?«

Er sagte nichts. Ihre Finger strichen seitlich an seinem stahlharten Oberkörper entlang.

»Wenn ich darum bettle –«

»Dee.«

Sie drehte sich um. Michael war nicht länger mit dem Laptop beschäftigt, sondern starrte zu ihr herüber. Er sah verärgert aus. Das war nicht Teil ihres Spiels.

Mit gesenktem Kopf ging sie zu ihm und nahm wieder ihren Platz an seiner Seite ein.

»Was sagt man?«

»Entschuldigung.« Ihre Stimme war ein atemloses Wispern.

Er wandte sich wieder seiner Arbeit zu. Dee beschloss, dass es das Klügste wäre, sich ebenfalls darauf zu konzentrieren. Pflichtschuldig richtete sie ihre Aufmerksamkeit auf den Bildschirm, doch auf dessen glatter Oberfläche sah sie nichts als ihr eigenes Spiegelbild.

Allerdings zeigte es nicht ihr normales, jetziges Gesicht, sondern ihr altes, das von früher. Es war aus der Tiefe an die Oberfläche getrieben. Ihr Herz sank wie ein Stein, den man in einen See geworfen hatte. Das Kribbeln zwischen ihren Beinen war verschwunden. Es gelang ihr nicht, den Blick abzuwenden, so grauenhaft war das, was sie sah.

»Dee.«

Wieder Michael. Er wusste, was los war.

»Schau mich an, Dee.«

Sie riss sich vom Bildschirm los und sah ihn an. Er legte ihr die Hände auf die Arme. Hielt sie fest.

»Das ist nicht real«, sagte er. »Das bist nicht du.«

Sie hörte seine Worte, aber sie glaubte ihm nicht. Das tat sie nie. Wenigstens nicht beim ersten Mal.

»Was ist das?«, fragte er sie beschwörend.

»Es ist nicht real. Das bin nicht ich.« Ihre Stimme war heiser und leblos.

»Du bist Dee Sloane. Wer bist du?«

»Dee. Sloane.«

»Gut. Vergiss das niemals.«

Er ließ sie los. Mit hängendem Kopf stand sie da. So reglos wie der Golem.

»Er hat es versteckt«, sagte Michael und zeigte auf den Laptop. »Aber es ist hier irgendwo. Es ist nur eine Frage der Zeit, dann haben wir sie.«

Sie wusste, dass von ihr eine Antwort erwartet wurde. »Gut.«

»So ist es besser.«

Er widmete sich wieder seiner Arbeit.

Dee stand einfach nur da, ganz in ihrer eigenen Welt versunken.

27

Tyrell hatte nur schwer in den Schlaf gefunden. Immer wieder hatten die Hunde angefangen zu bellen, und ihm war die ganze Zeit das Bild im Kopf herumgespukt, wie sie das kleine Mädchen aus dem Haus zerfleischten. Also war er in regelmäßigen Abständen aufgestanden, um aus dem Fenster zu sehen und sich zu vergewissern, dass es nicht wirklich passierte. Von seinem Fenster aus war der Zwinger nur zum Teil einsehbar, ein Rest Unsicherheit blieb also, aber er beruhigte sich mit dem Gedanken, dass er das Mädchen, wäre sie da draußen gewesen, bestimmt gehört hätte. Zumindest hoffte er das. Kurz vor Morgengrauen hatte er das Bett endgültig verlassen und dauerhaft Posten am Fenster bezogen, um Wache zu halten. Es war gerade vollständig hell geworden, als Jiminy Grille auftauchte.

»Hand aus dem Schritt, raus aus den Federn, wie meine Mutter immer zu sagen pflegte.« Jiminy Grille lachte.

Tyrell lachte nicht mit.

»Ich hab dir Frühstück gebracht.« Jiminy Grille stellte ein altes kunststoffbeschichtetes Tablett auf den Tisch. Tyrell warf einen Blick darauf. Ein Becher mit irgendetwas Braunem darin. Ein paar Scheiben Toast und ein Berg Rührei, der auf dem Weg vom Haus zum Wohnwagen zu einer gelben Mini-Version des Ayers Rock erstarrt war.

Genau wie im Knast, war Tyrells erster Gedanke.

»Hau rein«, forderte Jiminy Grille ihn auf.

Tyrell machte keine Anstalten, sich zu setzen. »Wo ist das Mädchen?«

»Im Haus. Ihr geht's gut.«

Tyrell starrte ihn an. Ganz ruhig, ohne zu blinzeln. Jiminys Blick hingegen schweifte die ganze Zeit umher und prallte von den Wänden des Wohnwagens ab wie eine Pistolenkugel in einem stählernen Tresorraum. Irgendwann landete er auf dem Rührei.

»Iss. Du brauchst Energie. Großer Tag heute.«

»Wo ist das Mädchen?«

»Ihr geht's gut!«, brüllte Jiminy. Seine Stimme klang, als würde Dampf aus einem schlecht schließenden Schnellkochtopf entweichen. »Du … du musst dir um sie keine Gedanken machen. Mit ihr ist alles in Ordnung. In bester Ordnung.«

»Was ist mit den Hunden?«

»Was *ist* mit den Hunden?«, fauchte Jiminy ungehalten.

»Sie wollten ihnen das Mädchen zum Fraß vorwerfen.«

Jiminy stieß einen ungehaltenen Seufzer aus. »Das wollten wir nicht.«

»Doch, das wollten Sie. Die Frau in der Küche hat's gesagt. Ich hab's selbst gehört.«

»Niemand hat vor, das Mädchen den Hunden zum Fraß vorzuwerfen.«

»Ich will nicht, dass Sie das kleine Mädchen den Hunden zum Fraß vorwerfen.«

»Sie wird den Hunden nicht zum Fraß vorgeworfen!«

»Wenn Sie das machen, dann helfe ich Ihnen nicht.«

Jiminy Grille klappte den Mund zu und starrte ihn an. Er kam ihm dabei ganz nahe. »Dem Mädchen geht es gut«, wiederholte er, eisern um Beherrschung bemüht. »Du musst dir um sie keine Sorgen machen.«

Tyrell starrte zurück.

»Hör zu, wegen gestern Abend. Ich war … wütend. Aber

jetzt ist zwischen uns wieder alles in Butter, stimmt's? Ist doch so, oder?«

Er wollte, dass Tyrell ihm zustimmte, aber Tyrell war nicht sicher, ob er dazu bereit war. Allerdings hielt er es nicht für klug, seine Zweifel offen auszusprechen, also sagte er vorsichtshalber gar nichts.

Sein Schweigen wurde als Zustimmung gedeutet.

»Gut. Also. Sorgen wir dafür, dass es auch so bleibt.« Jiminy Grille atmete aus. Er schien erleichtert, dass er Tyrells Revolte abgewendet und die Situation so gut gemeistert hatte. Mit einem Lächeln deutete er auf die Eier.

»Iss auf. Dein großer Tag heute.«

»Warum?«

Wieder seufzte Jiminy und rollte unauffällig mit den Augen, als wollte er vor Tyrell verbergen, dass er diesen insgeheim für einen Schwachkopf hielt. »Wie gesagt. Heute ist der Tag, an dem alle deine Fragen beantwortet werden. Heute ist der Tag, an dem du rausfinden wirst, wer du bist.«

»Ich weiß, wer ich bin. Sie haben es mir doch gesagt. Tyrell.«

»Ja«, sagte Jiminy Grille, bevor er auf Tyrell zutrat und ihm wie ein Freund oder ein aufdringlicher Gebrauchtwagenhändler den Arm um die Schultern legte. »Ganz genau. Tyrell. Aber das ist bloß ein Name. Heute bekommst du deine Identität. Dein Vermächtnis. Wer du bist, wer du warst und – am allerwichtigsten – wer du von jetzt an sein wirst.«

Tyrell schwieg. Er musste noch immer an das Mädchen und die Hunde denken.

»So ist's recht.« Der andere Mann lachte, drückte Tyrells Schulter und verfiel dann plötzlich in tiefsten Cockney-Dialekt. »Halt dich an mich, Kumpel, und nächstes Jahr um diese Zeit sind wir Millionäre.« Er warf einen Blick auf seine Armbanduhr und lachte. »Ach, was sag ich – *morgen* um diese Zeit.«

Tyrell wusste nicht, ob er da mitmachen wollte. Er wünschte, er wäre nach seiner Entlassung direkt in die Resozialisierungseinrichtung gegangen, statt zu Jiminy Grille ins Auto zu steigen. Er wünschte ...

Er wünschte, er säße wieder im Gefängnis.

Sein Freund nahm den Arm weg, bewegte sich auf die Tür zu und wies dabei zum Tisch. »Iss deine Eier.« Dann war er fort. Nicht ohne die Tür hinter sich abzusperren.

Tyrell betrachtete den Teller mit seinem Frühstück und den inzwischen lauwarmen Tee. Dann setzte er sich an den Tisch und nahm die Gabel in die Hand. Er wollte nicht, hatte aber keine Wahl.

Er aß. Es schmeckte genauso, wie es aussah.

28

Marina wollte soeben die Hotellobby betreten, als sie merkte, dass etwas nicht stimmte.

An der Rezeption standen zwei Polizisten in Uniform.

Normalerweise hätte sie keinen weiteren Gedanken daran verschwendet, schließlich arbeitete sie selbst bei der Polizei. Doch jetzt zögerte sie. Noch vor kurzem hätte sie Polizisten niemals als Bedrohung, sondern als Verbündete wahrgenommen, aber eine solche Einstellung konnte sie sich jetzt nicht mehr leisten. Nicht wenn das Leben ihrer Tochter auf dem Spiel stand.

Sie suchen nach mir, war ihr allererster Gedanke. *Sie wissen, dass ich hier bin, und wollen mich mitnehmen.* Es war der Telefonanruf am vorigen Abend gewesen oder die Kreditkarte, mit der sie das Zimmer bezahlt hatte. Sie hatten sie aufgespürt.

Ihr Herz begann heftig zu klopfen. Sie musste verschwinden. Sich irgendwie an ihnen vorbeimogeln, zum Wagen laufen und zusehen, dass sie wegkam. Tun, was die Entführer von ihr verlangten, und ihre Tochter zurückholen. Auf keinen Fall durfte sie sich in Polizeigewahrsam nehmen lassen.

Dann kam ihr ein anderer Gedanke. *Sie sind gar nicht meinetwegen hier, sondern wegen einer ganz anderen Sache. Es ist völlig ausgeschlossen, dass sie mich so schnell gefunden haben.* In dem Fall, überlegte sie weiter, wäre es das Beste, einfach weiterzugehen. An ihnen vorbei, zum Wagen und weg.

Aber etwas hielt sie davon ab. Paranoia. Ein sechster Sinn. Der Drang, keine unnötigen Risiken einzugehen. Irgendetwas.

Sie zog sich ein Stück zurück und spähte vorsichtig um die Ecke, um sicherzugehen, dass sie unbemerkt geblieben war. Das war sie. Gut. Sie drehte sich um und ging den Weg zurück, den sie gekommen war, wobei sie sich immer wieder umschaute. Plötzlich sah sie, wie die Rezeptionistin in ihre Richtung deutete, oder vielmehr in die Richtung des Trakts, in dem ihr Zimmer lag.

Ihr Herzschlag beschleunigte sich noch mehr. Sie lief zum Lift und drückte auf den Knopf. Der Lift war noch unten, weil sie kurz zuvor in ihm hinuntergefahren war. Die Türen öffneten sich. Marina hörte Schritte näher kommen.

Sie sprang in den Lift, drückte die Knöpfe für den ersten und den obersten Stock. Die Schritte wurden lauter, jetzt kamen auch Stimmen dazu. Die Türen schienen Jahrtausende zu brauchen, um sich zu schließen.

Aber irgendwann waren sie zu.

Gerettet. Langsam setzte sich der Lift in Bewegung. Bevor sie im ersten Stock hinaussprang, drückte sie auf den Knopf, der die Türen schloss. Der Lift fuhr weiter bis ins oberste Stockwerk.

Marina sah den Flur entlang. Weiter hinten stand ein Putzwagen, zwei Zimmermädchen schlossen die verlassenen Räume auf, zogen Bettwäsche ab und sammelten Handtücher ein.

Sie schaute in die andere Richtung. Links von ihr lag hinter einer schweren Doppeltür das Treppenhaus. Sie rannte hin, stieß die Türen auf. Lauschte. Hörte Schritte nach oben kommen. Stimmen.

Die beiden Polizisten.

Unvermittelt sah sie Josephinas Gesicht vor sich. Dann Phil, wie er bewusstlos dalag. Sie verdrängte die Bilder und dachte nach. Ihr Herz hämmerte, ihr Blick ging hektisch hin und her. Sie schloss die Tür zum Treppenhaus und trat den Rückzug in den Flur an.

Außer den Zimmermädchen war niemand zu sehen. Sie ging auf den Putzwagen zu.

Hinter ihr öffnete sich die Tür zum Treppenhaus.

Ohne sich umzudrehen, rannte Marina los, am Putzwagen vorbei. Verzweifelt hielt sie nach einem Versteck Ausschau.

Die Tür zu der Kammer, in der die Reinigungsutensilien aufbewahrt wurden, stand offen. Ohne nachzudenken, schlüpfte sie hinein und zog die Tür hinter sich zu.

Die Hand noch am Türgriff, drehte sie sich um.

Und sah sich einem weiteren Zimmermädchen gegenüber, das sie wortlos anstarrte.

Die Frau war eine junge Ausländerin, deren anfängliches Erstaunen rasch in Furcht umschlug. Sie öffnete den Mund – ob sie schreien oder etwas sagen wollte, wusste Marina nicht, aber sie konnte auch nicht riskieren, es abzuwarten.

»Entschuldigung.« Marina flüsterte so laut, wie sie es eben wagte. »Mein Ehemann.« Sie deutete zur Tür.

Das Zimmermädchen betrachtete sie weiterhin argwöhnisch.

»Er … Eigentlich dürfte ich gar nicht hier sein.«

Auch das schien die junge Frau nicht recht zu überzeugen. *Vielleicht spricht sie kein Englisch*, schoss es Marina durch den Kopf. *Vielleicht versteht sie gar nicht, was ich sage. Da kommt aus heiterem Himmel eine Unbekannte mit wirren Haaren und zerrissenen Kleidern in die Besenkammer gesprungen, zieht die Tür hinter sich zu und hält sie praktisch gefangen.* Marina konnte der jungen Frau nicht verübeln, dass sie sich fürchtete.

Die Stimmen kamen näher.

Marina wandte sich wieder der jungen Frau zu, die die Stimmen ebenfalls gehört hatte. Sie sah aus, als wäre sie drauf und dran, um Hilfe zu rufen.

Fieberhaft überlegte Marina, womit sie die Frau überzeugen könnte.

»Mein Mann, er ...« Sie nahm die Hand vom Türgriff und tat so, als würde sie sich selbst ins Gesicht schlagen. Dann zeigte sie zur Tür, hinter der die Stimmen immer lauter wurden.

Jetzt endlich nickte das Zimmermädchen. Es hatte verstanden.

Marina glaubte, etwas in den Augen der jungen Frau aufflackern zu sehen. Als hätte sie schon einmal ähnliche Erfahrungen gemacht. Ihr kamen Schuldgefühle, trotzdem lächelte sie.

»Danke«, flüsterte sie.

Das Zimmermädchen sagte nichts, schenkte ihr aber ein scheues Lächeln.

Zwischenzeitlich waren die Schritte und Stimmen wieder leiser geworden.

Marina drückte langsam die Klinke hinunter und riskierte einen vorsichtigen Blick in den Flur. Sie nickte dem Zimmermädchen noch einmal zum Dank zu, dann trat sie aus der Kammer, eilte zum Treppenhauseingang und zog die Doppeltüren auf. Zunächst nahm sie zwei Stufen auf einmal, bis sie um ein Haar gestolpert wäre. Sie blieb einen Augenblick lang stehen, um sich zu sammeln. Dann ging sie weiter, so schnell sie konnte.

Im Erdgeschoss angekommen, öffnete sie mit angehaltenem Atem vorsichtig die Doppeltüren und spähte hinaus.

Niemand da.

Sie trat in die Lobby, holte tief Luft und nahm Kurs auf den Ausgang.

Als sie am Empfang vorbeikam, wandte sie ihr Gesicht ab. Die Rezeptionistin hatte den Kopf gesenkt, doch Marina merkte, wie sie hochschaute, als sie an ihr vorüberging.

»Ach.« Die Frau klang verdutzt. »Oh. Die Polizei ... Es ist jemand hier, der Sie sprechen möchte.«

Marina ging weiter.

»Entschuldigung ...«

»Ich muss bloß schnell zum Wagen«, rief Marina ihr über die Schulter zu. »Bin in einer Sekunde wieder da.«

Die Tür öffnete sich. Marina war draußen an der frischen Luft.

Sie hörte, wie die Rezeptionistin ihr etwas hinterherrief. Wahrscheinlich überlegte sie, was sie jetzt tun sollte – ihr nachlaufen oder losgehen und die Polizisten suchen.

Egal, wofür sie sich entschied – Marina durfte es nicht so weit kommen lassen.

Sie rannte über den Parkplatz zu ihrem Wagen, stieg schnell ein und verriegelte von innen die Türen. Sie vergewisserte sich, dass das Handy in ihrer Handtasche steckte, dann ließ sie den Motor an. Die Koordinaten konnte sie ins Navi eingeben, sobald sie außer Sichtweite des Hotels war. Sie gab Gas.

Als sie am Hoteleingang vorbeifuhr, standen dort die zwei Uniformierten zusammen mit der Rezeptionistin. Einer der beiden, der Mann, stellte sich ihrem Wagen in den Weg und winkte mit beiden Armen, um sie aufzuhalten.

Marina beschleunigte.

Er sprang aus dem Weg.

Sie schaffte es bis zur Ausfahrt und brauste davon.

Sie durfte jetzt keinen Gedanken an die beiden verschwenden oder daran, was sie gerade getan hatte. Sie musste sich ganz auf ihr Ziel konzentrieren.

29

»Mir kommt es so vor, als wären wir in einem Bestattungsinstitut und würden jemandem die letzte Ehre erweisen«, meinte DS Jessica James. »Fehlt nur noch, dass jemand Orgel spielt.«

Der Tote lag rücklings auf dem Bett, die Arme dicht am Körper, die Beine lang ausgestreckt, den Kopf zurückgelegt, die Augen geschlossen. Sie beugte sich vor und betrachtete ihn eingehender. Vor allem Kopf und Nacken. Dann richtete sie sich wieder auf und wandte sich an den neben ihr stehenden DC Deepak Shah. »Was meinen Sie? Überzeugt Sie das?«

Er schüttelte den Kopf. »Genauso wenig wie Sie, Ma'am.«

Sie nickte. »Wenn er aufrecht stünde, würde ihm der Kopf ungefähr so fest auf dem Hals sitzen wie eine Bowlingkugel auf einem Besenstiel.«

Es war der zweite Tag ihrer Ermittlungen, und bislang gab es noch keine nennenswerten Fortschritte zu verzeichnen. Niemand hatte ein Kind gesehen, auf das Josephinas Beschreibung passte, weder allein noch in Begleitung eines Erwachsenen. Trotzdem ließen sie nichts unversucht. Uniformierte befragten weiterhin die Anwohner, und ihr Team durchkämmte die nähere Umgebung.

Da sonst nichts anlag, war Jessie ein zweites Mal zu Jeff Hibbert gefahren, um ihm noch einige Fragen zu stellen. Da auf ihr Klingeln niemand reagiert hatte und sie es für unwahrscheinlich hielt, dass er ausgegangen war, hatte sie einen Rundgang ums Haus gemacht und dabei die aufgebrochene Hintertür entdeckt. Der Türrahmen war zersplittert, die Tür stand offen.

Sie war ins Haus gelaufen und hatte seinen Namen gerufen. Als keine Antwort gekommen war, hatte sie sich, das Schlimmste befürchtend, auf den Weg in den ersten Stock gemacht. Dort hatte sie ihn dann gefunden. Auf dem Bett liegend. Ganz friedlich.

Sie hatte sich nicht eine Sekunde lang davon täuschen lassen.

Und die Spurensicherung auch nicht. Jessie hatte sofort Verstärkung angefordert und war, vorsichtig und ohne etwas anzufassen, auf genau demselben Weg aus dem Haus gegangen, wie sie zuvor hineingekommen war. Sie wollte den Tatort nicht verunreinigen. Dann hatte sie im Vorgarten gewartet.

Mittlerweile hatten der Rechtsmediziner und die Spurensicherung ihre erste Untersuchung abgeschlossen und den Tatort für Jessie und Deepak freigegeben. Die beiden standen im Schlafzimmer, dessen düstere, beklemmende Atmosphäre durch die zugezogenen Vorhänge noch verstärkt wurde.

Jessies Kopf fühlte sich auch ein wenig an wie eine Bowlingkugel auf einem Besenstiel. Sich zwei Tage hintereinander zu betrinken war keine gute Idee, aber irgendwie schaffte sie nie rechtzeitig den Absprung. Bloß ein schneller Drink mit einer Freundin, das war alles – zumindest hatte sie das vorgehabt. Aber dann waren es wieder mal mehr geworden, und als sie schließlich nach Hause gekommen war, hatte es nicht gerade einen herzlichen Empfang gegeben. Sie rieb sich stöhnend die Augen und schob die Sache in den hintersten Winkel ihres Gedächtnisses. Damit würde sie sich irgendwann später auseinandersetzen. Vorerst hatte sie Dringenderes zu erledigen.

»Einfach grauenhaft, hier leben zu müssen«, ließ Deepak nach einem Blick durchs Zimmer verlauten.

»Und sterben«, ergänzte Jessie, wandte sich von der Leiche ab und sah sich um. »Was ja wohl eher zutrifft. Lungenkrebs, wenn Sie mich fragen.« Sie deutete auf den Sauerstofftank neben dem Bett. »Er sah ziemlich krank aus, als ich gestern bei ihm war. Ich dachte, ich befrage ihn besser so schnell wie möglich ein zweites Mal.«

Deepak runzelte die Stirn. »Warum eigentlich?«

Sie berichtete ihm von Stuart Milton und der von ihm angegebenen Adresse. »Ich hatte da so ein Gefühl, dass Hibbert mehr weiß, als er mir gegenüber zugibt.« Erneut betrachtete sie das Bett. »Tja. Jetzt werden wir es nie erfahren.«

Mit einem Nicken wies Deepak in Richtung der Kriminaltechniker. »Es sei denn, sie können uns mehr sagen.«

»Stimmt.«

Als Jessie abermals den Blick durchs Zimmer schweifen ließ, fielen ihr im Staub auf dem Sideboard zwei kreisrunde Abdrücke auf. Sie sah auf den Boden. Dort lagen zwei unsagbar hässliche Porzellanfiguren. Bei einer war der Kopf abgebrochen. Vermutlich waren sie beim Gerangel heruntergestoßen worden. Sie ging neben den Figuren in die Hocke und schaute unters Bett. Sah dort etwas …

Sie legte sich hin, bis sie mit der Nase fast den Teppich berührte. Sie konnte den Schmutz in den Fasern riechen. Wahrscheinlich war hier nur sehr selten saubergemacht worden.

»Mann, das stinkt vielleicht hier unten …«

»Ich denke nicht, dass Hausputz sehr weit oben auf seiner Prioritätenliste stand, Ma'am«, versetzte Deepak, der ihr Tun neugierig verfolgte.

Jessie zückte ihr Handy, schaltete die Taschenlampenfunktion ein und leuchtete den Teppich unter dem Bett ab. Den Müll und die Staubflusen ignorierte sie, so gut sie konnte.

»Aha …«

Das Zimmer drehte sich ein wenig, als sie sich aufsetzte. Die Nachwirkungen des Alkohols von letzter Nacht. »Da ist ein rechteckiger Abdruck, da muss irgendwas gelegen haben.«

Deepak ließ sich neben ihr auf die Knie nieder.

»Was meinen Sie?«

Er hob die Schultern. »Vielleicht ein Laptop? Eine alte Familienbibel?«

Jessie nickte. »Anscheinend – und ich denke nicht, dass wir voreilige Schlüsse ziehen, wenn wir feststellen, dass jemand ins Haus eingedrungen ist und versucht hat, den Laptop zu stehlen. Es kam zum Kampf …«, sie deutete auf die am Boden liegenden Porzellanfiguren, »und am Ende hatte der arme, alte Mr Hibbert ein gebrochenes Genick.«

»Dann hat der Einbrecher die Leiche sorgfältig hingelegt, damit wir glauben, Hibbert sei friedlich im Bett gestorben«, schloss Deepak.

»Exakt.« Sie nickte. Betrachtete erneut nachdenklich die Leiche. »Oder aber …«

Deepak wartete.

»Es diente nicht nur zur Verschleierung. Dieses Herrichten der Leiche – kein gewöhnlicher Einbrecher macht so was. Es erweckt fast den Eindruck, als habe der Täter gewollt, dass Hibbert …«

»In Frieden ruhen kann«, beendete Deepak den Satz für sie.

»Genau. Also … warum? Sind das alles bloß Zufälle? Stuart Milton, das Feuer gestern, das verschwundene Mädchen, jemand, der sich das Haus eines Sterbenden für einen Einbruch aussucht?«

»Wir glauben nicht an Zufälle, Ma'am.«

»In der Tat, Deepak, das tun wir nicht. Allerdings –« Sie wurde vom Klingeln ihres Handys unterbrochen. Sie warf einen Blick aufs Display, bevor sie das Gespräch annahm. Mickey Philips. Sie spürte ein leichtes Flattern in der Magengegend, als sie das Telefon ans Ohr hob. Wahrscheinlich lag das auch am Alkohol.

»Guten Morgen, DS James.«

»Morgen, Mickey. Und seien Sie nicht so förmlich. Sagen Sie Jessie zu mir.«

Schweigen am anderen Ende. »Jessie … James?«

»Hm. Ich habe mich schon gefragt, wann bei Ihnen der Groschen fällt. Aber geben Sie sich keine Mühe, ich habe alle Witze zu dem Thema schon gehört. Und bevor Sie es sagen, die Polizei von Suffolk ist *keine* Cowboy-Truppe.«

Er lachte. Sein Lachen gefiel ihr. Deepak wandte sich ab.

»Wir sind gerade im Haus eines Mordopfers«, fuhr sie fort. Sie hatte sich rasch wieder gefangen. »Und haben uns gefragt, ob eventuell ein Zusammenhang mit den Ereignissen von gestern bestehen könnte.«

»Und? Besteht ein Zusammenhang?«

»Das wissen wir noch nicht.« Sie erzählte ihm von der möglichen Verbindung.

»Einen Zufall sollte man nie ignorieren«, meinte Mickey, »wie mein Boss immer zu sagen pflegt.«

»Dann sind Ihr Boss und ich derselben Meinung. Wie geht es ihm?«

»Er ist noch bewusstlos, aber es sieht wohl ganz gut aus.«

»Dann heißt es also weiter Daumen drücken.«

»Ja. Ich habe Neuigkeiten für Sie.« Er berichtete ihr von Marina.

»Also«, sagte Jessie, nachdem er geendet hatte. »Dann können wir sie als Hibberts Mörderin ja wohl ausschließen.«

Mickey lachte nicht. Jessie war sich auch nicht ganz sicher, ob sie die Bemerkung als Scherz gemeint hatte.

»Okay. Dann sage ich Ihnen kurz, was hier bei uns momentan so läuft«, fuhr sie fort. »Wir ermitteln im Mordfall Jeff Hibbert. Wir werden nach dem Mann suchen, der sich Stuart Milton genannt hat – wer weiß, vielleicht finden wir ihn ja. Außerdem jagen wir den Namen durch den Computer, mal schauen, was dabei rauskommt. Wir haben ein Team auf das verschwundene Mädchen angesetzt, außerdem versuchen wir, den Halter des Fahrzeugs zu ermitteln, das zum Zeitpunkt der Explosion vor dem Cottage stand. Wir gehen von Tür zu Tür, das volle Programm.«

»Ausgezeichnet. Ich suche dann inzwischen weiter nach Marina.«

»Bleiben Sie in Kontakt.«

Sie legte auf. Deepak sah sie an.

»Was ist?«

»Nichts, Ma'am.«

Sie wusste genau, was er dachte. Er hatte wieder diesen missbilligenden Gesichtsausdruck. Sie ignorierte ihn. Es hatte sie gefreut, Mickeys Stimme zu hören. Er war ein netter Typ. Doch auch diesen Gedanken schob sie beiseite. Sie musste arbeiten.

Einen Mörder finden.

30

Der Golem hatte sich in ein anderes Zimmer zurückgezogen. Er hielt sich nach wie vor im Haus auf und wartete auf Anweisungen, bis auf weiteres hatte er die Zeit jedoch zur freien Verfügung.

Dies war etwas, das er jeden Tag tun musste: allein sein,

um zu meditieren. Neue Kraft zu schöpfen. Kontakt zu seinem früheren Selbst aufzunehmen, sich mit ihm auszusöhnen und auf diese Weise den Weg zu erkennen, der vor ihm lag. Seine Auftraggeber wussten Bescheid. Sie verstanden und respektierten seine Bedürfnisse und nahmen bei ihren Planungen Rücksicht darauf. Die Arbeit, die er leistete, war sehr spezieller Natur, und er musste sie auf seine eigene Weise tun.

Aber es gab auch noch einen anderen Grund, weshalb er allein sein wollte. Er brauchte Ruhe vor den Sloanes. Insbesondere vor Dee Sloane. Schon wieder musste er an ihre blutbefleckten Zähne denken, an ihren geschmeidigen Körper. An ihr Bedürfnis, unterworfen und erniedrigt zu werden, und an ihren Wunsch, er möge derjenige sein, der sie unterwarf und erniedrigte. Er hätte ihr diesen Wunsch leicht erfüllen können. Es hätte ihm sogar Freude bereitet.

Aber er war im Dienst.

Er zog die Tür hinter sich zu. Sie fiel beruhigend schwer ins Schloss. Er war allein. Er stellte sich in der Mitte des Raumes auf. Verlangsamte seine Atmung. Sah sich um.

Das Zimmer war nahezu leer. Ein Gästezimmer, das nie möbliert worden war. Trotz ihres Reichtums hatten die Sloanes in ihrem Leben nicht viel unnützen Ballast angehäuft. Der Golem schloss daraus, dass sie im Hier und Jetzt lebten und sich nicht von der Vergangenheit vereinnahmen ließen. Eine Einstellung, die er guthieß.

Er ließ die Jalousien herunter, damit keine Sonne mehr ins Zimmer drang, zog T-Shirt und Stiefel aus und setzte sich mit geradem Rücken im Schneidersitz auf den Fußboden. Er atmete langsam durch die Nase ein, blendete alle Gerüche aus, konzentrierte sich ausschließlich auf die klare, reine Luft. Dann visualisierte er den roten Punkt, so wie er es gelernt hatte. Er richtete sein inneres Auge darauf. All seine

Konzentration. Die Welt um ihn herum verblasste. Bald hörte er nur noch die Symphonie in seinem Innern.

Er konnte spüren, wie sich seine Herzklappen weit öffneten, das verbrauchte Blut hereinströmte und die Kammern füllte, wie sich die Kammern dann wieder leerten und das gute, saubere Blut überallhin in seinen Körper pumpten, damit es ihn reinigte, ihn sich wieder frisch und heil fühlen ließ.

Als er genügend Herzschläge gezählt hatte und sicher war, dass ausreichend Blut den Kreislauf durch seinen Körper genommen hatte, begann er mit dem Ritual.

Wie viele seit dem letzten Mal?

Zwei.

Leben genommen, Seelen befreit?

Wenn du so willst. Bezeichnungen für die Dinge zu finden ist die Aufgabe anderer.

Namen?

Nein.

Haben sie gelitten?

Nein. Ich habe mich bemüht, es schnell zu tun. Ich bin nicht grausam.

Hatten sie Familie?

Das weiß ich nicht.

Wird man sie vermissen?

Ich denke nicht. Ich hoffe nicht.

Bist du bereit, sie aus deinem Herzen zu tilgen und sie loszulassen?

Ich bin dazu bereit.

Stille.

Sie sind fort. Du bist gereinigt, du bist erneuert, du bist geheilt. Du hast nun wieder inneren Frieden.

Ich danke dir.

Er blieb noch sitzen, das Bewusstsein ganz und gar nach innen gerichtet. Dann schnappte er nach Luft, als er im Geiste urplötzlich das Gesicht seiner Mutter vor sich sah. Das Gesicht seiner schreienden Mutter.

Sein früheres Leben. Als er noch einen Namen gehabt hatte. Bevor er zum Golem geworden war.

Auf einmal war er wieder in dem Zimmer, während es unter Granatenbeschuss erzitterte. Er hörte Schreie, Gebete, die nichts nützen würden. Es war die Zeit seiner Kindheit – eine Zeit, in der die Hoffnungen der Bosnier auf Unabhängigkeit und Selbstbestimmung in Hass aufgegangen waren. Als die serbische Armee von Milošević sie angegriffen, Nachbarn zu erbitterten Feinden gemacht und dem Hass eine Legitimation verschafft hatte. Als in Srebrenica geboren worden zu sein das schlimmste Schicksal war, das einem Menschen widerfahren konnte.

Ethnische Säuberungen. Ein nüchterner, fast harmloser Ausdruck, hinter dem sich eine grauenhafte Wahrheit verbarg: Vergewaltigung. Folter. Mord. All das hatten die Serben und die ehemalige jugoslawische Volksarmee seiner Familie angetan. Diejenigen, die nicht getötet worden waren, wurden in Lager verschleppt. Diejenigen, die diese Lager überlebten, waren danach für immer gezeichnet.

So wie er.

Seine Mutter, seine Schwestern waren vergewaltigt und verstümmelt worden, bevor man sie getötet hatte. Sein Vater war ermordet worden. Und ihm selbst war es so vorgekommen, als wäre er zusammen mit ihnen gestorben. Er hatte sich danach nicht länger als Mensch gefühlt; in ihm loderten ein gerechter Zorn und der Durst nach Rache.

Der Krieg ging 1995 offiziell zu Ende, doch für ihn würde er niemals zu Ende gehen. Er erschuf sich neu. Verwandelte sich in eine Tötungsmaschine. Setzte alles daran, die Serben aufzuspüren, die Schuld am Tod seiner Familie trugen. Er nahm Tabletten und Vitaminpräparate ein. Trainierte. Achtete auf einen gesunden Lebenswandel. Und je größer und härter sein Körper wurde, desto mehr veränderte er auch seine Farbe. Er wurde grau.

Zuerst fand er es schrecklich und konnte es nicht ertragen, in den Spiegel zu schauen. Mit der Zeit jedoch gewöhnte er sich daran. Er fühlte sich innerlich tot, und Grau war die richtige Farbe für einen Toten. Der Spitzname kam wenig später. Golem. Der legendäre, aus Ton geformte Beschützer des Prager Ghettos. Das gefiel ihm. Er behielt den Namen bei.

Irgendwann war er bereit zu töten. Und er tat es auch. Es gelang ihm nicht, alle Soldaten aufzuspüren, die für den Tod seiner Familie verantwortlich waren, also nahm er sich stattdessen jeden vor, der im Krieg auf der Seite der Serben gestanden hatte. Es war ein blutiges, grausames Werk. Und es brachte ihm nicht den erhofften Frieden.

Allerdings wurden gewisse Leute auf ihn aufmerksam, die seine Dienste brauchen konnten. Drogenbarone. Schlepper. Bandenchefs. Anfangs wollte er nichts mit ihnen zu tun haben, doch irgendwann gab er nach. Er war eine Killermaschine ohne neue Opfer. Warum sollte er sich nicht fürs Töten bezahlen lassen?

Doch Vergnügen bereitete es ihm nicht. Es quälte ihn, nicht zu wissen, ob seine Opfer den Tod verdient hatten. Er suchte Hilfe und fand sie schließlich in der Meditation. Im Laufe der Zeit erschuf er sich einen Ort in seinem Geist, der es ihm ermöglichte, seiner Arbeit nachzugehen und sich hinterher von der Schuld zu befreien. Auf diese Weise lernte er, als ein Toter mit sich selbst zu leben.

Er hörte, wie hinter ihm die Tür des Zimmers geöffnet und kurz darauf wieder geschlossen wurde.

Augenblicklich flog sein Bewusstsein aus der Vergangenheit zurück in die Gegenwart. Er fand den roten Punkt ... gleich darauf war er wieder in der realen Welt angekommen.

»Hallo.«

Er drehte sich um. Im ersten Moment verschwamm alles vor seinen Augen. Er war zu überhastet wieder im Hier aufgetaucht. Dann sah er Dee Sloane, die an der Tür lehnte und sich die Bluse aufknöpfte.

»Ich habe überall nach dir gesucht.« Ein weiterer Knopf wurde geöffnet. Ihr Blick glitt über seinen Körper. Verweilte auf seiner nackten Brust. »Du hast wohl schon ohne mich angefangen.« Langsam kam sie näher. Bei jedem Schritt trafen die Pfennigabsätze ihrer Schuhe den Fußboden mit einem scharfen Klacken, wie der Schuss eines Armbrustbolzens, der ins Schwarze trifft.

Er blieb, wo er war. Zwang sich, nicht zu reagieren.

»Ich weiß, was du wolltest«, sagte sie. »Ich habe es in deinen Augen gesehen. Du hast versucht, dir nichts anmerken zu lassen, aber ich weiß immer, wenn jemand scharf auf mich ist.«

Ihre Bluse fiel neben ihm zu Boden. Er sah nicht auf.

»Du willst mich doch. Ich weiß, dass du mich willst.«

Er blickte starr geradeaus. Aus dem Augenwinkel sah er, wie sie die Hände zu Fäusten ballte.

»Ich habe ernst gemeint, was ich eben gesagt habe. Ich will, dass du mich unterwirfst. Ich will, dass du mich brichst.« Das letzte Wort war nur noch ein Zischen, ein Flüstern.

Ihr BH fiel auf ihre Bluse. Noch immer hob er nicht den Kopf.

»Keine Sorge, Michael spielt am Laptop herum, das kann noch eine ganze Weile dauern. Und überhaupt ...« Mit dem Finger fuhr sie seine nackte Schulter entlang. »Du bist größer als er.« Der Druck ihres Fingers wurde stärker. »Viel größer ...«

Ihre Fingernägel gruben sich in sein Fleisch, und ihre Stimme war jetzt ganz nah an seinem Ohr. So nah, dass die

Haut in seinem Nacken kribbelte. »Ich stehe darauf, wenn ich nicht weiß, was du gleich mit mir machen wirst ... diese Angst ... das macht mich so unglaublich heiß ...«

Er packte ihre Hand und drückte zu. Sie stieß einen leisen Schrei aus. Erst jetzt hob er den Kopf und sah ihr in die Augen.

»Geh.«

Verwirrung zeichnete sich auf ihrem Gesicht ab. Sie blinzelte sie fort. Rang sich sogar ein Lächeln ab.

»Ich habe gesagt, geh.« Seine Stimme blieb leise und ruhig.

»Schon gut, Michael ist –«

»Geh.« Ein Befehl. Endgültig.

Sie brach den Blickkontakt ab. Bückte sich, um ihre Kleider aufzuheben. Er hörte ihre Absätze klackern, dann das Öffnen und Schließen der Tür. Stille.

Er seufzte. Sah auf seine Hände herab.

Sie zitterten.

31

Der Wagen holperte über den unebenen Weg, so dass Marina am Steuer ziemlich durchgeschüttelt wurde.

Am Fuß des Hügels hielt sie an. Hier endete die Straße in den Dünen. Sie schaltete den Motor ab und stieg aus. Sie war am Meer, doch selbst in der Sonne war es ein trostloser Anblick. Uralte verwitterte Strandhäuschen, bei denen die Farbe ihres Anstrichs allenfalls noch zu erahnen war, standen in einer Reihe vor den kümmerlichen, mit hartem Gras bewachsenen Dünen. Der Sand war grob, nass und schlammig. Sie stellte sich vor, wie nichtsahnende Spaziergänger darin steckenblieben und in die Tiefe gezogen wurden. Alte Boote, viele von ihnen längst nicht mehr seetüchtig, lagen angekettet in der Nähe des Ufers. Dahinter mündete der Fluss in die Nordsee.

Sie wandte sich nach links. Dort hinten lag ein von einer Mauer eingefasster Garten, in dem ein rostiger Wohnwagen stand. Dann schaute sie nach rechts. Das Bauernhaus war mittlerweile verfallen und schutzlos den Elementen ausgesetzt. Aber auch wenn es eines Tages einstürzen würde, seine Geister würde Marina bis an ihr Lebensende in sich tragen.

»Du Dreckskerl«, sagte sie laut. »Du verdammter Dreckskerl …« Der Wind riss ihre Worte mit sich fort.

Dies war der Ort, an dem sie fast gestorben wäre. Dies war der Ort ihrer Geburt.

Oder vielmehr ihrer Wiedergeburt.

Etwas mehr als drei Jahre zuvor hatte ein wahnsinniger Killer sie verschleppt und unter dem Wohnwagen in einem Kellerverlies gefangen gehalten. Er hatte ihr ungeborenes Kind haben wollen, das Kind, dem sie später den Namen Josephina gegeben hatten. Phil, der die Jagd nach dem Mörder angeführt hatte, war es gelungen, die Spur bis nach Wrabness zu verfolgen. Er hatte sie gerettet. Er war zu ihr in das Labyrinth aus unterirdischen Tunneln hinabgekrochen, um den Wahnsinnigen aufzuhalten. Doch letztlich war es Marina gewesen, die seinem mörderischen Tun ein Ende bereitet und ihr ungeborenes Kind geschützt hatte. Sie war diejenige gewesen, die ihn getötet hatte.

Und genau in dem Augenblick war sie wiedergeboren worden.

Danach hatte sie gewusst, wer sie war. Wie viel sie ertragen konnte. Wozu sie bereit war, um die Menschen, die sie liebte, zu beschützen. Sie hatte nicht damit gerechnet, dass die Stimme am Telefon darüber Bescheid wusste. Nun musste sie sich eingestehen, dass sie sie möglicherweise unterschätzt hatte.

Da war es wieder. *Love Will Tear Us Apart.*

Sie riss das Handy aus ihrer Handtasche.

»Sind Sie angekommen?«, fragte die Stimme. »Haben Sie es ohne Probleme gefunden?«

»Sie Schwein«, sagte sie.

Stille. Dann: »Was meinen Sie?« Der Tonfall war schroff, doch es schwang auch Neugier darin mit.

»Sie wissen genau, was ich meine. Sie haben mich absichtlich hierhergelotst.«

Wieder Schweigen. »Ich dachte, Sie würden sich an den Ort erinnern.«

»Natürlich erinnere ich mich daran!«

Ihr Gesprächspartner klang verwirrt, versuchte aber, ohne großen Erfolg, die Kontrolle über das Gespräch zu behalten. »Es ... überrascht mich, ehrlich gesagt, dass der Ort so viel in Ihnen auslöst.«

Eine unbändige Wut stieg in Marina hoch. »Sie halten sich wohl für witzig, Sie Arschloch!«, spie sie.

»Sie sind in Wrabness.«

»Ich *weiß*, dass ich in Wrabness bin!«

»Sie kennen den Ort von früher.«

»Bravo, Einstein. Es stand ja auch nur in allen Zeitungen.«

Abermals Schweigen. Einen Moment lang fürchtete Marina, die Verbindung sei unterbrochen worden.

Doch dann meldete sich die Stimme zurück. »Jedenfalls ... kriegen Sie gleich eine E-Mail. Darin steht, was Sie als Nächstes tun sollen.«

»Darum dreht es sich also bei der ganzen Sache? Sie wollten mich auf einen richtig unangenehmen Trip in die Vergangenheit mitnehmen?«

»Jetzt hören Sie mal zu ...«

»Nein, jetzt hören *Sie* mal zu.« Marina konnte ihre Wut kaum noch zügeln. Sie hatte das Gefühl, platzen zu müssen. »Sie sprengen meine Familie in die Luft, Sie kidnappen meine

Tochter und dann schicken Sie mich hierher. Ich bin im Laufe meiner Arbeit ja schon so manchem kranken Schwein begegnet, aber Sie …« Vor lauter Zorn versagte ihr die Stimme.

»Hören Sie.« Auch ihr Gegenüber wurde langsam wütend. Marina riss sich zusammen. »Ich habe keine Ahnung, wovon Sie da reden. Ja, Sie haben eine Verbindung zu dem Ort. Deswegen ist unsere Wahl ja auch auf Sie gefallen. Deswegen wollten wir, dass Sie uns helfen. Aber …« Ein ungehaltener Seufzer. »Ach. Lesen Sie einfach die E-Mail.«

Dann wurde aufgelegt.

Marina starrte auf das Handy in ihrer zitternden Hand. Sie sah zum verfallenen Bauernhaus, dann hinüber zur bröckelnden Mauer und dem rostigen Wohnwagen dahinter. Dann zurück zur Flussmündung. Trostlos und gottverlassen. Sie erschauerte. Diesmal würde Phil nicht kommen und sie retten.

Sie spürte, wie sich etwas in ihr verhärtete. *Es reicht*, dachte sie. *Es reicht.* An diesem Ort hatte sich schon einmal gezeigt, wozu sie fähig war, wenn es darum ging, ihre Familie zu beschützen. Der erneute Besuch bestätigte dies nur. Wer auch immer die Person am anderen Ende der Leitung war, es war Zeit, sich ihr entgegenzustellen.

Kurz darauf vernahm sie den Benachrichtigungston des Handys. Sie öffnete die E-Mail und begann zu lesen.

Und ganz allmählich begriff sie.

32

»Jeff? Tot? Tja, das war wohl abzusehen. Er war schwerkrank.«

»Das war er, Mrs Hibbert.«

»Nennen Sie mich doch Helen. Ich habe es nie gemocht, wenn man Mrs Hibbert zu mir sagt. Das klingt immer so, als wäre ich seine Mutter.« Sie holte tief Luft und nahm einen Schluck von ihrem Wodka Tonic. »Und wenn es irgendjemanden gibt, mit dem ich nicht verglichen werden will, dann mit dieser Frau.« Helen Hibbert erschauerte bei dem bloßen Gedanken.

In der Tat konnte sich Jessica James Helen Hibbert beim besten Willen nicht als Mutter vorstellen. Sie hätte es garantiert nicht ertragen, wenn ein Kind ihr die Aufmerksamkeit streitig gemacht hätte.

Auf der Fahrt zur Wohnung von Jeff Hibberts getrennt lebender Ehefrau hatte Jessie ihrem Kollegen Deepak geschildert, wie sie sich Helen Hibbert vorstellte. Es war ein Spiel, das sie oft mit Deepak spielte – eine Methode, ihn dazu zu ermuntern, sich nicht auf Profile und Stereotypen zu verlassen, sondern um die Ecke zu denken und sich eine eigenständige Meinung zu bilden. Manchmal versuchte sie sogar, seinen Wettbewerbsgeist anzustacheln, indem sie ihm vorschlug, eine Wette darauf abzuschließen, wessen Beschreibung der Wahrheit am nächsten kam. Der Verlierer müsse dann das gemeinsame Mittagessen bezahlen. Deepak biss so gut wie nie an, was Jessie allerdings nicht davon abhielt, es immer wieder zu versuchen.

»Ich glaube, sie ist ihm vom Typ her ziemlich ähnlich«, hatte Jessie gemutmaßt. »Mittleren Alters, einige Kilos zu viel auf den Rippen, kurze Haare. Männerhaarschnitt. Grobes, unförmiges Gesicht wie bei einer Bäuerin – oder einem Bauer. Von Kopf bis Fuß in Barbour-Klamotten.«

Deepak, der am Steuer saß, hatte sie damit überrascht, dass er ausnahmsweise einmal seine eigene Sicht der Dinge kundtat. »Total daneben«, widersprach er.

Jessie grinste. Sie wollte unbedingt mehr hören. »Wie kommen Sie darauf?«

»Sie denken in Klischees«, gab er zurück. »Lassen sich von

Vorurteilen leiten.« Er warf ihr einen kurzen Blick zu. »Ma'am.«

»Ach so, tue ich das? Und wie sieht Ihre absolut individuelle, vorurteilsfreie Sicht der Dinge aus?«

»Erstens ist sie definitiv jünger als er.«

»Glauben Sie?«

»Und blond.«

»Wieso blond?«

»Sie haben mich nach meiner Meinung gefragt, Ma'am. Ich denke eben, dass sie blond ist. Nicht notwendigerweise von Natur aus, versteht sich.«

»Versteht sich.«

»Sie ist mit Sicherheit extrovertierter und auffälliger als er. Ich glaube, er hatte es schwer, mit ihr mitzuhalten.«

»Ist das Ihr Ernst? Und worauf stützen Sie diese vorurteilsfreien Annahmen?«

»Ermittlungsarbeit, Ma'am. Hibberts Haus hat schon deutlich bessere Zeiten erlebt. Genau wie seine Ehe. All dieser Nippeskram in dem Haus sah so aus, als wäre er einmal sehr teuer gewesen. Der Geschmack war eher der einer Frau, nicht der eines Mannes.«

»Mein Geschmack war's mit Sicherheit nicht.«

»Meiner auch nicht, aber irgendjemandem hat das Zeug doch offenbar gefallen, sonst wäre es wohl kaum gekauft worden. Ich schätze, sie hat toupierte blonde Haare, kleidet sich auffällig, gibt viel Geld für Make-up, Kosmetikbehandlungen und dergleichen aus.«

»Weil das die Art von Frau ist, die solchen Kram kaufen würde?«

Deepak nickte und erwiderte lächelnd: »Wetten wir ums Mittagessen?«

Ich motiviere einen Mitarbeiter, dachte sie. *Das ist mein Job.* »Warum nicht?«

Wie sich herausstellte, traf Deepaks Einschätzung zu hundert Prozent zu. Helen Hibberts Wohnung lag in Ipswich am Common Quay, in der jüngst gentrifizierten Gegend am Fluss Orwell. Helen ließ sie herein, sobald sie sich als Polizisten identifiziert, ihre Dienstausweise vor das Objektiv der Videokamera am Eingang gehalten und ihr mitgeteilt hatten, dass es um ihren Ehemann gehe.

Im Fahrstuhl grinste Jessie Deepak an. »Bis jetzt sieht's ja ganz gut aus für Sie …«

In der Wohnung reichte ein Blick, und Jessie wurde klar, dass sie Deepak ein Mittagessen schuldete. Helen Hibbert hatte sich für ihre Besucher mit Bedacht in Szene gesetzt. Sie saß in einer Ecke vor dem Fenster, die gebräunten Beine übereinandergeschlagen, hinter und unter ihr das Fluss-Panorama, als stünde sie buchstäblich über allem. Sie war perfekt zurechtgemacht, sogar ihre Nägel sahen frisch manikürt aus. Jessica vermutete, dass Helen Hibberts Nägel *immer* frisch manikürt aussahen. Kleid und Schuhe waren Designerware, stellte Jessie fest, und genau wie Deepak gemutmaßt hatte, war ihr Haar blond. Ihr Gesicht war genauso sorgfältig instand gehalten wie der Rest ihres Körpers. Helen Hibbert war jünger als ihr Mann, allerdings nur um wenige Jahre. Trotz aller Schönheitsbehandlungen ließ sich nicht verbergen, dass ihre Haut zunehmend an Spannkraft verlor, die Krähenfüße tiefer wurden und sie vermutlich jeden Morgen ein wenig mehr Zeit benötigte, um so auszusehen wie jetzt. Der Zahn der Zeit nagte auch an ihr.

Sie bot ihnen etwas zu trinken an und deutete dabei auf ihren eigenen Wodka Tonic.

»Ich weiß, wahrscheinlich denken Sie, dass es noch ein bisschen früh ist, aber was soll's? Irgendwo auf der Welt ist es jetzt Zeit für Cocktails.«

Jessie überbrachte ihr die Nachricht vom Tod ihres Mannes, und Helen Hibbert gab die trauernde Witwe nahezu perfekt.

»Armer Jeff.« Ein Seufzer. »Armer, armer Jeff ...«

»Arm« trifft es, durchfuhr es Jessie, als ihr der Schmutz und die Verwahrlosung in den Sinn kamen, in der Hibbert gelebt hatte und gestorben war. Die Abfindung nach der Scheidung musste beträchtlich gewesen sein.

»Es gibt da noch etwas, was Sie über seinen Tod wissen sollten«, sagte Jessie so neutral wie möglich.

Helen Hibberts Augen verengten sich. Wurden kalt und berechnend. Sie starrte Jessie argwöhnisch an, als rechne sie damit, dass ihre nächsten Worte sie Geld kosten würden. »Wie soll ich das verstehen? Er hatte Krebs.«

»Das ist richtig«, sagte Jessie. »Aber daran ist er nicht gestorben. Er wurde ermordet.«

Sie beobachtete die Frau wachsam und nahm von jeder ihrer Regungen Notiz. Helen Hibbert wirkte aufrichtig schockiert. Regelrecht erschüttert. Jessie versuchte, die widerstreitenden Gefühle zu deuten, die sich in den Augen der Frau widerspiegelten. Mitleid war nicht darunter.

»Hat ... Was ist passiert?«

»Ein Einbrecher, nach dem derzeitigen Stand der Ermittlungen«, antwortete Deepak und lehnte sich ein Stück nach vorn. »Vielleicht hatte er nicht damit gerechnet, dass jemand im Haus war. Vielleicht ...« Er hob die Schultern. »Vielleicht gab es ein Handgemenge, und Jeff hat den Kürzeren gezogen. Wir wissen es nicht. Noch nicht.«

»Gibt es irgendetwas, was Sie uns dazu sagen können, Mrs Hibbert?«

»Was denn zum Beispiel?«

»Hatte er Feinde? Finanzielle Probleme? Hat er jemandem Geld geschuldet? Wäre es möglich, dass er wegen Geld ausgeraubt und getötet wurde?«

»Er wurde ausgeraubt?«

Erneut antwortete nicht Jessie, sondern Deepak. »Wir denken, Raub könnte das Motiv gewesen sein.«

»Was wurde denn gestohlen?«

»Das wissen wir noch nicht genau«, gab Jessie zurück. »Vielleicht könnten Sie uns helfen, indem Sie eine Liste seiner Besitztümer für uns anfertigen.«

»Ich weiß doch nicht, was er besessen hat.«

»Einen Laptop zum Beispiel?«

Erneut kniff Helen Hibbert die Augen zusammen. Irgendetwas war hier faul, nur konnte Jessie nicht ergründen, was.

»Ich weiß nicht«, sagte Helen schließlich. »Keine Ahnung.«

Jessie und Deepak wechselten einen Blick. Jessie unternahm einen weiteren Vorstoß. »Hatte er ...« Aus einem der Nebenzimmer war ein Geräusch zu hören. Jessie sah ihre Gastgeberin fragend an. »Ist sonst noch jemand in der Wohnung?«

»Ein Freund«, antwortete sie, während ihr Blick zur Tür glitt. »Ein Übernachtungsgast.« Sie erhob sich. »Ich denke, ich habe für diesen Tag genug Fragen beantwortet. Das war alles sehr traumatisch für mich. Bitte gehen Sie jetzt.«

Jessie versuchte Helen weitere Fragen zu stellen, aber sie ließ sich nicht darauf ein.

Draußen auf dem Gehweg, wo die Möwen in der frischen Frühlingsluft kreisten, blickte Jessie zur Wohnung hinauf.

»Ich kann es nicht leiden, wenn man mich anlügt«, meinte sie. »Und wir *wurden* angelogen. Die Frage ist nur, worüber und weshalb?«

Deepak nickte. »Genau genommen sind das zwei Fragen.«

»Klugscheißer.« Sie wandte sich ihm zu. »Jedenfalls haben Sie jetzt ein Mittagessen bei mir gut. Alle Achtung.«

»Danke, Ma'am.«

»Vorurteilsfreies Profiling. Erstklassige Methode.«

Er schlug den Weg Richtung Wagen ein und konnte sich ein Lächeln nicht länger verkneifen. »Außerdem habe ich ein Foto von ihr in seiner Brieftasche gesehen.«

»Sie Mistkerl …« Jessie folgte ihm grinsend.

33

Helen Hibbert blickte aus dem Fenster und sah den beiden Polizisten nach, wie sie über den Quay davongingen.

»Verdammter Mist …«

Sie spürte Hände auf den Schultern. Warme Finger, die über ihre Muskeln strichen.

»Verpiss dich, Glen.«

Die Hände hielten abrupt inne.

»Kann ich nichts für dich tun? Dir dabei helfen, dich zu entspannen?«, fragte der Mann mit einer Stimme, die er selbst vermutlich für tiefes, sinnliches Raunen hielt. In Wahrheit klang sie eher nach einem akuten Fall von Mandelentzündung.

»Jetzt nicht. Ich muss … Ich muss nachdenken.«

Sie spürte, wie der Callboy sich zurückzog. Sie ließ die zwei Polizisten so lange nicht aus den Augen, bis diese bei ihrem Wagen angekommen waren und einstiegen.

Dann haben sie ihn also erledigt, dachte sie. *Sie haben es allen Ernstes getan.* Sie wusste genau, was vorgefallen war. Jeff muss seine Idee von der Erpressung in die Tat umgesetzt haben, und die Sache war nach hinten losgegangen. Mit tödlichen Folgen. Sie nippte an ihrem Drink. Was bedeutete das für sie? Sie wusste genauso viel über die Machenschaften der Sloanes wie Jeff. Wäre sie als Nächste dran? Sie trank noch einen Schluck. Falls ja, dann konnte sie einpacken. Ihr würde es genauso ergehen wie ihm. Wenn sie ihnen allerdings zuvorkam … Ein Plan nahm in ihrem Kopf Gestalt an.

Die zwei Polizisten waren fort. Ihr Glas war leer. Glen tauchte erneut hinter ihr auf. Sie drehte sich zu ihm um. Er war wirklich attraktiv, das musste sie zugeben. Talentiert und gut bestückt. Aber entbehrlich. Männer seiner Sorte gab es wie Sand am Meer.

»Ich muss los, was erledigen, Darling. Warte hier auf mich.«

Er würde es tun. Solange sie ihn dafür bezahlte.

34

Michael Sloane starrte den Bildschirm des Laptops an, als könne er ihn durch Blicke zwingen, seine Geheimnisse preiszugeben. Er drückte einige Tasten. Wartete. Nichts geschah.

Er streckte sich und sah sich um. Von Dee hörte man nichts, was nicht weiter ungewöhnlich war. Er wusste, wo – oder besser bei wem – sie war und was sie vorhatte. Er hatte auch eine ziemlich klare Vorstellung davon, wie weit sie mit ihrem Versuch kommen würde.

Es machte ihm nichts aus, wenn sie ihre Spielchen spielte. Er spielte sogar mit, spornte sie an, so wie ihr Psychologe ihm geraten hatte. Um sie zu erden. Sie glücklich zu machen. Und wenn er ehrlich war, hatte er selbst auch Spaß daran.

Doch nun schob Michael all das beiseite und widmete sich wieder dem Computer. Er konnte schnell tippen, und normalerweise flogen seine Finger nur so über die Tasten, doch bei diesem Laptop war es wie verhext. Die Tastatur war abgenutzt, viele der Buchstaben klemmten. Immer wieder machte er Fehler. Und wenn er Fehler machte, ärgerte er sich über sich selbst. Und das war gar nicht gut.

Also zügelte er seine Ungeduld, akzeptierte notgedrungen, dass er nichts an den Gegebenheiten ändern konnte, und machte weiter. Irgendwo war es. Irgendwo musste es sein. Orte, Pläne. Wie sie angreifen würden, wann und wo. Er musste nur herausfinden, wo Hibbert die Dokumente versteckt hatte.

Er drückte auf eine andere Taste, die prompt stecken blieb.

Er warf sich gegen die Stuhllehne und war drauf und dran, den Bildschirm anzubrüllen. Mit Mühe hielt er sich zurück. Nein. So war es sinnlos. Er musste anders an die Sache herangehen.

Er schloss die Augen.

Was würde ich tun, wenn ich Jeff Hibbert wäre? Wo würde ich die Dateien verstecken?

Er versuchte sich in Hibberts Kopf hineinzudenken. Was mochte er? Was war ihm wichtig? Seine Exfrau. Das war kein Geheimnis. Mit seinen Lobeshymnen über sie hatte er seine Zuhörer stets zu Tode gelangweilt.

Michael schlug die Augen auf. Fotos. Das war's. Er durchsuchte die Festplatte. Da. Er öffnete den ersten Ordner. Lächelte. Helen Hibbert in verschiedenen Stadien des Unbekleidetseins. Manchmal allein, manchmal mit Partner, oft waren es sogar mehr als einer. Sloane lachte.

Diese kleine Drecksau …

Er studierte die Fotos flüchtig und scrollte sich durch die verschiedenen Unterordner.

Bis er schließlich das fand, wonach er gesucht hatte.

Er lehnte sich seelenruhig zurück und begann zu lesen. Als er fertig war, grinste er. Wie plump …

Er griff nach seinem Handy. Telefonieren war einfacher, als quer durchs ganze Haus zu brüllen. Dee nahm ab.

»Der Golem ist bei dir.« Es war eine Feststellung, keine Frage.

Dee schwieg.

»Sag ihm, ich habe Arbeit für ihn.« Er warf einen Blick auf den Laptop. »Sag ihm, es geht wieder auf die Jagd.«

35

Marina stand am Strand von Wrabness und las die E-Mail. Jetzt wusste sie, warum sie ausgerechnet hierher geschickt worden war. Nicht aus dem Grund, den sie zunächst vermutet hatte.

Stuart Sloane. Irgendwie hing alles mit Stuart Sloane zusammen.

Sie drehte dem verfallenen Bauernhaus den Rücken zu und ging parallel zum Strand flussaufwärts. Die Bäume standen hier dichter und ließen kaum noch Sonnenlicht durch. Die Strandhäuser thronten auf Stelzen über dem, was in Wrabness als Sand durchging. Sie waren nur über hölzerne Stufen zu erreichen. Die meisten schienen bewohnt zu sein, zumindest über Ostern, einige vielleicht sogar dauerhaft. Ein merkwürdiger Ort zum Urlaubmachen, fand Marina. Und zum Leben erst recht. Andererseits würde Wrabness für sie bis in alle Ewigkeit vergiftet sein.

Hier ist alles, was Sie wissen müssen, hatte der erste Satz der E-Mail gelautet. *Lesen Sie.*

Während sie weiterlief, ließ sie sich den Inhalt erneut durch den Kopf gehen.

Es war einmal ein kleiner Junge, der hieß Stuart Milton. Stuart war anders als andere Kinder. Er hatte Lernschwierigkeiten. Er war sozial gehemmt und hinkte seinen Altersgenossen immer um mindestens einen Schritt hinterher. Aber er war ein guter Junge. Ein lieber Junge.

Ein harmloser Junge.

Er hatte seinen Vater nie kennengelernt, denn dieser hatte die Familie verlassen, als Stuart noch sehr klein gewesen war. Seine Mutter, Maureen Milton, hatte jede Arbeit angenommen, die sich ihr bot, um sich und ihren Sohn durchzubringen. Schließlich bekam sie eine Anstellung bei den Sloanes, einer Grundbesitzer-Familie. Die Sloanes waren, wie es in der firmeneigenen Image-Broschüre hieß, Inhaber eines »landwirtschaftlichen Großbetriebs und wichtigster Verarbeiter lokal gefangener bzw. gezüchteter Fische und Krustentiere, insbesondere Herzmuscheln, Miesmuscheln und Austern«. Maureen arbeitete als Putzfrau und Hausangestellte bei den Sloanes. Sie war fleißig, das wollen wir nicht bestreiten. Und sie besaß die Gabe, sich bei den meisten Menschen beliebt zu machen. Vor allem bei einem.

Jack Sloane war das Oberhaupt der Familie. Er hatte vor kurzem seine Frau verloren und befand sich in einem labilen seelischen Zustand. Er mochte Maureen und bat sie, bei ihm einzuziehen. Sie brachte ihren Sohn mit. Nun hatte Jack Sloane Maureen wirklich sehr gern und zeigte ihr dies auch. Maureen hatte keinerlei Bedenken, seine Aufmerksamkeiten anzunehmen. Jack hielt um ihre Hand an, und Maureen sagte ja. Es wurden Pläne für die Hochzeit geschmiedet, und Stuart wurde adoptiert. Nun war er ganz offiziell ein Mitglied der Familie Sloane.

Und wenn sie nicht gestorben sind …, hatte Marina gedacht. Doch dann hatte sich der Ton der E-Mail verändert. Er war anklagender geworden.

Doch nicht alle gönnten Jack und Maureen ihr Glück. Michael und Deanna, Jacks Kinder, glaubten hinter Maureens Fassade zu blicken. Sie sahen in ihr ein billiges, geldgieriges Flittchen und in ihrem Sohn Stuart einen armseligen, unnützen Trottel. Genau das sagten sie ihrem Vater auch vor der

Hochzeit, und wie reagierte Jack? Indem er damit drohte, die beiden zu enterben.

Es folgte ein Link zu einem sechzehn Jahre alten Artikel aus der Lokalzeitung, dessen Schlagzeile lautete: BLUTBAD IM HOCHZEITSHAUS DES SCHRECKENS.

In dem Artikel war zunächst von der rauschenden Hochzeitsfeier und dem Glück des frischgebackenen Ehepaars die Rede. Doch dann war die Polizei am nächsten Tag an den Tatort eines der grausamsten und blutigsten Verbrechen gerufen worden, an die man sich erinnern konnte. Das Haus der Sloanes war vollständig verwüstet, sämtliches Porzellan zerschlagen, die Möbel umgestoßen und zertrümmert, Telefonkabel herausgerissen. Ein Wahnsinniger hatte der Familie mit einer Schrotflinte quer durchs Haus nachgestellt. Das Ergebnis: Jack Sloane und seine neue Ehefrau waren tot, Sohn Michael und Tochter Dee hatten – wohl weil der Täter sie für tot gehalten hatte – schwerverletzt überlebt. Graham Watts, ein Angestellter des Familienbetriebs, hatte die Polizei alarmiert. Als man den Schützen noch mit dem Jagdgewehr in der Hand im Haus vorfand, war das Entsetzen groß: Es war Stuart Sloane.

Auch was danach kam, wusste Marina noch. Stuart Sloane wurde verhaftet und angeklagt. Obwohl er volljährig war, vertraten seine Verteidiger die Auffassung, dass man ihm keinesfalls nach dem Erwachsenenstrafrecht den Prozess machen dürfe, da er geistig zurückgeblieben war. Sie engagierten so viele Psychologen und Psychiater, wie sie bezahlen konnten, damit diese Gutachten über Stuart vorlegten, die die Behauptung von einer eingeschränkten Schuldfähigkeit untermauerten.

Mehr als Schadensbegrenzung waren diese Maßnahmen jedoch nicht, und dessen war sich die Verteidigung auch durchaus bewusst. Zwar lagen ausschließlich Indizienbeweise gegen Stuart vor, diese jedoch waren in ihrer Masse geradezu erdrückend. Selbst seine Verteidiger zweifelten keine Sekunde daran, dass er schuldig war. Alles, was sie erreichen wollten, war, dass ihm das Gefängnis erspart blieb. Dass er seine Strafe in einer Einrichtung verbüßen konnte, in der man sich seiner Psyche annahm, statt ihr noch größeren Schaden zuzufügen.

Genau dies war der Grund, weshalb Marina – auch ohne die E-Mail – so gut über den Fall Bescheid wusste. Stuart Sloane war einer ihrer ersten Patienten gewesen. Sie hatte gerade ihren Abschluss gemacht und war sich im Klaren darüber gewesen, dass frisch examinierte Psychologen eine solch einmalige Gelegenheit nur selten bekamen. Wenn sie die Sache richtig anging, konnten sich daraus jede Menge Folgeaufträge ergeben, außerdem bot sich ihr endlich die Chance, ihre Fähigkeiten in der Praxis unter Beweis zu stellen.

Und doch war der Grund, weshalb ihr der Fall in Erinnerung geblieben war, noch ein ganz anderer.

Sie hatte nie wirklich an Stuart Sloanes Schuld geglaubt.

Sie sah ihn noch vor sich, wie er in der Justizvollzugsanstalt Chelmsford ins Büro des Gefängnispsychologen geführt wurde. Alle bezeichneten ihn als Mann, weil er achtzehn Jahre alt war, doch als sie ihm zum ersten Mal gegenüberstand, dachte sie nur: *Er ist doch noch ein Junge.* Ein kleiner, hilfloser Junge, mager und wachstumsgestört nach einer von Mangelernährung geprägten Kindheit, und durch eine fehlerhafte Vernetzung irgendwo in seinem Gehirn in seiner geistigen Entwicklung gehemmt.

Nun blieb sie stehen und betrachtete die Bäume vor sich. Versuchte sich ins Gedächtnis zu rufen, was für Fragen sie ihm gestellt und wie er darauf geantwortet hatte. Sie konnte sich nicht mehr an alle Details ihres Gesprächs erinnern, wohl aber an seine Art und sein Auftreten. Er hatte so verloren gewirkt. Hätte man sie damals gebeten, ihren Eindruck von ihm in einem einzigen Wort zusammenzufassen, wäre es »verloren« gewesen. Er kam ihr vor wie ein Junge, der einsam durch die Großstadt irrte, weil er versehentlich die Hand seiner Mutter losgelassen hatte. Er hatte weder eine Vorstellung davon, was um ihn herum vorging, noch begriff er, wie ernst seine Lage war.

Man hatte ihn mit der Tatwaffe in der Hand gefunden, und daraus hatte die Polizei mit gutem Grund seine Täterschaft abgeleitet. Wie von Stuarts Strafverteidigern instruiert, war Marina dieser Schuldannahme gefolgt und hatte ihre Fragen daran ausgerichtet.

Was habe er im Haus gemacht? Könne er sich noch daran erinnern, was vorher geschehen war? Was habe er dabei empfunden, dass Jack Sloane seine Mutter geheiratet hatte? Konkrete, spezifische Fragen.

Doch seine Antworten wurden vage und ausweichend, sobald sie Einzelheiten von ihm erfahren wollte.

Er wisse nicht mehr, wie er sich gefühlt oder was er im Haus gemacht habe. Aber er habe sich für seine Mutter gefreut. Seine Mutter sei glücklich gewesen, also sei er auch glücklich gewesen.

Und wie seien seine Gefühle bezüglich seiner Mutter jetzt?

Jetzt sei er traurig. Sehr traurig. Er sah wirklich untröstlich aus, als er dies sagte. Doch dann veränderte sich seine Miene plötzlich, und er lächelte. Aber alles würde gut werden, fügte er hinzu. Das habe Jiminy Grille ihm versprochen.

Marina wurde sofort hellhörig und fragte weiter. Wer dieser Jiminy Grille sei? Warum alles gut werden würde?

Stuart blickte sie mit einem seligen Lächeln im Gesicht an. Jiminy Grille sei die Stimme seines Gewissens. Jiminy Grille habe gesagt, dass seine Mutter jetzt bei den Engeln im Himmel sei. Und Jiminy Grille habe einen Plan. Alles würde gut werden. Sie würde schon sehen.

Hinterher, im Gespräch mit den Verteidigern, wiederholte sie Stuarts Aussagen. Doch sie stieß damit nicht auf Erstaunen. Andere Psychologen hätten dasselbe berichtet, sagte man ihr. Sie seien zu dem Schluss gekommen, dass Stuart an einer dissoziativen Identitätsstörung litt. Sein ohnehin schon labiles Bewusstsein sei mit der Enormität seiner Tat überfordert gewesen, also habe er die Verantwortung dafür auf ein zweites, imaginäres Ich abgewälzt.

Marina widersprach. Sie war mit seiner Akte vertraut, bei Stuart hatte es bislang keinerlei Anzeichen einer Persönlichkeitsspaltung oder anderer dissoziativer Störungen gegeben. Sie glaubte, dass es sich bei Jiminy Grille um eine reale Person handelte, die zum fraglichen Zeitpunkt mit Stuart zusammen im Haus gewesen war. Darüber hinaus wies sie die Verteidigung darauf hin, dass Stuart keinerlei Kenntnis darüber zu haben schien, wie die Schießerei abgelaufen war. Ja, er wusste nicht einmal, wie man mit einem Gewehr umging. Angesichts all dieser Faktoren war sie nicht hundertprozentig davon überzeugt, dass er für die Morde verantwortlich war.

Dies alles sei richtig, räumten die Verteidiger ein, allerdings könne man genauso gut argumentieren, dass das Trauma seiner Tat die Persönlichkeitsspaltung erst hervorgerufen habe und das Wissen über den Gebrauch einer Schusswaffe sowie die zur Durchführung der Tat nötige Entschlossenheit im Nachhinein auf die andere Persönlichkeit abgeschoben worden seien …

Auf dieser Grundannahme bauten sie schließlich ihre Verteidigungsstrategie auf.

Doch Marina war bei ihrem Gespräch mit Stuart noch etwas anderes aufgefallen. Sie konnte nicht die einzige Gutachterin sein, die es bemerkt hatte, und dennoch wurde es im Prozess nie erwähnt. Nach seinen Stiefgeschwistern gefragt, war Stuart mit angstverzerrter Miene zurückgezuckt. Er war unruhig geworden, hatte angefangen zu stottern, sich beim Sprechen verhaspelt und war unfähig gewesen, still zu sitzen. Fest überzeugt, dass mehr dahintersteckte, beschloss Marina nachzuhaken, um mehr über Stuarts Verhältnis zu Michael und Dee herauszufinden. Doch man bat sie höflich, aber bestimmt, sich auf ihre eigentliche Aufgabe zu konzentrieren. Der Bruder und die Schwester seien in diesem Kontext irrelevant. Sie seien die Opfer des Verbrechens und darüber hinaus äußerst wohlhabend, deswegen müsse die Verteidigung es sich gründlich überlegen, ob sie sie genauer durchleuchten oder gar Schuldvorwürfe gegen sie erheben wolle. Marina fügte sich, wenngleich widerstrebend.

Der Fall beschäftigte sie noch lange, aber da sie nicht als Zeugin geladen wurde, waren ihr die Hände gebunden. Schließlich folgte sie dem Rat ihrer Kollegen, löste den Honorarscheck ein und gönnte sich einen großen Gin Tonic, um die ganze Sache zu vergessen.

Trotzdem verfolgte sie den Prozess in den Medien. Sie war entsetzt über die unfaire Berichterstattung und das Ausmaß von Wut und Häme, mit dem Menschen, die Stuart niemals persönlich getroffen hatten, diesen in der Boulevardpresse überschütteten. Sie musste hilflos mit ansehen, wie die auf seiner Persönlichkeitsstörung basierende Strategie seiner Verteidiger vor Gericht in der Luft zerrissen wurde. Auch wurde während des gesamten Verfahrens Stuarts Beziehung zu seinen Stiefgeschwistern mit keinem Wort erwähnt. Als er schließlich schuldig gesprochen und zu einer Haftstrafe verurteilt wurde, war sie nicht im Mindesten überrascht. Trotzdem hatte sie die Sache wohl oder übel abhaken müssen. Sie hatte keinerlei Einflussmöglichkeiten gehabt.

Bis jetzt.

Sie blickte sich um und versuchte den Weg zurück zu den

Strandhäusern zu finden. Da erst sah sie es: In unmittelbarer Nähe zum Fluss stand ein riesiges altes Haus, halb verfallen und überwuchert. Die umliegende Vegetation war auf dem besten Wege, sich den Standort zurückzuerobern. Nicht mehr lange, und das Gebäude wäre komplett unter dem Grün verschwunden, wieder zu einem Teil der Erde geworden. Sie wusste sofort, was dies für ein Haus war.

Das ehemalige Sloane-Anwesen.

Ihr fiel wieder ein, dass der Bruder und die Schwester nach dem Prozess aus der Gegend fortgezogen waren und verfügt hatten, dass ihr Haus von niemandem angerührt werden dürfe. Es sollte stehen bleiben und dem Verfall preisgegeben werden. Die Angebote diverser Baufirmen und der Kommune, das Land aufzukaufen und neu zu bebauen, hatten sie abgelehnt. Sie wollten, dass das Grundstück sich selbst überlassen blieb.

Nun, wie es aussah, hatten sie ihren Willen bekommen.

Das Handy klingelte. *Love Will Tear Us Apart.* Sie nahm den Anruf entgegen und wurde gleich als Erstes gefragt, ob sie die E-Mail gelesen habe. Sie bejahte.

»Sie waren die Einzige, die ihm geglaubt hat«, sagte die Stimme. »Die Einzige, die ihn für unschuldig gehalten hat. Wir haben die Akten eingesehen. Sie wussten, was da ablief. Deswegen haben wir Sie ausgesucht.«

Marina schwieg.

»Verstehen Sie endlich, weshalb Sie hierherkommen sollten? Wissen Sie jetzt, was wir von Ihnen wollen?«

Marina starrte noch immer das Haus an, während sie sich den letzten Abschnitt der E-Mail ins Gedächtnis rief.

Stuart Sloane war nicht verrückt. Stuart Sloane litt nicht unter einer Persönlichkeitsstörung. Stuart Sloane ist geistig so gesund wie Sie und ich. Daran hatte Marina allerdings ihre Zweifel. *Stuart Sloane wurde zum Sündenbock gemacht und von den Sloanes um Millionen betrogen, die rechtmäßig ihm zugestanden hätten. Stuart Sloane will abrechnen.*

Dazu braucht Stuart Sloane Ihre Hilfe.

»Ja«, seufzte Marina. »Ich glaube, ich weiß es.«

»Herzlichen Glückwunsch, Dr. Esposito. Sie haben einen neuen Patienten.«

36 Tyrell sah die Frau aus der Küche auf den Wohnwagen zukommen. Zorn flammte in ihm auf. Er wollte sie nicht in seiner Nähe haben. Allerdings würde man ihn wohl kaum nach seiner Meinung fragen.

Die Tür seines Wohnwagens wurde aufgeschlossen, und die Frau trat ein. Er hatte sie bislang nur das eine Mal durchs Küchenfenster gesehen, da war sie wütend gewesen und hatte ein rotes Gesicht gehabt. Jetzt, aus der Nähe, sah sie irgendwie anders aus. Ihr Gesicht war nicht mehr rot, sondern blass und fleckig. Sie hatte sich geschminkt, sich aber nicht sehr viel Mühe dabei gegeben. Tyrell hatte einmal gelesen, dass manche Gesichtszüge als »modelliert« bezeichnet wurden. Das Gesicht dieser Frau allerdings sah aus, als wäre es gemeißelt worden. Die Haare standen ihr wirr und ungekämmt in einem seltsamen Winkel vom Kopf ab. Ihre Kleider – Leggings, Turnschuhe, Fleecepullover – waren schäbig und verblichen, als wären sie unzählige Male gewaschen worden.

»Los, komm«, sagte sie. »Es wird langsam Zeit.«

Er stand auf, machte aber keinen Schritt. Starrte sie an. Sie schaute gar nicht in seine Richtung.

»Ich mag Sie nicht«, ließ er sie wissen.

Sie seufzte und sah auf ihre Armbanduhr. »Bricht mir echt das Herz.«

»Sie waren gemein zu dem kleinen Mädchen. Sehr, sehr gemein.«

Sie schwieg.

»Sie hätten nicht so mit ihr schimpfen dürfen.«

»Was geht dich das an?«

Er spürte, wie ein Gefühl in ihm hochstieg, wusste aber nicht genau, was es war. »Sie haben ihr Angst gemacht. Das hätten Sie nicht tun dürfen.« War es Wut? Traurigkeit? »Man darf Kindern keine Angst machen. Niemals ...« Heiße Tränen brannten in seinen Augenwinkeln. Er starrte die Frau weiterhin an, doch sie hielt den Blick abgewandt. Schämte sie sich vielleicht irgendwie?

Tyrell machte einen Schritt auf sie zu. Sie zuckte kurz zusammen und wich dann zurück. »Sie haben ihr gedroht.« Er musterte sie anklagend. »Was für ein Mensch droht einem kleinen Mädchen?«

»Hör zu, mach ... Sieh einfach zu, dass du fertig wirst, und dann komm.«

»Wohin? Wieso?«

Sie stöhnte. Dann sagte sie wie zu sich selbst: »Damit das alles endlich ein Ende hat.«

»Es hat ein Ende? Heute?«

»Ja, heute. Er hat's dir doch schon erklärt.« Sie klang unwirsch, als müsse sie einem dummen Kind zum wiederholten Mal etwas erklären. »Jetzt stell dich nicht an wie ein Idiot. Komm einfach.«

»So was sagt man nicht. Das ist nicht nett. Das ist beleidigend. Sehr beleidigend.« Aufgewühlt von ihren Worten, setzte er sich wieder aufs Bett. Dort dachte er angestrengt nach. Kam dann zu einem Entschluss. »Ich mag Sie nicht. Ich mache nicht, was Sie sagen.« Er nickte. »Jawohl, ich mach's nicht.«

Sie stützte sich mit der Hand am Waschbecken ab und

schüttelte den Kopf. »Mein Gott ...« Sie sah auf. »Jetzt ... jetzt komm einfach. Wir müssen los.«

Tyrell rührte sich nicht vom Fleck. Auch sonst ließ er in keiner Weise erkennen, dass er die Aufforderung gehört hatte.

Sie seufzte erneut. »Du wirst gleich die Frau treffen, die dir helfen soll.«

»Wie helfen?« Er sprach zur Wand, ohne die Frau anzusehen.

»Damit es dir besser geht. Damit du gesund wirst.«

»Bin ich krank? Ich bin doch nicht krank?«

»Nein, nein, du bist nicht krank. Sie wird dir helfen, damit du ... wieder glücklich bist. Und sie kann dich reich machen.«

»Reich?«

»Ja. Und ... sie kann alles wiedergutmachen, was man dir angetan hat.«

»Wie denn?«

»Sie kann es eben. Aber dazu musst du mitkommen und dich mit ihr treffen. Wir müssen jetzt los.«

Tyrell dachte über die Worte der Frau nach. Reich. Er konnte sich nicht vorstellen, wie es wäre, reich zu sein. Es hatte eine Zeit gegeben, in der er reich gewesen war, aber die lag lange zurück. Das war vor dem Gefängnis gewesen. Bevor er zu Malcolm Tyrell geworden war. Er konnte sich gar nicht mehr richtig an diese Zeit erinnern. Alles, was er noch wusste, war, dass es keine schöne Zeit gewesen war. Und dann ...

Dann war alles noch viel schlimmer geworden.

Aber wer reich war, der war glücklich, so viel wusste er. Das hatte man ihm erklärt. Und glücklich sein war etwas Gutes.

Er stand auf. »Na gut.«

»Dem Herrn sei Dank. Und jetzt –«

»Eine Sache noch.«

Wieder ein Seufzer. Tyrell sah der Frau an, dass sie sich sehr bemühen musste, um nicht wütend zu werden und wieder einen roten Kopf zu bekommen. Besonders gut gelang es ihr nicht.

»Was denn noch?« Ein erneuter Blick auf die Uhr. »Komm jetzt, wir haben keine Zeit für so was.«

»Ich will das kleine Mädchen sehen.«

»Das ist doch nicht zu fassen …«

»Ich will sehen, dass es ihr gutgeht.«

»Ihr geht's prima. Ihr fehlt nichts. Komm jetzt …«

Er setzte sich zurück aufs Bett.

Die Frau machte ein Gesicht, als hätte sie ihn am liebsten geschlagen. Er wandte den Kopf ab. Sie wartete. Nichts geschah.

»Gut. Also schön. Ich geh und hol sie.«

»Danke sehr.«

»Aber dann fahren wir los.«

Sie stürmte aus dem Wohnwagen und stapfte verärgert zurück zum Haus. Tyrell saß auf dem Bett und sah ihr durchs Fenster hinterher.

Wenn ich weiß, dass es dem kleinen Mädchen gutgeht, dachte er, *dann fahre ich mit*. Er überlegte noch ein bisschen. Wohin eigentlich? Und wer war diese Frau, die er treffen sollte?

Obwohl es nicht kalt war im Wohnwagen, merkte er plötzlich, dass ihn fröstelte.

Wenn ich doch nur wieder im Gefängnis wäre, dachte er. *Wenn doch nur wieder alles so wäre wie früher.*

37

»Du hast dir aber ganz schön Zeit gelassen.«

Anni wartete vor dem Ipswich General. Franks hatte sie angerufen und ihr mitgeteilt, dass die Polizei von Suffolk mit allen verfügbaren Kräften nach Josephina suche. Deshalb solle sie gemeinsam mit Mickey nach Marina fahnden.

Mickey hielt an, und sie stieg ein. Er fuhr los, zunächst auf die A14, dann in Richtung A12.

»Tut mir leid«, sagte er. »Ich musste noch was auf dem Revier erledigen. Wie geht's dem Boss?«

Sie dachte an die Gestalt im Krankenbett: nichts als Verbände, Kabel, Infusionen. Man hatte ihm sogar die Augen zugeklebt. Wundauflagen verdeckten die Stellen, an denen er rasiert und genäht, aufgeschnitten und wieder zusammengeflickt worden war, und ließen seinen Körper völlig unförmig erscheinen.

»So gut, wie es ihm unter den Umständen eben gehen kann«, antwortete sie. Sie berichtete Mickey, dass Phil sich nicht in der Nähe des Explosionsherds aufgehalten, aber trotzdem schwere Verletzungen erlitten hatte. Große Teile der Haut an Armen und Oberkörper waren verbrannt. Umherfliegende Trümmer – höchstwahrscheinlich Stücke einer Wand – hatten ihn am Kopf getroffen, und diese Verletzung bereitete den Ärzten die größten Sorgen. Er war operiert worden, und die Hirnschwellung hatte behoben werden können. Jetzt musste er sich erholen.

Mickey machte ein betroffenes Gesicht. »Hoffen wir, dass alles gut wird.« Dann sagte er lange Zeit nichts.

Irgendwann merkte Anni, wie er sie von der Seite ansah.

»Was ist?«

Sofort richtete er den Blick wieder auf die Straße. »Was meinst du?«

»Du hast mich angestarrt.«

»'tschuldigung.« Er spürte, wie seine Wangen glühten. »Ich habe nur ... Man sieht dir gar nicht an, dass du die ganze Nacht lang auf warst, das ist alles. Du siehst richtig frisch aus. Wach. Du siehst ... gut aus.« Er schaute eisern nach vorn.

Ein Lächeln huschte über Annis Gesicht. »Danke schön.«

»Keine Ursache«, murmelte er achselzuckend.

»Wozu Concealer nicht alles gut ist.«

Mickey sagte nichts mehr, sondern stellte das Radio an. Anni machte es sich auf dem Beifahrersitz bequem und lächelte in sich hinein.

Sie brauchten fast eine Stunde bis zu dem Hotel in der Nähe von Braintree, in dem Marina zuletzt gesehen worden war. Die zwei Uniformierten warteten dort auf sie. Mickey parkte den Wagen, und gemeinsam gingen sie in die Lobby.

»Sie ist einfach weggefahren«, erklärte Constable Alison Irwin. »Wir haben noch versucht, sie aufzuhalten, mit ihr zu reden, aber ...« Ein Schulterzucken. »Tom hat sich dem Wagen in den Weg gestellt.« Sie deutete auf ihren Partner.

Der nickte zur Bestätigung. »Sie ist einfach auf mich zugefahren«, sagte er.

Anni wandte sich an die Dame vom Empfang. Auch sie wurde befragt, hatte jedoch nicht viel hinzuzufügen.

»Wie es aussieht, hat sie sich vor uns in einer Besenkammer versteckt«, erklärte Irwins Kollege, der sich ihnen als Tom Crown vorgestellt hatte. »Dem Zimmermädchen gegenüber hat sie behauptet, sie sei auf der Flucht vor einem gewalttätigen Ehemann.«

»Einfallsreich«, meinte Anni.

Sie gingen hinaus auf den Parkplatz und liefen den Weg ab, den Marina gefahren war. Als Nächstes nahmen sie sich ihr Zimmer vor, um nachzusehen, ob sie eventuell irgendeinen Hinweis zurückgelassen hatte, der ihnen Aufschluss darüber geben konnte, wo sie hinwollte oder was sie vorhatte. Fehlanzeige.

»Wir haben das Kennzeichen zur Fahndung ausgeschrieben«, sagte Alison Irwin, »aber bis jetzt noch keine Meldung reinbekommen.«

Anni und Mickey bedankten sich bei den beiden für ihre Hilfe und kehrten zu ihrem Auto zurück.

»Wohin jetzt?«, wollte Anni wissen.

»Vielleicht sollten wir zurück aufs Revier«, schlug Mickey vor. »Mal sehen, ob ihr Wagen in der Zwischenzeit gesichtet wurde.«

»*Mein* Wagen, meinst du wohl.«

»Sorry. Dein Wagen.«

Sie fuhren los. Diesmal war Anni diejenige, die Mickey von der Seite anschaute.

»Du findest also immer noch, dass ich gut aussehe, ja?«

Mickey warf ihr einen Blick zu, runzelte kurz die Stirn und richtete seine Aufmerksamkeit dann wieder auf die Straße. »Klar. Wieso?«, fragte er voller Argwohn.

»Hab mich nur gefragt. Angeblich hat diese DS aus Suffolk ja ein Auge auf dich geworfen.«

»Was, du meinst Jessie?«

»Aha, Jessie heißt sie.«

»Ja, Jessie James.« Mickey grinste. »Und sie sagt, sie kennt die Witze schon.«

»Darüber, dass die Polizei von Suffolk eine Cowboy-Truppe ist?«

»Genau die. Aber ich wüsste nicht, dass sie ein Auge auf mich geworfen hätte.«

»Okay. Wollte nur nachfragen.«

»Wieso, bist du eifersüchtig?«

Sie hob die Schultern. »Ach was, du kennst mich doch. Ich neige nicht zur Eifersucht.«

Seit einigen Monaten führten Mickey und Anni eine Art Quasi-Beziehung. Sie waren ein paar Mal miteinander ausgegangen – Restaurant, Kino, Kneipe –, doch keiner der beiden hatte sich getraut, den nächsten Schritt zu machen. Sie waren gute Freunde und auf der Arbeit ein großartiges Team. All das wollten sie nicht aufs Spiel setzen.

Annis Handy klingelte. Heilfroh über die Unterbrechung, nahm sie ab. Es war Milhouse, ihr hauseigenes Computergenie. Er hieß nicht wirklich Milhouse, aber mit seiner dicken Brille und streberhaften Art war er der gleichnamigen Figur aus den *Simpsons* dermaßen ähnlich, dass er von allen immer nur Milhouse genannt wurde. Wahrscheinlich sogar von seiner Freundin. Falls er eine hatte, was Anni bezweifelte.

»Ich habe eine Spur für euch«, verkündete er.

Anni zog ihr Notizbuch heraus. »Wann und wo?«

»Shell-Tankstelle in Marks Tey. Marinas Scheckkarte ist dort benutzt worden.«

»Sind schon auf dem Weg.«

»Ich habe angerufen«, fügte Milhouse hinzu. »Damit sie schon mal die Videoaufnahmen raussuchen.«

»Genial. Danke, Milhouse.« Sie legte auf.

»Was gibt's?«, wollte Mickey wissen.

Anni berichtete ihm alles.

»Na, dann los. Ist nicht weit von hier.«

Der Radiosender spielte Top-40-Hits, nur gelegentlich unterbrochen von banalen Kommentaren des DJs.

Den Rest der Fahrt schwiegen sie.

38

Der Golem fuhr gern Auto. Er konnte die Türen verriegeln, und schon lag zwischen ihm und der Außenwelt eine Barriere aus Glas und Metall. Gleichzeitig bewegte man sich im Auto vorwärts. Auf ein Ziel hin.

Selbst wenn dieses Ziel der Tod eines Menschen war.

Wenn er im Auto saß, konnte er alles andere vergessen. Seine Mitte finden. Ruhe in der Bewegung.

Er fuhr einen Prius, und es freute ihn, dass er damit den gängigen Klischees widersprach. Ein Prius war für Profikiller gewiss nicht das Auto erster Wahl, aber gerade deshalb gefiel es ihm so gut. Außerdem war es unauffällig und umweltfreundlich. Wenn er eines Tages starb, wollte er auf der Erde so wenig Spuren wie möglich hinterlassen. Nicht mehr als ein Fußabdruck im Sand, der weggespült wird, sobald die Flut kommt. So stellte er es sich vor.

Ganz ähnlich ging er auch mit seinen Opfern um. In einer Sekunde waren sie noch quicklebendig, in der nächsten ausgelöscht. Ein schneller, sauberer Vorgang, als wenn man ein Licht ausschaltet.

Früher oder später würde ihn dasselbe Schicksal ereilen, doch dem sah er gelassen entgegen. Er bereitete sich jeden Tag auf den Tod vor: darauf, ihn zu bringen oder ihn zu empfangen. Und für jeden Tag, an dem er den Tod brachte, statt ihn zu empfangen, bedankte er sich.

Aber irgendwann würde es so weit sein.

Irgendwann.

Er war froh, von den Sloanes fortzukommen. Sie gehörten zu seinen Stammkunden, zahlten immer, was er verlangte, und die Jobs, die sie ihm gaben, waren ohne großen Aufwand zu erledigen. Er hätte sich keine besseren Auftraggeber wünschen können – wenn die Schwester nicht gewesen wäre. Die machte ihm langsam wirklich zu schaffen. Ein solches Verhalten war inakzeptabel. Es durfte nicht so weitergehen, er würde sich etwas einfallen lassen müssen. Was auch immer.

Vor ihm tauchte der Abzweig nach Jaywick auf, an dem er links abbog.

Und er fuhr immer weiter. Er hatte seine Mitte gefunden. Er war bereit.

Sollte kommen, was wollte.

39

Marina fuhr so schnell sie konnte. Sie folgte den Anweisungen des Navigationssystems bis nach Jaywick. Dort würde sie ihre Tochter wiedersehen.

Darauf hatte sie bestanden. Das war ihre Bedingung für ein Treffen gewesen.

Die Stimme in der Leitung hatte sich zunächst nicht darauf einlassen wollen. »Nachdem Sie sich mit Ihrem Patienten unterhalten haben.«

»Hören Sie.« Marina bemühte sich um einen ruhigen, verbindlichen Tonfall. »Sie haben doch bereits mein Wort, dass ich mich mit Ihrem Patienten treffen werde. Ich habe es Ihnen versprochen. Aber wir verhandeln hier, und ich sage Ihnen jetzt, dass ich nicht mit ihm reden werde, bis ich nicht meine Tochter gesehen habe und mich davon überzeugen konnte, dass es ihr gutgeht.«

»Nein«, widersprach die Stimme. »Wir verhandeln hier nicht. Sie werden tun, was Sie versprochen haben, und danach bekommen Sie Ihre Tochter zurück.«

Marina war nach Schreien zumute. Hätte der Entführer in dem Moment vor ihr gestanden, wäre sie auf ihn losgegangen. Doch dann besann sie sich auf ihr Ziel. Sie wusste, dass sie nur dann etwas erreichen würde, wenn sie sachlich blieb.

»Irrtum«, sagte sie betont langsam und deutlich. »Wir verhandeln hier sehr wohl. Sie haben mir gesagt, was Sie von mir wollen, und ich habe Ihnen mein Wort gegeben. Aber an meine Zustimmung sind gewisse Bedingungen geknüpft. Ich will vorher meine Tochter sehen. Wenn Sie sich weigern, gehe ich zur Polizei und sage alles.«

»Und was wird dann aus Ihrer Tochter?«

Wieder musste Marina lange mit sich kämpfen, bis sie den Mund öffnen konnte, ohne in wildes Kreischen auszubrechen. »Sie werden sie freilassen. Weil es dann nämlich keinen Grund mehr gibt, sie noch länger festzuhalten. Sie haben mir Ihren Plan auseinandergesetzt. Aber ohne meine Hilfe *gibt* es keinen Plan.«

Schweigen. Marina wartete angespannt. Auf einmal wurde ihr bewusst, dass sie am ganzen Leib zitterte. War sie zu weit gegangen? Wenn die Entführer ihre Bedingung nicht akzeptierten, würde sie Josephina womöglich nie wiedersehen. Sie befürchtete inzwischen, dass diese Leute, die zum Äußersten entschlossen gewesen waren, um ihr Vorhaben in die Tat umzusetzen, und dafür sogar ein Kind entführt hatten, vielleicht vor nichts haltmachen würden.

»In Ordnung«, kam es plötzlich vom anderen Ende. In diesen zwei Worten schwangen zu gleichen Teilen Wut und Resignation mit. »Sie können sie sehen. Aber danach lösen Sie Ihren Teil der Abmachung ein. Sie kriegen sie nicht eher zurück, als bis Sie getan haben, was wir verlangen. Verstanden?«

Eine Woge der Erleichterung durchflutete Marina. »Danke. Sorgen Sie nur dafür, dass ihr nichts geschieht.«

»Ihr geschieht nichts. Und jetzt fahren Sie los.«

Die Verbindung wurde beendet. Wenig später bekam sie eine SMS mit neuen Koordinaten, die sie ins Navigationssystem eingab.

Unterwegs dachte sie über den Anrufer nach. Er hatte sich

verändert. Er war nicht mehr so hart und unnachgiebig wie zu Anfang. Man konnte mit ihm reden. Sie wusste, dass eine solche Entwicklung bei Verhandlungen im Zusammenhang mit Entführungen oder Geiselnahmen keine Seltenheit war; manchmal entstanden sogar richtige Beziehungen zwischen den Verhandlungspartnern. Die Art, wie der Anrufer zu ihr sprach, legte den Schluss nahe, dass es sich um einen Amateur handelte. Ein Profi hätte jeden Diskussionsversuch umgehend abgeblockt, und wenn sie es auch nur gewagt hätte, Forderungen zu stellen oder die Kooperation zu verweigern, hätte er, ohne zu zögern, ihre Tochter dafür bezahlen lassen. Sie vielleicht sogar getötet.

Doch ihr Anrufer hatte sich auf ein Gespräch eingelassen. Bei diesem Gedanken spürte Marina einen Funken Hoffnung. Möglicherweise war die anfängliche Sturheit auf Angst zurückzuführen. Vielleicht hatte er nicht genau gewusst, wie er sich in dieser Situation verhalten sollte, und diese Unsicherheit hinter einer Maske zu verstecken versucht.

Sie war froh, dass sie einen Hinweis hinterlassen hatte. Nur einen kleinen, an der Tankstelle. Sie hoffte, dass jemand ihn finden, seine Bedeutung entschlüsseln und der Spur folgen würde.

Sie fuhr weiter, in Gedanken ganz bei ihrem Mann und ihrer Tochter.

Um ihretwillen musste sie stark sein.

40

Das Navigationssystem teilte dem Golem mit, dass er sein Ziel erreicht habe. Er zog den Zündschlüssel ab und nahm vom Wagen aus die nähere Umgebung in Augenschein, plante Zugriffsrouten und identifizierte mögliche Hindernisse. Das Haus war alt und heruntergekommen. Es stand allein, also gab es keine Nachbarn, die dazwischenfunken konnten. Neben dem Haus stand noch ein Wohnwagen, der in einem ähnlich erbärmlichen Zustand war wie das Haus. In der Einfahrt parkten zwei Autos.

In einem zweiten Schritt suchte er nach Fluchtwegen. Das Haus war auf drei Seiten von Feldern umgeben. Davor lag die einsame Straße, an der er geparkt hatte. Wenn sie mit dem Auto fliehen wollten, mussten sie an ihm vorbei.

Gut.

Er öffnete das Handschuhfach und holte ein kleines Fernglas heraus, mit dessen Hilfe er die Front des Hauses nach Alarmanlagen, Kabeln oder Hinweisen auf versteckte Sicherheitssysteme absuchte. Die Leute ließen sich alles Mögliche einfallen, um solche Geräte zu tarnen, aber er wusste genau, wonach er Ausschau halten musste: ein neues Kabel an einer alten Wand – vielleicht hatte man es überpinselt, damit es nicht so herausstach, aber es gab unweigerlich kleine Farbabweichungen; die leicht erhabenen Umrisse von Bewegungssensoren an Fensterrahmen oder Türen; eine scheinbar defekte, uralte Alarmanlage an der Hauswand, in deren Gehäuse sich in Wirklichkeit ein nagelneues System verbarg. Er kannte sämtliche Tricks.

Dieses Haus schien jedoch keinerlei Geheimnisse zu bergen. Er konnte nicht die kleinste Auffälligkeit entdecken.

Ein weiteres gutes Omen. Die Zeichen für diesen Auftrag schienen in der Tat günstig.

Nun richtete er das Fernglas auf den Wohnwagen, gerade als eine Frau aus dem Haus kam. Sie zog ein kleines Mädchen am Handgelenk hinter sich her und steuerte auf den Wohnwagen zu. Der Golem analysierte die Körpersprache der beiden. Die Kleine sah verheult aus und folgte der Frau nur äußerst widerwillig. Die Frau wiederum wirkte gestresst, als wolle sie etwas so schnell wie möglich hinter sich bringen.

In einem früheren Leben hätte der Anblick des kleinen Mädchens vielleicht sein Mitgefühl erregt. Aber jetzt nicht mehr. Jetzt war es nur noch ein Auftrag. Er hatte klare Instruktionen erhalten: den Mann und die Frau töten, egal wie. Den zweiten Mann lebend zu den Sloanes bringen. Und das kleine Mädchen ... Mit ihr sollte er nach eigenem Ermessen verfahren.

Erneut inspizierte er die Grundstücksgrenzen. Wenn sie ihn kommen sahen, konnten sie nichts anderes tun als wegzulaufen. Das würde ihm die Arbeit ein wenig erschweren, aber weit würden sie nicht kommen. Er hatte quer auf der Fahrbahn geparkt. sein Wagen blockierte die Zufahrt zur Hauptstraße.

Die Straße war von Bäumen gesäumt, die er als Deckung benutzen konnte, während er sich anschlich. Ausgezeichnet. Er stieg aus, schloss den Wagen ab und ging los. Er hielt sich immer im Schatten der Bäume und achtete darauf, dass sein eigener Schatten nicht auf die Fahrbahn fiel.

Erneut warf er einen Blick zum Haus. Trotz des strahlenden Sonnenscheins haftete ihm eine beklemmende Atmosphäre an. Als hätten seine Bewohner bereits mit allem abgeschlossen.

Wie wahr, dachte er.

Hinter einem der Fenster im Erdgeschoss nahm er eine Bewegung wahr. Er blieb stehen und zog das Fernglas aus seiner Tasche. Am Tisch saß ein Mann vor einem Laptop.

Den würde er sich als Erstes vornehmen.

Er steckte das Fernglas weg und ging weiter. Hatte das Haus erreicht und bog um die Ecke.

In dem Moment schlugen die Hunde an.

41 »Das ist Josephina. Josephina, das hier ist ...« Die Frau überlegte mehrere Sekunden lang. Sie schien allen Ernstes Tyrells Namen vergessen zu haben.

»Malcolm«, sagte Tyrell. Es kam ihm komisch vor, den Namen laut auszusprechen. Als würde er dadurch seine neue Identität besiegeln.

Das kleine Mädchen starrte ihn wortlos an.

Er erwiderte ihren Blick. Ihre Augen waren gerötet vom Weinen, ihre Nasenlöcher mit getrocknetem Rotz verkrustet. Sie wirkte müde und verängstigt, als wäre sie aus einem Alptraum hochgeschreckt, nur um festzustellen, dass es gar kein Traum gewesen war. Die Frau hielt sie grob am Handgelenk. Der andere Arm des Mädchens war leicht abgewinkelt, als hielte sie darin ein imaginäres Kuscheltier.

Tyrell befürchtete, dass er ihr vielleicht Angst machte, und setzte sich hin, damit er mit ihr auf gleicher Höhe war.

»Hallo, Josephina. Na, wie geht's dir?«

Sie starrte bloß.

»Haben sie dir weh getan?«

»Also, jetzt reicht's aber ...« Die Frau verdrehte Josephina den Arm, um sie von Tyrell wegzuziehen und zurück ins Haus zu bringen.

»Sie bleiben gefälligst hier.«

Die Frau blinzelte, verblüfft über den bestimmenden Ton, den Tyrell plötzlich angeschlagen hatte.

Josephina war bei den lauten Worten zusammengeschreckt und sah aus, als stünde sie kurz vor einem weiteren Tränenausbruch. Tyrell senkte die Stimme und schaute dem Mädchen ins Gesicht, gab aber acht, sie nicht zu berühren. Er wollte nicht, dass sie den falschen Eindruck bekam. Das war ihm wichtig.

»Tut mir leid, dass ich laut geworden bin«, entschuldigte

er sich sanft. »Also, haben die Leute im Haus dir weh getan?«

Josephinas Blick huschte kurz zu der Frau, die aus dem Fenster starrte. Dann wandte sie sich wieder zu Tyrell und schüttelte zaghaft den Kopf. Nein.

Sie sagt nicht nein, weil es stimmt, dachte er, *sondern weil sie Angst davor hat, was passiert, wenn sie die Wahrheit sagt.*

»Gut«, sagte er. »Ich werde dir auch nicht weh tun. Bei mir bist du in Sicherheit. Wenn ich da bin, brauchst du keine Angst zu haben.«

Josephina schien ihm nicht so recht glauben zu wollen. Er wusste auch nicht genau, ob er sich selbst glaubte.

»Ich lass nicht zu, dass sie böse zu dir sind.«

Ein ungehaltener Seufzer von der Frau. »War's das jetzt? Bist du zufrieden? Gut. Weil wir nämlich langsam losmüssen.« Erneut riss sie an Josephinas Handgelenk und wollte sie mit sich zur Tür ziehen.

Aber Tyrell war noch nicht fertig. »Einen Moment noch. Weißt du, diese Leute hier wollen, dass ich mich mit deiner Mama treffe. Sie wollen, dass deine Mama ihnen hilft. Und danach können deine Mama und du nach Hause gehen. Ihr beide zusammen.«

Die Frau stöhnte auf.

»Mami?«, sagte Josephina und sah sich um. »Mami?«

»Wir fahren jetzt gleich zu Mami«, sagte Tyrell.

»Erzähl dem Kind nicht so einen Mist, du Erbsenhirn«, keifte die Frau. »Dann ist sie überhaupt nicht mehr zu bändigen.«

Tyrell funkelte sie an. Er bebte vor Wut. »Sie kümmern sich anständig um die Kleine, sonst mache ich nicht mit.«

Die Frau funkelte zurück.

»Und gebrauchen Sie in ihrer Gegenwart keine Schimpfwörter. Das macht man nicht.«

Noch ein Aufstöhnen, diesmal vor Ungeduld.

Da fingen plötzlich die Hunde an zu bellen.

Die Frau ließ Josephinas Handgelenk los und war mit einem Schritt am Fenster. »Verdammt.«

»Was hab ich gerade gesagt?«, fragte Tyrell streng. »Keine Schimpfwörter in –«

Sie fuhr zu ihm herum.

»Wir sitzen in der Scheiße«, fluchte sie. »Wir sitzen verdammt noch mal so richtig in der Scheiße.«

42

Jessies Geduld wurde auf eine harte Probe gestellt.

DC Deepak Shah hatte einen Anruf auf seinem Handy bekommen. Schön und gut. Aber statt einfach abzunehmen oder auf Freisprechen zu schalten, bestand er darauf, vorher am Straßenrand anzuhalten.

»Jetzt gehen Sie doch einfach ran«, hatte sie ihm verärgert zum wiederholten Mal geraten, wurde jedoch komplett ignoriert. In aller Ruhe folgte er seinem eigenen umständlichen Ritual. Sie rollte mit den Augen. *Ich wette, der verlangt jedes Mal eine Rechnung, wenn er zu Hause eine Tasse Tee zubereitet,* dachte sie.

»Ach, nein«, murmelte er. »Es ist ja das hier.« Er griff in seine Hosentasche und holte ein zweites Handy heraus. Ein vorsintflutliches schwarzes Klapphandy.

Zwei Handys. Jessie schüttelte den Kopf.

Er lauschte dem Anrufer und stellte zwischendurch einige Fragen. Wider Willen spitzte Jessie die Ohren. Schließlich nahm Deepak seinen Notizblock und kritzelte etwas darauf. Jessie versuchte es zu lesen, doch er hielt den Block so, dass sie nichts sehen konnte.

Manchmal hätte sie ihn am liebsten umgebracht.

Er beendete das Gespräch umständlich und steckte dann das Handy wieder ein.

»Sie haben ein Zweithandy?«, fragte sie.

Er nickte.

»Wieso denn das?«

»Weil man nicht vorsichtig genug sein kann«, lautete seine Antwort. Er klopfte seine Taschen ab, warf einen Blick auf den Notizblock, tippte dann etwas ins Navigationssystem und legte den Gang ein. Als sich im fließenden Verkehr eine Lücke auftat, lenkte er den Wagen auf die Straße.

»Man kann nicht vorsichtig genug sein?« Jessie lachte. »So wie die amerikanischen Cops, die zwei Waffen tragen, damit sie eine als falsches Beweisstück am Tatort liegen lassen können, falls sie mal in eine Schießerei verwickelt werden?«

Deepak ließ sich nicht provozieren.

»So sehen Sie sich, was? Als das britische Gegenstück dazu. Was haben Sie vor, wollen Sie jemanden zu Tode telefonieren?«

»Das war das Revier«, sagte er, ohne auf ihren Kommentar einzugehen. »Sie haben den Halter des Fahrzeugs ermittelt.«

Schlagartig war Jessie wieder ernst. »Das Fahrzeug, das zum Zeitpunkt der Explosion vor dem Cottage stand?«

Er nickte.

»Und?«

»Es ist zugelassen auf ...« Er konsultierte seinen Notizblock. »Michael Sloane.«

»Okay. Gut. Haben wir eine Adresse?«

»Auf dem Block. Ich habe mir die Freiheit genommen, sie bereits ins Navi einzugeben. Ich nehme an, dass Sie jetzt sofort hinfahren und ihn befragen wollen.«

»Auf jeden Fall. Was du heute kannst besorgen ...«

Sie fuhren weiter.

»Sloane ... Michael Sloane ...« Jessie runzelte nachdenklich die Stirn. »Wieso klingelt's da bei mir? Irgendwo habe ich den Namen schon mal gehört.«

Deepak nickte. »Geht mir genauso. Leider weiß ich nicht mehr, wo. Soll ich anhalten, Ma'am, und ein bisschen herumtelefonieren?«

»Nein, fahren Sie weiter. Das können wir später noch erledigen.«

»Sie sind der Boss.« Er fuhr weiter.

Deepak trieb sie an den Rand des Wahnsinns, aber sie musste zugeben, dass er ein verdammt guter Ermittler war. Wenn sie ehrlich war, gab es niemanden, den sie lieber an ihrer Seite gehabt hätte.

Sie grinste. Na ja, außer Mickey Philips vielleicht ...

43

Der Golem blieb stehen und fluchte. Was für ein dummer Fehler. Wie von einem Anfänger. Wer brauchte schon ausgeklügelte Alarmsysteme, wenn er Wachhunde hatte?

Rasch sah er sich um. Im Wohnwagen bewegte sich eine Gardine. Dann ein Blick zum Haus: Der Mann im Erdgeschoss tauchte kurz am Fenster auf, um gleich darauf hastig den Rückzug anzutreten. Er sammelte irgendetwas auf dem Tisch zusammen, dann klappte er den Laptop zu. Jemand machte sich zur Flucht bereit.

Keine Planänderung. Entschlossen marschierte der Golem aufs Haus zu.

An der Hausecke angekommen, fiel ihm etwas auf. Das Bellen der Hunde veränderte sich, wurde tiefer, knurrender. Dann hörte er, wie ein Tor geöffnet wurde. Als ihm klarwurde, was das bedeutete, war es zu spät. Die Hunde hatten ihn bereits entdeckt und kamen direkt auf ihn zu.

Er sah sich um. Er würde es niemals rechtzeitig zurück zu seinem Wagen schaffen. Es gab nirgendwo Deckung, keinen Ort, an dem er sich hätte verstecken können. Sie würden über ihn herfallen. Er sah sich nach einer Waffe um, nach irgendeinem Gegenstand, mit dem er sich verteidigen konnte. Nichts.

Also blieb ihm nichts anderes übrig, als sich den geifernden Tieren entgegenzustellen. Unaufhaltsam kamen sie auf ihn zugerast, bereit, ihn anzufallen und in Stücke zu reißen.

Er schloss die Augen. Fand seine innere Mitte. Gegen die körperlichen Schmerzen wäre er machtlos. Er würde sie aushalten müssen, und je eher er sich mit dieser Tatsache abfand, desto schneller wäre alles vorbei.

Gegen den Lärm allerdings konnte er sehr wohl etwas unternehmen. Die meisten Menschen gerieten in Panik, wenn sie von einem Hund angegriffen wurden, und das hatte nicht nur mit dem furchterregenden Anblick gefletschter Zähne und der Angst vor den Schmerzen zu tun, sondern auch mit ihrem Bellen, Knurren und Jaulen. Doch der Golem war nicht wie die meisten Menschen. Er hielt die Augen fest geschlossen. Konzentrierte sich. Schaltete das Bellen in seinem Kopf einfach aus.

Als er die Augen wieder öffnete, waren die Hunde immer noch da, doch er hörte sie nicht länger. Wenn er sie nicht länger hörte, konnte er nachdenken. Und wenn er nachdenken konnte, konnte er sich eine Strategie zurechtlegen.

Schon sprang ihn der erste der beiden an, ein schwarz und senffarben gezeichneter Rottweiler mit geifernden Lefzen. Es war ein riesiges Tier. Auf den Hinterläufen stehend, war er annähernd so groß wie der Golem. Doch dieser verbot sich jede Furcht, jedes Zögern.

Während der Hund noch in der Luft war, riss der Golem

den Arm zurück und schlug mit aller Kraft zu. Seine Faust traf das Tier im Nacken. Augenblicklich erschlafften seine Beine, und es stürzte benommen zu Boden. Der Golem versetzte ihm noch einen harten Tritt gegen den Kopf. Der Schädelknochen des Hundes knackte und knirschte unter der stahlverstärkten Stiefelspitze.

Der Hund wälzte sich zuckend am Boden. Der Golem wusste, dass er von ihm nichts mehr zu befürchten hatte, und wandte sich sofort dem anderen Tier zu. Diesmal hatte er keine Zeit mehr, den Angriff abzuwehren. Er musste ihn kommen lassen.

Der zweite Rottweiler setzte mit weit aufgerissenem Maul zum Sprung an und schlug dem Golem die Zähne in den linken Unterarm. Der Schmerz, der daraufhin durch seinen Körper fuhr, war heiß und hart, als hätte er ein Stromkabel angefasst.

Er versuchte die Schmerzen zu ignorieren. Es gelang ihm nicht. Er schrie.

Als der Hund ihn hörte, biss er umso fester zu. Er versuchte den Mann zu Boden zu zerren, indem er heftig an seinem Arm riss.

Der Golem leistete erbitterten Widerstand und zog in die entgegengesetzte Richtung. Er spürte, wie sich Fleisch und Muskeln, Haut und Sehnen vom Knochen lösten. Blut schoss aus der Wunde, tränkte sein Hemd und spritzte dem Hund in die Augen, der sich, von dem Geruch berauscht, noch fester in den Arm verbiss und nun wie von Sinnen an ihm herumzerrte.

Der Golem ballte eine Faust und ließ sie auf die Schnauze des Hundes niedersausen. Das Tier heulte auf, ob vor Schmerz oder Wut, war schwer zu sagen. Doch es ließ nicht los. Der Golem schlug ein zweites Mal zu. Die Kiefer lockerten sich kaum merklich. Der Golem nutzte seinen Vorteil und rang den Hund zu Boden. Das Tier zappelte und versuchte verzweifelt sich zu befreien, doch der Golem hielt es mit den Beinen am Boden fest.

Es gelang ihm, seine Finger ins Maul des Hundes zu zwängen und sie ihm von innen gegen den Gaumen zu drücken. Der Hund wand sich wie verrückt, doch der Golem ließ nicht locker, obwohl ihm schwindlig war vor Schmerzen.

Immer stärker pressten seine Finger gegen den Oberkiefer des Hundes. Gleichzeitig benutzte er seinen linken Arm als Hebel, um den Unterkiefer herunterzuziehen. Dabei gruben sich die Fänge des Hundes noch tiefer in sein Fleisch, aber er versuchte die Schmerzen auszublenden.

Dachte nur an seinen Auftrag. Seine Zielperson.

Die Zielperson durfte nicht entkommen.

Er drückte immer heftiger zu. Irgendwann hörte und spürte er das Knacken von Knochen. Noch immer ließ er nicht von dem Hund ab. Blut begann zu fließen, aber diesmal war es nicht das des Golem.

Er spürte, wie die Zähne um seinen Arm sich immer weiter lockerten. Tief aus der Kehle des Hundes kam ein Winseln. Doch er hörte immer noch nicht auf.

Schließlich musste der Hund einsehen, dass er besiegt war, und ließ los.

Der Golem riss seinen Arm aus dem Hundemaul und schleuderte das Tier zu Boden, wo es winselnd liegen blieb.

Der Golem blickte zum Haus hinüber. Seine Zielperson würde ihm entwischen. Dann warf er einen Blick auf die Hunde. Sie quälten sich und würden nicht mehr lange leben. Er konnte die verletzten Tiere nicht einfach so liegen lassen. Er kniete sich neben den ersten Hund und sah ihm in die Augen, bevor er ihm das Genick brach. Mit dem zweiten machte er es ebenso.

Dann stand er wieder auf.

Seine Zielperson im Blick.

44

»Da«, sagte Mickey und deutete auf den Monitor. »Da ist sie.«

Die körnigen Aufzeichnungen einer Überwachungskamera zeigten Marina an der Kasse der Tankstelle. Sie blickte sich nervös um, reichte ihre Karte über den Tresen und verschwand, kaum dass sie bezahlt hatte, schleunigst wieder nach draußen. Nicht einmal den Kassenbeleg nahm sie mit.

»Sie schien es ziemlich eilig zu haben, daran kann ich mich noch erinnern«, sagte die Frau, die bei Marina abkassiert hatte. Sie war groß und breit. Anni fand, dass sie ein bisschen wie eine Bäuerin aussah. Wahrscheinlich war sie auch eine.

»Das ist alles?«, hakte Anni nach. »Sonst ist Ihnen nichts aufgefallen?«

Die Kassiererin starrte den Monitor an, als versuche sie mit aller Macht, aus den Tiefen ihres Gedächtnisses ein nützliches Detail hervorzuzaubern. Anni hatte dieses Verhalten bei Zeugen schon oft beobachtet. Sie wollten unbedingt helfen, sich eingebunden fühlen. Sie wollten diejenigen sein, die den entscheidenden Hinweis zur Aufklärung des Falls lieferten. Sie wollten etwas beisteuern, das nur ihnen aufgefallen war.

Aber die Frau wusste nichts.

Vermutlich lag es daran, dass es nichts zu wissen gab.

»Was für einen Eindruck hat sie denn auf Sie gemacht?«, wollte Mickey wissen.

»Das sehen Sie doch selbst«, lautete die Antwort. »Sie wollte ganz schnell zahlen, und dann hat sie zugesehen, dass sie wegkam.«

»In welche Richtung ist sie gefahren?«, erkundigte sich Anni. »Colchester oder Braintree?«

Die Frau überlegte. Sie gab sich wirklich Mühe. Irgendwann musste sie bedauernd den Kopf schütteln. »Colchester, glaube ich.«

»Dürften wir uns das Band noch mal ansehen?«, bat Anni.

Die Kassiererin spulte das Video zurück. Erneut beobachteten sie, wie Marina sich in die Schlange vor der Kasse einreihte und ungeduldig mit dem Fuß auf den Boden klopfte. Wie sie sich nervös umsah und irgendwann direkt in die Kamera blickte.

»Stopp!«, rief Mickey.

Die Frau hielt das Band an. Mickey und Anni studierten angestrengt das verschwommene Bild.

»Was macht sie da?«, grübelte Anni laut. »Ist sie … Meinst du, sie hat gewusst, dass die Kamera sie aufnimmt?«

»Ich glaube schon, ja«, sagte Mickey. »Sie weiß, dass sie gefilmt wird.« Er wandte sich an die Kassiererin. »Spulen Sie mal ein paar Bilder weiter.«

Sie ließ das Band wieder laufen. Marina starrte noch eine Weile direkt in die Kamera. Sie schien am Ende ihrer Kräfte zu sein und hatte einen beinahe entschuldigenden Ausdruck im Gesicht. Dann war sie an der Reihe und bezahlte.

»Tja, das war's dann wohl«, meinte Mickey.

»Schau weiter«, drängte Anni. »Irgendwas muss da doch sein …«

An der Kasse kaufte Marina eine Tüte Pfefferminzbonbons. Sie nahm eins heraus, und als die Kassiererin gerade nicht hinsah, knüllte sie das Einwickelpapier zusammen und ließ es auf den Boden fallen.

»Gute Manieren«, lautete Annis Kommentar.

Dann verließ Marina den Tankstellenshop und verschwand aus dem Bild.

Mickey und Anni lehnten sich auf ihren Stühlen zurück und sahen einander an.

Sie stellten der Kassiererin noch einige Fragen, jedoch wurde schnell klar, dass die Frau ihnen alles gesagt hatte, was sie wusste. Mickey ließ ihr seine Visitenkarte da für den

Fall, dass ihr doch noch etwas einfiel. Sie bedankten sich bei ihr für ihre Mühe und verabschiedeten sich.

»Das war ja nicht gerade ergiebig«, sagte Mickey.

»Was hast du erwartet? Ganz offensichtlich will sie nicht gefunden werden, aus welchem Grund auch immer.«

Sie fuhren in Richtung Colchester. Mickey sah auf die Uhr.

»Fast Feierabend. Es gibt keine weiteren Spuren zu verfolgen, und sonst steht auch nichts an. Ich finde, wir sollten nach Hause fahren.«

»Wahrscheinlich hast du recht«, pflichtete Anni ihm bei. »Sonst müssen wir noch Überstunden abrechnen, das wäre Franks garantiert nicht recht.«

Sie schwiegen. Irgendwann fragte Anni: »Und, hast du heute Abend irgendwas Besonderes vor?«

»Ich? Nee. Nichts weiter.«

»Nein?« Annis Stimme hatte einen neckenden Unterton angenommen. »Dann fährst du jetzt nicht nach Ipswich zu deinem Cowgirl?«

»Sei doch nicht blöd.«

Von der Seite konnte Anni sehen, dass Mickey rot geworden war. Er fuhr auf einmal auch schneller.

»Ich hab's dir doch gesagt.« Offenbar dachte er, er sei Anni Rechenschaft schuldig. »Da ist rein gar nichts. Zumindest nicht von meiner Seite.«

»Gut«, sagte Anni. »Freut mich zu hören.«

»Ach ja?«, sagte er.

»Ja.« Sie grinste. Beugte sich zu ihm hinüber. »Also, wenn du heute Abend noch nichts vorhast und du nichts von ihr willst, warum kommst du dann nicht mit zu mir?«

Mickeys Gesichtsausdruck, fand Anni, war unbezahlbar.

45 Die Schmerzen waren unerträglich. Der Golem sackte auf die Knie und hielt sich mit der unverletzten Hand seinen zerfleischten Arm. Er wollte ohnmächtig werden. Er wollte, dass die Schmerzen aufhörten.

Wusste aber, dass weder das eine noch das andere eintreten würde.

Er konnte auch nicht riskieren, die Augen zu schließen, den roten Punkt zu finden und die Schmerzen in seinem Bewusstsein abzuschalten. Denn wenn er die Augen schloss, und sei es nur für eine Sekunde, würde seine Zielperson womöglich entkommen. Und das durfte nicht passieren. Unter keinen Umständen. Folglich musste er sich mit einer mentalen Erste-Hilfe-Maßnahme begnügen und die Schmerzen ausblenden, so gut es eben ging, damit er weitermachen konnte.

Schwankend kam er auf die Füße und holte ein paar Mal tief Luft. Versuchte, sich den Schwindel aus dem Kopf zu schütteln. Sich auf seine Aufgabe zu konzentrieren. Er war ein Soldat. Er wurde bezahlt, um eine Dienstleistung zu erbringen.

Tu es, befahl er sich.

Der Golem ging auf das Haus zu. Durchs Fenster sah er, wie der Mann in Panik hastig die Stecker vom Laptop und einigen anderen elektronischen Geräten zog. Schließlich gab er es auf, klemmte sich bloß den Laptop unter den Arm und rannte zur Hintertür.

Der Golem würde ihm zuvorkommen. Er lief schneller. Jedes Mal, wenn er auftrat, stieß er keuchend den Atem aus. Er ging zur Vordertür und griff nach der Türklinke. Wollte sie hinunterdrücken. Abgeschlossen.

Natürlich.

Den verletzten Arm eng am Körper haltend, lief er ums Haus herum. Er musste die Zielperson daran hindern, durch die Hintertür zu fliehen. Er kam dort an, gerade als der

Mann beim Hundezwinger aus dem Haus trat. Er blieb stehen und starrte den Golem an. In seinen Zügen spiegelte sich nackte Angst.

»Hören Sie zu«, stammelte er. »Sie … Das ist doch nicht nötig …«

Der Golem sagte nichts. Er stand da und wartete darauf, dass der andere den ersten Schritt machte.

Der Mann hatte den Laptop unter dem Arm und hielt ihn fest umklammert. Die andere Hand war hinter seinem Rücken verborgen. Er sah aus, als wüsste er nicht, ob er fliehen oder kämpfen sollte.

Kampf oder Flucht. Der Golem kannte dieses Dilemma nur zu gut. Er konnte schon gar nicht mehr zählen, wie viele Male er einem Gegner gegenübergestanden und nicht gewusst hatte, wofür sich dieser entscheiden würde. Man musste auf beides vorbereitet sein.

Der Golem schwieg weiterhin. Normalerweise war es eine gute Taktik, um seine Gegner nervös zu machen, diesmal allerdings geschah es aus reiner Notwendigkeit. Er hatte nicht die Kraft, sich gleichzeitig zu bewegen und zu sprechen. Und er befürchtete, dass er losschreien würde, sobald er den Mund aufmachte.

»Nicht mehr lange, dann habe ich Geld. Sehr viel Geld …«, fuhr der Mann fort. »Ich kann Ihnen … die Hälfte davon abgeben. Wie wäre es mit der Hälfte?«

Keine Reaktion.

»So viel Sie wollen. Ganz egal. Sie kriegen so viel, wie Sie wollen. Nur bitte … bitte tun …« Der Mann machte einen kleinen Schritt nach vorn und sah den Golem inständig an. »Bitte töten Sie mich nicht …«

Der Golem blieb, wo er war. Der Mann kam noch ein Stück näher, die Schultern hochgezogen, sein Körper ein einziges Flehen.

»Bitte …«

Der Golem ließ ihn kommen. Das würde ihm die Sache erleichtern.

Als der Mann noch etwa eine Armeslänge entfernt war, zog er plötzlich die linke Hand hinter dem Rücken hervor. In ihr hielt er ein riesiges Küchenmesser. Seine Augen blitzten, und er stieß einen Schrei aus, als er zustach.

Der Golem mobilisierte seine letzten Adrenalinreserven und machte eine Drehung, um seinen Oberkörper aus der Gefahrenzone zu bringen. Die Klinge traf ihn am Arm – ausgerechnet am rechten. Sie drang tief in seinen Bizeps ein und blieb dort stecken. Noch mehr Schmerzen.

Sofort zog sein Angreifer das Messer heraus und stieß ein zweites Mal zu, wieder in den Arm. Dem Golem schwindelte, als die Schmerzen ihn zu übermannen drohten. Er begann zu taumeln. Jeden Moment würde er das Bewusstsein verlieren.

Sein Angreifer wähnte sich bereits als Sieger. Der Golem sah es deutlich in seinen Augen. Das konnte – durfte – er nicht zulassen.

Erneut hob der Mann das Messer. Diesmal zielte er auf den Oberkörper des Golem. Er rammte ihm die Klinge tief ins Fleisch. In seinen Augen lag ein seltsamer Glanz. Er konnte gar nicht glauben, dass er tatsächlich gewonnen hatte.

Der Golem musste etwas tun. Er musste die Situation in den Griff bekommen, sie irgendwie zu seinen Gunsten wenden. Er machte einen Schritt auf den Angreifer zu und versuchte nicht an die Schmerzen zu denken, als der rasiermesserscharfe Stahl sich immer tiefer in seine rechte Seite bohrte.

Er streckte die rechte Hand aus. Packte den Mann an der Gurgel.

Der wusste sofort, was die Stunde geschlagen hatte. Was der Golem mit ihm machen würde. Er versuchte sich aus dem Griff zu befreien, wieder Abstand zwischen sich und den Golem zu bringen. Es gelang ihm nicht. Selbst wenn der Griff des Golem nicht so kräftig war wie sonst, war er immer noch stärker als der der meisten Menschen.

So stark, dass es seinem Gegner nicht gelingen würde, ihn zu brechen.

Das Messer glitt dem Mann aus den Fingern. Der Laptop fiel auf den Boden. Er riss die Hände hoch und versuchte verzweifelt, die Finger des Golems loszuwerden, die seinen Hals umklammert hielten.

Der Körper des Golems brannte vor Schmerzen. Es war, als wäre er in unter Strom stehenden Stacheldraht eingewickelt. Er versuchte, nicht darauf zu achten, versuchte sich ganz auf seine Aufgabe zu konzentrieren, den Auftrag, für den er bezahlt worden war.

Der Mann zappelte. Der Golem drückte fester zu.

»Ich will weiterleben, Arschloch …«

Aus Angreifer wurde Opfer. Das Gesicht des Mannes verfärbte sich erst rot, dann violett. Seine Augen traten aus ihren Höhlen, als wollten sie jeden Moment platzen. Ein Rasseln und Gurgeln drang aus seiner zusammengepressten Kehle. Sein Widerstand erlahmte.

Der Golem spürte, wie der Körper des Mannes immer schwächer wurde und schließlich zu erschlaffen begann. Er bot seine letzte Kraft auf und drückte noch einmal zu, so fest er konnte.

Schließlich hatte sein Opfer den Kampfeswillen verloren. Der Wille des Golem hatte gesiegt.

Er ließ den leblosen Körper fallen und blickte auf ihn hinab.

»Zeit zu sterben …«

Ihm war schwindlig, seine Beine und Arme zitterten. Er würde nicht mehr lange durchhalten.

Da hörte er es hinter sich krachen und drehte sich um.

Er sah, wie sich sein Prius nach einem Aufprall noch kurz bewegte. Die linke Vorderseite war zerknautscht, ein Kabel hing aus dem zerbrochenen Glas des Frontscheinwerfers, als wäre dort ein Augapfel aus seiner Höhle gerissen worden.

Dann sah er ein Auto davonrasen, das seinen Prius aus dem Weg geschoben hatte. Er konnte sich schon denken, wer darinsaß: die Leute aus dem Wohnwagen.

Er bückte sich, wobei er fast vornüberfiel, hob den Laptop auf und humpelte unter Qualen die Einfahrt entlang, an den toten Hunden vorbei zurück zu seinem Wagen. Sein Selbsterhaltungstrieb war stärker als alles andere.

Er setzte sich hinters Steuer, legte den Gang ein und fuhr los.

Er schaffte etwa eine halbe Meile, ehe er in einen Waldweg einbog und das Bewusstsein verlor.

46

Der Tag neigte sich dem Ende zu. Die Sonne gab den Kampf auf und versank hinter dem Horizont. Marina fühlte sich ähnlich. Sie hatte Hunger und war wie gerädert, einzig Adrenalin und Hoffnung hielten sie noch auf den Beinen.

Sie folgte den Anweisungen des Navigationssystems. Dieses meldete kurz darauf, dass das Fahrtziel erreicht sei. Vor ihr stand ein altes, baufälliges Haus, daneben ein Wohnwagen in ähnlich desolatem Zustand. Ein Auto in der Einfahrt.

Kein Mensch weit und breit.

Sie stieg aus und schloss den Wagen ab. Langsam ging sie die Einfahrt entlang bis zum Haus.

Rechterhand sah sie zwei schwarzbraune Haufen auf dem Rasen liegen, um die herum der Boden dunkel glänzte. Mit ängstlich klopfendem Herzen ging sie darauf zu, um nachzusehen. Ihr Magen machte einen Satz, als sie erkannte, was dort auf dem Rasen lag.

»Oh Gott ... Oh mein Gott ...«

Zwei Rottweiler. Tot. Der eine hatte ein blutiges, zerfetztes Maul, der andere sah wie zerbrochen aus.

Eilig und zögerlich zugleich ging Marina auf das Haus zu.

Um in der Nähe der Hintertür auf die Leiche eines Mannes zu stoßen.

Marina wandte sich ab und begann vornübergekrümmt zu würgen.

Als sie sich wieder aufrichtete, drehte sich alles vor ihren Augen. Einen Moment lang geisterte ihr Blick ziellos über den Hof. Sie hatte das Gefühl, als wäre ihr das bisschen an Kontrolle, das sie eben erst zurückgewonnen hatte, bereits wieder aus den Fingern geglitten. Sie stürzte zum Wohnwagen und riss die Tür auf. Leer. Aber irgendjemand war hier gewesen, und es war noch nicht lange her.

Sie ließ die Tür offen stehen und lief zurück zum Haus. Mit zugekniffenen Augen stieg sie über die Leiche auf der Schwelle und wagte sich ins Innere vor.

Im Haus war es dunkel. Hier hatten mehrere Menschen gewohnt, und es sah so aus, als hätten sie das Haus überstürzt verlassen. Neben der Spüle stand benutztes Geschirr, auf dem Tisch lagen einige elektronische Geräte. Sie machten den Eindruck, als hätte jemand angefangen, sie auseinanderzunehmen, dann aber beschlossen, sie einfach liegen zu lassen.

Marina zählte die Teller. Es waren drei, zwei große und ein kleiner. Ihr Herz krampfte sich zusammen.

»Josephina ...«

Marina hatte ihre Stimme wiedergefunden. Sie rannte durchs ganze Haus und schrie aus Leibeskräften.

»Josephina! Josie!«

Die einzige Antwort war drückende Stille.

Dem äußeren Anschein nach hatte jemand heimlich in dem Haus gewohnt. Kleider, persönliche Gegenstände – alles lag in einem heillosen Durcheinander auf dem Boden. In einem Zimmer stieß sie auf Matratzen mit Schlafsäcken. Zwei Personen hatten hier geschlafen.

Im Wohnzimmer machte sie eine weitere Entdeckung: Ein Strick, der an der Türklinke festgebunden war und bis zu einer Matratze reichte. Eine dünne Decke war darübergebreitet, und am Rand der Matratze saß ein kleines Stofftier.

Der Anblick zog Marina fast den Boden unter den Füßen weg, und sie spürte, wie ihr die Kehle eng wurde. Sie sank auf die Knie und drückte das Tier an ihre Brust.

»Lady ...«

Josephinas Plüschhund. Sie hielt ihn für Lady aus dem Disney-Film *Lady and the Tramp*. Sie nahm ihn überallhin mit. Hatte ihn beim Schlafen fest im Arm. Trug ihn den ganzen Tag lang mit sich herum. Redete sogar beim Essen mit ihm.

Marina schossen die Tränen in die Augen. Sie wusste nicht, ob sie aus Trauer weinte, aus Hilflosigkeit, aus Wut oder aus all diesen drei Gründen zusammen.

Ihr Kopf war wie betäubt, als sie aufstand. Noch immer hielt sie das Kuscheltier fest umklammert.

Sie verließ das Haus und ging zurück zu ihrem Wagen. Stieg ein. Fuhr los.

Sie hatte keine Ahnung, wohin.

Sie wollte einfach nur fort von hier.

DRITTER TEIL

OSTERSONNTAG

47 Mitternacht. Und Alessandro konnte nicht schlafen.

So ging es ihm oft vor einem Fight. Er war angespannt. Unruhig. Wie unter Strom. Sein Körper war eine Maschine aus Sehnen und Muskeln, vollgetankt, warmgelaufen und einsatzbereit. Mental war er ganz bei dem bevorstehenden Ereignis. Hochkonzentriert, voller Erwartung. In Gedanken probierte er Angriffs- und Abwehrmanöver aus, versuchte seinen imaginären Gegner zu überlisten, noch ehe der erste Schlag ausgeteilt war. Er grübelte und plante. Versuchte sich eine Strategie zurechtzulegen, mit der er seinen Gegner auf die Matte schicken konnte und selbst so glimpflich wie möglich davonkam. Den ganzen Abend lang hatte er in seinem Zimmer Pendeln, Ducken, Gerade und Haken geübt. Jetzt lag er im Bett, starrte vor sich hin und konnte an nichts anderes denken.

Außer vielleicht an Katrina. Vor zwei Tagen war sie noch seine Freundin gewesen. Bis seine Wut, seine Eifersucht und seine Fäuste mit ihm durchgegangen waren. Er hatte gewusst, dass es falsch war, was er tat, aber das hatte ihn nicht davon abgehalten. Die Mädchen davor waren alle austauschbar gewesen. Aber Katrina war anders. Sie war ihm zu Kopf gestiegen. Und sie hatte immer noch nicht angerufen. Kein Wort, nicht mal eine SMS. Gar nichts.

Er hatte ihr Textnachrichten geschrieben. Mehrere. Hatte sich entschuldigt. Hatte eingeräumt, dass er einen Fehler gemacht habe, dass die Schuld allein bei ihm liege. Hatte sie um Verzeihung gebeten. Als keine Antwort gekommen war, hatte er angefangen zu betteln. Immer wieder hatte er auf sein Handy geschaut. Viel zu oft.

Und jetzt konnte er nicht schlafen. Besser, er versuchte es erst gar nicht.

Er richtete sich auf und warf die Bettdecke zurück. Setzte sich, den Kopf in die Hände gestützt, auf die Bettkante. Er spürte die Spannung im ganzen Körper, seine Finger prickelten, seine Muskeln vibrierten, als stünden sie unter Strom. Er stand auf und begann rastlos im Zimmer hin- und herzutigern, von einer Wand zur anderen. Seine Verzweiflung wuchs. Das Zimmer kam ihm kleiner vor als gewöhnlich. So musste sich ein Raubtier im Käfig fühlen. Er setzte sich wieder hin. Es konnte nichts tun. Fand kein Ventil für seine angestaute Wut, seinen Frust. Er musste bis zum Fight warten. Dann erst konnte er den ganzen Mist rauslassen. Alles in seine Schläge stecken. Es dem anderen so richtig zeigen.

Er sah sich um. Das Zimmer war schäbig, vollgestopft mit billigen Möbeln. Alles war entweder geliehen, aus zweiter Hand oder gestohlen. Nichts sah gepflegt aus. Nichts hatte einen Wert. Ein dreckiges Loch. Dieses Zimmer war sein Leben.

Er ballte Fäuste und löste sie wieder. Versuchte seinen Kiefer zu entkrampfen. Er hatte unbewusst mit den Zähnen geknirscht. *Spar dir das alles für deinen Gegner auf*, ermahnte er sich. *Konzentrier dich auf den Fight. Da kannst du es wenigstens sinnvoll einsetzen.*

Er musste diesen Fight unbedingt gewinnen. Sein Leben konnte nicht so weitergehen. Er musste sich was anderes suchen. Nur deswegen hatte er dem Kampf überhaupt zugestimmt. Er wollte Kohle machen, mit Katrina in eine neue Wohnung ziehen, eine anständige Wohnung, in der sie zusammen leben und glücklich sein konnten.

Und er wollte endlich seine Spielschulden bezahlen. Nur durch sie war er in die ganze Sache reingeraten. Trinken, Glücksspiel, Prügeleien – die unheilige Dreifaltigkeit, wie die Nonnen an seiner Schule es immer genannt hatten. Genau das, was man ihm zu Hause vorgelebt hatte. Und jetzt war er selbst so geworden. Wie der Vater, so der Sohn. Er erkannt ihn in sich wieder. Sie waren beide von demselben unheiligen Geist beseelt. Als er bei Leuten Schulden gemacht hatte, bei denen man besser keine Schulden machte – damit war in erster Linie Mr Picking gemeint –, hatte dieser ihm vorgeschlagen, er solle seine Fäuste doch mal für etwas Nützliches einsetzen. Um ein bisschen von den Zinsen abzustottern, hatte Mr Picking gesagt und dabei ein Lächeln im Gesicht gehabt, das für beide ganz unterschiedliche Dinge bedeutet hatte. Da Sandro klar gewesen war, was ihm blühen würde, wenn er sich weigerte, hatte er ja gesagt. Was war ihm anderes übriggeblieben?

Vor dem ersten Fight hatte er sich vor Angst fast in die Hose geschissen. Er hatte sich früher schon oft geprügelt und meistens sogar gewonnen. Aber das waren harmlose Prügeleien gewesen. Kleine Auseinandersetzungen, die hinterher sofort vergessen waren. Das hier war etwas völlig anderes. Er hatte hinten in der Scheune gestanden und die Zuschauer beobachtet. Hatte sie johlen und schreien hören, wann immer Blut spritzte. Hatte erlebt, wie sie sich daran aufgeilten, wenn zwei Männer gegenseitig so lange aufeinander eindroschen, bis sie kaum noch wiederzuerkennen waren. Das war nicht die Art von Kampf, die er gewohnt war. Das waren Gladiatorenspiele.

Dann war er an der Reihe gewesen. Was hatte er für einen Schiss gehabt. Er hatte den Kerl gesehen, gegen den er antreten sollte. Groß, knallhart, ein Traveller, der die Entbehrungen seines Lebens in Form von Narben am Körper trug. Und wütend war er gewesen. Ein Wildfremder, der völlig ohne

Grund eine Stinkwut auf Sandro hatte. Der es gar nicht erwarten konnte, es ihm richtig zu zeigen.

Wenn Sandro es ihm nicht zuerst zeigte.

Also war Sandro von Anfang an in die Offensive gegangen. Wild und verzweifelt hatte er auf seinen Gegner eingedroschen. Ohne Taktik, ohne jede Finesse.

Der Kampf hatte nicht lange gedauert. Nach nicht mal einer Runde war alles vorbei. Sandro hatte eine Gerade gegen das Ohr bekommen, war zu Boden gegangen und nicht wieder aufgestanden. Man hatte ihn aus dem Ring schleifen müssen. Sein Gesicht und Körper waren blutig und übersät mit Blutergüssen.

Sein Promoter und Gläubiger wartete an den Seilen auf ihn.

»Du warst scheiße«, hatte Mr Picking gesagt. Dann, zu seinen Gefolgsleuten: »Flickt ihn zusammen und bringt ihn nach Hause. Der wird sich schon wieder berappeln.«

Und Sandro hatte sich berappelt. Sobald er sich erholt hatte, war der nächste Kampf angesetzt worden. Und der nächste. Er hatte sich immer weiter verbessert, bis er irgendwann so war wie sein allererster Gegner: groß und wütend. Jemand, der die Entbehrungen seines Lebens als Narben am Körper trug.

Und noch immer hatte er nicht all seine Schulden bei Mr Picking beglichen. Sandro war lange genug im Geschäft, er machte sich keine Illusionen. Er kannte Mr Picking und wusste, wie er tickte. Höchstwahrscheinlich würde er seine Schulden bei ihm niemals los sein.

Aber er wollte aussteigen, und deswegen musste er etwas unternehmen. Er musste auf sich selbst eine Wette abschließen. Er würde abwarten, was die Quote hergab, und dann einen Batzen Geld auf sich selbst setzen. Es war riskant; die Leute konnten leicht auf die Idee kommen, dass der Fight manipuliert war. Er musste es auf jeden Fall heimlich tun. Dann in den Ring steigen und gewinnen.

Mit anderen Worten: ohne Druck.

Erneut stand er auf und ging umher. Vielleicht sollte er sich lieber wieder hinlegen. Versuchen, doch noch ein bisschen zu schlafen. Aber er konnte einfach nicht. Da war der Fight, und dann war da auch noch Katrina. Er fragte sich, wo sie jetzt wohl sein mochte. Was sie gerade machte.

Und mit wem.

Bei dem Gedanken wurden seine Eingeweide zu Säure.

Und dann hörte er ein Klopfen an der Tür.

Er blieb wie angewurzelt stehen. Starrte die Tür an, als könne er durch sie hindurchsehen und erkennen, wer dahinter stand. Er warf einen Blick auf die Uhr. Kurz vor halb eins.

Es klopfte erneut.

Sein Herz machte einen Satz. Er wusste, wer es war.

Katrina ...

Urplötzlich war die Säure aus seinem Innern verschwunden. Er stürzte zur Tür, wollte sie aufreißen und Katrina in die Arme schließen. Er würde alles tun, alles sagen, was sie wollte, solange sie ihm noch eine Chance gab.

Die Hand am Riegel, hielt er inne. Und wenn es gar nicht Katrina war? Wenn es Mr Picking war oder einer seiner Handlanger, der ihm sagte, dass er den Fight morgen verlieren solle? Der ihm schilderte, wie seine Strafe aussehen würde, wenn er sich weigerte? Wäre nicht das erste Mal. Wenn das passierte, wären all seine Pläne im Eimer.

Es klopfte zum dritten Mal.

Sein Herz hämmerte. Er wusste, dass ihm nichts anderes übrigblieb. Er musste öffnen.

Er riss die Tür weit auf. Und traute seinen Augen nicht.

Auf der Schwelle stand seine Schwester Marina.

Sie sah ihn an. »Sandro ...«

Und brach zusammen.

48

Die Nadel drang ins Fleisch ein. Als sie ein Stückchen weiter wieder herausgezogen wurde, hinterließ sie eine tiefe rote Spur. Der Golem sah mit leblosen Augen und unbeteiligter Miene zu. In Gedanken war er weit weg.

Als er aufgewacht war, hatte das Innere seines Wagens ausgesehen wie ein Schlachthaus – fast ein amüsanter Gedanke, denn das einzige Fleisch, das darin geschlachtet worden war, war sein eigenes.

Bevor er ohnmächtig geworden war, hatte er noch Michael Sloane angerufen. Ihm mitgeteilt, dass nicht alles nach Plan gelaufen sei, dass er sich verletzt habe und jemand ihn abholen müsse. Er hatte sein Handy nicht ausgeschaltet, damit sie ihn per GPS finden konnten.

Sloane, der auf keinen Fall persönlich in die Sache hineingezogen werden wollte, hatte zwei seiner Leute geschickt. Sie hatten den Golem aus seinem Wagen gehievt, ihn hinten in den Laderaum eines Ford Transit gelegt und seinen Prius in Brand gesteckt. Ihm war es gleich. Der Verlust von Besitztümern kümmerte ihn nicht. Außerdem würde er den neuen Wagen mit auf die Rechnung setzen.

Im Wagen verlor er erneut das Bewusstsein. Er wusste dennoch, wo sie ihn hinbrachten. Zu Dr. Bracken. Der Golem hatte keine Ahnung, ob es sich lediglich um einen Doktor ehrenhalber handelte oder ob Dr. Bracken ein richtiger Doktor war. Er wusste auch nicht, ob Dr. Bracken eine ärztliche Zulassung besaß, doch all das spielte für ihn auch keine Rolle. Er war schon früher von ihm behandelt worden und würde zweifellos in Zukunft noch oft seine Dienste in Anspruch nehmen müssen. Er war nicht der Einzige.

Dr. Bracken war bekannt als ein Mann, an den man sich wenden konnte, wenn Leute zusammengeflickt werden mussten, die keine Spuren hinterlassen wollten oder aus anderen

Gründen nicht in ein normales Krankenhaus gehen konnten. Er stellte grundsätzlich keine Fragen.

Der Golem wusste, wo Dr. Bracken wohnte. Ganz am Ende eines versteckt liegenden Pfades in der Nähe des Kreisverkehrs zwischen Romford und Ongar, mitten in der Einöde von Essex. Zuerst war die Straße noch recht malerisch. Die Zweige der Bäume hingen tief herab, dann und wann sprangen Muntjakhirsche über die Fahrbahn. Dort, wo diese Straße zu Ende zu sein schien, stand zwischen Bäumen ein großes altes Landhaus. Daran vorbei führte ein unbefestigter Weg, und wenn man diesen Weg immer weiterfuhr, bis dorthin, wo die Zweige der Bäume nicht mehr nur über der Straße hingen, sondern diese regelrecht zu erdrücken schienen, und wo es keine Hirsche mehr gab, weil die Tiere fürchten mussten, nicht lebend wieder herauszukommen, gelangte man irgendwann zum Haus von Dr. Bracken. Es war durch ein riesiges Tor aus Metall gesichert. Es war die Art von Tor, hinter der sich üblicherweise Survival-Fanatiker oder rechtsextreme Gruppen verschanzten. Um das Grundstück herum verlief ein hoher, mit Stacheldraht bewehrter Elektrozaun. Mehrere Schilder, von Hand in nicht ganz einwandfreier Orthographie geschrieben, warnten all jene, denen das Tor allein nicht Abschreckung genug war: *Zutritt verboten. Privatgrundstück. Fremmde unerwünscht.*

An diesem Ort ließ der Golem nun seine Wunden versorgen.

Er musterte Bracken, während dieser sich an seinem Arm zu schaffen machte. Er war klein und zerbrechlich, doch in seinen Augen loderte ein Feuer, das manchmal das einzig Lebendige an seiner spindeldürren Gestalt zu sein schien. Als würde er durch diese kleine Flamme im Innern angetrieben. Eine Flamme, die mit einem dunklen, hässlichen Licht brannte.

Wahrscheinlich ist es genau dasselbe Licht wie in den Augen der Soldaten, die meine Mutter vergewaltigt und meine Familie umgebracht haben, dachte der Golem. *Die mir mein Dorf und meine Heimat weggenommen haben.* Doch das war im Moment nicht von Belang. Der Doktor verarztete ihn, also würde der Golem ihm nichts antun.

Außerdem wusste er ja, wo er wohnte.

Erneut bohrte Bracken ihm die Nadel ins Fleisch. Der Mann strömte immer denselben Geruch aus: Alkohol und Schweiß. Und da war noch eine andere Note: Angst. Verzweiflung. Bracken tat all das nicht aus freien Stücken. Vielleicht war dies also gar nicht sein Haus, sondern lediglich sein Gefängnis. Dem Golem war es einerlei, solange Bracken ihn zusammenflickte und er danach wieder einsatzfähig war.

»Wir hatten schon einmal das Vergnügen«, meinte Bracken, während er nähte. »Normalerweise erinnere ich mich nicht an meine Patienten, aber Sie sind mir im Gedächtnis geblieben. Wegen Ihrer Haut.«

»Ich habe einige der Leute umgebracht, die meine Familie getötet haben. Danach bin ich innerlich gestorben. Meine Haut wurde grau. Dann war ich auch äußerlich tot.«

Bracken nickte. »Nehmen Sie kolloidales Silber?«

»Natürlich«, antwortete der Golem. »Ich nehme viele Sachen, damit ich gesund und stark bleibe. Silber ist gut. Es hat heilende Kräfte. So bleibe ich fit. Hilft auch gegen Aids, habe ich gehört.«

»Und Ihre Haut wird grau davon.«

Der Golem ließ sich das durch den Kopf gehen. »Nein. Ich bin innerlich tot.«

»Wie Sie wollen, mein Lieber«, sagte Bracken nur und nähte weiter.

Bracken benutzte einen dicken schwarzen Faden und machte große Schlingenstiche, als würde er Leder oder Tierhaut zusammennähen. Das lokale Betäubungsmittel hatte die Schmerzen nicht vollständig abgeblockt. Den Rest musste der Golem im Kopf erledigen.

Die Wunde an der Seite hatte Bracken sich zuerst vorgenommen. Sie war am leichtesten zu säubern, zu verschließen und zu verbinden gewesen. Als Nächstes waren die Stichverletzungen im rechten Arm an die Reihe gekommen. Auch sie hatten dem Doktor keine allzu großen Schwierigkeiten bereitet. Sein linker Arm allerdings stellte eine Herausforderung dar. Er war regelrecht zerfleischt worden.

»Auf kurz oder lang sollten Sie sich einer Hauttransplantation unterziehen«, riet Bracken ihm nun. »Rekonstruktive Chirurgie. Das ist die einzige Methode, mit der er sich vollständig wiederherstellen lässt.«

»Für so was habe ich keine Zeit«, gab der Golem zurück. »Ich habe Aufträge zu erledigen. Flicken Sie mich irgendwie zusammen, damit ich weiterarbeiten kann.«

»In Ihrem Zustand sollten Sie die nächsten Tage nicht mal an Arbeit denken«, beschied Bracken ihn.

»Doch«, widersprach der Golem. Er wollte sich nicht streiten, aber so standen die Dinge nun mal. »Versorgen Sie die Wunden, dann gehe ich. Ich muss arbeiten. Ein Auftrag wartet auf mich.«

Bracken winkte ab und zuckte mit den Schultern. Das war nicht sein Problem. »Wie Sie wollen …«

Er zog das letzte Stück Faden durch, machte einen Knoten und schnitt das Ende ab. Dann trat er einen Schritt zurück. »So«, erklärte er. »Mehr war nicht möglich.«

Der Golem stand auf und betrachtete sich im Spiegel.

»Lassen Sie das lieber bleiben, sonst kippen Sie noch um …«

Doch der Golem schwankte nicht einmal, als er sein Spiegelbild in Augenschein nahm.

Noch mehr Wunden, die heilen mussten. Noch mehr Spuren, die das Leben auf seinem Körper hinterlassen hatte. Er würde sich an sie gewöhnen. Aber Bracken hatte recht. Sein linker Arm sah furchtbar aus.

»Verbinden Sie mich«, befahl er.

»Der Arm braucht mehr als einen Verband.«

»Das wird er auch bekommen. Später.«

Erneut zuckte Bracken mit den Schultern, ehe er seinem Patienten einen Verband anlegte. Die ganze Zeit über betrachtete sich der Golem im Spiegel.

»Gut«, sagte er. »Und jetzt Tabletten.«

»Was?«

»Tabletten. Geben Sie mir Tabletten. Sie wissen, welche. Dieselben, die Sie mir schon mal gegeben haben.«

»Passen Sie auf, das ist ... das ist keine so gute Idee ...«

»Tabletten. Jetzt. Sie wissen, welche. Die, die mich stark machen. Damit ich nicht schlappmache. Die Tabletten, bei denen man keine Schmerzen mehr spürt.«

»Davon würde ich wirklich dringend abraten. Sie können ... Diese Tabletten sind gefährlich. Sie können Ihnen schaden, wenn Sie sie einnehmen. Ernsthaft schaden.«

»Und wenn schon«, sagte der Golem mit hartem, kaltem Blick. »Wenigstens spüre ich dann nichts. Die Tabletten. Jetzt.«

49

Mickey Philips hatte den Anruf vor mehr als einer Stunde erhalten. Ein Mord in Jaywick, er solle so schnell wie möglich an den Tatort fahren.

Jetzt parkte er ein Stück vom Flatterband entfernt, schaltete die Fleet-Foxes-CD aus, die er im Auto gehört hatte, hielt den Dienstausweis bereit und machte sich auf den Weg zur Absperrung.

Fleet Foxes, kaum zu glauben. Phil hatte die CD für ihn gebrannt und sie in seinem Wagen liegen lassen. Mickey müsse unbedingt mal reinhören. Einmal hatte er es getan, gezwungenermaßen, aber danach hatte er das Album mit derselben Verachtung, die er dem Großteil der von seinem Boss verehrten Bands entgegenbrachte, in die Tiefen seines Handschuhfachs verbannt. Immerhin hatte er es nicht auf der A12 aus dem Fenster geworfen. Was man von Neil Youngs *Sleeps with Angels* nicht behaupten konnte.

Heute allerdings hatte er sie gerne gehört. Vor allem »Your Protector« war ihm irgendwie nahegegangen. Er hatte den Song dreimal hintereinander gespielt und am Ende sogar mitgesungen. Er wusste auch genau, warum.

Wegen Anni. Und ihrer gemeinsamen Nacht.

Anfangs hatten sie zusammen in ihrem Wohnzimmer auf der Couch gesessen. Sie mit einem Glas Wein, er mit einer Dose Bier. Budvar. Sie hatte gewusst, dass er es gerne trank. Zuerst hatte er sich nichts dabei gedacht, aber hinterher war ihm klargeworden, dass sie es extra für ihn besorgt haben musste, für den Fall, dass er mal bei ihr vorbeikam. Er lächelte bei dem Gedanken daran.

Anni hatte sich mit untergeschlagenen Beinen in eine Ecke der Couch gekuschelt. Mickey hatte am anderen Ende gesessen. Er hatte versucht, sich zu entspannen, aber dann hatte er doch die ganze Zeit leicht nach vorn gelehnt mit steifem Rücken dagesessen. Sie hatte Musik aufgelegt. Fleet Foxes.

»Normalerweise nicht so mein Ding«, meinte sie. »Phil hat sie für mich runtergeladen. Mittlerweile finde ich sie richtig gut.«

Mickey nickte. Er trank sein Bier und lauschte der Musik. Irgendjemand sang davon, dass er von einem Berg heruntерstieg und zu lange fort gewesen war. Gar nicht so übel.

»Ich glaube, er hat mir auch eine CD von denen gegeben«, sagte er. »Ich habe aber noch nie reingehört.«

»Solltest du mal. Vielleicht gefällt's dir ja.«

»Könnte sein«, meinte er und sah sie an. »Vielleicht.«

»Nach einem langen, harten Arbeitstag«, meinte sie, »sind ein Glas Wein und solche Musik der beste Weg, um runterzukommen.«

»Könnte sein«, wiederholte er.

Sie stellte ihr Weinglas auf einen Beistelltisch. Atmete tief ein und aus. Mickey beobachtete, wie sich ihre Brüste dabei hoben und senkten. Er konnte nicht anders, er musste hinsehen. Er setzte seine Bierdose an die Lippen und merkte, dass seine Hand zitterte. Trank einen tiefen Schluck, bevor er die Dose abstellte. Ihm war ganz heiß vor Verlangen, aber gleichzeitig fürchtete er sich vor Zurückweisung. Er sah zu Anni hinüber. Sie lächelte ihn an.

»Allerdings kenne ich eine noch bessere Methode zum Runterkommen.«

Sie rutschte näher an ihn heran. Er spielte mit dem Gedanken, seine Dose wieder in die Hand zu nehmen und den Rest Bier hinunterzustürzen, um sich Mut zu machen, doch dann ließ er sie stehen. Anni saß jetzt direkt neben ihm. Sie legte ihm eine Hand auf die Brust und strich mit den Fingerspitzen über sein Hemd nach unten. Es fühlte sich gut an.

Ihre Blicke trafen sich. Sie lächelte erneut. Lehnte sich ihm entgegen.

Der erste Kuss. Ihr erster richtiger Kuss. Schon war ihre Zunge in seinem Mund, und er kam ihr mit seiner entgegen. Sie berührten sich, erforschten einander, Mund an Mund. Ihre Lippen waren so warm, so weich. Genau, wie er sie sich vorgestellt hatte. Und er hatte sie sich oft vorgestellt.

Irgendwann löste er sich von ihr. Sah sie an. Wieder lächelte sie, und ihre Augen leuchteten.

»Findest du …«, begann er.

»Ja …« Sie klang außer Atem.

»Findest du, dass wir das wirklich machen sollten? Nach allem … du weißt schon. Nach allem, was heute passiert ist.«

Sie rückte ein Stück von ihm ab. »Willst du nicht?«

»Doch, und ob ich will, es ist nur …« Er seufzte. »Der Boss. Und alles andere.«

»Wenn du nicht willst …«

»Doch, ich will.«

»Dann komm.« Sie bog sich ihm entgegen. »Nach so einem Tag ist das genau das Richtige.«

Schon lagen ihre Lippen wieder auf seinen. Ihre Hände strichen über seinen Körper. Ertasteten Knöpfe. Öffneten sie. Sie streifte ihm das Hemd ab und unterbrach kurz den Kuss, um genüsslich seine nackte Brust zu streicheln.

Er widmete sich währenddessen ihrem Hals und küsste sie dort, während seine Hände langsam über ihren Körper wanderten. Vorsichtig ließ er sie unter ihr T-Shirt gleiten …

Sie drängte sich an ihn. Er streichelte sie weiter. Ihre Finger fanden den Verschluss seiner Hose, machten sich daran zu schaffen. Seine Hände schwebten über ihren Brüsten.

Anni hörte auf und sah ihn an.

»Alles klar?«, fragte sie flüsternd.

Er nickte. »Ja.«

»Willst du es auch wirklich?«

»Ja …« Er runzelte die Stirn. »Wieso?«

»Du … ich weiß nicht. Ich habe das Gefühl, du hältst dich absichtlich zurück.«

»Ich halte mich absichtlich zurück? Nein, das … ganz und gar nicht.«

»Gut.«

Sie biss ihm in den Hals. Wahnsinn. Er spürte, wie eine Welle sexueller Erregung seinen Körper überrollte. Seine

Hände lagen jetzt auf ihren Brüsten. Stöhnend drängte sie sich ihm entgegen. Seine Liebkosungen wurden ein wenig intensiver. Dann hielt sie erneut inne.

»Willst du mich nicht?«

»Was? Doch, natürlich ...«

»Dann zeig's mir. Ich gehe schon nicht kaputt.«

Er atmete heftig. »Das weiß ich. Es ist bloß ...«

»Was?«

»Ich bin ... tut mir leid. Ich ... Du bist eben nicht irgendwer. Sondern was Besonderes. Und, na ja ... ich respektiere dich.«

»Will ich dir auch geraten haben. Aber das kannst du morgen früh immer noch machen.« Sie grinste. »Jetzt will ich ein bisschen Spaß haben.«

»Erlaubnis erteilt«, sagte er und erwiderte ihr Grinsen.

Von da an musste sie ihm nichts mehr zweimal sagen.

50

Nachdem Mickey gegangen war, konnte Anni nicht einschlafen.

Sie lag im Bett und ließ die Ereignisse des Abends immer wieder in ihrem Kopf Revue passieren. Es wurde ihr nicht langweilig dabei. Sie und Mickey – das hatte perfekt gepasst. Anfangs vielleicht noch nicht. Mickey war ein bisschen gehemmt gewesen. Eigentlich hatte sie das sogar ganz süß gefunden, aber da »süß« nicht unbedingt die Eigenschaft war, nach der sie bei einem Mann suchte – »süß« schaffte es nicht mal in ihre Top Ten –, hatte sie ihm schließlich sanft, aber deutlich zu verstehen gegeben, dass sie etwas anderes wollte. Und er war darauf angesprungen.

Und wie er darauf angesprungen war. Der Rest des Abends war wunderschön gewesen. Schmutzig wie auch zärtlich, erregend wild und quälend langsam. Vorfreude und Erfüllung in gleichem Maße.

Aber jetzt, da Mickey weg war, hatte sich noch etwas anderes in ihre Gedanken geschlichen: die Überwachungsaufnahmen von Marina an der Tankstelle, die sie am Abend zuvor angesehen hatten. Wieder und wieder ging sie die Bilder im Kopf durch. Sie hatten etwas übersehen, da war sie sich hundertprozentig sicher.

Sie spielte alles ein weiteres Mal vor ihrem geistigen Auge ab, und plötzlich … hatte sie es.

Anni war in Rekordzeit aufgestanden, hatte geduscht, und schon war sie unterwegs. Sie rief die Frau von der Tankstelle an, um ihren erneuten Besuch anzukündigen und sie zu bitten, das Überwachungsvideo bereitzuhalten, da sie es sich noch einmal anschauen wolle. Und sie solle nicht die Mülleimer leeren.

Keine dreißig Minuten später stand sie hinten im Büro des Tankstellenshops und starrte hochkonzentriert auf den Bildschirm. Wieder sah sie Marina ungeduldig an der Kasse stehen und darauf warten, dass sie an die Reihe kam. Sah sie zur Überwachungskamera hochschauen und dann an den Tresen treten, wo sie ihre Pfefferminzbonbons kaufte, eins aus der Tüte nahm und das Einwickelpapier auf den Boden warf.

»Da«, sagte Anni. »Halten Sie da an.« Sie zeigte auf den Bildschirm. »Sehen Sie?«

Die Kassiererin hielt das Video an. »Sie … sie wirft das Papier auf den Boden«, sagte sie verwirrt.

»Genau. Haben Sie seitdem saubergemacht?«

»Sicher, aber …«

Anni zog ein Paar Latexhandschuhe aus ihrer Jackentasche. »Können Sie mir bitte zeigen, wo die Mülltonnen stehen?«

Die Frau nahm sie mit nach draußen, wo sich auf der

Rückseite des Tankstellengebäudes schwarze Müllsäcke und zusammengefaltete Pappkartons stapelten. Sie zeigte Anni, welcher Müllsack am ehesten in Frage kam. Anni breitete Zeitungspapier auf der Erde aus, riss den Sack auf und kippte den Inhalt aus. Während sie alles durchwühlte, erklärte sie der Frau, was sie tat.

»Ich dachte, es wäre einfach nur Müll«, sagte sie. »Anfangs. Den sie einfach so wegwirft. Aber dann ...«, ihre Finger durchsuchten systematisch den Müll und strichen jeden Fetzen Papier glatt, »ist mir wieder eingefallen, wie sie förmlich nach der Überwachungskamera gesucht und direkt hineingesehen hat. Das fand ich irgendwie merkwürdig. Und als ich mir die Aufnahme vorhin dann noch mal angeschaut habe ...«, sie hielt einen Schnipsel Papier in die Höhe, warf ihn dann aber wieder weg, »wusste ich, dass ich recht hatte.«

Die Frau stand neben ihr und sah ihr zu. »Was meinen Sie?«

»Ihr Blick«, erklärte Anni. »Zuerst dachte ich, sie will einfach nur wissen, wo die Kameras sind. Dass sie bloß vorsichtig ist. Aber das stimmt nicht. Sie schaut erst in die Kamera und dann auf den Boden.«

»Na und?«

»Aber nicht irgendwohin auf den Boden, sondern auf eine ganz bestimmte Stelle. Genau dahin, wo sie später das Papier hinwirft.«

»Ach so«, entgegnete die Frau nun interessiert. »Sie glauben, sie hat Ihnen einen Hinweis hinterlassen? Auf dem Bonbonpapier?«

»Nicht auf dem Bonbonpapier. Sie wollte es bloß so aussehen lassen, als *wäre* es Bonbonpapier. Sie hat sich absichtlich so unauffällig wie möglich verhalten, für den Fall, dass ... ich weiß auch nicht – dass jemand sie beobachtet. Sie hat gehofft, dass einem von uns trotzdem auffallen würde, was sie da macht.« Sie hielt ein Stückchen Papier in die Höhe und strahlte triumphierend. »Da haben wir es.«

Als Anni das Papier glattstrich, beugte sich die Frau vor, um besser sehen zu können. »Das sind Koordinaten«, meinte sie. »Sie hat Ihnen eine Botschaft übermittelt.«

»Ja, das hat sie.«

Anni bedankte sich bei der Frau, die wieder alles wegräumen wollte und sich freute, behilflich gewesen zu sein. Anni ging zum Wagen, einem Fiesta, den sie sich aus der Fahrzeugflotte des Reviers ausgeborgt hatte. Sie stand so unter Strom, als hätte sie dreißig Espresso auf einmal getrunken.

Gott sei Dank hat die Karre ein Navi, dachte sie und gab die Koordinaten ein. Es konnte losgehen.

Sie musste nur noch schnell einen Anruf erledigen.

51

»Wer hat es denn gemeldet?«, fragte Mickey den Uniformierten, während sie nebeneinander über den gekennzeichneten Weg zum Tatort gingen. Der Morgen war fahl und nebelverhangen. Der Dunst umhüllte Mickey wie eine Figur in einem Steve-Ditko-Comic.

Die Spurensicherung war bereits vor ihm am Tatort angekommen. Haus und Grundstück waren mit schwarzgelbem Plastikband abgesperrt worden, an dem hin und wieder der Wind zerrte. Die Kriminaltechniker in ihren blauen Overalls suchten sich vorsichtig ihren Weg durch den Nebel. Dabei hielten sie sich strikt an die quadratischen Metallplatten, mit denen die erlaubten Wege markiert waren, als fürchteten sie, ein falscher Schritt könne einen verborgenen Sprengsatz zur Detonation bringen. Bei ihrem Anblick fühlte sich Mickey wie immer an ein Team von Wissenschaftlern aus einem Hollywood-Katastrophenfilm erinnert, das die Ausbreitung eines tödlichen Virus oder die Folgen eines verheerenden Chemieunfalls eindämmen musste. Für Außenstehende waren diese Männer in Overalls das auffälligste Zeichen dafür, dass in ihrer wohlgeordneten Welt etwas aus dem Ruder gelaufen war.

Im Garten waren zwei weiße Zelte aufgestellt worden. Zum einen sollten sie den Tatort schützen, zum anderen den Fernsehteams den Blick verstellen. Bei seiner Ankunft hatte Mickey bereits einige Reporter gesehen, die ihre Ausrüstung aufbauten und den optimalen Standort für Kameras und Sprecher suchten. Weißer Nebel, weiße Zelte, Männer in hellblauen Overalls. Man konnte sich kontrastreichere Fernsehbilder vorstellen.

Da Mickey in der Abteilung für Kapitalverbrechen arbeitete, versuchte er einen möglichst weiten Bogen um die Kamerateams zu machen. Wenn sie ihn sahen, würden sie womöglich denken, dass er ihnen eine Story liefern konnte, und das würde ihn nur von der Arbeit abhalten.

Der Uniformierte konsultierte seine Aufzeichnungen und beeilte sich, mit Mickey Schritt zu halten. »Jemand hat seinen Hund Gassi geführt. Ein richtig miesepetriger alter Knochen. Hat was großes Braunes auf dem Rasen liegen sehen.« Er deutete auf das erste weiße Zelt. »Dachte zunächst, da würde jemand schlafen. Ein Landstreicher, meinte er. Er ist hingegangen, um …«, erneut musste der Polizist einen kurzen Blick auf seine Notizen werfen, »dem Betreffenden eine ordentliche Standpauke zu halten, wie er sich ausgedrückt hat.«

»Eine Standpauke? Das hat er gesagt?«

Der Uniformierte nickte. »So waren seine Worte.«

»Weiter.«

»Also. Nachdem er festgestellt hatte, dass es in Wirklichkeit zwei tote Hunde waren, ist er zum Haus gegangen, um sich zu beschweren. Dabei hat er die Leiche entdeckt. Und dann kamen wir ins Spiel.«

»Hat er seine Aussage schon zu Protokoll gegeben?«

»Ja. Ich habe sie persönlich aufgenommen. Er war ganz außer sich vor Empörung. Seiner Meinung nach sollte das Töten von Hunden per Gesetz verboten werden.«

»Wohingegen das Töten von Menschen nicht weiter zu beanstanden ist. Danke.«

Der Uniformierte ging zurück auf seinen Posten.

Mickey war beim ersten weißen Zelt angekommen. Man reichte ihm einen Vliesoverall, Schuhüberzieher und Einmalhandschuhe. Er streifte sich alles über und konnte dann hinein. In der Mitte des Zelts lagen die zwei toten Hunde. Daneben hatten die Kriminaltechniker einen Arbeitstisch aufgestellt. Die Kadaver waren bereits markiert und untersucht worden. Der Rasen im unmittelbaren Umkreis der Tierleichen war abgesperrt und wartete darauf, eingehender analysiert zu werden. Mickey sah einen Tatort immer als eine Art Spirale. Man begann am äußersten Rand und arbeitete sich Stückchen für Stückchen bis zur Mitte vor, dem eigentlichen Verbrechen. Sobald das Geschehen vollständig rekonstruiert war, konnte man damit beginnen, auf eine Lösung hinzuarbeiten.

»Was haben wir?«

Jane Gosling, auch ein Detective Sergeant aus Mickeys Abteilung, drehte sich zu ihm um. Er kannte sie gut. Sie hatte ein umgängliches Wesen und war in ihrer Freizeit passionierte Laiendarstellerin. Er nahm sich vor, irgendwann einmal eine ihrer Aufführungen zu besuchen. Das wäre nur höflich.

»Zwei tote Hunde«, sagte sie und bestätigte damit nur das Offensichtliche. Jane war groß und stämmig gebaut, und obwohl ihr Overall ziemlich knapp saß, bewegte sie sich mit einer Geschmeidigkeit, die man bei jemandem ihres Körperumfangs nicht vermutet hätte.

»Messerscharf beobachtet«, sagte Mickey und bückte sich. »Du wirst es noch weit bringen.«

Jane beugte sich ebenfalls hinunter. »Der hier …«, sie zeigte auf den Hund rechts, »scheint einen Schlag gegen die Kehle bekommen zu haben. Und einen Fußtritt gegen den Kopf. Oder einen Schlag mit einem massiven Gegenstand.«

»Daran ist er gestorben?«

»Ich weiß es nicht genau. Der Kopf ist abgeknickt. Sieht aus, als hätte ihm jemand das Genick gebrochen.«

»Du liebe Zeit. Und der andere?« Mickey deutete auf den zweiten Hund. »Der wurde ja ganz schön übel zugerichtet.«

»Stimmt. Das ganze Gesicht ist voller Blut. Wir glauben, dass er auf jemanden losgegangen ist und dieser Jemand sich heftig zur Wehr gesetzt hat.«

»Das muss aber ein verdammt guter Kämpfer gewesen sein. Wäre es möglich, dass es mehrere Personen waren?«

»Wissen wir nicht. Noch nicht. Wir sind noch dabei, die Fußabdrücke zu analysieren. Bislang haben wir lediglich Abdrücke von einer Person gefunden.«

»Ein einzelner Täter soll das getan haben? Meine Güte …«

»Und schau dir den Hund mal an. Das Maul. Sieht so aus, als hätte er jemanden gebissen.« Mit der Spitze eines Kugelschreibers deutete sie auf die Zähne des Tieres. »Siehst du das? Er hat kleine Fleischfetzen zwischen den Fängen.«

»Daraus müsste sich doch eine DNA extrahieren lassen.«

»Hoffen wir's. Und das viele Blut kann auch nicht allein von dem Hund stammen.«

Mickey starrte auf die Tiere. Er war angewidert, aber zugleich fasziniert. »Aber … was ist mit ihm passiert? Er sieht aus, als hätte man ihm den Kopf auseinandergerissen.«

»So war es auch. Jemand hat etwas Hartes in sein Maul eingeführt, und damit wurde ihm dann der Kiefer auseinandergehebelt.«

»Ist er daran gestorben?«

»Er hat ein gebrochenes Genick, genau wie der andere. Das ist höchstwahrscheinlich die Todesursache. Nach dem jetzigen Stand zumindest. Aber früher oder später wäre er wohl ohnehin seinen Verletzungen erlegen.«

Mickey schüttelte den Kopf. »Ich kapier's nicht. Warum reißt man erst einen Hund brutal in Stücke und lässt ihn auf dem Rasen liegen, nur um ihn dann von seinen Qualen zu erlösen?«

Jane richtete sich auf. »Da bin ich überfragt. Aber wenn es sich wirklich um einen einzelnen Täter handelt, haben wir es mit einem Wahnsinnigen zu tun.«

»Einem sehr starken Wahnsinnigen.«

»Stimmt.«

Auch Mickey erhob sich. »Danke, Jane. Du kannst dann weitermachen.«

Er wandte sich zum Gehen, doch Jane legte ihm die Hand auf den Arm. »Irgendwelche Neuigkeiten?«

Er wusste sofort, was sie meinte. »Ich habe im Krankenhaus angerufen, bevor ich hergekommen bin. Angeblich war die Nacht gut. Sein Zustand ist stabil. Mehr wollten sie mir nicht sagen.«

Jane seufzte. »Dasselbe habe ich auch zu hören bekommen. Wir sind schon so lange dabei, und trotzdem habe ich keine Ahnung, ob das ein gutes oder ein schlechtes Zeichen ist.«

»Geht mir nicht anders«, gab Mickey zurück. »Ziemlich mieses Gefühl, sich plötzlich auf der anderen Seite wiederzufinden, oder?«

»Ja. Der Tote liegt im Zelt da hinten. Viel Erfolg.«

Mickey trat hinaus in den Nebel. Er dachte nicht mehr an Phil oder Anni, sondern nur noch an seine Arbeit.

Er ging los, um sich die Leiche anzusehen.

52

Die beiden Laptops standen exakt parallel zueinander. Präzise ausgerichtet. Es waren unterschiedliche Modelle, aber beide enthielten Geheimnisse, die nur darauf warteten, enthüllt zu werden.

Michael Sloane betrachtete sie mit einem Lächeln. Es gefiel ihm, wie sie nebeneinander standen. Die perfekte Symmetrie. Zwei Rätsel, die er knacken würde. Auf diesen beiden Rechnern würde er sämtliches Material finden, was sie gegen ihn gesammelt hatten: heimlich aufgezeichnete Gespräche; Geschäfte, von denen er nicht wollte, dass die Öffentlichkeit davon erfuhr; seine Methoden, sich Feinde vom Leib zu schaffen. Und natürlich alle Einzelheiten ihres Racheplans.

»Herrlich«, sagte er. »Dafür lohnt es sich zu sterben. Wie man ja sieht.«

Er drehte sich um. Hinter ihm stand der Golem in Habachtstellung, die Miene wie immer ausdruckslos. Eine Maschine, die auf Befehle wartete. Doch Sloane spürte, dass etwas anders war als sonst. Er hatte das Gefühl, als sei der Golem gar nicht richtig anwesend. Er machte einen Schritt auf ihn zu. »Warum stehst du da?«

Der Golem hatte ins Leere gestarrt, doch bei Sloanes Worten wurde sein Blick wieder scharf. Wie ein Aufklärungsschiff, das von seinem Erkundungsflug in die Randzonen des unendlichen Universums zurückkehrte.

»Da bist du ja wieder«, sagte Sloane. »Gut.«

»Verzeihung?« Die Stimme des Golem war leise und fragend. Ganz anders, als man sich die Stimme eines Killers vorstellte. Das war Sloane schon oft aufgefallen.

»Warum stehst du hier herum? In diesem Zimmer? Du solltest im Bett liegen. Im Krankenhaus.«

»Ich …« Erneut verschleierte sich der Blick des Golem.

»Ich bin stark. Geist über Materie. Wir spüren Schmerzen ... nur dann, wenn wir sie zulassen.«

»Aha.« *Drogen*, dachte Sloane. *Was sonst.* »Du hast den Laptop besorgt. Gut. Und Watts stellt kein Problem mehr für uns dar. Aber die anderen hast du entkommen lassen.«

»Ich ... Das stimmt. Es ist peinlich.«

»Mehr als das. Ein Sicherheitsrisiko. Und nicht nur für dich, sondern auch für mich. Du hast deinen Auftrag nur zum Teil erfüllt.«

»Dafür ... bitte ich um Vergebung.«

»Du wirst schon ein wenig mehr tun müssen. Bring die Sache in Ordnung.« Er musterte den Golem von oben bis unten. Seine Seite und beide Arme waren bandagiert, darüber trug er ein weites Hemd. Er sah bleich aus. *Oder vielmehr,* dachte Sloane, *hellgrau.* »Schaffst du das?«

»Ich schaffe es.«

»Gut. Was geschehen ist, könnte mir empfindlich schaden, und ich bin nicht bereit, es dazu kommen zu lassen. Nicht nach allem, was ich investiert habe. Der Schaden muss begrenzt werden. Wenn möglich, sogar ganz abgewendet. Ich muss mich darauf verlassen können, dass du dazu imstande bist. Jetzt und heute, in deinem gegenwärtigen Zustand.«

Der Golem sah Sloane in die Augen. Sein Blick war jetzt wieder ganz klar. Dem Golem in die Augen zu schauen war, als blicke man dem Tod ins Gesicht. Sloane musste blinzeln und schluckte trocken.

»Ja, ich bin dazu imstande. Jetzt und heute. Mir geht es gut.« Er machte einen Schritt nach vorn, woraufhin Sloane einen Schritt zurückwich. »Schmerzen können mir nichts anhaben. Ich bin ... Superman.«

»Gut. Dann ... verlieren wir keine Zeit.«

»Außerdem ...« Der Golem stellte sich Sloane in den Weg, als dieser an ihm vorbeiwollte.

Sloane wartete ab.

»Außerdem muss ich mich reinwaschen.«

»Reinwaschen?«

»Ich bin ein Profi. Mein … Urteilsvermögen hat mich im Stich gelassen. Ich habe an alle möglichen Alarmsysteme gedacht, nur an eins nicht. Hunde. Ich war nachlässig. Ich muss Buße tun.«

»Gut.«

»Und das *werde* ich auch.«

»Freut mich zu hören.«

»Wie lauten meine Befehle?«

Sloane wandte seine Aufmerksamkeit wieder den beiden Laptops zu. »Wir müssen wissen, wohin sie geflohen ist. Und er, wie auch immer er sich jetzt nennt. Und das Kind natürlich. Ich glaube nicht, dass sie die beiden ausschalten wird, sie sind ihre Rückversicherung. Sie glaubt immer noch, dass sie mit ihrer Hilfe das Spiel gewinnen kann. Wie sehr sie sich doch täuscht.«

Er setzte sich wieder an den Schreibtisch. »Wir müssen sie aufspüren. Mit ein bisschen Glück finden wir auf einem der beiden Rechner einen Hinweis. Außerdem müssen wir rausfinden, ob sie noch Kontakt zu der Psychologin hat und wie wir den notfalls unterbinden können.« Er seufzte. »Ich hätte sie eliminieren sollen, als ich Gelegenheit dazu hatte«, sagte er, eher zu sich selbst als zum Golem. »Ich bin zu weichherzig, das ist mein Problem.«

Genau diesen Moment wählte Dee, um ins Zimmer zu kommen. Michael Sloane sah sich nach ihr um. Sie trug einen engsitzenden Jogginganzug aus schwarzem Nicki und Turnschuhe. Die Haare hatte sie sich zu einem Pferdeschwanz gebunden. Kein Make-up. Nichts erinnerte noch an das aufreizende Geschöpf vom Vortag. Im Moment war allein das Geschäft wichtig.

»Wie schön, dass du es einrichten konntest.«

»Ich habe Sport getrieben.« Sie trat zu ihm. Vom Golem nahm sie keinerlei Notiz.

Sloane lächelte in sich hinein. Bei Dee wusste man nie, woran man war. Es war unmöglich vorherzusagen, wie sie sich verhalten würde, in welcher Laune sie sein, was sie sagen oder auch nur welche Kleider sie tragen würde. Diese Stimmungsschwankungen waren in der Vergangenheit immer sehr unterhaltsam gewesen. Und gefährlich. Aber gerade das schätzte er so an ihr. Falsch. Er liebte es. Sie war seine ganz persönliche Switch Bitch ...

»Ich weise nur gerade unseren Freund ein, mein Schatz«, ließ er sie wissen.

Sie sah ihn fragend an.

»Schadensbegrenzung. Ehe es zu spät ist.«

Falls Dee etwas darauf erwidern wollte, wurde sie durch das Klingeln des Telefons daran gehindert. Keiner der beiden machte Anstalten, an den Apparat zu gehen.

»Wahrscheinlich wieder die Polizei«, sagte Sloane. »Sie haben es gestern Abend schon versucht. Wir tun einfach so, als wären wir nicht da.«

Dee schwieg.

»Ich habe der Haussklavin entsprechende Befehle erteilt. Sie werden nicht durchkommen.«

Noch immer keine Reaktion.

Sloane sah zwischen dem Golem und Dee hin und her und überlegte, wer von den beiden unbeteiligter wirkte. Er konnte sich nicht entscheiden.

Da trat die Haussklavin ein. Sie hatte das Telefon bei sich, eine Hand über der Muschel. Sloane funkelte sie drohend an. »Du weißt, dass wir nicht gestört werden wollen«, sagte er leise. »Ich habe dir strengste Anweisungen erteilt. Willst du etwa bestraft werden?«

Zitternd reichte sie ihm das Telefon. »Ich glaube ... ich glaube, Sie sollten da rangehen, Sir.« Dann stand sie mit gesenktem Kopf da, als erwarte sie Schläge.

Er nahm das Telefon und unterdrückte seinen aufsteigenden Zorn. »Sloane.«

»Hallo, Michael.«

Es dauerte einige Sekunden, bis er die Stimme zugeordnet hatte. Dann begriff er, wieso die Haussklavin seinen Befehlen zuwidergehandelt hatte. Sie war einer Bestrafung entgangen. Es sei denn, sie wollte trotzdem bestraft werden.

»Hallo, Helen«, sagte er. »Was für eine angenehme Überraschung.«

Bei der Nennung des Namens schnellte Dees Kopf herum, und sie starrte den Hörer an, als könne sie die Frau am anderen Ende der Leitung sehen. Sie wusste, wer am Telefon war.

»Jeff ist tot«, sagte Helen Hibbert.

»Ich habe davon gehört«, antwortete Sloane. »Mein Beileid.«

»Sie wissen, weshalb ich anrufe. Wir müssen uns treffen. Ich komme zu Ihnen.«

Sloane rang sich ein Lächeln ab. »Aber sicher, Helen. Immer wieder ein Vergnügen.«

Die Leitung war tot. Er reichte den Apparat der Haussklavin wieder zurück, die ihn entgegennahm und das Zimmer verließ. Dees Blick war auf ihn geheftet.

»Wollen wir hoffen«, sagte er, »dass es für eine Schadensbegrenzung nicht schon zu spät ist.«

Die anderen zwei schwiegen.

53 Der Nebel löste sich allmählich auf. Noch hatte die Sonne sich nicht durchgesetzt, aber immerhin konnte Mickey nun die dürre, hochaufgeschossene Gestalt von Rechtsmediziner Nick Lines ausmachen, der neben dem zweiten Zelt stand. Er sah aus wie ein Gespenst oder wie der Sensenmann, der darauf wartete, die Seelen der Verstorbenen zu sich ins Jenseits zu holen. Er winkte Mickey zu und verschwand dann unter dem Zeltdach. Mickey wurde das Gefühl nicht los, dass er, indem er Lines folgte, die Schwelle zu einer anderen Welt überschritt.

In gewisser Hinsicht traf das sogar zu. Phil Brennan hatte es ihm einmal erklärt, nachdem er ein Bier zu viel getrunken hatte.

»Die meisten Menschen«, hatte Phil gesagt, »leben in der normalen Welt. In der Welt des Alltags: Wecker stellen, von neun bis fünf arbeiten, abends *East Enders* und samstags essen gehen. Aber wir nicht, Mickey. Wir nicht.«

Mickey hatte ihm zugehört. Schlimmstenfalls, hatte er gedacht, würde er dem Team am nächsten Morgen eine lustige Anekdote darüber erzählen können, was der Boss so alles verzapfte, wenn er zu tief ins Glas geschaut hatte.

»Wir stehen auf der Schwelle. Wir sind die Torwächter zu einer anderen Welt. Zu einer Welt, in der die Toten lebendig sind, die Vergewaltigten, die Verstümmelten ... die Vergessenen. Die Blinden und die Stummen. Die Menschen in der normalen Welt wollen von dieser anderen Welt nichts wissen, Mickey. Sie wollen nicht mal daran denken, dass es sie überhaupt gibt. Denn wenn sie es wüssten, wenn sie wirklich wüssten, wie es dort aussieht ... wären sie gar nicht mehr in der Lage, morgens aufzustehen.«

Mickey hatte zustimmend genickt.

»Und es ist unsere Aufgabe – deine, meine, Annis, die unseres Teams ... unsere Aufgabe, dafür zu sorgen, dass diese zwei Welten niemals aufeinanderprallen. Oder wenigstens so selten wie möglich. Und das tun wir ... Wissen Sie, wie wir das tun?«

Mickey hatte geantwortet, dass er es nicht wisse.

»Wir tun das, indem wir den Stummen eine Stimme geben. Indem wir für sie sprechen. Für die Ermordeten, die Vergewaltigten, die Verstümmelten. Für die Opfer. Wir sind ihre Stimme. Wir finden die, die sich an ihnen schuldig gemacht haben.« Er hatte nach seinem Glas gegriffen und erstaunt festgestellt, dass es leer war. »Kapitalverbrechen. Das Wort beschreibt es nicht mal ansatzweise. Wir sind die Torwächter, Mickey. Das Einzige, was die zwei Welten voneinander trennt. Vergessen Sie das niemals, Mickey. Vergessen Sie das niemals.«

Mickey hatte es nicht vergessen. Am nächsten Morgen auf der Arbeit hatte er keine Witze darüber gemacht, was sein Boss in angetrunkenem Zustand so alles erzählt hatte. Er hatte sich seinen nächsten Fall vorgenommen – einen Doppelmord an Zwillingsschwestern im Teenageralter – und Phils Mahnung beiseitegeschoben. Doch als er schließlich ausreichend Beweise gegen den Mörder – den Vater der Mädchen – gesammelt hatte, so dass dieser verhaftet, angeklagt und verurteilt werden konnte, waren ihm Phils Worte wieder in den Sinn gekommen. Und auf einmal hatte er nichts Komisches oder Albernes mehr an ihnen gefunden. Sie waren lediglich eine wahrheitsgetreue Beschreibung ihrer täglichen Arbeit.

Als er nun unter das Dach des weißen Zelts trat, war er auf das, was ihn dort erwartete, vorbereitet.

»Da«, sagte Nick Lines mit einer kurzen Handbewegung, für den Fall, dass Mickey Zweifel daran hatte, wovon er sprach. »Da unten.«

Mickey sah auf der Erde die Leiche eines Mannes liegen. Er war keinen sanften Tod gestorben. Sein Gesicht war aufgetrieben und dunkel verfärbt. Seine Augen waren weit aufgerissen, das Weiße durchsetzt mit roten Punkten – Blut aus geplatzten Kapillaren.

»Zerebrale Hypoxie«, verkündete Nick Lines.

»Soll heißen, er wurde erwürgt. Er ist erstickt.«

Lines antwortete nicht. Er verschwendete nicht gern Zeit auf überflüssige Worte. Seine herablassende und distanzierte Art weckte in Mickey immer ein Gefühl der Minderwertigkeit. Er vermutete, dass es bloß eine Attitüde war, eine Maske, die der Mediziner anfangs aufgesetzt hatte, um dahinter seine allzu menschliche Reaktion auf die Schrecken seiner Arbeit zu verbergen. Doch das war die Krux von Masken, wenn man sie zu lange trug: Irgendwann verbargen sie ihren Träger nicht mehr, sondern wurden ein Teil von ihm.

Nick Lines war in die Hocke gegangen und inspizierte den Leichnam.

»Kontusion im Nackenbereich ... massive Hämatome rechts und links der Trachea ... Abschürfungen, Kratzer von Fingernägeln ...« Er sah zu Mickey hoch. »Ich würde sagen, Sie suchen nach einem sehr starken Mann mit sehr großen Händen.«

»Große Hände?«

»Er wurde mit nur einer Hand erwürgt. Beachtliche Spannweite. Er hat beide Halsschlagadern abgedrückt. Wenn das Opfer nicht am Sauerstoffmangel gestorben ist, dann vermutlich an Herz-Kreislauf-Stillstand.« Er richtete sich auf. »Das heißt, unser Täter hat mindestens eine überdurchschnittlich große Hand. Obwohl meiner Erfahrung nach die meisten Menschen zwei gleich große Exemplare besitzen.«

»Nicht zwangsläufig.« Wenn Mickey ausnahmsweise einmal nicht durch Lines' Zurschaustellung seiner Belesenheit Minderwertigkeitsgefühle bekam, dann ärgerte er sich über dessen Humor.

»Stimmt. Obwohl wir, denke ich, in diesem Fall davon ausgehen können.« Lines sah sich am Boden um. Die Spurensicherung hatte das Gebiet gründlich abgesucht. »Es hat ein Kampf stattgefunden. Zwei Beteiligte. Und den Verletzungen des Opfers nach zu urteilen, hatten beide Beteiligten zwei Arme. Obwohl ...« Erneut ging er in die Hocke und deutete auf eine Stelle auf der Erde, wo mehrere Proben entnommen worden waren. »Blut. Wurde bereits zur Analyse ins Labor gebracht. Eigentlich eine Schande. Stickstoff, Kalzium und Phosphor – ausgezeichneter Dünger. Wäre er noch da, hätte man hier ganz wunderbaren Blumenkohl ziehen können.«

Mickey sagte nichts. Was sollte man auf eine solche Bemerkung auch antworten? Stattdessen fragte er: »Todeszeitpunkt?«

»Schwer zu sagen ohne eine vollständige Autopsie. Aber wenn man die Ausbreitung der Leichenflecke und die Witterungsbedingungen mit in Betracht zieht, würde ich sagen, er ist maximal vierundzwanzig Stunden tot. Eher weniger.«

»Danke. Irgendeine Ahnung, wer er war? Was er hier gemacht hat?«

Nick Lines sah Mickey nicht einmal an. »Ich kümmere mich nur um die Biologie. Die metaphysischen Fragen überlasse ich Ihnen.«

»Danke, Nick.«

»Jederzeit.« Nick Lines erhob sich. Sein spöttisches Lächeln war noch nicht ganz verflogen. »Aber eins muss ich doch sagen. Der Täter war derselbe wie der, der die beiden Hunde dort drüben getötet hat, daran besteht wohl kein Zweifel. Dieselbe Art der Kraftausübung, Angriff auf dieselbe Körperregion. Hals und Nacken. Eine kleine Schwachstelle mit einer so lebenswichtigen Aufgabe.«

»Verrät uns das irgendwas über ihn?«

Nick Lines zuckte die Achseln. »Wenn Sie unbedingt darauf bestehen, dass ich Ihre Arbeit für Sie mache, würde ich sagen, dass er nicht zum ersten Mal getötet hat. Wahrscheinlich ist er ein Profi, zumal er genau wusste, wo er zupacken musste.«

»Ein Auftragskiller?«

Lines schüttelte den Kopf. »Tut mir leid, die Fragestunde ist vorbei. Sie werden sich Ihre Antworten woanders suchen müssen.«

Mickey machte Anstalten zu gehen. Seine Meinung zu Nick Lines hatte sich durch die jüngste Begegnung nicht geändert, und er war froh, der Gesellschaft des Mannes entkommen zu können.

Doch dann hielt Lines ihn zurück. Zum allerersten Mal sprach er ihn direkt an. »Wie geht es ihm?«

Auch diesmal wusste Mickey gleich, von wem die Rede war.

»Keine Veränderung, soweit ich informiert bin. Bestimmt sagen sie uns Bescheid, sobald es was Neues gibt.«

Nick Lines nickte seufzend. »Es ist immer schlimm, wenn es einen aus den eigenen Reihen trifft, nicht wahr?«

»Ja«, sagte Mickey. »Das stimmt.«

Es war das erste Mal, dass er das Gefühl hatte, auf derselben Seite zu stehen wie Nick Lines.

54

Als Tyrell die Augen aufschlug, stellte er fest, dass er ganz woanders war als erwartet.

Keine grauen Wände, keine vergitterten Fenster. Keine dünne Bettdecke. Nichts Vertrautes, keine Sicherheit. Nur überall Licht. Und ein Krampf, der sich wie Pflanzenwurzeln immer tiefer in seinen Körper hineingrub.

Er versuchte die Glieder zu strecken und sich aufzusetzen. Sein Rücken schrie vor Schmerz, also ließ er es lieber bleiben. Sah sich stattdessen um. Versuchte sich einen Überblick über seine Umgebung zu verschaffen. Sein Nacken tat weh. Durchs Fenster fiel Tageslicht herein. Bäume. Nebel. Ihm war, als könnte er den Nebel in seinen Knochen spüren. Seine Muskeln waren steif. Dann erinnerte er sich.

Das Auto. Sie hatten im Auto geschlafen.

Wenn man das überhaupt schlafen nennen konnte. Er war einfach irgendwann weggedämmert, halb vor Angst, halb vor Erschöpfung, und fühlte sich kein bisschen ausgeruht. Langsam fiel ihm auch wieder ein, wie sie hierhergekommen waren.

Sie hatten fliehen müssen. Die Frau hatte am Steuer gesessen, er auf dem Beifahrersitz, das kleine Mädchen hinten auf der Rückbank. Sie hatte geweint und geschrien. Tyrell konnte es ihr nicht verübeln, schließlich hatten sie mit ansehen müssen, wie ein grauer Riese im Garten aufgetaucht war, mit den Hunden gerungen und sie schließlich brutal getötet hatte. Dann war der graue Riese ums Haus gegangen und hatte Jiminy Grille erwürgt.

Sie hatten nicht abgewartet, bis er zu ihnen kam.

Sie waren in das silberne Auto gesprungen, das aussah wie eine Kiste, und waren davongerast, bis ihnen irgendwann das Adrenalin ausging und die Straße zu Ende war. Er hatte versucht, das kleine Mädchen zu beruhigen, hatte ihr gesagt, dass alles gut werden würde und dass sie nicht traurig sein müsse. Die Frau hatte ihn angefahren, er solle das Maul halten und aufhören, dem Balg Lügenmärchen zu erzählen. Da war ihm selbst nach Weinen und Schreien zumute gewesen.

Er unternahm einen weiteren Versuch, sich hinzusetzen, und bewegte sich diesmal ganz vorsichtig, damit sein Rücken nicht wieder streikte. Es gelang ihm tatsächlich, sich in eine aufrechte Sitzposition zu bringen. Er warf einen Blick nach hinten. Dort saß Josephina mit weit aufgerissenen Augen, starr vor Angst. Sie hatte die Hände zwischen die Schenkel gepresst.

»Geht's dir gut?«, fragte er sie.

»Pipi ... Ich muss Pipi ...«

Erneut sah er sich um. Die Frau saß mit zurückgelehntem Kopf auf dem Fahrersitz. Ihre Augen waren fest geschlossen, der Mund stand offen. Sie schlief.

»Na, dann komm ...«

Er öffnete die Wagentür und streckte seine steifen Beine. Josephina schaffte es, selbständig die hintere Tür zu öffnen und ins Freie zu klettern. Dann sah sie ihn fragend an, als wisse sie nicht, was als Nächstes zu tun war.

»Na, los, geh einfach da hinten zwischen die Bäume«, sagte er. »Keine Angst, ich warte hier auf dich.«

Sie gehorchte und lief davon.

»Nein, wie goldig.«

Er drehte sich um. Die Frau war ausgestiegen und stand neben ihm. Sie bot einen furchterregenden Anblick. Ihre Schminke war verwischt, und ihr Gesicht sah jetzt aus wie ein Flickenteppich. An einigen Stellen war die Haut rot und voller Krater, an anderen unnatürlich glatt. Sie sah aus, als wäre sie aus verschiedenen Resten zusammengenäht worden, von denen keiner so richtig zum anderen passte. Narben zogen sich über ihren Hals bis hinunter zur Brust, wo sie von ihren Kleidern verdeckt wurden. Er sah, wie sie sich mit der Hand an den Kopf fasste und sich die Haare zurechtschob. Sie wirkten glänzend und künstlich. Dann begriff er. Sie trug eine Perücke.

»Sie fürchtet sich«, sagte er. »Sie ist total verängstigt. Das hier ist nicht der richtige Aufenthaltsort für kleine Kinder.«

Die Frau schnaubte verächtlich, ehe sie sich umsah. »Für keinen von uns.«

Aus dem Augenwinkel nahm Tyrell wahr, wie Josephina zurückkam. Sobald sie die Frau sah, blieb sie stehen. Sie traute sich nicht näher heran.

»Na, los, hol sie her«, befahl die Frau. »Ich will nicht, dass sie abhaut. Das fehlte uns gerade noch.«

Tyrell wandte sich dem Kind zu und bemühte sich um ein Lächeln. »Keine Angst, Josephina«, sagte er und streckte ihr die Hand hin. »Ich lass nicht zu, dass dir was geschieht. Solange ich bei dir bin, bist du in Sicherheit.«

Misstrauisch kam Josephina näher. Tyrell hielt ihr weiterhin die Hand entgegen. Schließlich trat sie auf ihn zu und ergriff seine Hand. Er hielt sie fest.

»Lady ...«, sagte Josephina und blickte sich suchend um.

Tyrell warf erst der Frau, dann Josephina einen Blick zu. »Ich passe schon auf, dass die Lady dir nicht zu nahe kommt, mach dir keine Sorgen.«

Die Frau schüttelte den Kopf. »Du sollst ihr nicht ständig sagen, dass alles gut wird. Hör auf, sie anzulügen.«

Tyrell spürte wieder Wut in sich hochkommen. Diese Frau machte ihn andauernd wütend. »Ich lüge nicht. Ich mein's ernst. Das ist die Wahrheit.« Er hielt Josephinas Hand ganz fest. »Ich lass nicht zu, dass irgendjemand ihr was tut.«

Die Frau ließ ein verächtliches Lachen hören. »Alles klar. Wie du meinst. Du hast doch gesehen, was beim Haus passiert ist. Du hast gesehen, was der Golem mit Graham gemacht hat.« Ihre Gedanken schweiften ab. »Graham, oh Gott, Graham ...«

Tyrell jedoch interessierte sich für etwas ganz anderes. »Der Golem?«

Sie blickte ihn mit blutunterlaufenen, wilden Augen an. Nur langsam kehrte sie ins Hier und Jetzt zurück. Dann fertigte sie ihn mit einer kurzen Erklärung ab. »Ja, der Golem. So heißt er.«

»Aber wieso ist ... Wieso hat er das getan? Wieso ist er hinter uns her? Wer ist er?«

Sie schüttelte den Kopf. »Fragen über Fragen ... Er will mich aufhalten. Und dich. Er ist ein Killer. Mehr brauchst du nicht zu wissen.«

Tyrell konnte nicht glauben, was er da hörte. »Was ist mit ...« Er wies auf Josephina.

»Und jeden, der ihm in die Quere kommt.«

Tyrell schwirrte der Kopf. Sein Schädel pochte, und das lag nicht nur an der ungemütlichen Nacht und dem grellen Sonnenschein. »Aber ... warum denn? Wer hat ihn geschickt?«

Sie sah ihn an. Voller Mitleid. Tyrell wusste nicht, ob sie Mitleid mit ihm oder mit sich selbst hatte. »Geister«, sagte sie. »Geister aus der Vergangenheit. Sie jagen uns. Die ganze Zeit schon jagen sie uns ...«

»Dann ... dann gehen wir besser zur Polizei. Und sagen denen, was passiert ist.«

Ihre Augen verengten sich, ihr Mund wurde zu einem dünnen Strich. »Sei doch nicht bescheuert. Wir können schlecht zur Polizei gehen, oder? Kapierst du denn gar nichts? Wenn wir zur Polizei gehen, dann war's das. Kein Geld, keine Zukunft.«

Tyrell schwieg.

»Oder bist du etwa scharf drauf, zurück in den Bau zu gehen? Ja? Das würde dann nämlich passieren. Wenn wir Glück haben.« Sie warf Josephina einen Blick zu, vor dem das kleine Mädchen zurückzuckte. »Und nicht auszudenken, was aus *ihr* werden würde, wenn du nicht mehr da bist, um sie zu beschützen ...«

Am liebsten wäre Tyrell in Tränen ausgebrochen. In diesem Augenblick kam ihm das Gefängnis gar nicht so schlimm vor. Aber er würde Josephina nicht mit dieser Frau alleinlassen. Auf gar keinen Fall.

»Deswegen machen Sie das alles? Sie wollen Geld für sich und ein neues Leben für mich.«

»Du hast es erfasst«, erwiderte sie trocken.

Ihm kam ein Gedanke. Er musste ihn aussprechen. »Nein«, sagte er. »In Wirklichkeit bin ich Ihnen doch vollkommen egal. Meine Zukunft und all das. Ihnen geht es *nur* ums Geld. Stimmt doch, oder?«

Ihre Augen blitzten. Es war, als sähe man ein Ungeheuer, das sich hinter einer menschlichen Maske versteckt hielt. »Ja, das stimmt. Ich will Geld. Denn bei Gott, das sind sie mir schuldig.« Sie kam auf ihn zu. Schaudernd wich er zurück, wobei er Josephina mit sich zog. Die Lippen der Frau verzogen sich zu einer widerwärtigen Grimasse, die vermutlich ein Lächeln sein sollte. »Weißt du nicht mehr, warum du in den Knast gewandert bist? Warum man dich weggesperrt hat?«

»Nein«, sagte Tyrell. Er hatte die Augen ganz fest geschlossen. »Nein, daran erinnere ich mich nicht mehr. Ich will mich auch nicht daran erinnern. Ich erinnere mich an gar nichts.«

»Du meinst, du weißt nicht mehr, was damals passiert ist? Alles weg?«

»Ich ...« Tyrell merkte, wie ihm seine Gedanken zu entgleiten drohten. Er sah die Leichen vor sich. Spürte das Gewehr in seinen Händen. »Nein ...« Er schüttelte den Kopf. Wollte die Erinnerung unbedingt loswerden. Versuchte krampfhaft an etwas anderes zu denken.

Sie beobachtete ihn. »Und was ist mit mir? An mich erinnerst du dich auch nicht?«

»Nein«, sagte Tyrell, noch immer kopfschüttelnd und ohne sie anzusehen. »Ich hab Sie noch nie in meinem Leben gesehen. Also, vor gestern, meine ich.«

Sie lächelte. Hatte sich wieder unter Kontrolle. Wandte sich ab. »Schön. Dann lassen wir's dabei. Fürs Erste.«

Tyrells Herzschlag kam langsam wieder zur Ruhe. Er versuchte nachzudenken. Wenn er diese Frau vorher schon einmal gesehen hätte, würde er sich an sie erinnern, dessen war er sich ganz sicher. Alles, was er von ihr wusste, war, dass er sie nicht mochte, ihr nicht über den Weg traute und sie nicht in seiner Nähe haben wollte.

Das machte ihm die Entscheidung leicht.

»Ich gehe«, verkündete er.

Sie fuhr zu ihm herum. »Was?«

»Ich gehe. Und Josephina nehme ich mit. Sie ... Da können Sie machen, was Sie wollen.« Er wandte sich ab.

»Ach wirklich?«

»Ja. Ja, wirklich.«

»Ich denke nicht.«

Tyrell drehte sich um. Die Frau hielt eine Pistole in der Hand und zielte damit auf ihn.

»Nein, das denke ich ganz und gar nicht ...«

55

»Dachte ich's mir, dass ich dich hier finde.«

»Ich stehe auf Hightech-Spielzeug, das weißt du doch.«

Mickey betrat die Küche des Hauses. Auf dem Küchentisch lagen in einem Gewirr aus Kabeln mehrere elektronische Geräte. Davor saß DC Adrian Wren.

Jane Gosling und Adrian Wren arbeiteten oft zusammen. Das Gänschen und der Zaunkönig – oder die Birdies, wie man sie liebevoll nannte. Jane war dick und gesellig, Adrian das genaue Gegenteil. An ihm war alles dünn: sein Körper, seine Haare, sein Gesicht. In seiner Freizeit war er begeisterter Marathonläufer, ein Thema, über das er bis zum Exzess monologisieren konnte. Nach einer Unterhaltung mit Adrian hatte Mickey oft das Gefühl, selbst einen Marathon gerannt zu sein. Seine zweite Leidenschaft war die Elektronik. Wurde an einem Tatort etwas gefunden, das einen Stecker und eine Bedienungsanleitung hatte, war Adrian in seinem Element.

»Was ist denn das alles?«, fragte Mickey. »Hast du schon eine ungefähre Ahnung?«

Adrian betrachtete den Haufen auf dem Tisch und rieb sich das Kinn. »Also, das hier ...«, er zeigte auf einen kleinen schwarzen Kasten mit einem beleuchteten Display, diversen Knöpfen, Lichtern und Anschlussbuchsen für Kabel, »ist ein GPS-Tracker, glaube ich.«

»Aha.«

»Und ich nehme mal an, dass er an ...«, hierbei deutete er auf eine freie Fläche in die Tischmitte, »irgendein anderes Gerät angeschlossen war. Vermutlich ein Laptop, die Größe der Lücke würde passen. Dem Kabelsalat nach zu urteilen hat jemand in aller Eile das Feld geräumt.«

»Wahrscheinlich als der Hundemörder aufgetaucht ist.«

»So nennen wir ihn jetzt? Den Hundemörder?«

Mickey lächelte düster. »Die Presse steht auf Spitznamen.«

»Er hat auch einen Menschen umgebracht.«

»Du kennst doch die Medien. Wenn sie vor der Wahl stehen, über den Mord an einem Menschen oder den an einem Hund zu berichten, ist doch klar, wofür sie sich entscheiden.«

»Auch wieder wahr. Also der Hundemörder.«

Mickey richtete sich auf und ließ den Blick durch die Küche schweifen. Das glänzende Silber und Schwarz der Elektronik wollte nicht recht zu der verlotterten Umgebung passen. Spülbecken und Schränke sahen aus, als seien sie mindestens vierzig Jahre alt, und offenbar waren jegliche Versuche, den Raum instand zu halten oder auch nur zu putzen, schon vor langer Zeit aufgegeben worden. Das Linoleum war rissig, von Flecken übersät und voller Löcher, durch die man die verfärbten und verdreckten Bodendielen sehen konnte. Die Möbel waren wahllos zusammengewürfelt und abgenutzt. Die Fensterscheiben starrten vor Dreck, die Wände waren von vielem Nikotin schmierig orange. Benutztes Geschirr neben der Spüle deutete darauf hin, dass drei Personen hier gewesen waren; es gab zwei große Teller und einen kleinen.

Anheimelnd, dachte er und wandte seine Aufmerksamkeit wieder den elektronischen Geräten auf dem Küchentisch zu. »Also, und wozu dient dieser ganze Kram?«

»Na, wenn es wirklich ein GPS-System ist, wovon ich stark ausgehe, dann wurde es dazu benutzt, jemanden zu überwachen. Oder festzustellen, ob man selbst überwacht wird. Eins von beidem.«

Mickey runzelte die Stirn. »Und kann man rausfinden, wer überwacht wurde? Oder warum?«

»Nicht ohne den dazugehörigen Computer. Aber falls – oder sollte ich lieber sagen wenn – wir rausfinden, *wer* überwacht wurde, dürfte es nicht allzu schwer sein, auch die Frage nach dem Warum zu beantworten.«

»Ah«, erwiderte Mickey. »Da ist wohl gute, alte Polizeiarbeit gefragt.«

»Genau.« Adrian bedachte ihn mit einem grimmigen Lächeln. »Finden Sie den Laptop, Sergeant.«

»Wird gemacht.«

Adrian öffnete den Mund. Mickey wusste, was er fragen wollte, aber er konnte nicht schon wieder über Phil reden. Also bedankte er sich hastig und wandte sich dann zur Tür, die zu den übrigen Zimmern führte.

»Die Spurensicherung ist fertig da drinnen, oder?«

Adrian zuckte die Achseln. Er hatte sich bereits wieder seiner Elektronik gewidmet. »Keine Ahnung. Mich haben sie jedenfalls reingelassen, insofern ist das Haus wohl freigegeben.«

Mickey verließ die Küche. Der Rest des Hauses war ähnlich verwahrlost. Er musste herausfinden, wer die Bewohner waren und was ihnen zugestoßen war.

Er ging durch den Flur, wo sich die Blümchentapete von den Wänden löste und sich in den Ecken Schimmel ausbreitete. Auf sämtlichen Oberflächen lagen mehrere Schichten Schmiere und Staub. Dann die Treppe hinauf. Im ersten Zimmer lagen Schlafsäcke und Matratzen auf dem Fußboden. Kleidungsstücke, ein paar persönliche Gegenstände, Abfall. Offenbar hatten sich zwei Personen den Raum geteilt. Im Bad erwartete ihn dasselbe Bild. Eine Handvoll Kosmetikprodukte, ein fast unbenutztes Stück Seife – das eingeprägte Herstellerlogo war noch zu erkennen und die Verpackung lag zusammengeknüllt auf den Fliesen –, eine halbleere Flasche Shampoo. Als hätte jemand hier nur vorübergehend gehaust. Oder das Haus illegal besetzt. Ein Fest für die Spurensicherung.

Er kehrte nach unten zurück und betrat das Wohnzimmer. Durch die fast blinden Scheiben konnte er die Leute von der Spurensicherung sehen, die sich wie Gespenster durch den Nebel bewegten. Er sah sich um. In einer Ecke stand ein tragbares Fernsehgerät mit einer billigen Antenne. Das Sofa war riesig, aus den Rissen im Polster quoll Rosshaar. Eine alte Decke hatte als Überwurf gedient. Am Türgriff hing ein Strick.

Er ging hin, um ihn sich genauer anzusehen. Er reichte bis zu einer mit einem dünnen Laken bezogenen Matratze. Neben der Matratze stand eine kleine Schüssel. Hier muss die dritte Person geschlafen haben. Erneut betrachtete er den Strick. Angebunden? War jemand gegen seinen Willen hier festgehalten worden? Das durfte doch nicht …

Er stürzte zurück in die Küche. Adrian brütete immer noch über dem GPS-System. »Adrian, kannst du das Team zusammentrommeln? Ich muss etwas mitteilen.«

Kurz darauf hatten sich alle außerhalb der Sichtweite der

Fernsehkameras vor dem Haus versammelt. Sie standen da und sahen Mickey erwartungsvoll an.

Ich muss ein paar motivierende Worte sagen, dachte Mickey. *So wie Phil, wenn er jetzt hier wäre. Muss sie anspornen, ihr Bestes zu geben.* Die Fahndung nach Marina würden sie hintanstellen müssen. Dieser Fall hatte jetzt Vorrang. So wollten es die Vorschriften.

»Also gut, hört zu«, sagte er, unbewusst die Worte wiederholend, mit denen Phil jedes seiner Briefings einleitete.

Die anderen lauschten aufmerksam.

»Wir ihr ja alle wisst, ist der Boss nicht hier, und in seiner Abwesenheit habe ich die Leitung des Teams übernommen. Folgendes muss erledigt werden. Erstens: Identifikation des Toten. Jane, koordinier das mit den Uniformierten. Durchsucht die Nachbarschaft, geht von Tür zu Tür und befragt die Leute. Ich weiß, Nachbarn sind hier dünn gesät, aber immerhin hat ein Mann die Hunde auf dem Rasen gefunden, vielleicht ist irgendjemandem also noch etwas anderes aufgefallen. Hoffentlich etwas Verdächtiges.«

»Zum Beispiel ein Killer, der die Einfahrt raufspaziert kommt?«, fragte Jane.

»Zum Beispiel. Adrian, es sieht so aus, als hätte jemand das Haus entweder angemietet oder heimlich hier gewohnt. Ersteres wäre für uns aus naheliegenden Gründen das Beste, weil es das Einfachste wäre. Kümmere dich darum. Ruf bei Vermietungsagenturen an, finde raus, wem das Haus und der Wohnwagen da draußen gehören.«

Adrian nickte und machte sich Notizen auf seinem elektronischen Organizer.

»Und noch was.« Mickeys Handy klingelte. Er wollte es ignorieren und einfach weitersprechen, aber das Klingeln hörte nicht auf. »Tut mir leid«, sagte er schließlich. »Da gehe ich besser ran.« Er zog das Handy aus der Tasche und warf einen Blick aufs Display. Anni. *Nicht jetzt*, dachte er. *Später. Ich arbeite.*

Andererseits galt für sie dasselbe …

Er hob den Kopf und stellte fest, dass alle Blicke auf ihn gerichtet waren. Ihm blieb wohl keine Wahl. Er drückte auf »Annehmen« und wandte den anderen den Rücken zu.

»Hi«, sagte er leise. »Hör zu, ich bin gerade mitten in –«

»Ja, ich weiß«, unterbrach sie ihn. »Ich würde auch nicht anrufen, wenn es nicht wichtig wäre.«

»Okay.«

Sie waren wieder nur Kollegen. Kein Wort über letzte Nacht.

»Ich bin noch mal bei der Tankstelle vorbeigefahren und habe mir das Überwachungsvideo angeschaut. Ich hatte da so eine Eingebung.«

Mickey wartete.

»Marina hat uns eine Botschaft hinterlassen. Das Einwickelpapier, das sie weggeworfen hat. Darauf standen Koordinaten.«

»Genial. Wenn du –«

»Nein, jetzt hör doch mal zu. Ich habe sie in mein Navi eingegeben, und rate mal, wo es mich hingeführt hat?«

»Keine Ahnung. Sag schon.«

»Genau dahin, wo du gerade bist. Nach ihrem Stopp an der Tankstelle ist Marina zu dem Haus gefahren, in dem ihr jetzt seid …«

Mit klopfendem Herzen und ziemlich benommen ließ Mickey das Handy sinken. Dann wandte er sich dem Team zu. Noch immer sahen ihn alle an. Er dachte an die Matratze im Wohnzimmer. An das Seil am Türgriff.

»Ach du Scheiße …«, murmelte er. Dann lauter: »Alle mal herhören. In diesem Haus wurde eine Person gegen ihren Willen gefangen gehalten. Und ich glaube, ich weiß auch, wer diese Person war. Josephina, Phils und Marinas Tochter …«

56

DS Jessie James legte den Kopf in den Nacken und schluckte ohne Wasser zwei Paracetamol hinunter. Das wurde allmählich zur Gewohnheit.

Nur einen schnellen Drink, hatte sie sich am Abend zuvor geschworen. *Wirklich nur einen.* Und dann nach Hause, damit sie den Samstagabend mit Terry verbringen konnte, so wie immer. Abendessen to go, eventuell eine DVD. Für den Sonntag hatten sie einen Ausflug geplant, vielleicht eine Tour nach Audley End, um Terrys Mitgliedschaft im National Trust auszunutzen. Danach Abendessen in einem urigen Landgasthof. Sie hatte ihn vorgewarnt, dass sie auf Rufbereitschaft sei, trotzdem hatte keiner von beiden ernsthaft damit gerechnet, dass das Telefon klingeln würde. Doch da hatte man sie noch nicht mit diesem Fall betraut.

Am Abend auf dem Nachhauseweg hatte sie also noch kurz in ihrer Stammkneipe vorbeigeschaut. *Nur ein Glas*, hatte sie sich vorgenommen. *Nur das eine.* Ein schneller Gin Tonic. Man musste schließlich seinen Beitrag zur hiesigen Wirtschaft leisten. Vielleicht hatte Terry ja Lust, nachzukommen, dann konnten sie gemeinsam einen draufmachen …

Aber Terry saß natürlich bei ihr zu Hause und wartete auf sie. Die DVD lag neben dem Fernseher, das mitgebrachte Essen stand bereit. Also würde es bei dem einen Drink bleiben. Leider war das Glas so schnell leer, dass sie es kaum mitbekam. Also bestellte sie sich ein zweites. Und ein drittes. Und als sie endlich in ihrer Wohnung ankam, war diese kalt, dunkel und leer.

Also trank sie gleich weiter.

Dieses Verhaltensmuster war ihr bereits von früheren ähnlich großen Fällen her bekannt. Sie zog sich von den Menschen zurück, die ihr am meisten bedeuteten, und erfand Ausreden, um möglichst wenig Zeit mit ihnen verbringen zu müssen. Nur so konnte sie sich auf die Arbeit konzentrieren. Und immer kam Alkohol ins Spiel. Sie war erstaunt, dass Terry nichts dazu sagte, bezweifelte jedoch, dass er es noch viel länger klaglos hinnehmen würde.

DC Deepak Shah blickte aus dem Fenster. Er hatte nicht einmal zu ihr hingesehen, während sie die Tabletten geschluckt hatte. Er hatte nichts gesagt und ihr keinerlei Vorwürfe gemacht, doch sein Schweigen war Anklage genug.

Jessie sah ihn an. Er schaute beharrlich in die andere Richtung. »Was ist?«

Er antwortete, ohne sich nach ihr umzudrehen. »Ich habe nichts gesagt, Ma'am.«

»Genau das meine ich ja«, gab sie zurück und fuhr sich mit der Zunge über die Zähne. Fühlte den widerlichen Belag darauf. »Ich glaube, ich arbeite schon lange genug mit Ihnen zusammen, um zu merken, wenn Sie in irgendeiner Art und Weise enttäuscht von mir sind.«

Jetzt endlich drehte er sich zu ihr um. »Was Sie in Ihrer Freizeit machen, geht mich nichts an. Solange Sie bei der Arbeit voll einsatzfähig sind, soll's mir recht sein. Ma'am.« Schon wandte er den Kopf wieder ab.

Jessie hingegen starrte nach vorn auf die mächtige Eingangstür des Hauses von Michael Sloane. *Öffne dich endlich*, beschwor sie sie im Stillen.

Die beiden hatten den Sloanes tags zuvor kurz vor Feierabend einen Besuch abgestattet. Nachdem Deepak per Telefon die Information über den Halter des geheimnisvollen Fahrzeugs bekommen hatte, waren die Sloanes auf ihrer Liste der Personen von besonderem polizeilichem Interesse ganz nach oben gewandert. Als sie am frühen Abend vor dem Anwesen der Sloanes gehalten hatten, war ihnen fast die Luft weggeblieben. Das Haus, das zwischen Ipswich und Woodbridge in Playford stand, war ein gigantischer Prachtbau aus dem sechzehnten Jahrhundert.

Jessie hatte vor dem Tor gestanden und in die Gegensprechanlage gesprochen. Die Stimme am anderen Ende hatte versucht sie abzuwimmeln, doch sie war hartnäckig geblieben, und schließlich hatte man sie eingelassen. Sie waren am Torhaus vorbei über eine kleine Brücke zum Haupteingang des Anwesens gegangen und hatten versucht, so zu tun, als wären sie von ihrer imposanten Umgebung nicht eingeschüchtert. An der Tür hatten sie ihre Dienstausweise vorgezeigt und erklärt, dass sie gern mit Michael Sloane sprechen würden, und vom Hausmädchen die Auskunft erhalten, dass dieser unterwegs sei und diesen Abend nicht mehr zurückerwartet werde. Auf ihre Frage nach seiner voraussichtlichen Rückkehr hatte Jessie lediglich ein Schulterzucken geerntet. Also hatten sie Sloane die Nachricht hinterlassen, er solle sich umgehend bei ihnen melden, und waren wieder abgezogen.

So viel dazu.

Den Rest des Abends hatte Jessie dann in Gesellschaft einer Flasche verbracht.

Deepak hingegen war fleißig gewesen. Er hatte auf dem Revier angerufen und Michael Sloane überprüfen lassen. Dadurch hatte er zum Beispiel herausgefunden, dass Sloane der Besitzer eines der größten industriellen Landwirtschaftsbetriebe im Osten Englands war und zahlreiche Handelsbeziehungen zum Kontinent pflegte. Ein äußerst wohlhabender Geschäftsmann mit exzellenten Kontakten. Im Gespräch mit ihm würden sie behutsam vorgehen müssen.

»Na toll, das hat uns gerade noch gefehlt«, hatte Jessie gestöhnt. »Dass einer der Golffreunde vom Chief Constable in den Fall verwickelt ist. Wir müssen uns jeden Schritt gut überlegen, Deepak, alter Knabe, sonst tragen wir zwei bald wieder Uniform und regeln den Verkehr.«

»Wir wissen doch gar nicht, ob er den Chief Constable kennt«, hatte Deepak eingewandt.

»Stimmt, das wissen wir nicht. Aber *bis* wir es wissen, gehen wir besser davon aus.«

»Da war noch eine Sache«, hatte Deepak hinzugefügt. »Mehrere, um genau zu sein.«

Jessie hatte ihn abwartend angesehen.

»Ich weiß nicht, ob Sie sich noch daran erinnern können, aber vor einigen Jahren waren die Sloanes mal wegen eines Mordes in den Schlagzeilen. Ihr Vater hatte wieder geheiratet, und ihr neuer Stiefbruder hat ein Jagdgewehr genommen und versucht, die ganze Familie zu erschießen.«

»Ah. *Die* Sloanes.«

»Ganz genau. Michael und seine Schwester haben überlebt, aber sie waren lange in ärztlicher Behandlung. Sie haben den Familienbetrieb übernommen und auf den Kontinent expandiert, sich aber zur selben Zeit immer weiter aus der Öffentlichkeit zurückgezogen.«

»Eine Schwester und ein Bruder? Zusammen in dem Haus? Seltsam.«

»Das ist noch nicht alles. Hören Sie sich das an: Jeff Hibbert, unser Toter von gestern, war einer der wichtigsten Vorarbeiter in Sloanes Firma.«

Trotz ihrer bohrenden Kopfschmerzen hatte Jessie ein Kribbeln im Nacken verspürt. »Ah. Na, das ist ja mal interessant. Ein geheimnisvoller Unbekannter gibt am Tatort eines Brandanschlags Hibberts Adresse statt seiner eigenen an und verschwindet dann spurlos. Kurz darauf wird Hibbert ermordet aufgefunden, und Michael Sloanes Wagen wird am ersten Tatort sichergestellt. Aufschlussreich …«

Sie hatten ihre Pläne für den Sonntag auf Eis gelegt und beschlossen, Michael Sloane erneut einen Besuch abzustatten.

»Ich habe nachgedacht«, verkündete Jessie nun. »Wissen Sie, was mir gestern Abend komisch vorkam?«

Deepak verneinte.

»Das Hausmädchen. Sie hat uns überhaupt nicht gefragt, was wir von Sloane wollten. Da stehen zwei Detectives vor deiner Tür, um mit deinem Boss zu sprechen, und du willst nicht mal wissen, wieso? Finden Sie das nicht eigenartig?«

»Vielleicht fand sie, dass ihr so was nicht zusteht«, meinte Deepak.

»Oder man hat mit unserem Kommen gerechnet«, konterte Jessie.

Sie hielten weiterhin Ausschau und berieten währenddessen über das beste Vorgehen.

Kurz darauf wurde ihnen die Entscheidung abgenommen. Sie sahen, wie ein Taxi, aus Richtung Ipswich kommend, vor dem Tor anhielt. Ein Fahrgast stieg aus, bezahlte den Fahrer, schaute dem davonfahrenden Taxi hinterher und drehte sich dann zum Tor.

»He«, sagte Jessie. »Sehen Sie, wer das ist?«

Deepak nickte und spähte in Richtung Haus.

»Helen Hibbert. Unsere trauernde Witwe. Was die da wohl will?«

Sie beobachteten Helen Hibbert, wie sie zum Tor ging, den Knopf der Gegensprechanlage drückte und etwas hineinsprach. Dann wartete sie.

»Keine Chance«, sagte Jessie.

»Sie hätte das Taxi besser nicht weggeschickt.«

Doch zu ihrem großen Erstaunen öffnete sich das Tor, und Helen Hibbert wurde eingelassen.

Jessie und Deepak wechselten einen Blick.

»Jetzt ist also jemand zu Hause«, sagte Deepak. »Sollen wir hinterher?«

Jessie überlegte kurz. »Warten wir erst mal ab«, beschloss

sie. »Mal sehen, was passiert. Wir haben ja keine Eile.« Sie grinste. »Außerdem wollen wir doch nicht ihre Party sprengen, oder?«

57

Obwohl Michael Sloane einem Treffen zugestimmt hatte, hätte Helen Hibbert sich niemals träumen lassen, dass es so einfach werden würde. Sie war lediglich zum Tor spaziert, hatte ihren Namen genannt, und man hatte sie hereingelassen. Auf dem Weg zum Haus allerdings, während der Kies der Einfahrt unter ihren Absätzen knirschte, rief sie sich ins Gedächtnis, dass Verhandlungen mit den Sloanes nie einfach waren. Nach ihren bisherigen Erfahrungen war der Umgang mit ihnen immer anstrengend. Ihren Lügen etwas entgegenzusetzen und nicht in ihre Fallen zu tappen erforderte all ihre Konzentration und ihr gesamtes taktisches Geschick. Sie hatte schon öfter versucht, etwas von ihnen zu bekommen, und es war jedes Mal ein einziger Alptraum gewesen.

Aber wenigstens war sie nun bis zu ihnen vorgedrungen und würde tatsächlich mit ihnen sprechen können. Das war der erste Schritt. Jetzt durfte sie nur nicht den Mut verlieren. Sie musste dafür sorgen, dass sie bekam, weshalb sie gekommen war.

Wenn's weiter nichts ist.

Sie hatte die Tür erreicht und wollte gerade klingeln, als von innen geöffnet wurde. Vor ihr stand, stumm und mit fragender Miene, das Hausmädchen.

Helen räusperte sich. »Ich bin hier, um mit Michael Sloane zu sprechen. Er erwartet mich.«

»Mr Sloane ist im Augenblick verhindert.«

»Sie meinen, er ist nicht da?«

»Er ist verhindert.«

Helen packte die Wut. Wieder mal die alten Spielchen. Die Sloanes versuchten sie zu schikanieren. »Nein«, sagte sie betont langsam, damit diese Ausländerin sie auch ja verstand. »Ich habe mit ihm telefoniert. Er hat gesagt, dass er da ist. Er erwartet mich.«

»Er ist verhindert.« Stimme und Gesicht des Hausmädchens waren völlig ausdruckslos. »Miss Dee ist bereit, Sie zu empfangen.«

Oh Gott, dachte Helen. *Dee mit dem Dachschaden. Na, großartig.*

Sie seufzte. »Also gut, dann muss ich mich eben mit ihr begnügen.«

Das Hausmädchen bat sie herein und schloss die Tür. Helen sah sich um. Sie war schon ein paar Mal hier gewesen, zu den seltenen Gelegenheiten, wenn Jeff und sie zu Partys eingeladen gewesen waren. Die Sloanes hatten Vorlieben, die sich mit denen der Hibberts teilweise überschnitten. Schon damals hatte sie das Haus als kalt und leer empfunden. Trotz der vielen Leute, die lachten, tranken und Intimitäten austauschten, hatte sie keinerlei Wärme gespürt. Und jetzt, mit den kahlen Wänden, der hallenden Leere und den wenigen eckigen Möbelstücken, wirkte es noch abweisender. Wie ein teures Boutiquehotel, das darauf ausgelegt war, bewundert statt bewohnt zu werden.

Helen wurde in einen Raum geführt, in dem zwei Sofas aus Chrom und schwarzem Leder einander gegenüberstanden. Dazwischen ein Tisch aus Metall und Glas, die leere Tischplatte spiegelblank poliert. Weitere Möbel gab es nicht. So stellte sie sich das Wartezimmer eines Privatarztes vor. Oder eines sehr kostspieligen Psychiaters.

Helen war nicht zum ersten Mal in einem protzigen Haus zu Gast. Früher, als sie noch mit Jeff verheiratet gewesen war, hatten sie sich oft auf vornehmen, ausschweifenden Partys herumgetrieben. Aber dieses Haus – dieses Zimmer – war irgendwie anders. Es wirkte weder protzig noch vornehm, obwohl es in gewisser Weise beides war. Es sollte in erster Linie einschüchtern. *Ja*, schien es zu sagen. *Wir sind reich. Reicher als du. Aber wir sind auch härter als du. Kälter als du. Und deswegen können wir dich zerquetschen. Vergiss das bloß nicht.* So kam es Helen wenigstens vor. Und sie war sich sicher, dass sie nicht die Einzige war, der es so ging.

Das Hausmädchen entfernte sich mit raschen Schritten, als hielte auch sie es nicht länger als nötig in diesem Raum aus. Trotzdem blieb Helen nicht lange allein. Als sie den Kopf hob, sah sie Dee Sloane im Türrahmen stehen. Vor Schreck fuhr sie zusammen.

»Ich habe Sie gar nicht reinkommen hören.«

»Ich gehe eben leise.«

Dee Sloane ging bis in die Mitte des Raumes. Sie hatte nicht gelogen, Helen konnte ihre Schritte kaum hören. Nachdem sie auf dem anderen Sofa Platz genommen hatte, musterte Helen sie abschätzend. Sie war ungeschminkt und hatte sich die Haare zu einem strengen Pferdeschwanz zurückgebunden. Ihr schlanker, geschmeidiger Körper steckte in einem pinkfarbenen Nicki-Jogginganzug. Sie schlug die Beine unter und sah Helen erwartungsvoll an.

»Sie wollten uns sprechen.«

»Ich wollte Ihren Bruder sprechen.«

»Der ist leider verhindert.« Dees Augen waren dunkel und unergründlich.

Schweigen.

Helen wurde unbehaglich zumute, doch Dee wirkte völlig entspannt. Erneut fühlte Helen Wut in sich aufsteigen. Sie merkte, wie sich ihre Atmung beschleunigte und sie innerlich zu vibrieren begann.

»Sie wollten uns sprechen«, sagte Dee noch einmal.

»Ja«, antwortete Helen und zügelte ihr Temperament. »Das ist richtig. Und ich wette, Sie wissen auch, weshalb.«

Dee wartete.

»Jeff ist tot.«

Dee nickte. »Zu traurig.«

»Er wurde ermordet.« Helen schleuderte ihr die Worte ins Gesicht. »Das wissen Sie genau.«

Dee runzelte die Stirn. »Wie kommen Sie darauf?«

»Weil Sie ihn umgebracht haben.«

Zutiefst erstaunt hob Dee die Brauen. »Ich?« Ihre Miene war die reine Unschuld.

»Nein«, sagte Helen. »Natürlich nicht Sie persönlich. Sie würden sich nie die Finger schmutzig machen. Sie bezahlen lieber jemanden, der die Drecksarbeit für Sie erledigt. Das ist eher Ihr Stil.«

Dee lehnte sich, noch immer mit gerunzelter Stirn, ein wenig vor, so als sei sie brennend daran interessiert, was Helen ihr zu sagen hatte. »Und wieso sollte ich das tun?«

Auch Helen beugte sich nach vorn. Sie öffnete den Mund, doch die Worte wollten ihr nicht über die Lippen kommen. Sie lehnte sich in die Polster zurück. Sah sich um. Ihr war ein Gedanke gekommen. »Das sage ich nicht.«

»Warum nicht?«

»Weil Sie das Zimmer garantiert verwanzt haben. Und das, was ich sage, bei erstbester Gelegenheit gegen mich verwenden werden.« Sie senkte die Stimme. »Sie wissen doch genau, was ich meine, also spielen Sie nicht das kleine Fräulein Unschuld. Na los, reden wir.«

Verschiedenste Emotionen zogen über Dees Gesicht – doch sie waren zu schnell wieder verschwunden, als dass Helen sie hätte deuten können. Als würden hinter ihren Augen pechschwarze Krähen mit den Flügeln schlagen. Dann breitete sich ein Lächeln auf Dees Gesicht aus, und auf einmal war es, als hätte tatsächlich ein menschliches Wesen von ihrem Leib Besitz ergriffen.

»Wir können hier reden«, sagte sie und sackte ein wenig in sich zusammen. »Hier ist es sicher.« Gleich darauf stieß sie einen abgrundtiefen Seufzer aus, der sich anhörte wie der letzte Atemzug eines Sterbenden. »Es war ... Michael hat es getan.« Sie hob den Kopf und sah Helen in die Augen. »Er war es. Er hat Jeff getötet.«

Genau das hatte Helen hören wollen. Doch nun wusste sie nicht so recht weiter.

Dann sah sie eine Träne über Dees Wange rollen.

58

Jessie schaute auf ihre Uhr, Deepak starrte aus dem Fenster. Die Anspannung war Langeweile gewichen. Helen Hibbert hielt sich noch immer im Haus der Sloanes auf.

»Schalten Sie ruhig das Radio ein, wenn Sie mögen«, sagte Jessie.

»Ich dachte, Sie haben Kopfschmerzen«, erwiderte Deepak, ohne sie anzusehen.

Sie zuckte die Achseln.

»Ist schon gut«, meinte er. »Es geht auch ohne Musik.«

Jessies Handy klingelte. Sie war heilfroh über die Ablenkung. Es war Mickey Philips. Er klang atemlos und abgehetzt, als wäre er lange gerannt, um ihr eine wichtige Nachricht zu überbringen.

»Wir haben den Ort gefunden, an dem Josephina Brennan festgehalten wurde«, verkündete er, ohne sich mit Höflichkeiten aufzuhalten.

Schlagartig war Jessies Langeweile verflogen. Er schilderte

ihr, was sie in dem Haus in Jaywick vorgefunden hatten: die Leiche, die toten Hunde. Dann berichtete er von der Nachricht, die Marina ihnen heimlich zugespielt hatte.

»Ihr Team leitet den Fall, deswegen dachte ich mir, Sie wollen bestimmt Bescheid wissen.«

»Danke. Wissen Sie schon, wer der Tote ist?«

»Am Tatort steht ein Wagen, zugelassen auf einen gewissen Graham Watts. Das Foto auf dem Führerschein sieht ihm ähnlich, aller Voraussicht nach ist er es. Sagt Ihnen der Name was?«

Jessie überlegte. »Graham Watts? Nein. Aber ich lasse ihn überprüfen.«

Kaum hatte Deepak den Namen gehört, zog er auch schon sein Handy heraus, um eine Internetsuche zu starten.

»Ich weiß das zu schätzen«, sagte Mickey. »Könnten Sie es jetzt gleich machen?«

»Ich leite es weiter. Wir observieren gerade jemanden, der uns eventuell zu Jeff Hibberts Mörder führen kann, daher können wir hier im Moment nicht weg. Ich rufe den DS an, der sich um die Sache mit Josephina kümmert. Er soll sich bei Ihnen melden, dann können Sie zusammen die Kompetenzen klären.«

»Danke.« Eine Pause. »Also, dann bis demnächst.« Er legte auf.

Jessie tat dasselbe, dann wandte sie sich an Deepak. »Und? Schon irgendwas gefunden?«

Er sah von seinem iPhone auf. »Noch nicht. Ich suche weiter.«

Jessie hatte so viel Adrenalin im Blut, dass sie kaum stillsitzen konnte. Sie rief auf dem Revier an und gab wie vereinbart Mickeys Neuigkeiten an den zuständigen Kollegen weiter. Dann wandte sie ihre Aufmerksamkeit wieder dem Tor zu.

Deepak sah auf. »Die müssen sich da drinnen ja gut verstehen. Worüber die wohl reden?«

»Das werden wir noch früh genug erfahren«, gab Jessie zurück.

59

Helen war völlig perplex. Sie hatte bei Dee mit allem gerechnet, aber ganz bestimmt nicht damit.

»Ja«, fuhr Dee fort. »Ich weiß über alles Bescheid. Natürlich.« Sie lachte bitter. »Natürlich ...«

Rasch sah Helen sich im Raum um. Dann ging ihr Blick zur Tür. »Wo ist Michael? Ist er hier? Wird er –«

»Keine Sorge.« Dee beugte sich über den Glastisch und berührte Helens Hand. Drückte sie. Helen fiel auf, dass Dees Hand ganz warm war. Warm und tröstend. Sie hatte eine kalte Hand erwartet. Eine weitere Überraschung.

Dee schenkte Helen ein zittriges Lächeln, bevor sie sich wieder zurücklehnte und die Augenwinkel mit einem Papiertaschentuch betupfte, das sie aus ihrem Ärmel gezogen hatte. Helen starrte sie an.

Dee ließ den Kopf hängen, und kurz darauf fingen ihre Schultern an zu beben. Helen wusste, dass sie weinte, noch bevor der erste Schluchzer kam. »Ich ... Ach, es hat doch alles keinen Sinn ... Hören Sie, ich kann nicht ... Es ist wegen Michael. Er ist ...« Dee stand auf. »Hier.« Sie öffnete den Reißverschluss ihrer Jacke und zog ihr T-Shirt hoch. »Schauen Sie sich das an.«

Helen gehorchte. Quer über Dees Bauch verliefen breite Striemen. Ihre Haut war mit verblassenden blauen Flecken übersät. Dee zog das T-Shirt noch ein Stück höher. Es war überall dasselbe.

»Das macht er mit mir«, sagte Dee. Ihre Lippe zitterte, ihre Wangen waren nass vor Tränen. »Die ganze Zeit ...« Sie setzte sich wieder und legte den Kopf in die Hände. Ihre Schultern begannen unkontrolliert zu beben. »Überall ... Mein ganzer Körper ...«

»Aber wenn ich mich recht erinnere, dann gefällt Ihnen –«

»Rollenspiele sind eine Sache«, unterbrach Dee sie erstickt. »Wenn sie einvernehmlich geschehen und beiden Spaß machen. Aber das hier ...«

Helen starrte die andere Frau an. Sie hatte Dee nie leiden mögen. Sie war ihr immer komisch und irgendwie unheimlich vorgekommen, als wäre sie gar nicht menschlich. Es gab keinerlei Gemeinsamkeiten zwischen ihnen. Als sie sich zum Reden hingesetzt hatten, war sie fest davon ausgegangen, dass Dee versuchen würde, sie aufs Kreuz zu legen. Dass sie anfing zu weinen, hätte sie nie im Leben erwartet. Jetzt begriff sie auch, warum Dee so war, wie sie war. Ihr Charakter, ihr Verhalten ... was sie gerade gesehen hatte, erklärte alles.

»Es ... es tut mir so leid, Dee. Das muss ... schrecklich für Sie sein.«

Mit geröteten Augen sah Dee zu ihr auf. »Sie haben ja keine Ahnung.«

»Einfach furchtbar ...«

Dee nickte. »W ... wieso sind Sie hergekommen, Helen? Was wollen Sie?«

»Ich ...« Die Frage brachte Helen aus dem Konzept. Sie hatte ihr ursprüngliches Anliegen fast vergessen. »Es geht um Jeff. Ich wollte bloß, dass Sie Bescheid wissen, dass ... dass ich nichts mit dem zu tun hatte, was auch immer er vorhatte.«

Dee sah sie scharf an. »Wissen Sie, wo sie jetzt gerade sind? Was sie planen?«

»Nein.«

»Oh.« Dee ließ den Kopf hängen und begann erneut zu

schluchzen. »Haben Sie …« Man konnte sie kaum verstehen. »Wollen Sie Geld? Geht es darum? Sollen wir Sie bezahlen, damit Sie den Mund halten über … die ganze Angelegenheit?«

»Also, ja, so könnte man es wohl sagen.«

Dee nickte unter Tränen. »Sie kommen her, holen sich Ihr Geld ab, verschwinden wieder und verlieren kein Wort über uns.« Sie seufzte. »Wie simpel.« Noch ein Seufzer. »Wie wunderbar einfach …«

»Was soll das heißen?«

»Nehmen Sie Ihr Geld. Von mir aus, mir ist das egal. Und verschwinden Sie damit. Sie werden nichts sagen, das weiß ich. Sie haben ja gesehen, was er mit Jeff gemacht hat. Sie wollen nicht, dass Ihnen dasselbe passiert.«

»Nein. Das will ich nicht. Ich halte dicht. Sie können sich auf mich verlassen.« Helen konnte kaum glauben, wie einfach es war.

»Ich weiß, Helen. Mit Geld kann man Ihre Loyalität kaufen.« Dee blickte sich im Raum um, als sähe sie ihn zum ersten Mal. »Mit Geld kann man alles und jeden kaufen …«

»Wie meinen Sie das?«

Dee sah Helen unverwandt ins Gesicht. »Mit Ihnen kann ich ja reden. Wir haben uns doch immer gut verstanden. Früher.«

Daran konnte Helen sich nicht erinnern, aber das behielt sie für sich.

»Michael. Ich will … ich will weg von ihm.«

Helen zuckte mit den Schultern. »Dann gehen Sie doch. Nichts hält Sie hier.«

»Oh doch, Helen, und ob. Er hat das ganze Geld. Ich habe nichts. Wenn ich Geld will, muss ich ihn anbetteln, damit er mir was gibt.«

»Aber Sie sind doch ein freier Mensch. Ich würde niemals bei jemandem bleiben, der mir so was antut.«

»Es spielt doch keine Rolle, was er ist oder nicht ist. Fest steht, dass ich ihn nicht verlassen kann.«

Helen lehnte sich zurück und dachte nach. In ihrem Kopf nahm ein Plan Gestalt an. Sie beugte sich nach vorn. »Dee, das Geld, von dem Sie gesprochen haben – um mich zu bezahlen. Wo wollten Sie das denn hernehmen?«

»Von Michaels Konto. Oder vom Firmenkonto.« Sie runzelte die Stirn, als verstehe sie den Sinn der Frage nicht. »Wieso?«

»Und wie wollten Sie darankommen?«

»Per Internetbanking. Ich kann es von seinem Konto abheben und auf meins überweisen.«

Helen lächelte. »Na, warum überwiesen Sie dann nicht einfach einen ganzen Batzen Geld von seinem auf Ihr Konto und machen dann, dass Sie von hier wegkommen?«

Dee sah sie an, als wäre ihr ein solcher Gedanke noch nie gekommen. »Aber ... das geht doch nicht ...«

»Wieso nicht?«

»Weil er mich finden würde ... Er würde mich aufspüren und dann ... wie Jeff ...«

Helen überlegte erneut. Wie man Männern Geld abluchste – damit kannte sie sich aus. »Warum eröffnen Sie nicht ein neues Konto und deponieren heimlich Geld darauf? Gründen Sie eine Strohfirma, irgendein Subunternehmen, nur als Fassade, und dann zweigen Sie immer wieder kleine Summen ab, so lange, bis Sie genug haben, um verschwinden zu können?«

Dee dachte eine Weile nach, dann schüttelte sie den Kopf. »Das klingt ja ganz gut, aber ...«

»Was aber?«

»Ich will *jetzt* von ihm weg.«

»Was, jetzt sofort? Heute, meinen Sie?«

Dee nickte. »Das mit Jeff, das ... war einfach zu viel. Damit ist er zu weit gegangen. Ich kann nicht länger bei ihm bleiben.« Sie beugte sich über den Tisch und ergriff erneut Helens Hände. »Helfen Sie mir. Bitte.«

»Also gut«, sagte Helen ganz geschäftsmäßig. »Wie viel könnten Sie heute in bar von seinem Konto abheben?«

»In bar? Ich weiß nicht ... nicht viel. Aber er hat einen Safe im Haus.«

Helen lief ein erwartungsvoller Schauer über den Rücken. »Wie viel ist da drin?«, wollte sie wissen.

»Normalerweise so um die ... siebzig- oder hunderttausend ...«

Helen konnte ihre Erregung kaum noch im Zaum halten. »Dann gehen Sie und holen es!«

Dees Miene verdüsterte sich. »Das kann ich nicht.«

»Wieso nicht?«

»Er spioniert mir die ganze Zeit nach, lässt mich nie aus den Augen ...« Sie verstummte. »Er will später noch mal weg.«

»Wann?«

Dee biss sich nachdenklich auf die Lippe. »Um sieben. Heute Abend.«

»Das ist die Gelegenheit für Sie«, sagte Helen und drückte Dees Hand. »Ich sage Ihnen, was wir machen: Noch heute Nachmittag richten Sie ein geheimes Konto ein. Die Bank ist egal, Hauptsache, die Filiale ist für Sie leicht zu erreichen. Um sieben Uhr räumen Sie den Safe leer, dann packen Sie Ihre Sachen, wir treffen uns irgendwo, zahlen das Geld ein und tauchen unter. Nach ein paar Tagen gehen wir in irgendeine Filiale, lösen das Konto wieder auf und nehmen das Geld mit. Was sagen Sie dazu?«

Dees Augen wurden kugelrund. »Können wir das denn machen?«

»Natürlich. Geben Sie mir einen Anteil, und ich sorge dafür, dass alles glattläuft.«

»Wir zwei zusammen?« Dee lachte.

»Wir zwei zusammen.«

»Und Sie ... Sie kommen mit?«

»Aber sicher komme ich mit. Wir fangen irgendwo ganz neu an. Nur wir beide.« *Beziehungsweise wir drei*, dachte Helen. *Das Geld nicht zu vergessen.*

Dee lächelte. Nie hatte sie menschlicher ausgesehen. *Ich habe sie wirklich völlig falsch eingeschätzt*, dachte Helen.

Sie verabredeten, wann und wo sie sich später am Abend treffen wollten, und Helen verließ das Haus in bester Laune. Es hätte nicht besser laufen können, wenn sie es geplant hätte.

60

»Na«, sagte Deepak, als er Helen Hibbert aus dem Haus kommen sah. »Da sieht aber jemand zufrieden aus.«

Helen Hibbert hüpfte fast auf dem Weg zu ihrem Taxi. Sie hatte ein breites Grinsen im Gesicht.

Deepaks Hand lag bereits am Türgriff. »Dann fragen wir mal nach, was meinen Sie?«

»Ja«, sagte Jessie und stieg auf der anderen Seite aus. »Das machen wir.«

Sie gingen zum Tor.

Genau wie der Nebel hatten sich auch Jessies Kopfschmerzen inzwischen fast vollständig verzogen.

61

Marina schlug die Augen auf. Sie lag in einem fremden Bett in einem fremden Zimmer. Sie schob die Decke beiseite und wurde panisch. Dann fiel es ihr wieder ein.

Ihr Bruder Alessandro. Jaywick.

Sie ließ sich zurückfallen. Schloss die Augen.

Jaywick. Sie war gestern Abend hergefahren, gleich nachdem sie bei dem Haus gewesen war. Sie zitterte. Das Haus. Bei der Erinnerung an das, was sie dort vorgefunden hatte, drehte sich ihr der Magen um. Sie fühlte etwas in ihrer Hand und öffnete die Augen wieder. Lady. Sie hielt den Plüschhund so fest umklammert, dass ihre Knöchel weiß und ihre Finger steif geworden waren. Sie blinzelte gegen das Morgenlicht an. Sie war bei Sandro aufgetaucht und dann vor Erschöpfung zusammengebrochen.

Sie konnte sich noch an die Fahrt erinnern. Jaywick sah immer gleich aus. Unmittelbar südlich von Clacton gelegen, war es ursprünglich als Feriensiedlung für Urlauber aus London gedacht gewesen, von denen viele sich dauerhaft in den kleinen Fertighäusern niedergelassen hatten. Die folgenden Jahre hatten ihre Spuren hinterlassen. Jaywick war wie ein vielversprechender Jungstar, der irgendwann zum Opfer seiner Exzesse wird. Die ursprünglichen Anlagen standen noch, aber mittlerweile war der Ort eine einzige Ruine. Ein englischer Slum, eine City of God, made in Essex. Bei den teilweise bis zur Abbruchreife verkommenen Häusern waren Fenster und Türen eingeschlagen, Obdachlose und Hausbesetzer wohnten jetzt darin. Crackhöhlen florierten. Manche Bewohner hatten sich an kreativen Verschönerungsmaßnahmen versucht: ein Wohnwagen, der anstelle eines regulären Anbaus an die Seite eines Hauses angefügt worden war; eine nachträglich eingebaute Gaube, die zu schwer für die Dachkonstruktion gewesen war und das komplette Obergeschoss eines Hauses zum Einsturz gebracht hatte. Die Straßen waren eng, der von Unkraut und Gestrüpp überwucherte Beton und Asphalt voller Risse und riesiger Schlaglöcher, in denen dauerhaft das Wasser stand. Die Häuser standen dicht gedrängt. Unter ihnen gab es sogar einige halbwegs ansehnliche Exemplare, die jemand im Versuch, dem fortschreitenden Verfall Einhalt zu gebieten, sorgsam gepflegt hatte. Doch diese Versuche glichen einsamen Schwimmern, die vergeblich gegen eine Strömung ankämpfen.

Marina war einige Jahre zuvor das letzte Mal in Jaywick gewesen, zur Eröffnung der Martello-Tower-Kunstgalerie. Der Kleidung und den Gesprächen auf der Vernissage nach zu urteilen, stammte kein einziger der Gäste aus Jaywick selbst. Auf der Fahrt hatte sie sich beim Anblick der verbarrikadierten Ladenlokale, Cafés und Pubs gefragt, wer um alles in der Welt hier freiwillig wohnen würde.

Jetzt wusste sie es. Ihr Bruder.

»Du bist ja wach.«

Alessandro stand am Fuß ihres Betts und hielt einen dampfenden Becher in der Hand. Als er sich neben sie setzte, spürte sie, wie das Bett unter seinem Gewicht fast zusammenbrach. Er reichte ihr den Becher.

»Hier, trink.«

Sie hob ihn an die Lippen und probierte einen Schluck. Es schmeckte scheußlich.

»Was ist das?«

»Soll eigentlich Tee sein.« Er zuckte mit den Schultern. »Dieser ganze Haushaltskram war noch nie so mein Ding.« Sein Blick war auf den Teppich geheftet. »Musst ihn ja nicht trinken, wenn du nicht willst.«

Marina stellte den Becher ab, richtete sich auf und sah sich um. Sie saßen im Wohnzimmer eines der Ferienbungalows. Sie hatte auf einem Bettsofa geschlafen. Laken und Decken waren zerschlissen und sahen nicht gerade frisch aus. Die Möbel schienen wahllos zusammengesammelt, statt bewusst angeschafft worden zu sein. Die kleine Küchenzeile rechts sah aus wie ein Biowaffen-Versuchslabor der Al Kaida. Es roch feucht und staubig und nach einsamem, verzweifeltem Mann.

Sie merkte, wie Alessandro sie musterte. Wusste, dass er das Zimmer durch ihre Augen wahrnahm. Seinem niedergeschlagenen Gesichtsausdruck nach dachte er wohl ähnlich darüber wie sie.

»So«, meinte er schließlich. »Was führt dich hierher?« Sein Blick war scharf, und sein abweisender Tonfall legte sich wie eine harte Schale um seine Worte. »Muss ja was Ernstes sein. Ich dachte schon, du hättest meine Adresse verloren.«

Marina reagierte nicht auf den Vorwurf, auch wenn sie innerlich geradezu auf einen Streit brannte. Er war ihr Bruder und wusste, wie er sie provozieren konnte. Genau wie sie ihn. Stattdessen nippte sie noch einmal an ihrem Tee und schaffte es sogar, ein wenig davon hinunterzuschlucken. Wenn man sich erst einmal daran gewöhnt hatte, war er gar nicht so schlecht, fand sie, auch wenn sie gleichzeitig hoffte, dass sie sich niemals an so etwas gewöhnen würde.

Sie stellte den Becher wieder auf den Boden, ohne sich die Cartoon-Blondine mit den unnatürlich großen Brüsten, die darauf abgebildet war, näher anzusehen. Ihr fiel auf, dass die Innenseite des Bechers unzählige braune Ringe aufwies – wie ein jahrhundertealter Baum. Sie sah zu ihrem Bruder hoch und seufzte. Sie war wach und dennoch müde. »Wo soll ich anfangen?«

»Am Anfang.« Er warf einen Blick auf seine Armbanduhr.

»Halte ich dich von irgendwas ab?«

»Muss nachher noch was erledigen. Erzähl mir, was passiert ist. Kommt ja nicht alle Tage vor, dass meine Schwester auf meiner Türschwelle zusammenklappt.«

Also erzählte sie es ihm. Zunächst stockend, dann zunehmend fließender, je tiefer sie in die Geschichte eintauchte. Sie begann mit dem Cottage, dem geplanten Kurztrip über Ostern. Der Brand, dann das Krankenhaus. Das Handy. *Love Will Tear Us Apart*. Die Anrufe.

»Ich habe versucht, mit ihnen zu reden wie mit normalen Menschen, damit sie mich auch als Menschen sehen …« Ein Stoßseufzer. »Ich habe es wirklich versucht.«

Sie fuhr mit ihrem Bericht fort. Das Katz-und-Maus-Spiel mit der Polizei im Hotel. *Der Teil gefällt Sandro garantiert*, schoss es ihr durch den Kopf. »Dann habe ich an einer Tankstelle angehalten. Und sobald klar war, wohin ich als Nächstes fahren musste, habe ich versucht, einen Hinweis für … für die Polizei zu hinterlassen.«

Er schnaubte. »Wozu denn das?«

»Damit mir jemand hilft.«

»Ich dachte, das haben sie dir verboten.«

»Ja, aber ich war ja schon auf dem Weg zu ihnen. Zu dem Ort, an dem Josephina festgehalten wurde. Deswegen dachte ich, wenn es mir gelingt, der Polizei eine Nachricht zu übermitteln, würden sie kommen, während ich da bin, und Josephina retten.« Sie schüttelte den Kopf. »Ich dachte, sie können mir helfen.«

»Aber das konnten sie nicht.«

Sie schüttelte den Kopf. »Niemand konnte mir helfen …« Dann erzählte sie von dem Haus. Wie sie dort angekommen war und Josephinas Plüschtier gefunden hatte. Außerdem die Leiche eines Mannes. »Danach bin ich gleich hierhergefahren. Ich wollte keine Sekunde länger dort bleiben. Ich konnte einfach nicht.«

Alessandro runzelte die Stirn. »Und warum hast du danach nicht die Bullen gerufen? Nicht, dass ich sonderlich gut auf die Kerle zu sprechen wäre, aber das wäre doch das Naheliegendste gewesen.«

Marina seufzte. »Weil … das nicht ging. Jemand hat Josie. Ich hoffe wenigstens, dass er sie noch hat. Andernfalls …« Ihre Stimme erstarb.

Sie spürte Tränen in ihren Augen brennen. Weigerte sich,

ihnen freien Lauf zu lassen. Nicht vor Sandro. Er wartete, bis sie sich genügend gesammelt hatte, um mit ihrer Geschichte fortzufahren.

»Na ja«, sagte sie schließlich und wischte sich Augen und Nase an ihrem Ärmel ab. »Ich konnte nicht zur Polizei gehen. Sie waren nicht da, als ich beim Haus ankam, also haben sie meine Nachricht bestimmt nicht gefunden. Vielleicht ist es auch besser so. Wenn derjenige, der Josie in seiner Gewalt hat, davon erfährt, tut er ihr vielleicht etwas an.«

»Hat er sich denn danach noch mal bei dir gemeldet?«

Sie schüttelte den Kopf.

»Der Tote, den du gefunden hast. Vielleicht war das ja der Entführer.«

Wieder ein Seufzer. »Vielleicht. Ich weiß es nicht ... Langsam weiß ich gar nichts mehr ...«

Sie spürte, wie sie innerlich auseinanderzubrechen drohte. Mit größter Mühe gelang es ihr, sich zusammenzureißen.

Schweigen breitete sich zwischen ihnen aus. Irgendwann ergriff Sandro das Wort.

»Und dann«, sagte er, »bist du zu mir gekommen.«

Sie nickte.

»Warum? Kannst du sonst nirgendwohin?«

Sie lachte traurig. »So ungefähr, ja.«

»Und was erwartest du jetzt von mir?«

Ihr Blick war pure Verzweiflung. »Dass du mir hilfst.«

Fassungslos sah er sie an. »Und wie hast du dir das vorgestellt?«

Sie beugte sich vor. »Du kennst doch eine Menge Leute«, beschwor sie ihn. »Du hast Verbindungen, die ich nicht habe. Du weißt, wie man gewisse Kontakte herstellt.«

Sandros Stimme wurde eisig. »Wie kommst du denn auf die Idee?«

»Weil … weil das doch die Kreise sind, in denen du dich bewegst.«

»Mit anderen Worten, ich bin ein Krimineller.«

»Das habe ich nicht gesagt. Ich –«

»Hast du wohl. Zumindest hast du es so gemeint.«

Sie holte tief Luft. »Sandro. Bitte. Ich brauche deine Hilfe, um meine Tochter zu finden. Hilfst du mir?«

Er starrte sie an und dachte nach. Dann wandte er sich ab. Sie beobachtete, wie sein Blick über Wände und Möbel schweifte. Irgendwann drehte er sich wieder zu ihr um.

»Nein«, sagte er.

62

Jessie strich sich die Haare glatt und richtete ihre Jacke. Räusperte sich. Und drückte den Knopf der Gegensprechanlage. Sie stand mit Deepak vor dem Tor des Sloane-Anwesens und machte sich darauf gefasst, dieselbe Prozedur zu durchlaufen wie schon am vergangenen Abend.

Es meldete sich wieder die Stimme mit ausländischem Akzent. Auch diesmal behauptete sie, dass niemand zu Hause sei, der mit der Polizei sprechen könne, und bat sie, es später noch einmal zu versuchen.

Zeit, aktiv zu werden, dachte Jessie.

»Wir ermitteln den Mord an Jeff Hibbert, der früher bei den Sloanes angestellt war. Wir haben gerade gesehen, wie seine Witwe das Grundstück verlassen hat, und da wir annehmen, dass sie aus demselben Grund hier war wie wir, würden wir jetzt gerne mit demjenigen sprechen, mit dem sie gesprochen hat. Wenn es keine Umstände macht.«

Die beiden Detectives tauschten einen Blick. Das Tor öffnete sich, und Jessie reckte den Daumen in die Höhe. »Sie sind beeindruckt von meiner Überzeugungskraft. Na los, geben Sie's ruhig zu.«

Deepak schüttelte lächelnd den Kopf. »Wenigstens sind Sie nicht ausfallend geworden.«

»Das spare ich mir für drinnen auf.«

Sie gingen die Kieseinfahrt entlang und betraten das Haus.

Das Hausmädchen führte sie ins Wohnzimmer und bat sie, auf einem der zwei Sofas Platz zu nehmen. Dann ließ sie sie allein und schloss die Tür.

»Mit industrieller Landwirtschaft lässt sich offenbar gut verdienen«, meinte Deepak, während er sich im Raum umsah.

Jessie betrachtete den Couchtisch aus Glas und Metall. »Ich wette, das Ding da kostet mehr, als wir beide zusammen in einem Monat verdienen.«

Deepak sah den Tisch an und schnitt eine Grimasse. »Geschmack kann man mit Geld aber nicht kaufen«, erwiderte er.

Die Tür öffnete sich, und herein kam eine zierliche Frau in einem pinkfarbenen Nicki-Jogginganzug. An den Füßen trug sie Sportschuhe, die niemals die freie Natur oder auch nur das Innere eines Fitnessstudios gesehen hatten. Sie war ungeschminkt und hatte sich die Haare straff zurückgebunden. Sie ging rasch zum freien Sofa, wo sie sich mit kerzengeradem Rücken niederließ und ihre Besucher mit einem geschäftsmäßigen Blick taxierte.

»Ich bin Dee Sloane. Sie wollten meinen Bruder Michael sprechen, aber ich fürchte, der ist momentan unabkömmlich. Und Sie sind?«

Jessie und Deepak zeigten ihre Dienstausweise und nannten ihre Namen.

»Und es geht um den Tod eines unserer ehemaligen Mitarbeiter?«

»Das ist richtig«, bestätigte Jessie. Sie würde die Führung in der Befragung übernehmen. »Es gibt da einige Dinge, über die wir gerne mit Ihnen sprechen würden.«

Dee Sloane runzelte die Stirn. »Ist es was Ernstes? Sollte ich einen Anwalt hinzuziehen?«

»Das liegt ganz bei Ihnen«, erwiderte Deepak so leichthin wie möglich.

Jessie lächelte. »Schauen wir einfach mal, wie weit wir kommen.«

Dee saß da und wartete mit ausdruckslosem Gesicht. Ihre aufrechte Haltung suggerierte Wachsamkeit, aber zugleich innere Ruhe. Offenheit. Sie vermittelte den Eindruck, als warte sie ganz gelöst auf das, was da kommen mochte. Aber Jessie ließ sich davon nicht in die Irre führen. Im Laufe der Jahre hatte sie gelernt, Körpersignale zu deuten, und sie sah sofort, dass Dee Sloane sich sehr unwohl fühlte. Um nicht zu sagen, angespannt war.

Und da war noch mehr. Sie kannte die Frau erst seit wenigen Sekunden, und doch war sie ihr auf Anhieb unsympathisch gewesen. Normalerweise achtete sie darauf, nicht vorschnell über andere zu urteilen, insbesondere wenn es um ihren Beruf ging. Doch manchmal spürte sie etwas, wenn sie einem Pädophilen oder einem gewalttätigen Ehemann gegenübersaß – sie sandten unangenehme Schwingungen aus, selbst oder gerade wenn sie sich freundlich und unterwürfig verhielten. Sie musste sich dieses Gefühl immer erst bewusst machen, damit sie sich davon nicht in ihrer Arbeit beeinflussen ließ. Dieselbe negative Energie ging von Dee Sloane aus. Vielleicht stimmte die Chemie einfach nicht zwischen ihnen, oder es lag an ihrer Persönlichkeit, aber irgendetwas an dieser Frau kam ihr unheimlich vor. Jessie warf Deepak einen Blick zu, um festzustellen, ob es ihm ebenso ging, doch der Blick ihres Partners war vollkommen neutral.

Okay, dachte Jessie. Der Kater war vergessen, sämtliche Gedanken an die vergangene Nacht hatte sie aus ihrem Kopf verbannt. Sie war hochkonzentriert. Bereit für ihren Job.

63

Marina konnte nicht glauben, was sie gerade gehört hatte. Nicht aus Sandros Mund. Er war doch ihr Bruder. Lanzo hätte sie so etwas ohne weiteres zugetraut, aber nicht Sandro. Er war immer der Anständigere von beiden gewesen. Der, zu dem sie am ehesten Zugang gefunden hatte. Anscheinend hatte er sich verändert.

»Was? Aber …«

»Ich hab nein gesagt.«

»Aber … wieso? Ich habe dir doch erzählt, was passiert ist. Mein Kind. Sie haben meine Tochter entführt …«

»Und sie wollen, dass du ein psychologisches Gutachten über irgendeinen Bekloppten schreibst, und dann kriegst du sie zurück?«

Sie nickte.

Er zuckte mit den Schultern. »Na, dann mach das doch einfach. Wo liegt das Problem?«

»Was habe ich dir denn eben gerade erzählt? Da lag eine Leiche, und Josephina ist verschwunden …«

»Und wieso überhaupt du? Wieso sollten sie sich die Mühe machen, dein Kind zu entführen, um dich dazu zu bringen, dieses Gutachten zu schreiben? Warum haben sie dich nicht einfach angerufen?«

»Das weiß ich nicht. Da muss noch irgendein anderer Grund dahinterstecken.«

»Und du glaubst, ich kann dir helfen?«

»Ja! Du kennst doch alle möglichen Leute. Also gut, vielleicht nicht die Leute, die dafür verantwortlich sind, aber … aber sie müssen doch irgendjemandem davon erzählt haben. Außer ihnen muss doch noch jemand von der Sache wissen.« Sie lehnte sich vor und fasste ihn am Arm. »Bitte … bitte hilf mir. Meine Tochter ist verschwunden, mein Mann ist …« Sie schüttelte den Kopf. Daran wollte sie gar nicht denken. »Bitte … Du bist alles, was ich habe.«

Sie sahen einander in die Augen. Er schien kurz davor einzulenken. Doch dann machte er sich von ihr los und stand auf. Er wandte sich von ihr ab und begann, im Zimmer auf und ab zu gehen.

»Das war echt nicht schlecht«, sagte er und lachte. Es war kein angenehmes Lachen. »Ich bin alles, was du hast.« Er ging umher und nickte dabei, als fände in seinem Kopf noch eine ganz andere Unterhaltung statt. »Alles, was du hast …« Er fuhr zu ihr herum. Zeigte mit dem Finger auf sie. »Und wo hast du all die Jahre gesteckt? Na? Wo warst du, als ich ganz allein war, als ich …« Er schüttelte aufgebracht den Kopf, als wolle er etwas abschütteln. »Klar. Ich weiß, wo du warst. Bei deinem Lover, dem Bullen.« Er spie die Worte förmlich aus. »Bei deinen tollen Freunden von der Uni. Klar. Du wolltest nichts mehr mit mir zu tun haben, stimmt's? Mit keinem aus der Familie.« Er wandte sich ab und setzte sich erneut in Bewegung.

»Das beruht ja wohl auf Gegenseitigkeit, Sandro«, sagte sie und stand vom Bett auf. »Wo warst du denn die ganze Zeit?«

Er drehte sich wieder zu ihr um. Sein Gesicht war vor Zorn gerötet, und er kam ihr ganz nahe. »Du wolltest doch gar nichts von mir wissen. Du wolltest mit uns allen nichts mehr zu tun haben. Das hast du doch unmissverständlich klargemacht. Weil wir nicht gut genug für dich waren.«

»Das … das ist nicht wahr …«

»Und ob das wahr ist, verdammte Scheiße noch mal! Du hast dich für uns geschämt. Das hast du selbst gesagt.«

Marina schwieg. Sandro funkelte sie an. Fasste ihr Schweigen als Zustimmung auf.

»Siehst du?« Wieder ein freudloses Lachen. »Sag ich doch.«

Ihre Verletztheit wich Wut. So etwas würde sie sich von ihm nicht sagen lassen. »Ach ja? Vielleicht habe ich mich wirklich für was Besseres gehalten. Und weißt du, was? Vielleicht hatte ich auch allen Grund dazu. Ich wollte nämlich was aus mir machen. Irgendwas Sinnvolles mit meinem Leben anfangen. Nicht nur mit diesem widerlichen Mistkerl zu Hause sitzen und mich von ihm verdreschen lassen.«

Sandro sagte nichts, sondern drehte ihr erneut den Rücken zu.

Sie folgte ihm. So einfach wollte sie ihn nicht davonkommen lassen. Sie senkte die Stimme. Versuchte, an seine Vernunft zu appellieren. »Und jetzt bin ich hier. Und ich bitte dich, mir zu helfen. Bitte.«

Er schnaubte. »Bitte? Jetzt bettelst du auf einmal. Du brauchst meine Hilfe, und ich soll springen? Hast du dir das so vorgestellt? Du schnippst mit den Fingern, und ich komme gleich angerannt. Ja? Weiß du was? Leck mich doch am Arsch.«

Sie starrten sich an. »Du klingst genau wie unser Vater.«

Er hob den Arm und holte aus. »Ich sollte dir echt eine scheuern …«

»Du *bist* wie er. Haargenau wie er.« Sie sah ihn mit unverhohlener Verachtung an.

Etwas in Sandros Augen brach. »Nein, bin ich nicht. Ich bin nicht …« Seine Stimme zitterte, als versuche er vergeblich, sich von der Wahrheit seiner Worte zu überzeugen. »Ich bin kein bisschen so wie er …«

Sie trat ganz nahe an ihn heran. Ihre Stimme war kaum lauter als ein Flüstern. »Dann beweis es. Beweis mir, dass du anders bist.«

»Sei still.« Er sah sie an. Seine Augen schimmerten glasig.

»Zeig mir, dass du anders bist, und hilf mir, meine Tochter zu finden.«

Er machte einen Versuch, sie anzusehen, brachte es jedoch nicht über sich. Er drehte ihr den Rücken zu. »Geh einfach«, sagte er. »Hau ab.«

Marina rührte sich nicht vom Fleck.

»Ich hab gesagt, geh ...« Sandro knurrte fast vor Wut.

»Also schön«, sagte sie und bewegte sich auf die Tür zu. »Ich gehe. Und du kannst hierbleiben und zusehen, wie du klarkommst. Genau wie Vater. Kannst wirklich stolz auf dich sein.«

»Halt den Mund ...«

Sie war bei der Tür angekommen und drehte sich noch einmal um. »Ich bin nur froh, dass Mutter nicht mehr am Leben ist und dich so sehen muss.«

»Was?« Sandro zuckte zurück, als hätte sie ihn geschlagen.

»Du hast mich gehört.« Sie griff nach der Türklinke. Sie hörte ihn hinter sich tief Luft holen. Es klang wie der letzte Atemzug eines Sterbenden. Oder der erste eines neugeborenen Kindes.

»In Ordnung.«

Sie drehte sich um. »Heißt das, du hilfst mir?«

Er hielt sich die Hände vor die Augen. Konnte sie nicht ansehen.

»Was soll ich machen?«

64

Jessie hatte gerade mit der Befragung von Dee Sloane begonnen. Deepak saß neben ihr.

»Fahren Sie einen Fiat Punto?«

Bei dieser Frage weiteten sich Dee Sloanes Augen unwillkürlich. Ihre Antwort kam stockend. »Nein ... Was hat das mit dem Tod eines unserer ehemaligen Mitarbeiter zu tun?«

Jessie ignorierte die Frage. »Fährt Ihr Bruder Michael einen Fiat Punto?«

»Nein, er auch nicht.« Diesmal stellte Dee keine Gegenfrage.

Jessie nickte. »Gut.« Mehr sagte sie nicht. Stattdessen tat sie so, als denke sie nach. In Wirklichkeit wartete sie bloß.

»Darf ich fragen, worum es geht?« Dee Sloane schien allmählich nervös zu werden.

Jessie sprach und bewegte sich absichtlich langsam, fast gelangweilt. »Nun, wie es der Zufall will, wurde vor zwei Tagen ein ausgebrannter Fiat Punto am Tatort eines Brandanschlags in Aldeburgh gefunden.«

»Und jetzt glauben Sie ... was? Dass Michael oder ich für diesen Brandanschlag verantwortlich sind? Das ist doch lächerlich.«

»Sind Sie es denn?« Jessie versuchte die Frage bewusst beiläufig zu stellen, und es gelang ihr dabei sogar ein Lächeln.

Dee Sloane blieb ihr eine Antwort schuldig. Sie sah Jessie lediglich in hochmütiger Verachtung an, als wäre eine solche Frage unter ihrer Würde.

Jessies Lächeln verschwand. »Wir haben es nachgeprüft, der Wagen ist auf Ihren Bruder zugelassen. War Ihr Bruder vor zwei Tagen in Aldeburgh?«

»Nein. War er nicht.«

»Sie selbst etwa?«

»Nein.«

»Aber irgendjemand war dort«, klinkte Deepak sich ein. »Mit dem Wagen Ihres Bruders.«

Dee Sloane schwieg.

»Wurde er gestohlen?«, wollte Jessie wissen.

»Nein«, antwortete Dee. »Wir haben einen Wagen für die Hausangestellten. Vielleicht handelt es sich um den.«

»Aber zugelassen ist er auf Ihren Bruder.«

»Ja.«

»Nicht auf die Firma.«

Dee Sloane zögerte. »Nein.«

»Warum nicht?«

Dee rutschte auf dem Sofa hin und her, als könne sie keine bequeme Sitzposition finden. »Das ... hat steuerliche Gründe. Glaube ich. Unser Finanzberater hat es vorgeschlagen.«

»Aha.« Jessie nickte, als sei dieser Punkt damit abgehakt. Sie merkte, dass Dee sich ein wenig entspannte. *Du bist auf dem richtigen Weg*, sagte sie sich. »Haben Sie viele Hausangestellte?«, erkundigte sie sich im Plauderton.

»Zwei Hausmädchen. Und zwei Mitarbeiter für die Küche.«

Jessie lehnte sich zurück und machte große Augen. »Wie bei *Downton Abbey*. Schauen Sie die Serie manchmal? Ich persönlich liebe sie ja.«

Dee sagte nichts, schien sich jedoch in Jessies Worten zu sonnen.

»Also, wer von Ihrem Personal hat denn nun den Wagen benutzt?«

Dee war überrumpelt. »Was?«

»Wer vom Personal hatte den Wagen? Wer ist damit nach Aldeburgh gefahren? Bevor er ausgebrannt ist?«

»Ich ... Da müsste ich erst nachfragen. Das weiß ich nicht.« Erneut begann sie, sich umständlich zurechtzusetzen.

»Und es ist von niemandem erwähnt worden?«, wollte Deepak wissen.

»So was ist doch keine Bagatelle«, fügte Jessie hinzu. »Einen Wagen zu verlieren. Erst recht, wenn er dem eigenen Chef gehört. Ich wette, der war gar nicht glücklich darüber.«

Dee machte ein Gesicht wie ein Tier in der Falle. Jessie lächelte in sich hinein. Dann riss sie sich zusammen. Dass sie Dee Sloane nicht mochte, bedeutete noch lange nicht, dass diese ein schlechter Mensch war. Doch dann dachte sie an all die anderen Personen, mit denen sie beruflich zu tun gehabt und die sie ebenfalls auf Anhieb nicht gemocht hatte. An die Verbrechen, die sie begangen hatten. *Nein*, sagte sie sich. *Hör auf deinen Instinkt.*

»Das heißt also, Sie wissen nicht, wer den Wagen gefahren hat?«, stellte sie fest.

»Nein.«

»Und Sie wissen auch nicht, was der oder die Betreffende in Aldeburgh wollte?«

»Nein«, sagte Dee sichtlich verstört. »Ich habe keine Ahnung, was die Angestellten an ihren freien Tagen so treiben.«

»Mit anderen Worten, Sie wissen weder, wer es war, noch, was er oder sie in Aldeburgh wollte, *aber* Sie wissen, dass er oder sie einen freien Tag hatte. Könnten Sie bitte alles Übrige noch für uns herausfinden?«

»Wieso?«

»Weil wir gerne mit der betreffenden Person sprechen würden.«

»Sie war am Tatort eines Verbrechens«, setzte Deepak hinzu. »Möglicherweise hat sie etwas gesehen.«

Dee lehnte sich vor. Ihre Augen flackerten. »Ich muss Sie jetzt bitten zu gehen. Sie haben gesagt, Sie wollten mit mir über den Tod eines früheren Mitarbeiters sprechen. Das haben Sie nicht getan. Also, gehen Sie jetzt bitte.«

Jessie ging nicht darauf ein, sondern nickte lediglich. »Ach, übrigens, was wollte Helen Hibbert eigentlich von Ihnen?« Auch diese Frage formulierte sie so, als wäre sie in keiner Weise von Belang. Sie würde nicht eher gehen, als bis sie alle Fragen gestellt hatte, die sie stellen wollte. Um das zu erreichen, würde sie sich jedes ihr zur Verfügung stehenden Tricks bedienen.

»Wie bitte?« Wieder geriet Dee aus der Fassung.

»Sie ist weggefahren, kurz bevor wir kamen. Was wollte sie?«

Dee sah zwischen den beiden hin und her. *Wie ein in die Enge getriebenes Tier*, schoss es Jessie durch den Kopf.

»Sie ... Sie wollte über ihren Mann sprechen.«

»Der früher für Ihre Firma gearbeitet hat.«

»Ja.«

Dee schien der Ansicht zu sein, dass diese Information ausreichend sei. Jessie schwieg. Sie wollte die andere Frau dazu bringen, die Stille mit Worten zu füllen.

Der Plan ging auf. »Ihr Mann war schwerkrank. Krebs.« Dees Stimme hatte einen ernsten, feierlichen Ton angenommen. »Sie wollte uns davon unterrichten. Von seinem Tod.«

»Hat sie kein Telefon?«, fragte Deepak.

Jessie bemerkte die Wut, die in Dees Augen aufblitzte, aber sofort unterdrückt wurde. *Hab ich dich*, dachte sie.

»Sie ... Sie wollte es lieber persönlich tun.«

»So viel hat er Ihnen bedeutet?«, sagte Jessie. »Als ehemaliger Angestellter?«

»Wir mochten Jeff. Er war ein ... geschätzter Mitarbeiter.«

Die Worte klangen hohl, und Jessie hatte ernste Zweifel, dass Dee glaubte, was sie da von sich gab. »Wissen Sie, was komisch ist?«, fragte sie in demselben Tonfall, mit dem sie etwa einen Artikel aus der *Heat* kommentiert hätte. »Wir haben ihn erst vor zwei Tagen gesehen.«

Dee schwieg.

»Als das Cottage in die Luft geflogen ist, war ein Mann am Tatort. Er hat einer Frau das Leben gerettet, indem er sie davon abgehalten hat, ins brennende Haus zu laufen. Heldenhaft. Wir haben ihn um seine Kontaktdaten gebeten, und er hat uns die Adresse von Jeff Hibbert genannt. Was glauben Sie, weshalb er das getan hat?«

»Woher soll ich das wissen?«

»Allerdings hat er uns *nicht* Jeff Hibberts Namen genannt, sondern behauptet, er hieße Stuart Milton.« Sie beugte sich vor. »Sagt Ihnen der Name irgendetwas?«

»Nein.« Dees Stimme war glatt und emotionslos. Nur ihre Augen verrieten sie.

»Und dann kommt Jeff Hibbert ums Leben, unmittelbar nachdem wir bei ihm waren.«

»Es war nicht der Krebs«, fügte Deepak ergänzend hinzu. »Sondern Mord.«

Dees Lippen bewegten sich, doch kein Laut kam heraus. »Er ... Seine Frau hat so was erwähnt, ja.«

»Und der mysteriöse Stuart Milton ist unauffindbar. Haben Sie zufällig Fotos von Ihrem Bruder?«

Dee war überrumpelt von der plötzlichen Wende im Gespräch und konnte nicht sofort antworten. »Ich ... nicht griffbereit, nein.«

»Sie haben kein einziges Foto von ihm im Haus?« Jessies Tonfall drückte ungläubiges Staunen aus.

»Auf so was wird in unserer Familie nicht so viel Wert gelegt«, antwortete Dee, sichtlich um Beherrschung bemüht.

Jessie lächelte. »Irgendwo werden wir schon eins auftreiben, keine Sorge.«

»Warum brauchen Sie denn überhaupt ein Foto?« Dees Stimme wurde schrill.

Jessie zuckte mit den Achseln. »In einem Fall wie diesem dürfen wir nichts ausschließen.«

Dee schwieg. Ihr Blick huschte erst zwischen Deepak und Jessie hin und her, dann ziellos durch den Raum. *Sie ist nach wie vor verunsichert*, stellte Jessie fest. *Nach wie vor nervös. Gut. Genau da will ich sie haben.*

»Wussten Sie eigentlich, dass Stuart Sloane gestern aus der Haft entlassen wurde?«

Dee blickte starr geradeaus. Jessie beobachtete ihre Mimik und Augen. Die Frau schien im Kopf mögliche Antworten durchzugehen, um zu entscheiden, welche davon sie den Polizisten auftischen sollte.

»Ich ... wir ... Das ist uns zu Ohren gekommen, ja. Aber es hat uns niemand offiziell darüber informiert.« Plötzlich ging sie wieder in die Offensive. »Eigentlich wäre ja ich davon ausgegangen, dass uns jemand darüber unterrichtet. Das hätte sich eigentlich gehört.«

Jessie hob beschwichtigend die Hände. »Tut mir leid, Ms Sloane, aber wenn wir bei jedem, der Opfer eines Verbrechens geworden ist, persönlich vorbeikommen würden, sobald der Täter aus dem Gefängnis kommt, hätten wir für nichts anderes mehr Zeit.«

»Ich finde trotzdem, dass uns jemand darüber hätte informieren sollen. In Anbetracht der Schwere der Tat.«

»Vielleicht haben Sie recht.« Jessie zog die Stirn in Falten. »Wie geht es Ihnen denn damit?« Auf einmal war ihr Tonfall sanft und voller aufrichtigen Interesses.

»Wie geht es mir womit?«

»Damit, dass Stuart Sloane wieder auf freiem Fuß ist. Haben Sie keine Angst, dass er erneut hinter Ihnen her sein könnte? Um das zu Ende zu bringen, was er damals begonnen hat?«

Dee öffnete den Mund, schluckte die Antwort jedoch herunter. Stattdessen überlegte sie zunächst eine Weile. »Eigentlich machen wir uns deswegen keine Gedanken, nein. Wir wissen ja nicht mal, in welchem Teil des Landes er sich aufhält.«

»Obwohl Sie das bestimmt rausfinden könnten, wenn Sie wollten.«

»Was wollen Sie damit sagen?«

»Nur, dass es für jemanden mit Ihren finanziellen Mitteln und Ihrem Einfluss ein Leichtes wäre, festzustellen, wo Stuart Sloane sich aufhält. Falls Sie dies wollten.«

Dee Sloane beschloss, die Bemerkung zu übergehen. »Ich denke, es wird jetzt wirklich Zeit, dass Sie gehen.«

Doch auch diesmal wurde ihre Bitte von Jessie ignoriert. »Glauben Sie, Stuart Sloane kannte Jeff Hibbert?«

»Ich ... Ich weiß nicht. Wahrscheinlich nicht.«

»Glauben Sie, Stuart Sloane hat Jeff Hibbert ermordet?«

»Nein. Das glaube ich nicht. Keine Ahnung.« Sie stand auf. »Und jetzt gehen Sie bitte. Wenn Sie noch mehr Fragen oder Anschuldigungen vorzubringen haben, sollten Sie sich an meinen Anwalt wenden.«

Jessie runzelte die Stirn und fragte ungläubig: »Anschuldigungen, Ms Sloane? Welche Anschuldigungen haben wir denn gegen Sie vorgebracht?«

»Bloß ...« Dee zeigte zur Tür. »Gehen Sie einfach. Bitte. Jetzt sofort.«

Jessie und Deepak erhoben sich. Bei der Tür angekommen, drehte Jessie sich um. »Ach«, sagte sie. »Eins noch. Kennen Sie oder Ihr Bruder jemanden mit Namen Marina Esposito?«

Dee sah sie verblüfft an. »Nein«, sagte sie. »Den Namen habe ich noch nie gehört.«

Jessie und Deepak ließen sich nach draußen begleiten.

Sie warteten, bis sie das Tor passiert hatten, erst dann sprachen sie.

»Sehr geschickt gemacht, Ma'am.«

»Danke schön, Deepak. Ich habe es ja gesagt, von mir können Sie noch was lernen.«

»Scharfsinnig«, sagte er. »Bestimmt kriegen Sie bald einen Job bei *Loose Women.*«

»Vielen Dank, Sie Klugscheißer.«

Doch Deepak war noch nicht fertig. »Und ›eins noch‹? Spricht seit Neuestem der Geist von Columbo aus Ihnen?«

Sie grinste. »Bei dem hat die Masche ja auch immer funktioniert.« Sie schlugen den Weg zu ihrem Wagen ein. »Also, was denken Sie? Irgendwelche besonderen Eindrücke?«

Deepak zog die Brauen zusammen. »Ich mochte sie nicht. Ich kann nicht genau sagen, warum, aber ... Irgendwas an ihr fand ich unangenehm.«

»Seltsam. Ging mir genauso. Muss an der Chemie liegen.«

»Oder sie hat etwas zu verbergen.«

»Das wäre natürlich auch eine Möglichkeit.«

Sie hatten den Wagen erreicht. Bevor sie einstiegen, sagte Deepak noch über das Wagendach hinweg: »Ihre letzte Frage – ob sie Marina Esposito kennt.«

»Was war mit der?«

»Das war die einzige Antwort, die nicht gelogen war.«

Jessie lächelte. »Genau mein Eindruck.«

Sie stiegen ein und fuhren davon.

65

Eileen Brennan blickte auf das Gesicht ihres Sohnes hinunter. Sie hatten das Klebeband von seinen Augen entfernt. *Immerhin etwas*, dachte sie. *Das lässt hoffen.*

Sie hielt seine Hand ganz fest, als hätte sie Angst, man könnte sie ihr entreißen. Und sie redete mit ihm. Ohne Pause. Sagte ihm all die Dinge, die sie ihm zuvor nicht hatte sagen können. Alles, was sie die ganze Zeit über für sich behalten hatte, in der festen Überzeugung, dass es später noch ausreichend Gelegenheit dafür geben würde. Dass die Zeit dafür noch nicht reif sei.

Die Ereignisse der vergangenen Tage hatten sie eines Besseren belehrt.

»Und ... Also, ich sage dir das alles, weil ...« Ein Seufzer. »Weil ich der Ansicht bin, dass du es jetzt erfahren musst. Bevor es zu spät ist. Es gab auch Dinge, die ich Don noch sagen wollte ...« Ihre Stimme geriet ins Stocken, und ihre Augen füllten sich mit Tränen. »Und jetzt werde ich nie mehr Gelegenheit dazu haben ... Es gibt nie einen besseren Zeitpunkt. Es gibt nur das Jetzt ...«

Sie hielt seine Hand und redete. Erzählte von ihrem Mann. Phils Vater. Don.

»Ich habe ihn rein zufällig getroffen. Und ich mochte ihn nicht einmal. Zumindest anfangs nicht. Ich konnte Polizisten nicht ausstehen, weißt du? Ich war damals Sozialarbeiterin, politisch sehr engagiert – militant, würde man heute wahrscheinlich sagen. Die Polizei war für uns der Feind. Manchmal traf das auch durchaus zu. Aber eben nicht immer. Und natürlich galt das auch nicht für jeden einzelnen Polizisten. Aber so habe ich anfangs über ihn gedacht. Er war so von sich überzeugt. Hat den starken Mann markiert.« Sie lachte, und ihr Blick verklärte sich, als sie tief in ihre Erinnerung eintauchte. »Später hat er gesagt, er hätte das nur gemacht, um bei mir Eindruck zu schinden. Jahre später hat er mir das erst verraten. Dachte, damit hätte er größere Chancen, bei mir zu landen. Tja, damals kannte er mich eben noch nicht ...«

Sie verstummte, ganz in ihrer Vergangenheit versunken. Irgendwann besann sie sich wieder.

»Er hat mich so oft um eine Verabredung gebeten. Irgendwann habe ich ja gesagt, bloß damit er Ruhe gibt. Aber er war wirklich anders. Anders als mein erster Eindruck von ihm. Und anders als seine Kollegen. Irgendwie weicher, sanfter. Er hat mir von seiner Arbeit erzählt. Davon, was er alles schon erlebt hat. Von zerrütteten Familien, mit denen er zu tun gehabt hatte, und dass er manchmal gerne eingegriffen hätte, es aber nicht durfte. Um zu helfen. Etwas zu verändern. Das fand ich sympathisch ...«

Sie lächelte bei der Erinnerung. Klammerte sich daran, statt der Gegenwart ins Auge zu sehen.

»Und dann haben wir ...«

Phils Augen bewegten sich.

Eileen nahm keine Notiz davon. »Dann haben wir angefangen, uns regelmäßig zu treffen. Und irgendwann wusste ich es. Er war der Richtige. Der Mann, der für mich bestimmt war.«

Erneut zuckten Phils Augen hinter seinen geschlossenen Lidern hin und her.

Diesmal bemerkte Eileen es.

»Nein ... oh nein ...«

Sie blickte sich suchend nach einer Krankenschwester um. Nur kein Anfall. Nur kein Infarkt. Das würde sie nicht ertragen.

Die schnellen Bewegungen seiner Augen ließen nicht nach. Jetzt kam auch Leben in seine Muskeln. Seine Schultern hoben und senkten sich dann wieder, als habe er nicht die Kraft, sich richtig zu bewegen.

»Phil ...« Sie wusste nicht, was sie tun sollte. Hielt seine Hand fest umklammert. »Nein, bitte ... bitte nicht. Ich muss dir noch so vieles sagen ...«

Seine Augen öffneten sich.

Eileen starrte ihn an.

»Phil?«

Sie sah, wie er zu fokussieren versuchte. Er blinzelte im hellen Licht, dann fielen ihm die Augen wieder zu.

»Phil?«

Er öffnete die Augen ein zweites Mal, diesmal jedoch langsam. Vorsichtig.

»Phil?«

Jetzt sah er sie. Er lächelte.

»Phil …«

Eileen ließ ihren Tränen freien Lauf.

Eine Krankenschwester kam ins Zimmer geeilt, doch Eileen bemerkte nichts davon.

Sie hatte ihren Sohn wieder.

66

»Du hattest sie also im Griff, ja? Verstehe ich das richtig?«

Dee saß regungslos auf der Couch und verfolgte mit hartem Blick, wie Michael im Zimmer auf und ab tigerte.

»Das sind doch bloß ein paar Bullen, hast du gesagt. Kein Grund zur Panik. Die wickle ich um den kleinen Finger.« Er wackelte mit dem kleinen Finger, um seine Aussage zu unterstreichen. »Tja, da hast du dich wohl zu früh gefreut. Sie haben dich eiskalt aus Kreuz gelegt. Ich habe dir gesagt, halt den Mund, lass Nickoll die Sache regeln, er kann uns den Rücken freihalten. Aber du wusstest es ja besser. Und jetzt sitzen wir in der Tinte …«

Er entfernte sich ein Stück von ihr.

Sie sah ihm nach. Ihre Blicke waren wie Traktorstrahlen, die sich in seinen Rücken bohrten, um ihn zurückzuholen. »Ich habe nur versucht, das Chaos zu beseitigen, das du angerichtet hast. Das du *mit voller Absicht* angerichtet hast.«

Er baute sich vor ihr auf. Die meisten Menschen hätten Angst bekommen und klein beigegeben, aber nicht Dee. Sie begegnete ihm mit ruhigem Blick. »Das Chaos, das du angerichtet hast, indem du den Wagen vor dem Cottage hast stehen lassen, wo er ausgebrannt ist.«

»Exakt. Ich hatte keine Zeit mehr, ihn wegzufahren, also habe ich das Nächstbeste getan und ihn stehen lassen, damit er verbrennt.«

»Dumm nur, dass er nicht vollständig verbrannt ist. Sie haben ihn hierher zurückverfolgt. Womöglich finden sie sogar DNA-Spuren darin.«

Michael zuckte in betonter Gleichgültigkeit die Schultern. Sehr überzeugend war die Geste nicht. »Na und? Natürlich ist meine DNA im Wagen. Ich fahre ihn schließlich. Deine werden sie höchstwahrscheinlich auch darin finden.« Er schlug einen freundlicheren Tonfall an. »Nickoll wird sich um alles kümmern. Wir zahlen diesem Penner genug Geld. Er soll ausnahmsweise mal dafür arbeiten und uns die Polizei vom Leib halten.« Er funkelte sie an. »Genau so hätten wir es heute Nachmittag schon machen sollen.«

Dee ignorierte die letzte Bemerkung. »Und der falsche Name? Die Anschrift? Stuart Milton? Hibberts Adresse? Hättest du ihnen nicht gleich eine Wegbeschreibung mitgeben können?« Sie maß ihn mit einem kalten Blick. »Sie werden dich finden, Michael. Sie werden dich finden und verhaften. Und dann?«

Er öffnete den Mund. Ihm lag bereits eine Erwiderung auf der Zunge, doch dann schluckte er sie hinunter und setzte sich stattdessen Dee gegenüber auf die zweite Couch. Mit gefalteten Händen lehnte er sich nach vorn.

»Weißt du, was du für einer bist, Michael?«

»Bitte klär mich auf, Dee.«

»Du bist wie einer dieser Prominenten, die alles haben und trotzdem den Hals nicht vollkriegen. Genau so einer bist du. Du hast alles, was man sich nur wünschen kann, aber irgendwie ist dir das zu einfach. Du langweilst dich. Und dann musst du hingehen und alles versauen.«

Er fuhr sich seufzend mit den Fingern durchs Haar.

»Ich habe keine Lust auf solche Aussetzer, Michael. Du kannst gerne in dein Verderben rennen, wenn du unbedingt darauf bestehst. Aber ohne mich. Dafür habe ich zu hart gearbeitet.«

Er seufzte erneut und ließ die Hände sinken. »Pass auf«, sagte er versöhnlich, »wir müssen zusammenhalten, statt uns zu streiten. Es gibt einen Ausweg. Ich bin mir ganz sicher.«

Dee erwiderte nichts.

»Hör zu«, fuhr er fort, »ich habe mit einigen unserer Leute bei der Polizei gesprochen. Mich nach dieser DS James erkundigt. Und alle haben mir versichert, dass wir uns wegen ihr keine Sorgen zu machen brauchen.«

»Tatsächlich?«

»Ja, tatsächlich. Sie ist eine Schnapsdrossel, die nicht mal weiß, wo vorn und hinten ist. Völlig inkompetent.«

»Vorhin kam sie mir aber gar nicht so inkompetent vor.«

»Vor ihrem Partner musst du dich in Acht nehmen. Er ist der Schlaue.« Michael legte den Kopf in den Nacken und dachte nach. »Und er hat mich nicht gesehen.«

»Na und?«

»Somit ist sie die Einzige, die bezeugen kann, wie ich aussehe – beziehungsweise der Mann, mit dem sie am Tatort gesprochen hat. Das ist doch eine gute Ausgangslage. Du wirst sehen, mit der werden wir fertig.«

Dee blickte ins Leere. Körperlich war sie anwesend, doch ihre Gedanken waren weit weg. Sie überlegte, plante, entwickelte Strategien. Das tat sie seit Jahren. Und ihr fiel immer etwas ein. Ein Ausweg. Etwas, das sie ihrem Ziel einen Schritt näher brachte. Immer, seit …

Gleich darauf war sie wieder im Hier und Jetzt. Sie sah Michael an. Ruhig und gefasst. Dann erklärte sie: »Sie muss weg.«

Michael blinzelte. »Was?«

»Sie muss weg.«

»Ja, aber ... Sie ist bei der *Polizei.* Wir können sie nicht einfach so aus dem Weg räumen.«

»Und warum nicht?«, fragte sie leichthin, als unterhielte sie sich darüber, ob sie ein bestimmtes Bild kaufen oder das Zimmer neu streichen lassen sollten. »Mit Hibbert haben wir es doch auch so gemacht. Wir waren clever. Vorsichtig. Man wird seine Spur niemals zu uns zurückverfolgen können.«

»Meinetwegen, aber ... Sie ist Polizistin. Polizisten sind unantastbar.«

»Sind sie nicht. Wir müssen es bloß geschickt anstellen. Weniger offensichtlich als bei Hibbert. Und wir nehmen nicht den Golem. Wir müssen diskreter vorgehen.«

»Aber ...«

»Uns bleibt keine Wahl. Also tun wir es.«

Michael schwieg. Fuhr sich wieder mit den Fingern durch die Haare.

Dee stand auf und trat zu ihm. Baute sich breitbeinig vor ihm auf. Er schaute zu ihr hoch, als sie weitersprach. »Das ist reine Schadensbegrenzung. Es geht nicht anders.«

»Aber –«

»Wenn du es nicht machst, dann mache ich es.«

Er sah sie ungläubig an.

»Ein Unfall wäre gut«, überlegte Dee laut. »Nein. Sie verschwindet ganz einfach spurlos. Wir könnten es gemeinsam machen.« Sie setzte sich rittlings auf seinen Schoß. »Das würde dir gefallen, stimmt's? Wir zwei ... machen uns zusammen die Finger schmutzig ...«

Er spürte die ersten Anzeichen einer Erektion, kaum dass

sich ihre Körper berührten. Sie hatte immer dieselbe Wirkung auf ihn.

Immer.

Und er konnte gar nicht genug davon bekommen.

»Helen Hibberts Abgang ist schon in Vorbereitung. Was macht einer mehr oder weniger da schon aus …?

Sie zog den Reißverschluss ihrer Joggingjacke auf und streifte sie ab. Michael sah ihr gebannt dabei zu. Dann zog sie sich das T-Shirt über den Kopf. Ihre Blicke trafen sich. Sie griff nach hinten, hakte ihren BH auf und ließ ihn fallen.

»Ich würde es auch ohne dich machen«, sagte sie.

Er schluckte schwer. »Nein, ich … ich mache es … mit dir zusammen …«

Sie lächelte. »Gut.«

Dann holte sie aus und schlug ihm hart ins Gesicht.

Er sah zu ihr auf. Der Schmerz explodierte in seinem ganzen Körper. Seine Erektion drückte von innen gegen seine Hose.

»Bist du dabei?« Sie atmete schwer.

»Ja … ja, ich bin dabei …«

»Gut.«

Sie schlug ihn erneut. Diesmal noch härter.

Und er vergötterte sie dafür.

67

Tyrell starrte die Waffe an. Es war eine Pistole, eine Halbautomatik, so viel wusste er. Sie war mattsilbern und sah schwer aus. Er blickte genau in den Lauf, in das kleine schwarze Loch, das ihm jede Sekunde den Tod bringen konnte. Er war fasziniert und angewidert zugleich.

Tyrell hasste Waffen. Er hatte Waffen immer schon gehasst.

Aber er wusste auch, welchen Reiz sie auf die Menschen ausübten.

Er hielt Josephina dicht an sein Bein gepresst und sah die Frau an, die auf ihn zielte. Plötzlich kam ihm ein Gedanke.

»Ich weiß ja nicht mal, wie Sie heißen.«

Verdutzt über diese Frage, runzelte die Frau die Stirn.

Tyrell fügte nichts hinzu, sondern wartete darauf, dass sie irgendetwas sagte oder tat.

»Amy«, brummte sie schließlich.

»Ist das Ihr richtiger Name?«

»So richtig wie jeder andere.«

»Sie haben gesagt, dass ich Sie kenne. Ich kenne aber niemanden, der Amy heißt.«

»Stimmt. Tust du nicht. Also.« Sie sah Tyrell direkt in die Augen. Von Josephina nahm sie keinerlei Notiz. »Folgendes: Wir sitzen in der Klemme. Und wenn wir da wieder rauskommen wollen – wenn wir uns das holen wollen, was uns zusteht –, ist es jetzt wichtig, dass wir die Nerven behalten. Hab ich recht?«

Tyrell antwortete nicht.

»Und das heißt auch, nicht zu den Bullen gehen oder was auch immer. Hab ich recht, Tyrell?«

Noch immer gab er keine Antwort.

Amy richtete den Lauf der Pistole auf Josephinas Gesicht. Das Mädchen schrie auf und versuchte sich in Tyrells Bein zu vergraben. Er hielt sie noch fester.

»Ich hab dich was gefragt.«

»Ja …«, sagte Tyrell, der gar nicht mehr so genau wusste, *was* Amy eigentlich gefragt hatte, und die richtige Antwort allenfalls erraten konnte.

»Gut. Schon besser. Mach, was ich dir sage, und alles wird gut. Für euch beide.«

Tyrell spürte, wie sich Josephina an ihn klammerte. Er

blickte auf die Waffe und wusste, was zu tun war. Wusste, dass er es nicht würde ertragen können, wenn er jetzt nicht das Richtige tat.

»Nein«, sagte er.

Amy starrte ihn an. Ihre Augen wurden schmal. »Was hast du gesagt?«

»Ich hab nein gesagt. Wir machen da nicht mehr länger mit.« Er sah zu Josephina hinunter. »Wir machen es nicht.«

Amy trat näher. Sie hatte die Pistole jetzt wieder auf ihn gerichtet. Ihr Zeigefinger krümmte sich um den Abzug.

Tyrell wich vor ihr zurück und zog Josephina mit sich. »Lassen Sie Josephina laufen«, verlangte er und wünschte, in seinem Innern wäre genauso viel Mut wie in seiner Stimme. »Lassen Sie sie gehen. Zurück zu ihrer Mutter.«

»Wir brauchen ihre Mutter noch.«

»Nein. Nein, wir brauchen sie nicht. Ich hab nachgedacht. Lassen Sie sie laufen.«

»Wir brauchen sie aber noch ...« Amys Atem ging jetzt schwerer. Ihre Stimme wurde immer heiserer und wütender.

»Vergessen Sie's einfach«, sagte Tyrell. »Vergessen Sie das Ganze. Lassen Sie Josephina laufen. Ich werd aussagen, dass Sie ihr nichts getan haben. Dass Sie es nicht so gemeint haben. Dass es ein Versehen war. Ein ... ein Missverständnis.«

»Und was wird dann aus dir?« Amys Stimme war gefährlich leise. »Was machst du?«

»Ich gehe zurück ins Gefängnis. Das ist mir klar. Und ich bin darauf vorbereitet. Es macht mir nichts aus. Eigentlich wäre es mir sogar lieber.«

Amy sprang auf ihn zu. Sie war so flink, dass Tyrell den Angriff gar nicht kommen sah. Josephina stieß einen spitzen Schrei aus, ließ sein Bein los und rannte ins Unterholz. Amy drückte ihm die Waffe ins Gesicht. Er fühlte den kalten Stahl des Laufs schmerzhaft an seinen Zähnen scheuern.

Er sah den Wahnsinn in ihren Augen.

Und noch etwas anderes.

Er hatte diese Augen schon einmal gesehen …

»Alte Freunde wiederzuerkennen fällt nicht immer leicht, Doktor«, stieß er trotz der Waffe an seiner Wange hervor.

Amy wich zurück und starrte ihn ungläubig an. Sie hatte die Augen weit aufgerissen, als hätte sie einen Geist gesehen. »Was? Was hast du da gerade gesagt?«

»Alte Freunde wiederzuerkennen fällt nicht immer leicht, Doktor.«

»Wieso hast du das gesagt? Was soll das?« Sie fuchtelte mit der Waffe in der Luft herum, als versuche sie, ihn wieder ins Visier zu nehmen, aber ihre Hand zitterte zu stark. Er machte sich große Sorgen, dass die Pistole versehentlich losgehen und Josephina treffen könnte. Er sah sich nach dem Mädchen um. Konnte sie nirgends entdecken.

»Wieso hast du das gesagt?«, kreischte Amy.

»Das hat … Das ist von ihm. Von Jiminy Grille. Er hat das zu mir gesagt, als er mich vom Gefängnis abgeholt hat. Ich glaube, er dachte, ich weiß, was der Satz bedeutet. Er hat noch andere Sachen zu mir gesagt.«

Amy beruhigte sich ein wenig. Die Hand, in der sie die Waffe hielt, senkte sich. Auf einmal wirkte sie sehr müde. »Oh«, machte sie. »Ach so.«

»Was bedeutet es denn?«, wollte Tyrell wissen. »Ist es was Wichtiges?«

»Es war … so ein Spruch von ihm. Graham stand auf Zitate.«

»Wer ist Graham?«

»Jiminy Grille natürlich, was glaubst du denn?«

»Ah.« Tyrell sprach den Namen in Gedanken ein paar Mal aus und kam zu dem Schluss, dass ihm Jiminy Grille besser gefiel.

»Er hat ständig irgendwas zitiert, alte Filme oder Fernsehserien. Das ist ein Satz aus *Dr. Who*. Der Doktor trifft jemanden wieder, den er früher gekannt hat. Jemanden, mit dem er zusammen aufgewachsen ist. Und er erkennt ihn nicht wieder.« Sie schaute ihn kurz an und dann ganz schnell wieder weg. »Mehr steckt nicht dahinter.«

Tyrell sah sie schweigend an. Dachte über ihre Worte nach und dann über ihre Augen.

Augen, die er schon mal gesehen hatte …

Früher …

Plötzlich fiel ihm Josephina wieder ein. Suchend sah er sich um. Entdeckte sie hinter einem Baum. Er bemühte sich, ihr zuzulächeln, aber sie reagierte nicht darauf. Er konnte es ihr nicht übelnehmen.

Also wandte er sich wieder Amy zu. Die hielt inzwischen etwas anderes in der Hand.

»Was … Was machen Sie denn da?«

Sie hob ein Handy ans Ohr. Ihr Flickenteppichgesicht hatte einen schicksalsergebenen Ausdruck angenommen. Sie wirkte zu Tode erschöpft.

»Ich rufe die Mutter der Kleinen an«, erklärte sie mit einem Seufzer. »Und dann bringen wir die Sache ein für alle Mal zu Ende …«

68

»Ich weiß nicht«, murmelte Marina. »Ich weiß es einfach nicht …«

Sandro saß ihr gegenüber. Das Bettsofa hatten sie eingeklappt. Er trug noch immer seinen Trainingsanzug und hatte ihr eine Tasse Instantkaffee gemacht. Marina hasste Instantkaffee, trotzdem hatte sie sich bei ihm bedankt und die Tasse genommen. Nun stand sie, halb ausgetrunken, auf dem Fußboden.

»Was weißt du nicht?« Sandro selbst hatte auf Kaffee verzichtet und trank stattdessen den letzten Rest eines Energy Drinks aus einer Dose. Kaum hatte er sie geleert, zerknautschte er sie und warf sie in Richtung des überquellenden Mülleimers in seiner Miniküche. Die Dose verfehlte ihr Ziel und landete scheppernd neben dem Eimer auf dem Boden, was Sandro allerdings nicht weiter zu stören schien. »Von so was würde doch jeder krank im Kopf werden.«

»Ja, aber ... Normalerweise bin ich härter im Nehmen. Das muss ich auch sein.« Sie hob den Kopf und sah ihn an. »Was für Sachen ich schon gemacht habe ... In was für Situationen ich gewesen bin ...« Sie schüttelte den Kopf. »Das würdest du mir gar nicht glauben.«

»Zum Beispiel?«

Um ein Haar hätte sie gelächelt. »Das erzähle ich dir bei Gelegenheit.«

Sandro zuckte die Achseln. »Warum nicht jetzt?«

Aus Marinas Fast-Lächeln wurde ein Fast-Lachen. »Es gab mal eine Zeit, da dachte ich allen Ernstes, das Schlimmste, was mir im Leben passieren könnte, wäre ein Patient, der mich umbringen will. Das war, bevor ich während meiner Schwangerschaft verschleppt und in einen unterirdischen Käfig gesperrt wurde, weil sich ein wahnsinniger Mörder mit mir fortpflanzen wollte.«

»Mein Gott ...«

»Wem sagst du das? Und zuvor hatte er meinem damaligen Lebensgefährten den Schädel mit einem Hammer eingeschlagen, so dass er ins Koma fiel.«

Sandro riss die Augen auf.

»Und dann war da noch der Fall, bei dem ich ein Kind aus der Gewalt eines Serienmörders befreien musste, weil der ein

Menschenopfer an ihm vollziehen wollte. Mit umfunktionierten Gartengeräten.«

Sandro stand der Mund offen.

»Wobei ich um ein Haar von einem korrupten Polizisten erschossen worden wäre.«

»Ah, *das* glaub ich gern.«

»Aber jetzt fühle ich mich einfach nur … keine Ahnung. Schwach? Hilflos? Ich weiß nicht …«

Ein Stoßseufzer. Aus dem Augenwinkel bemerkte sie, wie Sandro sie beobachtete. Sie sah ihn an.

»Was ist?«

»Ich hatte keine Ahnung.« Er schüttelte den Kopf, als könne er das, was sie ihm soeben gesagt hatte, dann besser verarbeiten. »Dass du … dass du so viel durchgemacht hast.«

»Wie auch? Du weißt rein gar nichts über mein Leben.«

»Na ja, ich dachte eben, du sitzt deine Stunden ab, rückst ein paar Leuten die Köpfe zurecht, kassierst 'ne Menge Kohle dafür und …«

»Düse dann ab in die nächste Sektbar?«

»Eigentlich wollte ich sagen, ins Theater oder in irgendein piekfeines Restaurant. Aber, ja. So was in der Art.«

Wieder ein halbes Lächeln. Wehmütig, wie angesichts einer süßen Erinnerung oder eines schönen Traums. »Wenn es doch nur so einfach wäre. Aber wenn ich zu einem Fall hinzugezogen werde, vor allem wenn es einer von Phils Fällen ist, ein richtig schweres Verbrechen, dann ist es immer hart.«

»Und trotzdem kommst du dir jetzt schwach und hilflos vor. Warum?«

Sie fing seinen Blick ein und hielt ihn fest. Jede Andeutung eines Lächelns war aus ihren Zügen verschwunden. »Mein Mann liegt schwerverletzt im Krankenhaus. Und meine Tochter ist verschwunden. Vielleicht werde ich sie nie wiedersehen. Ich habe alles verloren.« Sie stand auf. »So bin ich sonst nicht. Ganz und gar nicht.« Sie spürte, wie die Wut sie packte. Eine ohnmächtige, unbändige Wut.

»So wie Vater «, meinte Sandro.

Marina fuhr zu ihm herum. »Nein, ich bin nicht so wie er. Sag das ja nicht.«

Sandro erschrak über ihre heftige Reaktion. »Ich hab damit nur gemeint, dass du von Vater die Kämpfernatur geerbt hast. Mehr nicht. Reg dich ab.«

Sie baute sich vor ihm auf. »Sag du mir nicht, dass ich mich abregen soll. Und ich bin *nicht* wie Vater. Mutter war immer die Stärkere von den beiden.«

Sandro zog die Brauen zusammen. »Was? Sie hat sich nie gegen ihn gewehrt. Hat sich einfach von ihm schlagen lassen. Was ist daran stark? Sie war ein Schwächling.«

»Sie war kein bisschen schwach, Sandro. Sie hat getan, was eine Mutter eben tut. Sie hat ihre Kinder beschützt.«

Er wirkte noch immer irritiert. »Wie denn? Er hat uns doch auch verprügelt.«

»Sie hat Schläge eingesteckt, die für uns gedacht waren. So viel sie eben konnte. Sie hat in Kauf genommen, dass er sie schlägt, damit er seine Wut nicht an uns auslässt. Ich will nicht behaupten, dass das der beste Weg war, mit der Situation umzugehen, aber sie wusste sich eben nicht anders zu helfen. Um so was über sich ergehen zu lassen, um das durchzustehen, was er ihr angetan hat, muss man stark sein.«

Sandro dachte eine Zeitlang schweigend nach. »Hm«, meinte er schließlich. »Ich glaub, ich weiß so ungefähr, was du meinst.«

»Du würdest es besser verstehen, wenn du Kinder hättest.« Sie sah ihn an. »Hast du Kinder?«

Die Frage überrumpelte ihn. »Äh ... nicht dass ich wüsste, nein.«

»Dann wüsstest du genau, was ich meine, glaub mir.«

Er sagte nichts, sondern stand auf, ging in die Küche, holte sich einen neuen Energy Drink aus dem Kühlschrank und öffnete die Dose.

»Du trinkst aber ganz schön viel von dem Zeug«, stellte Marina fest.

»Ich brauch die Energie. Hab heute Abend einen Fight.«

Marine runzelte die Stirn. »Einen Fight.«

»Hm. Damit verdiene ich mein Geld. Unter anderem.«

»Was für eine Art Fight ist das denn?«

Er wandte den Blick ab. »Bareknuckle.«

»Was?«

»Ach, fang jetzt bloß nicht damit an. Ich hab da so eine Gruppe irischer Traveller kennengelernt. Gypsies, du weißt schon. Die machen so was eben. Das ist Teil ihrer Kultur.«

»Kultur nennst du das? Sandro, einige von diesen Leuten werden von klein auf aufs Kämpfen gedrillt. Sie kommen schon als Kämpfer auf die Welt.«

Er sah ihr in die Augen. »Ach. Und ich nicht?«

Marina wusste nicht, was sie darauf erwidern sollte. Sie wandte sich ab.

»Ist ja auch egal«, sagte Sandro. »Ich konnte immer schon ganz gut mit meinen Fäusten umgehen, und jetzt hab ich eben eine Möglichkeit gefunden, wie ich ein bisschen Kohle damit machen kann. Was ist so schlimm daran?«

»Du könntest ernsthaft verletzt werden.«

»Passiert nie.«

»Du meinst wohl, es ist bisher noch nicht passiert.«

Er schwieg.

»Was … Wie bist du denn da reingeraten?«

Er zuckte die Achseln und versuchte ihr die Sache möglichst kurz und knapp zu erklären. »Ich hab anfangs ein bisschen Sparring mit denen gemacht. Ein paar kleinere Kämpfe.« Erneutes Schulterzucken, als trüge er etwas Großes und Unbequemes auf dem Rücken. »Das sind Kumpels. Gute Kumpels. Wenn es bei denen Streit gibt, dann klären sie das eben mit den Fäusten.«

»Aber du machst es ... professionell oder was?«

»Ach, du weißt ja, wie das ist. Ein paar Typen geben sich gegenseitig was auf die Birne, einer gewinnt, der andere verliert, es ist eine Menge Geld im Spiel, und ehe ich wusste, wie mir geschieht, stand ich im Ring.«

Sie sah sich in seinem Zimmer um. »Ich nehme mal an, du hast noch nicht viel davon zu Gesicht bekommen. Von dem Geld, meine ich.«

Erneut wich er ihrem Blick aus. »Na ja ...« Er rieb sich mit der Hand übers Gesicht. »Wir können eben nicht alle zur Uni gehen.«

»Was hat das jetzt damit zu tun?«

»Andere Leute müssen eben ... sehen, wie sie über die Runden kommen.«

Marina sah ihn scharf an. »Steckst du in Schwierigkeiten, Sandro?«

Er lachte bitter. »Ich stecke immer in Schwierigkeiten. Wenn man dich fragt.«

»Du hast Schulden, stimmt's?«

Er schien nicht darauf antworten zu wollen, trotzdem kamen ihm die Worte, wenn auch stockend, über die Lippen. »Ein paar. Aber der Fight heute Abend – wenn ich den gewinne, hab ich einen weiteren Batzen abbezahlt.«

»Ach, Sandro ...«

Seine Züge verhärteten sich. »Schenk dir dein Mitleid. Wie gesagt, wir hatten eben nicht alle so viel Schwein im Leben wie du.«

»Es tut mir leid, ich wollte nicht ...«

»Ich helf dir trotzdem. Das hab ich dir ja gesagt. Aber zuerst muss ich den Fight hinter mich bringen.«

Was auch immer Marina als Nächstes sagen wollte, blieb ungesagt.

Love Will Tear Us Apart.

Sie griff nach ihrer Handtasche, schnappte sich das Handy und nahm ab. Am anderen Ende meldete sich eine Frauenstimme.

»Hören Sie genau zu …«

69

Mickey und Anni wussten nicht weiter.

»Hier wurde sie also zum letzten Mal gesehen?«, fragte Anni.

Mickey schaute sich um. »Ja. Danach verliert sich ihre Spur.«

Auf DCI Franks' Anweisung hin hatten sie sich erneut an Marinas Fersen geheftet. Zunächst war Mickey davon ausgegangen, dass er weiterhin die Ermittlungen im Fall des ermordeten Unbekannten im Haus bei Jaywick leiten würde. Doch Franks hatte andere Pläne gehabt.

»Ich will, dass Sie beide nach Marina suchen«, hatte er Mickey am Telefon erklärt. Er hatte angerufen, kurz nachdem Mickey mit Anni gesprochen hatte und ihnen aufgegangen war, wer das Kind im Haus gewesen sein musste. »Die Birdies können sich um den Tatort kümmern und die Fahndung nach dem vermissten Mädchen übernehmen. Dazu müssten sie sich lediglich mit Suffolk kurzschließen. Die sind ja bereits an der Sache dran. Sie sollen Hand in Hand arbeiten. Ich will, dass Sie beide sich stattdessen um Marina kümmern. Wenn wir eine der beiden gefunden haben, wird hoffentlich die andere nicht weit sein.«

Mickey hatte versucht, dagegen zu argumentieren. Er hatte eingewandt, dass es keine gute Idee sei – ja, sogar gegen die Dienstvorschrift verstoße –, gegen jemanden aus der eigenen Abteilung zu ermitteln.

»Das tun Sie ja auch gar nicht«, hatte Franks ihn korrigiert. »Gegen Marina ermitteln, meine ich. Sie suchen lediglich nach ihr. Zugegeben, es kann gut sein, dass Sie sie finden und sich der ganze Fall dadurch aufklärt, aber im Augenblick sind Sie nichts weiter als zwei Kollegen, die eine vermisste Frau suchen, die Sie beide zufälligerweise kennen. Was Ihnen im Übrigen einen besseren Einblick in ihren möglichen Aufenthaltsort verschaffen dürfte.«

Mickey musste einräumen, dass es, wenn man es so formulierte, durchaus logisch klang.

Also hatte er auf Anni gewartet, sie hatten sich in Mickeys Wagen gesetzt und waren an den Ort gefahren, an dem man Marina zuletzt gesehen hatte. In einer an der Küste gelegenen Wohnsiedlung in Jaywick war einem Zeugen ein gelber Kleinwagen aufgefallen, der in Richtung Clacton unterwegs gewesen war.

Mickey lauschte dem Rauschen der Brandung unter ihnen und fröstelte im kalten Wind.

Dann fühlte er noch etwas anderes: Annis Arm, der sich um seine Taille schlang, und ihre Hand, die ihm über die Seite strich. Er blickte zur Seite. Sie stand ganz nah.

»Na, alles klar bei dir?«, erkundigte sie sich.

»Ja«, antwortete er, immer noch an den Häusern vorbei aufs Meer schauend. »Ich versuche nur gerade, mir vorzustellen, wo sie hingefahren sein könnte.«

Ihr Griff verstärkte sich. »Das habe ich nicht gemeint.«

Er drehte ihr den Kopf zu und sah ihr in die Augen. Sie war wirklich ungewöhnlich schön. Dann wandte er sich ab und fragte sich, was sie wohl gerade dachte. Anni blieb, wo sie war.

»Letzte Nacht war schön.«

Ihre Stimme war so scheu und warm in der kalten Luft, dass er sie erneut ansehen musste. Er lächelte.

»Fand ich auch«, sagte er. Dann musste er plötzlich lachen.

»Was ist denn?« Sie sah ihn verunsichert an.

»Es ist nur ... ach, nichts.«

»Nein, sag schon. Was ist los?«

»Ach ... nur so ein blöder Gedanke. Ich hatte mir schon Sorgen gemacht, dass ich's vielleicht vermasselt habe, das ist alles.«

»Wie kommst du denn darauf?«

»Weil mir das andauernd passiert – immer, wenn ich will, dass etwas perfekt läuft. Sobald ich jemanden treffe, der mir ein bisschen wichtig ist, dann ... na, du weißt schon. Du verstehst doch, was ich meine.«

»Du hast es nicht vermasselt. Ehrenwort.« Sie umfasste ihn noch enger.

Er atmete erleichtert aus. »Gut.«

Sie lächelte spitzbübisch. »Aha. Ich bin dir also ein bisschen wichtig, ja?«

Er errötete. »So war das nicht gemeint.«

»Dann mehr als nur ein bisschen?«

»Definitiv.«

Sein Handy klingelte. Es war Milhouse.

»Was? Du arbeitest heute?«, fragte Mickey.

»Für den Fall wurden Überstunden genehmigt.«

»Die Gerechtigkeit schläft nicht«, meinte Mickey. »Was gibt's?«

»Ich habe Infos für dich. Ich schicke sie dir gleich per Mail. Der Tote wurde identifiziert. Graham Watts.«

Mickey dachte nach. »Der Halter des Wagens in der Einfahrt. Liegt was über ihn vor?«

»Er hat früher für die Sloanes gearbeitet.«

»Sloane. Kommt mir irgendwie bekannt vor.«

»Sollte es auch«, gab Milhouse zurück. »Stuart Sloane, der Adoptivsohn, der damals mit einem Jagdgewehr Amok gelaufen ist und seine halbe Familie umgebracht hat, wurde gestern aus der Haft entlassen. Seitdem fehlt von ihm jede Spur. Graham Watts hat früher für die Familie gearbeitet. Wie es aussieht, sind sie nicht im Guten auseinandergegangen.«

»Was meinst du? Könnte das was zu bedeuten haben?«

»Das Universum glaubt nicht an Zufälle«, erklärte Milhouse. »Und ich persönlich auch nicht. Aber ich gebe lediglich die Informationen weiter. Was du damit anfängst, ist deine Sache.«

»Ich tue mein Bestes.«

»Die Mail müsste jetzt da sein. Waidmanns Heil.«

Er legte auf.

»Milhouse?«, fragte Anni.

»Ich erzähl's dir im Auto.«

Sie machten kehrt und gingen zu Mickeys Wagen zurück. Anni hatte den Arm noch immer um seine Taille gelegt.

Schließlich folgte Mickey ihrem Beispiel.

70

»Ihre Stimme ist anders«, stellte Marina fest. »Auf einmal spreche ich nicht mehr mit einem Außerirdischen.« Keine Reaktion. »Und Sie sind eine Frau.«

»Bravo.« Die Person am anderen Ende gab sich alle Mühe, flapsig zu klingen. Ohne großen Erfolg. In erster Linie klang sie müde.

Marina spürte ein Vakuum. Die Frau übte keinerlei Kontrolle über die Situation aus. Genau in dieses Vakuum würde sie vorstoßen. »Hören Sie, irgendwie ist das alles für Sie falsch gelaufen.«

»Ach ja?«

»Ich war beim Haus. Ich habe die Leiche gesehen.« Keine Reaktion, also redete sie weiter. »Warum geben Sie nicht einfach auf? Geben Sie mir meine Tochter zurück, und wir belassen es dabei. Die Sache ist aus dem Ruder gelaufen, wir sollten versuchen, das Beste daraus zu machen. Geben Sie mir meine Tochter, und wir vergessen, was vorgefallen ist. Was halten Sie davon?«

»Was für ein Zufall«, meldete sich die Frauenstimme zurück. »Genau das wollte ich Ihnen gerade vorschlagen.«

Marina schwieg. Ihr Herz ging auf bei dem Gedanken daran, dass ihre Tortur vielleicht bald ein Ende hätte. Sie versuchte jedoch, sich nicht zu früh zu freuen.

»Aber es gibt eine Bedingung.«

Ihr Mut sank. Damit hätte sie rechnen sollen. »Also gut«, sagte sie so ruhig, wie sie es vermochte. »Sagen Sie mir, wie diese Bedingung lautet.«

Am anderen Ende trat Stille ein. Marinas erste Befürchtung war, dass die Frau aufgelegt hatte. Dass sie weg war und mit ihr Marinas letzte Chance, ihre Tochter lebend wiederzusehen. Doch plötzlich war sie wieder da. Wahrscheinlich hatte sie bloß überlegt, was sie als Nächstes sagen sollte.

»Sie … Sie müssen noch diese eine Sache für uns erledigen. Ich – wir – wollen, dass Sie das machen, nach wie vor.«

In Marinas Kopf arbeitete es fieberhaft. Sie versuchte sich zu konzentrieren, ihre Gefühle außen vor zu lassen und nicht wie eine verzweifelte Mutter zu reagieren, sondern wie eine erfahrene Psychologin. Dieser letzte Satz der Frau steckte voller verborgener Hinweise. Marina musste ihn nur analysieren. Sie musste hinter die Fassade der Worte blicken und daraus Informationen über Charakter und Motivation der Frau ableiten. Sie musste die Frau dazu bringen, sich zu verraten.

Sie müssen noch diese eine Sache erledigen. Sie wollte also immer noch, dass Marina Stuart Sloane begutachtete. An dieser Idee hielt sie eisern fest. Ihr Tonfall allerdings ließ erkennen, dass sie von dem Plan nicht mehr überzeugt war. Als wisse sie genau, dass sie am Ende war und es jetzt nur noch darum ging, zu retten, was irgendwie zu retten war. In ihrer Stimme hatte eine gewisse Resignation mitgeschwungen. Das Wissen um eine bevorstehende Niederlage, die sich vielleicht noch abwenden ließe.

Aber das bedeutet nicht zwangsläufig, dass sie sich geschlagen gibt, überlegte Marina weiter. *Sondern nur, dass sie nicht als Verliererin dastehen möchte. Um jeden Preis? Das hängt davon ab, wie labil sie ist. Letzten Endes kann niemand voraussagen, was sie tun wird.*

Ich – wir … Die Frau hatte sich korrigiert. Mit dem ersten Wort hatte sie schon zu viel verraten. *Sie ist allein. Ihr Partner – ihr Komplize, oder wie auch immer man ihn nennen soll – ist tot.* Marina hatte die Leiche mit eigenen Augen gesehen. Dennoch wollte die Anruferin den Eindruck erwecken, als gebe es mehr als eine Person. Als stehe sie nicht allein da. Hatte sie das getan, um Stärke zu heucheln? Oder vermisste sie den Mann ganz einfach?

Wir wollen, dass Sie das machen, nach wie vor. Wollen, dass Sie das machen, nach wie vor … Marina drehte und wendete den Satz in alle Richtungen. Oberflächlich betrachtet war er simpel, aber auch das war verräterisch. Holprig formuliert, die Satzstruktur ließ zu wünschen übrig. Anzeichen geistiger Verwirrung.

Marina versuchte alles zusammenzufassen. Sie hatte es mit einer Frau zu tun, der für ihr Vorhaben inzwischen der rechte Mut fehlte, die aber nichtsdestotrotz alles so zu Ende bringen wollte, wie es ursprünglich geplant gewesen war. Eine Frau, die ihren Partner und Komplizen vermisste. Eine Frau, die vermutlich von vorneherein psychisch labil gewesen war und deren Verstand in noch gefährlichere Gefilde abzudriften drohte. Damit ließ sich doch etwas anfangen.

»Hören Sie«, sagte Marina in mitfühlendem, aber zugleich sachlichem Tonfall. »Wir können das alles sofort zu Ende bringen. *Sie* können es zu Ende bringen. Geben Sie mir einfach Josephina zurück, und die Sache hat sich erledigt.«

Ein Seufzer am anderen Ende, dann Schweigen.

Marina sprach weiter. »Glauben Sie mir, ich weiß, dass es schwer für Sie ist. Sehr schwer. Vor allem jetzt, wo Sie alleine sind. Nach dem, was Ihrem ... Partner zugestoßen ist. Das muss wirklich schlimm für Sie sein.« Keine Reaktion. Sie wägte kurz ab, ehe sie fortfuhr. »Ich weiß, wie es ist, jemanden zu verlieren. Es ist, als würde einem ein Teil des eigenen Herzens rausgerissen. Ein Teil des ureigenen Wesens. Und man hat das Gefühl ... als könne man danach nie wieder ein ganzer Mensch werden.« Sie war krampfhaft bemüht, bei diesen Worten nicht an Phil zu denken.

Sie spürte Sandro neben sich, der wie gebannt zuhörte.

»Aber gleichzeitig denkt man, dass man unbedingt weitermachen muss. Denn wenn man nicht weitermacht, dann ... wäre alles umsonst gewesen.« Sie wartete. Ließ ihre Worte wirken. »Sie machen eine schreckliche Zeit durch. Eine schreckliche Zeit. Aber ich kann Ihnen helfen. Wenn Sie es mir erlauben.«

»Wie denn?« Die Stimme klang monoton, wie tot.

»Das ist mein Beruf. Meine Arbeit.«

Die Antwort war Schweigen. Im Hintergrund hörte Marina die Stimme eines kleinen Mädchens.

»Ist das Josephina? Ist sie bei Ihnen?«

»Ja«, sagte die Frau in einem Tonfall, den Marina nicht zu deuten vermochte.

»Dann geben Sie sie mir. Ich möchte mit ihr sprechen.«

Nichts.

»Bitte. Ich bin ihre Mutter. Wenn Sie wollen, dass die Sache ein gutes Ende nimmt – wenn Sie wollen, dass ich Ihnen helfe, dann lassen Sie mich mit ihr sprechen.«

Geräusche in der Leitung, von denen Marina nicht wusste, was sie zu bedeuten hatten. Schaben, Rascheln. Dann ein hohes Stimmchen.

»Hallo?«

Marina spürte, wie ihr Schutzpanzer zu bröckeln begann. Mit aller Macht riss sie sich zusammen. »Hallo, mein Liebling. Ich bin's, Mami. Geht es dir gut?«

»Nach Hause ... Ich will nach Hause ...«

»Ich komme bald und hole dich ab, Schätzchen.« Marina hielt mühsam die Tränen zurück, die ihr in die Augen schossen. »Ganz bald. Es dauert nicht mehr lange.«

»Ich will zu dir, Mami. Und zu Papi. Nach Hause.«

»Ich weiß, mein Kleines. Geht es dir denn gut? Sie haben ... sie haben dir doch nicht weh getan?«

»Ich will Lady.«

Marina spürte, wie ihr das Herz brach. »Du bekommst Lady bald wieder. Mach dir keine Sorgen. Ich habe sie hier bei mir.«

»Wann –«

Das Telefon wurde ihr aus der Hand gerissen.

»Josie? Josie!«

»Das reicht.« Die Frau war wieder am Apparat. Ihre Stimme war jetzt beherrschter. Abweisender. »Sie wissen jetzt, dass ich sie noch hab. Und Sie wissen, was Sie tun müssen, um sie zurückzubekommen.«

»Ich werde es tun. Und dann geben Sie mir meine Tochter wieder, und all das hat ein Ende, ja?«

»Ja.«

Marina wollte etwas hinzufügen, spürte dann aber, wie Sandro sie am Ärmel zog. Ihr erster Impuls war, ihn zu ignorieren, doch er ließ nicht locker. Sie drehte sich zu ihm um. Er hielt ihr einen Zettel hin. Sie nahm ihn und las, was darauf stand.

»Da findet der Fight statt«, raunte er ihr zu. »Heute Abend. Sag ihr, du willst dich da mit ihr treffen.«

Marina war drauf und dran, den Vorschlag abzulehnen, doch dann zögerte sie. So schlecht war die Idee gar nicht. Es würde dort vor Menschen nur so wimmeln, die Frau würde also nicht auf dumme Gedanken kommen. Außerdem hätte Marina Sandro als Rückendeckung. Es war nicht perfekt, aber etwas Besseres fiel ihr auf die Schnelle nicht ein.

»Wir treffen uns heute Abend«, erklärte sie und bemühte sich, stark und selbstbewusst zu klingen. »Ich sage Ihnen jetzt, wo.«

»Den Ort wähle ich«, widersprach die Frau.

»Sicher. Das hat ja beim letzten Mal ganz hervorragend geklappt. Ich wähle den Ort. Es wird keine Polizei da sein, das verspreche ich Ihnen.«

»Wie kann ich mir da sicher sein?«

»Wenn ich Ihnen sage, wo wir uns treffen, werden Sie mir schon glauben. Heute Abend findet ein Bareknuckle-Boxkampf statt.« Sie las von dem Stück Papier ab, das Sandro ihr gereicht hatte. »Auf Leeson's Farm, in der Nähe von Manningtree. An der alten römischen Straße. Ich habe eine Wegbeschreibung, falls Sie die brauchen.«

»Ich werd's schon finden.«

»Gut.«

»Das ist Ihre letzte Chance, kapiert? Wenn Sie versuchen, mich übers Ohr zu hauen, irgendwelche Dummheiten machen oder sich nicht an unsere Abmachung halten, dann sehen Sie Ihre Tochter nie wieder. Haben Sie verstanden?«

»Habe ich. Und übrigens«, sagte Marina, die erneut spürte, wie Zorn in ihr hochkam. Dieses Mal versuchte sie allerdings nicht, ihn zu unterdrücken. »Wenn Sie meiner Tochter irgendetwas antun, bringe ich Sie eigenhändig um. Ganz langsam und qualvoll.«

Sie legte auf.

Marina sackte in sich zusammen. Sie war am Ende ihrer Kräfte. Sandro kam zu ihr und setzte sich neben sie. Er grinste.

»Bravo, Schwesterchen«, lobte er. »Wir machen doch noch eine richtige Esposito aus dir.«

71

Tyrell musterte Amy. Seit dem Telefonat war sie irgendwie anders. Er wusste nicht, ob besser oder schlimmer.

Sie stand ein Stück abseits und blickte zu Boden, das Handy in der einen, die Pistole in der anderen Hand. Ihre Lippen bewegten sich, als spräche sie mit einem Unsichtbaren. Schließlich fing sie an, mit kleinen Schritten im Kreis umherzugehen. Tyrell und Josephina schien sie gar nicht wahrzunehmen.

Tyrell sah die Gelegenheit gekommen. Er konnte versuchen zu fliehen. Sich Josephina schnappen und wegrennen. Weg von Amy und den seltsamen, kranken Gedanken in ihrem Kopf. Er zog das kleine Mädchen ganz nah an sich heran. Sah sich nach einer Fluchtroute um. Ringsherum Wald. Er konnte sie einfach auf den Arm nehmen und loslaufen, egal in welche Richtung. Amy war so sehr mit den Gespenstern in ihrem Kopf beschäftigt, dass sie es höchstwahrscheinlich nicht einmal bemerken würde.

»Mami …« Josephina war todtraurig. Er konnte es nicht ertragen, wenn sie traurig war.

»Ja, Josephina. Ich bring dich zu deiner Mami.«

Er machte sich bereit.

Doch etwas hielt ihn zurück. Es hatte mit Amy zu tun. Eben, als sie so dicht vor ihm gestanden hatte, da war sie ihm bekannt vorgekommen. Er wusste immer noch nicht, wer sie war oder woher er sie kannte, aber irgendetwas an ihr war ihm vertraut.

Die Augen. Die waren es gewesen. Die Augen.

Er kannte sie, und doch kannte er sie auch wieder nicht. Hatte keine Ahnung, wieso oder woher. Ihre Augen. Und noch etwas anderes. Diese unbändige Wut. Auch die war ihm bekannt vorgekommen.

Es fiel ihm nicht ein. Die Erinnerung blieb hartnäckig außer Reichweite. Sobald er sie zu fassen versuchte, löste sie sich in Rauch auf.

Er beobachtete sie eine Weile. Versuchte ihr noch einmal in die Augen zu sehen, aber sie hielt den Kopf gesenkt.

Es war, als würde man ein Gespenst anschauen. Er fühlte sich an einen Comic erinnert, den er als Kind immer gelesen hatte. Einen amerikanischen Comic, den er eigentlich gar nicht hätte lesen dürfen, weil er dem Jungen gehörte, zu dem er Bruder sagen sollte. Deadman. So hieß die Hauptfigur des Comics. Deadman hatte einen kahlen Schädel, ein weißes Gesicht und schwarz umrandete Augen. Er trug das rote Trikot eines Zirkusakrobaten, und irgendetwas an ihm hatte Tyrell angesprochen. Deadman war tot, wie sein Name schon sagte, aber er konnte wieder lebendig werden, indem sein Geist von den Körpern anderer Menschen Besitz ergriff. Auf diese Weise erlebte er jede Menge Abenteuer. Als Tyrell Amy jetzt anschaute, sah er genau dasselbe: Deadman. Einen Geist, der in einem fremden Körper wohnte.

Nur dass er nicht wusste, wessen Geist es war.

Er blickte zu Josephina und dann zurück zu Amy. *Jetzt. Lauf los.*

Doch er stand da wie angewurzelt.

Immer wieder wanderte sein Blick zu Amy, und es lag nicht nur daran, dass sie wie Deadman war. Irgendetwas schien sie zu bedrücken. Sie benahm sich so seltsam und machte lauter seltsame Sachen, weil sie tief drinnen zutiefst unglücklich war. Bei ihr im Kopf stimmte etwas nicht. Er konnte nicht einfach verschwinden und sie sich selbst überlassen. Er musste wenigstens versuchen, ihr zu helfen.

Vorsichtig näherte er sich ihr.

»Amy …«

Sie sah nicht auf, ließ nicht einmal erkennen, ob sie ihn gehört hatte. Sie ging einfach nur weiter im Kreis herum und redete mit ihrem unsichtbaren Gesprächspartner.

Tyrell trat noch näher. »Amy …«

Ruckartig hob sie den Kopf. Ihre Augen rollten wild in ihren Höhlen, so dass sie Mühe hatte, den Blick auf ihn zu richten und zu erkennen, wer da vor ihr stand.

»Geht es … Geht es Ihnen gut?«

Sie wandte sich ab, doch vorher sah er noch etwas in ihren Augen aufblitzen. Wahnsinn? Traurigkeit? Er wusste es nicht.

»Lass mich in Frieden.«

Er ließ sich nicht abwimmeln. »Ich dachte bloß …« Dann verstummte er jäh. Er wusste gar nicht, was er gedacht hatte.

Erneut drehte sie sich zu ihm um, und diesmal gab es gar keinen Zweifel, was da aus ihren Augen leuchtete. Hass. Nackter, blanker Hass.

»Ich hab gesagt, du sollst mich in Frieden lassen!«, zischte sie ihn an. »Ich wünschte … Gott, ich wünschte, ich hätte dich nie kennengelernt. Ich wünschte, du wärst nie in mein Leben getreten, du … Freak. Du Schwachkopf … Das ist alles deine Schuld … Alles, was damals schiefgegangen ist, die ganze Scheiße, in der ich jetzt sitze, ist deine Schuld!«

Er starrte sie an und war sprachlos.

»Du hast alles kaputtgemacht. Du hast mein ganzes Leben zerstört!«

Tyrell war gefühlsmäßig hin- und hergerissen. Er hatte keine Ahnung, was er sagen oder tun sollte. Er wusste nicht, wer Amy war und weshalb sie ihm solche Sachen an den Kopf warf. Er wusste, dass er sie oder zumindest einen Teil von ihr von früher kannte, aber …

»Ich hab nie …«, begann er.

»Was?«

»Ich hab Ihr Leben nicht kaputtgemacht.«

Sie lachte bitter. »Ach, nein?«

»Nein. An so was würde ich mich doch erinnern.«

Kaum hatte er das gesagt, riss sie die Waffe hoch und zielte auf seine Stirn.

Zum zweiten Mal starrte er in den Lauf und fragte sich, ob er leben oder sterben würde. Doch diesmal empfand er dabei nicht dasselbe wie zuvor. Ihm war, als würde es nicht ihm widerfahren, sondern jemand anderem. Als wäre es sowieso alles egal. Als ginge ihn die ganze Sache nichts mehr an.

Mit einem Wutschrei drehte Amy sich von ihm weg und ließ den zitternden Arm sinken.

»Nein … Du musst am Leben bleiben … Ich kann's nicht ertragen, aber du musst am Leben bleiben …«

Tyrell starrte sie an. Sie war jenseits von Gut und Böse. Niemand konnte ihr noch helfen, das wurde ihm schlagartig bewusst.

Er warf einen Blick zu Josephina, die ihn verwirrt ansah und sich zu fragen schien, warum er sie nicht wie versprochen zu ihrer Mami gebracht hatte.

Er stieß einen tiefen Seufzer aus.

Hätte er sie sich doch bloß geschnappt und wäre mit ihr geflohen, als er Gelegenheit dazu gehabt hatte.

72

»Wie geht es Ihnen? Entschuldigen Sie, bestimmt sind Sie die Frage schon leid.«

Phil Brennan schenkte der Krankenschwester ein mattes Lächeln. »Noch nicht«, sagte er.

Sie lächelte zurück. »Na dann.«

Die Schwestern und der diensthabende Arzt waren im Zimmer gewesen, Infusionen waren kontrolliert, Monitore inspiziert und Tests durchgeführt worden. Das volle Programm, angefangen bei der fast forensisch anmutenden Analyse diverser Tabellen bis hin zu einem Test, bei dem ein Finger vor seinen Augen hin- und herbewegt wurde, um seine Reaktionsfähigkeit zu überprüfen. Irgendwann hatte der Arzt erklärt, dass er zufrieden sei, und Phil sich selbst überlassen. Phil hatte Fragen gestellt, doch die einzige Antwort, die er bekommen hatte, war, dass er sich schonen solle.

Sich schonen – das war noch nie seine Stärke gewesen. Und zu tun, was andere ihm sagten, erst recht nicht.

»Ich muss … aufstehen …« Er versuchte sich aufzurichten, aber jede noch so kleine Bewegung tat höllisch weh. Er sackte in die Kissen zurück.

Die Schwester überprüfte gerade sein Krankenblatt. »An Ihrer Stelle würde ich mich lieber nicht bewegen. Zumindest jetzt noch nicht.«

»Ich kann nicht einfach hier rumliegen …«, murmelte er und unternahm einen erneuten Versuch, sich aufzusetzen.

Sie maß ihn mit einem Blick. »Lassen Sie das. Sie müssen sich ausruhen.«

Er schüttelte den Kopf. Es fühlte sich an, als schwämme sein Gehirn in einer Schüssel voller Wasser. »Ich kann nicht … Was ist denn überhaupt passiert? Sagt mir mal jemand, was … hier eigentlich passiert ist?«

»Ja, ich.«

In der Tür stand DCI Franks. Die Krankenschwester drehte sich zu ihm um. »Es tut mir leid, aber Mr Brennan darf noch keinen Besuch bekommen, bis –«

Er hielt seinen Dienstausweis hoch. »Ist schon gut, junge Frau. Berufliche Angelegenheit.«

Widerstrebend ließ die Krankenschwester ihn eintreten. »Dann lasse ich Sie zwei mal allein«, meinte sie und verließ das Zimmer.

Franks nahm auf einem Stuhl neben dem Bett Platz und rückte ganz nah an Phil heran. »Wie fühlen Sie sich?«

Phil versuchte mit den Schultern zu zucken. »Ging mir schon mal besser. Alles ... tut weh.«

»Bekommen Sie genügend Schmerzmittel?«

»Kann mich nicht beklagen«, erwiderte Phil matt.

»Gut.« Franks sah sich um, als müsse er sichergehen, dass sie unter sich waren. Dann senkte er die Stimme. »Was hat man Ihnen gesagt?«

»Nichts. Niemand sagt ... mir irgendwas. Wo ist ... Marina?«

»Dazu kommen wir gleich. Vorher muss ich noch kurz über etwas anderes mit Ihnen reden.«

Phil runzelte die Stirn, während sein von Schmerzen und Betäubungsmitteln vernebelter Verstand versuchte, auf die Bedeutung hinter Franks' Worten zu kommen. »Was ...?«

»Zuallererst: Die Ärzte sagen, Sie werden sich vollständig erholen. Keine bleibende Schädigung des Gehirns. Na ja, nicht mehr als jetzt auch schon.« Franks lachte über seinen Scherz.

»Ha, ha ...« Phil betastete seinen Kopf und fühlte einen Verband. Dann fiel ihm auf, dass seine Hände ebenfalls verbunden waren. Er strich über die Verbände und spürte darunter Unebenheiten und Schwellungen, die bei der Berührung schmerzten. »Wie sehe ich aus?«

»Wie ein Ölgemälde«, sagte Franks. »Irgendwas von Picasso.«

»Wohl einen ... Clown gefrühstückt heute.«

»Oder Frankenstein.«

»Wie lange ... wie lange war ich weg?«

»Nur etwa einen Tag. Nicht allzu lange.«

»Einen Tag ... das geht ja noch. Ich hatte schon befürchtet, Sie würden sagen, dass es Jahre waren. Was ist denn passiert?«

»Woran können Sie sich noch erinnern?«

»An gar nichts.«

»Das Cottage? Aldeburgh?«

Phil zog angestrengt die Brauen zusammen. Bei Franks' Worten löste sich ein Teil seiner Erinnerung aus der schwarzen Masse seines Unterbewusstseins und trieb langsam auf die Oberfläche zu. »Ja, das Cottage ... Wir sind übers ... Wochenende nach Aldeburgh gefahren.«

»Genau. Also ...« Franks' Miene wurde ernst.

Phil musterte ihn. Er kannte diesen Gesichtsausdruck. Professionelle Anteilnahme. Es war das Gesicht, das Polizisten aufsetzten, kurz bevor sie aus ängstlichen Angehörigen trauernde Angehörige machten. »Was ... was ist passiert?«

»Das Cottage ... Es gab eine Explosion.«

Phil schwieg.

»Don wurde ...« Franks seufzte schwer. »Don ist dabei ums Leben gekommen.«

Phil warf die Decke zurück und versuchte die Beine auf den Boden zu bekommen. Es kostete ihn enorme Anstrengung, und er war sofort außer Atem.

»Was soll das werden?«

»Ich stehe ... auf ...«

»Sie werden nichts dergleichen tun.«

»Ich kann ... hier nicht einfach liegen bleiben ...« Phil

stützte eine Hand auf den Nachttisch und versuchte sich aus dem Bett zu hieven. »Ich muss ... ich muss ...«

Franks legte ihm sanft, aber bestimmt eine Hand gegen die Brust. »Sie bleiben, wo Sie sind, und sehen zu, dass Sie wieder gesund werden.«

Phil schüttelte den Kopf. Diesmal ignorierte er das Schwimmen darin. »Nein. Don ist tot ... Ich muss ...«

»Phil. Nicht.« Franks schlug seinen Befehlston an. »Sie müssen liegen bleiben.«

Erschöpft und unter Schmerzen ließ Phil sich zurück in die Kissen fallen. Er starrte zu Franks empor. »Wo ist ... Marina? Ich will Marina sehen ...«

Franks zögerte. Jetzt kam der Teil, vor dem er sich gefürchtet hatte.

73

Sandro beobachtete seine Schwester. Nach dem Telefonat war sie wie im Rausch gewesen. Wutschnaubend, voller Energie. Am liebsten wäre sie auf der Stelle losgestürmt und hätte Josephina befreit. Aber da sie vorerst nichts tun konnten außer zu warten, war das Hoch allmählich wieder abgeflaut. Kaum dass sich das Adrenalin in ihrem Blut verflüchtigt hatte, war sie in ein tiefes Loch gefallen.

»Kann ich ... Ist ... alles klar bei dir?« Die Worte fühlten sich fremd an in seinem Mund. Er schaute auf die Uhr. Nicht mehr lange. Dann sah er wieder zu Marina. Er konnte sie nicht einfach so hier sitzen lassen. »Hör mal, ich ... Gibt es ...?«

»Ich will meine Familie zurück«, sagte sie kläglich.

Natürlich wusste Sandro, welcher Teil ihrer Familie damit gemeint war. Die Worte hatten ihn nicht verletzen sollen, und nach all der Zeit taten sie das auch nicht mehr. Sie war trotzdem noch seine Schwester.

»Warum rufst du nicht im Krankenhaus an und erkundigst dich, wie es Phil geht?«

Sie sah auf. »Glaubst du, das will ich nicht? Glaubst du, ich denke nicht jeden Tag und jede Sekunde daran? Ich habe es schon mal probiert, und schau dir an, was dabei herausgekommen ist.«

»Probier's noch mal. Von dem Handy aus, auf dem sie dich immer anrufen. Was könnte denn schlimmstenfalls passieren? Jetzt noch?«

»Das weißt du genau. Dass ich Josie verliere.«

»So, wie die Frau bei eurem letzten Gespräch drauf war? Auf keinen Fall. Sie will genauso sehr wie du, dass die Sache endlich vorbei ist. Oder nimm einfach mein Telefon.«

»Noch riskanter«, entgegnete sie. »Dann können sie den Anruf hierher zurückverfolgen.« Sie überlegte kurz. »Ich suche mir eine Telefonzelle, von der aus ich anrufen kann.«

»Eine Telefonzelle, die funktioniert? Hier in der Gegend? Viel Glück.«

»Irgendwo muss es doch eine geben …«

»Ich kenne keine.«

Sie stand entschlossen auf. »Ich gehe jetzt. Vielleicht finde ich ja doch eine.«

Sandro machte ein Gesicht, als wolle er widersprechen, allerdings fiel ihm kein Gegenargument ein. »Okay«, sagte er schließlich. »Soll ich mitkommen?«

»Das schaffe ich schon allein. Der Spaziergang bringt mich hoffentlich auf andere Gedanken.«

Sie verließ das Haus, ehe er etwas erwidern konnte. Draußen war es kühl, die Sonne wirkte weit weg. Marina ging die mit Schlaglöchern übersäten Straßen entlang und hielt Ausschau nach einer Telefonzelle. Sie erreichte die Hauptstraße, an der kleine Läden, Cafés und Pubs aussahen, als hätten sie den Kampf ums Überleben längst aufgegeben und sich mit ihrem langsamen, bröckelnden Tod abgefunden.

Genau hier wurde sie fündig.

Sie rannte auf die Zelle zu und betete, dass das Telefon darin noch funktionierte. Zu ihrem Erstaunen war dies der Fall. In der Zelle stank es, und der Hörer war mit einem Fettfilm überzogen, aber er gab ein Freizeichen von sich. *Selbst die Vandalen machen um den Ort hier einen Bogen,* dachte sie.

Sie zog einen Zettel mit der Telefonnummer des Krankenhauses aus ihrer Hosentasche und wählte. Sobald die Verbindung hergestellt war, holte sie tief Luft, nannte ihren Namen und den Grund ihres Anrufs. Dann wartete sie. Irgendwann kam eine Krankenschwester an den Apparat, allerdings nicht bevor sie ein Klicken in der Leitung vernommen hatte. Jemand hörte mit.

»Ihr Mann ist aufgewacht«, teilte die Schwester ihr mit. »Sein Zustand ist stabil.«

Die Erleichterung, die sie daraufhin überkam, war so überwältigend, dass sie sich kaum noch auf den Beinen halten konnte. »Oh ... oh ... Kann ich ... Kann ich mit ihm sprechen?«

»Er schläft gerade.«

»Geht es ihm gut? Er ist doch nicht ...?«

»Er ist noch schwach, aber er erholt sich gut.« Eine Pause, dann hörte sie jemanden im Hintergrund etwas sagen. »Wenn Sie mir eine Rückrufnummer geben könnten?«

»Sagen ... sagen Sie ihm einfach nur, dass ...« Sie seufzte. »Ach, er weiß schon Bescheid.«

Sie legte auf und ließ sich gegen die verdreckte Scheibe der Telefonzelle sinken. Mehrere Minuten lang war sie unfähig, sich zu rühren.

Er lebt, dachte sie. *Phil lebt. Jetzt muss ich nur noch Josie zurückholen, und wir sind wieder eine Familie.* Die Euphorie, die sie empfunden hatte, verflog augenblicklich, als sie an ihre Tochter dachte.

Erneut betrachtete sie nachdenklich den Telefonapparat. Die Gewissheit, dass Phil wohlauf war, verlieh ihr neue Kraft. Daraus schöpfte sie. Und kam zu einem Entschluss. Noch einmal nahm sie den Hörer ab und hob ihn ans Ohr. Den widerlichen Geruch, den er verströmte, ignorierte sie.

Während ihres Fußmarsches hatte sie sich einen Plan zurechtgelegt. Sie würde Anni anrufen, ihr den Ort des Boxkampfs durchgeben und ihr sagen, dass Mickey und der Rest des Teams dorthin kommen und Josephinas Kidnapperin festnehmen sollten. Sie sollten sich unauffällig verhalten und erst auf ihr Zeichen hin zugreifen. Sandro hätte kein Problem damit, da war sie sich sicher. Nun ja, zumindest hoffte sie, dass er kein Problem damit hätte.

Also dann, sagte sie sich. *Gut. Das klingt doch nach einem Plan.* Ihr Finger schwebte über den Tasten, als ihr plötzlich siedend heiß einfiel, dass sie Annis Nummer gar nicht dabeihatte. Sie war in ihr Handy einprogrammiert, und in der Regel rief sie sie immer direkt aus ihrem Adressbuch an. Sie hatte sich nie die Mühe gemacht, sich die Nummer zu merken.

Sie knallte den Hörer heftiger auf als beabsichtigt, vor lauter Frust, dass aus ihrem Plan nun doch nichts werden würde. Dann starrte sie ihn an, als könne sie ihn allein durch ihre Blicke dazu zwingen, die Verbindung zu Annis Handy herzustellen. Sie drehte sich um und sah mutlos auf das trostlose Küstenpanorama von Jaywick.

Dann kam ihr eine Idee. Mit einem kleinen Lächeln nahm sie den Hörer ab. DCI Franks. Seine Nummer kannte sie.

»Ganz leicht zu merken«, hatte er ihr bei ihrer ersten Begegnung gesagt, als sie seine Kontaktdaten in ihr Handy hatte einspeichern wollen. »Sechs, sechs, sechs, drei, drei,

drei. Ein gehörntes Tier und ein halbes.« Dann hatte er gelacht.

Die geistreiche Bemerkung war zweifellos einstudiert gewesen, aber Franks hatte recht behalten. Sie hatte sich die Nummer gemerkt.

Sie schloss die Augen, um sich seine Netzvorwahl ins Gedächtnis zu rufen, dann drückte sie die Tasten. Ihr Herz klopfte wild, während sie darauf wartete, dass er abnahm.

»DCI Franks.«

Sie holte zweimal tief Luft. »Ich bin's, Marina.« Sie hatte keine Ahnung, wie er reagieren würde, deshalb sprach sie ohne Pause weiter. »Hören Sie zu, ich habe nicht viel Zeit …«

74

Anni hatte es immer gehasst, wenn sie sonntags zur Arbeit musste. Das galt insbesondere für einen Ostersonntag. Am Wochenende war das Revier in Southway nahezu ausgestorben, lediglich eine Handvoll Polizisten und in Schichten arbeitende Bürokräfte hielten den Betrieb aufrecht. Von den Exzessen des Samstagabends hatte man sich erholt, es war kein Fußballspiel angesetzt, und alle, die lediglich auf Rufbereitschaft waren und deren Anwesenheit im Büro nicht zwingend erforderlich war, genossen ihren freien Tag, so gut sie konnten. Sofern sie nicht den Mord in Jaywick bearbeiteten oder nach Josephina suchten.

Anni ließ sich an ihrem Schreibtisch nieder und schaltete den Computer ein. Mickey saß neben ihr. Nach dem Anruf von Milhouse hatten sie beschlossen, zum Revier zurückzufahren und Akten zu wälzen.

Als sie Seite an Seite mit Mickey durchs Gebäude gelaufen war, hatte Anni das Gefühl gehabt, als würde jeder, der ihnen begegnete, sie anstarren. *Sie wissen Bescheid*, hatte sie gedacht. *Sie wissen, was wir gemacht haben. Dass wir miteinander im Bett waren. Bestimmt verurteilen sie uns dafür.* Den ganzen Weg durch die Wache, den Gang hinunter und bis in ihr Büro hatte sie die Blicke auf sich gespürt. Die sichtbaren und die unsichtbaren. Einige Male hatte sie zu Mickey hinübergeschaut, um zu sehen, ob es ihm genauso ging. Er hatte eisern geradeaus geschaut.

Ja, hatte sie gedacht. *Ihm geht's genauso.*

An ihrem Schreibtisch angekommen, hatte sie sofort in den Arbeitsmodus umgeschaltet. Nun war sie ganz in den Text auf ihrem Computerbildschirm vertieft.

»Graham Watts«, sagte sie.

Mickey rückte seinen Stuhl näher heran, damit er mitlesen konnte. Ihre Arme und Oberschenkel berührten sich. Sie spürte die Hitze seines Körpers. Es war berauschender als Cannabis.

Mickey sah sie nicht an, sondern starrte hochkonzentriert auf den Bildschirm.

»Da steht's«, sagte sie. »Er hat früher für die Sloanes gearbeitet.« Sie beugte sich ein Stück vor. »In ziemlich hoher Stellung sogar. Rechte Hand der Geschäftsleitung und so weiter. Hat als Vorarbeiter auf der Farm angefangen und sich dann hochgearbeitet. Als sich die Sloanes auf die industrielle Landwirtschaft verlegt haben, wurde er befördert. Und dann … oh. Haben sie ihn entlassen. Offenbar fristlos, aus heiterem Himmel. Und dann kam die Polizei ins Spiel.«

»Wieso das?« Mickey sah sie fragend an.

»Watts bekam eine Verwarnung wegen Nötigung. Hier steht, er hat ausgesagt, die Sloanes würden ihm Geld schulden. Sehr viel Geld sogar. Sie hätten ihn ohne Rente gefeuert. Er habe versucht, mit ihnen darüber zu reden, und als das nichts gebracht hat, habe er damit gedroht, alles auffliegen zu lassen. ›Alles auffliegen zu lassen‹ – das war seine Formulierung. Die Sloanes hingegen behaupteten, er habe gar nichts gegen sie in der Hand. Er habe sie bedroht und Lügenmärchen über sie in die Welt gesetzt. Offenbar ist er ihnen gegenüber handgreiflich geworden.«

Mickey las die nächsten Zeilen. »Aber dann haben die Sloanes ihre Anzeige zurückgezogen und die Sache auf sich beruhen lassen. Und die von Watts angekündigten Enthüllungen blieben aus.« Er warf ihr einen Seitenblick zu. »Du weißt, was das bedeutet.«

Anni nickte. »Mag sein, dass er keine Rente bekommen hat, aber dafür Schweigegeld.«

»Genau. Und vielleicht war es ihm auf Dauer nicht genug, deswegen wollte er nicht mehr schweigen.«

»Du glaubst, das steckt dahinter?«, fragte sie und drehte sich zu ihm um. »Ein fehlgeschlagener Erpressungsversuch?«

»Könnte doch sein. Vielleicht war er abgebrannt und wollte sich Nachschub besorgen.«

»Und du meinst – was? Dass die Sloanes einen Killer auf ihn angesetzt haben?«

»Das sollte man doch zumindest mal in Erwägung ziehen.«

Sie schauten einander an. Anni bemerkte ein Blitzen in Mickeys Augen und ein leichtes Zucken seiner Mundwinkel. Er rückte näher.

»Lass das …«

»Ich habe doch gar nichts gemacht.«

»Und du wirst auch nichts machen. Wir sind zum Arbeiten hier.«

Sie wandten sich wieder dem Bildschirm zu.

»Die Sloanes«, murmelte Mickey. »Bruder und Schwester. Blutbad, Haus des Todes und der ganze Zirkus.«

»Das sind die beiden.«

Er drückte einige Tasten und rief ein anderes Dokument

auf. »Ja. Hier steht es. Der Adoptivbruder hat mit einem Jagdgewehr auf sie gefeuert, aber sie haben überlebt. Seinen Adoptivvater und seine leibliche Mutter allerdings hat er erschossen. Stuart Sloane, so hieß er.«

Anni runzelte die Stirn. »Stuart Sloane ...«

Mickey beugte sich noch dichter zum Monitor. »Und das ist noch nicht alles. Rate mal, wer damals Stuart Sloane mit der Tatwaffe in der Hand gefunden hat.«

»Keine Ahnung.«

»Graham Watts.«

Anni sah Mickey verblüfft an. »Interessant. Wann war das?«

»Vor sechzehn oder siebzehn Jahren.«

»Stuart Sloane wurde letzten Freitag aus der Haft entlassen. Er hat sich nie in seiner Resozialisierungseinrichtung gemeldet. Scheint einfach untergetaucht zu sein.«

»Und jetzt ist Graham Watts tot.«

Anni zog die Schultern hoch. »Zufall?«

»Keine Ahnung.« Mickey lehnte sich grübelnd zurück. »Aber da war noch etwas. Warte mal ... Hat nicht ...« Er zog nachdenklich die Brauen zusammen. »Gab es in dem Mordfall, den Jessie James bearbeitet, nicht auch eine Verbindung zu den Sloanes?«

Anni grinste. »Jemanden mit so einem Namen kann ich einfach nicht ernst nehmen.«

»Dieser ältere Mann, den sie befragen wollte und der dann auf einmal tot war. Wenn mich nicht alles täuscht, hatte der doch auch irgendwie mit den Sloanes zu tun.«

Mickeys Handy klingelte. Er warf einen Blick auf das Display. »Franks«, sagte er zu Anni, bevor er ranging.

Kurz darauf sah Anni, wie er erstaunt die Augen aufriss.

»Geht es ihr gut?«

Sie wusste sofort, von wem Mickey sprach, und signalisierte ihm hektisch, er solle sein Handy auf Lautsprecher stellen. Mickey jedoch war ganz auf das konzentriert, was Franks ihm sagte. Sie rutschte näher heran und versuchte dem Gespräch zu folgen, aber es war zu einseitig, daher beschloss sie sich zu gedulden, bis Mickey fertig war.

Irgendwann legte er auf. Anni sah ihn auffordernd an. »Und?«

»Marina hat sich gemeldet. Ihr geht es gut. Franks trifft sich heute Abend mit ihr.«

In Annis Kopf wirbelten tausend Fragen durcheinander.

»Das ist alles, was ich weiß«, sagte Mickey, um ihr zuvorzukommen. »Mehr konnte er mir auch nicht sagen.«

»Heißt das, wir sind heute Abend im Einsatz? Was auch immer das für ein Einsatz sein wird?«

»Nein, das heißt es nicht.« Mickey wirkte enttäuscht. »Ich habe ihm gesagt, dass wir auf Zusammenhänge zwischen dem Mord an Graham Watts und dem Mord in Suffolk gestoßen sind. Er will, dass wir an der Sache dranbleiben. Angeblich würde unsere Anwesenheit heute Abend nur für Unruhe sorgen.« Mickeys Tonfall machte unmissverständlich klar, was er davon hielt.

»Ach so?«

»Wir stehen in einer zu engen Beziehung zu Marina.«

»Mit anderen Worten: Wir sind gut genug, um sie zu suchen, aber nicht gut genug, sie auch zu finden?«

»Hm.« Mickey überlegte kurz. »Ich bin trotzdem froh, dass es ihr gutgeht.«

»Hoffentlich hat sie meinen Wagen ordentlich behandelt.« Anni wandte ihre Aufmerksamkeit wieder dem Computer zu. »Na ja, auf jeden Fall haben wir jetzt reichlich Ansatzpunkte. Ich glaube, wir werden noch eine ganze Weile hier beschäftigt sein.«

»Das glaube ich auch.«

Verstohlen sah Anni sich um. Bis auf sie beide war das Büro verlassen. Dann schaute sie zu Mickey, und ihre Augen blitzten. »Hast du dir je vorgestellt, wie es wäre, es hier mit mir zu treiben? Auf meinem Schreibtisch?«

Mickey starrte sie mit offenem Mund an. Er schien etwas sagen zu wollen, doch die Worte kamen ihm nicht über die Lippen.

Anni rieb kichernd ihr Bein an seinem. »Bist du jetzt geschockt?«

Mickey schluckte und blinzelte zweimal. »Nein«, sagte er schließlich. »Geschockt nicht.«

»Sondern?«

Jetzt blitzten auch seine Augen.

»Ich staune nur, wie gut du meine Gedanken lesen kannst ...«

75

Marina hatte noch nie etwas Vergleichbares gesehen.

Die Scheune war gigantisch, modern und funktional. Ein mit Blechen verkleidetes Betongerippe. Selbst der Boden war aus Beton. Die Heuballen waren neben die Landwirtschaftsmaschinen an die Wände geschoben worden, um in der Mitte einen freien Platz zu schaffen. Der typische Farmgeruch lag in der Luft: Tierdung und Nitrat. Wahrscheinlich würde er sich nie ganz verflüchtigen, er war bis ins Fundament der Scheune eingedrungen. Schon bald jedoch würden andere, strengere Gerüche ihn überlagern. Schweiß. Blut. Geld.

Sie war zu Sandro zurückgekehrt und hatte ihm die Neuigkeiten über Phil mitgeteilt. Sandro hatte sie, ein wenig steif, in die Arme genommen. Sie wusste, dass er sich mit solchen Gesten schwertat, und freute sich umso mehr, dass er sich dazu überwunden hatte. Danach empfand sie zum allerersten Mal in ihrem Leben so etwas wie echte Zuneigung für ihn. Und sie war sich ziemlich sicher, dass er es gemerkt hatte.

Die Kehrseite war allerdings, dass sie jetzt Schuldgefühle hatte wegen ihres Anrufs bei Franks. Aber damit würde sie sich später auseinandersetzen müssen. Sandro musste sich auf seinen Kampf einstimmen, und auch sie täte gut daran, sich mental vorzubereiten. Sie würde sich ihre Tochter zurückholen. Koste es, was es wolle.

Sandro kam aus dem Bad, die Sporttasche über der Schulter, die Kapuze seines Sweatshirts tief in die Augen gezogen. Sie versuchte mit ihm zu reden, doch er reagierte kaum. Sie sah ihm in die Augen. Ihr Bruder war verschwunden, und eine andere Person war an seine Stelle getreten. Eine Person, die härter, kälter und wütender war. Ein Kämpfer. Marina war vor ihm zurückgezuckt. Sie hatte in die Augen ihres Bruders geschaut und darin ihren Vater gesehen.

Sie nahmen Sandros schrottreifen Mondeo, weil sie nicht in Annis Wagen gesehen werden wollte. Fast die ganze Fahrt über schwiegen sie. Sie saßen nebeneinander und waren gleichzeitig in völlig unterschiedlichen Welten. Jeder ganz und gar auf sein Ziel fixiert.

Als sie von der Hauptstraße abbogen und sich dem Farmgelände näherten, staunte Marina nicht schlecht. Sie mussten sich in eine lange Autoschlange einreihen. Eigentlich hatte sie erwartet, dass die anderen Autos ungefähr so aussehen würden wie Sandros – verbeulte Rostlauben, die nur noch von der Lackschicht zusammengehalten wurden. Weit gefehlt. Zwar waren durchaus einige alte Blechkisten darunter, aber es gab mindestens ebenso viele Oberklasse-Modelle: BMW, Mercedes, Lexus.

Am Eingang zum Gelände waren Sicherheitsleute postiert. Riesige Kerle mit todernsten Mienen, die aussahen, als würden sie später selbst in den Ring steigen. Sie nahmen Geldscheine entgegen und winkten die Autos weiter. Sandro musste nichts bezahlen. Ihm nickten die Riesen lediglich zu und wiesen ihm den Weg zu einem zum Parkplatz umfunktionierten Acker. Dort standen teure Statussymbole Stoßstange an Stoßstange mit Land Rovern, chromblitzenden Geländefahrzeugen, Lieferwagen und alten Schrottmühlen. Noch nie war sie bei einer ähnlich demokratisch besetzten Zusammenkunft gewesen. Und alle wurden sie geeint durch den Wunsch, dabei zuzuschauen, wie sich andere Menschen gegenseitig zu Brei schlugen.

Marina folgte Sandro bis zum Scheuneneingang. Dort blieb er stehen.

»So, Schwesterherz, jetzt trennen sich unsere Wege für ein Weilchen.«

Marina sah sich um. Sie war nicht gerade erpicht darauf, in dieser Umgebung allein gelassen zu werden. »Wo gehst du hin?«

»Ich muss mich fertig machen.« Er hielt seine Fäuste hoch. »Mich vorbereiten.«

»Ach so. Natürlich. Viel Glück.« Sie gab ihm einen Kuss auf die Wange.

Er lächelte. »Lass das, Schwester, sonst sagt man mir wegen dir noch nach, dass ich ein Weichei bin.«

Sie erwiderte sein Lächeln, dann glitt ihr Blick über die hereinströmende Menschenmenge.

»Die kommen schon noch. Keine Bange«, beruhigte er sie. »Du weißt, wo du mich findest, falls Not am Mann ist.« Er ging davon. Drehte sich noch mal um. »Ich bin im dritten Fight, nicht vergessen.«

Marina sah zu, wie Sandro auf eine Gruppe von Männern zusteuerte, die genau hinter dem Eingang warteten. Im Zentrum der Gruppe stand ein älterer Mann, die Männer um ihn herum schienen entweder seine Leibwächter oder seine Gefolgsleute zu sein. Er war elegant gekleidet, aber sein massiger Körper und das rosige Gesicht verliehen ihm das Aussehen eines riesigen gesottenen Schweins. Marina erkannte ihn wieder. Milton Picking, einer der einflussreichsten Gangster der Region.

Ist das etwa der Mann, dem Sandro Geld schuldet?, fragte sie sich. *Kämpft er für ihn? Ach, kleiner Bruder, wo bist du da bloß reingeraten?*

Sandro wurde von Picking begrüßt und wenig später von dessen Gefolgsleuten weggeführt. Marina holte zweimal tief Luft. Dann betrat sie die Scheune.

76

Dort stand der erste Kampf unmittelbar bevor. Der Boden in der Mitte der Scheune war mit einer Schicht Stroh bedeckt. Zunächst wunderte sich Marina darüber. Stroh bot wohl kaum ausreichenden Verletzungsschutz bei Stürzen, noch konnte es die Schritte der Kämpfenden ausreichend abfedern. Doch dann wurde ihr klar, welchem Zweck das Stroh in Wahrheit diente, und prompt wurde ihr übel: Es war da, um das Blut aufzunehmen.

Ein Seil war um die Mitte gespannt und markierte den Ring. Drum herum waren Strohballen stufenförmig bis fast unter die Decke aufgestapelt und dienten als Tribünen. Die ersten Sitzreihen in unmittelbarer Nähe des Rings bestanden aus Holzbänken. In einer Ecke war eine Bar aus Klapptischen aufgebaut. Es war brechend voll.

Sie musterte die Zuschauermenge. Genau wie die Fahrzeuge draußen war auch das Publikum bunt gemischt. Die Traveller erkannte man sofort an ihren Jeans und Polohemden. Jeder Einzelne von ihnen erweckte den Eindruck eines versierten Kämpfers, der jederzeit in den Ring steigen könnte. Es waren auch zahlreiche Frauen darunter: jung, blond, mit orangestichigen Teints und freizügigen Barbiepuppen-Outfits. Und sogar Kinder waren dabei, die Jungs allesamt Miniaturausgaben ihrer Väter. Nahezu identisch gekleidet, tobten sie unter wildem Geschrei herum und lieferten sich in den Ecken ihre eigenen kleinen Faustkämpfe.

Natürlich gab es auch ganz andere Leute im Publikum. Männer mit Marbella-Tans und teurer, geschmackloser Kleidung, protzigem Goldschmuck und chirurgisch korrigierten Nasen. An ihren Armen hingen Ehefrauen oder Geliebte in all ihrer vorstädtischen Pracht.

Zwischen diesen beiden Enden des Spektrums war alles vertreten: die Profispieler und geborenen Verlierer. Die Büroangestellten, die Lust auf ein bisschen gepflegten Nervenkitzel hatten. Die Neugierigen. Diejenigen, die »aus rein wissenschaftlichem Interesse« gekommen waren. Und alle hatten sie eins gemeinsam: Es machte ihnen Spaß, wenn andere Menschen sich gegenseitig Schmerzen zufügten.

Marina sah auf ihr Handy. Nichts. Es war laut in der Scheune, also behielt sie es vorsichtshalber in der Hand. Eine Ansage schallte durch den Raum: Der erste Kampf würde jeden Augenblick beginnen. Sie nahm auf einer der Bänke Platz, schaute sich aber weiterhin unablässig in der Menge nach Josephina um. Sie konnte sie nirgends entdecken.

Die ersten zwei Kämpfer betraten die Arena. Es waren Jugendliche. Beide hatten den sehnigen Körperbau und halbwilden Blick der Traveller. Als sie in den Ring stiegen, erkannte Marina sofort, dass sie auch gekämpft hätten, wenn es kein Geld dafür gegeben hätte. Einfach nur zum Vergnügen.

Die Zuschauer sprangen johlend und schreiend von ihren Sitzen auf. Die Anspannung war deutlich spürbar, die Luft war schwer von Schweiß und Blutdurst. Sie sah, wie Geldscheine den Besitzer wechselten, Quoten festgelegt und Wetten abgeschlossen wurden. Die beiden Jungs stellten sich einander gegenüber auf, die Fäuste vor dem Gesicht. Kampfbereit.

Der Ringrichter sah aus, als hätte man ihn wahllos aus dem Publikum bestimmt. Er sprach im typischen Dialekt der irischen Traveller und schärfte den Kontrahenten ein, sich einen guten, fairen Kampf zu liefern. Die beiden nickten, hatten jedoch nur Augen für ihren Gegner. Dann ermahnte er sie noch, dass ein sauberer Treffer so viel wert sei wie zehn schmutzige, allerdings war deutlich zu sehen, dass sie ihm gar nicht zuhörten. Sie wollten endlich kämpfen.

Der Gong ertönte. Unter den Anfeuerungsrufen der Zuschauer begannen die beiden einander zu umtänzeln. Urplötzlich sah sich Marina umringt von roten, schreienden Gesichtern. Die Jungen wurden mutiger, es kam zum ersten Schlagabtausch. Fäuste flogen, Treffer wurden gelandet. Marina hörte das dumpfe Klatschen von Knöcheln auf Haut. Es klang, als würde ein Fleischer ein Schnitzel zartklopfen. Sie hatte das Gefühl, jeden Schlag am eigenen Leib zu spüren.

Der größere der beiden hatte die bessere Beinarbeit. Mühelos hielt er seinen Gegner auf Abstand und wich den Schlägen, die auf bestimmte Körperpartien zielten, geschickt aus, so dass sie ihn an weniger gefährlichen Stellen trafen. Das machte den kleineren schier rasend. Immer schneller und härter schlug er zu. Ein Fausthieb traf seinen Gegner am Ohr, so dass dieser zu Boden ging und sich den Kopf auf dem Beton anschlug.

Das war's, dachte Marina. *Der Kampf ist vorbei.*

Weit gefehlt. Der zu Boden gegangene Junge presste sich die Hand aufs Ohr und stieß vor Schmerz und Zorn einen lauten Schrei aus. Der Ringrichter hatte unterdessen alle Hände voll damit zu tun, den Kleineren zurückzuhalten, der mit wutblitzenden Augen von einem Fuß auf den anderen sprang und sich auf seinen Gegner stürzen wollte.

Der Größere rappelte sich wieder auf. Aus seinem Ohr lief Blut. Marina war keine Ärztin, fand aber, dass die Verletzung gefährlich aussah. Der Ringrichter jedoch schien anderer Ansicht zu sein, denn nach einer kurzen Unterredung mit dem Verletzten gab er den Kampf wieder frei.

Doch der Kleinere hatte seinen Vorteil erkannt. Er war wie im Rausch und griff sofort an. Der Größere hielt sich wacker und versuchte die Schläge abzuwehren, doch Marina erkannte genau wie der Rest der Zuschauermenge, dass es nur noch eine Frage der Zeit war. Ein Schlag traf ihn auf die Nase. Marina hörte das Knirschen von Knorpel und Knochen. Die Menge grölte. Der Kleinere sprang zur Seite, als dem Großen das Blut aus den Nasenlöchern spritzte, und legte dann einen Hieb gegen das verletzte Ohr nach. Der größere Junge ging zu Boden, und diesmal stand er nicht wieder auf.

Der Kampf war vorbei, der Kleinere wurde zum Sieger erklärt. Er tänzelte auf und nieder und sprang wie aufgezogen durch den Ring, das Gesicht verschmiert von seinem Blut und dem seines Gegners. Er machte den Eindruck, als sei dieser Kampf für ihn lediglich ein Vorgeplänkel gewesen. Als sei er bereit, es mit jedem beliebigen Gegner aufzunehmen.

Man begleitete ihn aus dem Ring.

Der Blutrausch der Menge war vorübergehend gestillt, und der Lärmpegel in der Scheune ebbte bis auf ein angeregtes Murmeln ab. Mehr Geldscheine wanderten von Hand zu Hand, als Wetten für den nächsten Kampf angenommen wurden. Marina saß ganz allein. Ihr war speiübel.

Erneut warf sie einen Blick auf ihr Handy. Kein Anruf.

Sie sah zum Ring, auf das blutige Stroh. Konnte nicht glauben, dass ihr eigener Bruder bald dort stehen würde. Geschweige denn, dass sie hier saß, um ihm dabei zuzuschauen.

Eine Ladung frisches Stroh wurde über das alte geschüttet. Noch immer keine Spur von Josephina. Sie konnte nicht einmal Sandro entdecken. Sie wartete angespannt.

Der nächste Kampf wurde angekündigt. Zwei neue Kontrahenten betraten den Ring, und es begann dieselbe Prozedur wie zuvor. Marina glaubte nicht, dass sie noch einmal würde zuschauen können.

Das musste sie auch nicht.

Love Will Tear Us Apart.

Sie riss das Handy ans Ohr und wandte dem Lärm den Rücken zu.

»Wo ist sie?«, rief sie ins Telefon. »Wo ist meine Tochter?«

Die Stimme am anderen Ende atmete scharf ein. »Kluger Schachzug.«

»Was soll das heißen?«

»Sie halten sich wohl für oberschlau, was? An so einem Ort ein Treffen zu arrangieren. Sie glauben wohl, dass Sie bei all den vielen Leuten nichts zu befürchten haben. Dass Sie sich Ihre Tochter schnappen und einfach abhauen können. Ohne vorher Ihren Teil der Abmachung zu erfüllen. Hab ich recht?«

»Wo ist sie? Wo ist meine Tochter?« Inzwischen schrie Marina aus vollem Hals. In der johlenden Menge hörte sie ohnehin niemand.

Keine Antwort.

»Wo ist sie?«

»Sehen Sie sich um.«

»Wo?«

»Auf der anderen Seite. Ganz hinten. Drehen Sie sich um.«

Marina tat wie geheißen. Die Zuschauer waren erneut aufgesprungen und reckten johlend die Fäuste in die Luft. Marina versuchte, an ihnen vorbeizuspähen. Zwischen den Strohballen gab es einen schmalen Durchgang. Es war fast vollständig dunkel, doch sie kniff die Augen zusammen, und nach einer Weile gelang es ihr, einzelne Schattenumrisse voneinander zu unterscheiden. Sie sah eine Gestalt. Eine kleine Gestalt. Fast wäre ihr das Herz aus der Brust gesprungen.

»Josephina ...«

Sie wollte zu ihr laufen. Begann sich durch die aufgeregte Menge zu schieben.

»Nicht so hastig«, kam die Stimme aus dem Handy. »Bleiben Sie, wo Sie sind.«

Verwirrt und mit klopfendem Herzen blieb sie stehen.

»Schauen Sie noch mal hin. Schauen Sie noch mal ganz genau hin. Was sehen Sie?«

Marina gehorchte. Und sah etwas in der Dunkelheit aufblitzen. Licht, das sich auf Metall spiegelte.

Eine Pistole.

Deren Lauf direkt auf den Kopf ihrer Tochter gerichtet war.

77

Helen Hibbert klappte den Kragen ihres Mantels hoch. Viel würde sie damit nicht gegen Kälte, Nässe und Nebel ausrichten, aber immerhin hatte sie so das Gefühl, überhaupt etwas dagegen zu unternehmen.

Sie war recht früh in Harwich angekommen. Auf der Fahrt hatte sie immer wieder in den Rückspiegel geschaut, um sich zu vergewissern, dass ihr die zwei Bullen nicht auf den Fersen waren. Sie hatte sie nicht gesehen und auch keinen anderen Wagen bemerkt, der so aussah, als würde er ihr folgen. Allerdings war sie nicht hundertprozentig sicher, zumal sie ihr Wissen über solche Dinge ausschließlich aus Hollywoodfilmen bezog.

Nun ging sie zu Fuß weiter. Sie schien weit und breit der einzige Mensch zu sein, und das Klackern und Knirschen ihrer Absätze hallte überall um sie herum wider. Hinter ihr standen Apartmenthäuser, die nicht nur alt waren, sondern auch alt aussahen. Sie passten perfekt zum Rest der Umgebung. Auf einer Seite lag die Küste. Sie konnte große Umrisse im Nebel ausmachen, und Lichter schienen vom Hafen übers Wasser herüber. Die Szenerie wirkte wie aus einem Science-Fiction-Film: ein riesiges bruchgelandetes Mutterschiff, das unheilvoll im Nebel lag.

Sie ging den Fußweg entlang zum vereinbarten Treffpunkt. Rechterhand befand sich eine Rettungsbootstation, deren Steg weit über den Kiesstrand hinausragte. Auf der anderen Seite türmten sich aufgestapelte Holzboote. In der Dunkelheit sah man nicht, dass die meisten von ihnen löchrig und vermodert waren und nie wieder zu Wasser gelassen würden. Dies war ihre letzte Ruhestätte. Ihr Friedhof.

Helen ging weiter. Die Häuser verschwanden aus ihrem Blickfeld. Jetzt war sie ganz allein. Bald darauf war der Fußweg nun zu beiden Seiten von gestapelten Booten gesäumt. Ihr stockte kurz der Atem, und das nicht wegen der Kälte. Das Licht der Straßenlaternen warf lange dichte Schatten – eine ideale Deckung für Räuber und Vergewaltiger. Ein Stück weiter vorn öffnete sich das Gelände wieder. Dort, wo der Weg zurück in Richtung Stadt führte, sollte ihr Treffen stattfinden. Doch um dorthin zu gelangen, musste sie erst einmal dieses dunkle Wegstück hinter sich bringen.

Sie ging langsamer, während sie sich aufmerksam umschaute. Sie achtete auf jede Bewegung, jedes Anzeichen von Gefahr, lauschte auf jedes fremde Geräusch. Sie hörte nichts als das Rauschen der Wellen, die an den steinigen Strand schlugen, und ihren eigenen Herzschlag.

Sie versuchte es mit Humor zu nehmen: eine letzte Prüfung, bevor sie ihr neues Leben beginnen konnte. *Durchschreite die Dunkelheit und tritt auf der anderen Seite ins*

Licht. Nur sie und die unheimliche Dee. Wie das wohl funktionieren würde? Würden sie miteinander auskommen? Hatten sie irgendetwas gemeinsam? Hätte man Helen diese Frage früher gestellt, hätte sie sie mit einem klaren Nein beantwortet. Nun allerdings war sie sich ihrer Sache nicht mehr ganz so sicher. Bei ihrem Gespräch hatte sie eine Verbindung gespürt. Eine Art Seelenverwandtschaft, oder wie auch immer man es nennen wollte. Und dann war da natürlich noch das Geld. Wahrscheinlich wäre das der Hauptgrund, weshalb sie es miteinander aushielten.

Sie zog den Mantel enger um sich und hielt ihren Koffer fester. Obwohl sie sich standhaft einredete, dass es nichts gab, wovor sie sich fürchten musste, wünschte sie sich doch, sie hätte noch etwas anderes, woran sie sich festhalten konnte. Vorzugsweise etwas, das sich im Notfall als Waffe benutzen ließ.

Plötzlich hörte sie etwas. Oder jemanden.

Sie fuhr herum. Das Geräusch kam von links. Dort bewegte sich etwas. Jemand kam auf sie zu. Helen erstarrte. Dann eine Stimme.

»Hallo, Helen.«

Sie drehte sich um. Es war Dee, die aus den Schatten auf sie zutrat.

Mit einem Lächeln im Gesicht.

78

»Ich hätte es einfach besser gefunden, wenn wir kurz angehalten hätten. Mehr will ich gar nicht sagen.« Jessie blickte verstimmt aus dem Fenster.

Deepak schüttelte den Kopf und seufzte bloß. Sie wusste ohnehin, was er sagen wollte: dass sie im Dienst waren und die Gefahr bestand, dass sie Helen Hibbert aus den Augen verloren. Dass der Fish-and-Chips-Imbiss auf der Rückfahrt immer noch da sein würde ... und so weiter. Sie wusste es deshalb so genau, weil sie es schon oft von ihm gehört hatte. Sehr oft sogar.

»Aufpassen«, warnte Deepak und spähte angestrengt durch die Windschutzscheibe. »Wenn sie weiter in diese Richtung läuft, verlieren wir sie noch.«

»Dann steigen wir eben aus und verfolgen sie zu Fuß weiter.«

Mit diesem Vorschlag stieß sie bei Deepak nicht auf Begeisterung.

»Was ist? Jetzt wollen Sie ihr auf einmal nicht mehr folgen?«

Er zuckte mit den Schultern. »Es ist kalt draußen, und ich habe nicht die passende Kleidung.«

Jessie wandte grinsend den Blick ab.

Nach ihrem Besuch bei den Sloanes waren sie zu Helen Hibbert gefahren, um sie ein weiteres Mal zu befragen. Sie waren gerade rechtzeitig dort angekommen, um Zeuge zu werden, wie Helen, einen Rollkoffer hinter sich herziehend, die Wohnung verlassen hatte. Sie waren ihr unauffällig gefolgt. Deepak wusste wirklich, was er tat, das musste Jessie neidlos anerkennen. Die ganze A14 hinunter bis nach Harwich war er an ihr drangeblieben. Manchmal war er direkt hinter ihr gefahren, manchmal hatte er sich ein oder zwei Fahrzeuge zurückfallen lassen. Einmal hatte er sie sogar überholt. Trotzdem hatte er sie keinen Moment lang aus den Augen verloren oder in ihr den Verdacht geweckt, dass sie beschattet wurde.

In den alten, engen Straßen von Harwich hatten sie zunächst gewartet, bis sie den Wagen geparkt hatte und ausgestiegen war. Erst dann waren sie hinterhergefahren und hatten beobachten können, wie sie mitsamt dem Koffer zu Fuß weitergegangen war.

»Sieht ganz so aus, als hätte sie ein heißes Date«, meinte Jessie, bevor sie sich Deepak zuwandte. »'tschuldigen Sie. Ein kaltes Date natürlich.«

»Sehr witzig«, sagte er mit unbewegter Miene.

Helen Hibbert steuerte auf die übereinandergestapelten alten Boote zu.

»Ganz schön mutig«, meinte Deepak.

»Oder dumm«, gab Jessie zurück.

»Vielleicht trifft sie dort jemanden«, mutmaßte Deepak.

»Dann hoffen wir mal, dass es auch derjenige ist, mit dem sie verabredet ist.«

Deepak beugte sich zum Handschuhfach und holte einen kleinen Feldstecher heraus.

»Sie denken auch an alles, was?«, sagte Jessie. »Abgesehen von warmer Kleidung, natürlich.«

Deepak ignorierte sie und beobachtete stattdessen Helen Hibbert durch sein Fernglas.

»Sie ist stehen geblieben«, verkündete er.

»Lassen Sie mich mal.« Jessie wollte ihm das Glas wegnehmen, doch Deepak gab es nicht aus der Hand.

»Eine Sekunde noch.« Er spähte angestrengt. »Da ist jemand bei ihr.«

»Jetzt lassen Sie mich doch mal sehen!«

Auch diesmal wehrte er sie ab. Dann erschien ein Grinsen auf seinem Gesicht. »Na, schau mal einer an …«

»Was? Was ist denn?«, fragte Jessie missmutig. »Ich hasse es, wenn Sie so was machen!«

Er ließ das Fernglas sinken und drehte sich seiner Vorgesetzten zu. »Das wird immer besser.«

79

Noch nie hatte Tyrell sich so sehr gehasst wie in diesem Moment. Mehr konnte sich ein Mensch gar nicht hassen.

Sie waren ohne Zwischenfälle am Treffpunkt angelangt, aber sobald Amy gesehen hatte, um was für einen Ort es sich handelte, war sie wütend geworden. Sie war auf dem Parkplatz auf und ab marschiert, hatte vor sich hin geflucht und sich Vorhaltungen gemacht, weil sie sich hatte hereinlegen lassen. Josephina und Tyrell hatten schweigend danebengestanden. Dann war sie mit ihnen in die Scheune gegangen und hatte sie ganz nach hinten in eine Ecke gescheucht, wo sie durch riesige Strohballen vor den Blicken der Zuschauer geschützt waren. Sie hatte ihm die Pistole in die Hand gedrückt und ihm befohlen, er solle sie Josephina an den Kopf halten. Die Kleine hatte ihn einfach nur angesehen. Ihre Augen waren voller Tränen gewesen, die jeden Moment überzuquellen drohten.

»Sag ihr«, fauchte Amy, »dass sie ihre Mutter nie mehr wiedersehen wird, wenn sie nicht mucksmäuschenstill ist und tut, was man ihr sagt. Niemals.«

Tyrell hatte die Pistole angestarrt, ihr kaltes Gewicht in seiner Hand gespürt und dann zwischen Josephina und Amy hin- und hergesehen. Er hatte den Kopf geschüttelt. »Nein. Das mache ich nicht.«

»Ach, nein?« Amys Gesicht war eine hässliche Fratze. »Einer von uns muss es aber machen. Wäre es dir lieber, wenn ich das übernehme? Vertraust du mir?« Er musste ihr nicht antworten, sie wusste auch so, was er dachte. Sie lächelte, als ihr klarwurde, dass ihm nun nichts anderes übrigblieb, als zu gehorchen. »Dacht ich mir's doch.«

Erneut blickte er von Amy zu Josephina, bevor er widerstrebend die Waffe hochnahm. »Ich kann Waffen nicht leiden«, erklärte er Amy. »Und Sie kann ich auch nicht leiden.«

Sie blieb ungerührt. »Das erzählst du mir ja nicht zum ersten Mal. Mach einfach, was ich dir sage, sorg dafür, dass sie spurt, und komm ja nicht auf dumme Gedanken. Denk nicht mal dran, die Pistole auf mich zu richten.«

Daran hatte er tatsächlich nicht gedacht. Zumindest nicht, bis sie es erwähnt hatte, aber da war es schon zu spät.

»Tu's einfach. Wir bringen das hier über die Bühne, dann fahren wir zurück zum Haus, regeln alles Weitere, und der Spuk ist vorbei.«

Tyrells Hand zitterte. Er hasste Pistolen. Den Lärm, den sie machten, ihr Aussehen, ihre Schwere. Sie waren kalt und hart. Als würde man etwas Totes anfassen.

Und jetzt stand er hier und bedrohte ein kleines Mädchen damit. Ein Mädchen, dem er Versprechungen gemacht hatte. Das ihm vertraute. Jetzt sah sie ihn nicht mal mehr an. Sie zitterte am ganzen Leib, und die Tränen in ihren Augen liefen nur deshalb nicht über, weil sie selbst zum Weinen zu viel Angst hatte.

»Ist schon gut«, versuchte er sie zu trösten. »Ich … Ich tu dir nichts. Das weißt du doch …«

Er wusste nicht, ob er zu dem Kind sprach oder zu sich selbst.

»Ich weiß, dass du mir nicht glaubst, aber bitte … Ich wünsche mir wirklich, dass du wieder zu deiner Mami zurückkommst. Ich möchte, dass du nach Hause gehen kannst.« Er seufzte tief. »Ich will auch nach Hause.«

Um sie herum waren unzählige Menschen, die schrecklich viel Lärm machten. Sie schrien und grölten. Es war noch schlimmer als die schlimmsten Nächte im Gefängnis. Da war er wenigstens für sich gewesen und hatte den Lärm bloß hören müssen. Jetzt war er mittendrin. Er wusste nicht, was er tun sollte, konnte keinen einzigen klaren Gedanken fassen.

Also stand er einfach nur mit der Waffe in der Hand da.

Voller Selbsthass. Josephina würdigte ihn keines Blickes. Das tat ganz schön weh. Zu wissen, dass er sie verraten und ihr Vertrauen missbraucht hatte. Weil er schwach gewesen war. Die falschen Entscheidungen getroffen hatte.

Er hatte eine solche Wut auf sich.

Erneut musterte er die Pistole. Dann das Kind. Dann Amy, die neben ihm stand und telefonierte.

Dann wieder die Pistole.

Ja. Er war verletzt. Ja. Er war wütend.

Es war höchste Zeit zu handeln.

80

»Sie Miststück …« Marina versuchte sich einen Weg durch die Menge zu bahnen.

»Ich hab's Ihnen gerade eben gesagt. Bleiben Sie, wo Sie sind.«

Marina wusste, dass sie die Frau jetzt nicht gegen sich aufbringen durfte, also gehorchte sie und blieb stehen, das Handy weiterhin ans Ohr gepresst.

»So ist es besser«, sagte die Frau. »Ich wollte nur, dass Sie sich davon überzeugen können, dass sie lebt und unversehrt ist. Dass ich Sie nicht angelogen hab.«

»Ich muss sie sehen«, beharrte Marina.

»Sie sehen sie doch. Es geht ihr gut.«

Marina war sich bewusst, dass sie ruhig bleiben und wie eine Psychologin reagieren musste, aber es ging einfach mit ihr durch. »Sie verfluchtes Miststück!«

»Wenn's Ihnen damit besser geht. Sie kriegen sie zurück, sobald Sie Ihren Teil der Abmachung erfüllt haben. Keine Sekunde früher. Tun Sie, was Ihnen gesagt wird, und alles wird gut.«

Marina wollte sich umschauen, wagte es aber nicht. War Franks irgendwo in der Nähe? Konnte er sie oder Josephina sehen? Hatte er die Pistole bemerkt? Fast alle Zuschauer standen oder saßen mit Blick zum Ring, vermutlich war ihm also nichts aufgefallen. Sie konnte nur hoffen, dass er sie beobachtete und ihre Reaktion richtig gedeutet hatte. Sie musste Zeit schinden, also zügelte sie notgedrungen ihr Temperament. Versuchte, beherrscht und konzentriert zu bleiben. »Okay. Ich bin hier. Sie wollen, dass ich Ihren Patienten begutachte. Sollen wir das jetzt gleich machen?«

»Darauf hatte ich eigentlich gehofft, aber der Ort hier ist nicht besonders gut geeignet, um ein ungestörtes Gespräch zu führen, hab ich recht?«

»Na ja, wir könnten …« Lärm brandete auf und machte Marina das Weitersprechen unmöglich. Der zweite Kampf war vorüber. Der Großteil der Zuschauer jubelte, nur einige wenige buhten und stießen wüste Verwünschungen aus. Marina stand mit dem Rücken zum Geschehen und versuchte den Lärm so gut es ging auszublenden. Deshalb bekam sie auch nicht mit, wie als Nächster Sandro in den Ring stieg. Auch er hatte keine Augen für seine Schwester. Er war ganz auf seinen Kampf fixiert.

Marina blickte sich möglichst unauffällig unter den Zuschauern um. Noch immer keine Spur von Franks. »Wir könnten woanders hingehen«, schlug sie vor.

»Könnten wir. Müssen wir wohl auch, da wir hier nichts machen können.«

»Wo ist er?«, fragte Marina. »Stuart Sloane, wo halten Sie ihn fest?«

»Er ist hier.«

»Wo, hier?«

»Hier neben mir.«

Jetzt erst wurde Marina klar, wen sie meinte. Ihr Herz

setzte einen Schlag aus. »Das ist Stuart Sloane? Der Mann, der mein Kind mit einer Waffe bedroht?«

»Ihr neuer Patient. Jetzt tun Sie nicht so überrascht. Ich würde ihn ja bitten zu winken, aber er ist leider gerade beschäftigt.«

Marinas Knie begannen zu zittern. »Und Sie wollen, dass ich ihn für geistig zurechnungsfähig erkläre.«

»Aber ja doch. Weil er geistig zurechnungsfähig *ist*.«

Marina verspürte den übermächtigen Drang zu schreien. »Und warum hält er meiner Tochter dann eine Waffe an den Kopf?«

»Weil ich es ihm befohlen hab. Er beschützt nur meine Investition, Dr. Esposito. Also keine krummen Touren, sonst könnte es sehr hässlich werden.«

Das Zittern in Marinas Knien breitete sich auf ihren ganzen Körper aus. Sie war versucht, es darauf ankommen zu lassen: einfach zu der Frau hinüberzustürzen, ihre Tochter an sich zu reißen und in der Menge unterzutauchen. Erneut sah sie sich um. Warum griff Franks nicht ein?

»Wen suchen Sie?«

»Was?« Marina war zu unvorsichtig gewesen. »Ich suche ... niemanden.«

»Sie haben sich umgeschaut, als würden Sie auf den Bus warten.«

»Ich habe nur ... Nein ...« Dann sah sie ihn. Zu ihrer Linken. Er versuchte gerade, sich möglichst unauffällig durch die Menge zu schieben. Er hatte sie entdeckt und kam genau auf sie zu.

Sie musste ihm ein Zeichen geben, damit er auf Abstand blieb. Sie fing seinen Blick ein und schüttelte den Kopf.

»Wer ist das? Was machen Sie da?«

»Ich ... nichts.« Franks hatte das Signal verstanden und war stehen geblieben.

»Sie lügen. Sie haben ...« Es folgte eine Pause, dann ein scharfes Atemholen. »Sie Dreckstück.«

»Wie bitte?«

»Das ist eine Falle.«

Marinas Magen krampfte sich zusammen. »Nein, das stimmt nicht, ich –«

»Lügen Sie mich nicht an. Sie wollten mich reinlegen, geben Sie's zu. Deswegen wollten Sie sich auch hier mit mir treffen. Wer ist es? Wem haben Sie da eben ein Zeichen gegeben? Sie verdammtes Dreckstück ...«

Marina wollte widersprechen, doch ihr fiel nichts ein. Die Frau würde sofort merken, dass sie log.

Die Frau stieß einen Seufzer aus, der fast wie ein Knurren klang. Dann zischte sie hastig: »Warum konnten Sie nicht einfach das machen, was man Ihnen sagt? Warum? Warum mussten Sie unbedingt ...« Wieder eine Mischung aus Seufzer und Knurren. »Das haben Sie sich selbst zuzuschreiben, Sie dumme Schlampe. Ich bin nicht dafür verantwortlich, was jetzt passiert.«

Und Marina hielt ein stummes Telefon in der Hand.

81

Mickey war froh, dass er und Anni doch keinen Sex im Büro gehabt hatten.

Die Verlockung war groß gewesen, aber am Ende hatte die Vernunft gesiegt. Sie hatten sich auf ihre Aufgabe besonnen und nur hin und wieder einige schlüpfrige Bemerkungen fallenlassen. Hatten verstohlen ihre Arme und Beine aneinander gerieben und sich gegenseitig ins Ohr geflüstert, was sie später alles miteinander anstellen würden.

Mehr war zwischen ihnen nicht passiert. Stattdessen hatten sie sämtliche verfügbaren Informationen über Michael und Dee Sloane, ihr Leben und ihre Geschäfte zusammengetragen.

»Erstens«, sagte Mickey, rückte ein Stück vom Bildschirm ab und rieb sich die Augen, bevor er den derzeitigen Kenntnisstand zusammenfasste. »Graham Watts ...«

»Der Tote aus dem Haus in Jaywick«, ergänzte Anni. Sie saß auf der Schreibtischkante, baumelte mit den Beinen und aß Chips, die sie aus dem Snackautomaten hatte. »Er war derjenige, der damals die Eltern gefunden hat, die Stuart Sloane angeblich erschossen hatte.«

»Genau. Zweitens: Jeffrey Hibbert.«

»Das Mordopfer in Calamity Janes Fall.«

»Unglaublich komisch. Hibbert und Watts waren früher Kollegen. Sie haben bei den Sloanes gearbeitet.« Mickey warf einen kurzen Blick zum Bildschirm, dann auf seine Notizen auf dem Schreibtisch. »Beide in recht hoher Stellung. Sie haben als einfache Arbeiter in den Betrieben der Sloanes angefangen, sind dann zu Vorarbeitern aufgestiegen und durften schließlich sogar selbständig Personalentscheidungen treffen – Hilfskräfte anheuern und entlassen und so weiter.«

»Betriebe«, sagte Anni, den Mund voller Kartoffelchips.

»Was?«

»Du hast Betriebe gesagt. Plural.«

Mickey beugte sich vor und angelte sich einen Chip aus ihrer Tüte.

»He!«

»Danke.« Er rümpfte die Nase. »Salz und Essig. Nicht gerade meine Lieblingssorte.«

»Das werde ich mir merken und von jetzt an nur noch diese Sorte kaufen. Dann frisst du mir wenigstens nicht alles weg.«

»Also, wo waren wir? Betriebe. Plural. Genau. Nach dem Tod der Eltern haben die Sloane-Geschwister angefangen, das Geschäft auszuweiten. Es war, als hätten sie nur darauf gewartet, dass ihr Vater endlich stirbt, damit sie den Familienbetrieb richtig groß aufziehen können. Sie haben angefangen zu spekulieren. Haben Anteile an den industriellen Landwirtschaftsbetrieben erworben, die zur damaligen Zeit gerade auf dem Kontinent entstanden. Sie haben immer mehr Anteile gekauft, bis sie – wenigstens in den meisten Fällen – irgendwann die Aktienmehrheit hatten.«

»Industrielle Landwirtschaft? Ein Traum.«

Mickey nickte. »Ich habe mal einen Bericht im Fernsehen darüber gesehen. Der reinste Horror. Davon wäre mir fast der Appetit auf Fleisch vergangen.«

»Aber nur fast. Weiter im Text.«

»Okay. Die Sloanes haben also expandiert. Es folgten diverse Import-Export-Geschäfte, und irgendwann hatten sie Kontrolle über die gesamte Zulieferkette. Sie haben ihre eigene Farm verkauft und eine Dachgesellschaft gegründet, Sloane Holdings.«

»Aber wo kommen Hibbert und Watts ins Spiel?«, grübelte Anni.

»Gut, dass du fragst. Der offiziellen, von den Sloanes vertretenen Version der Ereignisse zufolge, war Graham Watts mit der Richtung, die das Unternehmen einschlug, nicht einverstanden, und er hat dieses Missfallen auch sehr deutlich zum Ausdruck gebracht. Mit dem Ergebnis, dass er gefeuert wurde. Und Hibbert, als einer seiner engsten Freunde, wurde gleich mit vor die Tür gesetzt.« Mickey schnappte sich einen weiteren Kartoffelchip.

»Finger weg!«

»Hm, eigentlich gar nicht so schlecht. Wenn man sich erst mal daran gewöhnt hat. Wie auch immer, die beiden wurden zur gleichen Zeit entlassen. Allerdings haben sie das nicht einfach klaglos hingenommen, sondern angefangen, Gerüchte zu streuen: Sie wüssten, was für Leichen die Sloanes im Keller hätten, würden sie in den Ruin treiben, und so weiter und so fort.«

»Das Übliche.«

»Genau. Die Krux an der Sache war nun, dass ihre Aussagen über den Grund des Zerwürfnisses im krassen Widerspruch zu der Aussage der Sloanes stand. Watts und Hibbert behaupteten nämlich, mit den Expansionsbestrebungen des Unternehmens keinerlei Probleme gehabt zu haben, zumal sie selbst finanziell davon profitiert hätten.«

»Was war dann der Grund?«

»Die Sloanes selbst.«

»Inwiefern?«

»Nun ja …« Mickey konsultierte erneut den Text auf dem Bildschirm. »Michael Sloane hatte sich von der Schrotflinten-Attacke wieder vollständig erholt, seine Verletzungen waren nicht allzu gravierend gewesen. Seine Schwester allerdings hatte nicht so viel Glück gehabt. Dee Sloane musste immer wieder für kostspielige Behandlungen ins Ausland, und es ging das Gerücht um, dass sie seit der Tragödie nicht mehr ganz richtig im Kopf war. Dass sie nicht nur medizinisch, sondern auch psychologisch betreut werden musste.«

»Wundert mich nicht, nach dem, was ihr passiert ist.«

»Mich auch nicht. Anscheinend hat sie sich nie richtig davon erholt. Sie konnte nur noch völlig abgeschottet von der Außenwelt leben. Aber es gab auch noch ganz andere Geschichten. Über bizarre Sexpartys.«

Anni grinste. »Wie bizarr?«

»Keine schmutzigen Gedanken im Dienst, Hepburn. Ich weiß es nicht, aber Watts und Hibbert haben damals gewisse Andeutungen gemacht. Behaupteten sogar, selbst an diesen Partys teilgenommen zu haben. In dem Zusammenhang entstand das Gerücht, Watts und Dee Sloane hätten ein Verhältnis miteinander gehabt, was dem Bruder nicht gepasst hätte. Und dann geschah noch was anderes. Erinnerst du dich an den Fall mit den ertrunkenen Herzmuschelsuchern in Wrabness? Liegt erst ein paar Jahre zurück.«

»Ach ja, die Wanderarbeiter. Sie wurden von der Flut überrascht. Der Prozess hat für ziemlich viel Wirbel gesorgt.«

»Ja, es war ein Riesenskandal. Die Sloanes saßen damals auf der Anklagebank. Die Sache hätte ihnen das Genick brechen können, aber sie sind ungeschoren davongekommen.«

»Wie kann das sein?«

»Einige Zeugen haben ihre Aussagen zurückgezogen, von anderen fehlte plötzlich jede Spur. Es gab keine Anzeichen von Fahrlässigkeit. Tod ohne Fremdverschulden. Man konnte den Sloanes nichts nachweisen. Kurz danach haben sie dann angefangen, ihr Unternehmen noch weiter zu vergrößern.«

Anni knüllte ihre leere Chipstüte zusammen und warf sie in den Abfallkorb. »Leute, mit denen man sich besser nicht anlegt.«

»Du bringst es auf den Punkt. Wie es aussieht, sind auch immer mal wieder einige ihrer Geschäftspartner von der Bildfläche verschwunden.«

»Du meinst, sie sind pleitegegangen?«

»Nein, ich meine, sie sind verschwunden. Spurlos. Es wurden natürlich Ermittlungen eingeleitet …« Er zuckte die Achseln. »Nichts. Wie vom Erdboden verschluckt. Und niemand konnte den Sloanes was anhängen.«

»Meine Güte. Und wie passt jetzt Stuart Sloane ins Bild? Ist der auch auf Rache aus?«

»Da fragst du mich was.« Mickey zog sein Handy aus der Tasche. »Ich ruf mal Jessie an. Vielleicht hat sie noch was rausgefunden, schließlich arbeitet sie auch an dem Fall.«

»Meinst du nicht, sie hätte sich gemeldet, wenn es Neuigkeiten gäbe?«

»Mag sein.« Mickey grinste. »Aber vielleicht hat sie ja Angst vor dir und traut sich nicht anzurufen, für den Fall, dass du rangehst.«

»Oder sie steht auf dich«, entgegnete Anni.

»Oder das.«

»Es gibt absolut keinen Grund, so ein Gesicht zu machen, Philips«, meinte sie lachend.

Mickey wählte.

82

Tyrell beobachtete aus dem Augenwinkel, wie Amy das Handy wieder in die Tasche ihrer Jeans steckte. Sie ließ die Schultern hängen und hatte den Blick zu Boden gerichtet. Sie sah nicht gut aus.

Die ganze Situation sah nicht gut aus.

Tyrell blickte kurz zu Josephina, dann erneut zu Amy. Die schüttelte aufgebracht den Kopf. »Wir sind verarscht worden.«

»Was?«

»Josephinas Mami hängt wohl doch nicht so sehr an ihrem kleinen Töchterchen, wie sie die ganze Zeit über behauptet hat.«

Tyrell konnte ihr nicht folgen. »Ich verstehe nicht ...«, erwiderte er und forschte in Amys Gesicht nach Antworten. Er sah die altbekannten Gefühle in ihren Augen lodern. Zorn. Wahnsinn. Aber auch noch etwas anderes, etwas ganz Neues. Verzweiflung. In gewisser Weise war das viel besorgniserregender.

Die Zuschauer auf den Strohtribünen nahmen nach wie vor keinerlei Notiz von ihnen. Er stand ganz hinten an der Scheunenwand zwischen zwei Tribünenflügeln und fühlte sich wie das Auge eines Sturms. Die Stelle im Zentrum, wo es ganz still und ruhig war.

Dabei war er alles andere als ruhig. Sein Herz jagte, und Panik drohte ihn zu überwältigen. Er sah Josephinas Mutter in der Nähe des Rings stehen, zwischen ihnen die wogende Menschenmenge. Sie wirkte verzweifelt. Josephina stemmte sich gegen seinen Griff und schrie aus Leibeskräften. Sie wollte sich losreißen und zu ihrer Mami laufen. Ihr Weinen ging im Gebrüll der Zuschauer unter. Erneut warf er einen Blick auf Amy. Die hatte sich ganz in sich selbst zurückgezogen und stand regungslos da.

»Was ... was hat sie denn gesagt?«

Keine Reaktion.

Muss am Lärm liegen, dachte Tyrell. Er fragte noch einmal lauter: »Was hat sie gesagt? Was ist denn jetzt?«

»Sie hat uns reingelegt«, sagte Amy tonlos.

Unwillkürlich erschauerte Tyrell. »Was? Was soll das heißen?«

Amy drehte sich zu ihm um. Ihre Augen waren wie tot. »Sie hat uns verraten. Jetzt kommen sie uns holen. Sie werden dich mitnehmen. Und mich auch.«

Sie schien zu erwarten, dass Tyrell mit Entsetzen oder Wut darauf reagierte, aber in Wirklichkeit fiel ihm ein Stein vom Herzen. Sie würden ihn mitnehmen. Ihn zurück ins Gefängnis bringen. Wo er endlich wieder seine Ruhe hätte.

»Aber ich lasse nicht zu, dass sie gewinnen. Und er auch nicht ...«

»Was meinen Sie damit? Wer denn?«

»Das Balg nutzt uns jetzt nichts mehr.«

»Dann können wir sie laufen lassen?«

Wieder ein Seufzer von Amy. Dann blickte sie ihm in die Augen, und was er darin sah, machte ihm Angst. »Bist du bescheuert? Nein. Wir töten sie. Jetzt sofort.«

83 »Ach, Gott sei Dank!«, stieß Helen hervor und presste die Hand an die Brust. Ihr Herzschlag beruhigte sich allmählich wieder. »Sie sind es.«

Dee lächelte. »Wen hatten Sie denn erwartet?«

Helen rang sich ein gequältes Lachen ab. »Keine Ahnung. Es ist nur …« Sie sah sich um und wies mit der Hand in Richtung der aufeinandergestapelten Boote. »Sie wissen schon. Ziemlich unheimlich hier. Man weiß nie, wer sich hier so alles herumtreibt.«

Dee lächelte noch immer. »Da haben Sie recht. Das weiß man nicht.«

Helen lachte erneut auf, bevor sie tief Luft holte. »Also«, sagte sie schließlich. »Können wir dann?«

»Haben Sie alles dabei, was Sie brauchen?«

Helen deutete auf ihren Koffer. »Alles da drin. Das müsste fürs Erste reichen.«

»Sie haben niemandem erzählt, dass wir uns hier treffen?«

»Nein, das habe ich Ihnen doch versprochen.«

»Und Ihnen ist auch niemand gefolgt?«

Die beiden Bullen kamen ihr in den Sinn. Sie schob den Gedanken beiseite. Nein. Ihr war niemand gefolgt. Darauf hatte sie achtgegeben. »Nein. Ich bin allein.«

»Gut.«

»Haben Sie …«, Helen unterbrach sich, sie wollte nicht gierig erscheinen, »das Geld?«

»Alles geregelt«, sagte Dee. Dann nickte sie, als würde sie über etwas nachdenken und dann zu einer Entscheidung kommen. »Ja. Es ist alles geregelt.«

Helen lächelte. »Großartig. Na dann. Gehen wir.«

Dee hielt Helen mit einer Hand am Arm fest. Sie ließ sich nicht abschütteln.

»Au, das tut weh. Was soll …?«

Helen brachte ihren Satz nicht zu Ende. Hinter Dee tauchte zwischen den Bootsstapeln ein Schatten auf. Als er ins Licht einer Laterne trat, sah sie, dass es ein Mann war. Einer der größten Männer, die sie je gesehen hatte. Ein Riese mit grauer Haut. Seine Arme waren mit blutgetränkten Bandagen umwickelt. Das Licht fiel auf seine Augen, die glänzten und zu einer Melodie des Wahnsinns tanzten, von der Helen hoffte, dass sie sie niemals würde hören müssen.

Langsam kam er auf sie zu.

»Sie haben recht«, sagte Dee, und ein grausames Lachen untermalte ihre Worte. »Man weiß nie, wer sich nachts hier so alles herumtreibt …«

84

Jessie und Deepak waren ausgestiegen und pirschten auf die gestapelten Boote zu, als sie den Schrei hörten.

»Los!«, zischte Jessie.

Doch Deepak war bereits unterwegs. Rannte über den Rasen, auf den Fußweg zu. Er hielt sich abseits der Straße, so dass er nicht gesehen werden konnte. Sobald er den ersten Bootsstapel erreicht hatte, schlich er schnell und lautlos weiter bis zum beleuchteten Fußweg, wobei er sich weiterhin im Verborgenen hielt.

Jessie holte ihn wenig später ein. Zusammen umrundeten sie den Bootsstapel.

Noch ein Schrei, diesmal erstickt, als würde jemandem die Luft abgedrückt.

Sie wechselten einen raschen Blick. Deepak nickte ihr zu. Beide waren in höchster Alarmbereitschaft.

Jessie erwiderte Deepaks Nicken.

Jeden Augenblick würden sie zugreifen. Das Überraschungsmoment war auf ihrer Seite.

Da klingelte Jessies Handy.

85

Josephina starrte Tyrell mit großen, runden, tränenfeuchten Augen an. *Nein*, dachte er. *So jemand bin ich nicht.* »Ich bin kein Mörder«, sagte er laut. »Es ist mir egal, was die anderen über mich sagen. Ich bin kein Mörder ...«

Seine Gedanken kehrten in die Vergangenheit zurück. Er konnte nichts dagegen tun, er stand so sehr unter Druck, dass sie ihm einfach entwischt waren. Auf einmal befand er sich wieder in dem Haus, in dem Zimmer. An dem Tag. Mit dem Jagdgewehr im Arm.

Er erinnerte sich. Es war der Tag nach der Hochzeit seiner Mutter gewesen. Er hatte sich so für sie gefreut. Er war im Park spazieren gegangen, hatte Ruhe von dem Haus und der Familie gesucht. Er hatte das Alleinsein genossen und Pläne für seine Zukunft geschmiedet. Und als er zurückgekommen war, hatte er sie vorgefunden ...

Die Leichen. Das Blut. Die Zerstörung. Den Mann, zu dem er Vater gesagt hatte. Alles war wie in einem schrecklichen Film. Und seine Mutter. Gott, seine Mutter ... Sie lag neben ihm. Er hielt sie im Arm, als hätte er noch versucht, sie zu schützen. Beide waren tot.

In dem Moment hatte er sich vor der Wirklichkeit zurückgezogen. Er hatte einen Ort in seinem Kopf gesucht, an dem er sich verstecken konnte. Und war seitdem nicht mehr herausgekommen.

Aber da war noch etwas anderes, eine andere Erinnerung ...

Jiminy Grille. Wie er plötzlich vor ihm stand und ihm erklärte, was jetzt getan werden musste. Er war seinen Anweisungen gefolgt. Hatte alles gemacht, was Jiminy von ihm verlangt hatte. Nach dem, was er im Haus gesehen hatte, war sein Inneres so taub, so tot gewesen, dass er widerspruchslos gehorcht hatte.

Und noch eine Erinnerung war da …

Er schloss die Augen, wollte sich ihr nicht stellen, wusste aber, dass er es musste. Die Gedanken in seinem Kopf kreisten jetzt wie ein Karussell auf dem Jahrmarkt. Vielleicht wurde ihm schlecht davon, vielleicht bekam er Angst, vielleicht würde er sich sogar wünschen, tot zu sein. Aber da musste er jetzt durch. Er konnte erst absteigen, wenn es wieder anhielt.

Wenn er alles gesehen hatte.

Das andere Zimmer. Sein Bruder. Seine Schwester.

Beziehungsweise die zwei Menschen, von denen seine Mutter gewollt hatte, dass er Bruder und Schwester zu ihnen sagte.

Wie sie dalagen. Überall war Blut. Aber sie waren nicht tot. Sie bewegten sich noch. Schauten zu ihm hoch. Sie taten nur so, als ob. Als wäre alles bloß ein Spiel.

Wie von selbst wanderte sein Blick erneut zu Amy. Und plötzlich war es, als würde er von einem Blitz getroffen. Er wusste es wieder. Er wusste genau, was los war.

»Ich bin kein Mörder«, wiederholte er noch einmal laut. »Und ich bin auch nie einer gewesen …«

Er starrte Amy an.

»Ich kenne dich.«

Sie lächelte. »Gratulation, Einstein. Und jetzt mach gefälligst, was ich dir sage.«

»Ich bin kein Mörder«, beharrte er. »Ich würde niemals ein Kind töten. Nie im Leben.« Er drückte Josephina beschützend an sich. »Und ich lass nicht zu, dass du ihr was tust.«

»Los jetzt! Mach, was ich dir sage. Und dann wird's höchste Zeit, dass wir verschwinden.«

»Ich würde niemals ein Kind töten. Nie im Leben.« Er riss die Waffe herum und zielte auf Amy. »Ich weiß, wer du bist.«

Amy wollte ihm eine gehässige Erwiderung entgegenschleudern, doch als sie seine Augen sah, verstummte sie.

»Ich weiß, wer du bist. Was du mir angetan hast. Was du aus meinem Leben gemacht hast.«

Sie schwieg.

»Du hast mir mein Leben genommen …«

Sein Finger krümmte sich um den Abzug.

86

Er hatte den Arm um den Hals der Frau gelegt. Jeden Moment würde er ihr das Genick brechen. Doch dann hielt der Golem plötzlich inne. Dee Sloane hatte ihm warnend eine Hand auf den Arm gelegt. Beide blickten in die Richtung, aus der das Klingeln kam.

Der Golem wollte jetzt nicht aufhören. Ihm war es egal, wer dort lauerte, sie würde er sich als Nächstes vornehmen. Er würde sich jeden vornehmen. Es gab nichts, wozu er nicht fähig gewesen wäre. Nichts …

Dee Sloane nickte ihm lautlos zu und deutete dann mit einer Armbewegung hinter die Boote. *Geh mit der Frau nach hinten. Bring es da zu Ende.*

Er nickte und wollte gerade losgehen, als die Frau erneut zu schreien anfing.

»Hilfe, mein Gott, Hilfe … helfen Sie mir!«

Der Golem schleifte sie mit sich, doch es war bereits zu spät. Durch ihr Geschrei hatte sie die Aufmerksamkeit der

Person mit dem Handy erregt. Der Personen, vielmehr. Es waren zwei, und sie rannten direkt auf ihn zu.

»Lass sie los!«, schrie Dee. »Kümmere dich um die beiden!«

Er stieß die Frau von sich und stellte sich den Angreifern. Es waren ein Mann und eine Frau. Die Frau rief ihren Namen und einen Befehl. Womöglich fiel sogar das Wort »Polizei«, aber er hörte gar nicht hin. Seine Instruktionen waren eindeutig.

Er machte einen Schritt nach vorn und packte sie an der Gurgel. Sie ließ ihr Handy fallen, das immer noch klingelte. Er drückte zu.

Dann stutzte er plötzlich, als er etwas am Rücken spürte. Er fuhr herum. Der Mann, ein Inder, hatte ein Ruder genommen und schlug damit auf ihn ein. Einmal. Zweimal.

Der Golem empfand keine Schmerzen, es war lediglich ein leicht unangenehmes Gefühl, aber die Schläge des Mannes waren gut gezielt und hart und drohten ihn aus dem Gleichgewicht zu bringen. Die Heftigkeit der Schläge ließ schon nach kurzer Zeit nach, weil der Inder müde wurde, trotzdem machte er verbissen weiter. Der Golem ließ die Frau los, drehte sich zu seinem neuen Widersacher um und schwang die Faust.

Daneben.

Der Mann war klein und drahtig. Hatte erstklassige Reflexe. Flink wich er zur Seite hin aus.

Der Golem schlug erneut nach ihm. Der Mann duckte sich, und die Faust des Golems krachte gegen eins der Boote. Der Stapel geriet ins Wanken, fiel aber nicht um. Der Golem betrachtete seine Hand. Die Fingerknöchel waren aufgeplatzt, und Holzsplitter saßen ihm wie Stacheln im Fleisch, aber er fühlte nichts. Dr. Brackens Pillen wirkten Wunder.

Aus dem Augenwinkel nahm er wahr, wie die Frau auf dem

Boden herumkroch und nach ihrem Handy suchte. Sie durfte es auf keinen Fall in die Finger bekommen. Gerade als sie danach griff, als ihre Finger es schon fast berührten, versetzte er ihr einen Fußtritt gegen den Arm. Hörte Knochen knacken. Sie stieß einen gellenden Schrei aus und krümmte sich auf der Erde zusammen.

»Das dauert zu lange! Bring es endlich zu Ende!«

Dee Sloane.

Der Golem drehte sich kurz zu ihr um, um ihr zu signalisieren, dass er den Befehl verstanden hatte. Dann widmete er sich wieder seinen beiden Angreifern.

Sie hatte recht. Es war höchste Zeit, die Sache zu beenden.

87

Marina hatte das Gefühl, als wäre sie gelähmt und müsste zusehen, wie ihr schlimmster Alptraum Wirklichkeit wurde. Sie konnte keinen Schritt mehr tun, so groß war ihre Angst, dass Stuart Sloane ihre Tochter erschießen würde. Sie konnte aber auch nicht stehen bleiben, weil sie irgendetwas unternehmen *musste*. Josephina starrte zu ihr herüber. Ihre Augen waren voller Tränen. Sie begriff nicht, was los war. *Warum stehst du einfach nur so da? Warum kommst du nicht und hilfst mir, Mami?* Fragen, die Marina nicht beantworten konnte.

Stuart Sloane packte ihre kleine Tochter fester.

Die Zeit schien stillzustehen. Um sie herum wurden die Stimmen leiser, alles geschah wie in Zeitlupe.

Marinas Bruder brüllt etwas und stürzt dann an ihr vorbei, direkt auf den Mann mit der Pistole zu. Marina kommt es so vor, als würde er sich gleichzeitig langsam und schnell bewegen.

Stuart Sloane reißt die Waffe herum. Selbst aus der Entfernung kann Marina sehen, wie sich sein Finger um den Abzug krümmt. Sie spürt, dass er jeden Moment schießen wird. Sie reißt den Mund auf, um etwas zu rufen. Ein dumpfer, tonloser Laut dringt über ihre Lippen.

Sandro hat Stuart Sloane erreicht. Springt ihn an. Stuart sieht ihn, seine Augen werden groß vor Schreck. Er will etwas sagen, findet aber keine Worte.

Sandros Finger schließen sich um Sloanes Hand, er entreißt ihm die Waffe und schleudert sie hinter sich.

Stuart Sloane ruft etwas. Seine Worte dringen nicht bis zu ihr durch.

Sandro holt aus, ballt die Hand zur Faust und drischt sie dem Mann mit aller Kraft ins Gesicht.

Marina sieht, wie Stuart Josephina loslässt.

Ihre Tochter ist frei.

Urplötzlich setzt sich die Zeit wieder in Bewegung. Marina ist in der Gegenwart. Sie kann sich bewegen.

»Josephina!«

Und begann sich einen Weg durch die Massen der Zuschauer zu bahnen. Sandros überstürzter Abgang aus dem Ring hatte die allgemeine Aufmerksamkeit auf sich gezogen. Die Leute versuchten neugierig zu erkennen, was Marina dort hinten gesehen hatte und wo sie hinwollte.

Schreiend stieß sie die Leute aus dem Weg, um zu ihrer Tochter zu gelangen. Überall um sie herum war es laut, und die wogende Menschenmenge drohte sie zu erdrücken. Nur hin und wieder konnte sie einen flüchtigen Blick auf ihren Bruder oder ihre Tochter erhaschen, dann versperrte ihr sofort wieder die Menge die Sicht. Sie schubste und stieß und kämpfte sich Stück für Stück vorwärts.

Bis sich plötzlich zwei große, schwere Hände auf ihre Schultern legten.

Sie versuchte die Hände abzuschütteln. Es gelang ihr nicht. Sie fuhr herum, um den Fremden anzuschreien, er solle sie gefälligst loslassen.

»Ganz ruhig, Marina«, hörte sie eine vertraute Stimme mit walisischem Einschlag an ihrem Ohr. »Ich bin bei Ihnen, Sie sind jetzt in Sicherheit.«

DCI Gary Franks.

Panisch drehte sie sich wieder nach vorn.

Sandro und Josephina waren von der Menge verschluckt worden und nicht mehr zu sehen.

88

»Die lässt sich aber Zeit«, meinte Mickey.

»Vielleicht hat sie gerade ein heißes Date«, sagte Anni von ihrem Platz auf dem Schreibtisch aus, wo sie noch immer saß und mit den Beinen schlenkerte.

Mickey wartete noch eine Weile. »Nicht mal die Mailbox geht ran. Komisch.«

»Findest du? Es ist Sonntagabend. *Ostersonntagabend.* Vielleicht ist sie zu Hause. Im Gegensatz zu uns sollen manche Menschen ja durchaus noch ein Leben außerhalb der Arbeit führen.«

Endlich nahm jemand ab. Mickey hob die Hand, um Anni zu signalisieren, sie solle still sein.

»Hi. Jessie?«

»Hi, Jessie«, flötete Anni gerade so laut, dass man es am anderen Ende der Leitung hören konnte.

Mickey machte eine ungehaltene Handbewegung. »Hier ist Mickey Philips, ich wollte bloß –«

Er hielt mitten im Satz inne, weil ihn eine Stimme am anderen Ende unterbrach.

»Es ist zu spät, Mickey Philips. Wer auch immer Sie sind, es ist zu spät …«

Dann wurde die Verbindung unterbrochen.

Anni hatte sich schon eine spitze Bemerkung zurechtgelegt, doch als sie Mickeys Gesichtsausdruck sah, blieb sie ihr im Halse stecken.

»Scheiße«, sagte er. »Wir haben ein Problem.«

89

»Nein!«, schrie Marina und schüttelte Franks' Hände ab. »Meine Tochter, meine Tochter ist da drüben!« Sie wand sich aus seinem Griff und kämpfte sich weiter vorwärts. Er blieb ihr auf den Fersen.

Mittlerweile war in der Scheune das Chaos ausgebrochen. Franks und sein Team hatten sich als Polizisten zu erkennen gegeben, und nun drängte die Menge in heller Panik dem Ausgang zu. Der Fight war vergessen. Jetzt ging es nur noch darum, nicht wegen der Teilnahme an einem illegalen Boxkampf verhaftet zu werden.

Marina drängte sich mit neu erwachter Kraft durch die Menge. Sie wünschte nur, sie hätte diese Kraft schon einige Minuten früher gehabt. Die Reihen lichteten sich, und sie kam schneller voran. Sie erreichte die Stelle, wo Josephina gestanden hatte. Ihr Bruder und Stuart Sloane wurden soeben in Handschellen von Polizisten abgeführt. Von der Frau, mit der sie telefoniert hatte, fehlte jede Spur …

»Das ist … Das da ist mein Bruder!«, rief sie, aber niemand schenkte ihr Gehör.

Sie sah sich um, schaute verzweifelt in jedes Gesicht. Suchte hinter den Tribünen, hinter jedem Strohballen. Nichts. In wachsender Verzweiflung stürzte sie zu Franks.

»Wo ist … Wo ist meine Tochter?«

Er gab eine Antwort, doch sie hörte sie gar nicht. Wie von Sinnen suchte sie weiter. Zerrte alles auseinander, drehte jeden Stein um. Die Frau war fort.

Und Josephina auch.

VIERTER TEIL

OSTERMONTAG

90

Mitternacht. Und aus Ostersonntag wurde Ostermontag.

Michael Sloane lief in seinem Hotelzimmer auf und ab, soweit die beengten Verhältnisse dies zuließen. Das Holiday Inn am Stadtrand von Colchester war nicht gerade die Art von Hotel, die sie normalerweise bevorzugten, aber genau das war der Sinn der Sache. Hier, hatte er Dee erklärt, würde garantiert niemand nach ihnen suchen. Nach einer knappen halben Stunde auf dem Zimmer konnte Dee ihm nur recht geben.

Das Zimmer war klein, anonym und trist. *Wahrscheinlich passt es genau zu den Leuten, die hier absteigen*, dachte sie, bevor sie von einer Erinnerung eingeholt wurde, die sie schaudern ließ. Ihre Herkunft war noch ungleich trostloser als dieses Zimmer hier. Aber jetzt war sie jemand anders, und so sollte es auch bleiben.

Sie saß schweigend am Fußende des Betts, die Füße über Kreuz, die Arme hinter ihr aufgestützt, und sah Michael beim Umhergehen zu. Wenn er so gelaunt war wie jetzt, war es klüger, sich ihm nicht zu nähern oder ihn anzusprechen. Es war nicht der richtige Zeitpunkt für ihre kleinen intimen Machtspiele. Wenn er diesen Ausdruck in den Augen hatte, wenn er den Rücken so steif machte, waren das Zeichen dafür, dass er ihr weh tun würde, wenn sie auch nur versuchte, ihn abzulenken oder die Situation als Ausgangspunkt für ein Spiel zu nutzen. Normalerweise mochte sie es, wenn er ihr weh tat. Sie konnte genauso gut austeilen wie er. Aber nicht wenn er so war wie jetzt. Wenn die Wut ihn in ihrer Gewalt hatte, war es ihm zuzutrauen, dass er sie aufschlitzte – und jeden anderen, der das Pech hatte, ihm in die Quere zu kommen.

»Was … zum Teufel … hat er sich dabei gedacht …?«

Dee sagte nichts. Er hatte sie nicht dazu aufgefordert.

»Einfach abzunehmen … mit dem Anrufer zu *sprechen* … dieser gottverdammte Idiot …«

Er tigerte weiter hin und her. Dee wartete geduldig. Irgendwann blieb er stehen und fuhr zu ihr herum. »Hast du ihn gesehen? Was hat er sich eingeworfen? Was um alles in der Welt hat Bracken ihm gegeben? Er ist völlig außer Kontrolle. Er wird zu einer Gefahr für uns.«

Dee nahm den direkten Blick von Michael als Erlaubnis zu sprechen. »Dann sollten wir ihn so schnell wie möglich loswerden«, sagte sie unterwürfig und schlug die Augen nieder.

»Das werden wir auch«, gab Michael zurück. »Sobald er seinen Auftrag erledigt hat, wird er eliminiert.« Er fuhr sich mit den Fingern durchs Haar. »Falls er überhaupt noch in der Lage ist, seinen Auftrag zu erledigen.« Er setzte sich wieder in Bewegung. »Wir haben zugelassen, dass die Sache uns entgleitet. Diesmal ist sie außer Kontrolle geraten … völlig außer Kontrolle. Wir müssen untertauchen.«

»Wo? Im Ausland?«

Er nickte, ohne stehen zu bleiben. »Die Notfallpläne stehen schon seit Jahren. Nickoll kann uns alles vom Hals halten, bis wir in Sicherheit sind.«

Dee nickte. Damit hatte sie bereits gerechnet. Es wäre traurig, alles zurückzulassen, aber sie würden ihren Lebensstil nicht aufgeben müssen. Sie hatten ausreichend Geld beiseitegeschafft. Zum Glück. Auf den Lebensstil hätte sie niemals verzichten können.

»Was ist mit den dreien im Auto?«

Die zwei Polizisten und Helen Hibbert lagen in einem Geländewagen. Dieser stand, mit einer Plane abgedeckt, ganz hinten auf dem Hotelparkplatz und wurde vom Golem bewacht.

»Was aus Hibbert wird, schert mich einen Dreck. Aber die zwei Bullen dürfen auf gar keinen Fall gefunden werden. Wir müssen sie verschwinden lassen.«

Dee nickte. Sie hatte keine andere Antwort erwartet.

Michael blieb wieder stehen und baute sich vor ihr auf. Er packte sie am Kinn und bog ihren Kopf zurück, so dass sie ihn ansehen musste. »Und wenn sie weg sind ... sind wir auch weg.«

Sie sah ihm in die Augen und versuchte zu lächeln, während ihr ein Schauer der Angst über den Rücken lief.

91

Tyrell starrte die Wand an. Nein. Eigentlich war es gar keine Wand, sondern ein Spiegel. Und er sah sich selbst zurückstarren. Aber da war nicht nur er selbst, denn es war ein Einwegspiegel. Er konnte niemanden sehen, aber die Leute auf der anderen Seite beobachteten ihn, das wusste er genau. Man hatte ihn sein ganzes Leben lang beobachtet. Er hatte ein Gespür dafür.

Seine Hände lagen in seinem Schoß. Er saß mit geschlossenen Beinen und entspanntem Rücken da und war ganz ruhig. Mit sich und der Welt im Reinen. So wohl war ihm nicht mehr zumute gewesen, seit man ihn aus dem Gefängnis entlassen hatte.

Das Gefängnis. Damals hatte er es anders empfunden, doch im Nachhinein war ihm klargeworden, dass er sich dort geborgen gefühlt hatte. Glücklich, hätte man sogar fast sagen können. Aber vor allem geborgen. So geborgen wie seit seiner Kindheit nicht mehr. Und damit meinte er seine richtige Kindheit. Damals, als er noch mit seiner Mutter allein gewesen war. Bevor sie in das große Haus gezogen waren. Zu dem alten Mann, der ihm erklärt hatte, er wolle jetzt ein Vater für ihn sein, und der wirklich nett zu ihm gewesen war. Und zu seinen neuen Geschwistern, die nur so getan hatten, als wären sie nett zu ihm.

Er erschauerte. Das war eine der Erinnerungen, die er tief vergraben hatte, weil sie ihm weh taten. Aber sie waren alle wieder an die Oberfläche gekommen. Die guten wie die schlechten. Er musste an seine falschen Geschwister denken. Wie sie ihm ins Gesicht gelächelt hatten, sobald ihr Vater oder seine Mutter sich in der Nähe aufhielten. Wie sie angefangen hatten, ihn zu quälen, kaum dass sie unbeobachtet waren.

Er schloss die Augen. Versuchte, nicht daran zu denken, was sie ihm angetan hatten. Zu spät. Der Gedanke hatte sich bereits in seinem Kopf festgesetzt, und jetzt musste er sich ihm stellen. Ob er wollte oder nicht.

Sie taten ihm weh. Zerrten, kniffen und schlugen. Er schrie so lange, bis sie ihn zwangen, mit dem Schreien aufzuhören. Sie drohten ihm damit, ihn wegzuschicken, irgendwohin, wo er seine Mutter nie wiedersehen würde, wenn er nicht mucksmäuschenstill war. Dann hörte er auf zu schreien, aber das hieß nicht, dass sie auch aufhörten, ihn zu quälen. Im Gegenteil, es wurde immer schlimmer. Stöcke, Tennis- oder Kricketschläger – in ihren Händen wurde alles zu einer Waffe. Sie fesselten und knebelten ihn und drückten brennende Zigaretten auf seiner Haut aus.

Eine große Unruhe erfasste ihn bei der Erinnerung.

Er spürte die Stricke an seinen Handgelenken und wie die Knoten sich zusammenzogen, wenn er versuchte, sich zu befreien. Er hörte das Zischen, wenn die Glut der Zigarette ihn berührte. Roch Nikotin, Rauch, versengtes Fleisch. Sein eigenes Fleisch. Er hörte sich weinen und schluchzen, aber nur in seinem Kopf. All die Schreie, die er nicht rauslassen konnte, weil der Knebel in seinem Mund sie erstickte.

Trauer überkam ihn. Trauer um seine Mutter und um sich selbst.

Er hatte sich so sehr geschämt, dass er seiner Mutter die Narben nie gezeigt hatte. Jahrelang hatte er sie vor ihr versteckt.

Versteckt. Versteckspielen. Er war immer derjenige, der sich verstecken musste. Und sie fanden ihn jedes Mal. Aber sie hatten ihre eigenen Spielregeln. Wenn sie ihn fanden – was immer der Fall war –, musste er sich freikaufen. Mit einer Art Mutprobe. Und diese Mutprobe sah immer gleich aus: Er musste sich von ihnen in den Keller sperren lassen.

Er hasste den Keller. Wenn er nur das Wort »Versteckspielen« hörte, wusste er bereits, wo es für ihn enden würde: im Keller. Aber er konnte nicht nein sagen. Er hatte es ein paar Mal versucht, und da hatten sie ihm weh getan.

Der Keller lag ganz hinten im Haus, direkt am Fluss. Das Wasser reichte bis an die Grundstücksgrenze, und sie hatten dort ein Boot festgemacht. Seine falschen Geschwister hoben die Falltür zum Keller an, und er musste die hölzerne Stiege hinunterklettern. Dann schlugen sie die Falltür über ihm zu und gingen weg. Oft ließen sie ihn stundenlang dort unten allein, ein paar Mal vergaßen sie ihn sogar ganz. Im Keller war es kalt und dunkel und feucht. Es gab kein Licht, weder elektrischen Strom noch Kerzen. Nur Ratten und das träge Gluckern des Wassers.

Wenn er die Wände berührte, war seine Hand danach manchmal nass. Seine Füße auch. Wenn die Flut kam, ächzten die hölzernen Wände unter dem Druck des Wassers, manchmal sickerte sogar hier und da ein dünnes Rinnsal durch die Bretter. Zuerst hatte er schreckliche Angst gehabt, weil er dachte, die Wände würden nachgeben, das Wasser würde hereinstürzen und er würde ertrinken. Mit der Zeit gewöhnte er sich daran. Er konnte sogar anhand der Gezeiten ausrechnen, wie lange seine Gefangenschaft schon andauerte. Trotzdem fürchtete er den Keller, und ihm war jedes Mal nach Weinen zumute.

Er schüttelte den Kopf, um die anderen Erinnerungen zu verjagen, die unaufhaltsam über ihn hereinbrachen. Manchmal rissen ihm seine falschen Geschwister die Kleider vom Leib, bevor sie ihn fesselten. Sie zogen ihm mit Gewalt die Beine auseinander. Er kämpfte, versuchte verzweifelt sich gegen sie zu wehren oder ihnen zu entwinden, aber es war zwecklos. Sie waren zu zweit und hatten beide mehr Kraft als er. Vor allem die falsche Schwester. Sie war stärker, als sie aussah, und oft die Bösartigere der beiden.

Sobald er dann nackt und wehrlos war, fingen sie an, ihn zu quälen. Es waren andere Schmerzen als die von den Zigaretten. Hinterher hatte er immer Angst, seinen eigenen Körper zu berühren. Sie steckten verschiedene Gegenstände in seine Körperöffnungen. Lachten über ihn, wenn er sie anflehte, damit aufzuhören, oder wenn er zu schreien versuchte. Dann wurden sie nur noch brutaler.

Wenn sie so etwas taten, erregte es sie immer. Sie zogen sich dann vor ihm aus und fassten sich gegenseitig an. Sie lachten über seine Angst und seinen Ekel. Rieben sich an seinem Gesicht. Zwangen ihn, sie in den Mund zu nehmen. Zwangen ihn …

Er schloss die Augen. Nein. Nein …

Das Gefängnis. Denk ans Gefängnis. Wie er in seiner Zelle saß. Ganz allein. In seinem Kopf. Nur er. An seinem eigenen Ort. In seiner eigenen Zeit.

Er schlug die Augen wieder auf und sah sich um. Er hatte ganz vergessen, dass er hier war, in diesem Raum. Vor Erleichterung atmete er tief durch. Selbst hier war es besser als da, wo er gerade gewesen war. An diesem Ort in seinem Kopf. Überall war es besser als dort.

Erneut ging sein Blick zum Spiegel. Er wusste, dass sie dahinter standen. Fragte sich, was sie sahen, wenn sie ihn anschauten. Wünschte sich, dass sie in seinen Kopf hineinschauen und das sehen könnten, was er kurz zuvor gesehen hatte. Dann hätten sie ihm vielleicht helfen können. Dafür sorgen können, dass es aufhörte.

Er schüttelte den Kopf. So etwas Lächerliches. Wenn sie dazu in der Lage wären, hätten sie es doch schon vor Jahren getan. Nein. Manche Dinge waren nun mal so, wie sie waren, ohne dass jemand etwas dagegen tun konnte. So war das Leben. Sein Leben.

Er versuchte sich einzureden, dass es keine Rolle spielte. Denn trotz all dieser schrecklichen Erinnerungen in seinem Kopf wusste er jetzt wieder, wer er war. Es war alles zurückgekommen. Alles.

Sein ganzes Leben war zurückgekommen.

92

»Er wird nervös ... Nein. Ah, das ist besser. Jetzt wirkt er wieder ruhiger.« Marina beobachtete Stuart Sloane durch den Spiegel. »Jetzt schaut er zu uns rüber. Direkt hierher. Als könnte er uns sehen.«

»Bedroht ein kleines Kind mit einer Waffe«, meinte Franks ungehalten. »Dem werde ich gleich zeigen, was nervös ist, verdammt noch mal.«

Marina stand mit verschränkten Armen da. Der Beobachtungsraum war klein, es hatten höchstens zwei Leute darin Platz. Er war sparsam möbliert, diente aber neben seinem eigentlichen Zweck auch noch als Endlager für ausgemusterte Büromöbel. Der Stuhl, auf dem Franks saß, hatte schon bessere Zeiten erlebt – damals, als John Major noch Premierminister gewesen war. Der Schreibtisch, auf den er die Arme stützte, erzählte mit seiner zerkratzten Oberfläche vom Frust unzähliger Ermittlungen. Der Aktenschrank hinter ihnen stammte aus den Sechzigern.

Franks wandte den Blick von Stuart Sloane ab und musterte Marina. Sie sah schrecklich aus. Die Haare ungekämmt, die Kleider fleckig und zerrissen. Dunkle Tränensäcke unter den Augen. Er vermochte nicht einmal zu erahnen, was sie in den letzten Tagen durchgemacht hatte.

»Marina ...«

Sie hatte weiterhin den Blick fest auf Stuart Sloane gerichtet, nickte jedoch zum Zeichen, dass sie Franks gehört hatte.

»Warum fahren Sie nicht nach Hause und gönnen sich ein bisschen Ruhe? Ich kann mich hier um alles Weitere kümmern.«

»Nein«, sagte sie, ohne ihn anzusehen.

»Es wäre besser, wenn Sie gehen würden, Marina. Eigentlich hätten Sie gar nicht herkommen dürfen. Sie sollten nicht arbeiten.«

Marina beachtete ihn nicht.

Der Bareknuckle-Kampf war für Franks und sein Team eine einmalige Gelegenheit gewesen, und sie hatten eine beachtliche Anzahl von ortsansässigen Kleinkriminellen wegen Teilnahme an einer illegalen Veranstaltung festnehmen können. Gegenwärtig belegten diese sämtliche Vernehmungsräume des Reviers und warteten darauf, dass ihre Anwälte ihnen zu Hilfe eilten.

Leider hatte die Entführerin mit Josephina im Getümmel entkommen können. Lediglich Sloane war verhaftet und unverzüglich aufs Revier gebracht worden.

»Marina.« Franks' walisischer Bariton duldete keinen Widerspruch.

Widerwillig riss sie den Blick von Sloane los und drehte sich zu ihrem Vorgesetzten um.

»Es ist schon nach Mitternacht, und Sie haben Gott weiß wie lange nicht mehr richtig geschlafen. Und offiziell dürften Sie gar nicht hier sein.«

»Aber Gary, ich –«

Er hob die Hand. »Lassen Sie mich ausreden. Wenn Sie persönlich in einen Fall verwickelt sind, müssen Sie sich aus den Ermittlungen zurückziehen. Sie kennen die Regeln. Und niemand ist persönlicher in diesen Fall verwickelt als Sie.«

Sie schwieg.

»Wenn wir eine Verurteilung erreichen wollen, müssen wir uns zu hundert Prozent an die Vorschriften halten. Und wenn ich Ihnen erlaube hierzubleiben, könnte das die Frage aufwerfen, welche Rolle Sie in dieser Ermittlung eigentlich spielen. Habe ich recht?«

»Bei allem Respekt, Gary, aber das ist mir so was von scheißegal. Ich will einfach nur meine Tochter wiederhaben!«

Er schüttelte seufzend den Kopf. »Sehen Sie? Genau das ist der Grund, weshalb –«

»Betrachten Sie es doch mal so«, fiel sie ihm ins Wort. »Wie Sie eben ganz richtig festgestellt haben, ist es nach Mitternacht. Dieser Mann« – sie wies auf Sloane – »sitzt da und kann mir höchstwahrscheinlich sagen, wo meine Tochter ist. Sie wollen ihn vernehmen? Gut.« Sie stützte sich auf den Schreibtisch und blickte Franks direkt in die Augen. »Aber schauen Sie sich doch mal an, in welchem Zustand er ist.

Geistig. Emotional. Sie werden bei ihm überhaupt nichts erreichen. Sie brauchen einen Psychologen, und zwar einen, der mit dem Fall vertraut ist. Wo wollen Sie so jemanden um diese Zeit hernehmen?«

Jetzt war Franks derjenige, der notgedrungen schwieg.

»Eben«, fuhr sie fort. »Abgesehen von der Psychologin, die hier neben Ihnen steht.«

Franks verschränkte die Arme vor der Brust und schob den Unterkiefer vor, wodurch sein Gesicht noch mehr Ähnlichkeit mit dem eines Stiers bekam.

»Außerdem«, setzte Marina hinzu, »kann ich jetzt sowieso nicht einfach nach Hause fahren und schlafen. Wie stellen Sie sich das vor?«

Er stöhnte. »Also schön. Meinetwegen. Aber auf Ihre Verantwortung.«

Marina schenkte ihm ein angespanntes Lächeln. »Vielen Dank.«

»Wenn man uns das später zum Vorwurf macht, werde ich sagen, es sei alles Ihre Schuld. Dass Sie mich mit Ihren … Psychologentricks dazu gebracht haben.«

Trotz ihrer ernsten Lage wurde Marinas Lächeln breiter. »Meine Psychologentricks?«

Franks errötete. »Sie wissen schon, was ich meine. Wenn Sie einem die Worte im Mund herumdrehen und so weiter.«

»Aha.« Sie wollte sich eben wieder Sloane zuwenden, doch dann kam ihr ein neuer Gedanke. »Ach so, eine Sache noch.«

»Reicht das nicht langsam?«

»Es geht um meinen Bruder. Er ist … Weiß der Himmel, wo er ist. Irgendwo hier auf dem Revier. Können wir ihn laufen lassen?«

Franks schüttelte den Kopf. »Er wurde festgenommen, weil er an einem illegalen Boxkampf teilgenommen hat …«

»Er wollte mir doch nur helfen, die Frau zu fassen, die meine Tochter in ihrer Gewalt hat. Und außerdem waren Sie ja nicht wegen des Kampfs in der Scheune.«

Franks' Seufzer kam aus tiefster Seele. »Also schön. Von mir aus. Er ist ein aufrechter Bürger, und wir sind ihm für seine Mithilfe zu ewigem Dank verpflichtet. Wir lassen ihn gehen. Meinetwegen.«

»Danke.«

Daraufhin richteten beide ihre Blicke wieder auf Stuart Sloane. Marina holte tief Luft. Dann wandte sie sich an Franks. »Bereit?«

Er stand auf. »Es kann losgehen.«

93

In Amys Schädel pochte es. Der Schmerz raubte ihr fast den Verstand. Aber sie würde nicht aufgeben. Sie durfte nicht aufgeben. Jetzt noch nicht.

Das Kind schrie wie am Spieß. Es schrie und schrie und schrie.

»Sei still! Jetzt sei verdammt noch mal endlich still, du kleine Kröte!«

Amy zog das Mädchen an den Haaren hinter sich her. Es strampelte verzweifelt mit den Beinen, weil es versuchte, die Füße auf den Boden zu setzen und selbst zu laufen. Doch ohne Erfolg.

Sie sah sich nach einem Ort um, wo sie das Kind eine Weile lassen konnte, um endlich mal Ruhe zu haben. Es bestand nach wie vor die Hoffnung, dass ihr Plan funktionieren würde. Sie musste bloß auf volles Risiko gehen. Nicht kleckern, sondern klotzen. Das war alles.

Das Kind schrie immer noch. Es schrie aus Leibeskräften

nach seiner Mutter und versuchte immer wieder, sich loszureißen.

Amy drehte sich um und zog mit einem kräftigen Ruck an ihren Haaren. Daraufhin schrie sie nur noch lauter.

»Gott, ich hab so was von die Schnauze voll von dir ...«

Ein lautes Klatschen, als Amy ihr mit dem Handrücken ins Gesicht schlug.

Die Kleine riss vor Schmerz und Schreck die Augen auf. Dann schrie sie weiter, sogar *noch* lauter als vorher.

So ging es nicht weiter. Dieses Geschrei musste aufhören. Amy brauchte dringend Ruhe. Sie musste nachdenken.

Sie dachte nach. Das Haus war baufällig und sah aus, als könnte es jeden Augenblick in sich zusammenstürzen. Genau das hatten sie damals beabsichtigt, allerdings hatte es länger gedauert als erwartet. Sie wusste nicht recht, was sie beim Anblick ihres ehemaligen Zuhauses empfinden sollte. Sie hatte damit gerechnet, dass es ihr seltsam vorkommen würde, nach all der Zeit hierher zurückzukehren. Gespenster in jedem Raum, hinter jeder Tür. Überall Dinge, die Erinnerungen wachriefen.

Aber so war es gar nicht. Wahrscheinlich weil das Gebäude so verfallen war, dass sie in ihm ihr ehemaliges Zuhause gar nicht mehr wiedererkannte. Es hätte jedes x-beliebige alte Anwesen sein können. Jedes beliebige baufällige Scooby-Doo-Spukhaus.

Trotzdem war sie durch alle Zimmer gegangen, um sich mit dem Grundriss vertraut zu machen. Um sich zu vergewissern, dass alles noch so war wie früher. Genau so hatte sie es beim letzten Mal auch schon gemacht.

Es hatte sich nichts verändert, nur der Verfall war weiter fortgeschritten. Gardinenstangen lagen auf dem Boden, die Vorhänge waren dünn wie Spinnennetze. An einigen Stellen waren die Bodendielen eingebrochen. Schimmel und Feuchte krochen in schwarzgrünen Flecken über die Wände, griffen unaufhaltsam um sich. Manche Gegenstände, die sie berührte, zerfielen unter ihren Fingern zu Staub.

Fremde hatten in der Zwischenzeit hier gehaust. Landstreicher vermutlich, den alten Zeitungen und leeren Flaschen nach zu urteilen. Und erst der Gestank. Als wäre jemand hier gestorben. Oder hätte seine letzten Tage hier verbracht. Und die Ratten. Sie hörte das Scharren in jedem Winkel. Sie waren unruhig, weil eine Fremde in ihr Revier eingedrungen war.

Das Kind plärrte immer noch.

Da kam Amy eine Idee. Sie lächelte. Perfekt.

Sie zerrte das kreischende Kind in den hinteren Teil des Hauses. Musste kurz suchen, bis sie das richtige Zimmer gefunden hatte. Sie war noch da. Die Falltür. Ohne die Haare des Balgs loszulassen, kniete Amy sich hin und riss am Griff. Das Holz war verzogen und wollte nicht nachgeben, doch sie ließ nicht locker. Irgendwann gelang es ihr, mit einem lauten Schrei und Schmerzen, die ihr den gesamten Arm hinaufschossen, die Falltür aufzuziehen. Sie beugte sich vor und starrte in die Tiefe. Die Stufen sahen vermodert aus, als könnten sie jederzeit wegbrechen. Der Fußboden war nicht zu sehen, weil Wasser im Keller stand. Sie lehnte sich noch weiter nach vorn. Die Wand schien dem Druck des Flusses standzuhalten. Mehr oder weniger jedenfalls. Und das Wasser war nur knöcheltief. Ausgezeichnet.

»Hast du Lust, Verstecken zu spielen?«, fragte sie das Kind mit einem grausamen Lächeln. »Na?«

Das Kind antwortete nicht. Wahrscheinlich hatte es keine Ahnung, was die Frage sollte.

»Ist sowieso egal«, sagte Amy und stieß die Kleine in den Keller.

Sie schrie aus Leibeskräften, bis die Falltür krachend über ihr zuschlug.

Amy erhob sich, machte kehrt und ging davon.

Josephinas Schreie wurden immer leiser und gingen bald in den vielen Geräuschen des Hauses auf: dem Knarren und Ächzen und Scharren und Rascheln.

Die stummen Schreie aus der Vergangenheit.

Und der Gegenwart.

94

Jessie öffnete die Augen, aber es blieb dunkel. Sie lag mit dem Rücken auf etwas Kaltem, Hartem. Sie versuchte sich zur Seite zu drehen und aufzustehen. Ein stechender Schmerz fuhr durch ihren Arm. Keuchend ließ sie sich zurücksinken.

Sie wusste noch, wie sie Helen Hibbert zu Hilfe gekommen waren. Dann hatte irgendein ... grauer Goliath sie angegriffen. Er hatte sie am Arm verletzt. Bestimmt war er gebrochen. Und dann ... nichts mehr. Schwärze. Bis sie hier aufgewacht war.

Mit dem unverletzten Arm tastete sie ihre unmittelbare Umgebung ab. Die Fläche, auf der sie lag, war aus Metall. Massiv. Sie erschauerte. Dann nahm sie eine Bewegung wahr. Jemand – oder etwas – lag neben ihr auf dem Boden. Unmittelbar neben ihr.

»H-hallo ... Wer ist denn da?«

»Ich bin's, Ma'am«, kam eine gedämpfte Stimme zurück.

Sie stieß den Atem aus, den sie unbewusst angehalten hatte. »Deepak ... Ist alles in Ordnung?«

»Ich glaube schon, Ma'am. Mir brummt bloß der Schädel. Scheint aber nichts gebrochen zu sein.«

»Ein Glück für Sie.«

»Was?«

»Mein Arm ...«

»Hallo?« Noch eine Stimme. Weiblich. Verstört.

»Helen Hibbert«, sagte Deepak. »Sind Sie das? Sind Sie auch hier?«

»Ja ... ja, ich bin's«, kam es leise und stockend aus dem Dunkel zurück. Helen klang zu Tode verängstigt.

»Geht es Ihnen gut?«, erkundigte sich Jessie.

»Ich ... Ich glaube schon ...«

»Gut.« Erneut versuchte Jessie sich aufzusetzen. Ohne Erfolg. Ächzend vor Schmerz sank sie wieder zurück. Sie versuchte, in der Finsternis irgendetwas zu erkennen. Verschiedene Grade von Schwarz voneinander zu unterscheiden. Aussichtslos.

»Hat einer von Ihnen zufällig eine Idee, wo wir sind?«, fragte sie.

»Ich nicht, Ma'am«, kam Deepaks Antwort. »Wir waren bei den Booten, und jetzt sind wir auf einmal hier. Ich kann mich noch an den Kampf erinnern, aber was danach kam ...«

»Aha.« Stille. Jessie horchte angestrengt, versuchte irgendwelche Geräusche aufzuschnappen, die ihr verraten könnten, wo sie sich befanden. Nichts. Sie waren in irgendeinem Raum oder einem Behältnis eingeschlossen, so viel stand fest. In einem kalten Behältnis aus Metall.

»Helen«, sagte sie. »Wieso haben die das mit uns gemacht? Wo sind wir hier?«

»Ich ... Ich weiß es nicht ...« Helen Hibberts Stimme bewegte sich am Rand zur Hysterie. Jessie hatte das Gefühl, dass sie jeden Moment abstürzen und losschreien könnte. Sie musste mit ihr reden, damit sie sich ein bisschen beruhigte.

»Warum wollten Sie sich mit den Sloanes treffen? Ich nehme an, dass die hinter der Sache hier stecken.«

»Ich ... Ich wusste, dass sie für Jeffs Tod verantwortlich waren. Gleich als Sie beide mir davon erzählt haben.«

»Woher wussten Sie das?«

»Weil …« Sie seufzte. »So ist das eben, wenn es Streit unter Verbrechern gibt.«

»Weswegen gab es denn Streit, Helen?«

»Sie … Es waren Graham und Amy, wie sie sich jetzt nennt. Sie haben abgewartet, bis Stuart Sloane aus dem Knast kam. Sie wollten für ihn ein neues Gutachten erstellen lassen, in dem er für geistig zurechnungsfähig erklärt wird. Damit sie das Testament anfechten konnten.«

»Testament?«, fragte Deepak verdattert. »Welches Testament?«

»Na, das von Michael und Dee Sloanes Vater Jack. Vor der Heirat mit Stuarts Mutter hat er ein neues Testament aufsetzen lassen, in dem er Stuart neben seinen leiblichen Kindern zum Vollerben eingesetzt hat. Michael und Dee waren sehr wütend deswegen. Sie wollten nicht, dass Stuart ihnen ihr Geld wegnimmt.«

Jessie versuchte die Schmerzen in ihrem Arm zu ignorieren und dachte angestrengt nach. »Und dann? Sie waren wütend, und was weiter?«

»Sehr wütend. Sehr, sehr wütend.«

»Wollen Sie damit andeuten, sie hätten ihren eigenen Vater umgebracht?«

»Und ihre Stiefmutter.«

»Und dann haben sie es Stuart Sloane in die Schuhe geschoben? Wie hätte das denn bitte funktionieren sollen?«

Jessie hörte ein Lachen aus der Finsternis. »Jemand hat ihnen dabei geholfen. Und dieser Jemand ist ihnen hinterher in den Rücken gefallen.«

»Wieso?«

»Das kam erst später …« Helens Stimme wurde leiser.

Jessie war nach wie vor in Sorge, dass die Frau einen Nervenzusammenbruch erleiden könnte. Sie musste dafür sorgen, dass sie weitersprach. »Wer hat ihnen geholfen, Helen?«

»Graham.«

»Graham Watts?«

»Und Jeff. Jeff hat immer alles getan, was Graham wollte. Aber Graham war derjenige, der den Plan in die Tat umgesetzt hat. Er hatte alles mit Michael abgesprochen. Er sollte gleich nach der Schießerei ins Haus kommen und Stuart das Gewehr in die Hand drücken. ›Soll der Schwachkopf dafür zahlen‹ – das hat Michael gesagt. Stuart war nicht ganz richtig im Kopf. Er ließ sich leicht Sachen einreden. Graham hat sich Stuarts Vertrauen erschlichen und ihn davon überzeugt, dass er ihm helfen wollte. Dann haben sie ihn ans Messer geliefert.« Sie gab einen Laut von sich, der schwer zu deuten war. Es hätte ein Lachen sein können, ein Schluchzer oder irgendetwas dazwischen. »Aber in erster Linie hat Graham dafür gesorgt, dass Stuart die Waffe in der Hand hatte, als die Polizei ankam. Ende der Geschichte. Zumindest hatten sie sich das so vorgestellt.«

»Und was ist dann passiert?«

»Sobald Jack aus dem Weg war, konnte es richtig losgehen mit dem Geldverdienen. Alle haben ganz groß Kasse gemacht, die Sloanes, Jeff und ich und Graham. Fette Jahre. Aber dann ging alles den Bach runter.«

»Inwiefern?«

»Michael hatte seine eigenen Pläne. Und Graham war damit nicht einverstanden.«

»Was heißt das genau?«

Helen Hibbert seufzte. »Ich bin so müde …« Ihre Stimme begann zu zittern.

Jessie stellte ihr noch einige Fragen, doch Helen ließ sich kein weiteres Wort entlocken. Jessie dachte fieberhaft nach, wie sie Helen Hibberts drohenden Zusammenbruch abwenden könnte. Sie tastete in ihren Jackentaschen nach ihrem Handy. Es war nicht da. Natürlich nicht.

»Sie haben mir mein Handy abgenommen«, verkündete sie. »Hat einer von Ihnen seins noch?«

Helen Hibbert schluchzte bloß.

Da glomm urplötzlich ein Licht auf. Wie ein körperloser Geist leuchtete ihr Deepaks Gesicht aus der Dunkelheit entgegen. Sie sah ihn lächeln.

»Finden Sie immer noch, dass es albern ist, zwei Handys zu besitzen, Ma'am?«, fragte er.

Auch Jessie konnte sich ein Lächeln nicht verkneifen. »Das sollen meine Worte gewesen sein? Nein, nein, da müssen Sie sich verhört haben. Genial – das habe ich gesagt, Deepak. Genial.«

95

Marina musterte Stuart und versuchte in seinem Gesicht zu lesen. Es gelang ihr nicht. Sie wusste nicht, ob es an ihm lag oder an ihr.

Franks hatte sie einander vorgestellt, ihre persönliche Beziehung zu Josephina jedoch bewusst unerwähnt gelassen. Dann hatte er Stuart über seine Rechte aufgeklärt. Dieser hatte genickt, geantwortet, wenn er etwas gefragt wurde, und juristischen Beistand abgelehnt. Erst als er danach fürs Protokoll seinen vollen Namen geben sollte, geriet er ins Stocken.

»Sie sind Stuart Sloane?«

Er schüttelte den Kopf. »Nein. Der bin ich nicht. Nein.«

Franks und Marina sahen einander verwirrt an. »Wie sollen wir Sie denn stattdessen nennen?«

Er legte den Kopf in den Nacken, als denke er nach. »Sie haben mir gesagt, dass ich jetzt ein neuer Mensch bin. Dass ich ein neues Leben und einen neuen Namen hab. Sie haben mir einen neuen Namen gegeben.«

»Und wie lautet der?« Franks blieb ruhig, lächelte sogar.

»Malcolm Tyrell.«

»Gut. In Ordnung. Also Malcolm Tyrell.«

»Aber ich will nicht, dass man mich so nennt.«

Franks war bemüht, sich seine Ungeduld nicht anmerken zu lassen. »Mit welchem Namen möchten Sie denn gerne angesprochen werden?«

Marina bemerkte den Unterton in der Frage. Sie konnte sich denken, mit welchem Namen Franks ihn am liebsten angesprochen hätte.

»Einfach … Stuart.«

»Stuart.«

»Fürs Erste.«

Franks enthielt sich eines weiteren Kommentars. »Gut. Dann lassen Sie uns anfangen.« Er warf Marina einen Seitenblick zu und hob eine Braue, um sie zu fragen, ob sie mit der Vernehmung beginnen wolle. Sie schüttelte ganz leicht den Kopf. Sie ließ lieber Franks den Vortritt.

Streng genommen hätte sie gar nicht anwesend sein müssen. Sie hätte vom Beobachtungsraum aus zuschauen und Franks über einen Knopf im Ohr Hilfestellung geben können. So handhabte sie es normalerweise mit Phil. Aber dieser Fall lag anders. Sie wollte unmittelbar dabei sein, neben Franks sitzen und direkt mit ihm kommunizieren können. Unter den gegebenen Umständen erschien ihr das als das einzig Richtige.

Abermals versuchte sie Stuarts Gesichtsausdruck zu deuten. Auch diesmal musste sie feststellen, dass sie es nicht konnte. Er schien sich über irgendetwas zu freuen, wirkte jedoch gleichzeitig besorgt. Die beiden Gefühle schienen eng miteinander verknüpft zu sein, aber da sie nicht wusste, was das zu bedeuten hatte, hielt sie es für besser, wenn Franks den Anfang machte. Sie selbst würde sich im Hintergrund halten, bis sie sich ein klareres Bild von Stuart gemacht hätte.

»Also, Stuart, fangen wir mit der wichtigsten Frage an: Wo ist Josephina?«

Stuarts Blick verschleierte sich. Er runzelte die Stirn und zog seine Mundwinkel ein wenig nach unten. Anzeichen dafür, dass er nachdachte.

»Stuart?« Franks beugte sich vor. Er bemühte sich um einen offenen, neutralen Gesichtsausdruck. »Wo ist Josephina?«

»Das ... das weiß ich nicht.«

Marina lehnte sich zurück und versuchte, sich ihren Frust nicht anmerken zu lassen. Vielleicht lag es wirklich am Chaos in ihrem Kopf, nicht an dem in seinem, dass sie aus Stuart nicht schlau wurde. Sie gab sich Mühe, die Sache nüchtern und distanziert zu betrachten, doch es fiel ihr bedeutend schwerer als erwartet. *Vielleicht hat Franks doch recht gehabt*, dachte sie, *und ich hätte wirklich lieber nach Hause gehen sollen.*

»Kommen Sie, Stuart, das können Sie doch besser«, drängte Franks. »Wo ist Josephina?«

»Ich ... ich weiß es nicht. Ehrenwort.« Er sah aus, als wäre er kurz davor, in Tränen auszubrechen.

Abwartendes Schweigen.

Dann ergriff Stuart erneut das Wort. »Ich hab ... Ich hab versucht, sie zu beschützen ...«

»Indem Sie sie mit einer Pistole bedrohten?«, fragte Marina. »Das sah aber ganz anders aus.«

Franks warf ihr einen warnenden Blick zu, doch sie wusste selbst, dass sie etwas Falsches gesagt hatte. Sie hatte sich von ihren Gefühlen leiten lassen. Sie verstummte.

Stuart schien es gar nicht bemerkt zu haben. »Nein, nein ...«, widersprach er. »Ich hab sie beschützt. Die ganze Zeit hab ich auf sie aufgepasst. Als ... Als Amy ...« Seine Gesichtszüge verkrampften sich, »gemein zu ihr war und zu mir auch – da hab ich sie beschützt.« Er senkte den Blick. »Und als wir dann in dieser, in dieser Scheune waren …«, er schüttelte den Kopf, »da hat sie … mir einfach die Pistole in die Hand gedrückt. Sie hat gesagt – hat gesagt … dass sie Josephina weh tut, wenn ich nicht mache, was sie will.«

»Nämlich ihr die Waffe an den Kopf halten?«, hakte Franks nach.

Stuart nickte. »Ja, genau. Also hab ich's getan … um sie zu beschützen.«

Franks wollte die nächste Frage stellen, doch Stuart redete weiter.

»Amy hat mich dazu gezwungen. Amy. Ich hab sie gehasst. Sie war … schrecklich. Der andere, Jiminy Grille …«

Marinas Augen weiteten sich.

»… der war nett zu mir. Den mochte ich. Zumindest am Anfang.«

»Was ist passiert?«, wollte Franks wissen.

»Er hat mich vom Gefängnis abgeholt. Ist mit mir zu dem Wohnwagen gefahren. Er hat mir gesagt, dass ich jetzt ein neues Leben hab. Eigentlich war er ganz in Ordnung.« Stuart lächelte kurz, bevor sich seine Züge erneut verfinsterten. »Aber dann hab ich Josephina gesehen. Sie war angebunden. Und …« Ein Schauer durchlief ihn. »Amy war gar nicht nett zu ihr.«

Marinas Magen krampfte sich schmerzhaft zusammen. »Was genau meinen Sie damit, Stuart?« Sie hörte sich sehr gefasst an, wie die sprichwörtliche Ruhe vor dem Sturm.

»Sie … hatte sie an der Türklinke festgebunden. Hat gesagt, wenn sie nicht still ist, dann würde sie …« Er schüttelte den Kopf.

»Reden Sie ruhig weiter«, ermunterte Marina ihn.

»… sie hat gesagt, sie würde sie den Hunden zum Fraß vorwerfen.«

Sofort hatte Marina die zwei toten Hunde vor Augen. Auf einmal war sie demjenigen dankbar, der sie getötet hatte.

»Und das fand ich nicht in Ordnung. Nein.« Wieder schüttelte Stuart den Kopf. »Nein. Als wir dann weg mussten, als Jiminy ...«

»Getötet wurde«, warf Franks dazwischen.

Stuart nickte. »... da sind wir ... Ich weiß nicht, wo wir hingefahren sind. Aber dann ist Amy verrückt geworden. Noch verrückter als vorher. Und ich hab ihr gesagt ... Ich hab ihr gesagt, dass ich nicht mehr mitmache, wenn sie weiter so gemein zu Josephina ist. Ich hab ihr gesagt, sie darf ihr nichts tun, sonst helfe ich ihr nicht. Und sie hat sich daran gehalten. Also hab ich ihr geholfen.« Er lächelte.

»Gut gemacht, Stuart«, lobte Marina. Sie versuchte, nicht daran zu denken, dass das Wohl – sogar das Leben – ihrer Tochter in den Händen dieses Mannes gelegen hatte.

»Danke schön«, sagte Stuart und strahlte. »Und ich hab Amy auch gesagt, dass es mir reicht. Dass ich nicht mehr will.«

»Wann haben Sie ihr das gesagt?«, wollte Franks wissen.

»In der Scheune. Als sie mir die Pistole gegeben hat. Ich wollte Josephina nichts tun, obwohl Amy gesagt hat, dass ich es muss.«

Erneut drehte sich Marina der Magen um.

»Aber ich wollte *Amy* was tun.« Wieder ein Lächeln. »Ich wollte sie nämlich töten.«

Weder Franks noch Marina sagten ein Wort.

»Ich weiß, dass das verboten ist und dass man so was nicht machen soll. Das ist mir schon klar. Aber sie war ...« Ein Stoßseufzer. »Ich wusste einfach nicht mehr weiter.« Er nickte, wie um zu bekräftigen, dass seine Entscheidung die richtige gewesen war. »Aber dann ist die Polizei gekommen und hat mich hierher gebracht.«

»Ja …«, sagte Franks.

»Ich wusste nämlich, wer sie war. In der Scheune ist mir alles wieder eingefallen. Die guten Sachen, aber auch die schlimmen.«

Franks warf Marina einen auffordernden Blick zu, der hieß: *Ich könnte ein bisschen Unterstützung brauchen.*

»Was ist Ihnen wieder eingefallen, Stuart?«, fragte Marina.

»Na, alles. Über Amy. Deswegen wollte ich sie ja auch erschießen.«

»Weswegen, Stuart?«

»Weil ich wieder wusste, wer sie ist.«

Marina wollte die nächste Frage stellen, aber Stuart war noch nicht fertig.

Er lächelte. »Und ich weiß jetzt auch wieder, wer ich bin.«

96

Amy saß auf dem Fußboden des ehemaligen Wohnzimmers, den Kopf gegen die feuchte, bröckelnde Wand gelehnt. Sie hatte ihre ursprüngliche Meinung revidieren müssen: Das Haus von früher war durchaus nicht verschwunden. Sie war noch gar nicht lange hier, und schon waren die Jahre von ihm abgefallen wie die schwarz verfärbten Tapeten hinter ihr an der Wand, und das Haus hatte sich ihr in seiner ursprünglichen Gestalt offenbart. So wie sie sich daran erinnerte.

Sie ließ den Strahl ihrer Taschenlampe tanzen. Er warf immer nur kleine Lichtflecken ins Dunkel. Sie versuchte zu erkennen, was dahinter lag, im Schatten. Sie glaubte, Bewegungen wahrzunehmen. Irgendetwas huschte vor dem Lichtstrahl davon, als wolle es um keinen Preis gesehen werden.

Amy fürchtete sich nicht. Sie war sogar froh, denn sie wusste, was sich dort bewegte.

Geister. Erinnerungen.

Die Geister waren überall. In der Dunkelheit, in den Schatten, sobald der Lichtkegel weitergewandert war. Sie hörte sie, sah sie von einem Zimmer ins andere huschen. Spürte ihre Wärme. Konnte sie fast greifen. Das Glück. Wie der Garten Eden vor dem Sündenfall.

Bevor alles schiefgelaufen war. Der Tod ihrer Mutter. Dieser schwachsinnige Junge.

Dann das Ende von allem.

Hier in diesem Zimmer war es passiert.

Sie sah zu der Stelle, an der sie gestanden hatte.

Und die Geister von damals erwachten wieder zum Leben.

Michael hatte mit angelegtem Jagdgewehr vor ihr gestanden. Ihren Vater und seine neue Frau hatte er schon erledigt. Jetzt musste er sich nur noch um sie kümmern. Dann würde Graham dasselbe bei ihm machen, und alles wäre perfekt.

»Das wird weh tun«, hatte er sie gewarnt.

»Jetzt mach schon. Ich will's hinter mir haben.« Sie hatte die Augen zugekniffen, sie dann aber noch einmal kurz geöffnet – gerade rechtzeitig, um Michaels Blick zu sehen. Sein Grinsen. Gerade noch rechtzeitig, um zu der Erkenntnis zu gelangen, dass es *sehr* weh tun würde. Dass sie gleich genauso tot wäre wie ihr Vater.

Sie war noch zur Seite gesprungen, aber der Schuss hatte sie trotzdem getroffen. Michael hatte nicht gelogen. Es hatte wirklich weh getan. Das war ihre letzte Erinnerung an jenen Tag.

Blinzelnd kehrte sie in die Gegenwart zurück. Jetzt erschien ihr das Haus wieder so, wie es war. Dem Verfall überlassen. Dem Siechtum. Dem Tod. Ungeliebt und einsam.

Sie wusste nur zu gut, wie sich das anfühlte.

»Nein!« Ihr Schrei hallte von den Wänden wider und erstarb. »Nein«, sagte sie noch einmal, allerdings viel leiser. Nur für ihre eigenen Ohren bestimmt.

Nein. So durfte es nicht enden. Es musste einen Ausweg geben. Noch einmal würfeln, hatte ihr Vater immer gesagt.

Zweimal, um genau zu sein.

Sie zog ihr Handy aus der Tasche. Wählte eine Nummer. Eigentlich hätte sie sie gar nicht kennen dürfen, und doch würde sie sie niemals vergessen.

Wartete. Auf das Ende.

Oder den Neubeginn.

97

Michael Sloane warf die letzten Kleidungsstücke in die lederne Reisetasche auf dem Bett. Damit würde er auskommen müssen. Was er zurückließ, waren lediglich materielle Besitztümer. Sachen. Er würde jederzeit neue Sachen kaufen können, um die alten zu ersetzen. Man konnte immer neue Sachen kaufen.

Dee war im Bad und machte sich zurecht. Er betrachtete ihre Reisetasche, die neben seiner stand. Es war dasselbe Modell. Er und sie, zwei Teile desselben Wesens, die einander vervollständigten. So hatte er sich in ihrer Gegenwart stets gefühlt. Allerdings waren solche Empfindungen nicht neu für ihn.

Das Klingeln des Telefons riss ihn aus seinen Gedanken.

Er warf einen Blick auf das Display. Er kannte die Nummer. Ihm war klar, dass es klüger wäre, nicht ranzugehen. Ihm war aber auch klar, dass er keine Wahl hatte.

»Ja.«

»Hallo, Michael.«

Ihre Stimme war kraftlos und gebrochen, und doch hätte er sie immer wiedererkannt.

Dee trat mit fragender Miene aus dem Bad. Sie wollte wissen, mit wem er telefonierte. Ein Blick in seine Augen, und sie wusste Bescheid.

»Was willst du?«

»Ist das eine Art, mit mir zu reden?«

»Mir ist nicht nach Spielchen zumute.«

Ein Lachen. Harsch. Bitter. »Dann hast du dich aber sehr verändert, Michael. Früher war dir immer nach Spielchen zumute. Hab ich recht?«

»Was willst du.« Es war nicht einmal eine Frage, lediglich eine Aneinanderreihung von Wörtern ohne jede Betonung.

Sie musste die Veränderung in seinem Tonfall bemerkt haben und war klug genug, ihn nicht weiter zu provozieren. »Dich«, sagte sie.

»Auf Wiederhören.«

»Nein. Warte. Ich will mit dir reden. Bitte. Wir ... Wir müssen reden.«

»Warum jetzt?«

»Du weißt, warum ...« Sie machte eine Pause, wie um sich zu sammeln. »Es *muss* jetzt sein. In den letzten Tagen ist eine Menge passiert. Wir müssen darüber reden.«

Michael warf Dee einen Blick zu. Formte stumm die Worte *Sie will reden* mit den Lippen. Ein Lächeln erschien auf Dees Gesicht. Sie ballte die Finger zu Fäusten. Dann nickte sie.

»Also schön«, sagte Michael. »Wir können reden.«

Ein erleichterter Seufzer am anderen Ende. »Gut.«

»Wo bist du?«

»Rate mal.«

Michael klang gereizt. »Ich habe gesagt, keine Spielchen.«

»Das ist kein Spielchen, Michael. Rate, wo ich bin.«

Da wusste er es. »Im Haus.«

»Richtig. Im Haus. Eben in diesem Augenblick.«

»Bis nachher.« Er legte auf und wandte sich an Dee. »Wie gesagt. Sie will reden.«

Wieder lächelte Dee. »Das ist das Letzte, was sie tun will, wenn ich erst mal mit ihr fertig bin.«

Michael erwiderte ihr Lächeln. »Ich wusste, dass ich mich auf dich verlassen kann.«

»Ich fahre sofort los.«

»Nimm den Golem mit. Er müsste sich inzwischen um unsere unliebsamen Gäste gekümmert haben. Erledige die Sache ein für alle Mal. Ich packe hier inzwischen alles zusammen. Du weißt, wo wir uns treffen.«

Sie trat zu ihm, küsste ihn auf die Lippen und biss zu. Er löste sich von ihr.

»Später«, flüsterte er mit einem Lächeln. »Geh jetzt.«

Sie ging.

Er sah ihr noch kurz nach, dann wanderte sein Blick abermals zu den zwei Reisetaschen auf dem Bett. Eine neben der anderen. Identisch. Einander perfekt ergänzend. Andererseits hatte er solche Empfindungen schon früher gehabt. Er dachte an den Ort, zu dem er aufbrechen würde. Dachte: *Es sind bloß Sachen.*

Er konnte jederzeit neue Sachen kaufen, um die alten zu ersetzen.

98

Mickey streckte sich lächelnd. Er konnte Annis Gesicht neben sich nicht sehen, war aber ziemlich sicher, dass sie auch lächelte. Er hob den Kopf. Jawohl, sie lächelte.

»Was?«, murmelte sie.

»Nichts, ich … Nichts.«

Sie drehte sich um und schmiegte sich an ihn. Er liebte das Gefühl ihres warmen Körpers an seinem. Hoffte, dass er nie genug davon bekommen würde.

»Nichts?«, sagte sie. »Na, vielen Dank auch.«

Aber sie lächelte noch immer.

Nachdem sein Anruf auf Jessies Handy so mysteriös verlaufen war, hatte Mickey sich umgehend auf dem Revier in Suffolk gemeldet und von dem Vorfall berichtet. Ihm war nicht wohl dabei, die Sache anderen zu überlassen, aber was blieb ihm übrig? Er wusste nicht, wo Jessie sich zum Zeitpunkt des Telefonats aufgehalten hatte. Er hatte keine Ahnung, ob es sich nicht vielleicht um einen Streich handelte. Womöglich hatte sie ihr Handy verloren, und jemand anders hatte es gefunden. Sein Instinkt allerdings sagte ihm, dass es kein Streich gewesen war, und der DI in Suffolk, den er in der Leitung hatte, war derselben Meinung. Er versicherte Mickey, dass man sich der Sache unverzüglich annehmen werde. Schließlich ging es um Kollegen.

Dann, gerade als Anni und er die letzten Akten über die Sloanes durchgingen, rief Franks an, um sich von ihnen auf den neuesten Stand bringen zu lassen. Mickey berichtete ihm von dem merkwürdigen Telefonat, woraufhin Franks ihm versicherte, dass er, Mickey, sich in der Angelegenheit absolut korrekt verhalten habe.

»Aber das macht es einem nicht leichter, wenn man dasitzt und nichts tun kann, stimmt's, DS Philips?«, fügte er hinzu.

Mickey wechselte einen Blick mit Anni, ehe er sagte: »Nein, Sir, da haben Sie recht.«

Danach erzählte Franks ihnen von der Razzia bei dem illegalen Boxkampf und teilte ihnen mit, dass er Marina gefunden habe.

»Gott sei Dank«, seufzte Mickey. »Geht es ihr gut?«

»Sie ist ziemlich verstört. Wir suchen nach wie vor nach ihrer Tochter.«

»Oh nein …«

»Wir bleiben an der Sache dran. Das wird eine lange Nacht.«

»Sollen Anni und ich hierbleiben, Sir?«, fragte Mickey. »Oder brauchen Sie unsere Hilfe?«

»Lassen Sie's gut sein, DS Philips«, wiegelte Franks ab. »Sie beide haben für einen Tag genug Überstunden gemacht. Gehen Sie heim. Legen Sie sich ins Bett. Schlafen Sie.«

Die ersten beiden Ratschläge hatten Mickey und Anni immerhin beherzigt.

»Was guckst du mich so an?«, fragte Anni nun.

Mickey lächelte. »Einfach nur –«

Sein Handy klingelte. Anni sah ihn durchdringend an. »Wir haben Feierabend. Schon vergessen?«

»Nach den letzten Tagen glaubst du ernsthaft noch an so was wie Feierabend?«

Er meldete sich mit Namen und Dienstgrad.

»DI Adrian May, Polizei Suffolk. Sie haben vor einigen Stunden wegen DS James bei uns angerufen?«

»Ja, das stimmt. Gibt es was Neues?«

»Wir wollten Sie nur darüber informieren, dass wir zwischenzeitlich eine Nachricht von DC Shah erhalten haben.«

»Gott sei Dank. Ist alles in Ordnung mit ihnen?«

»Das Signal war sehr schwach. Er erwähnte etwas davon, dass DS James verletzt sei und beide gegen ihren Willen irgendwo festgehalten würden.«

Mickey setzte sich kerzengerade hin. »Okay …«

»Wir haben versucht, sein Handy zu orten.«

»Und? Wo sind sie?«

»In Harwich, so wie es aussieht.«

»Harwich? Das ist unser Zuständigkeitsbereich.«

»Eben.«

Mickey warf Anni einen flüchtigen Blick zu. Auch sie hatte sich aufgesetzt, und die Bettdecke war heruntergerutscht. Sie sah wunderschön aus, aber er hatte jetzt keine Zeit, den Anblick zu genießen. Sie machte ein besorgtes Gesicht.

»Sollen wir ... Brauchen Sie uns als – keine Ahnung, als Einsatzkräfte vor Ort?«

»Wenn es Ihnen nichts ausmacht.«

Mickey beteuerte, dass es ihm überhaupt nichts ausmache, und legte auf.

»Was war los?«, wollte Anni sofort wissen.

Mickey berichtete ihr alles. In Rekordzeit hatten sie sich angezogen und Mickeys Wohnung verlassen.

99

»Sie sind Stuart, richtig?«, fragte Marina und beugte sich vor. Sie versuchte sich ihre Ungeduld nicht anmerken zu lassen. »So lautet Ihr Name.«

Stuart nickte. Er schien erleichtert, erkannt worden zu sein.

»Und wer ist Amy? Können Sie uns das auch sagen, Stuart?«

Stuart lehnte sich zurück und begann die Zimmerdecke zu mustern.

»Stuart. Wer ist sie? Wer ist Amy? Wer ist sie?«

Franks legte Marina mahnend die Hand auf den Unterarm. Sie versuchte sich zu entspannen und rückte ein Stück von Stuart ab.

Stuart sah sie mit gekränkter Miene an. »Deswegen müssen Sie sich doch nicht gleich aufregen. Ich sag's Ihnen ja.«

Marina nickte und versuchte ihren jagenden Herzschlag zu beruhigen. »Gut. Das freut mich, Stuart. Also, wer ist Amy?«

»Amy ist ... Amy wollte meine Schwester sein. Hat sie jedenfalls gesagt. Aber in Wirklichkeit hat sie nur so getan. Eigentlich wollte sie es gar nicht. Eigentlich mochte sie mich nämlich überhaupt nicht leiden.« In seiner Stimme schwang Trauer mit. »Sie hat nur so getan, wenn andere Leute dabei waren. Damit sie in meiner Nähe sein konnte. Und wenn sie in meiner Nähe war, hat sie mir weh getan ...« Er schlang sich die Arme um den Leib und begann langsam mit dem Oberkörper vor und zurück zu schaukeln.

Marina wurde immer unruhiger. Ihnen lief die Zeit davon. Wenn Stuarts Stimmung umschlug, wenn er in eine traumatische Trance fiel oder aus irgendeinem anderen Grund dichtmachte, wäre die Vernehmung zu Ende. Und wenn die Vernehmung zu Ende war, dann vielleicht auch das Leben ihrer Tochter.

Er war ganz ohne Zweifel seelisch gestört, und sie musste sich ihm mit äußerster Behutsamkeit nähern. Sie entschied sich für einen neuen Ansatz. Einen, der ihn weniger stark aufwühlen würde. »Amy wollte, dass Sie mit mir sprechen, Stuart, ist das richtig?«

Er runzelte die Stirn. »Sind Sie die Ärztin?«

»Ich bin die Psychologin, ja.«

»Dann sind Sie ja auch die Mutter von Josephina?«

Marina sah zu Franks, der durch ein Nicken sein Einverständnis signalisierte. »Ja«, sagte sie. »Ja, das bin ich.«

»Ich hab für Sie auf Josephina aufgepasst.«

Marina legte die Hände auf die Tischplatte, damit sie nicht so stark zitterten. »Dafür bin ich Ihnen sehr dankbar, Stuart. Wirklich.«

Er nahm den Dank mit einem Kopfnicken zur Kenntnis, ehe er erneut die Brauen zusammenzog. »Sie sind hier, um mir zu sagen, ob ich verrückt bin oder nicht, stimmt's?«

»Also, ich ... Ja, das ... So könnte man es beschreiben.«

»Hm.« Er nickte und hielt in der Schaukelbewegung inne. »Ja. Ich war schon bei einer Menge Ärzten so wie Ihnen. Die haben mir immer Fragen gestellt. Wollten über alles Bescheid wissen. Darüber, was in meinem Kopf vorgeht.«

»Und haben Sie es ihnen gesagt?«

Er schüttelte den Kopf. »Nein. Die Sachen in meinem Kopf gehen nur mich was an. Die sind privat.«

»Da haben Sie recht, Stuart«, pflichtete Marina ihm bei und bemerkte ein Flackern in seinen Augen. *Bitte, lass mich einen Zugang zu ihm finden. Bitte. Um Josephinas willen.* »Ich werde Sie nicht nach den privaten Dingen in Ihrem Kopf fragen.«

»Gut.« Er wirkte erleichtert.

»Aber ich wüsste wirklich gerne, weshalb Amy wollte, dass Sie mit mir reden. Können Sie mir das vielleicht erklären?«

Wieder ein Nicken. »Damit ich ein neues Leben haben kann. Und eine Zukunft.«

»Verstehe. Und wie genau sollte das funktionieren?«

»Sie sollten mit mir reden, und dann sollten Sie allen sagen, dass ich nicht verrückt bin, und dann würde ich ganz viel Geld bekommen.« Er zuckte mit den Schultern. »Und dann würden wir alle glücklich sein.«

Marina nickte. »Okay ... Gab es denn so etwas wie ein Testament, Stuart? Ging es darum? Sollte ich Sie für zurechnungsfähig erklären, damit Sie Ihren Anteil am Erbe der Sloanes erhalten, so wie Ihr Bruder und Ihre Schwester?«

Bei der Erwähnung seiner Geschwister fröstelte es Stuart, er nickte aber.

»Und von wie viel Geld war die Rede, Stuart?«, meldete sich Franks in seinem walisischen Bariton zu Wort.

Ein Grinsen flog über Stuarts Gesicht, ehe er in unbeholfenem Cockney-Dialekt sagte: »›Halt dich an mich, Kumpel, und nächstes Jahr um diese Zeit sind wir Millionäre.‹ Das hat Jiminy gesagt.«

»Verstehe«, sagte Franks. »Und er bezog sich dabei auf das Geld der Sloanes?«

Stuart schwieg.

Franks lehnte sich über den Tisch. »Haben Michael und Dee Sloane ihren eigenen Vater getötet? Wollen Sie das damit andeuten? Dass nicht Sie es waren, sondern die beiden?«

Stuart zog missbilligend die Brauen zusammen. »Ich hasse Waffen.«

»Gut«, warf Marina ein. »Das ist sehr gut. Und Sie würden niemals eine abfeuern?«

Er schüttelte energisch den Kopf.

»Gut. Und danach? Hatten Sie vor, auf Schadenersatz wegen widerrechtlicher Inhaftierung zu klagen?«

Erneut ging Stuarts Blick zur Decke. »Wir würden alle glücklich sein.«

Marina merkte, dass er nicht mehr richtig bei der Sache war. Sie war im Begriff, die Verbindung zu ihm zu verlieren. Sie fragte weiter. »Und Amy? Was hat sie sich davon versprochen?«

»Sie würde dann auch reich sein. Sie wollte das Geld mit Jiminy teilen, aber dann wurde er umgebracht. Deswegen wollte sie das Geld dann für sich allein haben.«

»Und«, sagte Franks und räusperte sich, »wollte sie dann auch wieder Ihre Schwester sein?«

»So tun als ob«, korrigierte Stuart ihn.

»Wollte sie dann wieder so tun, als ob sie Ihre Schwester wäre?«

»Weiß ich nicht. Ich wollte das jedenfalls nicht.« Er gähnte. »Ich bin Stuart.« Er nickte. »Stuart Milton.«

»Genau«, sagte Marina. »Genau der sind Sie.«

»Stuart Milton.«

»Ja.«

»Nicht Sloane.«

»Nein. Nicht Sloane.« Marina stützte die Ellbogen auf den Tisch. »Wo ist Amy denn jetzt, Stuart? Wo ist sie?«

»Sie ist nach Hause gefahren.«

»Und wo ist das, Stuart? Wo ist ihr Zuhause?«

Stuart streckte die Arme in die Luft und ließ sie dann wieder fallen. »Ich bin müde. Ich will schlafen.«

Er schloss die Augen.

Marina hätte am liebsten laut geschrien.

100

Amy legte auf und betrachtete das Telefon. Ein Anruf war erledigt. Ein letzter stand noch aus.

Das Haus knarrte und ächzte. Kam ein Geräusch aus einer Ecke, wurde es von einem Geräusch aus einer anderen Ecke beantwortet. Es schien ein Selbstgespräch zu führen, an dem sie nicht teilhaben konnte. Dabei hätte sie es gerne getan, so wie früher. Als sie noch ein Teil dieses Hauses gewesen war. Und es ein Teil von ihr. Sie wollte ihr altes Leben zurück. Aber das stand nicht zur Debatte. Das wusste sie.

Doch man konnte es immerhin versuchen.

Sie zog sich die Perücke vom Kopf und warf sie auf den Boden. Es war zwecklos, sich weiterhin zu verstecken. Nicht hier, in diesem Haus. Vor ihm hatte sie keine Geheimnisse. Hier war sie immer am ehrlichsten gewesen. Sie rieb sich über das Gesicht und rubbelte die letzten Reste der Schminke weg. Sie wollte wieder sie selbst sein. Um ihretwillen. Um des Hauses willen.

Aber es war immer noch nicht genug.

Ohne die Kälte und das Zittern ihres Körpers zu beachten,

begann sie sich auszuziehen. Sie würde sich nicht länger verstecken. Sie würde sich ihrem Anblick stellen. Jetzt. Vorbehaltlos. Sie würde nicht mehr so aussehen, wie sie früher gewesen war oder wie sie sein wollte. Sondern so, wie sie war. Jetzt.

Keine Lügen mehr, kein Versteckspiel. Das alles lag hinter ihr. Und vor ihr lag der Beginn von etwas Neuem.

Sie schob den Kleiderhaufen mit dem Fuß zur Seite. Stand nackt in dem Raum, der früher einmal das Wohnzimmer gewesen war. Wo die Körper von der Schrotflinte in Stücke gerissen worden waren. Wo an jenem Tag eine Familie ausgelöscht worden war. Wo ein Leben sein Ende gefunden hatte. Und wo es nun wieder auferstehen würde.

Sie nahm das Telefon. Ein letzter Anruf. Dann wäre alles so weit.

Aus dem alten Leben würde ein neues erwachsen.

101

»Stuart? Stuart?«

Stuart Milton öffnete die Augen. Er schien sich über die Störung zu ärgern. »Ich bin müde«, wiederholte er trotzig. »Ich will jetzt schlafen.«

»Stuart, wir wissen, dass Sie müde sind«, sagte Franks beschwichtigend, »und wir wollen Sie auch nicht über Ihre Schlafenszeit hinaus wach halten.«

Seine Formulierung veranlasste Marina dazu, verwundert die Brauen zu heben.

Franks ignorierte es und fuhr fort. »Sie dürfen gerne schlafen. Aber vorher müssen Sie uns noch ein paar ganz kleine Fragen beantworten. Wären Sie so gut? Wir würden Sie nicht darum bitten, wenn es nicht wichtig wäre.«

»Und danach kann ich schlafen?«

»Danach können Sie schlafen.«

»Kann ich zurück ins Gefängnis?«

Franks und Marina tauschten einen Blick. »Wenn …«, Franks hob die Schultern, »wenn Sie das gerne möchten. Ich bin sicher, es ließe sich einrichten. Oder etwas Ähnliches.«

Stuart nickte mit geschlossenen Augen. Und lächelte. Offenbar hatte Franks ihm genau die richtige Antwort gegeben.

»Aber erst müssen Sie noch die Fragen beantworten.«

Widerwillig schlug Stuart die Augen auf. Er entglitt ihnen immer mehr. Marina wusste, dass ihnen nur noch wenig Zeit blieb.

»Also. Amy ist nach Hause gefahren«, nahm sie den Faden wieder auf.

Stuart nickte. Seine Lider flatterten.

»Und wo ist dieses Zuhause, Stuart? Wo ist Amys Zuhause?«

»Na, in dem Haus«, sagte er irritiert. »In dem Haus, wo sie wohnt.«

»Im Haus? In welchem Haus denn?«

»In *ihrem* Haus.« Er wurde immer ungehaltener. Wenn sie Pech hatten, würde er sich ihnen komplett verweigern.

Marina fasste über den Tisch und ergriff Stuarts Hände. Er riss die Augen auf und fuhr zusammen, als hätte man ihm einen Elektroschock verpasst.

»Kommen Sie, Stuart. Nur noch ganz kurz. Sie müssen uns helfen.«

»Oh … okay.«

»Amys Haus, Stuart. Wo befindet es sich?«

Unruhe überkam ihn, als könne er nicht länger stillsitzen.

»Wo ist es, Stuart?«

Er wand sich auf seinem Stuhl.

»Können Sie es mir vielleicht aufmalen?«

Er schüttelte den Kopf. »Nein. Ich will nicht ... ich will da nicht wieder hin.«

»*Wieder*? Waren Sie denn schon mal dort?«

Er nickte. Versuchte Marina seine Hände zu entziehen. Sie hielt ihn fest.

»Wann war das, Stuart? Zusammen mit Amy?«

Wieder ein Nicken.

»Wann?«

»Als ...« Erneut schüttelte er den Kopf und schloss die Augen. Doch diesmal nicht, weil er schlafen wollte, sondern um die Bilder in seinem Kopf loszuwerden. »Nein ...«

Marina ließ seine Hände nicht los. »Bitte versuchen Sie es, Stuart. Denken Sie nach. Damit helfen Sie Josephina.«

Der Name ließ Stuart aufblicken.

Marina nutzte die Gelegenheit. »Wann waren Sie dort, Stuart? Wann war Amy dort?«

»Als sie ... meine Mutter ...«

Marina wartete schweigend.

»Als ... Als Amy noch so getan hat, als ob sie meine Schwester wäre.«

»Und wann war das? Jetzt kürzlich?«

Er schüttelte den Kopf. »Die Zeit ist anders«, sagte er. »Die Zeit krümmt sich. Sie ist keine gerade Linie, sondern gebogen. Manchmal dreht sie sich auch im Kreis, und dann ist man plötzlich wieder da, wo man früher schon mal war.«

»Da haben Sie recht«, sagte Marina, die immer noch seine Hände hielt. »Aber wann waren Sie in dem Haus mit Amy?«

»Na, als sie ... Als sie so getan hat, als ob sie meine ... Schwester wäre.«

Franks beugte sich vor. »Und als sie so getan hat, als ob sie

Ihre Schwester wäre«, wiederholte er leise, aber bestimmt, »hieß sie da auch Amy?«

Stuart schüttelte den Kopf.

Erneut tauschten Marina und Franks einen Blick. »Wie hieß sie denn, Stuart?«, fragte Marina. »Wie hieß sie, als sie so getan hat, als ob sie Ihre Schwester wäre?«

Er sah die beiden an, als läge die Antwort auf der Hand. »Na – Dee natürlich.«

102

Als sie sich dem Haus näherten, hatte Dee die Scheinwerfer ausgeschaltet. Nun holperten sie langsam über die schmale, abgelegene Straße. Ihre Ankunft sollte nach Möglichkeit unbemerkt bleiben.

Nicht dass es eine Rolle gespielt hätte. Ihr Beifahrer verschaffte ihr in jeder Situation einen so deutlichen Vorteil, dass sie genauso gut in einem klingelnden Eiswagen hätte vorfahren können.

Sie wandte sich an den Golem. »Du kennst deinen Auftrag?«

Er nickte. Sie musterte ihn. Er hatte die ganze Fahrt über unablässig in einem stummen Selbstgespräch die Lippen bewegt. Ein kurzer Blick in seine Augen reichte aus, um zu erkennen, dass er unter Drogen stand.

»Kann ich mich auf dich verlassen?«

Wieder ein Nicken. Dann lächelte er plötzlich, als hätte jemand einen Witz erzählt, den außer ihm niemand gehört hatte.

»Dann geh. Du weißt, wo der Treffpunkt ist und was du zu tun hast.«

»Ich weiß, was ich zu tun habe«, erwiderte er.

»Dann geh los und tu es.«

Er schlüpfte aus dem Wagen und war bald nur noch ein Schatten in der Nacht.

Dee blickte zum Haus auf. Es wirkte trostlos und unheimlich. Sie konnte sich nicht vorstellen, wie es wäre, in einem solchen furchteinflößenden Gemäuer aufzuwachsen oder es gar als sein Zuhause zu bezeichnen. Dann dachte sie an ihr eigenes Zuhause zurück. Ein Kind konnte überall unglücklich sein.

Sie stieg aus, allerdings ohne den Wagen zu verriegeln. Sie wollte nicht, dass jemand den Signalton des Schlüssels hörte. *Jemand.* Natürlich war damit eine ganz bestimmte Person gemeint. Die Frau, deren Platz sie eingenommen hatte. Die wahre Dee Sloane.

Sie hatte Michael Sloane in einem Hotel kennengelernt. Damals hatte sie noch als Escort gearbeitet und unter einem anderen Namen gelebt. Es war nicht ihr Geburtsname gewesen, sondern einer, den sie sich für ihre erste falsche Identität selber ausgesucht hatte. Ihrer Familie in Oldham hatte sie bei erstbester Gelegenheit den Rücken gekehrt. Sie war fest entschlossen gewesen, etwas aus ihrem Leben zu machen. Sehr weit war sie nicht gekommen, nur bis zu einer Escort-Agentur in Manchester City.

Michael war auf Geschäftsreise gewesen und hatte ein bisschen Spaß haben wollen. Was er eben unter Spaß verstand. Er hatte in ihrer Escort-Agentur angerufen und seine Wünsche genau beschrieben. Wie das Mädchen aussehen sollte, welche Verletzungen er ihr zufügen würde. Wie viel er dafür zu zahlen bereit wäre. Man hatte seine Anfrage abgelehnt, woraufhin er mehr Geld geboten hatte. Sehr viel mehr. Also hatten sie unter den Mädchen herumgefragt, ob eines bereit wäre, ihm seine Wünsche zu erfüllen.

Sie hatte sich bereit erklärt. Er verlangte nichts, was sie nicht schon früher gemacht hatte. Beziehungsweise mit sich hatte machen lassen. Der Unterschied war nur, dass sie diesmal Geld dafür bekommen würde. Einen Haufen Geld. Das würde sie über die Schmerzen hinwegtrösten.

Also hatte sie wenig später in der von ihm gewünschten Aufmachung vor seiner Zimmertür gestanden. Und es hatte zwischen ihnen gefunkt. Das hatte sie gleich beim allerersten Blick gespürt. Bei der allerersten Berührung. Erregung durchfuhr ihren Körper wie ein Blitz. Er hatte ebenso empfunden. Das hatte man ihm angesehen.

Sie war die ganze Nacht geblieben. Er hatte genau das mit ihr gemacht, was er angekündigt hatte. Und sie hatte gar nicht genug davon bekommen können. Sie hätte es sogar umsonst gemacht, was sie ihm hinterher auch sagte.

»So was darfst du niemals sagen«, hatte er sie zurechtgewiesen. »Verkauf dich niemals unter Wert.«

So hatte es angefangen. Von da ab buchte er sie jedes Mal, wenn er geschäftlich in Manchester zu tun hatte. Und er schien sehr oft geschäftlich in Manchester zu tun zu haben. Manchmal kam er sogar nur in die Stadt, weil er sich mit ihr treffen wollte. Sie redeten. Lernten einander besser kennen. Er war reich, aber unglücklich. Einsam. Seine Lebensgefährtin – so nannte er sie immer: seine Lebensgefährtin – sei krank. Seelisch und körperlich. Das belaste ihn schwer. Er besaß alles, was man sich nur wünschen konnte, und doch war es nicht genug.

Sie hörte solche Geschichten nicht zum ersten Mal. Reiche Geschäftsmänner, die behaupteten, von ihren Ehefrauen und dem Familienleben erdrückt zu werden. Die sich nach dem Kitzel sehnten, den nur sie ihnen bieten konnte. Zunächst dachte sie, er wäre bloß einer von vielen.

Sie irrte sich.

Denn eines Tages machte er ihr ein Angebot.

»Bist du glücklich mit deinem Leben?«

»Mir geht's gut«, sagte sie. Es war nicht der erste Vorschlag dieser Art, den sie abgeblockt hatte. Für solche Fälle hatte sie immer eine Antwort parat. »Ich verdiene genug Geld, hab alle Freiheiten, bin unabhängig.«

»Nein«, sagte er. »Das meine ich nicht. Bist du glücklich mit dir, so wie du jetzt bist? Oder wärst du gerne jemand anders?«

Dann erklärte er ihr, was er sich ausgedacht hatte. Sie sollte mit ihm zusammenleben. Sich von ihm nach seinen Vorstellungen neu erschaffen lassen. Einen neuen Namen annehmen. Ein neues Gesicht bekommen. Einen neuen Körper. Sich in eine andere Person verwandeln.

»Warum suchst du dir nicht jemanden, der schon so aussieht, wie du es haben willst?«

»Weil ich dich will. Du bist perfekt. Innen. Jetzt muss nur noch das Äußere angepasst werden.«

Sie fand, dass das logisch klang.

»Du musst deine Freiheit nicht aufgeben«, fuhr er fort. »Nur wird es von jetzt an die Freiheit sein, zu machen, was ich dir sage.«

Sie hatte gelächelt. Und war einverstanden.

Und sie hatte sich in Dee Sloane verwandelt.

Es war ein langwieriger Prozess. Oft schmerzhaft. Doch das Ergebnis war alle Mühen wert. Natürlich stellte sie ihm Fragen: Wer war die echte Dee? Was war aus ihr geworden? Er gab ihr bereitwillig über alles Auskunft.

»Sie ... Es gab einen Unfall. Mit einem Jagdgewehr. Ich habe für sie getan, was ich konnte. Habe versucht, sie zu retten, sie wiederherzustellen ... Ich habe wirklich alles versucht.«

»Ist sie tot?«

»Sie ist ... nicht mehr bei uns.«

Sie konnte sich denken, was das hieß.

Je mehr sie zu der Frau wurde, die er sich wünschte, desto mehr gab er preis. Dee sei seine Schwester gewesen, ob sie ein Problem damit habe? Nein, das hatte sie nicht. Im Gegenteil, es machte die Sache nur noch prickelnder. Die Schießerei sei auch kein Unfall gewesen, sondern geplant. Diesen Teil hatte sie sich bereits selbst zusammengereimt. Ob ihr das etwas ausmache? Wieso sollte es ihr etwas ausmachen?

»Perfekt«, sagte er.

Und es stimmte. Zusammen waren sie perfekt.

Sie würde nicht zulassen, dass irgendjemand sich zwischen sie drängte. Egal, welchen Preis sie dafür zahlen musste.

Sie betrat das Haus. Es stank nach Alter und Fäulnis. Die Luft war klamm. Aus dem Augenwinkel nahm sie wahr, wie hie und da etwas davonhuschte. Sie machte sich auf den Weg in den Raum, den Michael ihr beschrieben hatte. Das Wohnzimmer.

Dort würde sie warten, hatte er gesagt. Nach allem, was in diesem Raum passiert war, würde sie mit Sicherheit dort warten.

Dee war im Wohnzimmer angelangt. Ganz hinten am anderen Ende bewegte sich etwas. Größer als eine Ratte. Dee kämpfte gegen den Drang an, kehrtzumachen und zu fliehen. Tapfer blieb sie stehen.

»So«, kam eine raue Stimme aus der Dunkelheit. »Die zweite Frau trifft die erste. Endlich.«

Ein Licht ging an. Es war grell und blendete Dee. Sie kniff reflexartig die Augen zusammen, um sie dann ganz langsam wieder zu öffnen. Vor ihr stand eine Gestalt mit einer Pistole in der Hand. Angst durchzuckte Dee. Dann wanderte ihr Blick über den Körper der anderen Frau.

Und ihr drehte sich der Magen um.

103

»DI May.« Sein Händedruck war kräftig. Mit seiner beginnenden Glatze, den grauen Haaren und dem Bart wirkte er durch und durch wie ein Polizist der alten Schule. Er sprach den typischen rauen Arbeiterdialekt aus Essex, der sich durch Zeit und Bildung allerdings ein wenig abgeschliffen hatte.

Mickey und Anni stellten sich ihm vor. »Also«, sagte Mickey dann. »Wie ist die Lage?«

»Wie es aussieht, haben DS James und DC Shah am gleichen Fall gearbeitet wie Sie zwei«, sagte May einleitend.

»Das stimmt«, bestätigte Mickey. »Zwei Morde, eine verschwundene Frau, Kindesentführung, und irgendwie scheinen die Sloanes ihre Finger dabei im Spiel zu haben.«

»Ah«, erwiderte May. »Michael Sloane. Der Howard Hughes von Suffolk. Unser ortsansässiger Hochadel. Die Unantastbaren.«

»Den Eindruck hatten wir auch«, versetzte Anni.

Sie standen am Eingang zum Frachthafen von Harwich. Nebel war aufgezogen und hatte Kühle mitgebracht. Mickey und Anni fröstelten. Der Parkplatz war fast leer, die Sattelschlepper und Lastzüge waren bereits beladen worden und auf der Fahrt zu ihren Bestimmungsorten. Vor ihnen lagen Frachtschiffe und Tanker vertäut. Im harschen Schein der Flutlichter wirkte die Szenerie trist und unwirtlich.

May trug eine Steppjacke, schien aber trotzdem zu frieren. »Und?«, wandte er sich an Mickey. »Erzählen Sie noch mal genau, was passiert ist.«

Mickey berichtete ihm von dem Anruf mit der seltsamen Botschaft.

May nickte. »Verstehe. Also, wir konnten das GPS-Signal von DC Shahs Handy orten. Das ist schon mal ein Vorteil. Allerdings ist es ziemlich schwach. Wir sollten uns beeilen.«

»Von wo kommt es denn?«, wollte Mickey wissen.

May deutete auf einen der Frachter. »Von dort, so wie es aussieht.«

»Von einem Schiff?«, vergewisserte sich Anni. »Von dem da drüben?«

May nickte. »Soweit wir feststellen konnten. Wir haben extra unsere Experten kommen lassen. Wir wollten keine Zeit verlieren, solange sein Akku noch funktioniert.«

»Auf wen ist das Schiff registriert?«, fragte Mickey nun.

May lächelte. »Ausgezeichnete Frage. Auf Sloane Holdings.«

»Damit dürfte der Fall klar sein. Brauchen wir einen Durchsuchungsbeschluss?«

»Gefahr im Verzug, DS Philips.« May warf einen Blick in die Runde. Er hatte drei seiner Kollegen mitgebracht. Deren Begeisterung darüber, sich mitten in der Nacht an diesem gottverlassenen Ort wiederzufinden, war ähnlich gering wie die von Mickey und Anni.

»Sind Sie bereit?«, fragte May.

Sie waren bereit.

»Dann los.«

104

»Wo ist er?«

Doch die Worte drangen gar nicht zu Dee durch. Mit offenem Mund starrte sie auf die Frau, die früher einmal Dee Sloane gewesen war und die ihr nun splitterfasernackt gegenüberstand.

»Wo ist er?«, schrie sie erneut.

Dee gelang es, den Schreck über den Anblick abzuschütteln und eine Antwort zu stammeln. »Er ... ist beschäftigt. Deshalb hat er mich geschickt.«

»Beschäftigt? Beschäftigt?« Die Frau bebte vor Zorn am ganzen Leib. »Er ist zu beschäftigt, um sich mit mir zu treffen? Dieses Dreckschwein ...« Sie spie das Wort förmlich aus. Dann machte sie einen Schritt auf Dee zu. »Beschäftigt.« Urplötzlich erschien ein Lächeln auf ihrem Gesicht. »Na, gefällt dir, was du siehst? Sag schon, gefällt es dir?«

Dee wollte nicht hinschauen. Sie wollte sich wegdrehen und ganz fest die Augen zukneifen. Stattdessen stand sie vollkommen reglos da und war unfähig, den Blick abzuwenden. Es war wie bei einem Autounfall: Man muss die Zerstörung, die Trümmer einfach ansehen. Weil man sich sagen will: *Gott sei Dank ist das nicht mir passiert.*

»So sieht man aus, wenn man von den Toten wiederauferstanden ist ...«

Ihr Körper war früher der einer Frau gewesen. Jetzt hatte sie nur noch eine Brust, und selbst die war entstellt. Dort, wo früher die andere Brust gewesen war, sah man nur noch Narbengewebe und transplantierte Haut, stellenweise unnatürlich glatt, dann wieder wulstig und zerklüftet, in unterschiedlichen Rottönen. Und über ihre ganze Seite zog sich ein Strang groben Narbengewebes.

Doch am schrecklichsten war das Gesicht. Der Kopf.

Sie war fast vollständig kahl, nur wenige Haarbüschel wuchsen noch zwischen verheilten Narben und verpflanzter Haut. Ihre Schädeldecke war verformt, voller Beulen und Krater, als hätte man versucht, ein aufgeschlagenes Ei unsachgemäß wieder zusammenzusetzen. Leuchtend rote Linien durchzogen ihr Gesicht. Sie hatte eine Gaumenprothese herausgenommen, an der ihre falschen Zähne befestigt waren, so dass ihr Mund nun auf einer Seite eingefallen war. Eines der Ohren war nur noch ein verformter Stummel.

Ihre Hände, nicht viel mehr als knotige Klauen, zitterten, während sie die Pistole auf Dee gerichtet hielt.

»Das hat er mir angetan ... Nur zu, schau es dir gut an. Lass dir Zeit. Das ist sein Werk. Das hat er aus mir gemacht.«

Dees Lippen bewegten sich hektisch, aber sie brachte keinen Ton heraus.

»Und jetzt kommt er nicht mal selber ...« Amy schüttelte den Kopf. »Er kommt nicht ...« Sie richtete den Blick zu Boden und senkte gleichzeitig die Taschenlampe.

Eigentlich hätte Dee heilfroh sein müssen, dass kein Licht mehr auf den missgestalteten Körper fiel, doch die Schatten machten den Anblick nur noch grauenhafter.

Dann hob Amy den Kopf. »Warum bist du hier? Ich will dich nicht sehen. Warum du und nicht er?«

Dee antwortete wie unter Zwang. »Weil ich ... Weil ich Sie sehen wollte.«

»Du wolltest mich sehen?« Amys Stimme wurde lauter. »Du wolltest mich sehen?« Sie trat noch einen Schritt näher. »Also. Jetzt hast du die Gelegenheit dazu. Schau dir alles ganz genau an. Na los doch.« Erneut ließ sie den Lichtstrahl der Taschenlampe über ihren Körper wandern. »Lass dir Zeit.« Ihre Stimme war jetzt nur noch ein Zischen. »So wirst du eines Tages auch aussehen. Oh ja ... genau so.«

»Was ... was meinen Sie damit?«

»Wenn er anfängt, sich mit dir zu langweilen. Wenn er dich loswerden will.«

Amy kam immer näher. Streckte eine Hand nach Dee aus.

»Ich will dich berühren.«

Und Dee versuchte nach Kräften, nicht zu schreien.

105

»Hier.« Sloane streckte die Hand aus. Darin befand sich ein dickes Bündel Geldscheine.

Der Mann nahm es mit unbewegter Miene entgegen.

»Reicht das?« In Wahrheit kannte Sloane die Antwort bereits, sonst hätte er die Frage gar nicht gestellt.

Wie erwartet, nickte der Mann. »Das ist mehr als genug, danke.«

»Gut.«

Sloane sah sich um und lauschte. Hörte nur das tiefe Summen der Maschinen im Leerlauf. Und das Klatschen des Wassers gegen den Rumpf. Nichts, was Anlass zur Beunruhigung gegeben hätte.

Ausgezeichnet.

Der Kapitän des Frachters war ein Mann, der es gewohnt war, keine Fragen zu stellen. Er verschloss so oft die Augen vor gewissen Dingen, wie Sloane ihm Geld dafür gab. Wenn man für die Sloanes arbeitete, so hatte er festgestellt, war Blindheit eine gefragte Eigenschaft.

Michael Sloane sah die Geldscheine in der Jacke des Mannes verschwinden. »Sie wissen, was zu tun ist?«

Der Kapitän nickte. »Dasselbe wie immer. Ich weiß Bescheid.«

»Ich weiß, dass Sie Bescheid wissen.« In Sloanes Augen blitzte Wut auf. »Tun Sie mir trotzdem den Gefallen und sagen Sie es mir. Stellen Sie sich einfach vor, ich sei derjenige, der Sie bezahlt, und ich wolle mich noch einmal vergewissern, dass Sie auch ganz genau über Ihre Aufgabe im Bilde sind.«

Falls der Kapitän sich über Sloanes schroffe Zurechtweisung ärgerte, ließ er dies durch nichts erkennen. Sein Boss konnte hin und wieder ein bisschen schwierig sein, aber es gab genug, was einen dafür entschädigte. »Wenn wir auf hoher See sind, soll ich einen der Container über Bord werfen.«

»Und zwar denjenigen, der nicht in den Frachtpapieren steht. Den, der nicht existiert.«

Der Kapitän nickte.

»Gut.«

Erneut sah Sloane sich um. Horchte. Nichts. »Eine Sache noch. Sie werden einen Passagier haben.«

Der Kapitän runzelte die Stirn. Das war eine Abweichung vom Plan. »Wen denn?«

Sloane lächelte. »Mich.«

Die Augen des Kapitäns weiteten sich. »Aber ... das war nicht vereinbart. Ich muss –«

»Sie müssen gar nichts. Ich bin nicht offiziell hier. Ich gehöre weder zur Mannschaft noch stehe ich auf der Passagierliste. Ich bin gewissermaßen ein zahlender blinder Passagier. Außer Ihnen und mir braucht niemand davon zu erfahren, verstanden?«

Der Kapitän nickte. Er wusste, wie viel sich Sloane sein Schweigen kosten lassen würde.

»Hervorragend. Wann können wir ablegen?«

Der Kapitän sah auf die Uhr. »In ein paar Stunden. Sobald es hell wird. Wir warten nur noch auf die Flut.«

Sloane nickte lächelnd. »Das dürfte genügen, um eine Kabine für mich aufzutreiben, in der ich mich einrichten kann.«

»Werden nur Sie mitfahren, Mr Sloane? Oder sonst noch jemand?«

Michael Sloane überlegte kurz.

»Nur ich«, sagte er dann.

106

»Dee Sloane hat so getan, als wäre sie Ihre Schwester?« Franks war verwirrt.

Stuart nickte. Für ihn schien die Sachlage vollkommen offensichtlich zu sein.

»Ja«, sagte Marina. »Genau.« Die Erkenntnis traf sie wie ein Stromstoß direkt in die Synapsen. »Die Frau am Telefon. Die mich angerufen hat. Meinen Sie die?«

Stuart nickte geduldig, als sei er das einzig intelligente Wesen im Raum.

»Das war Dee Sloane?«

Nicken.

»Die echte Dee Sloane, sehe ich das richtig?«

Franks blickte ratlos zwischen Stuart und Marina hin und her. Er verstand kein Wort.

»Wie hat sie sich verraten, Stuart? Wodurch haben Sie sie erkannt?«

»Die Augen«, antwortete er. »Sie sieht jetzt anders aus, nicht mehr so … nett. Wie früher. Aber ihre Augen sind noch dieselben …«

Franks wandte sich hilfesuchend an Marina. »Wovon redet er?«

»Die Frau, die mich angerufen hat, die Frau, die meine Tochter in ihrer Gewalt hat, ist Dee Sloane.«

»Aber … wer ist dann die Frau, die mit Michael Sloane zusammenwohnt? Die, die von sich behauptet, seine Schwester zu sein?«

»Keine Ahnung«, gestand Marina. »Jedenfalls kann sie nicht Dee Sloane sein.«

»Und wieso nicht?«

Marina gab diese Frage an Stuart weiter. »Wieso nicht, Stuart?«

Er schien nicht zu verstehen, was sie von ihm wollte.

»Sie haben gesagt, sie sehe jetzt nicht mehr so nett aus wie früher. Was genau haben Sie damit gemeint?«

»Na, eben nicht mehr so nett. Nicht mehr so … hübsch. Früher war sie hübsch, aber jetzt ist sie nicht mehr hübsch.« Er schüttelte sich.

Marina wandte sich wieder an Franks. »Dee Sloane wurde damals mit einem Jagdgewehr angeschossen. An dem Tag, als ihr Vater und Stuarts Mutter getötet wurden. Sie wäre fast gestorben, hat aber dann doch überlebt, genau wie ihr Bruder. Sie musste unzählige Operationen über sich ergehen lassen. Vielleicht wurde es ihm irgendwann … ich weiß nicht … zu mühsam mit ihr?«

»Sie meinen, er hat sie gegen ein anderes Modell eingetauscht?«, fragte Franks.

»Stuart sagt, er habe seine Mutter und seinen Stiefvater nicht getötet und auch nicht auf seine Stiefgeschwister geschossen. Er sagt, Michael Sloane sei der Täter gewesen. Wenn Sloane kaltblütig genug ist, eine solche Tat zu planen, dann ist es doch durchaus vorstellbar, dass er seine eigene Schwester durch jemand anderen ersetzen würde, meinen Sie nicht?«

»Aber … Sie meinen, er hat seine eigene Schwester angeschossen?«

»Wieso nicht? Schließlich hat er ja auch seinen Vater und seine Stiefmutter ermordet. Falls meine Hypothese zutrifft.«

»Trotzdem …«

»Gary.« Marina senkte die Stimme, damit Stuart möglichst wenig von ihrer Unterredung mitbekam. Der allerdings schien ohnehin nicht zuzuhören. »Jemand hat versucht, diese Familie umzubringen. Ich habe damals an dem Fall mitgearbeitet und war nie auch nur eine Sekunde lang davon überzeugt, dass er es war.« Dabei wies sie diskret auf Stuart.

Franks schwieg.

Bevor Stuart einschlief, wollte Marina noch einen weiteren

Versuch unternehmen, mit ihm zu reden. »Sie haben gesagt, sie sei nach Hause gefahren.«

Stuart sah sie verdutzt an. »Was?«

»Die echte Dee«, half Marina ihm aus, eisern um Geduld bemüht. »Ihre falsche Schwester. Sie sagten vorhin, sie sei nach Hause gefahren.«

Stuart dachte kurz nach, wobei sich seine Augenlider langsam senkten.

»Stuart ...«

Er fuhr hoch. »Ja. Nach Hause. Ja.«

»Gut.« Marina nickte. »Sehr gut. Wo ist dieses Zuhause, Stuart?«

Stuart blinzelte verständnislos.

»Ihr Zuhause.« Marina ließ nicht locker. »Wo ist das?«

»Ihr Zuhause?«, wiederholte er mit schleppender Stimme. »Na ja, das ist ... zu Hause.« Ihm fielen die Augen zu.

Franks seufzte. Marina starrte Stuart an.

»Wir können es auch ohne ihn rausfinden«, schlug Franks vor. »Wir müssen nur in den Akten nachsehen.«

Marina sprang von ihrem Stuhl auf. »Nicht nötig. Ich weiß, wo es ist.«

107

Dee wich vor der anderen Frau zurück. »Nein.« Ihre Stimme zitterte.

Amy blieb stehen und legte den Kopf schief wie ein lauschender Hund. Ihre Augen glänzten im Licht der Taschenlampe, und Dee lief ein Schauer über den Rücken. »Wieso nicht? Hast du etwa Angst, dass es ansteckend ist? Dass du früher oder später auch so aussehen wirst, wenn ich dich anfasse?«

»Ich …« Dee machte einen weiteren Schritt rückwärts. »Ich …«

»Ich will dich bloß anfassen. Was ist schon dabei? Ich will nur mal fühlen, wie ich mich früher angefühlt hab …«

Amy hatte sich wieder in Bewegung gesetzt. Diesmal blieb Dee stehen. Es wäre besser, sich von der Verrückten anfassen zu lassen, als von ihr erschossen zu werden. Sie hatte den Golem dabei, doch nicht einmal der wäre schnell genug, um sie vor einer aus nächster Nähe abgefeuerten Kugel zu schützen.

Amy kam immer näher. Ihr Atem stank genau wie das verfallene Haus, in dem sie sich befanden. Sie streckte die Hand aus und strich Dee über die Wange. Ihre Finger waren rau und voller Schwielen. Es war, als würde man sein Gesicht an einem Stück Baumrinde reiben. Dee versuchte krampfhaft stillzuhalten.

»Das ist … Das ist, als würde ich in einen Spiegel schauen. Einen, in dem man die Vergangenheit sehen kann …« Amy sprach andächtig und leise, fast flüsternd. »Wie viel?«

»Was?«

»Wie viel hat es gekostet? Um aus … wer auch immer du vorher warst … mich zu machen?«

»Ich … Ich weiß es nicht genau. Ziemlich viel.«

»Ziemlich viel.« Amy nickte, als sei dies die richtige Antwort. »Ziemlich viel.«

»Er … Er hat gesagt, ich soll schöner werden. Hat gesagt, dass ich hinterher noch schöner aussehen werde, wenn ich ihm freie Hand lasse.«

»Also hast du ihm freie Hand gelassen.« Noch immer lagen Amys Finger an Dees Wange. Ihr Blick glitt über ihr Gesicht, musterte es. Ihre Miene veränderte sich dabei von Sekunde zu Sekunde; einmal sah sie wehmütig aus, als würde sie alte Liebesbriefe lesen, dann wieder wie ein Bauer auf dem Viehmarkt. »Du hast ihm freie Hand gelassen …«

Von Amys Tonfall ermutigt, ergriff Dee das Wort. »Mir hat das nichts ausgemacht«, erklärte sie. »Was er mit mir vorhatte. Es hat weh getan, aber ...«

»Ja.« Amy streichelte sie. Ihre Stimme war noch immer ganz ruhig. »Meine Operationen haben auch weh getan.«

»Noch schöner sollte ich werden. Das hat er gesagt. Und jetzt bin ich noch schöner.« Dee sah Amy ins Gesicht. Schöpfte Kraft aus ihren eigenen Worten und ihrer Position. Sie war die Siegerin. Sie war jung und schön. Sie hatte Michael. Diese verrückte Vogelscheuche hatte nichts.

Sie lächelte. »Er hat was Besonderes in mir gesehen. Da war von Anfang an eine Verbindung zwischen uns. So was habe ich noch bei keinem anderen erlebt. Wir sind Seelenverwandte.«

Amy ließ die Hand sinken und wich zurück. Sie blickte Dee geradewegs in die Augen. »Dass ich nicht lache. Seelenverwandte. Du weißt gar nichts.«

»Ich weiß alles.«

»Du weißt nichts.« Amys Stimme wurde lauter und begann zu zittern. »Über ihn. Über mich. Nicht das Geringste.« Sie stand da und funkelte Dee an. »Seelenverwandte. *Wir* waren Seelenverwandte. Er wollte mich. Und ich wollte ihn. Wir hatten einander. Mehr brauchten wir nicht. Wir waren unsere ganze Welt.« Ihre Züge verzerrten sich. »Und dann kam der Junge ...«

»Das weiß ich alles schon«, fiel Dee ihr ins Wort. »Michael hat es mir erzählt. Wie Sie beide Stuart gehasst haben. Wie Ihr Vater wollte, dass er zur Familie gehörte, und seine Mutter heiratete. Dass er ein neues Testament aufgesetzt und ihn zum Miterben ernannt hat. Und dass er damit gedroht hat, Sie beide zu enterben, falls Sie dagegen vorgehen.«

»Das hat er dir erzählt?«

»Ja, hat er. Dass die Schießerei seine Idee war und er es so aussehen lassen wollte, als wäre es Stuart gewesen. Und er hat mir auch gesagt, wie traurig er darüber war, was Ihnen dabei zugestoßen ist.«

»Du hast die Geschichte wirklich gut nacherzählt – bis auf den letzten Teil. Der letzte Teil entspricht leider nicht der Wahrheit.«

»Er hat gesagt, er wäre mit Ihnen durch ganz Europa gereist und hätte Sie zu verschiedenen Spezialisten gebracht, um Ihnen helfen zu lassen.«

Amy bebte mittlerweile vor Zorn. »Das hat er also gesagt, ja? Verstehe. Nicht mal ein Mensch wie er konnte es ertragen, als gemeines Dreckschwein dazustehen. Nicht mal ein Mensch wie er ...«

»Was soll das heißen?«

»Du glaubst, das war ein Unfall? Was mir passiert ist? Glaubst du das allen Ernstes? Er hat absichtlich auf mich geschossen!«

»Weil er dafür sorgen musste, dass es echt aussieht.«

»Unsinn! Ich hab ihm in die Augen geschaut und es gesehen. Es ist nur ... nicht ganz nach Plan gelaufen, das ist alles.« Sie schüttelte den Kopf. Ihre Lider zuckten, in Gedanken schien sie meilenweit weg zu sein. »Hast du eine Ahnung ... Hast du auch nur die geringste Ahnung, wie es ist, wenn der Mann, den man liebt ... wenn die Liebe deines Lebens, der einzige Mensch, für den man jemals solche Gefühle empfinden wird, ein Gewehr nimmt, damit auf einen zielt und ...« Amy starrte Dee in blankem Hass an. »Er ist weg, ist dir das bewusst?«

»Wovon reden Sie?«

»Abgehauen. Hat dich im Stich gelassen.«

»Nein, nein, das hat er nicht ...«

»Oh doch, das hat er«, gab Amy zurück. »Ich kenne ihn.

»Sonst hätte er dich nicht hergeschickt. Er hat dich sitzenlassen.«

»Das würde er nicht machen ...«

Amy lachte. Es klang, als würde in ihrem Innern etwas zerreißen. »Ja ... das hab ich mir damals auch gesagt. Dass er mir niemals was antun würde. Dass er mir niemals weh tun würde ... Tja, wie man sieht, hat er es trotzdem getan. Er hat versucht, mich umzubringen. Dachte wohl, es wäre leichter, sich einfach eine Neue zuzulegen und sie ein bisschen zurechtzuschneiden, als mich wieder gesund zu machen ...«

Sie riss die Pistole hoch und legte auf Dee an. Ihr Finger zuckte am Abzug.

Dee sah sich verzweifelt um, versuchte, dem Golem ein Zeichen zu geben.

Doch der war nirgends zu sehen.

108

»Wo denn?«, fragte Franks, sichtlich irritiert. »Wo ist sie?«

Marina sah ihn an, doch statt zu antworten, lehnte sie sich über den Tisch, bis ihr Gesicht dem von Stuart ganz nahe war. »Zu Hause«, sagte sie laut genug, um ihn dazu zu veranlassen, die Augen zu öffnen. »Zu Hause.«

Er nickte und ließ die Augen gleich wieder zufallen.

»Sie meinen das alte Haus, oder? Das Haus in Wrabness? Das die Sloanes dem Verfall überlassen haben?«

Keine Antwort. Sie fasste ihn bei den Schultern und schüttelte ihn.

»Stimmt das?«

»Lassen Sie mich in Ruhe ...«

Sie zog ihn dicht zu sich heran. Franks wollte einschreiten, doch sie bedeutete ihm mit einem Blick, sie gewähren zu lassen, woraufhin er sich zurückzog. Stuarts Augen waren weit aufgerissen, als hätte man ihn aus dem Tiefschlaf geweckt.

»Nein, Stuart, ich lasse Sie nicht in Ruhe. Amy hat meine Tochter entführt. Josephina, das kleine Mädchen, von dem Sie behauptet haben, dass Sie es beschützen wollten. Sie ist mit Josephina in das Haus nach Wrabness gefahren, stimmt das?«

Stuart nickte.

Marina ließ ihn los. Sie sah Franks an.

»Wrabness«, sagte sie, und ihre Augen blitzten triumphierend. »Worauf warten wir noch?«

109

Mickey hatte Schiffe noch nie leiden können, und Container in Harwich riefen in ihm ganz besonders unangenehme Erinnerungen wach. Aber was nützte es? Er hatte einen Job zu erledigen.

Auf der Fahrt zum Haupttor trafen sie auf keine nennenswerten Sicherheitsvorkehrungen. Am Tor zeigte May seinen Dienstausweis vor und erklärte den beiden dort postierten Sicherheitskräften, dass zwei seiner Ermittler verschwunden seien. Man habe Grund zu der Annahme, dass sie auf ein im Hafen liegendes Frachtschiff verschleppt worden seien und dort gegen ihren Willen festgehalten würden. Die zwei Männer waren sofort hellwach. So aufregend war ihr Dienst noch nie gewesen. Sie ließen die Wagen passieren, nachdem May sie gebeten hatte, keinesfalls das Schiff zu kontaktieren. Begeistert darüber, sich in der Gesellschaft echter Polizisten zu befinden, gaben sie ihr Wort.

Am Pier stiegen sie aus. Nebel hüllte sie ein, durchnässte

Kleider und Haare und machte ihnen das Atmen schwer. May wandte sich an seinen Stellvertreter, DS Terry.

»Wie sieht's aus, Philip?«

DS Terry konsultierte das kleine Gerät in seiner Hand, dann blickte er auf, um das, was er auf dem Monitor sah, mit den Gegebenheiten vor Ort abzugleichen.

»Es ist das Schiff hier«, verkündete er und deutete auf den Frachter, der unmittelbar vor ihnen aus dem Wasser aufragte. »Irgendwo achtern.«

May nickte. »Dann wollen wir mal.«

Die Gangway war lang und steil. Im Vergleich zum Pier, zu Autos und Menschen wirkte der Frachter riesenhaft. Eine gigantische Stadt aus Eisen. *Auf hoher See, umgeben von Wellenbergen, sieht er garantiert winzig klein aus,* dachte Mickey.

Die Container waren mittschiffs zu Türmen aufgestapelt. Sie waren alle gleich groß, bunt und verbeult und sahen aus wie überdimensionale alte Legosteine.

Die sechs Polizisten betraten das Deck, wo sich ihnen ein Mannschaftsmitglied in den Weg stellte. Mit seinen trüben Augen, den unrasierten Wangen und seinem argwöhnischen Blick wirkte er auf Mickey nicht wie ein Matrose, sondern eher wie ein Schausteller, der auf dem Rummel ein Fahrgeschäft betreibt. Mickey hasste den Rummel.

Erneut zeigte May seinen Ausweis vor. »Ist der Kapitän zu sprechen?«

»Haben Sie einen Durchsuchungsbefehl?«

»Brauchen wir nicht.« May drängte sich an dem Mann vorbei und nahm Kurs auf die Brücke.

Der Kapitän erwartete sie bereits. Er wirkte äußerlich ruhig, allerdings war sein Gesicht erhitzter, als es angesichts der frischen Abendluft gerechtfertigt schien.

May nannte ihm seinen Namen und den Grund ihres

Kommens. »Wir haben Anlass zu der Vermutung, dass zwei meiner Ermittler entführt und auf dieses Schiff gebracht wurden. Wir möchten Sie um die Erlaubnis bitten, nach ihnen zu suchen.«

»Dafür brauchen Sie einen Durchsuchungsbeschluss.«

»Oder Ihre Zustimmung. Es liegt ein hinreichender Verdacht vor.«

Der Kapitän zuckte die Achseln. »Wir legen mit der Morgenflut ab. Besorgen Sie sich einen Beschluss.« Er gab sich betont gleichmütig.

May wollte etwas sagen, doch Mickey kam ihm zuvor. »Jetzt hören Sie mir mal zu«, begann er. »Es ist mitten in der Nacht, und Sie wissen ganz genau, dass wir den Beschluss nicht vor morgen Vormittag haben. In der Zwischenzeit lichten Sie den Anker, und wir gucken in die Röhre. Das können wir nicht zulassen. Also würden wir dafür sorgen, dass Sie hier so lange festsitzen, bis wir den Beschluss vorliegen haben. So was kann mehrere Tage dauern. Und währenddessen liegen Sie hier und verlieren mit jedem Tag Geld. Wollen Sie das etwa?«

Das ließ den Kapitän aufhorchen. »Sie wissen ja nicht, wem das Schiff hier gehört.«

»Ich weiß sehr wohl, wem dieses Schiff gehört. Und wir gehen nicht eher, als bis wir es durchsucht haben.«

Die Polizisten blieben hartnäckig, und schließlich hatte der Kapitän keine andere Wahl, als sie gewähren zu lassen. Mit einer resignierten Handbewegung fügte er sich ins Unvermeidliche.

»Vielen Dank«, sagte May. »Und jetzt zeigen Sie mir die Frachtpapiere.«

Widerstrebend kam der Kapitän der Bitte nach.

»Alles klar.« May sah zu Mickey. »Sie und DC Hepburn suchen achtern.«

»Achtern ist hinten, oder?«, fragte Anni.

»Genau.« Er teilte seine restlichen Leute für Backbord und Steuerbord ein.

»So viele Fachbegriffe«, meinte Anni beeindruckt.

»Ich habe meine Kindheit auf einem Kanalboot in der Nähe von Harlow verbracht«, erklärte May. »Also. Ich übernehme das spitze Ende. Los geht's.«

Mickey und Anni machten sich auf den Weg zum Heck. Dank der Flutlichter war es ziemlich hell, trotzdem hatte Mickey seine Taschenlampe hervorgeholt. Vor einem der Containerstapel blieben sie stehen. Mickey leuchtete ihn mit der Taschenlampe ab. Der Stapel war so hoch, dass der Lichtstrahl nicht bis ganz nach oben reichte.

»Na, toll«, meinte Anni. Sie legte die Hand auf den ersten Container. »Komm, lass uns hier anfangen, einverstanden?«

Sie zog am Griff und öffnete die Tür. Mickey leuchtete ins Innere. Jede Menge aufeinandergestapelte Pappkartons.

»Zeug für den Export«, sagte er, bevor er sich zu ihr umdrehte. »He, da kommt mir eine Idee.«

»Welche denn?«

»Na ja, vielleicht lohnt es sich, einen Blick auf diese Liste zu werfen, den –«

»Frachtbrief«, half Anni ihm aus.

»Genau«, sagte Mickey. »Ich wette, die meisten Container sind leer.«

»Wieso?«

»Weil wir doch so gut wie nichts mehr produzieren. Fast alles wird importiert. Also schauen wir zuerst in den leeren Containern nach.«

»Gute Idee.«

»Okay, dann –«

Plötzlich hörten sie ein Geräusch von der anderen Seite des Containerstapels. Als hätte dort jemand gestanden und sie belauscht und würde nun versuchen, sich unbemerkt davonzustehlen.

Mickey und Anni sahen sich an. Mickey gab Anni wortlos ein Zeichen; Anni nickte. Sie trennten sich und schlichen von zwei Seiten um den Container herum.

Sie hatten ihn noch nicht zur Hälfte umrundet, da war wieder ein Geräusch zu hören. Jemand wollte fliehen.

Mickey stürzte bis zur Ecke vor. Eine Gestalt rannte Richtung Bug davon. Ein Mann, groß und gut gekleidet. Wildlederjacke. Als er kurz einen Blick über die Schulter warf, erkannte Mickey ihn. Er hatte ihn zuletzt auf der Rückbank eines Polizeiautos in Aldeburgh gesehen.

Dort hatte er sich als Stuart Milton ausgegeben.

»Los!«, brüllte er Anni zu und nahm die Verfolgung auf.

110

»Nein. Völlig ausgeschlossen.«

Marina blieb wie angewurzelt stehen. Sie traute ihren Ohren nicht. »Nein? Was soll das heißen, nein?«

Franks drehte sich um und kam zu ihr zurück. »Nein heißt nein.«

Sie befanden sich im Flur vor dem Vernehmungsraum. Stuart Milton war eingeschlafen, während sie alle verfügbaren Einsatzkräfte mobilisiert hatten, um gemeinsam nach Wrabness zu fahren. Zumindest war Marina davon ausgegangen, dass sie gemeinsam nach Wrabness fahren würden.

»Aber das ist nicht fair. Nach allem, was ich gerade geleistet habe … Gary, es geht hier um meine Tochter. Natürlich muss ich mitkommen, das ist doch völlig klar.«

»Tut mir leid, Marina, aber Sie bleiben hier. Mein Entschluss steht fest. Ich habe mich Ihren Argumenten gebeugt und Sie an der Befragung teilnehmen lassen, und Sie haben verdammt gute Arbeit geleistet. Aber Sie sind Psychologin. Ihre Anwesenheit bei einem Zugriff würde sich nachteilig auf dessen Erfolgschancen auswirken. So leid es mir tut, meine Antwort lautet nein.«

Marina wusste nicht, was sie sagen sollte. Wie sie ihn überzeugen konnte.

Franks' Züge wurden milder. »Es tut mir leid, Marina, das meine ich ganz ehrlich. Wenn es irgendeine Möglichkeit gäbe, Sie mitzunehmen, würde ich es tun.«

Sie schwieg.

»Sie können hierbleiben oder nach Hause gehen. Aber Sie können auf keinen Fall mitkommen. Es tut mir leid. Wir rufen Sie so bald wie möglich an.«

Sie hatte das Gefühl, jeden Moment platzen zu müssen. »Ich bin nicht irgendeine scheißverdammte Angehörige, Gary! Ich gehöre zum Team! Ich bin ein vollwertiges Mitglied. Dachte ich zumindest.«

Franks' Augen weiteten sich. Offenbar missfiel es ihm, wenn Frauen fluchten. »Das sind Sie auch«, sagte er. »Selbstverständlich sind Sie das.«

»Klar«, gab Marina zurück. »Sicher.« Dann wandte sie sich ab und marschierte den Gang entlang in Richtung Wache. Dort tippte sie den Sicherheitscode ein, riss die Tür auf und schlug sie hinter sich zu. Vorn im Wartebereich saß ihr Bruder. Sie blieb stehen und sah ihn verdutzt an.

»Was machst du denn hier?«

»Auf dich warten«, antwortete er. »Die blöden Säcke da drin haben mich laufen lassen. Hatten nichts gegen mich in der Hand.«

Sie musterte ihn. Er sah so aus, wie sie sich fühlte. Schmutzig, zerzaust. Seine Jogginghosen und Sportschuhe waren voller Staub.

»Was ist passiert?«, wollte er von ihr wissen.

Marina öffnete den Mund, um es ihm zu sagen, schloss ihn dann aber wieder. Sie vergewisserte sich, dass niemand in Hörweite war.

»Wo steht dein Wagen?«

»Draußen. Sie haben ihn hergebracht. Wieso?«

Sie dachte nach. »Hast du heute Nacht noch irgendwas vor?«

Sandro warf ihr einen argwöhnischen Blick zu. Sein Gesicht wirkte eingefallen, und man sah ihm deutlich an, wie müde er war. »Ich hab so das Gefühl, dass die Antwort auf die Frage nicht ›nach Hause fahren und mich aufs Ohr hauen‹ lautet.«

»Stimmt«, sagte sie. »Wir zwei fahren jetzt nach Wrabness. Ich hole mir meine Tochter zurück.«

111

Erneut versuchte Amy abzudrücken, doch ihre Hand zitterte zu stark. Dee konnte sehen, dass sie vollkommen wahnsinnig war, also beschloss sie, noch ein wenig Zeit zu schinden, bis der Golem kam.

»Was genau haben Sie denn eigentlich bezweckt?«, fragte sie. »Mit dem ganzen Theater hier?«

»Du weißt genau, was ich damit bezweckt habe«, fauchte Amy. »Ich will haben, was mir gehört. Was mir zusteht. Meinen gerechten Anteil.«

»Und warum haben Sie das nicht schon früher versucht? Warum erst jetzt?«

Amy ließ die Pistole ein Stück sinken, während sie über ihre Antwort nachdachte und ihre Wut zügelte. »Hab ich doch. Mehrmals sogar. Aber so was kostet Geld. Und wenn man eine Unperson ist, wenn man gar nicht existiert, dann hat man kein Geld. Aber was verstehst du schon davon?«

Dee schwieg. Gedanken an ihr früheres Leben geisterten durch ihren Kopf. Sie schob sie beiseite.

»Wer würde schon einer Verrückten Glauben schenken? Niemand.«

»Aber eine Verrückte mit einem verurteilten Mörder im Schlepptau – das wäre natürlich was ganz anderes.« Dee musste sich ein Grinsen verkneifen. Sie wusste genau, dass ihre Bemerkung Amy noch mehr in Rage versetzen würde.

»Halt's Maul! Halt dein verdammtes Maul! Du weißt genau, dass das nicht die Wahrheit ist ... Und wir hätten es auch beweisen können, Graham und ich. Das war unser Plan. Und das war auch der Grund, weshalb er sich mit Michael zerstritten hat: wegen mir. Graham konnte nicht ertragen, was Michael mir angetan hat. Er fand es abscheulich. Oh, anfangs war er natürlich Feuer und Flamme für die Idee. Er hat mitgemacht, war auf unserer Seite. Er hat geholfen, Stuart die Sache in die Schuhe zu schieben. Hat dafür gesorgt, dass Stuart in den Knast wandert. Aber was Michael mit mir gemacht hat – das ging in seinen Augen zu weit. Und als du dann auf der Bildfläche erschienen bist ...«

»Ist er gegangen.«

Amy lächelte. »Ja. Er hat dich genauso sehr gehasst, wie er Michael gehasst hat. Und als Michael sich geweigert hat, ihm oder mir Geld zu geben, da haben wir uns einen Plan ausgedacht.«

»Diesen Plan.«

»Ja. Graham hatte eine Kopie vom Testament aufbewahrt. Das Testament, das mein Vater kurz vor seinem Tod geändert hatte. In dem Stuart als gleichberechtigter Erbe eingesetzt wurde. Wir mussten nur abwarten, bis Stuart freikam, dafür sorgen, dass er für zurechnungsfähig erklärt wurde, beweisen, dass man ihn zu Unrecht wegen Mordes verurteilt hatte, und uns seinen Anteil am Geld sichern. Das hat Michael natürlich nicht gepasst. Er war hinter uns her.«

»Durchaus mit Erfolg.«

Amys Antwort bestand nur aus einem Knurren.

»Der Plan war idiotensicher. Wir mussten die Psychologin mit ins Boot holen, die damals vor dem Prozess die Wahrheit schon geahnt hatte. Die hatte sich in der Zwischenzeit nämlich einen Namen gemacht. Sie ist jetzt hochangesehen.« Amy atmete zitternd aus. »Idiotensicher. Das hat Graham gesagt.« Ihre Augen füllten sich mit Tränen.

»Tja, da hat er sich wohl geirrt.« Dee spürte, dass Amy allmählich den Mut verlor. Sobald der Golem kam, hätte die Sache ein Ende. Dann konnte sie zu Michael zurück und mit ihm zusammen ein neues Leben beginnen. Trotzdem wollte sie sich ein Letztes nicht verkneifen. »Sie haben die Sache vergeigt«, stellte sie fest. »Und zwar gründlich.«

»Halt's Maul! Halt dein Maul!«

»Hoffnungslos vergeigt.«

Erneut riss Amy die Waffe hoch. Dee verstummte jäh. Hatte sie den Bogen diesmal überspannt? Doch dann nahm sie neben sich eine Bewegung wahr. Ein Schatten löste sich aus der Dunkelheit und nahm Gestalt an. Der Golem.

Dee lächelte. Ihr Selbstvertrauen war zurück. »Wie gesagt. Sie haben es vergeigt.«

Amy starrte die beiden an.

Und lachte.

112 Mickey rannte. Der andere Mann war schneller. Er kannte sich besser auf dem Schiff aus, fand mühelos den Weg zwischen den Containern und wich Hindernissen aus, die Mickey erst sah, wenn er schon fast über sie stolperte. Aufgerollte Taue. Kisten. Dem Mann gelang es jedes Mal, über sie hinwegzuspringen oder einen Haken zu schlagen. Vielleicht hatte er die Route auch in voller Absicht gewählt, um Mickey abzuhängen.

Langsam dämmerte Mickey, worauf seine Zielperson zusteuerte. Auf die Gangway. Den Pier. Dann wäre er auf Nimmerwiedersehen verschwunden.

Das durfte nicht passieren. Er musste ihn vorher erwischen.

Der Mann tauchte hinter einem Containerstapel auf und rannte entgegengesetzt von Mickey weiter. Mickey setzte ihm nach und sprang über ein aufgerolltes Tau, das ihm den Weg versperrte.

Der Fliehende sah sich nach seinem Verfolger um. Mickey zog das Tempo an, holte immer weiter auf. Der Mann schlug einen Haken und verschwand hinter einem anderen Container. Mickey folgte ihm, ohne das Tempo zu drosseln.

Gleich darauf spürte er einen heftigen Schmerz in der Brust.

Er ging zu Boden und schnappte nach Luft. Als er den Kopf hob, stand der gutgekleidete Mann mit einer Eisenstange in der Hand über ihm. Mickey griff sich an die Brust und versuchte vorsichtig tief einzuatmen. Es tat höllisch weh.

Der Mann sah sich kurz um, dann holte er mit der Eisenstange aus.

Es gelang Mickey noch, sich zur Seite zu rollen, so dass der Schlag ihn statt am Oberkörper nur seitlich an der Schulter traf. Er hörte ein Knacken, und ein scharfer Schmerz schoss durch seinen Arm. Er versuchte ihn zu heben. Es ging nicht.

Damit war die Jagd für ihn wohl zu Ende.

Er musste hilflos mit ansehen, wie der Mann die Stange fallen ließ und sich schnell umsah, ob noch andere Polizisten in der Nähe waren. Als er keine weiteren entdecken konnte, blickte er mit einem Lächeln auf Mickey hinunter.

»Tut mir schrecklich leid, mein Freund, aber ich hab's eilig.«

Mickey versuchte hochzukommen, nach dem Mann zu greifen, ihn irgendwie aufzuhalten. Doch der Schmerz hielt ihn an Deck fest.

Er stöhnte. Dann versuchte er sein Funkgerät aus der Tasche zu ziehen, damit er May zu Hilfe rufen konnte. Nicht einmal das schaffte er. Sein Arm war völlig nutzlos. Mit vor Schmerz zusammengebissenen Zähnen sah er zu, wie der Mann sich umdrehte und loslief.

Um wenig später mit dem Gesicht voran auf dem Deck zu landen.

Anni trat hinter einem Container hervor. Sie hatte eine Holzlatte in der Hand, die sie fortwarf, bevor sie sich über den Mann beugte, ihm den Arm unsanft auf den Rücken drehte und ihm Handschellen anlegte.

»Hab ich dich«, sagte sie. »Die Vorstellung ist zu Ende, Freundchen.«

»Oh, sehr amüsant ...« Der Mann wand sich am Boden und versuchte aufzustehen. Dass er sich dabei noch mehr weh tat, schien ihn nicht zu stören. »Wart's nur ab, du Schlampe ... Weißt du überhaupt, wer ich bin?«

»Nein, Sir, das weiß ich nicht«, gab Anni in aller Seelenruhe zurück. »Aber wir werden es wohl noch früh genug erfahren.«

»Ich bin der Eigentümer dieses Schiffs ... Und wenn ich aufstehe ... dann werde ich dir mit den Fingern die Augen ausstechen ...«

»Wie Sie meinen.«

»Ich reiß dir die Zunge mit den Zähnen raus …« Er wand sich immer heftiger. »Lass … mich … los …«

Anni sah zu Mickey hinüber. »Sei so gut und funk DI May an.«

»Ihr steckt bis zum Hals in der Scheiße …« In den Augen des Mannes loderte eine heiße, kranke Wut. »Ich sorge dafür, dass ihr gefeuert werdet … Ich mache euch das Leben zur Hölle …«

»Das ist alles ungemein faszinierend, Sir«, sagte Anni und verstärkte ihren Griff. »Aber wären Sie bitte so freundlich, uns zu erklären, wieso zwei Mitarbeiter der Polizei verschleppt und an Bord Ihres Schiffes gebracht wurden, wo man sie gegen ihren Willen festhält?«

Augenblicklich erlahmte der Widerstand des Mannes.

»Ich verlange einen Anwalt.«

Mist, dachte Anni. *Die Zauberformel.* Ab jetzt tickte die Uhr. Erneut warf sie einen Blick zu Mickey. Der lag noch immer am Boden. »Alles klar bei dir?«

Mickey versuchte sich aufzusetzen. Vergebens. Er ächzte. »Wie sieht's denn aus?«

»Dann schieb mir dein Funkgerät rüber.«

Unter Schmerzen und enormer Anstrengung gelang es Mickey, sein Funkgerät über das Deck zu Anni hinzuschieben. Die hob es auf und sprach hinein, ohne Michael Sloane loszulassen.

»DI May, hier DC Hepburn. Wir haben einen Verdächtigen festgenommen, der DS Philips tätlich angegriffen hat. Er benötigt ärztliche Hilfe.«

»Ausgezeichnete Arbeit, DC Hepburn«, kam DI Mays Antwort krächzend zurück. »Wir kümmern uns darum. Ich wollte Sie gerade anfunken. Wir haben sie. Jessie und Deepak. Und Helen Hibbert auch.«

»Geht es ihnen gut?«

»Die Sanitäter sollen in jedem Fall einen Blick auf sie werfen. Sie behaupten, im Auftrag von Michael und Dee Sloane entführt worden zu sein.«

Anni betrachtete den am Boden liegenden Mann, der bei dem Namen zusammengezuckt war. »Ich glaube, Mr Sloane haben wir schon gefunden.«

»Dann lassen Sie ihn bloß nicht entwischen, DC Hepburn.«

Anni drückte noch ein bisschen fester zu. Sloane gefiel das gar nicht. »Keine Sorge, der rührt sich nicht vom Fleck.«

Sie ließ das Funkgerät sinken und sah zu Mickey. Lächelte. »Wir sind ein gutes Team, oder?«

Mickey schaffte es, das Lächeln zu erwidern. »Ja …«

113

»Das da ist es?« Sandro spähte durch die Windschutzscheibe. »Sieht aus, als würde es jeden Moment in den Fluss kippen.«

»Oder als würde der Fluss es zu sich hinunterziehen«, sagte Marina.

Sie waren den schmalen Weg entlanggefahren, den Marina zwei Tage zuvor zu Fuß gegangen war. Sie konnte kaum glauben, dass seitdem tatsächlich erst zwei Tage vergangen waren. Es war so viel passiert. Sie fuhren direkt bis vor das Haus und schalteten die Scheinwerfer aus. Zwei Autos parkten bereits dort. Eins war die Art von Rostlaube, wie Sandro sie kaufen würde, das andere ein kleiner, teurer Sportwagen.

Noch keine Polizei. Es war ihnen tatsächlich gelungen, Franks zuvorzukommen. Aber viel Zeit hatten sie nicht. Jede Sekunde zählte.

Marina wollte aussteigen, aber Sandro hielt sie am Arm zurück. Sie warf ihm einen wütenden Blick zu, weil er sie aufhielt. In seinem Gesicht jedoch spiegelte sich nichts als aufrichtige Sorge.

»Bist du dir sicher? Willst du nicht lieber warten, bis deine Kollegen kommen? Da sind schon Leute im Haus. Könnte haarig werden.«

Marina schloss ganz fest die Augen und schüttelte den Kopf. »Nein, das geht nicht. Ich kann nicht mehr warten. Josephina ist da drin. Wir dürfen keine Zeit verlieren. Wir müssen sie sofort da rausholen.«

Sandro nickte. »Okay. Ich komme mit.«

Marina erwiderte nichts. Am liebsten hätte sie einfach die Augen zugemacht und wäre eingeschlafen. Hätte alles ausgeblendet. Sie wollte ihr normales Leben zurückhaben. Sie wollte nicht dieses Spukhaus betreten und ihre Tochter aus der Gewalt einer Wahnsinnigen befreien müssen. Sie spürte Tränen in ihren Augenwinkeln brennen. Rieb sie mit den Fäusten weg.

»He …« Sandro machte Anstalten, sie in den Arm zu nehmen.

»Nicht«, wehrte sie ab. »Wenn du das machst, dann klappe ich zusammen. Und wenn ich zusammenklappe, habe ich nicht mehr die Kraft, da reinzugehen …«

Sandro nickte und ließ sie in Ruhe. »Okay. Aber mach dir keine Sorgen. Ich bin bei dir, Schwesterherz. Zusammen kriegen wir das hin.«

Sie drückte seine Hand und nickte ihm zu.

Dann stiegen sie aus und schlichen vorsichtig, aber schnell aufs Haus zu.

114

»Was ist so komisch?«, fragte Dee.

Amy schüttelte den Kopf. »Nichts. Gar nichts.« Dann brach sie erneut in Gelächter aus, als hätte sie soeben einen köstlichen Witz gehört, dessen Pointe sie sich auf der Zunge zergehen ließ.

Trotz der beruhigenden Gegenwart des Golem an ihrer Seite wurde Dee allmählich unsicher. »Ich habe Sie gefragt, was so komisch ist!«, wiederholte sie, diesmal lauter und schriller.

Amy stellte sich aufrecht hin. Zielte wieder mit der Pistole auf Dee. »Du.«

»Ich?«

»Ja, du. Du hältst dich für die Größte, stimmt's? Du hast immer recht. Und selbst wenn nicht, dann hast du genug Geld, um die anderen davon zu überzeugen, dass du doch recht hast. *Mein* Geld.«

Dee schwieg. *Lass sie reden*, sagte sie sich. *Der Golem erledigt sie gleich, und wir können endlich von hier verschwinden.*

»Also«, sagte Amy und ließ den Lauf der Waffe kreisen, während sie ihr Ziel anvisierte. Sie hatte noch immer ein Lächeln auf den Lippen. »Was denkst du, was du jetzt tun wirst?«

»Ich?«, sagte Dee. »Gar nichts. Überhaupt nichts.« Mit dem Daumen deutete sie auf den Golem, der nun direkt neben ihr stand. »Er wird es tun.«

Amy ließ die Waffe nicht sinken. Ihre Mundwinkel zuckten, als müsse sie mit aller Macht einen Lachanfall unterdrücken.

Bekloptes Miststück, dachte Dee. *Höchste Zeit, den Zirkus zu beenden.* »Wir können Sie nicht länger am Leben lassen und dulden, dass Sie wilde Anschuldigungen gegen uns erheben. Pläne gegen uns schmieden. Uns in die Quere kommen ... Es reicht uns. Das muss aufhören.«

Amy kicherte. Es machte Dee rasend.

»Sie haben in diesem Spiel lange durchgehalten. Und am Ende leider den Kürzeren gezogen. Es gibt keinen Preis für den zweiten Platz.«

»Ach«, sagte Amy. »Du hast ja so recht. Du weißt gar nicht, wie recht du hast.« Sie wandte ihre Aufmerksamkeit dem Golem zu. Sprach ihn direkt an. »Erinnerst du dich an unsere Abmachung?« Auf einmal war der Wahnsinn aus ihren Augen verschwunden und hatte dem kühlen, kalkulierenden Blick einer Geschäftsfrau Platz gemacht. »Das Geld? Die Anteile?«

Der Golem nickte.

»Gut. Dann tu es.«

Dee spürte, wie sich die Finger des Golem um ihren Hals schlossen. Ihr blieb keine Zeit, zu schreien oder um Gnade zu flehen. Keine Zeit, sich für das Kommende zu wappnen.

Eine rasche Handbewegung.

Sie war tot.

115

Der Nebel wirbelte um ihre Füße, als Marina und Sandro auf das Haus zugingen. Die Eingangstür war aus den Angeln gefallen und halb verrottet. Marina trat über die Schwelle und lauschte. Hörte Knarren und Ächzen und das Plätschern des Flusswassers, das unermüdlich an den Grundmauern des Hauses leckte.

Und noch etwas anderes. Leise, helle Schreie. Das Hämmern kleiner Fäuste.

»Josie ...«, stieß Marina hervor.

Sie wollte losstürzen, doch Sandro hielt sie am Arm zurück. Verärgert drehte sie sich um und versuchte ihn abzuschütteln.

»Warte«, zischte er. »Denk an die Autos draußen. Wir haben keine Ahnung, wer sich alles im Haus rumtreibt. Wir sollten lieber vorsichtig sein.«

Doch seine Warnung stieß auf taube Ohren. Für Marina gab es nichts mehr außer den Schreien ihrer Tochter. Sie riss sich los und rannte ins Haus.

In der Mitte der Eingangshalle führte eine riesige, zur Hälfte eingestürzte Treppe in den ersten Stock. Marina wartete, bis ihre Augen sich an die Düsternis gewöhnt hatten. Plötzlich nahm sie eine Bewegung wahr: Aus einem Zimmer links von der Halle drang das Flackern von Licht. Sie rannte darauf zu.

Und fand sich in einem Raum wieder, der früher einmal das Wohnzimmer gewesen sein musste. Eine Frau lag regungslos am Boden. Einer der größten Männer, die Marina je gesehen hatte, beugte sich über sie. Ein Stück entfernt stand eine zweite Frau. Sie war nackt, kahlköpfig und hielt eine Pistole in der Hand. Ihr Blick war auf die am Boden liegende Frau gerichtet, doch als Marina eintrat, sah sie auf. Ihre Blicke trafen sich, und Marina erschrak. Sie sah aus wie eine weibliche Version von Frankensteins Monster. Als hätte jemand sie aus lauter Einzelteilen zusammengeflickt. Marina ekelte vor ihrem Anblick, trotzdem ging sie entschlossen weiter.

»Wo ist meine Tochter, du Miststück?« Sie trat ganz nah an die entstellte Frau heran.

Diese musterte sie lächelnd. »Dr. Esposito, nehme ich an?«

Marina blieb stehen. »Sie waren es, oder? Sie haben meine Tochter entführt.«

Der Blick der Frau ging über Marinas Schulter hinweg. »Golem ...«

Marina spürte eine Bewegung hinter sich. Ein ranziger Geruch stieg ihr in die Nase, der Gestank von Fäulnis und Zerfall, der mühelos mit dem Verwesungsgeruch des Hauses mithalten konnte. Sie fuhr herum und sah den menschlichen Berg auf sich zukommen. Seine Haut war grau wie die eines Toten. An seinem Arm hingen schmutzige, blutgetränkte Verbandfetzen, unter denen offene Wunden blutig glänzten. Er lächelte.

Dann blieb er abrupt stehen und drehte sich um.

»He da, Freundchen ...«

Sandro hatte ihm von hinten auf die Schulter getippt. Er nutzte den Umstand aus, dass der Golem sich nicht bewegte, und schlug zu.

Der Golem sah ihn verdutzt an. Er taumelte unter dem Schlag und kämpfte mit seinem Gleichgewicht. Sandro schickte gleich noch einen zweiten Fausthieb hinterher, woraufhin der Golem in die Knie ging. Er machte ein Gesicht, als wisse er nicht, wie ihm geschieht.

Sandro warf Marina einen Blick zu. »Keine Sorge, den hier übernehme ich.«

Marina wandte sich wieder der kahlköpfigen Frau zu. Ballte die rechte Hand zur Faust, legte ihre ganze Kraft hinein, all ihren Schmerz, all ihr Leid, all die Seelenqualen der vergangenen Tage. Ihre ganze Wut, die Schreie in ihrem Innern, die nicht herauskonnten. Dann schlug sie zu.

Sie traf die Frau am Unterkiefer. Ihr Kopf wurde herumgerissen, und ihr Körper folgte in einer taumelnden Drehung. Die Pistole entglitt ihren Fingern, fiel zu Boden und schlitterte quer über den Fußboden. Die Frau sackte auf die Knie.

Marinas Knöchel brannten, und ihr Arm vibrierte von der Wucht des Schlages. Vielleicht hatte sie sich ernsthaft an der Hand verletzt, aber das war ihr gleichgültig.

Sie bückte sich, packte die Frau am Kinn und riss sie in die Höhe. Die Frau stieß ein ersticktes Knurren aus.

»Wo … ist … meine … Tochter?«

Die Frau grinste. Auf ihren Zähnen glänzte Blut. »Geht's Ihnen jetzt besser? Nützen wird's Ihnen aber nichts … Spielt nämlich … jetzt alles keine Rolle mehr …«

Marina hatte erneut die Hand gehoben, um ihr eine schallende Ohrfeige zu verpassen, doch im letzten Moment hielt sie sich zurück. Die Frau starrte zu ihr empor. In ihren Augen flackerte Wahnsinn. »Wo ist sie? Sag es mir …«

Die Frau lachte. »So redet niemand mit mir. Ich bin … Dee Sloane …«

Marina erkannte, dass sie wertvolle Zeit vergeudete. Die Frau weidete sich bloß an Marinas Verzweiflung. Sie versuchte alles andere auszublenden, sah sich um und horchte auf Geräusche von ihrer Tochter.

Tatsächlich. Da waren sie wieder. Schwach, aber trotzdem klar erkennbar. Schreie. Klopfen. »Josie …«

Sie ließ die Frau, die sich Dee Sloane nannte, los, woraufhin diese lautlos auf dem Boden zusammensackte.

116

Sandro bekam am Rande mit, wie Marina den Raum verließ, ließ sich davon jedoch nicht ablenken. Er hatte weiterhin ein wachsames Auge auf seinen Gegner. Golem? Hatte das verrückte Weib ihn so genannt? Aber völlig egal, wer oder was dieser Kerl war, Sandro würde ihn besiegen. Allerdings hatte er da ein hartes Stück Arbeit vor sich.

Der Golem sah ihn an und kam dann grinsend auf ihn zu. Er schien sich auf den Kampf zu freuen. Solche Gegner hasste Sandro. Er wollte die Sache immer so schnell wie möglich hinter sich bringen. Hart reingehen, den anderen schnell und sauber auf die Matte schicken. Siegen. Genau so würde er es hier auch machen.

»Du kannst mir nicht weh tun«, sagte der Golem. »Ich bin Superman ...«

Okay, dachte Sandro. *Geschwätzig und durchgeknallt. Das hat mir gerade noch gefehlt.*

Er machte sich bereit. Der Schlafmangel und die Erschöpfung nach der Aufregung der letzten Stunden waren vergessen. Das Adrenalinhoch, das er Stunden zuvor gespürt hatte, als er in den Ring gestiegen war, setzte wieder ein. Er nahm die Fäuste vors Gesicht. Sein Motor lief auf Hochtouren. Er konnte fast hören, wie er im Leerlauf das Gaspedal durchtrat, ein Rennwagen kurz vor dem Start, der nur darauf wartete, dass endlich die Handbremse gelöst wurde, damit er zeigen konnte, was er unter der Haube hatte.

Und noch etwas anderes trieb ihn an. Etwas, das immer in ihm war. Bei jedem Kampf, in jedem Augenblick seines Lebens.

Die Wut. Die alte, vertraute Wut.

Der Golem kam näher. In seinem Gesicht sah Sandro die Züge seines Vaters.

»Ich kenne keinen Schmerz«, sagte der Golem erneut. »Aber du wirst ihn kennenlernen.«

Sandro machte sich bereit.

Er landete den ersten Schlag.

117

Marina stürzte auf der Suche nach ihrer Tochter von einem Zimmer ins nächste und versuchte in der Dunkelheit Umrisse und Schatten auszumachen. Dabei rief sie immer wieder laut Josephinas Namen, damit diese wusste, dass ihre Mutter ganz in der Nähe war und sie bald finden würde. Dass alles gut werden würde, weil ihre Mutter jetzt endlich da war.

»Josie, ruf noch mal! Hör nicht auf zu rufen …«

Josephina gab ihr Bestes. Sie schrie und klopfte, doch die Schreie und das Klopfen wurden immer leiser.

»Josie, Josie, nicht aufhören! Mach weiter …«

Marina betrat ein Zimmer im hinteren Bereich des Hauses. Hier waren die Geräusche und der Geruch des Flusses am stärksten. Man konnte hören, wie die Wellen gegen das Fundament des Hauses schwappten und es unter dem Fußboden gurgelte. Die Dielen knarrten.

»Josie!«

Aus diesem Zimmer musste das Klopfen gekommen sein. Marina lauschte angestrengt. Nichts.

»Josie, ich bin da! Mami ist gekommen. Sag doch was. Sag mir, wo du bist!«

Ein schwaches, gedämpftes Pochen.

Fieberhaft sah Marina sich um. Ihre Augen hatten sich inzwischen an die Finsternis gewöhnt. Sie hielt Ausschau nach alten Truhen, nach Schränken …

»Noch einmal, Schatz, klopf noch einmal!«

Erneut ein Pochen, diesmal kaum noch hörbar.

Wieder glitt Marinas Blick verzweifelt durch den Raum. Hinter den Wänden konnte sie nicht sein. Irgendwann fiel ihr Blick auf den Boden.

Da sah sie es.

Eine Falltür.

Sie rannte hin, griff nach dem Eisenring und zog daran. Das feuchte, verzogene Holz bewegte sich keinen Millimeter.

Marina zog heftiger. Nichts.

Tränen schossen ihr in die Augen. Wut, Hass und Verzweiflung kochten immer höher. Sie würde jetzt nicht aufgeben, sie würde ...

Erneut riss sie am Ring. Diesmal mit aller Kraft, mit jeder Faser ihres Körpers. Und wenn sie danach nie wieder auch nur einen Finger rühren konnte, sie musste diese Tür aufbekommen.

Die Falltür bewegte sich. Nur ganz wenig, aber es war ein Anfang.

Durch den Erfolg bestärkt, zog Marina heftiger.

Und die Tür bewegte sich noch ein wenig mehr. Mit einem markerschütternden Schrei mobilisierte sie ein letztes Mal all ihre Kräfte.

Endlich gab die Falltür nach.

Marina fiel hintenüber, als das schwere Türblatt aufflog und laut krachend auf den Boden schlug. Das Geräusch hallte durchs Haus und erstarb irgendwo in weit entfernten Zimmern. Sofort rappelte Marina sich wieder hoch und spähte durch die Luke nach unten in die Dunkelheit.

Dort war ihre Tochter.

Klatschnass und mit vor Angst weit aufgerissenen Augen kauerte sie auf der obersten Stufe einer in die Tiefe führenden Holztreppe. Marina beugte sich hinunter und riss Josephina in ihre Arme.

»Ist ja gut, ist ja schon gut, Mami ist jetzt da ...«

Mit ihrer Tochter im Arm stand sie auf. Sie hielt sie fester, als sie sie jemals zuvor gehalten hatte. Sie wollte sie nie wieder loslassen.

Josephina ging es nicht anders. Sie klammerte sich an ihre Mutter, als hinge ihr Leben davon ab. Marina strich ihr die von Tränen und Flusswasser durchnässten Haare aus dem Gesicht. Sie selbst schluchzte hemmungslos und konnte vor lauter Tränen kaum noch etwas sehen. Wie oft hatte sie in den letzten Tagen daran gezweifelt, dass sie ihre Tochter jemals wiedersehen, sie jemals wieder im Arm halten und ihre Stimme hören würde? Und nun waren sie tatsächlich wiedervereint.

»Haben sie dir weh getan, Liebes? Haben sie ...«

Marina spürte, wie Josephina an ihrer Brust den Kopf schüttelte.

»Ich wollte die ganze Zeit zu dir, Mami ...«

»Das weiß ich, mein Schatz, das wollte ich auch.« Marina umklammerte ihre Tochter noch fester. »Aber jetzt bin ich ja da, und ich lasse dich nie wieder weg, versprochen.«

Statt etwas zu erwidern, krallte Josephina die Finger in die Jacke ihrer Mutter.

Marina griff in ihre Handtasche und zog das schmutzige, zerliebte Stofftier ihrer Tochter hervor. »Schau mal«, sagte sie. »Lady ist auch gekommen. Sie wollte dich unbedingt sehen.«

Josephina nahm den Hund und drückte ihn fest an sich.

»Nein, wie herzerweichend.«

Ruckartig hob Marina den Kopf. In der Tür stand Amy alias Dee Sloane. Sie war immer noch nackt, ihr Gesicht eine blutige Fratze.

In der Hand hielt sie die Pistole.

118

Sandros Schlag saß. Der Golem taumelte ein paar Schritte zurück.

»Treffer«, stieß Sandro zwischen heftigen Atemzügen hervor.

Der Golem jedoch hatte sich rasch erholt und funkelte Sandro an. Er hatte schon wieder dieses unheimliche Grinsen im Gesicht.

»Du kannst mir nicht weh tun«, sagte er. »Du kannst mich nicht töten.«

Die Fäuste vor dem Gesicht, tänzelte Sandro von einem Fuß auf den anderen. Er überlegte, was er als Nächstes tun, auf welche Körperstelle er zielen, von wo er am besten angreifen sollte. »Ach ja? Also, ich finde, dass du ziemlich ramponiert aussiehst. Als hätte dich vor mir schon jemand anders in die Mangel genommen.«

Genau wie Sandro blieb auch der Golem die ganze Zeit über in Bewegung, wenngleich er nicht so flink und leichtfüßig war wie Sandro. Er war kein ausdauernder Kämpfer, sondern verließ sich normalerweise auf seine Kraft und Größe.

»Ich bin nicht ramponiert.« Ein Auflachen. »Ich bin unverwundbar. Niemand kann mich besiegen.«

»Wenn du meinst.«

Insgeheim jedoch beschlich Sandro die Ahnung, dass an den Worten dieses Golem vielleicht doch etwas dran sein könnte. Die Tote auf dem Fußboden sprach eine deutliche Sprache. Und allein seine Körpergröße ... Sandro hatte schon gegen große Männer gekämpft, und es waren harte Fights gewesen. Wenn große Kerle ihr ganzes Gewicht in einen Schlag legten, konnten sie damit ziemlich üblen Schaden anrichten. Er hatte jeden erdenklichen Trick anwenden müssen, nur um zu verhindern, von solchen Gegnern gnadenlos untergepflügt zu werden. Und keiner von denen war so ein Hüne gewesen wie dieser hier. Er musste den Fight gewinnen. Denn wenn er ihn verlor, war er tot.

Der Golem griff an. Schneller, als Sandro erwartet hatte. Er hatte gerade noch Zeit auszuweichen, als die Faust des Riesen auf ihn zugeflogen kam.

Er nutzte den Schwung des Ausweichmanövers, tauchte seitlich unter dem Arm seines Gegners hindurch und landete ein paar Geraden gegen seine Rippen. Seine Finger schrien vor Schmerz, und er hatte das Gefühl, auf eine Betonwand einzudreschen, aber als er einen Blick auf die Stelle warf, wo er den Golem getroffen hatte, sah er, dass unter dessen T-Shirt Blut hervorsickerte.

Na, bitte, dachte Sandro. *Die Wunde am Arm ist also nicht seine einzige. Das ist doch schon mal ein Anfang.*

Erneut schwang er die Fäuste, doch der Golem war auf den Angriff vorbereitet. Er holte aus und schlug Sandro mit der flachen Hand ins Gesicht, so dass dieser nach hinten flog. Er stolperte über die Leiche der Frau und fiel in den verrotteten Vorhang vor dem Fenster. Er wollte sich daran festhalten, um den Sturz zu bremsen, riss dabei jedoch den Vorhangstoff samt Stange herunter.

Sofort stand der Golem über ihm.

Verzweifelt versuchte Sandro sich aus dem Stoff zu befreien. Währenddessen holte der Golem zu einem Tritt aus, der Sandro im günstigsten Fall die Rippen brechen und eine Niere zerquetschen würde. Sandro handelte rein instinktiv. Er packte den Fuß des Golem und drehte ihn mit einem heftigen Ruck herum.

Er hörte das hässliche Knacken, als Knorpel und Knochen in eine Richtung verdreht wurden, die in der menschlichen Anatomie so nicht vorgesehen war. Der Golem sackte auf die Knie, zeigte allerdings keinerlei Anzeichen von Schmerz. Im Gegenteil, der Vorfall schien ihn nur noch blindwütiger zu machen.

»Glaubst du etwa, das macht mir was aus? Ich hab's dir doch gesagt: Du kannst mir nicht weh tun.«

Im ersten Moment war Sandro wie gelähmt vor Schreck. Er hatte fest damit gerechnet, dass das Manöver funktionieren und der Riese unter rasenden Schmerzen zusammenbrechen würde. Stattdessen rappelte sich der Golem trotz seines verdrehten Beins wieder auf und holte erneut zum Schlag aus.

Sandro rollte sich herum und brachte sich, auf allen vieren kriechend, in Sicherheit. Er packte die heruntergefallene Vorhangstange, um wieder auf die Beine zu kommen, doch die Stange zerbrach in zwei Hälften. Er stand gerade wieder auf den Füßen, als der Golem ihm von hinten einen Fausthieb zwischen die Schulterblätter versetzte, so dass ihm die Luft wegblieb und er prompt ein zweites Mal zu Boden ging.

Der Golem wälzte ihn auf den Rücken und kniete sich rittlings auf ihn.

»Du hast gut gekämpft. Dafür hast du meinen Respekt. Aber jetzt musst du sterben.«

Gleich darauf spürte Sandro, wie sich die Finger des Golem um seinen Hals schlossen. Er musste etwas tun. Irgendetwas. Inzwischen war ihm klar, dass der Golem offenbar keinerlei Schmerzempfinden hatte, folglich wäre es sinnlos, ihm weh zu tun. Er musste ihn auf andere Weise außer Gefecht setzen.

Der Golem hielt mit beiden Händen seinen Hals umfasst und drückte zu. Sandro packte seine Daumen und bog sie so weit es ging zurück. Der Golem lockerte seinen Griff ein wenig im Versuch, Sandro abzuschütteln, aber der zog und drückte immer weiter an den Daumen. Bis die Knochen brachen.

Der Golem blinzelte verdattert, als sei ihm nicht klar, wieso er auf einmal nicht mehr richtig zupacken konnte. Er versuchte es, aber es war zwecklos: Ohne Daumen konnte man niemandem das Genick brechen.

Sandro wusste, dass er sich auf diesem kleinen Sieg nicht ausruhen durfte. Sein Gegner war nach wie vor gefährlich. Er tastete mit der Hand am Boden herum, bis er die zerbrochene Vorhangstange gefunden hatte. Sehr gut. Damit musste es gehen.

Der Golem kniete nach wie vor auf ihm. Sandro packte die Stange mit der linken Hand und schlug ihm in die Seite, genau auf die blutende Wunde.

Der Golem zuckte mit keiner Wimper, also machte Sandro dasselbe gleich noch ein zweites Mal. Und ein drittes.

Beim dritten Mal nahm er die Stange nicht wieder weg, sondern presste sie mit aller Kraft in die Wunde. Der Blick des Golem veränderte sich. Seine Augen wurden ein klein wenig trüber.

Sandro starrte seinem Gegner ins Gesicht. Er sah nicht den Golem, sondern seinen Vater. Wie er über ihn herfiel. Auf ihn einprügelte. Ihm das Leben zur Hölle machte. Als Kind hatte er sich nie gegen ihn wehren können. Nachts im Bett hatte er wachgelegen und sich ausgemalt, auf welche Arten er sich eines Tages an ihm rächen würde. Er hatte nie den Mut gehabt, irgendeinen dieser Pläne in die Tat umzusetzen, und so war die Wut in seinem Bauch einfach immer weiter gewachsen. Irgendwann hatte er angefangen, sie an anderen auszulassen, hatte nach Ersatzopfern für seinen Hass gesucht.

Genau dasselbe tat er jetzt auch.

Sandro ließ die Vorhangstange fallen, hob beide Hände und knallte dem Golem die Handflächen auf die Ohren.

Das war ein überaus gefährliches Manöver. Nicht mal beim Bareknuckle war es zugelassen. Im harmlosesten Fall war danach der Gleichgewichtssinn gestört, oder die Trommelfelle platzten. Im schlimmsten Fall, wenn man mit ausreichend Kraft zuschlug, konnten Bewusstlosigkeit oder sogar Hirnschäden die Folge sein.

Sandro hoffte inständig, dass er mit ausreichend Kraft zugeschlagen hatte.

Das Gesicht seines Vaters verschwand. Er hatte wieder den Golem vor sich.

Er sah seinem Gegner in die Augen. Das Licht darin flackerte und wurde schwächer. Aus seinen Ohren lief Blut. Sein Mund erschlaffte.

Dann brach er auf Sandro zusammen.

»Na, toll …« Sandro bekam kaum noch Luft.

Schließlich gelang es ihm, sich unter dem Golem hervorzuziehen. Er schob den reglosen Körper seines besiegten Gegners beiseite und richtete sich mühsam auf. Seine Knie zitterten, jeder Muskel tat weh, und er war außer Atem. Aber er lebte.

119

»Und dabei lief alles so gut …« Amy zielte mit der Waffe auf Marina und Josephina. Auf ihren blutverschmierten Zügen spiegelte sich Enttäuschung.

»So gut?«, wiederholte Marina. Sie hielt ihre Tochter fest an sich gedrückt.

»Ja. Der Plan stand, alles war vorbereitet.«

»Der Plan stand? Ihretwegen ist jemand gestorben, der mir sehr viel bedeutet hat. Sie haben versucht, meine ganze Familie umzubringen!«

»Nein, das war ich nicht, das ist Michaels Schuld. Für das, was Ihrer Familie zugestoßen ist, kann ich nichts.«

»Michael Sloane hat das getan?« Marina traute ihren Ohren nicht.

»Graham und ich hatten vor, uns an Sie zu wenden. Damit Sie uns bei Stuart helfen. Wir wollten es auf ganz offiziellem Wege tun, in aller Förmlichkeit, aber dann hat Michael Wind davon gekriegt. Wir sind nicht vorsichtig genug gewesen. Er hat rausgefunden, dass wir zu Ihnen nach Aldeburgh kommen wollten, also ist er uns zuvorgekommen und hat in Ihrem Haus einen Sprengsatz gelegt. Ich hab es gerade noch geschafft, Sie und Ihre Tochter da rauszuholen. Danach ... waren wir gezwungen zu improvisieren.«

»Ich glaube Ihnen kein Wort.«

Amy seufzte. »Ist mir egal.«

»Sie wollen Michael Sloane für alles verantwortlich machen.«

Amys Augen blitzten. »Und wieso will ich das wohl? Haben Sie darüber mal nachgedacht?«

»Sie haben mich terrorisiert. Sie haben meine Tochter verschleppt.«

»Ich bin eben in Panik geraten. Nach der Explosion. Ich wusste nicht, was ich tun soll. Ich war gekommen, weil ich Sie um Hilfe bitten wollte. Ich wollte Sie ganz höflich fragen, aber dann ist plötzlich das Haus in die Luft geflogen, und Michael war da. Sie waren bewusstlos, ich hab Sie in Sicherheit gebracht, damit er Sie nicht wieder ins Haus schafft. Dann ist sein Wagen explodiert, und das Einzige, was ich noch tun konnte, war, mir Ihre Tochter zu schnappen und zu verschwinden.«

»Sie haben uns die ganze Zeit gequält – mich und meine Tochter ... Das hat Ihnen regelrecht Spaß gemacht!«

»Sie sind so melodramatisch. Wir mussten doch sichergehen, dass Ihnen niemand folgt und dass Sie keinem von der Sache erzählt haben. Also haben wir uns diesen kleinen Test mit der Bar in Southend ausgedacht und Ihnen gesagt, in welches Hotel Sie fahren sollen. Ich war im Krankenhaus und hab Ihnen eigenhändig die Straßenkarten und das Handy in die Tasche gesteckt.«

»Sie haben mir hinterherspioniert.«

»Die Ausrüstung dazu hatten wir ja schon. Die Sloanes wussten, was wir vorhatten, und wollten uns um jeden Preis aufhalten. Dafür wären sie über Leichen gegangen. Also haben wir ihre Telefone abgehört, um sicherzugehen, dass sie uns nicht auf die Spur kommen.« Sie seufzte und hob die Waffe höher. »Ist ja auch egal. Das spielt jetzt alles keine Rolle mehr.«

Marina starrte sie an. Sie war unfähig, auch nur einen Muskel zu rühren.

Amys Finger krümmte sich um den Abzug.

Marina saß in der Falle. Es gab nirgendwo Deckung und keine Möglichkeit, dem Schuss auszuweichen. Amy anzugreifen und zu versuchen, ihr die Waffe zu entreißen, kam ebenso wenig in Frage, denn sie hatte Josephina auf dem Arm. Aber sie konnte doch nicht einfach die Augen schließen und sich mit dem Unvermeidlichen abfinden …

Plötzlich tauchte Sandro aus der Dunkelheit auf. Lautlos pirschte er sich von hinten an Amy heran.

Als er direkt hinter ihr stand, griff er blitzschnell nach vorn, packte ihre rechte Hand und schlang gleichzeitig den linken Arm in einem Würgegriff um ihren Hals.

Marina stellte Josephina auf dem Boden ab. Die Kleine wollte ihre Mutter nicht loslassen und fing prompt an zu weinen.

»Nur ganz kurz, Schätzchen. Mami muss schnell was erledigen.«

Josephina zog die Nase hoch und nickte.

Marina machte einen Schritt nach vorn. Sandro verdrehte Amys Handgelenk, bis sie die Waffe fallen ließ. Den linken Arm drückte er noch fester gegen ihren Hals.

»Was machen wir jetzt mit ihr?«, wollte er von seiner Schwester wissen.

»Franks müsste bald da sein. Wir lassen sie hier. Soll er sich um sie kümmern.«

Amy zappelte und kämpfte gegen Sandros Griff an. Marina betrachtete sie voller Verachtung.

»Ich bin eine Mutter. Eine Mutter mit einer Riesenwut im Bauch. Sie haben mir meine Tochter weggenommen. Sie haben versucht, mich und meine Familie umzubringen. Ihretwegen ist jemand tot, der mir sehr viel bedeutet hat.«

»Das war ich nicht«, röchelte Amy. »Das war ... Michael ...«

»Sie haben mir meine Tochter weggenommen«, beharrte Marina.

Amy gelang es, sich aus Sandros Griff zu befreien. Ihr Blick glitt zur Tür, als halte sie Ausschau nach einer Fluchtmöglichkeit. Doch Marina und Sandro versperrten ihr den Weg. Sie machte einige Schritte rückwärts, stolperte und verlor den Halt.

Aus reinem Reflex streckte Marina die Hand nach ihr aus, um sie festzuhalten, bekam sie aber nicht mehr zu fassen. Amy fiel rückwärts durch die geöffnete Falltür in den Keller, in dem das Wasser mittlerweile fast bis zur obersten Treppenstufe gestiegen war. Sie versuchte noch den Rand zu erreichen, um sich hochzuziehen, doch Marina stand über ihr. Blickte auf sie hinunter.

Und warf krachend die Falltür zu.

120

»Du kannst sie nicht einfach da drin lassen«, protestierte Sandro.

»Und warum nicht?«

»Weil sie ertrinken wird. Dann hast du sie auf dem Gewissen.«

Sie hörten Amy lautstark gegen das Holz der Falltür hämmern. Im Gegensatz zu Sandro schenkte Marina dem verzweifelten Klopfen keinerlei Beachtung.

Sie zuckte mit den Schultern, bevor sie Josephina wieder auf den Arm nahm. »Und wenn schon.«

Sandro sah unschlüssig zwischen der Falltür und seiner Schwester hin und her. »Dann hast du eine Mordanklage am Hals. Willst du, dass Josephina so aufwächst? Mit einer Kriminellen als Mutter? Du bist nicht Vaters Tochter, Marina. Du bist was Besseres.«

In Marinas Miene veränderte sich etwas. Ihre Wut war plötzlich verraucht. Sie seufzte schwer. »Ich bin zu müde. Ich fahre jetzt mit meiner Tochter nach Hause. Mach, was du willst.« Sie wandte sich ab und ging.

Sandro starrte auf die Falltür.

121

Der Morgen dämmerte, und es wurde langsam hell im Zimmer. Phil Brennan schlug die Augen auf. Es dauerte einige Sekunden, bis er wusste, wo er sich befand. Im Krankenhaus. Dann fiel ihm wieder ein, was passiert war, und sein Herz wurde schwer wie Blei.

Er versuchte, Arme und Beine zu bewegen, um sich davon zu überzeugen, dass sie noch funktionierten. Beruhigt stellte er fest, dass dem so war.

Die Tür öffnete sich. Aus dem Gang fiel grelles Licht herein, so dass er die beiden Personen im Türrahmen zunächst gar nicht erkannte.

Blinzelnd fragte er sich, wer ihn so früh besuchte.

Dann sah er, wer es war.

Marina kam auf sein Bett zu. Sie hatte ihre Tochter auf dem Arm. Die bleierne Schwere in seinem Herzen begann sich aufzulösen, und er lächelte. Marina trat näher. Sie sah furchtbar aus. Ihre Haare waren zerzaust, die Kleider schmutzig und zerrissen. Um Josephina war es nicht besser bestellt.

Trotzdem hatten sie in Phils Augen nie schöner ausgesehen.

Marina setzte sich auf die Bettkante, beugte sich vor und strich ihm übers Gesicht. Josephina kuschelte sich eng an ihn.

»Hey«, sagte Marina.

»Selber hey.«

Aus der Nähe sah Marina aus, als wäre sie am Ende ihrer Kräfte. Er legte seine Hand, an der ein Infusionsschlauch befestigt war, auf ihre.

»Jetzt sind wir hier«, sagte sie. »Bitte verzeih, dass es so lange gedauert hat ...«

Dann kamen die Tränen.

Bei allen dreien.

EPILOG

AUFERSTEHUNG

122 Don in Uniform. Allein. Jung und unbeugsam, posierte er steif für die Kamera. Kein Lächeln, als fürchte er, man könne ihn sonst nicht ernst nehmen. Ein Mann mit einem klaren Ziel vor Augen. Ein Mann, der sich und allen anderen etwas beweisen wollte.

Dann in Zivil, im Kreis seiner Freunde. Alle waren ähnlich gekleidet: braune oder großkarierte Jacketts mit breitem Revers, Hemden mit spitzen Kragen und breite, grellbunte Krawatten. Sie hatten lange Haare und Elvis-Koteletten, ein selbstzufriedenes Grinsen im Gesicht und funkelnde Augen. Kämpfer für die Gerechtigkeit. Dandys. Götter unter den Sterblichen. Das Foto sorgte für jede Menge Heiterkeit.

Als Nächstes Don zusammen mit Eileen bei einem Grillfest in ihrem Garten. Sie aßen Hähnchenschenkel, tranken Bier und sahen fröhlich und unbeschwert aus, als freuten sie sich auf alles, was das Leben ihnen bringen würde.

Eileen schluchzte kurz auf, hatte sich jedoch rasch wieder gefasst.

Danach ein Bild von Don und Eileen mit dem kleinen Phil. Es war unmöglich zu sagen, welcher von den dreien am meisten strahlte.

Es folgten noch weitere Bilder. Alle waren sie Variationen desselben Themas, alle zeigten sie unterschiedliche Seiten ein und desselben Mannes. Bewundernswerte, liebenswürdige Seiten. Wieder und wieder, in Endlosschleife.

Man feierte Don Brennan. Sein Leben in Bildern.

Und in Worten. Überall wurde erzählt. Ob an der Theke oder an den Tischen, die Gäste tauschten Geschichten über Don aus und gaben Anekdoten zum Besten. Indem sie zusammen lachten, hielten sie die Dunkelheit in Schach.

Marina ließ den Blick durch den Raum schweifen. Ihr Herz war schwer, doch das Wissen, dass sie diesen Mann gekannt hatte und er ein wichtiger Teil ihres Lebens gewesen war, machte ihr die Trauer ein wenig leichter.

Die eigentliche Trauerfeier hatte im Krematorium stattgefunden. Eine humanistische Zeremonie. Die Frau, die die Rede halten sollte, war einige Tage zuvor bei ihnen gewesen und hatte ihnen Fragen über Don gestellt – über seinen Charakter, seine Vorlieben und Abneigungen und über besondere Ereignisse, die sie in ihrer Trauerrede erwähnen sollte. Den Großteil der Unterhaltung hatten Marina und Phil bestritten. Eileen ging der Tod ihres Mannes noch zu nahe.

Es war wirklich eine wundervolle Rede gewesen. Man hatte auch die Trauergäste um persönliche Beiträge gebeten, und so war ein ehemaliger Kollege von Don aufgestanden, um ein paar Worte zu sagen. Er war ein massiger Mann mit schiefer Nase und rotem Gesicht, der inzwischen deutlich mehr Kilos auf die Waage brachte als noch vor seiner Pensionierung, aber immer noch eine respekteinflößende Persönlichkeit war. Er hatte eine Anekdote über Don erzählen wollen, war mittendrin jedoch ins Stocken geraten und schließlich in Tränen ausgebrochen, so dass man ihn wieder an seinen Platz hatte begleiten müssen.

Danach war Phil an der Reihe gewesen.

Er müsse nicht reden, hatte Marina ihm zuvor gesagt, wenn er es nicht wolle oder nicht sicher sei, ob er es durchstehen würde. Und falls er für den Weg zum Pult und zurück Hilfe benötigte, würde sie für ihn da sein. Er hatte sich für ihr Angebot bedankt, es aber dennoch ausgeschlagen. Er hatte das Gefühl gehabt, dass dies etwas war, was er ganz allein schaffen musste.

Eine Woche war seit Ostern vergangen. Vor einer Woche war Marina zu ihm ins Krankenzimmer gekommen und hatte ihn gehalten und gehalten und gehalten. Sie hatte ihn nie mehr loslassen wollen.

Mittlerweile hatte man ihn aus der Klinik entlassen, allerdings war er noch auf längere Zeit krankgeschrieben. Er solle zu Hause genesen, hatten ihm die Ärzte gesagt. Seine Verletzungen seien nicht so schlimm wie zunächst befürchtet, schon in wenigen Tagen werde er sich nahezu ohne Hilfe fortbewegen können. Den ihm angebotenen Rollstuhl hatte er abgelehnt, und selbst die Krücken hatte er nur unter Protest angenommen. Er war fest entschlossen, so schnell wie möglich gesund zu werden. Ebenso fest entschlossen war er, auf Dons Trauerfeier eine Rede zu halten.

Bevor er aufstand, drückte er Marinas Hand. Sie sah ihm in die Augen. Sie wirkten matt und waren voller Schmerz, und fast war es ihr, als blicke sie in einen Spiegel. Trotzdem liebte sie diese Augen. Es waren Augen, die sie immer wieder anschauen wollte und in denen sie all das wiederfand, was ihr jemals im Leben verlorengegangen war.

Er lächelte ihr kurz zu und humpelte dann langsam, den linken Arm auf die Krücke gestützt, zum Podium.

Er sprach ohne Notizen. Seine Worte kamen aus tiefstem Herzen, aus tiefster Seele. Er erklärte vor allen Anwesenden, dass Don und Eileen Brennan ihn adoptiert hätten – falls es jemanden gab, der dies noch nicht wusste. Er sei nicht ihr leiblicher Sohn, und sie seien nicht seine leiblichen Eltern. Stattdessen seien sie viel mehr als das. Unendlich viel mehr.

Er sprach darüber, was Don ihm bedeutet hatte. Dass er ihm seinen Beruf, seine Haltung zum Leben, einfach alles verdanke. Und er sprach darüber, wie sehr sein Vater ihm fehlen würde. Gott, wie würde er ihm fehlen.

Er hatte noch mehr gesagt, aber Marina konnte sich hinterher nicht mehr daran erinnern. Sie hatte zu viel weinen müssen.

Nachdem er geendet hatte, war Phil zu ihr zurückgekehrt. Auf eigenen Beinen. Ohne Hilfe.

In dem Moment hatte sie gewusst, dass alles gut werden würde.

123

Marina hatte Josephina keine Sekunde aus den Augen gelassen. Als die Ärzte sie im Krankenhaus einer kurzen Routineuntersuchung hatten unterziehen wollen, um sicherzugehen, dass ihr nichts fehlte, blieb sie beharrlich an ihrer Seite. Sie wollte nicht eine Sekunde von ihr getrennt sein.

Josephina war es nicht anders gegangen, sie hatte sich die ganze Zeit über wie eine Ertrinkende an ihre Mutter geklammert.

Die erste Woche zu Hause hatten sie alle kaum geschlafen. Josephina wollte die Augen nicht zumachen, weil sie Angst hatte, die unheimliche Frau könne kommen und sie holen. Marina tat ihr Bestes, ihr diese Angst zu nehmen, und nach einer Weile klappte es einigermaßen mit dem Einschlafen, auch wenn Josephina immer wieder weinend aus Alpträumen hochschreckte. Erst hatten Phil und Marina ihr Kinderbett ins Elternschlafzimmer gestellt, damit sie immer in Josephinas Nähe waren, aber schließlich nahmen sie sie kurzerhand mit zu sich ins Bett.

Und Josephina weigerte sich, Lady aus der Hand zu geben. Marina hatte versucht, ihr den Hund in einem unbemerkten Moment abzuluchsen, um ihn zu waschen – ein aussichtsloses Unterfangen. Lady stank und starrte vor Dreck, aber Josephina liebte das Tier heiß und innig.

Marina sollte es recht sein.

Eines Abends, als Josephina nach langem Hin und Her endlich schlief, saßen Marina und Phil im Wohnzimmer und versuchten, einen ganz normalen Abend miteinander zu verbringen. So zu tun, als sei alles wieder wie früher.

»Es ist ganz klar, dass sie verängstigt ist«, meinte Phil. »Nach allem, was sie durchgemacht hat.«

»Ja«, antwortete Marina.

»Denkst du, sie ist ... na, du weißt schon – für den Rest ihres Lebens traumatisiert?«

Marina zuckte mit den Schultern. »Ich will es nicht hoffen. Du und ich, wir hatten eine wesentlich schlimmere Kindheit und sind doch trotzdem ganz gut geraten.«

»Aber wir hatten viel Glück«, gab Phil zu bedenken. »Wir haben einen Weg aus dem Elend gefunden.«

»Das stimmt. Dann ist es jetzt eben unsere Aufgabe, dafür zu sorgen, dass Josephina nicht auf Glück angewiesen ist. Kinder sind widerstandsfähig, sie stecken vieles weg. Aber natürlich kann so ein Trauma wie dieses schweren seelischen Schaden anrichten. Sehr schweren. Selbst wenn sie alles verdrängt, es unter all den anderen Erinnerungen vergräbt, die sie im Laufe ihres Lebens noch ansammeln wird – so etwas geht niemals spurlos an einem vorüber. Irgendein ungutes Gefühl bleibt immer.«

»Müssen wir uns deshalb Sorgen machen?«

»Ich weiß nicht. Ich denke, wir sollten einfach abwarten, wie sich die Dinge entwickeln. Und in der Zwischenzeit für sie da sein, damit sie sich geborgen und geliebt fühlt. Falls es schlimmer wird und wir den Eindruck haben, dass sie professionelle Hilfe braucht, können wir immer noch mit ihr zu einem Spezialisten gehen. Fürs Erste sollten wir vielleicht einfach Geduld haben und alles tun, was wir können, um ihr darüber hinwegzuhelfen.«

Phil sagte nichts.

»Wir können für sie da sein«, sprach Marina weiter. »Wir leben noch. Das ist die Hauptsache. Solange wir leben, gibt es Hoffnung.«

»Und der Mensch vergisst vieles«, setzte Phil hinzu. »Erinnerungen verblassen. Schmerzen lassen nach. Nur so kann der Mensch weiterleben.«

Sie sah ihn an und fragte sich, ob er dabei ausschließlich an Josephina oder wohl auch an seinen Vater gedacht hatte.

Sie schwiegen.

124

Im Obergeschoss des King's Head, inmitten der Trauernden und Feiernden und zwischen den an die Wände projizierten Fotos von Don, standen Phil und Marina wie eine kleine Insel im Sturm.

Franks sah zu ihnen hinüber und nickte. Er machte keinerlei Anstalten, sich zu ihnen zu gesellen, was Marina nicht weiter verwunderte.

Franks war wegen ihres Alleingangs in Wrabness unglaublich wütend auf sie gewesen. Gleich am nächsten Tag hatte er sie in sein Büro zitiert und ihr nicht einmal einen Stuhl angeboten. Er selbst hatte zunächst hinter seinem Schreibtisch gesessen, war aber so aufgebracht, dass er schließlich aufsprang und ihr eine Standpauke hielt.

»Können Sie mir bitte erklären, was um alles in der Welt Sie sich dabei gedacht haben? Das war ein polizeilicher Zugriff. Sie sind Mitglied dieses Teams und haben eine direkte Dienstanweisung missachtet.«

Marina ließ seine Wut kalt. »Ein Glück. Wenn ich gewartet hätte, bis Sie auftauchen, wäre meine Tochter jetzt vielleicht tot.«

Franks kniff die Lippen zusammen, erwiderte zunächst jedoch nichts. »Wir waren wenige Minuten nach Ihnen vor Ort«, erklärte er dann. »Und nicht genug damit, dass Sie eine Polizeiaktion gefährden, nein, dann entfernen Sie sich auch noch unerlaubt vom Tatort. Dem Tatort eines Mordes, wohlgemerkt. Mit einer Toten und zwei Schwerverletzten.«

»Meine Tochter hat mich gebraucht. Und wie Sie gerade eben festgestellt haben, war Ihr Team ja bereits unterwegs.«

Franks machte ein Gesicht, als hätte noch nie zuvor jemand so mit ihm gesprochen. Er schien keine Ahnung zu haben, wie er darauf reagieren sollte. In seiner Miene las Marina Wut und Mitgefühl zugleich. Schließlich seufzte er. »Das verstehe ich doch. Mir ist klar, dass Sie nach den Ereignissen der letzten zwei Tage unter enormem Stress standen. Aber das ändert nichts an der Tatsache, dass Sie ein Teil meines Teams sind. Und bei uns gibt es nun mal so etwas wie eine Befehlskette. Wir sind hier in der Abteilung für Kapitalverbrechen, nicht im Wilden Westen. Wenn Sie das nicht akzeptieren und sich in Zukunft danach richten können, dann ist es vielleicht besser, unsere Wege trennen sich.«

»Gut«, sagte sie.

»Was?« Er sah sie verdattert an. »Meinen Sie das ernst?«

»Und wie ernst ich das meine. Ich habe seit gestern Abend fast ununterbrochen darüber nachgedacht. Vielleicht ist es Zeit für eine Veränderung.«

Franks schwieg für einen Moment, dann nickte er. »Gut. Bleiben Sie erst mal eine Zeitlang zu Hause. Bei Ihrer Tochter.«

»Ja. Und danach mache ich wieder eine eigene Praxis auf. Oder ich arbeite als Beraterin. Vielleicht gehe ich auch zurück an die Universität. Irgendwohin, wo man meine Fähigkeiten mehr zu würdigen weiß.«

Franks wurde rot und murmelte ein paar beschwichtigende Worte, doch Marina hörte schon gar nicht mehr hin.

Dieses Kapitel war für sie abgeschlossen.

125

Sandro war zu Besuch gekommen. Marina und Phil hatten ihn eingeladen, und er hatte sich tatsächlich bei ihnen wohl gefühlt. *Na, so was,* hatte er gedacht. *Wer hätte damit gerechnet, dass es mal so weit kommen würde?* Er hatte sich sogar mit Phil unterhalten. Er war echt kein so übler Kerl, wie Sandro feststellen musste. Für einen Bullen.

Irgendwann zog Marina ihn in die Küche, um kurz unter vier Augen mit ihm zu sprechen. Er konnte schon ahnen, worum es ging.

»Und? Wie geht's dir so?«, erkundigte er sich.

Sie nickte. »So gut, wie es einem in meiner Situation eben gehen kann. Und dir?«

»Hm.« Er fuhr sich seufzend mit der Hand durchs Haar. »Echt heftig, das alles.«

»Es tut mir leid«, sagte Marina.

Sandro nickte. Er wusste, worauf sie sich bezog.

»Ich hätte dich nicht einfach mit der Entscheidung allein lassen dürfen. Ob du die Falltür wieder öffnest oder nicht. Das war nicht in Ordnung von mir.«

Sandro zuckte mit den Schultern. Er versuchte sich locker zu geben, aber es gelang ihm nicht ganz. »Ich konnte sie nicht einfach da unten sitzen lassen«, sagte er. »Mich umdrehen und rausgehen und sie verrecken lassen.« Er seufzte. »Das ging einfach nicht.«

Marina nickte.

»Das war eine harte Nacht.« Sandro senkte kurz den Blick

und zögerte. Dann sah er Marina in die Augen. »Aber ich hab nachgedacht. Ziemlich viel sogar. Das mit dem Golem, das war ein echter Kampf auf Leben und Tod.«

»Du musstest dich verteidigen. Du hast in Notwehr gehandelt.«

»Eben. Aber wenn wir diese Verrückte einfach da unten im Keller gelassen hätten, ganz egal, was sie getan hat, dann wärst du am Ende genauso schlimm gewesen wie sie. Und ich auch.«

»Ich habe über Mutter nachgedacht«, sagte Marina. »Was sie für uns getan hat. Wenn es darum geht, ihre Kinder zu beschützen, ist eine Mutter zu allem fähig, Sandro. Zu allem. Unsere hat sich unseretwegen in Gefahr gebracht. Sie hat für uns ihr körperliches Wohl aufs Spiel gesetzt. In dem Moment habe ich nur an Josephina gedacht. Ich wollte einfach ... die Bedrohung ausschalten.«

»Und ich hab sie wieder rausgelassen.«

»Da war sie längst keine Bedrohung mehr. Du hast das absolut Richtige getan.«

»Tja.« Er nickte. »Vielleicht komme ich also doch nicht nach unserem Vater.«

»Vielleicht nicht.«

Er lächelte. »Dann besteht ja noch Hoffnung.«

Marina erwiderte sein Lächeln. »Kann schon sein.«

Ein befangenes Schweigen folgte. Aber immerhin: Sie hatten nach einem langen Krieg so eine Art Waffenruhe geschlossen.

»Eigentlich ist er gar nicht so verkehrt«, meinte Sandro irgendwann mit einer Handbewegung in Richtung Wohnzimmer. »Dafür, dass er ein Bulle ist.«

»Was ist mit deinem Problem?«, wollte Marina wissen. »Den Schulden?«

Ein Lächeln flog über Sandros Gesicht. »Schon okay«, sagte er, ohne Marina anzusehen. »Alles prima. Mach dir keinen Kopf deswegen.«

»Sandro ...«

»Ich hab gesagt, du musst dir deswegen keinen Kopf machen. Im Ernst.«

Marina erkannte, dass sie nicht mehr aus ihm herausbekommen würde, und ließ das Thema fallen. »Pass gut auf dich auf. Du weißt, wo ich bin, falls du mich brauchst.«

Er nickte.

»Und Sandro ... danke. Ehrlich. Ich danke dir von ganzem Herzen. Ohne dich hätte ...«

Er schloss sie in die Arme. Sie schwiegen.

Sie brachten beide vor Rührung kein Wort heraus.

126

»Bist du so weit? Wollen wir dann los?«, fragte Mickey.

Anni nahm ihr Glas. »Ich trinke nur noch schnell aus.«

»Wenn wir jetzt nicht verschwinden, sitzen wir die ganze Nacht hier.« Mickey ließ den Blick durch den Raum schweifen. Polizisten und Ex-Polizisten rüsteten sich für einen langen Abend. Von Alkohol und Kameradschaft beseelt, gaben sie Abenteuerliches zum Besten, alte Anekdoten wurden hervorgekramt und abgestaubt, um noch einmal in der Runde präsentiert zu werden.

Anni schaute lächelnd zu ihm auf.

Er liebte dieses Lächeln. Hoffte, dass er nie genug davon bekommen würde. Und dass sie nie genug davon bekommen würde, ihn anzulächeln.

Die letzten paar Tage hatten sie an ihren Berichten gearbeitet. Sie wollten, dass alles so wasserdicht wie möglich war, bevor sie den Fall dem Staatsanwalt übergaben. Michael Sloane sah einer langjährigen Haftstrafe entgegen. Die Beweislast gegen ihn war erdrückend. Mickey und Anni bezweifelten, dass er nach dem Prozess noch viele Freunde haben würde.

Mickey hatte gehört, dass Sloane angeblich mit dem Gedanken spielte, auf unzurechnungsfähig zu plädieren. Wenn er damit durchkam, würde er zwar nicht ins Gefängnis müssen, dafür aber den Rest seines Lebens in einer geschlossenen Anstalt verbringen. Und er würde sein Vermögen verlieren. In jedem Fall würde er nicht in Freiheit sterben.

Dass seine Schwester nicht zurechnungsfähig war, stand hingegen zweifelsfrei fest. Was sie anging, war der Fall mehr oder weniger klar.

»Und der Halbbruder bekommt das ganze Geld«, hatte Anni gesagt, als er ihr davon berichtet hatte.

»Wahrscheinlich. Hoffentlich besorgt er sich ein paar gute Finanzberater, sonst wird er noch ausgenommen wie eine Weihnachtsgans.«

Der Golem, wie der graue Riese sich augenscheinlich nannte, war ins Krankenhaus eingeliefert worden. Aufgrund seiner schweren Verletzungen und des gefährlichen Drogencocktails, den er im Blut hatte, rang er mit dem Tod. Sie hofften inständig, dass er durchkam. Er hatte sich für eine Vielzahl von Morden zu verantworten.

»Wer ist der Kerl eigentlich?«, hatte Anni gefragt.

Mickey hatte die Achseln gezuckt. »Irgendein Auftragskiller aus Osteuropa. Nichts Besonderes.«

Damit war der Fall für sie abgehakt. Bis auf einen Anruf von Jessie James einige Tage später.

»Wie geht's Ihnen denn?«, erkundigte er sich.

»Ach, na ja. Sie wissen schon«, antwortete sie leichthin. »Der Arm ist in Gips und juckt wie Sau. Ansonsten ganz passabel.«

»Sie sind nicht die Einzige. Durch den Schlag mit der Eisenstange habe ich mir die Schulter angeknackst. Ich trage auch Gips.«

»Hört sich nach Zwillingen an«, meinte sie.

»Und wie läuft's sonst so bei Ihnen?«

»Ganz gut.« Sie klang verhalten. »Ich habe ein bisschen Urlaub genommen. Mache lange Strandspaziergänge in Aldeburgh. Denke viel nach.«

»Tja, so ist das«, sagte Mickey. »Wenn man ganz knapp dem Tod von der Schippe springt, bringt einen das ins Grübeln.«

»Klingt, als würden Sie sich damit auskennen.«

Er lachte leise auf. »Wir haben eben einen gefährlichen Beruf.«

»Ja.« Sie berichtete ihm von Helen Hibbert, der Frau, mit der sie im Container eingesperrt gewesen war. »Sie will die Polizei wegen Fahrlässigkeit und psychischer Grausamkeit verklagen und weiß der Geier, was sich ihr Rechtsverdreher sonst noch so einfallen lässt.«

Mickey lachte. »Na, dann viel Glück.« Er zögerte. Er hatte das Gefühl, als wolle sie noch etwas sagen, traue sich aber nicht. »Also geht es Ihnen so weit gut.«

»Ja, ich ... stehe vor ein paar wichtigen Entscheidungen. Gebe mir Mühe, die Finger vom Alkohol zu lassen.«

»Dann hoffe ich, dass Sie die richtigen Entscheidungen treffen.«

»Ich auch. Was ich *nicht* will, weiß ich schon ziemlich genau. Jetzt muss ich nur noch rausfinden, was ich *will* – leider ist das der schwierige Teil, wie ich festgestellt habe.«

Anni stellte schwungvoll ihr Glas ab und riss Mickey damit aus seinen Gedanken.

»Können wir?«, fragte er.

»Ja.«

»Dann lass uns nach Hause gehen.«

127 Reden, reden, immer nur reden. Stuarts Leben schien aus gar nichts anderem mehr zu bestehen. Alle möglichen Leute wollten mit ihm reden. Pausenlos. Die ganze Zeit. Nie hatte man seine Ruhe. Langsam reichte es ihm.

Wenigstens für einen kurzen Moment hatten sie ihn jetzt allein gelassen. In seinem Zimmer. Wo er für sich sein konnte. Das war besser als nichts.

Er lehnte sich in seinem Polstersessel zurück und versuchte sich zu entspannen.

Das Zimmer war klein, aber das gefiel ihm. Und gemütlich eingerichtet. Richtig wohnlich. Das gefiel ihm auch.

Er schloss die Augen und dachte nach. Er hatte noch immer Mühe, das Geschehene zu begreifen. Alles in die richtige Reihenfolge zu bringen.

Die Polizei hatte ihn laufen lassen. Er habe nichts Verbotenes getan, hatten sie ihm gesagt. Trotzdem waren sie der Ansicht gewesen, dass er jemanden brauchte, der sich ein bisschen um ihn kümmerte, und deswegen hatten sie ihm ein Zimmer in dieser ganz besonderen Unterkunft besorgt. »Betreutes Wohnen« hatten sie es genannt. Für Menschen, die nicht so gut allein zurechtkamen. Er hatte noch keine Gelegenheit gehabt, sich eingehender mit seinen neuen Mitbewohnern zu unterhalten, aber sie schienen alle ganz nett zu sein.

Fürs Erste allerdings wollte er ein bisschen Zeit allein verbringen. Allein in seinem Kopf.

Sie hatten ihm gesagt, dass er bald reich sein würde. Das war gut. Reich sein war gut. Sie hatten ihm einen Anwalt geschickt. Der hatte sich sehr gefreut, Stuart zu sehen. Hatte ihm mitgeteilt, dass Jack Sloanes letztes Testament rechtsgültig sei und es keinen Grund gebe, weshalb Stuart seinen Anteil am Sloane-Erbe nicht bekommen solle. Darüber hinaus stehe ihm auch noch eine Haftentschädigung zu. Der Anwalt hatte gesagt, dass er und Stuart beste Freunde werden könnten, aber seine Bewährungshelferin hatte ihn gewarnt. Er solle vorsichtig sein und nichts unterschreiben, was sie nicht vorher gründlich durchgelesen habe. Er hatte sich fest vorgenommen, ihren Ratschlag zu befolgen. Ganz fest.

Er öffnete die Augen und erhob sich aus seinem Sessel. Ging zum Fenster und blickte hinaus. Er lächelte. Er sah dieselben Dinge, die er früher von seiner Gefängniszelle aus gesehen hatte: Vögel. Bäume. Den Himmel. Andere Menschen, aber weit weg. Das war gut. Das gab ihm Sicherheit.

Er schlief jetzt auch endlich wieder besser und träumte nicht mehr, in seinem eigenen Körper gefangen zu sein. Wenigstens bisher nicht. Dafür hatte er einige andere Träume gehabt. Dass er wieder bei Amy/Dee war und nicht wegkonnte. Dass er Josephina die Waffe an den Kopf halten musste. Schlimme Träume. Aber er kam damit klar. Keine Träume über früher, über seine Kindheit. Oder über seinen Körper. Und meistens träumte er sowieso einfach nur ... nichts. Und nichts war allemal besser als etwas, wenn das Etwas so schrecklich gewesen war.

Er trat vom Fenster weg und setzte sich wieder.

Josephina. Sie war wirklich ein nettes Mädchen. Wirklich niedlich. Er war unsagbar froh, dass sie jetzt wieder zu Hause bei ihrer Mutter war. Er hatte sogar mit ihrer Mutter gesprochen und sie gefragt, ob er Josephina besuchen kommen könne, zum Beispiel, um mit ihr auf den Spielplatz zu gehen. Aber ihre Mutter hatte gesagt, dass sie das für keine gute Idee halte. Sie wolle nicht, dass die Kleine durch irgendetwas oder irgendjemanden an die schrecklichen Ereignisse erinnert wurde. Stuart hatte das verstanden. Er war ziemlich traurig gewesen, aber wenn es zu Josephinas Bestem war, würde er sich damit abfinden. So machte man das, wenn man erwachsen war.

Erneut schloss er die Augen. Wahrscheinlich gab es Dinge, die er hätte tun sollen, aber ihm fielen keine ein. Alle kümmerten sich so nett um ihn. Es war ein bisschen komisch, hier zu leben, aber er würde sich schon noch daran gewöhnen.

Er lächelte.

Er musste nichts tun. Nur warten.

128

Phil hatte sich setzen müssen. Die Beine taten ihm weh. Marina war losgegangen, um ihm etwas zu trinken zu holen. Etwas Nichtalkoholisches. Die Feier war noch in vollem Gang. Sie beobachtete ihn dabei, wie er sich im Raum umsah.

Die Blutergüsse verblassten, die Schürfwunden heilten langsam ab. Von den Verletzungen im Gesicht würden keine Narben zurückbleiben. Die Nähte entlang des Haaransatzes und am Oberkopf waren noch deutlich sichtbar, was auch noch eine Weile so bleiben würde, doch die Haare wuchsen nach und würden schon bald die Narben verdecken. Hauptsache war, dass er keine langfristigen Schäden zurückbehalten hatte.

Er hatte Glück gehabt. Unfassbar großes Glück. Ihr Blick fiel auf Eileen, und sofort verspürte sie bei diesem Gedanken ein schlechtes Gewissen.

Kurz darauf kam Mickey zu ihnen, dicht gefolgt von Anni.

»Na, Boss, wie geht's?«, fragte Mickey.

Phil rang sich ein Lächeln ab. »Ganz gut. Nicht mehr lange, und ich kann wieder arbeiten.«

Mickey lächelte zurück. »Wegen uns müssen Sie sich nicht damit beeilen.«

Phil lachte, was ihn immer noch sehr anstrengte.

Anni stand ganz dicht neben Mickey. »Wir gehen dann jetzt mal«, verkündete sie.

»Habt ihr noch irgendwas vor?«, erkundigte sich Marina.

»Ach, bloß …« Mickey suchte nach den passenden Worten. »Wir müssen morgen zeitig raus. Deswegen wollen wir uns mal ausnahmsweise nicht die halbe Nacht um die Ohren schlagen.«

»Ich bin ja im Moment außer Gefecht«, warf Phil ein. »Deswegen kann ich Ihnen nicht vorschreiben, was Sie zu tun und zu lassen haben.«

Anni grinste. »Bestimmt dauert es nicht mehr lange, bis das alte Team wieder komplett ist.« Sie schaute zwischen Phil und Marina hin und her.

Phil nickte. »Zumindest mehr oder weniger.«

Mickey wollte ihm die Hand schütteln, doch der Gips machte es ihm unmöglich. Anni gab Phil die Hand und küsste Marina auf die Wangen.

»Das war ein toller Abschied«, sagte sie. »Don wäre mit Sicherheit stolz gewesen.«

Phil nickte stumm.

Mickey und Anni drehten sich um und gingen. Phil und Marina sahen ihnen nach.

»Glaubst du, die beiden sind …?« Phil runzelte die Stirn.

»Wenn nicht, dann wird es allerhöchste Zeit.«

Beide lachten, dann verfielen sie in Schweigen. Irgendwann schüttelte Phil seufzend den Kopf.

Marina blickte ihn forschend an. »Geht es dir gut?«

Er nickte. »Ja, ich habe nur … Was ich über Don gesagt habe – war das in Ordnung?«

»Es war wunderschön. Du hast genau die richtigen Worte gefunden. Es hat mich sehr berührt.«

»Na dann.« Phil wirkte nicht recht überzeugt. »Ich hatte

einfach ... Irgendwie hatte ich das Gefühl, es gäbe noch viel mehr zu sagen.«

»Es gibt immer noch mehr zu sagen.«

»Ja, aber ... du weißt doch, was alles passiert ist. Vor der Sache hier. Meine leiblichen Eltern ...«

Marina nickte.

»Ich hatte das Gefühl, dass wir gerade erst richtig zueinander gefunden hatten, Don und ich. Dass uns gerade erst wirklich klargeworden war, dass wir Vater und Sohn sind. Und jetzt ist er tot.«

»Wenigstens hast du diese Gewissheit. Manche Söhne haben nicht einmal das.«

Er nickte. »Ich weiß.«

Sie schwieg.

»Genieße jedes Sandwich«, murmelte er.

»Was?«

»Das hat Warren Zevon gesagt, kurz bevor er an Krebs gestorben ist. Er wurde gefragt, ob das Leben ihn irgendetwas gelehrt habe. Und seine Antwort war: ›Genieße jedes Sandwich. Irgendeins wird dein letztes sein.‹«

Marina blickte in ihr Glas. »Vielleicht sollten wir auch langsam nach Hause gehen.«

Phil sah sich um. Dons Freunde waren ganz in ihre alten Geschichten vertieft. Sogar Eileen unterhielt sich mit Bekannten. Seine und Marinas Anwesenheit war nicht länger vonnöten. »Ja«, sagte er. »Gute Idee.«

Sie verließen den Pub und gingen Arm in Arm die Straße hinunter.